U0726444

谷长春／主编

满族口头遗产传统说部丛书

阿骨打传奇（上）

　　阿骨打建立金朝后，怎样处理与宋朝的关系，又是怎样以弱少的兵力灭掉称雄一时的大辽王朝。本书以生动的语言、感人的情节，向人们栩栩如生地讲述了阿骨打解放奴隶，爱人才，爱艺人，爱民众，聚民心，兴金灭辽等一系列生动感人的故事。

马亚川／讲述　　王宏刚／整理

吉林人民出版社

满族口头遗产

传统说部丛书

满族说部是我国非物质文化遗产的瑰宝

周巍峙 题 丙戌年

满族说部是北方
民族的百科全书

九十三翁贾芝

丙戌之春

阿骨打画像

本页照片由荆宏摄影

金墓壁画骑马人物

黑龙江省阿城市金上京会宁府遗址（图1）

黑龙江省阿城市金上京会宁府遗址（图2）

备茶图 辽/河北宣化张世古墓室西北壁

拜天射柳击马球（阿城市金上京历史博物馆）

金上京手工业作坊图（阿城市金上京历史博物馆）

马亚川在撰写《阿骨打传奇》书稿

满族说部

20 世纪 80 年代末的马亚川

前排右一为马亚川

2002 年 3 月初的马亚川

本页照片由王韬提供

本页剪纸为关云德制作

萨满跳神

女真猎人

　　《满族口头遗产传统说部丛书》在文化部和中共吉林省委、省人民政府的领导与支持下，经过有关科研和文化工作者多年的辛勤努力和编委会的精选、编辑、审定，现在陆续和读者见面了。

　　中华民族大家庭中的满族，同其他民族一样有着自己独特的文化源流，作为非物质文化遗产的满族传统说部，是满族民族精神和文化传统的重要载体之一。"说部"，是满族及其先民传承久远的民间长篇说唱形式，是满语"乌勒本"（ulabun）的汉译，为传或传记之意。20世纪初以来，在多数满族群众中已将"乌勒本"改为"说部"或"满族书"、"英雄传"的称谓。说部最初用满语讲述，清末满语渐废，改用汉语并夹杂一些满语讲述。在漫长的历史进程中，满族各氏族都凝结和积累有精彩的"乌勒本"传本，如数家珍，口耳相传，代代承袭，保有民族的、地域的、传统的、原生的形态，从未形成完整的文本，是民间的口碑文学。清末以来，我国社会发生了翻天覆地的变化，由于历史的、社会的、政治的、文化的诸多原因，满族古老的习俗和原始文化日渐淡化、失忆甚至被遗弃，及至"文革"，满族传统说部已濒临消亡。抢救与保护这份珍贵的民族文化遗产已迫在眉睫。现在奉献给读者的《满族口头遗产传统说部丛书》，是抢救与保护满族传统说部的可喜成果。

　　吉林省的长白山是满族的重要发祥地。满族及其先民世世代代在白山黑水间繁衍生息，建功立业，这里积淀着深厚的满族文化底蕴，也承载着满族传统说部流传的历史。吉林省抢救满族传统说部的工作始于20世纪80年代初。在党的十一届三中全会解放思想、拨乱反正精神的指引下，民族民间文化遗产重新受到重视，原吉林省社会科学院有关科研人员，冲破"左"的思想束缚，率先提出抢救满族传统说部的问题，得到了时任吉林省社会科学院院长、历史学家佟冬先生的支持，并具体组织实施抢救工作。自1981年起，我省几位科研工作者背起行囊，深入到吉林、黑龙江、辽宁、北京以及河北、四川等满族聚居地区调查访问。他们历经四五年的艰辛，了解了满族说部在各地的流传情况，掌握了第一手资料，并对一些传承人讲述的说部进行了录音。后来由于各种原因使有组织的抢救工作中断了，但从事这项工作的科研人员始终怀有抢救满族说部的"情结"，工作仍在断断续续地进行。1998年，吉林省文化厅在从事国家艺术科学规划重点项目《十大艺术集成志书》的编纂工作中，了解到上述情况，感到此事重大而紧迫，于是多次向文化部领导和专家、学者汇报、请教。全国艺术科学规划领导小组组长、中国文联主席周巍峙同志，文化部社文图司原司长陈琪林同志，著名专家学者钟敬文、贾芝、刘魁立、乌丙安、刘锡诚等同志都充分肯定了抢救满族传统说部的重要意义，并提出许多指导性的意见。几经周折，在认真准备、具体筹划的基础上，于2001年8月，吉林省文化厅重新启动了这项工程。2002年6月，经吉林省人民政府批准，省文化厅成立了吉林省中国满族传统说部艺术集成编委会，团结省内外一批专家、学者和有识之士，积极参与满族说部的抢救、保护工作。

这项工作，得到中国民间文艺家协会以及黑龙江、辽宁、北京、河北、吉林等省市民间文艺家协会和有关人士的认同与无私帮助，特别是得到了文化部和有关部门的鼎力支持。2003年8月，满族传统说部艺术集成被批准为全国艺术科学"十五"规划国家课题；2004年4月，被文化部列为中国民族民间文化保护工程试点项目；2006年5月被国务院批准为第一批国家级非物质文化遗产名录。这使我们增强了责任感、使命感和克服困难的信心。根据文化部和中国民族民间文化保护工程国家中心有关指示精神，我们对满族说部采取全面的保护措施，不但要忠实记录，保护好文本，还要保护传承人及其知识产权；不但要保护与说部的讲述内容和表现形式相关的资料，还要保护与说部传承相关的文物，从而对满族说部这一口头遗产进行整体保护。我们坚持保护为主、抢救第一的原则，以只争朝夕的精神，组织科研人员到满族聚居地区深入普查，扩大线索，寻源探流，查访传承人，利用现代化手段，通过录音、录像、文字记录等方式采录传承人讲述的说部。在记录整理过程中，不准许增删、编改，只是在文法、句式、史实方面作适当的梳理和调整，严格保持满族传统说部的原创性、科学性、真实性，保持讲述人的讲述风格、特点，保持口述史的原汁原味。

几年来的工作，使我们深感"抢救"二字的重要。目前健在的传承人多已年逾古稀，体弱多病，渐渐失去记忆。就在二三年前，我们刚刚采录完傅英仁、马亚川讲述的说部，还没来得及进一步发掘其记忆宝库，他们就溘然长逝了。一些熟悉往昔满族古老生活的长者和说部传承人，如二十多年前我们曾经访问过的黑龙江省的富希陆、杨青山、关墨卿、孟晓光，吉林省的何玉霖、许明达、关士英、赵文金、胡达千、张淑贞，辽宁省的张立忠，北京市的陈氏兄弟、富察·庄净，河北省的王恩祥，四川省的刘显之等先生都已相继谢世，使其名传湮迹、珍藏在记忆中的说部无以名世，成为永远的遗憾。今天出版这套丛书，也是对他们最好的纪念。

《满族口头遗产传统说部丛书》所选的作品，都是满族各氏族传承人讲述的优秀传统说部的忠实记录，反映了满族及其先民自强不息、勤劳创业、爱国爱族、粗犷豪放、骁勇坚韧的民族精神，具有很强的思想震撼力和艺术感染力，可以说是我国民间文学中的宝贵珍品，具有较高的科学价值。它的出版，不仅是对弘扬我国优秀民族文化遗产，建设社会主义先进文化的贡献，而且也为世界非物质文化遗产保护工程增添了一分光彩。

一、满族传统说部产生的历史渊源

满族及其先民是一个有着悠久历史的古老民族。满族的先民肃慎人自古就在白山黑水一带繁衍。据《山海经》载："东北海之外……大荒山中有山，名曰不咸，有肃慎氏之国。"据《孔子家语》卷四载：肃慎就以"楛矢石砮"为信物贡服于周天子。而后，汉、魏、晋、南北朝之挹娄、勿吉，隋唐之靺鞨，辽宋之女真，明清之满洲，这些同属于肃慎族系，只是不同朝代称谓不同罢了。唐朝初年，靺鞨人曾建立"渤海国"，是北方少数民族的地方政权，史称"海东盛国"。辽代以降，满族先世黑水女真部迅速崛起，其首领阿骨打，承继祖业，敏毗韬晦，扫平有二百余年历史的桀骜恃强的庞然大国——辽王朝，建立了雄踞北方的大金王朝。到金世宗乌禄时代，在文化和经济等诸方面均达到了鼎盛时期，史称"小尧舜"。明末，建州女真首领努尔哈赤统一女真诸部，建立中国历史上又一个东北少数民族地方政权"后金"。其后人又从建立大清国，到打败明王朝，定鼎中原。满族及其先民绵长的一

003

脉相承的历史，是满族传统说部赖以产生的客观基础。

满族是一个创造源远流长、光辉灿烂文化的民族。满族及其先民女真人作为北方边远的游牧、渔猎少数民族，能够两度逐鹿中原，建立政权时间长达420年，对统一中国版图，形成多元一体的历史格局产生了深远影响，做出了重要贡献，这是与其以自己的文化养育顽强、坚毅的民族精神分不开的。一方水土养一方人。满族及其先民历经三千余年的风雨沧桑，世代生活在广袤数千里的山林原野，征伐变乱的砥砺，苦寒环境的锤炼，培育了自己的民族精神与品格，使他们成为粗犷剽悍、质朴豪爽、善歌尚勇、多情重义，"精骑射，善捕捉，重诚实，尚诗书，性直朴，习礼让，务农敦本"（引自《盛京通志》）的民族。渤海的武人颇喜角斗，以骁勇为荣，有"三人渤海当一虎"（引自宋·洪皓《松漠纪闻》）之谚。靺鞨人盛行歌舞之风，其渤海乐不仅传入中原王朝和日本，而且在民间不断延续流传。金太祖完颜阿骨打在对辽作战相当激烈的时候，便命开国元勋完颜希尹创制女真文字，在金朝建国不久的太祖天辅三年（1119年）正式颁行，当时被称为国书。女真有了文字，促进了文化的发展，以歌伴舞在民间广为盛行。有些贵族子弟为求佳偶，常"携尊驰马，戏饮其地，妇女闻其至，多聚观之，间令侍坐，与之酒则饮，亦有起舞讴歌以侑觞者"（见《三朝北盟会编》）。这说明，女真民间一直保持先祖古朴的风俗习惯。随着北宋灭亡，金人大量入关，女真民间歌舞很快传遍中原大地，甚至在金、元杂剧中广为传唱。满洲统治者从建立后金到入主中原，注意保持满族及其先民尚武骑射和语言风俗方面的独立性，努尔哈赤时期创制满文，皇太极时期改革老满文，推动了民族文化的发展。康、雍、乾等几代皇帝，在强调"国语骑射"为治国之本的同时，也注意各民族之间的文化交流与融合，特别是积极吸收汉文化。这是满族传统说部得以滥觞的文化根源。

几度争战几度崛起，几度鼎盛几度衰落，漫长的历史充满着可歌可泣的英雄人物和壮烈悲怆的故事，构筑了深厚的文化根基，从而孕育和产生了古朴而悠久的满族民间口头文学——传统说部。满族说部的形成与传播，历史相当久远。满族先民，在从肃慎、挹娄到靺鞨以及创建大金国的历史过程中，各氏族、部落迁徙、动荡、分合频繁，到明中叶以后，随着女真社会内部矛盾日益尖锐，强凌弱，众暴寡，各部落之间互相争雄，连年战乱，及至进入清代，内部争斗不断，外患与内祸迭起，这使各个氏族都无法选择地交织在历史的漩涡里，涌现众多的英雄人物和感人的业绩。满族及其先民凭借自己对善恶美丑的感受和对社会现象的审视，把一桩桩、一件件值得传诵、讴歌的人和事，详细地记载在各个氏族世代传袭的口碑之中，以此谈古论今。为此，不遗余力地随时积累、记录、采集、传扬本氏族的英雄故事，以光耀门楣，激励族人。满族诸姓氏间，都以据有"乌勒本"而赢得全族的拥戴和尊重，"乌勒本"令族众铭记和崇慕。

满族传统说部的广泛流传得益于"讲古"的习俗。满族及其先世女真人，是一个讲究慎终追远，重视求本寻根的民族。他们通过"讲古"、"说史"、"唱颂根子"的活动，将"民间记忆"升华为世代传承的说部艺术。讲古，就是一族族长、萨满或德高望重的老人讲述族源传说、家族历史、民族神话以及萨满故事等。元人宇文懋昭所撰的《金志》中说，女真金代习俗，"贫者以女年笄行歌于途，其歌也乃自叙家世"。这说明在女真时期就有"行歌于途"，"自叙家世"的讲古习俗。据《金史》卷六六载："女真既未有文字，亦未尝有记录，故祖宗事皆不载。宗翰好访问女真老人，多得祖宗遗事。"从中可知，金代初期民间讲古的习俗就很盛行，已引起上层统治者的重视。据《金史·乐志》载：世宗不令女真后裔忘本，重视女真纯实之风，大定二十五年四月，幸上京，宴宗室于皇武殿，共饮乐。在群臣故老起舞后，自己吟歌，"上歌曲道祖宗创业艰难……歌至慨想祖宗音容如睹之语，悲感不复能成声"。世宗及群臣参与"唱颂根子"的活动，势必张扬民间讲古的习俗。满族先人的故事在"讲古"中传播，在传播中又不断被加工、修改或产生新的故事。讲古不单单是本氏族内部的事，各氏族间互相比赛，场面十分热烈。据《爱辉十里长江俗记》中记载："满洲众姓唱诵祖德至诚，有竞歌于野者，有设棚聚友者。此风据传康熙年间来自宁古塔，戍居爱辉沿成一景焉。"由此可见，满族早年讲唱"乌勒本"，是相当活跃的，甚而搭棚竞歌，聚众观之。此景与我国南方一些民族的歌圩相类似。

满族及其先民将"讲古"、"说史"、"唱颂根子"的"乌勒本"，推崇到神秘、肃穆和崇高的地位，考其源，同满族先民所虔诚信仰的原始宗教萨满教的多元神崇拜观念，有着十分密切的关系。原始先民在漫长的社会劳动和生活中，由于生产力的极端低

满族口头遗产传统说部丛书

下，无力与强大的自然力抗衡，于是幻想在人的周围有一种超自然的力量主宰一切，并认为自然的东西都有灵魂，是他们控制着人类，给人类带来幸福，也带来灾难。正如恩格斯所说的，"由于自然力被人格化了，最初的神产生了"。这就是万物有灵论和原始神话。原始先民有了原始信仰和原始神话，便利用各种方法举行祭祀，向神灵祈祷、膜拜，于是产生了原始宗教，即萨满教。在萨满教诸神中，除自然神祇、动物神祇（包括图腾神祇）外，最重要而数目繁多者便是人神，即祖先英雄神祇。宗教与民俗从来就是形影相随的，"讲古"的习俗与萨满教的祭祀仪式结合了起来。满族及其先民以讲唱氏族英雄史传为中心主题的说部艺术，正是依照传统的宗教习俗，对本族英雄业绩和不平凡经历的讴歌和礼赞。人们对祖先英雄神，供奉它，赞美它，毕恭毕敬，祈祷祖灵保佑族众，荫庇子孙。萨满教极力崇奉祖灵，亦包括对本族历世祖先和英雄神祇的讴歌与缅怀。所以，在萨满祭祀中，有众多歌颂和祈祷祖先神祇的神谕、赞文、诗文和祷语，亦有叙事体的长篇祖先英雄颂词。满族及其先民的"颂祖"、"讲祖"礼俗，世代承继不衰，是因为把勉励子孙铭记祖先创业艰难，承继祖德宗功，继往开来，奋志蹈进，作为祖先崇拜的根本目的和信条。特别是乾隆十七年颁布的《钦命满洲跳神祭天典礼》，统一了萨满祭规，使萨满祭祀变成家族祭祖活动，把祖先崇拜推向高峰。经年累世，各氏族在集体智慧的滋育下，赞文日益丰富扩展，情节愈加凝炼集中，使之逐渐升华为长篇祖先颂歌。这也成为满族传统说部的一种源流。

二、满族传统说部的本体特征

满族传统说部经过千百年来的创作、传承和演变，形成了独特的表现空间和表现形式。满族先民自古"无文墨，以语言为约"（《太平御览》卷七八四），所以，说部是以口头形式产生和传承的，讲唱内容全凭记忆。最初记述手段，用一缕缕棕绳的纽结、一块块骨石的凹凸、一片片兽革的裂隙，刻述祖先的坎坷历程。这便是说部的最古老的形态，也叫"古本"、"原本"、"妈妈本"。满族人将这种"妈妈本"尊称"乌勒本"特曷。古人就是通过望图生意，看物想事，唱事讲古的。随着社会的发展，氏族中文化人的增多，满族说部的"妈妈本"逐渐用满文、汉文或汉文标音满文来简写提纲和萨满祭祀时赞颂祖先业绩的"神本子"。讲述人凭着提纲和记忆，发挥讲唱天赋，形成洋洋巨篇。

满族传统说部内容丰富，气势恢宏，它包罗天地生成、氏族聚散、古代征战、部族发轫兴亡、英雄颂歌、蛮荒古祭、生产生活知识等，每一部说部都是长篇巨著。满族说部之所以如此厚重，主要有以下三个方面的因素：

（一）关于记录和评说本氏族所发生的重大历史事件的说部，具有极严格的历史史实约束性，不允许隐饰，以翔实的根据来讲述；

（二）说部由氏族中德高望重、出类拔萃的专门成员承担整理和讲述义务，整理和讲述时吸收了众人谈资，所讲内容全凭记忆，口耳相传，无固定文本拘束，因而愈传愈丰愈精，是群体创作的累积；

（三）具有民间口头文学的生动性。说部多由一个主要故事为经线，辅以多个枝节故事为纬线，环环相扣，错综复杂，又杂糅地域的、民俗的奇特情景，加之口语化的北方语言，因而有深厚的文化积淀和感人的艺术魅力。

据我们掌握的三十余部满族说部来分析，从内容上可分为四种类型：

（一）窝车库乌勒本：俗称"神龛上的故事"，是由氏族的萨满讲述，并世代传承下来的萨满教神话和萨满祖师们的非凡神迹。窝车库乌勒本主要珍藏在萨满的记忆与一些重要的神谕及萨满遗稿中，如黑水女真人创世神话《天宫大战》、东海萨满创世史诗《乌布西奔妈妈》、爱辉地区流传的《音姜萨满》、《西林大萨满》等。

（二）包衣乌勒本：即家传、家史。如富察氏家族富希陆、傅英仁从爱辉、宁安传承的姊妹篇《萨大人传》和《萨布素将军传》（又名《老将军八十一件事》），黑龙江省双城县马亚川先生承袭的《女真谱评》，河北石家庄王氏家族传承的《忠烈罕王遗事》，乌拉部首领布占泰后裔赵东升先生承袭祖传的《扈伦传奇》，富氏家族传承的《顺康秘录》、《东海沉冤录》，傅英仁先生传承的《东海窝集传》等。

（三）巴图鲁乌勒本：即英雄传。满族说部有关这方面的内容很丰富，可分为两大类：一是真人真事的传述，如金代的《金兀术传》，明末清初的《两世罕王传》（又名《漠北精英传》）、《雪妃娘娘和包鲁嘎汗》，清中期的《飞啸三巧传奇》等；一是历史传说人物的演义，如《乌拉国佚史》、《佟春秀传奇》等。

（四）给孙乌春乌勒本：即说唱故事。这部分主要歌颂各氏族流传已久的历史传说中的英雄人物，如渤海时期的《红罗女》、《比剑联姻》，明代的《白花公主传》以及民间说唱故事《姻缘传》、《依尔哈木克》等。

满族传统说部在长期流传中形成了自己独特的风格，凝聚了有别于其他口头文学的鲜明特征。主要表现在：

（一）讲述环境的严肃性。各氏族讲唱"乌勒本"是非常隆重而神圣的事情。一般在逢年遇节、男女新婚嫁娶、老人寿诞、喜庆丰收、氏族隆重祭祀或葬礼时讲唱"乌勒本"。讲唱"乌勒本"之前，要虔诚肃穆地从西墙祖先神龛上，请下用石、骨、木、革绘成的符号或神谕、谱牒，族众焚香、祭拜。讲述者事前要梳头、洗手、漱口，听者按辈分依序而坐。讲毕，仍肃穆地将神谕、谱牒等送回西墙上的祖宗匣子里。这一系列程序表明有严格的内向性和宗教气氛。不像平时讲"朱奔"（意为故事、瞎话）那样随便地姑妄言之，姑妄听之。

（二）讲述目的的教化性。满族传统说部与萨满祖先崇拜的敬祖、颂祖、祭祖观念密切相关。讲述祖先过去的事情，都是真实地记述，是对祖先英雄业绩的虔诚赞颂，不允许隐瞒粉饰和随意编造，否则则认为是对祖先的不敬。讲唱说部的目的，不只是消遣和余兴，而是非常崇敬地视为培育儿孙的氏族课本和族规祖训，是对族人进行爱国、爱族、爱家的教育，起到增强氏族凝聚力的作用。因此，讲述内容、目的以及题材艺术化程度，均与话本、评书有较大区别。

（三）讲述形式的多样性。满族传统说部多为叙事体，以说为主，或说唱结合，夹叙夹议，活泼生动，并偶尔伴有讲叙者模拟动作表演，尤增加讲唱的浓烈气氛。从《萨大人传》和《飞啸三巧传奇》中我们可以看出，有说有唱，甚至还记录了讲唱的曲谱。讲唱说部关键在于说，说讲究真、细、险、趣四个字。真，即真实，故事情节合情入理，真实可信；细，即细腻，绘声绘色，细致入微；险，即惊险，突出关键的地方，有悬念，有艺术魅力；趣，即语言要风趣幽默，使人发笑。说唱时多喜用满族传统的以蛇、鸟、鱼、狍等皮革蒙制的小花抓鼓和小扎板伴奏，情绪高扬时听众也跟着呼应，击双膝伴唱，构成跌宕氛围，引人入胜。

（四）传承的单一性。满族传统说部的承继源流，主要以氏族中的一支或家庭中直系传承为主，虽有师传，但多半是血缘承袭，祖传父，父传子，子子孙孙，承继不渝，从而保持了说部传承的单一性与承继性。《萨大人传》是富察氏家族的祖传珍藏本，其传承顺序是：富察氏家族第十一世祖、清道光朝武将发福凌阿传给长子、爱辉副都统衙门委哨官伊郎阿将军；伊郎阿又传给长子富察德连；富察德连又传给其子富希陆和其侄富安禄、富荣禄；富希陆又传给长子富育光。一般来说，讲唱人大都与说部所宣扬的事件及其主人公有直系血缘关系，他们既对本氏族历史文化有一定的素养，又谙熟说部内容，并有组成说部题材结构的卓越能力和创作才华。《扈伦传奇》的传承就是很好的证明，其最早的传承人乌隆阿，纳喇氏第十一代，他把家史传给曾孙德明（五品官，通今博古），德明经过梳理后传给其侄十六辈霍隆阿（笔帖式），再传给十七辈双庆（五品官，精通满汉文），下传伊子崇禄（八品委官），二十辈的赵东升继承祖父崇禄先生，对家史进行整理。这些传承人都有高深的文化和创作才能。他们把记忆和传讲自己的族史视为己任，当做崇高而神圣的事情，世代不渝。他们在氏族中自行遴选弟子或由自己的后裔承继传诵。传承的方法是口耳相传，心领神会。所以，传承人在满族说部的纵向传承与横向传播的过程中，为保存民族文化遗产做出了应有的贡献。可以说，没有传承人，就没有满族说部。

（五）流传的地域性。满族说部在一些地域流传过程中，深受广大群众喜爱。因此，有的说部逐渐脱离原氏族的范围，被众多氏族传承诵颂，如《尼山萨满传》、《红罗女》、《飞啸三巧传奇》、《双钩记》（又名《窦氏家传》）、《松水凤楼传》、《姻缘传》等，在长期传诵中，已成为该地域更多姓氏甚至外族群众讲述的书目，并代代传承。

满族传统说部和其他口头文学一样，在流传过程中也有变异性。在传播中，传承人根据自己对讲述内容的认识和理解，不断加工、升华，从而产生新的故事纲目。特别是，随着氏族的繁荣，分出各个支系，每个支系都有自己的传承人，在讲述内容和形式上也有了变化。所以在不同的支系、不同的地域出现了不同的传本，如《红罗女》在黑龙江省牡丹江一带流传《比剑联姻》、《红罗女三打契丹》，而吉林省的东部就有《银鬃白马》、《红罗绿罗》等不同传本，这是正常的现象。说部在传播中演变，获得新的发展，并吸收汉族的评书和明清小说章回体的特点，这正是满族传统说部具有顽强生命力的表现。

三、满族传统说部的价值和意义

满族传统说部,是满族及其先民在一定历史时期、一定社会中的一种意识形态的反映,其中蕴藏着丰富、凝重的社会、历史内容。

满族传统说部具有历史学价值。满族传统说部大都是以古代英雄人物为中心、以历史事件为背景编织而成的,是述说满族及其先民各个部落、氏族的兴亡发轫、迁徙征战、拓疆守土、抵御外患等"先人昨天的故事"。如《萨大人传》、《东海窝集传》、《扈伦传奇》等所讲述苦难的经历,不朽的宗功,都从不同的侧面反映了各个氏族充满血泪、卓绝斗争的雄浑壮阔的历史。从各个氏族的说部中,能使人更好地了解到满族及其先民是怎样从遥远的过去走过来的,经历了哪些曲折坎坷和历史沧桑,而且比起正史有更多底层人民群众的历史活动和当时社会各层面的具体细节。高尔基说:"如果不知道人民的口头创作,那就不可能知道劳动人民的真正历史。"说部的历史价值在于它是原生态的历史记忆,是"那时"民间留存下来的口述史。满族的先世在没有文字时,许多史实都靠各个氏族的说部代代相传,据《金史》卷六六载:"天会六年(1128年)诏书求访祖宗遗事,以备国史。命勖与耶律迪越掌之,勖等采撷遗言旧事,自始祖以下十帝,综为三卷。"金代统治者重视采集民间遗闻旧事,并根据民间传说给始祖以下十帝立传,编入金史,这是满族说部为民间口述史的很好证明。满族说部是满族及其先民用自己的声音记述自己的历史,对各个部落、氏族重大事件的生动描写,细致记录,很多实事是鲜为人知的,有的补充了史料之不足,有的供专家研究或可匡正史误。说部以浩瀚的内容、恢宏的气势展示北方民族生动、具体的历史画卷,提供了各个历史时期活生生的人文景观。在《两世罕王传》、《扈伦传奇》、《雪妃娘娘和包鲁嘎汗》中记述了明朝与女真的交往、马市的内幕、东海窝集部与乌拉部的关系、扈伦四部争锋角逐、努尔哈赤创建八旗对女真的分化等等,都是各部族祖先的亲身经历。这对满族史、民族关系史、东北涉外疆域史的研究,都有见证历史的特殊价值。

满族传统说部具有文学审美价值。满族传统说部之所以能够世代传承诵颂,因为它具有独立情节,自成完整结构体系,人物描写栩栩如生、有血有肉,是歌颂克难履险、不畏强暴、能征善战、疾恶如仇的英雄的壮丽诗篇,充满了对英雄的崇敬,对美好生活的向往。说部中讲述的故事曲折生动,扣人心弦,语言朴实无华,简洁明快,具有感人至深的艺术魅力。许多说部都展现了浓郁的民族风韵,朴素、剽悍的独特风格,贯穿了反抗强权、除暴安良、保家卫国、急公好义、扶危济贫、知恩必报的积极主题,突出体现了满族及其先世的人文精神。它对启迪人们的智慧,端正人们的品格,鼓舞爱国主义思想,增强民族自豪感,有着潜移默化的作用。满族传统说部中反映的内容,与人民息息相通,因而受到北方各族群众的欢迎和享用。像《尼山萨满传》、《萨大人传》、《雪妃娘娘和包鲁嘎汗》、《松水凤楼传》等故事早已在达斡尔、鄂温克、赫哲、鄂伦春、锡伯以及汉族中广泛流传,只是过去没有被发掘而已。说部的创作不排除有被流放到北疆的高官和文化人的参与,如《飞啸三巧传奇》把北方民族抗俄守边的斗争与宫廷斗争相联系做了具体生动的描写,就可见流民文学的影子。满族传统说部创世神话《天宫大战》,反映了原始先民与自然力的抗争,歌颂了掌管日月运行、人类繁衍的三百女神与恶神进行惊心动魄地鏖战,是我国史前文化的重要遗迹,可以同世界诸民族的古神话相媲美,丰富了世界神话宝库。满族传统说部中的史诗《尼山萨满传》和有着六千余行的萨满史诗《乌布西奔妈妈》,以北方民族的独特语言,瑰丽神奇的情节,宏伟磅礴的气势,歌颂了萨满的丰功伟绩,具有很强的震撼力。可以说,满族说部是满族及其先世的史诗,是民族文化的精华和古卉,是我国和世界学术界研究满族及其先民历史和文化的不可或缺的宝贵资料,填补了我国民间文学史的空白。

满族传统说部具有民俗学价值。满族及其先世,在长期社会生活中,主要靠口碑传承生产、生存经验。在《飞啸三巧传奇》、《雪妃娘娘和包鲁嘎汗》中介绍了用桦树皮造纸、皮张的熟制、不同兽肉的制作和保鲜、鱼油灯的制作过程等古老工艺,还介绍了北方各种草药的药性和采集,北方少数民族的海葬、水葬、树葬等民俗。在《天宫大战》中介绍了祭火神,"跑火池",在《两世罕王传》中记述了明末清初一种娱柳活动——"跑柳池"等等。因此满族传统说部,为我们展现了满族及其先民等北方诸民族沿袭弥久的生产生活景观、五光十色的民俗现象、生动的萨满祭祀仪式和古时的天文地理、航海行舟、地动卜测、医药祛病以及动植物繁衍知识等,特别是有关生产知识,操作技艺,往往通过故事中的口诀和韵语得以传承。这为研究北方诸民族的人文学、社会学、民俗学、宗教学等学科提供了具体、真实、形象的资料，使这些学科得到印证、阐明和补充。所以，有些专家称满族传统说部是北方诸民族的"百科全书"，其言不为过誉。

满族及其先民，数千年来，在亚洲阿尔泰语系乃至通古斯文化领域里，做出了不可泯灭的贡献。特别是有清二百六十余年来，为世界文化保留了浩瀚的满学典籍及各种文化遗产，满语的翻译历来为世界各国学者所青睐，满学已成为民族学、语言学的重要学科。满语因久已废弃，现存满语仅是清代书面语的沿用。近年来，我们采录了黑龙江省孙吴县78岁的何世环老人用流利的满语讲述的《音姜萨满》、《白云格格》等满族说部，它向世人重新展示了久已不闻的仍活在民间的活态满语形态，这对世界满学以及人文学的研究是弥足珍贵的。除此，在满族传统说部中还保留着大量的环太平洋区域古老民族与部落的古歌、古谣、古谚，故而具有丰富世界文化宝库的意义。

满族传统说部作为民间口述史，其中对历史的记忆也会有不真实、不准确的地方，但它毕竟是民间口头文学而不是史书，作为信史虽不排斥传说但不可要求口头传说与史书一样真实可信。满族及其先民由于受历史的局限和各种思想的影响，在说部中难免有不健康的东西和封建糟粕的成分，但这不是主流，它和所有非物质文化遗产一样，自有其存在的价值。我们把满族传统说部原原本本地奉献给广大读者，相信在批判地继承民族文化遗产的原则指引下，一些不健康的东西会得到剔除。我们在采录、整理、校勘、编辑过程中难免有所疏漏，敬请读者批评指正。

我们抢救、保护和编辑、出版《满族口头遗产传统说部丛书》，是为了贯彻落实党的十六大精神和"三个代表"重要思想，传承中华文明，发展社会主义先进文化，为建设社会主义精神文明和构建和谐社会尽绵薄之力，希望这套丛书的出版能发挥它应有的作用。

谷长春

2006 年 6 月

目录

《阿骨打传奇》的传承人马亚川
及该说部的流传

王宏刚

　　本书是传承人黑龙江省满族民间故事家马亚川讲述的一部女真——满族的长篇历史传说《女真谱评》的一部分。

　　清太宗皇太极于天聪九年在给他父亲努尔哈赤修《太祖武皇帝实录》时，下旨禁本族称诸申（即女真），只称满洲，把女真族改名为满族，但在金源故地（辽金时期的女真完颜部中心区域、金朝第一个首都上京会宁府一带，即现在的黑龙江省阿城、双城、哈尔滨一带），不少满族人仍称女真。马亚川长期生活在双城县（近年改为双城市），正是女真完颜部兴起的金源故地的一部分，所以他传承的《女真谱评》的故事内容实际上包括从女真起源、完颜崛起，一直到清朝的女真——满族的历史传说故事，可谓无韵之史诗。

　　我们在 20 世纪 80 年代在双城马亚川先生家收集的主要是《女真谱评》的前两大部分，第一部分：即以金朝追封的金太祖完颜阿骨打以前的十代祖先（他们都被追封为帝）为主线的完颜部崛起建立金朝的历史传说，因为按完颜部部落首领（他们都是阿骨打直系祖先）的谱系讲述故事，所以可以称为"女真谱评"。第二部分：以阿骨打起兵反辽、建立金朝为主线，以阿骨打逝世为故事终结。为了便于读者阅读，我们根据这一段说部的主要内容，概括为《阿骨打传奇》。当时马亚川先生还给了我们一些后金时期凡察与清朝康熙、乾隆的故事，但仅是一些零散故事，还构不成一本书。我们收集的金源地区满族说部的第一手资料的主要内容已在《女真谱评》与《阿骨打传奇》这两部说部中整理出版了。

　　《阿骨打传奇》是金朝建立前后的阿骨打系列故事，这位昔日的部落英雄，成为中国历史上屈指可数的平民皇帝，他的大智大勇与治国之道有了更加复杂环境的考验而愈现光彩，对今人仍有一定借鉴意义。本说部表现了金朝建立前后的许多重大的历史事件，展示了辽金时期女真、契丹、汉族、渤海、奚族等多民族的生活画卷，自有其特殊的历史学、文学、民族学、民俗学等多学科价值。本说部的收集整理工作始于1982年，当时笔者在哈尔滨及周边的松花江流域的满族聚居地采风，在双城结识了锡伯族农民诗人高凤阁、文化馆的高庆年先生，在他们的推荐下，笔者与马亚川先生相识，并开始了长达三年的初稿的收集整理工作，当时我所在的吉林省社科院文学所的程迅先生参加了前一部分的采访工作。

据当时的采访资料，本说部传承人马亚川的概况如下：

1929年，马亚川未满周岁，其父因家境贫困，积劳成疾去世。不久，其母被卖到松花江北岸，因思念孩子，被地主打死，他被外祖父赵焕收养。赵焕也是满族，是一位走南闯北见多识广的厨师，生性恢谐，善讲女真人的故事。马亚川的外祖母赵沈氏，大舅父赵振江都是满族中讲故事的能手，乡邻中也有一批善讲故事的人。那时，东北农村很少有其他文化活动，女真人"讲古述祖"的古俗成了满族人的主要文化活动，在漫长的冬季，族人们围炕而坐，边搓苞米边讲"古趣儿"。在这样的环境下，少年马亚川成为一个故事迷，常常听到半夜也不肯睡觉。天长日久，他也成为一个小小的故事家，讲故事成了他家经久不衰的家风。

马亚川12岁时小学毕业，考国民优级学校总分第一，却因交不起学费而辍学。13岁时学油画匠，14岁时替舅舅到绥芬河当劳工。艰难的生活使马亚川自幼接触各个行业的劳动群众，熟悉他们的生活，听到他们讲的各种各样的传说故事。马亚川本人敏慧好学，记忆力过人，所以在他的童年时代，头脑里就积累了大量生动、丰富的民间口碑资料。

1946年"九三"日本投降时，马亚川的大舅父在哈尔滨市平房做工，带回日本人用中国人做试验的病菌，致使在35天内，家里连续死五口人，只剩马亚川和外祖父等四人死里逃生。在这场劫难中，外祖父赵焕将一批珍藏的家传古书交给了马亚川，其中最有价值的就是手抄本《女真谱评》，共分十册，是用毛笔撰写的。

《女真谱评》的撰写者是马亚川的外祖父赵焕的表弟傅延华，他是一位蒲松龄式的人物，光绪年间的满族落第秀才，一直生活在民间。当时，清王朝江河日下，使他日益忧虑国家的命运、民族的前途。他要从民族的历史中，寻求民族振兴的道路，从民族的英雄传说中，汲取振兴民族的精神力量，所以他对本民族族源传说和英雄故事有一种特殊的感情，不仅刻意搜集这方面的传说故事，而且把它整理成文，并在一些重要的传说故事后面写上自己的评价，故起名为《女真谱评》。

实际上，傅延华是清末金源地区女真故事的建成者。满族说部的形成、传承、传播，与满族的"讲古"民俗与大量满族的民间文人的参与有关。有清以来，满族的整体文化素质有了很大的提升，这是满族说部有很高艺术性的历史文化原因。

《女真谱评》传到了马亚川的手里。马亚川看到：他小时侯听外祖父和其他族人讲的许多故事在手抄本里都有，自然产生强烈的兴趣，爱不释手。《女真谱评》成了马亚川的启蒙教科书，他从这里学语文，又从这曲折动人的英雄故事中学到了本民族的历史与文化。虽然，这本书已失落多年，但它的内容已深深地印刻在马亚川的脑海里，当时我们采访马亚川时，他讲起《女真谱评》里的故事仍能冲口而出，出口成章，如数家珍，这里除了马亚川有特别强的记忆力外，还因为这些民族英雄传说凝结着他深沉的民族情感。

1946年，马亚川在韩甸区政府参加了革命工作，被送到双城县兆麟中学行政专修班学习。党和政府的关怀，使马亚川提高了政治觉悟，发愤学习。结业后，他到省公安厅工作，后转到海林县公安局工作。在这期间，他深入到机关、企业、工厂、乡村各个角落，在一些穷乡僻壤、深山老林中都留下了他的足迹。他每到一处，就讲故事，听故事，搜集故事。丰富多彩的公安生活使他搜集到丰富多彩的民间故事，他最感兴趣的仍是本民族的历史传说故事。

1957年，马亚川在双城副食品商店工作，创造了"干部参加劳动，职工参加管理，群众参加监督"的"三参一改"的民主管理企业的先进经验，受到党中央和省委的重视，该商店被评为全国红旗商店，马亚川被任命为商店经理。1958年秋，党和国家领导人邓小平、李富春、蔡畅、杨尚昆等同志到该商店视察。1959年，周恩来总理亲自奖给该商店一面锦旗。后来，马亚川被调到食品公司任工会主席。

1960年起，马亚川在广泛搜集民间故事的基础上，创作出有一定地方特色和生活气息的小说《蒲草的故事》、《宋春燕》、《零号》等三十多篇，发表在《黑龙江日报》、《北方文学》、《哈尔滨日报》等报刊杂志上。"文革"中，马亚川也为之受到冲击。党的十一届三中全会以后，马亚川被选为县政协委员，为省政协写了十万字的文史资料《莫德惠生涯》。又写了《花园酒香》、《催春》等作品。

1982年秋以后的三年多时间里，马亚川先生集中精力回忆、收集并初步整理了《女真谱评》中辽金时期的传说故事，至1985年夏，他将完成了三百余则传说故事的初稿交给笔者，约120万字。故事完整、精彩，有相当大的连续性，其内容具有史诗性，其语言不仅有大量生动活泼的东北方言，而且有相当一部分女真语、满语、蒙古语等民族语言，使说部更具民族特色。同时，我们也在双城、阿城、哈尔滨一带进行了长期的田野调查，收集辽金时期的女真人的故事传说。在调查中，我们发现：金源地区不仅比其他满族聚居地有更多的女真故事，而且仍然有一些女真人的遗俗，比如在这一带的满族人中多有烧包袱的古俗，除夕之夜在烟囱底下烧包袱，纪念民族英雄金兀术。至于在当地满族流传的民间故事中，女真故事是一个共同的母题，今人所鲜知的阿骨打的先人乌鲁、劾里钵的故事仍有流传，阿骨打学兵法、金兀术学艺等故事就流传得更广，而"花园"等女真故事已成为满汉民族共同流传的优美的风物传说。当时，我们为众多女真故事的新发现而兴奋不已，这些故事终于在1989年编辑成一本专集《女真传奇》①，它从民间文学传播的角度，展示马亚川传承的女真故事孕育、萌生、传播的文化土壤。

马亚川先生的故乡双城至相邻的阿城，有两条不出名的河流——阿什河与拉林河，八百多年前，这两条河叫安出虎水和涞流水。在这两条河的流域里，孕育了一个强大、英雄的部落——女真完颜部。完颜部英雄在涞流水聚集2500女真族勇士起兵反辽，一举灭了辽国，建立了雄据中国北部长达一个多世纪的大金国。虽然随着时光的流逝，金朝早已成了历史的一页。但在完颜部的故乡，在女真人的后裔——满族人中，仍流传着许多悲壮而又动人的女真英雄传说，诸多的民族英雄仍活在后辈族人的"口碑"之中。马亚川先生传承的满族说部《女真谱评》、《阿骨打传奇》等是金源地区女真故事的杰出代表。

虽然，在马亚川生前，我们共同期盼着这部史诗性的满族说部能够完整地出版，但除了个别章节作为单篇故事发表过，整部书稿在我的书箱里沉睡了20年，马亚川先生没有赶上这两部书稿出版的这一天。但是，在这两部说部即将付印出版的时候，我们要在这里庄重记下他对满族、对中华民族传统文化传承的杰出贡献。

---

① 详见于又燕、王禹浪、王宏刚：《女真传奇》，时代文艺出版社1989年版，第1—6页。

阿骨打与众勃极烈商量好伐辽大计，第二天去拜请扑钗，说明举兵伐辽的方略。扑钗是颇刺淑的大老婆，为人聪明过人，众望很高。现在完颜部虽然还没建皇宫，但内部已形成帝王皇宫架式，众推扑钗主管内院事宜，实际就是皇太后的角色。大事小情都得经她同意方能办理，否则，擅自办了就要受到责罚。

阿骨打来至扑钗门前，早有人通报进去，扑钗扯扯衣襟，理理鬓角，照照镜子，看看发髻周正不，这才盘腿一坐道："有请！"

阿骨打在她面前行九叩礼。

扑钗将手一伸说："侄子，起来说话儿。"

早有丫环过来将阿骨打搀起，扶到地下放着的木头墩上，随之献上茶。阿骨打一欠屁股望着扑钗说："今日，特来告禀四婶母欲伐辽。因辽朝天祚帝延喜奢华荒淫，强征暴敛，致使民不聊生，转而为盗，或卖妻子儿女叫苦连天，饥饿而死亡者日渐增多，土地荒废，怨声载道。而延喜在宫中迷恋酒色，不理朝政，皇戚国舅独霸朝廷任意横行。我完颜部贡鹰、捕捉肖海里顺应民心，辽朝对我屡加压迫。现在我要严惩荒淫无道之君，救民于水火，择日兴师，讨伐辽朝，请四婶母圣裁。"

扑钗听后，望着阿骨打说："哎哟，阿骨打，你继承你阿玛①和哥哥的大业，兴家卫国，你看行就干么。虽然你母她们早逝，留下我还在，吾已老了，不忧虑这些国事了，你主持办就是了。以后别讲这些礼节了，不用再和我说了，免得误事儿！"

扑钗这席话，说得阿骨打泪流满面，想起爷爷、奶奶艰难，觉得应尊敬孝顺所有的老人，便道："拿酒来！"

丫环端来酒壶酒觞，阿骨打拎过酒壶，倒了满满一觞酒，用手举着说："敬奉四婶母一觞酒，婶母寿比南山不老松！"

扑钗由丫环扶着，站起身来，接过酒觞说："祝儿安邦卫国早日成功！"说罢将酒轻轻泼洒在地上。

---

① 阿玛：满语，父亲。

阿骨打确定九月初九日"祭天",才拜辞扑铗而去。

在寥晦城的小城,也就是对面城的圣坛上,立一杆黑色伏魔杆,顶端钉一方锡斗,内置五谷杂粮,祭祀乌鸦喜鹊神,谓之娑腊杆。设置完毕,这天可热闹了,老百姓十里八里的全赶来了,他们不仅看热闹,更主要的是来跟阿骨打"祭天",这就叫"人心所向"。黎民百姓非常感激阿骨打,在那天灾不收,各部落仍然增缴税收,老百姓连饭吃都没有的时候,还哪来的粮食交税呀?逼得没办法,忠诚老实的卖妻子儿女交税;不守本分的就出去偷盗。眼看老百姓无有活路、官逼民反,阿骨打毅然决断免征三年,救了百姓,女真人感激万分。今天听说阿骨打伐辽,人心所向,能不来吗?跟着拜天,才算尽到赤子之心。很多百姓都是连夜赶路,天还没亮,寥晦城已经人山人海,到处人喧马嘶。

日出卯时,扑铗率领诸兄弟媳妇、侄儿媳妇,阿骨打率领诸勃极烈和勃堇、猛安、大小将领、子侄来至"祭天"场地。将早已准备好的三口"黑毛",即身无杂色的一麻黑的黑猪,四蹄双绑,吱哇吼叫抬到天坛前面,放在地下。阿骨打领着男男女女忽下子全跪在地下,祈祷皇天后土保佑。

三口大黑毛猪放下后,阿骨打举觞祈祷道:"皇天后土在上,辽朝荒政,民不聊生,不归阿悚。吾替天行道,愿皇天后土保佑,特奉乌毛猪三口祭之,敬请领牲。"语毕,将觞里的酒往猪耳朵里一倒,猪耳朵一扑棱,即为领牲,磕头身起。休息一会儿,正响午时,转入正祭。阿骨打又率众人来至祭坛前,木主前摆放三个猪头,鼻子孔里插放三棵鲜葱,绿叶朝上。有人又端来蒸好的黄米面包豆馅儿的苏子叶饽饽,阿骨打接过来,恭敬地举过头顶后,人们又忽下子跪下。

"咚、当、噼啪噼啪"连声响在天空,吓得人们跪在地下,眼望天身体发抖。他们不知什么在巨响,咋不害怕呢?玉奴跪在那儿见把别人吓得那个样儿,两手捂着嘴扑哧扑哧直笑。

女真族过去不仅没见过炸炮,听都没听说过。阿骨打从宋朝带回来炸炮,是要将它研制成武器,一个也没放过。今天放些炸炮还是阿离合满哀求阿骨打再三,才拿出放的。燃放炸炮的人,当然是乌野、阿离合满和谋演啦,别人还不知咋放,这三人今天算出人头地了,感到很骄傲。

炸炮轰响的同时,锣鼓笙笛齐鸣,这就够热闹的了。很多民众第一次开这眼界,弄得他们耳鸣眼花,身抖心跳。

奏乐后，阿骨打宣读祭文，高声说："皇天在上，辽朝荒肆，民受涂炭，难以为生。执叛逆阿悚不归，于女真之不顾，吾兴正义之师，顺天应民，讨伐无道，以归正统。天现极光，地现寥晦，天地定焉，岂敢逆之，定癸巳年九月十日出兵伐辽，望皇天后土保佑，旗开得胜，马到成功！"祷毕，端酒觞泼洒于地，以酹之。阿骨打刚站起身来，过来一群头戴神帽的萨满，摇晃到坛前，不一会儿喊得人全随着欢跳起来，狂欢至极。人们跳着舞，齐声高呼："都勃极烈，空齐！空齐！都勃极烈，空齐！空齐！"

祭天后，扑钗给阿骨打敬酒，阿骨打摆手说："使不得，使不得，还是坐下同饮！"

扑钗说："是吾之意，汝不能逆，得从之。"她满满斟一觞，举给阿骨打。阿骨打扑通一声跪在地下，接过酒觞，一饮而尽，泪如雨下。

当撒改给阿骨打斟酒时，阿骨打慌忙站起来施礼说："吾辈你为长，安邦立业之功大也，弟岂敢承受？"

撒改说："汝天命所归，金身龙体，非庶人也。"

阿骨打拒受，定共饮之，坚持良久，撒改无法，与阿骨打共饮之。饮罢，阿骨打一声令下，举兵出发。

说的是阿悚逃亡到辽朝后，听说城破家亡，认为不报此仇非为人也，但他与辽的密计几次都失败了。探听到女儿俊女与松阿部爱生婚配，别人不知是他女儿，遂又派和他同逃至辽朝去的达纪暗中来刺探阿骨打在涞流水暗建城寨一事，探听准了，好向辽朝报告，也算尽了自己的一点儿心意。阿悚让达纪到松阿部找他女儿，让女儿陪其同去涞流水窃探虚实。

达纪找到俊女，同去涞流水，没想到爱生在后边跟随瞟着，当爱生突然喊叫俊女时，俊女就明白了，让达纪骑马快逃。达纪快马加鞭而逃，跑出很远，见后面无人追赶，才稳住神儿缓缰而行。他心里很高兴，亲眼所见阿骨打确实已暗建城寨，训练兵马要进攻辽国。获得这一重要军事情报，回到辽朝，也得大受嘉赏。在往回来的路上，他肚子里咕噜咕噜山响，三根肠子已饿空二根半，说啥也得找地方寻觅点吃的。向前一望，大喜，前面是曷懒甸，有个一奶同胞的弟弟在那儿住，到那儿去吃饱喝足再走。达纪随阿悚逃至辽朝，对于此情，曷懒部民众并不知道。再说达纪弟弟是投奔岳父家来的，百姓也不认识达纪，他便大摇大摆地骑着马奔弟弟家去了。

达纪的弟弟名叫察律，就两口人过日子。这天他出门了，就媳妇雅鲁一个人在家，正在炕上做针线。雅鲁听见外面马蹄声响，扒窗户一看，大吃一惊，见是达纪。心中暗想，他来干什么？已跟阿悚逃去辽朝，回来准不干好事儿。不管咋说，大伯哥来了，冷在心里笑在面上，也得迎出去。于是来到外边，施礼请安说："大哥，身体康健？"

达纪见兄弟媳妇笑吟吟地迎出来了，施礼请安，就知道弟弟察律没在家。瞧着兄弟媳妇问道："察律干啥去了？"

雅鲁回说："他出门了，快请到屋吧！"遂将达纪让到屋里，问道："大哥从何而来？"

达纪说："从涞流水来！"

雅鲁心里咯噔一下子，她知道涞流水是阿骨打暗建城寨的军事要地，怕辽朝知道，用烟雾遮掩，大伯哥突然到那儿去了，不用说，肯定是暗探城寨的，便笑吟吟地问：“还没吃饭吧？”

达纪说：“有啥快给我弄点儿，饿坏了！”

雅鲁说：“我给你做去。”说着扎上围裙给达纪做饭，心里暗想，虽然达纪是察律的胞兄，但他却背离祖宗，逃到辽朝去了，还暗中回来窥探阿骨打城寨，胳膊肘儿往外拐，连祖宗都出卖，这叫啥人呢？为了不让阿骨打暗建城寨、训练兵马的事儿泄露出去，得想办法捉住他，给阿骨打送去。又一想，咋抓他呢？察律没在家，谁去给部落长送信呢？我要是离开家，他非觉惊不可，逃跑了，岂不画虎不成反类犬？她一边做饭一边琢磨办法。

达纪在屋里坐立不安，不吃饭饿得实在难受，吃饭还怕有人认出他，岂不自投罗网？他扒着屋门说：“弟妹，简单点儿，越快越好，我太饿了！”

雅鲁说：“看你说的，总也不来，说啥得给你做点儿下酒菜，喝两盅。”说着，抬起头望一眼达纪道：“你先在炕上躺会儿歇歇，一会儿就好！”

达纪撤回身子，心里转念兄弟媳妇这句话，让我躺会儿，啥意思呢？人心莫测，她能不能……哼，不得不防，倒要留点儿神。达纪两眼注视着外面，两耳倾听外屋雅鲁做饭的响动。

雅鲁偷看达纪在屋里像火燎屁股一般，鬼头鬼脑直打转转，知其心里有鬼，暗中害怕。她就更着急了，心想：“自己下手抓他，也不是他的个儿。招呼人来，他从屋蹿出去跑了，能追上吗？”忽见海东青蹲在那儿跳脚儿。雅鲁急中生智，拔根鸡翎，用火燎一下子将毛烧得糊拉粑蚰的，悄悄塞在海东青嘴里，抬手在海东青眼前一晃，朝屋内指指达纪，又向外一指，意思是让海东青快去向部落长报信儿。哑令使完之后，她抱起海东青从房门往外一扔，海东青扑棱棱展翅飞走了。雅鲁一回头，见达纪怒目而视曰：“你放海东青做什么？”雅鲁笑而答曰：“我让它去捕条鲜鱼给你下酒。”

达纪感到不对头，一步蹿到外面去解马缰绳要逃跑。雅鲁拎着切菜刀从屋里蹿出去，笑嘻嘻地说：“干啥大哥？好饭不怕晚，再着急也不在这么一会儿。”说着，只听咔嚓一声，一刀将马腿砍折了。人要着急真能看出来，雅鲁使出了全身的力气。

达纪明白了，雅鲁没安好心。他二话没说，抽冷子抬腿就给雅鲁一脚，雅鲁一闪身，举起菜刀就抢，边抢边喊：“抓贼呀！抓贼呀！”

达纪见马腿也被兄弟媳妇砍折了，一脚没踢着，她还喊上了，哪敢停留，撒脚就跑。雅鲁拎着菜刀边追边喊："抓贼呀，快抓贼！"

部落长正在训练兵丁，候等阿骨打命令好去攻辽。忽见一只海东青从天而降，吐在他面前一根被火燎得糊拉粑蚰的鸡翎，仍然有燎烟味儿，心里纳闷儿，这是啥意思？海东青悬在空中，嘎呀嘎呀叫唤两声，向东南飞去。

那时候没有文字，这些哑令一见也猜测八九分。部落长立即说："快，乘马尾随，准是谁家出事儿了！"他骑马跟随海东青穿街越巷往前走，忽然听到噶珊东南角有人大喊"抓贼"，"啪"地扬鞭催马朝着喊声驰去。

再说达纪在前面跑，雅鲁在后边追边喊，东西各院妇女见雅鲁追一男，听说抓贼，像窝蜂似的也从后边追来，齐声喊叫："抓住他，抓住他！"

达纪饿得早已没劲儿了，逃出不远就跑不动了，自言自语道："完了，跑不出去了，有了，我死也抓个垫背的，好你个兄弟媳妇，出卖一奶同胞的兄长，我先发送你去阴曹地府吧！"想到这儿，又窝头往回跑，向雅鲁扑去。雅鲁见大伯哥如恶狼般向自己扑来，并没惧怕，抢起菜刀相迎，跟达纪厮打起来。打有几个回合，达纪一脚踢在雅鲁的手腕上，菜刀从雅鲁手中飞出。达纪刚要去拾菜刀，一群妇女赶到，一拥而上。由于达纪精疲力竭，好虎架不住一群狼，被这群妇女撞倒了。正在这时，部落长赶到，人们七手八脚叮咣一顿揍。雅鲁才大喊："别打死，他是阿悚派来偷探城寨的奸细！"

人们这才吃惊地住手，疑惑地问道："雅鲁，你怎么知道他是奸细？"

雅鲁将他大伯哥怎么跟阿悚逃去辽朝，今天突然到家说他从涞流水来，涞流水什么地方？他到那儿去干啥，一听不就明白了。又将自己怎样用火燎鸡翎打发海东青去给部落长送信，意思是家有辽贼，从头至尾说了一遍。大伙儿一听，雅鲁为女真的利益，不顾亲属的私情，计捉奸细，谁不受感动啊！妇女们七吵八喊地将雅鲁抬起来回噶珊去了。

部落长令兵丁将达纪五花大绑后，亲自带人送到会宁，撒改才派人去请阿骨打。

阿骨打听说雅鲁将阿悚派来的奸细抓住了，大加赞赏，决定奖赏雅鲁牛二头，马一匹，绢缎一匹，并亲自审问达纪。

阿骨打问："达纪，是谁打发你来的，回来干什么？从实讲来！"

达纪哭咧咧地将阿悚让其找他女儿俊女，一同到涞流水去窃看暗建城寨，回去向他报告之事从头至尾说了一遍。

阿骨打听后，气得暴跳如雷，吼道："好个背逆贼子，我祖上对你家恩重如山，不仅不报恩，反来为仇，连平民百姓都不如，不将此贼坑杀决不罢休！蒲家奴！"

蒲家奴慌忙跪地说："在！"

阿骨打命道："你马上去辽朝，索要阿悚，如要不交回，决不善罢甘休！"

蒲家奴说："遵命！"起身而去。

阿骨打又道："将达纪押在死牢里！"

达纪吓得咚咚磕响头说："都勃极烈开恩，将我用铁链锁着，在外边当奴隶，也别将我押进死囚牢！"

达纪为啥不愿进囚牢？列位有所不知，那时候囚牢，不是房子，是在地下挖个深坑，将犯人往里一扔，活遭罪，谁也受不了。所以达纪才提出宁可带铁锁链在外边当奴隶，也不愿到土牢里活遭"阴曹罪"。

阿骨打将眼睛一瞪，怒冲冲地说："少啰嗦，快押下去！"

蒲家奴收拾好后，又进来拜别阿骨打，看阿骨打还有啥吩咐没有。

阿骨打见蒲家奴进来了，摆着手说："你近前来。"

蒲家奴走至阿骨打身旁，阿骨打附在蒲家奴的耳边喊喊喳喳，告诉他到辽朝去这般如此，如此这般行事。

蒲家奴密受阿骨打的旨意，来到辽朝后，让随从在人多之处喧嚷阿骨打已派蒲家奴来讨阿悚，当面交还，否则攻进辽朝鸡犬不留。这些流言蜚语像长了翅膀，很快飞到阿悚的耳朵，当即吓了个屁蹲儿，静静神儿，慌忙溜进辽军都统肖虬里府去。

阿悚之所以逃至辽朝，讨不归还，就是仗着辽军都统肖虬里保护他。说肖虬里保护他，不如说肖虬里小老婆保护他，因阿悚早与肖虬里的小老婆私通上了。肖虬里小老婆名叫欢欣，现在还不超过三十岁。小模样儿长得非常梗，十人见着九人爱，两只眼睛水汪汪，见人总用斜眼看，不是有情似有情。阿悚是一部之长，早在劾里钵时就得烟抽，经常带些女真盛产的珠宝去辽商榷赶集，互换物资。有一天，阿悚和欢欣在商榷相遇了，在交换东西的时候，阿悚见欢欣总用斜眼热辣辣地瞅他，嘴没说心里寻思，这个官娘子为啥总和我分眼吊棒啊，难道她有心？阿悚是个色迷，看着姑娘、媳妇就迈不动步，见欢欣冲他分眼吊棒，早已云山雾罩了。在这乱哄哄的商榷上，他俩不是交换东西，站在那儿交换起眼神儿来了。阿悚打定主意，你斜楞我一眼，我斜楞你两眼。欢欣见阿悚用眼传情，心里也直劲儿痒痒，暗想，你看我两眼，我还你三眼，眉来眼去，用眼神勾魂。

欢欣十八岁被肖虬里抢去做小老婆，那时候，肖虬里已四十八九岁了。如今五十多岁了，在生理上已满足不了欢欣的要求，可肖虬里将欢欣紧闭在房中，不让她抛头露面，就连到这商榷来还是第一次。那么今天偏偏遇上色鬼阿悚，两人这一分眼，欢欣见阿悚是个美男子，又有钱还正当年，勾起春心欲动。两人分了半天眼，还是欢欣提醒了阿悚，说道："客官，你就带来这么几十张貂皮吗？"

"啊！啊!"阿悚两只眼睛已长在欢欣身上了，干啊啊不知说啥好了。"喂，你倒说话呀!"急得欢欣用手推阿悚一下，将阿悚从痴情中惊醒:"官娘子，你说什么?"欢欣扑哧笑了，暗骂好个痴情汉，又勾搂他一眼说:"你那些貂皮在旅店，我去看看好吗?"一下将阿悚醒过腔儿来，"好，好，你跟我去看!"阿悚转身就走，一步一回头，心想:"这官娘子是让我今天就和她……哎呀，不行，身在外邦，可不是闹着玩的，小心小命葬送于此。"又一想:"怕什么，她有心我有意，宁在花下死，做鬼也浪荡。"胡思乱想将欢欣领到旅店，还没等他开口，就听欢欣吩咐随从的丫环:"你们在外边候着，我随客官进屋去选宝贝，没有我的话，任何人不准闯进!"

辽军都统的小老婆那还了得，谁不怕呀，都弯腰施礼口称:"是!"

欢欣随阿悚进到包间店房，白天无人，外边又有丫环、护从卫兵把门保护，闲人免进，这就给阿悚、欢欣创造了条件，两人迫不及待地行云雨之事毕。欢欣尝到了甜头，说啥不让阿悚走。这可就难住了阿悚，逼得无法，才想出个办法，阿悚认肖虬里为干父，这样就可随便进府了。这招儿也真绝，阿悚带着很多貂皮、珍珠、人参、鹿茸去拜见肖虬里后，真被认做干儿子，从此与欢欣这个小干妈勾搭连环。为了能长期居辽，他才背叛女真，逃亡辽朝，受肖虬里保护。蒲家奴到辽朝后，阿骨打让他先放风，这风一放，可吓坏了阿悚，慌慌张张跑进都统府，见着肖虬里就跪下说:"干爹，大事不好!"

肖虬里说:"何事将你惊成这样儿?"

阿悚将听到蒲家奴来讨要他，辽如不给，就打进辽朝鸡犬不留的话一说，气得肖虬里呜哇噢叫，马上派人探听蒲家奴来了没有。来了，待我审问，亲手杀之，随后起兵扫平完颜部，替吾儿阿悚报仇。

出去打探的人去不多时，回来报告肖虬里确有此事，蒲家奴住在旅驿。肖虬里马上吩咐侍从武队，列刀阵让蒲家奴钻，待我问后杀之。遂令人立传蒲家奴来见。

蒲家奴跟随辽军都统肖虬里派去的人来至都统府门前一看，嗬！好大的阵势。府门大开，从大门直到待客厅，武士架着明光锃亮的刀阵，刀刃向下，搭成个刀胡同，寒光逼人。肖虬里狐假虎威，怒发冲冠，手持宝剑而坐，怒视着门外。蒲家奴见这情景，冷笑一声说:"好啊！你摆这阵势吓唬胆小鬼去，吓唬不住咱蒲家奴，怕死不英雄也。"想到这儿，毫不犹疑地将外衣一脱而净，扔给护从说:"你们在此等候，待姓

蒲的去见他！"说罢，气昂昂地光着大膀子，昂头挺胸而进，吓得武士手举大刀直哆嗦，暗暗佩服蒲家奴真乃英雄好汉，面不改色，气不长出，个个被蒲家奴吓得不寒而栗！

肖虬里坐在那儿，见蒲家奴光着膀子，手扶宝剑气势昂扬而进，心里颤颠一下，暗自惊讶，没想到女真还有这样的英雄好汉，看他那样儿，还得多加小心才是。

蒲家奴大步流星走至肖虬里面前，昂然而立，仰面大笑。

肖虬里责问蒲家奴："你因何而笑？"

蒲家奴轻蔑地说："我笑辽都统是位贪生怕死之徒！"

"这话咋讲？"肖虬里手持宝剑，腾地站起大声问。

蒲家奴眼睛一瞪说："不贪生怕死，为何列武士，架刀阵，持宝剑，气势汹汹如临大敌来对待使者？"

肖虬里抬手将桌子"啪"地一拍，嚎叫道："你大胆！"

蒲家奴哈哈大笑，说道："不是我大胆，是都统只能列阵势，拍桌子，吓唬耗子耳……"还没等蒲家奴的话说完，外面大喊："肖兀纳宰相到！"

肖虬里抬眼向门口一扫，见肖兀纳慌慌张张从大门进来，喊道："撤，全撤了！"肖虬里明白，将手一扬，武士们抱着大刀像夹尾狗般遁去。肖虬里离开座位，慌忙迎至厅外，鞠躬施礼说："不知宰相驾到，失迎，当面谢罪！"肖兀纳手一摆，忙赶至客厅，见蒲家奴光膀而立，赔笑致礼说："蒲将军，都统多有冒犯，特赶来赔礼致歉，望将军海涵。"

蒲家奴见宰相以礼相待，慌忙还礼："岂敢，岂敢，小番之使，岂敢触大也！"

肖虬里脸红脖子粗地站在旁边不知所措。

肖兀纳令人将蒲家奴衣服取来，蒲家奴穿好衣服，才向宰相、都统施礼落坐。

肖兀纳问："蒲将军，有一事不明，愿将军施教。听说阿骨打节度使建城寨，造戎器，训兵马，意欲攻辽乎？"

蒲家奴说："我主建城寨、训兵马全为自守，不然更受欺辱也！"

肖兀纳问："此意何解？"

蒲家奴说："阿悚背叛，逃亡至辽已快三载矣。屡讨不归，辽已目无女真焉，不设险自守，怎能御辱也？"

肖虬里接着又问:"听说阿骨打要攻打辽朝,果真乎?"

蒲家奴冷笑一声说:"如归阿悚,其说皆无;如不归阿悚,其说已真也。"

肖虬里听罢,吓得面目失色。

肖兀纳接过了话茬儿:"蒲将军回禀节度使,阿悚定然归还。不过,他目前不在辽,已去宋矣,得回来,定亲缚送归。"

肖虬里说:"是呀!阿悚早逃亡宋朝了,等他归来还之……"

胡散跑在宁江州街上被一个辽朝军人打倒在地，他可就撒开野了，抱着四条鱼大哭起来，说："我给肖虺里打鱼打出罪来啦，可你肖挞不野也没让我去给打点呀？凭什么揍我，你对肖虺里都统不满，找他去，拿我们百姓撒啥气？……"忽下子辽军将他围上了。

事也凑巧，围观的军人中，正好有个是专门为肖虺里出来寻摸白鱼的，胡散跑说的话他听得非常清楚。又见篓里有四条大白鱼，早已垂涎三尺，听说是给肖虺里都统的，立即大喊："闪开，闪开！"这个军人钻了进来，望着胡散跑说："谁打你了，为什么？"

胡散跑见有人问他，打量这个军人必有来头，嘴一噘，用手一指说："是他，他听说我为肖虺里都统送鱼，说没给他们，伸手就打！"

军人一听，指问打人的军人说："你凭什么打人？"

"他凭什么只给你们送鱼，不给我们送鱼？"

"这你管得着吗？"

"你们仗势欺人，天天吃好的，喝好的，让我们上这儿遭罪！"

"这你和谁说，找都统去！"钻进来的这个军人将脸一绷对胡散跑说："背着，走，都统还等着吃呢！"

胡散跑可乐坏了，找还找不着，遇上了，站起身，拎起鱼篓往后一背，跟这军人走了。刚走，就听身后一片唾骂声："呸！不着肖虺里认个宝贝干儿子，我们能来这儿受罪！"

"嘻嘻，哈哈！"

这军人领胡散跑拐进背厅的时候，才问胡散跑："谁让你打的鱼？"

胡散跑说："军爷，实不相瞒，是吾以打鱼为生，好容易打这么几条珍贵的白鱼，看他要抢，撒谎说给肖虺里都统的，寻思他就不敢抢了。多亏军爷救我，送给你两条吧！"说着，将鱼篓放在地下，就要往外拎鱼。

军人手一摆说："看你说话挺实在，这样吧，四条鱼我全买下，你给我送去，肖虺里都统最爱吃白鱼，我就是出来给他买白鱼的。"

胡散跑说："这么说，你是肖虺里都统的官儿了？"

军人笑嘻嘻地说："肖都统是我姨父，我专管给他办置吃的。"

胡散跑说："原来是这样，好说，我这四条鱼孝敬你姨父了，送给他老人家吃。"说着背起背篓说："走吧！"

军人说："好这么的？"

胡散跑说："有什么不好，天长日久，军爷关照我，比这四条白鱼值得多。"他随肖虬里外甥来至肖虬里住处，走进伙房，刚进去，就听里边呼幺喊叫的："你干么不按四百人领军饷？"

"不行，他们说，你们来二百人，就按二百人拨。"

"他奶奶的，渤海人和咱们一样领，明天让肖都统找他们算账。"

"再说，他们来的哪有正经兵，全是花钱现雇的，扯他妈蛋，能打仗吗？领军饷可倒好，和咱们一样！"

"亏得来不到六百人，要来一千人，更吃不到菜了。"

正在七吵八喊的时候，见胡散跑背着鱼进来了，将鱼篓往地上一放，人就围上了，"哎呀，这大白鱼没见过！"

"小心馋掉大牙！"

"从哪儿买来的，稀罕人哩！"

胡散跑也不言语，将大白鱼放到盆里，冲肖虬里外甥说："军爷，我走了！"

"别走，咱俩喝两盅！"

"不了，麻麻烦烦的。"

肖虬里外甥一把拽住胡散跑说："别走，我还有话和你说。"

胡散跑将鱼篓放下，随肖虬里外甥走进另一屋，厨房立刻刀勺山响。坐下后，肖虬里外甥盘问说："你家在城里吗？"

"城外，猎鱼屯。"

"那你更得吃饱再走。"肖虬里外甥自我介绍说："我叫柴活，今后有事找我。"胡散跑接过说："可不，不找你找谁，还得给你送鱼呢！"

柴活眉开眼笑地说："留你就为这事儿。"

他俩正唠着，酒菜端上来了，柴活给胡散跑满满倒上一杯说："干一杯，感谢你帮了我大忙，不然上哪儿找这大白鱼去！"说着一仰脖儿干了一杯。

胡散跑喝一口酒，夹点儿肉放进嘴里，一边吃一边说："放心，要吃大白鱼好办，我打不着，用别的鱼换，也保证净给你送白鱼。"

柴活问："白鱼多么？"

胡散跑眼睛一眨巴说："实不相瞒，秋天是白鱼最多的时候。"

柴活又问："能整到多少？"

胡散跑说："哪天不弄几千斤。"

"那能买到吗？"

"好买，太好买了。"胡散跑说到这儿，长叹一声道："唉！不过，现在有点儿难了。"

柴活疑惑地问："怎么难了？"

"女真那边听说咱要打他，即使打着白鱼，恐怕也不卖给咱们了。"

柴活吃惊地问："你听谁说的咱要打他们？"

胡散跑说："这几天打鱼，听女真那边一嗡嗡的，说辽朝要打他们。"

柴活冷笑道："胡扯，是他们要打咱们。"

胡散跑嘿嘿一笑说："哪有的事儿，看他那人马刀枪，还敢和咱大辽国打仗？咱们发大兵，不将他那些小部落踏平才怪呢！"

柴活说："阿骨打在涞流水建城寨，训兵马，要进攻咱们……"

胡散跑更大笑起来说："这是谁谎报的？还是我们渔民知道。女真那边老提心吊胆怕打他们，阿骨打才想出个计策，在涞流水虚张声势，你知他建些啥？"

柴活惊问："不是建的城寨吗？"

"那是，寨是寨，全是阿骨打媳妇住着。在会宁，七个媳妇争风吃醋，总打架绊嘴。阿骨打无法，在涞流水建些寨子让老婆住，对外虚张声势说训练兵马，每天还沤些烟火，假装兵马多，烟气缭绕的，全是吓唬人的。"

柴活说："啊！原来是这样！都是肖兀纳老儿，总在皇上眼前嘟嘟，才将这些人折腾来了。"

胡散跑说："不过你们发兵来，可把女真吓屁了，说咱们发老鼻子兵啦！听说都要往深山里跑，要咋说白鱼不好买了。"

柴活说："你这话真的呀？"

胡散跑说："咱是打鱼的，撒这谎干啥？"

柴活举起酒碗说："说得痛快，咱俩干了它！"他干了后又问："明天还能再送点儿白鱼给我吗？说真的，不能白吃，多给钱，白鱼就行。"

胡散跑说："这话让你说外了，多了吹牛，你和你姨父吃，我包了。"说着，又和柴活干了一碗，眼睛溜着柴活说："不过，送鱼有点儿难，不是别的，截我不好办。"

"敢！说给我送的，谁截你，我收拾他！"

胡散跑说："我说给你姨父送的，还揍我哪！"

柴活眨巴两下眼睛说："可也是，咋办哪？你在哪儿，我打发人去取。"

胡散跑说："实不相瞒，家里的水池子里还泡着五百来斤大白鱼，不敢往这儿运。要是军爷你能去，弄回来，可是一笔……"

柴活说："真的吗？"

胡散跑说："闹了半天，你还信不着我？"

柴活说："信着了，信着了。"又压低声音问："什么时候去？"

胡散跑也低声说："最好咱俩今天晚上悄悄出城，神不知鬼不觉，明天起早你就运回来了。"

"好，一言为定！"

胡散跑假装喝醉了，柴活给找个地方睡一觉。

天擦黑的时候，柴活将胡散跑叫醒，外面早已备好两匹快马。胡散跑将鱼网挂在马鞍前，背着鱼篓，跟随柴活出城而去。胡散跑巧用舌头，才引出夜审"舌头"，摸准敌情。

柴活催马来至东门，守门军已将门关闭了，见是肖虬里的外甥领着渔民要出城，对胡散跑更信以为真，热情地将城门打开，悄声对胡散跑说："千万给我带一条回来！"

柴活出得城来问胡散跑："你跟他们都认识？"

胡散跑说："常来卖鱼能不认识嘛？还经常给他们鱼呢！"

柴活一听，更不疑心了，跟随胡散跑催马加鞭驰去。

胡散跑骑在马上，琢磨咋能将柴活擒获带回去，如果一直往东去，这小子非疑心不可。有了，我将他引至东沟里，打下马来，缚上带回便是了。想到这儿，出城门不远，勒马就向东南方向去了。柴活在后边跟腔问："还离多远？还离多远？"

胡散跑说："快了，过东南沟便是。"啪，又猛抽一鞭，两匹马向东南沟飞驰而去。刚跑至东南沟，胡散跑冷丁将马一勒，这马双蹄往起一叠，柴活一愣的工夫，胡散跑借着月光，伸手就将柴活擒过马来，横在鞍前说："柴活，告诉你，吾乃阿骨打派来的探子，擒拿你去诉说敌情。如要喊叫，或说半个'不'字，马上让你去见阎王。说吧，你是去见阿骨打呀，还是见阎王？快讲！"

柴活趴在马上，悔之晚矣，嘴没说心里想："见阿骨打也得死，管怎么还能多活会儿，万一能活着岂不更好！"想到这儿，赶忙说："见阿骨打，见阿骨打！"

胡散跑说："可有一宗，如果你出动静，我立刻打死你，听到没有？"

"听到了，听到了！"

胡散跑叮问好了，才用鱼网将柴活套上，用网绳把双手倒绑上，拴在马鞍上，仍然横放着，勒紧马肚带，快马加鞭飞驰而去了。

快半夜的时候，有人向阿骨打报告，说胡散跑回来了，还捉个舌头，阿骨打乐得亲自迎出门外。

胡散跑见阿骨打迎了出来，刚要叩拜请安，阿骨打早抢上一步，拽着胡散跑的手说："机敏过人，神速而归，令人钦佩！"手拉手走进室内。

胡散跑才将他咋样鱼饵进城，巧骗柴活从头至尾述说一遍。阿骨打赞不绝口，从心往外佩服胡散跑机智勇敢，灵敏过人，当机立断，真是个"机灵鬼"。

阿骨打这才将撒改等一些将领请来，夜讯敌情。众将领来后，说明夜讯敌情的重要，大伙儿听后，好商量攻辽。众人都称赞胡散跑的机智，胡散跑美得合不上嘴。

阿骨打传令将柴活带上来，兵丁将柴活推拥进来。

柴活被胡散跑带进完颜部后，将他从鱼网里拽出来，解去鱼网拉绳，立刻五花大绑放在外面，听候阿骨打发落。当柴活被推进室内，他抬头一看，里边有铺炕，阿骨打盘腿坐在中间，四周围坐一圈儿人。在明亮的灯光照射下，柴活见阿骨打气宇不凡，慌忙跪在地下。

阿骨打坐在炕上，用目打量一番柴活，忙下地亲解其缚，安慰说："柴将军受惊了，两国相峙，不得已耳，还望柴将军海涵！"

柴活跪在地下，真魂已游游荡荡离开他的躯体，闭目等死。忽然有人解他绑绳，似梦境一般，睁双目一瞧，是阿骨打！有点儿不相信自己的眼睛，又狠劲眨巴两下，仔细再看，仍然是阿骨打亲解其绳。他自语，难道我已死还是做梦？听见阿骨打这些温暖话儿，才知不是梦，心里发热，眼泪刷地夺眶而出。没想到阿骨打这样对待他，这种宽宏待人，怎不使他受感动？阿骨打又亲自给他搬个木头墩子来，让他坐下讲话。他说啥不坐，两眼落泪，说："站着行！"还是阿骨打扶着按坐在木头墩上。

阿骨打说："辽朝皇帝延喜不理朝政，荒淫无度，迷恋女色，搜刮人民劳动财富，使得民不聊生，怨声载道。更令人可恶的是，收留女真叛逆阿悚，屡讨不归，实乃被你姨父小女人欢欣所迷。你姨父还蒙在鼓里，欺骗辽朝满朝文武，为阿悚兴兵动将，延喜昏庸已极。今天将柴将军请来，愿柴将军将你朝兴师动众欲攻女真的实情诉说一遍，好吗？"

柴活欠身又要下拜，被阿骨打制止了。柴活说："禀节度使，小人知啥说啥，一点儿不瞒。据我所知，宰相奏本，让将阿悚归还。是皇帝大舅子肖奉先不同意，说女真要攻打辽朝，可派兵防守，这才派我姨父肖虬里为都统，肖挞不野为副都统，领兵来防守宁江州，御防完颜部进攻。真没听说要打完颜部，而是怕完颜部攻辽。"

阿骨打又问："带有多少兵马防宁江州？"

柴活说:"我姨父肖虬里带领二百名亲兵。肖挞不野统领的四百兵中,有新征募的二百兵。再都是花钱雇的,还有渤海来二百兵。再加上宁江州原有的二百兵,共计八百兵丁,能进攻完颜部吗?"

阿骨打两手一合,作个揖说:"观世音菩萨保佑,但愿如此。"

柴活见阿骨打这个表情,好像一切都明白了,原来是麻秆儿打狼两头害怕呀,闹半天阿骨打确实怕辽朝打他。柴活想到这儿,精神头儿来了,嗓门儿也高了,他说:"节度使不要害怕和担心,这事包在我身上,回去和姨父一说,让他马上撤兵,解除两个疑心,谁也别提心吊胆。姨父回去,将阿悚、欢欣人头送来,不就完了?何苦呢,姨父最怕打仗,听说打仗头就疼,现在晚上吓得老一惊一乍的,还提心吊胆说你要进攻哩。这回好了,回去一说,他也放心了!"

阿骨打一听,双手一合,又念声"阿弥佗佛!"说道:"这就好了,柴将军你想,我怎能进攻辽朝,听说南府还有很多兵力?"

柴活冷笑一声说:"像过家似的,一家不知一家,现在辽朝那叫大门楼挂纱灯,外面红里头空。说实在的,兵马大元帅是何鲁斡,但实际军权掌握在肖奉先、肖司先哥俩手里。仗着是皇戚国舅,他俩别说领兵打仗啊,带兵练兵还不懂哪!要不咋说辽朝不能打你们,真不能打,都想当官享受,吃喝玩乐,活一天乐一天,打啥仗啊?实情我全知道。这回你们就放心了,多打些白鱼,辽朝这些当官的就愿吃混同江的白鱼,打多少要多少,都别打仗,打鱼吧!"

柴活的话说得阿骨打心里好笑,接过说:"是呀!得打些大鱼给你们送去。"说到这儿,将话题一转道:"不打仗,好,全仗柴将军回去美言,劝你姨父安心收兵。"

柴活昂头说:"他,他听说你们不打,给你们磕个头都干。"

阿骨打说:"这就好了,不过听说有个谢石总想打我们?"

柴活摇头说:"他是员虎将,好打,凭自己有点儿能耐,武艺好。但他说了不算,没权。"

阿骨打和柴活一直谈到大天亮,他已暗中吩咐准备宴席,柴活愿吃白鱼,又特意为他清炖白鱼。众勃极烈相陪,交杯换盏,痛饮一番,于饮酒中继续引诱柴活透露辽朝军情。

在柴活走的时候,阿骨打早让人准备好了十四条大白鱼让他带回去,并向他姨父致意、力劝收兵回去、将阿悚首极送来、仍旧和好的话儿对柴活诉说一遍。柴活骄肆地说:"包下了,放心吧,我经常来取几条白鱼，啥事儿都没了。"他见这些白鱼就乐坏了。

柴活回去，肖虬里回兵，阿悚领欢欣逃亡东胜州去，此乃后话。

阿骨打见柴活走了，才和众勃极烈说："辽朝知道咱们要起兵伐他，集兵八百，相互猜忌，不足为虑，吾必乘虚而攻之。"

众勃极烈同意后，择日发兵攻打宁江州，很快攻克了。

夜讯敌情

11 16年后正月十五这天，为啥叫后正月？因这年闰正月。阿骨打聚勃极烈议事，商议再次攻辽。忽接到奏章，言说渤海人高永昌占据辽东，除沈州外，五十余州全被他占据，还自称大渤海皇帝，京城为东京辽阳府。辽朝天祚帝诏令张林募兵讨伐。张林这个光杆司令，现从辽东招募两万失业流民，作为辽军，据守沈州，出兵攻打东京城，征战几次，辽、渤各有胜负。

阿骨打接到这个奏章后，暗暗吃惊，嘴没说，心里寻思，辽朝还没攻下，又冒出个大渤海国，这便如何是好！想到这儿，阿骨打对勃极烈们说："好嘛，又冒出个大渤海国来。你们看，咱们是先坐山观虎斗呢，还是先征辽，灭辽再征渤海？或是趁渤海脚跟未稳，夹攻渤海，灭渤海后再征辽？"

勃极烈们议论纷纷，有的主张攻辽，有的主张攻渤海，有的主张联辽灭渤，有的主张联渤灭辽，各持己见，公说公有理，婆说婆有理，呛呛得非常热烈。阿骨打盘腿坐在炕上，静听勃极烈们的不同意见，既不答腔，又不插言，一会儿将眼睛闭上，好似闭目养神，一会儿眼睛瞪得很大，凝视着前方。表面上看，阿骨打很平静，可他心里开了锅，直劲儿翻花。能不翻花吗？家有千口，主事一人，不论勃极烈怎么呛咕，最后还得他拿捏，他是皇上。可他这皇上和中国其他皇上有点儿不一样，别人当皇上那是金口玉牙，一言堂，说啥是啥，说错了也得这么办。阿骨打这个皇上不这么办，他仍像从前部落联盟长，有事大伙商量着办，要不他就不坐金銮殿啦。再说他也没让修金銮殿，认为有事大伙围坐在火炕上，这很好嘛。这是出现的头一个"土皇上"，为啥叫土皇上？因为他坐在土炕上。闲话少说，书归正题。正在阿骨打心里翻江倒海琢磨决策的时候，忽有人禀报："大渤海国皇上高永昌，特派使臣挞不野，朝见大金国皇帝！"

阿骨打听禀，腾地站起来，惊喜交加地问："你们说挞不野来此为何？"

国相撒改说："八成是来联合咱们攻辽！"

吴乞买接过说:"我看是来求援,帮他攻打辽国。"

阿骨打说:"对了,是向咱们求救兵来了。这就好了,我可将计就计,一箭双雕。"说罢坐在木头墩上,眉开眼笑地说:"请渤海挞不野进见。"

挞不野进来后,叩拜阿骨打说:"渤海挞不野,奉大渤海皇帝高永昌之旨,前来拜见大金国皇帝陛下。"说罢行叩拜礼,从怀中掏出书信一封,递交给阿骨打。

阿骨打接过高永昌书信,拆开一看,只见上面写着:"大金国皇帝阿骨打陛下,吾大渤海国被辽所灭,受尽其压榨,今辽天祚荒淫无道,丧失民心,内外共讨之。故吾于今年正月十五日登极,恢复大渤海国。对辽雪耻前仇,无奈兵孤将寡,特求援于贵国,望速发兵援助。夺辽后共分疆土,决不失约,有书为凭……"

阿骨打看罢书信,问挞不野:"汝渤海国有多少兵马?"

挞不野说:"兵不足万,将领缺乏,故来求援。"

阿骨打又问:"听说汝主妾妃姣妍之美,赛过西施,果真乎?"

挞不野被阿骨打突问,张口结舌,满面绯红,半天才回答:"在渤海之地,容貌过人,比之西施,无从察之。"

阿骨打又问:"辽天祚闻之,欲索之,果有其说乎?"

挞不野听阿骨打之问,牙咬得咯崩、咯嘣响,双眉一锁说:"有之,辽淫荡成性的延禧听说吾主娶一美妾,三番两次索之,欺逼吾主立国而抗之。"

阿骨打说:"回禀汝主,朕立发大军援之。"

挞不野称谢,叩拜阿骨打而归。

挞不野走后,阿骨打对勃极烈们说:"欲破辽、渤必须这般如此,如此这般。"

勃极烈们一听,称赞阿骨打说:"圣上计谋,吾等不及也。"

阿骨打见勃极烈都赞成他的计策,他才开始布置出兵。首先传旨,让国相撒改之弟斡鲁统帅内外诸军后,秘授他与蒲察、迪古乃会咸州路都统翰鲁古攻讨高永昌,但必须如此这般,这般如此,按计行事。斡鲁领旨而去。阿骨打又令人将他的小老婆图玉奴找来,带人速去渤海国,秘授计谋而去。分派毕,静候佳音。

单说图玉奴带领两名会点儿武艺的宫女,她们都女扮男装,骑着快马,奔东京辽阳府而去。到辽阳后,早有人奏禀高永昌,说大金国派使求见。高永昌盼援兵盼得眼睛都红了，听说阿骨打派人来了，乐坏了，赶忙传旨召见。

图玉奴走进殿来，见高永昌刚当上皇帝，宫殿虽简陋，但气派不小，宫人、卫士威严地侍卫两厢。图玉奴大摇大摆走上殿来，只施一礼说："渤海皇帝，金朝使臣面奏破敌之计！"

高永昌坐在殿上一听，心里纳闷儿，金朝派来的使臣，怎么男人有点儿女人腔儿，忙让坐说："请坐，贵使为援助渤海，受风尘之苦，让吾很是过意不去。"

图玉奴说："奉旨前来，何苦之有。"说罢坐下。

高永昌问："贵使前来，授何计呀？"

图玉奴说："人多口杂，不便谈。"

高永昌令宫人、卫士全部退下后，刚要问计，见图玉奴脱去外衣，摘下帽子，原是一妇女，惊疑地说："贵使是……"

图玉奴说："吾乃金朝皇帝阿骨打之小妃图玉奴。皇帝为援渤海，不仅发兵来援，而秘授妃前来授计，怕泄，故令妃亲来。"

高永昌惊慌失措地站起身来，惊疑地问："汝就是在宋与阿骨打相遇，保阿骨打返回的图玉奴乎？"

图玉奴点头说："是也！"

高永昌歉意地说："不知贵妃至此，有失迎迓，望海涵。"

图玉奴说："岂敢！小妃奉旨来此，打搅贵国了！"说罢取出阿骨打书信递交给高永昌。

高永昌拆开书一看，阿骨打书上写着：大渤海国皇帝陛下，为援贵国破辽，已令统军斡鲁带兵亲往救援。为早日破辽，又派小妃图玉奴女扮男装去贵国，面授破辽之计，此计绝密，勿泄。陛下置小妃不露世面处，祈陛下爱妃姣妍相伴，按破辽进展授计于陛下，按计而行，辽必破矣！"高永昌看罢书信，暗想，阿骨打处事审慎，你不说，也是如此，对等相陪，你来的是小妃，当然让小妃相伴，还能让娘娘去陪吗？高永昌这才将图玉奴领至后宫，单腾出一个小院落，供其居之。只准高永昌的爱妃姣妍出入，其他人一律免进。高永昌又接到报告，说金派之援兵已来至咸州。高永昌更放心了，对图玉奴厚待之。

图玉奴见高永昌之爱妃姣妍果然名不虚传，美貌出众，才华过人，琴棋书画无所不通。接触后，图玉奴将携带之珍珠、貂皮赠送给姣妍，姣妍甚感之。而姣妍见图玉奴人品出众，武艺惊人，甚敬之。两人相处后，很投缘，姣妍颇感见面之晚，彼此无话不谈。图玉奴还将她的身世和遇阿骨打婚配之事详详细细述说一遍，姣妍听得直眉瞪眼。图玉奴引诱地问："你是怎样和高皇帝相配的？"一句话问得姣妍泪珠滚滚，半天没说出话来。图玉奴见此情，歉意地说："怪我，闲得问汝这事，让你伤心，咱们说点儿别的吧！"

姣妍被图玉奴说得反不好意思，慢吞吞地说："不提此事还则罢了，提起此事，奴心碎也。"说到这儿，珠泪滚滚地介绍自己的身世："我原名叫焦艳，是跟随杨延昭和他儿子征战契丹的焦赞孙女儿。我父名叫焦惟阳，跟随杨文广在西北筑筸篥城，击退来犯的夏军。后又到定州路仍在杨副都总管、步军都虞候下任都尉。曾随杨文广东奔西跑绘制幽燕阵图，将阵图绘制成后，杨文广病死，不久我父也相继故去。杨家回西，我家也跟随而去，怎奈我母是小妾，大妈说啥不让跟去，扔下我母和我弟弟三人在定州，好不可怜。母亲忧虑成疾，病倒在床，请来女巫，神降说，要想母亲病好，说我必须去医巫闾山毗庐庵削发为尼，释迦牟尼才能保佑母亲和弟弟平安，不然还要有大灾大难临头。万般无奈，为了母亲的病早愈，保佑弟弟平安，由老家人将我送至医巫闾山毗庐庵当了尼姑。因焦家祖辈就跟杨家将与契丹人打仗，怕知我是焦赞的后裔，才改为姣妍。毗庐庵老尼姑比丘尼虽对我很好，但一些浪荡公子们见我有几分姿色，百般调戏于我，身居净土，土不净，污七麻黑更肮脏。后来听说母亲病故，弟弟不知下落，削发为尼并未保佑母亲病好，反而将自己沦陷于地狱里，多咱是个头哇？认为活着也没意思，痛哭流涕地暗骂女巫坑害了我，一狠心，找棵树上了吊。人不该死总有救，偏偏挞不野领其母上山拜佛还愿回去路过，挞不野救了我。他母问清原由，非常可怜我，问我愿不愿还俗，我当然愿意，就将我领到他们家中。挞不野尚未成亲，我们俩年龄相当，又是我的救命恩人，为人忠厚老实，情愿婚配于他。哪知，想好不得好，祸从天降，我的头发刚留长，还没等与挞不野成婚，被高永昌知道了，硬逼挞不野将我送到他府上做妾。"

姣妍说到这儿，泣不成声，一字一泪地又道："高永昌已是五十多岁的人了，那么多妻子，将来我的命运比妈妈还要苦哇！"

图玉奴边听边擦抹眼泪，听完后反问道："你想这样下去吗？"

姣妍说："说实话，早就想跟挞不野逃走，怎奈无地投奔。"

图玉奴说："不要犯愁，我特来救你！"说着附在姣妍耳根喊喳一番，姣妍才转悲为喜，要跪下给图玉奴磕头，被图玉奴拦住了："不要

如此，快按计行事。”

再说高永昌听到姣妍传计，定于五月初五攻打沈州，要高永昌亲自出征。高永昌一听，大喜。五月初五这天，高永昌带领人马来至沈州城叫阵，早有人报知辽朝张林，张林领兵出来迎战。两下刚厮杀起来，张林听说沈州已被金兵攻破，占了沈州，大吃一惊，拨转马头就逃。高永昌趁机追杀，将辽兵杀个落花流水，横尸遍野，获得不少战利品胜利而归。高永昌非常感激阿骨打的援助，准备将兵马开进沈州。正往前行，在沈州城外和金兵相遇，见金朝统军斡鲁带兵来迎，图玉奴和姣妍也并马齐驱迎上前来，离老远图玉奴就喊：“喂！大渤海皇帝，得胜了，你该归城去了！”

高永昌在马上一愣神儿，怎么说我归城？我是要进城啊！就在这一刹那的时候，高永昌身后的挞不野听到图玉奴的喊声，将马往前一提，一枪刺高永昌于马下。

高永昌的护卫和亲信见高永昌被挞不野用枪挑于马下，齐呼而上，要砍死挞不野。这时，图玉奴、斡鲁已赶上前，大喝一声：“呔！胆敢不服者，与高永昌同归阴城！”将这些人全吓住了。见金兵如狼似虎，辽军不是金兵的对手，何况他们是些蝼蚁之众，动手不找死吗？

这就是阿骨打用计，没费吹灰之力消灭了高永昌，获得辽东五十一州，敲响了辽朝亡国的丧钟！

辽朝，天祚帝这日早朝，肖奉先惊慌失措地跪奏："启禀皇上，大事不好！"

天祚帝问："何事惊慌？"

肖奉先说："阿骨打用计，打发小老婆图玉奴，明援高永昌。暗授计挞不野杀戮高永昌。高永昌中其圈套，领兵讨伐沈州，骗得我军出战，金兵乘虚而攻沈州。张林吓破了胆，找根绳子将一头儿拴在城墙里边，另一头儿甩在外面，缕着绳子坠城而逃。沈州被金兵占领后，高永昌乘此杀败我军，刚要进沈州，被他手下挞不野刺于马下，辽东五十余州全被金兵占领！"

天祚帝一听，惊气交加，脸红一阵白一阵，浑身乱颤，用颤抖的声音说："传我旨意，免去张林统军之职，降为平州兴军节度使。"下了这道旨意后，问肖奉先："金兵如此猖獗，谁统兵前去抵挡金兵？"

肖奉先奏禀说："惟燕王耶律淳德高望重，可为都元帅统兵抗金。"

天祚帝一听，心想："对呀，耶律张奴见我连吃败仗，串联废我，立耶律淳当皇上，派耶律淳小舅子肖敌里到南京向他报信儿。耶律淳听后大怒，将肖敌里斩了，前来报我知晓。耶律张奴听说耶律淳杀了肖敌里，惊恐地去投奔女真，半路上被耶律淳拦杀了，他对我是真心实意呀！"想到这儿，乐了，忙下圣旨，命耶律淳统军抗金。

耶律淳接圣旨后，哑巴吃黄莲，有苦说不出，心中暗骂肖奉先是个阴险的家伙，想借金兵之刀杀我呀！你肖奉先向天祚帝暗奏我的兵全是汉人，说这些兵均与耶律张奴私通。天祚帝不分青红皂白，下旨解散我的军队，现在只剩三百多兵，又让我去抗金打仗，这不是要暗害于我吗？耶律淳想来想去，也好，趁此机会，招募兵丁，扩大势力，看你肖奉先能把我咋样？耶律淳现从辽东招募两万多名饥民编成军队，将新编的军队起名为"怨军"，意思是怨恨女真，耶律淳才率军浩浩荡荡去攻沈州。

早有探马报于阿骨打，阿骨打令斡鲁古率军迎敌。斡鲁古从东京出兵迎战，在无虑山与辽军相遇，两下扎营安寨。

辽军耶律淳手下有一名军事首领，名叫郭药师，渤海铁州人。他听说耶律淳招募"怨军"，心想，国家兴亡，匹夫有责，不能看着亡国啊！他在民众中很有威望，报名去抗金兵。民众一听，郭药师都去抗金，都纷纷报名，愿跟随郭药师抗金。几天的工夫，郭药师就招募三千多兵。耶律淳很器重他，就让他统帅这三千多人。郭药师听说金兵迎上来了，就和下边军事小头目商议，乘金兵行军疲劳，夜间偷袭之。下边头目一听，称赞郭药师计策高明，准备夜间偷袭金营。天交二更的时候，郭药师马摘鸾铃，偃旗息鼓，率领人马悄悄奔金营而去。辽军扎营无虑山下，金军扎营蒺藜山下。郭药师带兵刚过蒺藜山，见金营黑咕隆咚，一丝灯光没有，疑惑地说："不好，中计了！"话音没落，猛听当当当三声锣响，蒺藜山周围立刻鼓声咚咚，喊杀声震耳，斡鲁古率领兵马从四面围杀上来。

斡鲁古从东京率军来至蒺藜山下扎下营寨，令军士赶快埋锅造饭。吃完饭后，斡鲁古召集军士头目说："辽军郭药师诡计多端，今天夜间必来偷营。咱们将计就计，二更后，务必将兵分头埋伏在蒺藜山周围，三声铜锣响声为号。"

果然没出斡鲁古所料，三更时分，郭药师带兵前来偷营。郭药师见中计，被金兵包围在蒺藜山上，忙令突围，金兵如潮涌一般，从四面围杀上来。郭药师站在蒺藜山上，借着星光举目往四下观瞧，见西南方金兵少，心中甚喜，从此突围出去，可直奔显州，遂指挥怨军集中从西南突围。三千多兵，被金军杀死五百多人。仗着郭药师熟悉地形，突围出去，逃进显州。

斡鲁古传令勿追收军，获得不少马匹军械，回营安歇。第二天，斡鲁古率军追击辽军，过蒺藜山来至无虑山。斡鲁古举目观望，这山巍峨雄峻，松柏交翠，山忽峭拔攀空，全类江左。斡鲁古率领人马绕至一缓坡而上，见山上有一寺庙，便勒马向左右说："辽人干啥要在山上建寺庙，待咱看看去。"说罢下马，带领从人攀登上去，到近前一看，原是凝神殿、圣母殿、影殿等。斡鲁古问左右："在山形掩抱中修此殿作甚？"有知道的向斡鲁古介绍说："此处乃辽皇墓，即显陵，也叫太子墓，埋葬的是辽太祖耶律阿保机的长子、东丹国人皇上、让国皇帝耶律倍。"

斡鲁古又问："他让位干啥呀？"

熟悉辽情的回答说：辽太祖阿保机死后，当时契丹皇族中有两种政治倾向，皇太子耶律倍是汉族封建文明的向往者，述律太后和耶律德先主张仍保持契丹奴隶国。因耶律倍能做辽、汉文章，在东丹国建立制度全用"汉法"，耶律倍被夺去了继承皇位的权力。皇后述律氏月理朵掌权，将耶律倍流放到东平府，后来在无虑山为耶律倍建一望海堂，即读书楼。他携带高美人在此居住，耶律倍幼聪好学，外宽内挚，性好读书，不善骑射，购书数万卷置于望海堂内。他还通阴阳，知音律，精医药，善绘画、砭炳之术，尝译阳符经。天显元年从辽太祖征渤海，后镇守东丹国，称人皇王，购天子官服，置百官。辽太祖崩后，让位给他弟耶律德先——即辽太宗。即位后，对倍见疑，耶律倍遂携高美人，载书浮海至后汴京。在走的时候，他写一首诗说："小山（指弟太宗）压大山，大山全无力，羞见故乡人，从此投外国。"到了后唐，改姓名为李赞华，任怀化军节度使等职。后来，后唐河东节度使石敬瑭反后唐自立，向契丹求救援，太宗亲率大兵南下救石敬瑭。石敬瑭进驻河阳。唐明宗李嗣源养子李从珂（废帝）兵败遣壮士李颜绅杀死耶律倍，时年38岁。李从珂杀死耶律倍后，他也自焚而死。到大同元年（公元947年），耶律倍长子耶律阮世宗继皇帝位，亲护人皇王灵驾归国，以人皇王爱无虑山山水秀丽，故葬在此。

斡鲁古又问："那旁边的墓是谁之墓？"

熟辽情人说："那就是世宗陵，世宗名阮、字兀欲，耶律倍长子，继太宗耶律德光为皇帝后，于天禄五年（公元951年）九月，祭让国皇帝于行宫，群臣皆醉。察割反，世宗遭杀，年仅34岁，与其父耶律倍附葬于此。"接着他又介绍说："下边叫乾陵，是耶律隆绪圣宗之灵，此凝神殿即乾陵。"接着他领斡鲁古走至陵寝侧，介绍说："这是世宗怀节皇后肖撒葛之陵，察割作乱，杀太后葬于此。旁是世宗妃甄氏陵，甄氏原系后唐宫人，有姿色，世宗从太宗南征得之，世宗即位立皇后。甄氏严明端重，风神闲雅，内治有法，莫于以私，察割作乱被害。这是平王墓，耶律倍四子，名叫耶律隆先，字团隐。为人聪明，博学能诗。景宗即位，封为平王。未几，兼政事令，留守东京。薄赋税，省刑狱，恤鳏寡，数荐贤能之士。"

斡鲁古听后，哈哈大笑说："管他娘谁的陵墓，掘喽！"不但挖掘出不少金银珠玉，窃为己有，而且将陵殿用火焚之，焚烧略尽才带兵去攻显州。哪知陵寝下面是乾州，乾州守将见辽陵寝火光冲天，金兵铺天盖地而来，吓得弃城逃跑，去上京报于肖奉先，言说辽皇陵被金兵毁坏。

乾州见统军将领逃亡，其余全降，金兵入城后，将寺庙也一火焚之，遂又带军去攻显州。

郭药师在显州，听说金兵挖掘了辽皇陵，焚殿宇，接着乾州主将逃亡，其余投降，又见金兵奔显州攻来，赶忙带兵出北门迎战。两军大战于显州城下，斡鲁古见郭药师怨军勇猛，暗派军士神笃绕奔显州城西南角，用兵士们搭成人梯，攀登而上，从城墙跳进城内，带领几十名士兵，冲进寺庙内，放火焚烧寺庙，将几座大寺庙全用火点燃。烟火冲天而起，和尚、道士、尼姑，哭天嚎地，城市军民乱成一团。

郭药师正和斡鲁古酣战、两军厮杀不分胜负的时候，郭药师见城内火起，嚎叫之声冲破云端，心内一惊，回头一望，怨军已溃不成军，各自逃命而去。他才败下阵去，逃回，于是各州全降。早有探马报于阿骨打，言说斡鲁古掘皇陵、焚寺庙，气得他暴跳如雷！

图玉奴受阿骨打之计，计戮高永昌后，辽东各州纷纷归降，没损伤一兵一卒，唾手而得五十余州，阿骨打特设宴为图玉奴庆功。在宴席上，阿骨打夸赞图玉奴精明强干，见机行事，说服焦艳，授计挞不野戮杀高永昌等褒奖一番。在阿骨打褒奖图玉奴的时候，见那些大老婆暗中撇嘴，有的还交头接耳，嘁嘁喳喳，有些不服气。阿骨打心想"小的不好当啊！"

一晃九月九要到了，阿骨打琢磨九月九是拜天射柳、服劳讲武之日，得想点儿花花样儿。五月端五，在珠山劳动，皇室这些人还龇牙咧嘴、腰酸腿疼的，就想跟我享受啊？如此下去能有好后代吗？拜天射柳、服劳讲武，要让后人知道女真祖先艰苦创业，来之不易呀，一代一代传下去。阿骨打琢磨半天，有了，我已令人将木牌传递信息改制成金牌，不知制出来没有？赶忙打发人去问。问的人回来说，已制做出来了。阿骨打一听，心中暗喜，金牌传递信息，先用在服劳讲武上吧。就将撒改、吴乞买找来，先对吴乞买说："九月九的前一天，你拿着金牌先到大火山口入伞盖峰等着，九月九日那天，拜天射柳后，男女两帮齐奔火山口攀登伞盖峰，每人还得猎取三只野物。大小不限，一人三只，男女各取一、二名，看谁能夺得金牌。此外还要记录，排好先后名次，谁没登上峰顶，受罚金二十两，请大家聚宴。"又对撒改说："你年岁大，看家，夺得金牌回来到你这儿交牌交物，记功劳簿。并将此项拜天射柳、服劳讲武晓谕满朝文武和皇室人员，做好准备，都要参加。"此旨一下，有的乐得欢蹦乱跳，说真好玩儿；有的噘嘴胖腮，那么高的峰登上去还不累死呀！有哭有笑，满朝文武百官热火朝天，掀起一次夺金牌的"拜天射柳，服劳讲武"的新花样儿，都自做准备。

单说九月九日这天，阿骨打率领文武百官以及皇室所有成员，旗幡招展，来至神隐水旁，因为这地方有柳树，又是奔火山口伞盖峰的必经之路。人们聚齐之后，阿骨打先领众人拜天，祭祀后，让女的排成一队，在柳树枝上拴一箭靶。阿骨打发箭，箭中箭靶，女的骑马先奔火山口驰去。接着是男的，也看阿骨打发箭中靶后，催马向前奔驰。

阿骨打见众人催马奔驰而去，也上了白龙驹，催马加鞭奔火山口驰去。他这马是出名的日行千里的宝马，虽然后走的，没过几里之遥就将前边这些马匹撵过去，阿骨打不是要去夺金牌，主要去监场。

　　阿骨打先来至大火山口下，举目一望，见一片连绵起伏的山峦，整个形状如同伞盖，便站在一旁看谁是金牌的获得者。男的头一个到的，还是娃娃金兀术，别看他十二三岁，可有个犟劲儿。阿骨打一看马，明白了，这是元园将自己的那匹飞蹄青鬃马让给金兀术了，怪不得金兀术这么快就到了。早有人将马接过去，见金兀术横眉立眼，身背弓箭，由迎门山上去了。阿骨打暗暗转念，兀术将来定是员虎将。女的先到的，没出阿骨打所料，图玉奴耀武扬威、精神抖擞地飞驰在火山口下，阿骨打嘴没说心里话，别看你先到，还是夺不了金牌。不是别的，这伞盖峰图玉奴从来没登上去过，路不熟，何况要在山上猎取三只野物后才能奔得金牌。可能图玉奴看出阿骨打有些担心，她溜一眼阿骨打，嘴没说，意思是你放心吧，不能给你丢脸，非露一手给你看看，让这些姐姐们心服口服不可，于是步金兀术的后尘登上迎门山。

　　图玉奴登上迎门山，心想，我得有点心眼儿，光凭武力不行，山不熟、路不熟，骄傲不得，得跟上小金兀术，跟上他就转不了向。她离老远就瞭着金兀术走的山路，接连过了磨盘山、四平山、龙头山，就见金兀术小脚不停赶上飞的一般。图玉奴已觉得气喘吁吁了，心里感到纳闷儿，过去登山越岭造一气，今个儿怎么了，腿脚没有过去灵便了，还赶不上十几岁的孩子。想来想去，是了，这些年饭来张口，水来张手，越吃越馋，越闲越懒，筋骨抽缩了。要是每天这么练，哪能这样？她认为阿骨打此着想得好，别总想坐在家里享福，也应摔打摔打。图玉奴想到这儿，精神抖擞，继续跟着往峰顶上爬。她感到金兀术这孩子奇怪，怎么不猎取动物，爬上没猎三只动物也夺不到金牌。正好见只山鹰，她拉弓射箭，嗖的一箭，将山鹰射下来。又见一只狍子，她又用箭射去，等将狍子捡到手，金兀术不见了，后悔没有跟着，辨了下方向，接着向前方走去。过了龙头山，来至鸡爪顶，见鸡爪顶上的野鸡成群，金兀术早就射中三只野鸡，乐颠颠地奔峰顶跑去。图玉奴心想，小金兀术真是有心胸的人，怪不得路见啥也不猎取，他熟悉此地的情况，在这儿猎取野鸡如探囊取物一般。等图玉奴猎取一只野鸡，猎获够三物时，见金兀术已过正沟、斗沟，攀登过桦树川，快到顶峰了。往后看，后面的人也蜂拥而至，她一鼓作气，咬紧牙关，向峰顶攀登。图玉奴发现这儿地形奇特，原以为山势一定很陡峭，怪石横斜，实际攀登感到"登山不见山"。等她攀登上去的时候，大吃一惊，见金兀术的母亲元园早登上峰顶，自己才得个第二名，惊得直眉瞪眼，奇怪呀，活见鬼了，她从哪儿登上来的？难道她会飞，飞也得有个影儿，连影儿都没见着。图玉奴往她手上一看，元园手里拎着三只水鸭子，更加愕然了，这水鸭子她是从哪儿取的？

元园见图玉奴愣愣地瞧她，心里明白了，笑嘻嘻地说："怎么？妹子，感到奇怪吗？"图玉奴赶忙陪笑施礼说："哪里，姐姐的武艺高强，小妹心悦诚服。"嘴是这么说，心里很纳闷儿。

男子第二名登上峰顶的是宗望，女的第三名来到峰顶的是阿娣。元园、图玉奴见阿娣气喘吁吁地登上峰顶，急忙跪拜娘娘："我等冒犯娘娘神威，赶先登峰，望娘娘恕罪！"

阿娣说："贤妹请起，二位贤妹登峰之速，我不如也。"

众人随后相继上山，但还有一条规定，夺得金牌和没夺金牌的，务必得赶回去，到国相那儿交物为证。你道阿骨打这是为啥？此乃阿骨打想出的连续作战法，不然你登上峰顶，坐那儿歇息后再下山回来，哪能看出你的体质和毅力呀！所以人们不敢久停，争先恐后下山了。俗语说："上山容易下山难，下山比上山还要吃力，不断传来哎呀、哇呀的呼叫声。

在下山的时候，人们发现元园刚转下峰顶就不见了，因为都忙于争先恐后，谁也顾不上这个了。等到下得山来，有人向阿骨打报曰："女的魁元是元园，第二名图玉奴。男的头名金兀术，第二名宗望。阿骨打也感到纳闷儿，他没见元园骑马来，怎么会奔得魁元呢？站在那儿边寻思边察看下山的人。他忽然发现图玉奴没下来，这夺取金牌第二名的图玉奴哪儿去了？又见她的马仍在那儿拴着，阿骨打吃惊地说："不好！图玉奴为啥没下来？"赶忙奔上山去，几名御侍卫紧随其后。阿骨打踏过迎门山、磨盘山，见四平山、龙头山、鸡爪顶都有人，哼呀咳呀喘着粗气动弹不动了，惟独不见图玉奴。当走到正沟时，遇见从峰顶上下来的吴乞买，忙问："你看见图玉奴了吗？"吴乞买向阿骨打施礼说："她早下去了，已夺得金牌！"

阿骨打说："没下去呀，她的马仍拴在那儿。"

吴乞买说："那她到哪儿去了？"吴乞买忽然惊疑地问："你见到元妃了吗？"

阿骨打说："没见她来，怎能见她下去呢？"

吴乞买说："准是跟元妃从水路走了！"说着，领阿骨打向水路找去。

这伞盖峰①下是有沟就有水，有山就有泉。出名的泉有宝龙泉、汇龙泉、龙饮泉、龙头泉、虎穴泉等。当吴乞买领阿骨打来至一沟，见沟底铺满黑褐色石块的溪流。他们站在河边，就听叮咚响的水声，却不见水源在何处。阿骨打趴在河床仔细寻找，原来那清亮亮的流水是从河床下的石缝里流出的。阿骨打倒吸一口凉气说："原来这是'地下河'呀！"从此，人们称其为"地下河"，一直流传至今。

阿骨打见石缝间生长着一株株红松，树干拧着劲儿成螺旋形生长，伸枝展臂，跃跃欲飞，古香古色，煞是好看。当他顺水找到龙头山时，见龙头山腹部有一泉，泉边生长一株紫椴，根部酷似龙头，哗哗流水好似瀑布。正看得出神，忽见流水中闪出一片银光，只见一蚌珠似一只水船。蚌珠上元园紧紧抱着图玉奴如闪电般而下，就听图玉奴喊："万岁爷，将马给我带回去！"一眨眼的工夫，元园带着图玉奴顺水而下，直奔神隐水而归，阿骨打赞叹不已。

---

① 伞盖峰：即现在的牡丹峰，距今牡丹江市二十公里处。

阿骨打虽然当了皇上，可行走坐卧跟过去一样，将朝廷里的事儿仍交给撒改和吴乞买管理，自己还是经常住在寥晦城训练兵马，准备再进攻辽国。

单说这天晚上，阿骨打去矩古贝勒寨同第五房老婆元园同寝。吃过晚饭，他悄悄地带上几名贴身护卫，骑着马从寥晦城直奔矩古贝勒寨。矩古贝勒寨离寥晦城有三十里，快马加鞭也就是一顿饭的工夫就赶到了。

阿骨打在修建寥晦城的同时，从会宁府沿寥晦城一路上修建了城子、南城子、北城子、营城子、单城子、双城子、车家城子、大半抢城子、小半抢城子至寥晦城（亦称对面城），共计十个城子，在城子中间还修建了金达沟寨、呼勒希寨、达河寨、布达寨、矩古贝勒寨、阿萨尔寨，共计六个寨子。前十个城子全是屯兵练兵之用，后六个寨子则是阿骨打妻子居住的地方。他七房老婆，除第七房媳妇图玉奴随他居住在寥晦城外，其余六房老婆则分别住在这六个寨子内。元园是第五房，住在第五个寨子矩古贝勒寨内。

元园生了三个儿子一个女儿。大儿子取名兀术，二儿子取名阿鲁，三儿子取名阿鲁补，女儿取名兀鲁。这天晚上，元园正在屋中教儿练武，忽然听见身后有人哎呀一声，她两道月牙眉往起一立，说："何人大胆？"转过脸来一瞧，见是皇上阿骨打，心中不悦，因为元园教儿练武，任何人不准放进来，怕打扰儿子的视力。今天晚上是谁将阿骨打放进来了？因她有话，就是阿骨打回来，也不准让他到练武屋子来。别看他是皇上，皇上也不准打扰儿子练武，这是元园的禁令，所以她心中非常生气。有人说了，你这纯属信口开河，胡咧咧，皇上回来，媳妇得跪接，不然就有杀头之罪。正正你猜错了，开头已讲了，阿骨打虽然当了皇上，可他行走坐卧跟过去一样，连金殿都不坐，他这个皇上就是特别嘛。

闲言少叙，书归正题。正在元园怒目瞧着阿骨打时，阿骨打两只大眼睛里直往外窜火苗儿，怒气冲冲地推开屋门，大喝一声说："儿子犯了什么罪？将他们一个个吊起来，想要勒死咋的！"

阿骨打为啥发这么大的火呢？原来他来到矩古贝勒寨，刚进院儿就有人拦阻他，不准他去后院儿，说元园正在教子，教子时间，包括皇上在内，谁也不准进去。阿骨打一听，嘴没说心里话，好大的家法，你教儿，别说我是皇上，就是作为丈夫的也应该让我进去呀！想到这儿，笑吟吟地说："我进去看看！"说着迈步就往里走。守门人追上去一把将阿骨打的衣服拽住了，惊恐地说："皇上，你可不能进去，要是放你进去，我吃罪不起呀！"

阿骨打见守门人吓得要哭了，刚要发火的脸色又收回来了，转笑说："别害怕，我悄悄进去，扒窗户偷看一眼就回来。"经阿骨打苦苦哀求，守门人见阿骨打态度这样好，人家是皇上，是元园的男人，好长时间没回来，看看理所当然。想到这儿，嘱咐阿骨打说："皇上，你偷看一眼就出来，可别让我在里边为难呀！"阿骨打说声："你放心吧！"抬腿就往里走，边走边想："元园教子这么厉害，连我都不让进去，不行，得偷着看看她采用什么方法，是罚跪呀，还是打骂呀，千万别把我儿子打坏了。"他放开脚步往里走，走进里院，没听着什么动静，鸦雀无声。阿骨打反而放慢了脚步，蹑手蹑脚扒窗户偷看，从这屋到那屋，没见着元园的影儿，一直走到大后院那趟房子，他走进去往屋一瞧，可吓坏了，只见三个儿子全被元园吊在屋梁上，一个个像呆子似的，两只眼睛平视着前方，左手伸直，右肘弯曲，元园在一旁叉腰站着。吓得阿骨打"哎呀"一声，以为儿子的右胳膊全被元园打坏了，慌忙闯进屋来，责问元园，孩子犯什么罪了，采用这样的家法……还没等阿骨打将话说完，元园伸手将阿骨打的嘴捂上了，另只手拽着阿骨打往外就走。这一连串的动作，使阿骨打心里吃惊，心想，元园在玩什么把戏？他身不由己地被元园拽出屋，扭头一看，三个儿子仍然如痴呆一般，连瞧他一眼都没有，似乎根本没听到他的喊叫声。阿骨打见三个儿子这种神态，心里托了底儿，暗想，看样儿不像惩罚儿子，儿子听到我的语声，还不喊我救他们呀！但元园玩的什么鬼把戏，对阿骨打来说，还是个未解之谜。

阿骨打被元园领到另一间屋之后，才扑通一声跪下给阿骨打磕头，道："皇上恕我不接驾和禁止进内之罪！"说罢，两眼流泪说："妾身之举，实乃全为金朝后继有人也。"

阿骨打慌忙将元园扶起来，用袍袖擦拭元园的眼泪说："爱妃，有话儿慢慢讲来，何必如此！"

元园说："皇上，我在你心目中早已没有位置了，也根本没把我们娘们儿放在心上，你算算，多长时间没到矩古贝勒寨来了？"

阿骨打眼睛一眨巴笑嘻嘻地说："忙于打仗，是好长时间没来了。"

"喂，将兀鲁抱来！"元园大喊说。不一会儿，宫女将兀鲁抱来了，小姑娘长得非常俊俏，两只水灵灵的大眼睛显得特别有神。元园问兀鲁："你管他叫啥？"兀鲁忽闪着两只大眼睛瞧着阿骨打出神。阿骨打将两手啪地一拍："来，让阿玛抱，兀鲁真乖。"兀鲁将身子一缩说："不，你不是阿玛，我玛①是皇上！"

"哼！好个好长时间，兀鲁都五岁了，你多长时间没来了？"元园说到这儿，瞪一眼阿骨打又道："你心目中只有宗干、宗望他们娘们儿，哪还有我们？"

阿骨打脸色通红，有些内疚地说："说正经的，你将孩子吊起来，这是练的那家功？"

"练的金家功！"元园说着，拽着阿骨打说："走，今晚让你开开眼。"

阿骨打第二次来到练武的房中才用目仔细观瞧，只见室内三炷香已燃烧只有一寸多高了，屋梁上拴着三套绳子，共计六根，每套两根，绳端拴着铁环，铁环套住儿子的双臂，左手伸直，右手弯曲，两眼平视着香火。阿骨打才恍然大悟，啊，这是悬空吊着作拉弓射箭的动作。阿骨打正自语着，就听元园大喊："一炷香已到，第二套开始！"三个孩子立刻前后空翻，好像三只燕子，上下翻飞。金兀术比小哥俩动作灵敏，不过才十二岁，阿鲁补只有八岁，也能上下翻飞，使他从心眼儿里往外喜爱。阿骨打喜笑颜开，看得眼花缭乱。最使阿骨打惊奇的是，他进屋这么长时间，三个儿子好像没见到他进来一般，谁也没瞧他一眼，始终如一地专心练习武功。练完空翻之后，三个孩子才从绳子上跳下来，接着练习第三套武功。他们腾腾跳到炕上，蹲着身子，背倚炕角，平视炕沿横木练习眼力。元园走过去，用手掌压住兀术的后脖，让兀术挺胸目视，不让其稍有松懈。

金兀术哥儿仨练完武功，方扑通一声跪在阿骨打面前磕头，请安。阿骨打乐得嘴都合不拢了，用手拍拍这个，摸摸那个，赞不绝口地说：

---

① 玛：阿玛的简称。

"你们从小就这样苦练武功，我无忧矣！"

元园站在旁边，嘴没说，心里嘀咕，明天让孩子们给你射箭看看。别总是宗干啊、宗望呀武艺高强，不离你的身旁，让你见识见识这三个儿子也不是"窝囊废"，"朽木疙瘩"同样是栋梁之才。

阿骨打见元园教子有方，久别重逢，老夫妻更有唠不完的嗑儿，相亲相爱不必细表。单说第二天早起后，元园即吩附备马，让金兀术为阿骨打表演骑马射箭。

金兀术精神抖擞，手持弯弓，背负箭囊，翻身上马，猛加一鞭，马立刻四蹄翻飞。在箭场上跑了一圈儿后，金兀术拔出箭支，拉满圆弓，在马飞跑之时，对准箭靶就是一箭，正射在靶心。原来元园为让儿子练箭，特设箭场，前面竖立两根木头橼子，中间拉上两根绳子，上面安放箭靶。靶环分五道，用毡布絮成，外面包上马皮，马皮上边贴上蓝、黄、绿、黑、红色的布圈儿，红布圈儿为靶心。金兀术连射三箭，箭箭都中靶心，阿骨打乐得喊叫起来："好箭法，兀术将来定是一员虎将！"正在此时，忽听护卫奏道："禀皇上，阿思魁有军情密报！"阿骨打当即离开练武场，匆忙而去。

阿骨打匆忙来至前厅，见阿思魁在厅里候等。阿思魁见阿骨打至，慌忙跪下，磕头说："阿思魁冒昧求见圣驾，有失龙颜，望皇上恕罪！"说罢磕头。

阿骨打手一扬说："平身讲话。"说罢，大步流星走进客厅，坐在正位，阿思魁低头垂手而立。阿骨打说："你坐下回话。"

阿思魁深鞠一躬："谢皇上恩施！"遂在旁边坐下，对阿骨打说："为臣从辽回来，有重要军事情报，向国相报说后，国相让吾面奏圣上，故尔冒昧而来，面奏皇上圣察！"

阿思魁何许人也，敢和皇上平起平坐？他乃神徒门之弟，外号儿"阿似鬼"，意思是说他诡计多端，是耶懒路完颜部人，世为部落长。他父亲是直离海人，是函普（猎鱼郎）弟弟宝赫阿里的四世孙，但始终彼此不知。直到乌古乃时，直离海部派茂损前来，互认宗系。乌古乃留茂损在完颜部住一年多，厚礼相待，从此往来，互赠礼物。劾里钵时，阿思魁的哥哥神徒门已不离左右，后来阿思魁来后，又不离阿骨打，按宗属，阿思魁是阿骨打的长辈，岂有不让坐之理。

阿思魁前来报告军情，是国相撒改派阿思魁去辽朝秘密打探辽朝两次战败后，天祚帝和辽朝国内情况，以便决定进攻还是缓和。阿思魁带着这个重任，改头换面去辽朝的。

单说这天，阿思魁密受国相撒改的派遣，乔装打扮成契丹人，绕路奔辽朝而去。晓行夜宿，驱马赶奔。进入辽朝地界后，如入无人之境，见辽边防军交头接耳，混乱一团，既不拦截盘察，又无人过问，心里感到奇怪："难道他们不怕金朝前来进攻吗？"想到这儿，管他呢？踏上辽国领土就好办了，赶忙快马加鞭向前驰去。他骑着马向前走着，眼看天色已晚，听见前边狗吠，知是一村庄，就上前去投宿。刚来至村边，听见村里一片哭天嚎地之声，犬吠鸡叫，不知出了啥事儿。勒住马，从马上跳下，牵着马慢慢向村子走去。刚走至村东头儿，从一户小人家屋内传出"你不能去呀，你去，有个三长二短，扔下我们还咋活呀？"

"他妈的，你不让他去替我出兵，欠的债立刻还清！""老贼婆不让你儿去，不还钱要你老命!"阿思魁拴住马站在那儿正听得出神，见从屋内出来三个狐假虎威的人，边走边骂咧咧地说："不知好歹的狗东西!"屋内立刻传出老的、小的哭叫连天："天哪! 天哪! 你咋不睁眼啊? 叫我们怎么活呀!"阿思魁听到这儿，牵着马走进院儿，将马拴在一棵梨树上，拎着马鞭子走进屋去，将这家人吓得目瞪口呆，立刻止住哭泣，呆愣愣地望着进来的陌生人。阿思魁见他们发愣，就先开口了，因他精通契丹语，长得跟契丹人一模一样，他将两拳一抱说："吾乃过路之人，听见你们哭叫，不知出了啥事儿，如果有什么为难遭灾的事儿，吾能帮上忙，一定相帮，解除你们的痛苦。"

炕边坐的是位壮年汉人，紧锁双眉。他的媳妇惊若木鸡，紧紧搂抱着孩子低沉着头，泪眼偷望。炕里坐着一位年约五十多岁的老太太搭腔儿了："壮士请坐。你有所不知，如今辽朝北院枢密使肖奉闲，只会吃喝玩乐，不会领兵打仗，和阿骨打战两次，败两回。皇上没办法，让汉人张林、吴用领兵，去打阿骨打。这下，下命令让汉人富裕户出兵，富人挤穷人。我租种地主吴家富的地，欠下吴家租子，吴家逼我儿替他出兵顶租。我就这么一个儿子，他爹又早丧，要是去出兵，扔下老的老、小的小可咋活呀，这不逼命吗!"说到伤心之处，放大悲声哭了起来。阿思魁说："原来如此，你老人家不要忧愁，吾孤身一人，跳井不挂下巴，吾替你儿出兵!"

阿思魁话音没落，就把这家人一个个惊吓得抬起头来望着他，疑惑他有什么毛病吧? 一无亲二无故，素不相识，愿出兵送死，谁能相信啊! 阿思魁看出这家人的心思，接着又说："我知道你们不相信我的话，我如果撒谎，愿对天盟誓。"说到这儿，扑通一声跪在地下，磕头说："过往神明听真，我阿四路过此地，见此一家甚是悲惨，情愿替他家出兵。如有虚情假意，遭受天打五雷轰!"老太太一听，慌忙跪在炕上，给阿思魁磕头说："原来是救命恩人到此，肉眼不识，多有慢待。"老太太一磕头，儿子、儿媳妇全跪下了，都给阿思魁磕头，感谢救命之恩，当即杀鸡抹鸭子，热情招待阿思魁。吃饭时，唠起嗑儿来，才知道此地名叫榆树岭，离达鲁古城只有十七里地。这家壮年姓石名惠，是憨厚老实之人。阿思魁为探得辽朝虚实，就以石惠的表哥阿四冒充石惠替其出兵。这天要走的时候，石惠全家为恩人送行，个个痛哭流涕。石惠不知从那儿借来几两银子，送给阿思魁，阿思魁不仅没要，还给石惠留下十两银子。石惠两眼流泪拒绝说："恩人救吾全家老小性命，已经感恩不尽了，怎敢再接受恩人银两，岂不折杀小人了。"阿思魁说："你干吗要这样，我能替你出兵，情同手足，有何见外？再说，我去当兵打仗，带这些银两有何用？"说罢，将十两纹银抛扔于地，骑马随军而去。后来石惠求人画阿四的图像供奉，天天烧香叩拜，祈祷神佛保佑阿四。

阿思魁随军来到达鲁古城，见新招募的汉兵大部分是为富户人家顶债而来的，一少部分是富户人家花钱雇的，有钱的人一个也没来。这些新兵怨声载道，骂不绝口，一肚子怨气，还能打仗吗？使阿思魁感到更可笑的是听说张林、吴用两个都是文官，对领兵打仗更是擀面杖吹火——一窍不通。不几天将这些不会打仗的汉兵分别编入契丹正规军中，这下就更糟糕了，整个辽军全乱套了。新来的汉兵与契丹兵不和，经常吵架打仗，闹得乌烟瘴气。阿思魁乘机进行挑拨离间，蛊惑辽军人心。暗地里宣称阿骨打是"真龙转世"，下生的时候"满天红光"，是当今"救世之主"，率领的全是"天将神兵"。辽军被他暗中白话得胆战心惊，有些辽兵表示说，等阿骨打打过来，咱们就鞋底子抹油逃之大吉。同时阿思魁又利用金钱收买了辽朝的军官，取得了辽军头目的信任，才派他们几个兵士化装成百姓，到女真族完颜部来侦探阿骨打军情，看看他们什么时候对辽进攻。阿思魁悄悄溜进会宁府，将他侦探辽军的情况密报给国相撒改。撒改听后，感到军情重要，才让阿思魁直接面奏给皇上知晓。

阿骨打听后，心中暗喜，此乃天助我也！我正要发兵进攻辽朝，对辽朝的虚实心中无底，阿思魁已探得水落石出。阿骨打站起身来，走到阿思魁面前，阿思魁吓得也赶忙站起来，阿骨打将手扶在阿思魁的肩膀上说："你这一来，使我心里一块石头落了地。别看辽朝是个大国，其实空虚。天祚帝骄淫无道，失了民心，用人不当，军心已散。新募之兵，皆无战心，人虽多，但全是蝼蚁之徒，一击即破。吾进军之心已决，然何时进攻，怎样攻法，还望你谋之。"

阿思魁欲跪禀，阿骨打忙上前扶住，挽着阿思魁之手说："汝是吾臂膀决策之士，何必多礼？谈话议事要一如既往，礼多反显相疏也。"

阿骨打几句话说得阿思魁心里热呼呼的，略思片刻，献策说："皇上龙颜神威，威慑着辽军。而辽民久仰圣德，民心所向，乘天时地利人和之机，御驾亲征，攻其不备，顺天应民。辽军闻之，军士胆破心裂，望风披靡，不战自溃。又有吾为内应，鼓噪其军兵，反戈相击，理应外合，事可成矣！"

阿骨打一听，大喜，抬手拍着阿思魁肩膀说："汝之谋正合孤意，吾决定正月十五发兵攻辽。汝回去，乘机向辽军头目虚报军情，就说吾建国称帝后，只贪荣华富贵，又惧辽国之大，兵多将广，已不敢再进攻辽国，麻痹其防范之心。如此，吾必胜矣！"说到这儿，递给阿思魁一个长纸包，贴阿思魁身边说："将他带在身旁，听朕带兵去，只须如此这般，这般如此。"

　　阿思魁受计而回，这才引出在辽国达鲁古城的一场大战，击溃辽国大军。

阿
骨
打
传
奇

11 15年正月十五，阿骨打亲率大军第三次进攻辽国。这次出兵，除几位大勃极烈知道，其他人一概不知，好似突然决定的。这天，阿骨打仍在寥晦城集中人马，各种军兵齐集点将台，令娄石、任树渴为先锋，宗雄、宗翰为左右护卫，宗干跟随圣驾，浩浩荡荡向辽国进发。

再说辽朝自从听了阿思魁编造的谎言，辽军头目信以为真，认为阿骨打真不能进攻辽国，放松了戒备。又值过年，军事头目每天喝得酩酊大醉。上梁不正底梁歪，当官的每天醉生梦死，当兵的更是混吃等死，终朝每日喝酒赌博，三五、四五六叫喊连天，掷骰子耍钱。这说明当时辽朝朝纲不振，天祚帝每天花天酒地，不理朝政，下边必然更甚之。几年来，辽军耍正月，闹二月，哩哩啦啦到三月。正月十五又是元宵佳节，辽军正耍在劲头上，一个个昏头昏脑，谁还过问边塞之事？正月十五的晚上，辽军有的喝得酒醉如泥，卧在床上，如死人一般。有的喝了八九分酒，歪戴军帽，敞着胸襟，骂骂咧咧喊叫"六！"旁边嚷叫"眼、眼呀、眼！"搅闹成一团。交三更时分，突然传来一片喊杀声，探马惊慌失措地跑进统帅府，结结巴巴地喊："报……报……报告……告……吴……吴……帅……帅……大……大事……事……不……不好，女真……真杀……杀来……来……了！"探马喊叫半天，回答的是"呼噜、呼噜"若巨雷的鼾声，因为辽军统帅张林听说阿骨打不进攻辽国，他早就跑回辽上京过年去了，至今未回。达鲁古城就扔下副帅吴用统辖军马，顾名思义，本名叫吴用，叫白了就叫"无用"。辽朝天祚帝昏庸到如此程度，启用无用之人统帅千军万马，还能打仗吗？这就是他亡国的必然趋势。吴用确是无用之辈，挺大个脑袋精细个小脖，屎克螂的肚子，一肚子黄货，活像头蠢猪，吃喝完了往炕上一卧，妓女陪着寻欢取乐。这样一个啥也不行的人，靠什么当上副帅？靠的是一手勒索民财，一手向上贿赂，这两手一般人比不过，就靠这个升官发财，岂不知这是坑家祸国的两手。

单说正月十五这天晚上，吴用吃喝玩乐到小半夜，疲惫不堪进入南柯，呼噜噜、呼噜噜像打响雷似的，鼾声打得屋顶震得直抖。好不容易

将他唤醒，吴用睡眼朦胧惊愕地坐起来："啊！啥事儿？你们呼嚓喊叫地招呼我？"

"元帅，大事不好，阿骨打领兵打来了！"

吴用一听，吓得魂魄离身，浑身上下好似下来神似的使劲抖擞。他战战兢兢抓找衣服，拿过来放过去，拿着裤腿当裤腰，两脚伸进裤腿里，干瞪眼穿不上裤子。护卫们见统帅连裤子也穿不上了，赶紧帮着穿。慌慌张张地好不容易给吴用穿上裤子，往起一提，大伙儿不约而同哎呀一声，才发现穿了半天，将妓女的裤子给他穿上了，又瘦又小，上哪儿能提上裤子？吴用的裤子在哪？找遍不见，原来妓女一着忙，将吴用的裤子穿去了，穿着吴用的大肥裤子邋邋遢遢的，早藏起来了。当吴用穿不上裤子的时候，才想起找那妓女，从门后将她拽出来，啪啪给她几巴掌，让她将裤子脱下来，发现妓女已吓得将吴用的裤子给尿了。尿了也没办法，只好给吴用穿上，让他湿着连闻臊味吧！吴用刚穿好衣服，探马又跑进来报告，言说阿骨打兵马已离不远了，他这才升帐点派兵将。

就在这时候，忽然从达鲁古城中升起一股黑烟，斜着向东北方向飞越而去，到了阿骨打带领军马的头上，刷的一声，变成一团红光，映照得满天通红。阿骨打一见，慌忙从马上跳下来，跪在地上。军士们见皇上跪下了，都翻身下马跪在地上，就听阿骨打说："此乃吉祥之兆，红光普照，定胜辽朝。望吾军士奋勇杀敌，战胜辽国，只在今朝！"言罢，拔开酒葫芦塞子，以酒洒地，祭祀神灵，磕头而起。军士们见红光普照，天助女真，军心大振，个个耀武扬威，决心奋勇杀敌，一股势不可挡的锐气直冲云霄。

可是辽军见此红光却吓坏了，他们没见到从城内腾起的黑烟，只见在女真军上空忽然出现一团红光，真是个个胆战、人人心惊，在精神上惧怕女真军三分。他们做梦也想不到这红光是怎么来的，愚昧地认为此乃"天意"，不知这是阿骨打采用的心理战术。

阿骨打去宋秘订共同对辽作战条约回来的时候，从宋朝买了很多炸炮，视如珍宝，责成能工巧匠进行研究，改制成作战用的武器。当听到阿思魁禀报辽朝传说他是真龙天子，对他有迷信崇拜的心理，所以秘授给阿思魁这个研制的半成品，让他听说女真军打过来时放射。一来阿骨打借此机会试验研制的这个成品能发射出去多远；二来借此对辽进行精神战术，让辽和女真军士们见天空红光映照，阿骨打发兵攻辽有上天保佑的显照，壮女真军士的斗志，惊吓辽军胆魄，不战自溃；三是作为阿思魁和他联系的信号。他这招儿可真厉害，当即引起辽军的溃乱，七呼八喊："可了不得啦，阿骨打显圣啦，满天红光，谁要是反抗，脑袋就得掉下来呀！"在一片叫喊声中，不少辽兵溃逃了。

正在这危急时刻，忽听有人高声喊叫："呔！喧嚷阿骨打显灵，扰乱军心者斩！临阵脱逃者斩！不英勇杀敌者斩！违抗命令者斩！"你道此人是谁？他就是达鲁古城守将恭保。在这危急时刻，他见吴用被阿骨打吓得直劲筛糠，就毅然下此命令。此令一下，当即就斩了几名逃亡的军士和喧嚷的军士，一下将辽军镇住了。恭保一声令下，全军出城迎敌，如有退缩不前者，立斩不饶。这样一来，胆怯的也得跟着往前冲，不然脑袋就得被砍掉。城门一开，辽军一窝蜂似的冲出来了，只听千军万马汇成一个声音："杀！杀呀！"

这时天已大亮，阿骨打站在丘岭之上一望，见辽军像涨潮的水冲来了，兵虽多，但面带畏怯之情，不足惧也。见娄石、任树渴已被辽军围困住，阿骨打立刻令宗雄率军向辽左军冲去，宗翰率军去援助娄石、任树渴。令宗干率领部分军兵学习三国时张飞的做法，马尾巴带上树枝，催马来回驰奔，立刻尘土腾空而起。辽军一望，惊吓得不知阿骨打后边又来了多少兵马，吓得向后逃去。女真军是越杀越勇，娄石、任树渴虽被围困，但毫不怯敌，大刀上下翻飞，杀人就像刀削大萝卜一样，人头在地下乱滚。宗雄更是英勇无比，率军向辽左军冲杀过去，辽左军不战自乱，七呼八喊："可不好了，阿四①反了！阿四反了！""喂！谁不投降就让他脑袋搬家！"阿思魁率领反军边杀边喊。宗雄见阿思魁从辽左军后边杀过来了，急忙挥鞭向辽右军冲去。

辽军见女真军越战越勇，宗翰又率军冲杀过来，娄石、任树渴更来劲儿了，与宗翰合军一起向前冲杀，只杀得血流成河、尸骨堆成山。从清晨直杀到天黑，辽军支持不住了，逃进达鲁古城。阿骨打令人将城团团围住，连夜攻打。恭保亲自督促辽军守城，忽听有人向他报告："吴用领部分兵马逃跑了！"气得恭保呸的一口，大骂说："败类之徒，岂能领军！"他一面令军士们用滚木礌石，严加防守，一面赶忙派人去辽上京告急，请求救兵。当恭保来至北门时，只听咕咚一声，恭保栽倒在地，原来是阿思魁已暗中留下人在北门候等捉拿恭保，暗埋绊马索，将

---

① 指混入辽军的女真将领阿思魁。

恭保的马绊倒。恭保摔在地上，当即被捆上了。打开城门，阿骨打率军攻入达鲁古城，一些辽兵溃逃了，多数投降女真军。

阿骨打令人将恭保带来，亲解绑绳，劝其投降。恭保横眉立目指责阿骨打："你侵犯辽国，我恨不能剥你皮，食你肉，岂能投降于汝？"

阿骨打说："汝如降我，仍让汝守此城，既保全了你的生命，还仍然为官，请你深思。"

恭保哈哈大笑说："吾生为辽官，死为辽鬼，岂肯降汝叛逆之贼！"说罢向柱子撞去，当即头碎命丧。阿骨打惋惜地说："真乃忠良之将也，辽将若都如此，吾难破矣！"随令厚葬之。正在此时，宗干进来禀报，周围农民起来反抗，向城袭来。阿骨打大惊失色，说："待吾看来！"

阿骨打听完宗干奏禀后，急忙奔向城门，登上门楼子一望，只见辽国农民手持棍棒权齿，似猛虎下山，齐声呐喊："打跑女真，保家保国！"看到这儿，阿骨打倒吸一口凉气，心里转念，辽国的农民如此厉害，敢起来反抗于我，这还了得？阿骨打正望得出神，见领头儿的农民像箭打的，已离城不远了。仔细端详，此人身高七尺，膀大腰圆，两只大眼睛里含着仇恨的目光。

"啊？是石惠！"

阿骨打正在端详，猛听身后有人认识，回头见是阿思魁，疑惑地问："怎么，你认识他？"

阿思魁回答说："皇上，我就是替他出兵钻进辽军的，此人是石惠。"

阿骨打一听，心中暗喜，忙命令阿思魁："既然如此，快去劝他归顺。"

"遵旨！"阿思魁腾腾腾地从城门楼跑下来，扳鞍上马，守门军已将城门打开，放下吊桥。阿思魁带领十几名兵丁，嗒嗒嗒一串儿马蹄声，冲过吊桥，迎着石惠飞驰而去。

石惠率领农民向达鲁古城奔驰，见从此门飞来十几匹战马，直奔他们而来，跑在前边马上的军人好面熟。正在打量的时候，忽听那人大声高喊："石贤弟！石贤弟！"眨眼的工夫，马已跑到跟前，石惠才认出来是阿四。他滚鞍下马，扑通一声跪在地上说："恩人哪，阿四大哥，可想煞吾也。自你走后，我日夜思念，烧香祈祷。女真军打来后，时刻担心吾兄安危，当听说辽军被女真军打败，我们的心简直要碎了，国破岂能有家？再说，阿哥替我出兵，不知生死存亡，令吾放心不下。反正是死，吾是辽国人，国家兴亡，民众有责，宁肯抗战死，岂能坐等亡？为此，将各村的青壮年联合起来打女真军，幸好遇上大哥，恩哥就领我们打女真军吧！"

阿思魁哈哈大笑说："你要打女真，难道还要打恩人我吗？"

石惠说："阿哥说哪里话，我们要打敌人女真！"

阿思魁说："我就是女真!"

石惠说："阿哥取笑了。"

阿思魁说："真的，我为刺探辽国军情，借用你的名义替你出发，钻进辽军中，里应外合，打败辽军，占领了达鲁古城。辽军已被我们打得落花流水，溃不成军，你们这些平民百姓还逞什么干巴强?快快将他们领回去吧……"

还没等阿思魁把话说完，早将石惠气得三煞神暴跳，五灵豪气腾空，嗖地从地上蹦起，翻身上马，用手一指，大骂阿思魁："你原是女真派来的奸细，怪我有眼无珠，被你花言巧语所骗，被你一时蒙蔽，我之罪过也。恨不能食汝肉，喝汝血，碎尸万段，方解我心头之恨!"说罢，举棍就打。

阿思魁没想到石惠会打他，用刀一架，劝阻说："石惠!你这是干什么?我替你出兵，免你一死，救汝一命，你反恩将仇报，还讲不讲良心?"

石惠暴跳如雷："你这个强盗，少讲废话，是你勾来阿骨打将我们辽国弄得国破家亡，是吾之死敌，什么恩人?看棍!"

阿思魁举刀相迎，两人战起来了。农民见石惠和阿思魁打在一起，忽下子全上来了，将阿思魁这十几个人团团围住，齐声喊叫："打死他!打死他!"阿思魁挥起大刀东挡西杀，噼啪山响。

阿骨打站在达鲁古城北门城楼上，见阿思魁骑着马如同箭打一般跑了过去，刚一答话，石惠就给阿思魁跪下磕头，自言自语地说："这些骚乱的平民，阿思魁可全部收过来，分别编入猛安里，又可壮大我的兵源。"忽然见石惠跳起来，翻身上马，举棍就打，阿骨打暗吃一惊，这小子翻脸不认人，为啥要打阿思魁?直到骚乱的农民忽下子将阿思魁团团围住，叫喊连天："打死他!打死他!"才令宗干、宗翰率兵前去援助阿思魁。

宗干、宗翰喊声"遵旨"，率女真军从达鲁古城冲出。女真军个个如狼似虎一般，逢人便杀，见人就挑。这些农民哪是女真军的对手?不一会儿横尸遍野，血流成河。阿思魁已将石惠打下马来，令兵丁将石惠四马串蹄捆缚住。阿思魁抓起石惠横放在马上，收兵回到达鲁古城，将石惠扔在阿骨打面前。

阿骨打问石惠："阿思魁替你出兵进了辽营，使你免遭一死，你不思报恩，为何恩将仇报，反要杀死阿思魁?"

石惠听有人问他，睁眼一看，见一人身穿赭袍，知他就是女真的皇上阿骨打，遂破口大骂：“你这野人，历代都受辽朝恩封，辽与你有何仇恨？你发兵左三番右五次前来攻打，使我们辽国黎民百姓不得安宁。还暗设圈套，冒充好人，替吾出兵钻进辽军，里勾外连，将辽军打败。是吾受骗上当坑了国家害了个人。我恨不能食汝肉，喝汝血，将你们这些野人剁成粉末儿，方解心头之恨！什么恩人，你们是辽朝百姓不共戴天的仇人……”

正在石惠骂得起劲儿的时候，阿思魁刷的一声拔出宝剑，一剑刺去，将石惠斩于地上，随手将他的心挖出来，只见石惠血淋淋的心还直跳哪！

阿骨打已气得暴跳如雷，当即下令，将辽朝的百姓和物资全部掳掠回去，将这些可恶的平民百姓分给军兵们做奴隶。听了他这一声令下，娄室、宗干、宗翰等率领女真军像饿狼一般，将辽朝的平民百姓一个不留地全部掳走，牛、马耕具掳掠一空。百姓哭天呼地，一片哭嚎之声传遍四野，飞在空中，真是天昏地暗，日月无光。

阿思魁斩了石惠之后，又率领人马奔向榆树岗，将石惠的老母和妻子儿女全都杀死，把人头用刀挑着给其他百姓看。

阿骨打率军出得城来，准备继续向黄龙府进兵，攻占黄龙府。忽听从四面八方传来哭儿唤女嚎叫之声，他停军问宗望：“吾儿，为何从四面八方传来哭叫之声？”

宗望回答说：“父皇，不是你下的旨意，让将辽国的平民百姓和物资一起掳回去分给军兵当奴隶吗？故有此哭天嚎地之声传来。”

阿骨打心里颤抖一下，自言自语地说：“这是我一时的气话。”这才转变进攻黄龙府的主意，带领人马向哭嚎声奔去。见娄室、宗干、宗翰带领兵丁驱赶着契丹百姓，鞭打脚踢，哭叫声惊天动地，有些妇女、儿童和年岁大的老人被残踏而死。阿骨打见此情，心中暗想，如此下去，这些契丹人做奴隶也不能老实，攻其貌不如攻其内。想到这儿，提马迎上前去，传谕娄石将契丹百姓召集一起，阿骨打皇上有事儿。不一会儿，将契丹老百姓都圈在一起，呼爹唤娘，孩子哭老婆叫，叫哭连天乱成一片。

阿骨打在马上高声喊道：“契丹百姓听着！”谁听啊，哭天嚎地乱成一团，阿骨打声音再高，老百姓也听不见哪！阿骨打又高声喊道：“契丹老百姓听着！”女真军兵才七吵八喊地断喝：“皇上对你们讲话，听着！谁再不听，砍下他的脑袋!"百姓还哭，马鞭噼噼啪啪抽打声响成一片，好长时间大伙儿才稍微平静一些。阿骨打接着高声喊道："都怪石惠贼子，聚众闹乱，杀之无辜。汝等愿当顺民者，北徙后，给房住，给地种，同样加入猛安。逆者去做奴隶，反抗者杀之!"阿骨打这些话语，在前边的能听到，后边的啥也没听见，七吵八喊地说："听不见，听不见!"

阿骨打令宗干将他的话传告给契丹老百姓，同时又补充说："再晓谕女真军，不许随便残杀契丹百姓，有违者，斩之!"

阿骨打旨意下去，契丹老百姓才顺从地跟随女真军北徙，并将契丹这些平民百姓编入女真族的猛安里。

阿骨打让娄石、阿思魁镇守达鲁古城后，传旨撤军，率军回归寥晦城。

大圣皇帝阿骨打为庆贺攻辽的胜利和尊号大圣皇帝，于正月十六在皇帝寨举行宴会，大宴文武群臣和皇室人员。宴会可热闹了，乐队中的十几个人敲打着鼓，几十个人吹着悠扬清脆的笛子，一群歌女唱着《鹧鸪歌》。阿骨打像普通官员一样，与大家共同围坐于桌，呼号喊叫着让酒。他们喝着喝着，站起身来跳起了萨满舞，跳完了还唱。唱着唱着，谱班勃极烈吴乞买提议，传递木杓击鼓为令，三通鼓敲响，木杓传到谁跟前谁喝酒。征求大伙儿同意不同意，大伙儿异口同声说："同意！"就开始行酒令。击鼓人员咚咚咚，最后这声鼓点，木杓传到谁跟前谁就得喝。也有耍赖不喝的人，人们就扭着他的耳朵，逼着他喝，叫喊声伴着人们的哄然大笑声。可三传两传正好传到皇帝阿骨打跟前，刚好三通鼓响，文武众官拍手叫道："皇上得喝，得喝！"

阿骨打笑呵呵地摆着手说："不，不行，我酒量有限，不能喝了。"

文武众官一听，齐声喊叫："不喝不行，得赶快喝喽！"

阿骨打望望众官，哀求地说："饶了吧，往下来。"

他的话音未消，蒲家奴噌下子跳起来，跑过去爽急麻利快地一伸手拽住皇帝阿骨打的耳朵，扭着不撒手，拽得皇上阿骨打随着蒲家奴的手栽棱着身子，歪着脖子"哎哟，哎哟"叫唤着。众官们拍手打掌笑个不停，有的笑得前仰后合，妇女笑得眼泪一对一双往下掉。

蒲家奴大声喊着："喝不喝？"口里说着，手往起拽皇上阿骨打的耳朵。

阿骨打告饶地说："哎哟，我喝，喝！你撒开我就喝。"

蒲家奴说："那不行，喝了，我才能撒手。"说着，令人将酒碗端过来，对阿骨打说："皇上，你喝了我就撒开手。若是不喝，小心这铁手把耳朵拽下来！"

阿骨打接过酒杯说："这回你撒手吧，我保证喝！"

蒲家奴说："喝了，我才能撒手！"

阿骨打被逼无奈，将一碗酒全喝了。大伙儿为其鼓掌。接着继续行这个酒令，三传两传，传至阇母面前时，正好三通鼓。阇母见事不好，

站起来撒腿就要跑。阿骨打洒脱地站起身来，跑过去一把拽住阉母的衣领子，一翻手也拽住阉母的耳朵，阉母嗷嗷叫地喊着说："哎哟！哎哟！皇上拿我散发子。"惹得官兵们大笑。

阿骨打说："说别的没用，你喝不喝，不喝将你耳朵拽下来！"

阉母无奈也只好喝了。

正在越喝越来酒兴的时候，忽然有人暗递眼色给诸班勃极烈吴乞买。吴乞买不知咋回事儿，那人急得没办法，令人将吴乞买拉到外面，悄声报告说："巴刺被人偷去了！"

吴乞买一听，大吃一惊，暗想谁这么大胆，敢偷公主？立即派人前去追捕。

巴刺是阿骨打的四女儿，陪室所生，年方十五，长得俊俏，心灵手巧，会织布，能描绘花鸟虫鱼。生来体态苗条，性好静不好动，不愿出去上山骑射，身体有些虚弱，陪室整天烧香拜佛祈祷神佛保佑。为让女儿身体早日恢复健康，陪室去年十月一日曾领女儿去宝胜寺降香许愿，求佛保佑巴刺病好，正月十五前去还愿。巴刺经过一冬天的将养，身体还真越来越好了，不出虚汗，感到身上也有劲儿了。正月十五这天，陪室领女儿巴刺前去烧香还愿。正月十五是上元节，寺庙烧香还愿的人蜂拥而至，其中有些青年女子也是借机自寻配偶。这年，青年女子上庙的非常多。不是别的，因为青年男子大部分都编在猛安谋克里，连年出兵征战，哪有时间配偶成婚？家里大部分是青年女子在家，当时婚配又早，一般姑娘到十五岁就婚配了。由于战争，青年男的出外征战，女的在家不能婚配，哪能不着急，就借上元去庙上烧香祈祷神佛保佑，早日寻到可心的配偶，所以上寺庙烧香的比历年都多，而且男的少女的多。陪室领着女儿来至宝胜寺，在众多女子面前，巴刺的模样还是出类拔萃的。她不仅模样儿长得俊美，还由于不好动，整天坐在屋子里描呀画呀，养得肉皮儿细腻白皙，杨柳细腰，显得格外娇娆。当时女真族的姑娘，一般仍然参加捕猎，腰粗腿壮，肉皮粗糙，像巴刺这样嫩皮嫩肉的很少。

阿骨打虽然当上大金国大圣皇帝，但阿骨打本人和妻子儿女仍与平常人一样，从不摆皇家那一套。要和历代皇帝相比，阿骨打根本不像个皇帝。不用远说，就拿辽朝天祚帝来说吧，皇上的女儿到寺庙去降香，那还了得，头几天就得派朝官去寺，责令和尚清扫寺庙，准备迎接皇妃、公主降香。降香这天，禁止其他人前来，还得派重兵把守。哪有像阿骨打这样的皇上，始终和小白人一样。因而陪室领巴刺来至宝胜寺，别人根本不知她是皇妃，更不知巴刺是公主，跟随平民百姓一起降香。可这巴刺在人群中却成了众人注目的女人了，前呼后拥，都要看她几眼。很多女人心里羡慕巴刺，感到自己在巴刺跟前有些逊色。还有些人心里诧异，从衣着看是女真人，从长相身挺像汉人。可往脚上一瞅，长着两只大脚，才相信无疑是女真人。人们拥拥挤挤簇拥着陪室和巴刺来至正殿降香还愿，连敲钟的和尚也偷着瞄好几眼巴刺，享受着美感。

　　人群中，有一少年，长得也很英俊，自打在庙门口见着巴刺之后，好似巴刺身上有块吸铁石吸着他，从庙门口一直跟到大殿，巴刺跪下磕头拜佛，他在大后边也磕头。巴刺随额娘陪室烧香还愿后往回走时，他仍在旁边挤挤擦擦地跟着。人还怪呢，哪块人厚就往哪块挤。陪室领着巴刺从寺院往外走的时候，围观的人更多了，里三层外三层，越挤越厚，越外面的人越往里撞，你挤我，我撞你，有的被挤撞得哎哟哎哟直叫，巴刺感到迈步都困难了。那少年见这情形，心生一计，挤到巴刺跟前去为巴刺开路，将两手一扎煞，高声喊道："借光了，借光了！"围观的人见前边出现一个英俊少年给开路，以为这少年和巴刺是一家的，就尽量往外闪。可巴刺被这少年突然的行动吃了一惊，心想他是谁，为啥要为我这样？又见少年伸着两臂，扎煞两只手，像只老鸽子似的，三步两回头，两只大眼睛的目光与她的眼神儿不断相撞。虽然寒冷的天气，她心里一阵发热，脸蛋儿发烧精神有些飘然，出庙门时，精神不集中，被庙门槛一绊，一个趔趄向前扑去。少年眼疾麻利快步脚步一停，巴刺正好扑在少年身上，少年伸手轻轻地将巴刺扶住。围观的人哗然大笑，巴刺赶忙站直身子，白皙的脸蛋儿顿时绯红，但她还是用感激的目光望了一眼少年，不然她要来个狗抢屎，兴许摔坏了。陪室从后边挤过来问："摔着没有？"

　　巴刺红着脸说："多亏这位小阿哥，将吾扶住了。"说着，又望了一眼少年。她这一眼不要紧，望得少年心里火烧火燎的……

　　巴刺跟随额娘陪室回到布达寨，那少年始终在后边跟随瞭着。巴刺进房屋后，他仍然在布达寨周围转游，一打听才知是皇上的女儿巴刺公主，少年更惦念上了，一直等候到天黑才走。回到家一宿没睡，睁眼闭眼，巴刺的模样儿始终在他眼前转游。心里想，我咋能和她成为配偶呢？想啊想，忽然想起明天是正月十六，正月十六日是"纵偷"之日，趁这好机会将美女偷来，岂不实现吾之心愿？更何况此女窥视吾之时，两眼脉脉含情，示之相爱之意。想到这儿，少年高兴得坐了起来。忽然耳里鸣响："巴剌是大圣皇帝阿骨打的女儿，当今的公主！"感到一股冷风吹进心窝儿。是呀，巴剌是公主，偷来能否杀我呀？可他立刻自己原谅自己说，公主咋的？公主也是人，平民百姓可偷，公主就不可偷？皇上也没向百姓旨谕这条，偷公主杀头哇！越想主意越坚定，穿好衣服，到外边悄悄备上马，天还没亮，少年就骑马奔布达寨来了。他来至布达寨，离老远下得马来，将马拴在树上，见布达寨一群男男女女骑着马奔皇帝寨去了。他心凉半截子，以为巴剌也去了。要是扑空，今天偷不成，其他日子就不许偷了，这是女真人的族法，只有正月十六日这天可偷婚，要不咋叫"纵偷"日呢！少年想来想去，还是到寨子去看看，万一巴剌没到皇帝寨去也未可知，他大步流星奔寨子走来了。

布达寨的主人都去皇帝寨参加宴会了，留下的全是奴隶（宫女、院工、仆妇）。主人不在，他们也逍遥了，有的偷着弄点酒喝，有的找背旮旯歇着去了，寨内静悄悄的，这就为少年偷婚造成了条件。他好似走进无人之境，直奔巴剌住的屋来了，走进屋，见巴剌手托香腮不知在寻思什么。巴剌听见脚步声，抬头见是昨天那少年，开始一怔，随后笑了笑说："你咋找来了？"

少年也一笑说："'偷婚'来了！"说着，毫不迟疑地走到巴剌跟前，伸过手去，搂着巴剌的两只胳膊嗖下子背起就走。巴剌一声没吭，悄悄伏在他的背上。少年出了房门口，背着巴剌就跑，都跑到寨门口了才被发现，说巴剌公主被偷走了。一吵嚷，惊动了全寨，人们一面骑马追，一面去皇帝寨报告。吴乞买忙打发武士前去追赶，终于捉回来了。这事谁也不敢处理，就将少年五花大绑，送到皇帝寨来了。

阿骨打正在兴高采烈地行令喝酒，忽然人声嘈杂，推进一个被五花大绑的少年，阿骨打吃惊地问："这是干什么？"人们不知啥事儿，惊恐地望着。还没等别人说，少年气势汹汹地说："我是'偷婚'的，为啥将我绑上，你们还是不是女真人？"

阿骨打惊疑地站起来说："既然是'偷婚'的，绑人家干啥？为啥送这儿来？"

吴乞买说："他将巴剌公主偷去了！"

人们听吴乞买这一说，都吃惊地望着少年，暗想这小子可能吃虎胆了，敢偷公主？阿骨打非杀他不可，不免替他担心。

阿骨打听说将公主巴剌偷去了，也一惊，怔怔地望着少年，心想，是个英雄，就从这点看，就够英雄。他笑呵呵地走到少年跟前，亲手将绑绳解去说："你说得对，女真人行'偷婚'，历来流传正月十六日为'纵偷'日，违背这个还叫啥女真人？再说，公主也是女真人，为啥不可以偷呢？好！今天喜上加喜，新驸马参加宴会，咱们再尽情干一杯！"

正在这时，从外面传来啼哭之声，不一会儿人就进来了，人们惊疑地一望，是公主巴刺。大伙儿以为不同意阿骨打此举，是进来吵闹的。哪知巴刺进屋就问："女真人行'偷婚'，为啥他'偷婚'不行，还抓回来绑上呢？"

阿骨打明白了，笑呵呵地说："巴刺，你看！"

巴刺举目一望，见父皇端着酒碗正和少年碰杯哪！脸一红，扑哧一声笑了，转身就跑。阿骨打立刻追出去，将女儿拽回来说："大喜呀，往哪儿跑哇，陪父皇和你的伴侣喝一杯吧！"

宴会更加活跃了。

偷
公
主

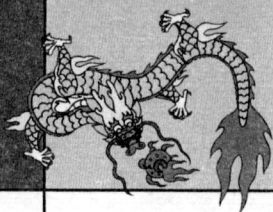

11 16年农历三月下旬的一天，阿骨打传旨，文武百官和皇室子弟随他出猎于寥晦城。

出猎这天，阿骨打七房老婆都带领儿子跟随出来打猎，第五房老婆元圆头天晚上就对三个儿子说："儿呀，你们父皇谕旨，明天文武百官和皇室人等都随他去寥晦城打猎，是以打猎为名，实则要测验诸孩儿的武艺。明天就看儿的了，苦练三年，露脸今朝。尤其兀术儿，你要露两手给文武百官看看，也不白费额娘①的一片苦心耶！"

金兀术两只大眼睛瞪得溜圆，小拳头攥得紧紧的，银牙咬得咯嘣响。听额娘问他，将小铁拳一抡说："额娘放心，儿今日不占上风，愿挨额娘四十屁股板子！"

元圆一听，心中甚喜，可她却长叹一声说："咳！儿有此大志，额娘心安矣！"

今天出猎，小金兀术骑在马上，显得格外精神，心里似乎装盆火。不是别的，感到憋气呀，父皇阿骨打并没把自己放在眼里，要是放在眼里，出兵去打达鲁古城为啥不让他去。他哭叫要去，挨了阿骨打一顿吡，尴尬而归。父皇总说他年岁小，年岁小武艺高，同样能打仗啊！反正没看起我，心目中就有宗干、宗望，还是带他们去了。为这个，金兀术心里憋气，别看人小，人小心不小，自尊心还很强哩。小家伙骑在马上，两只眼睛滴溜溜乱转，四处寻摸，小心眼儿里在琢磨，今天用什么办法露两手，让满朝文武大臣都给我亮大拇手指："哎呀，金兀术真是武艺超群啊！"让父皇也笑呵呵地说："行！兀术中，下次打仗一定带你去！"金兀术越想越高兴，越高兴精神头越昂扬。他想的不是出来打猎，是来比武打擂，不见高低决不罢休。

阳春三月，涞流水两岸已冰消雪化，近看杨柳树枝仍然枯竭，可远望绿茵茵一片，甚是好看。早晨出来有些凉意，太阳一竿子来高的时候，照在身上暖洋洋的。寥晦城下，是一片望不到边的荒草甸子，枯萎

① 额娘：满语，母亲。

的干草被风吹得飒飒响，阿骨打率领这大队人马人欢马叫，给荒芜的草甸子带来了新的生气，各种野兽惊恐地向深草棵子里乱钻乱跑。

忽然空中飞来一群大雁，一字排开，咯嘎咯嘎直叫，由"一"字变成"人"字飞在头顶上。阿骨打手持弯弓，拔出雕翎箭，大喊说："看孤家射那头雁。"嗖的一声，一箭射去，随声头雁中箭翻滚落地。

文武大臣们齐声喊叫："万岁爷，好箭法，好箭法！"一片叫好儿声。

群雁见领头的中箭落地，齐声哭叫"咯嘎、咯嘎"拔高飞翔，由"人"字变成"一"字，用眼往下边瞭望落地的头雁。就在这时，宗干拔出箭，催马跑出来，高喊："看吾射东边的头雁！"嗖，一箭射去，射中东边头雁的肚腹上，雁中箭从天空中滚落下来。文武百官又齐声叫好儿。群雁也乱了阵脚，在空中东窜西飞，咯嘎嚓叫。宗望催马而出，手持弓箭，高声喊道："看吾射头上这只雁的咽喉！"嗖一箭射去，那只雁咽喉中箭而落。

"好箭法！真是好箭法！"

文武百官齐声呐喊，称赞不已。

"呔！看吾专射大雁的眼睛！"文武百官正在称赞宗望的时候，忽听一个童声童气清脆的尖声喊叫，惊疑地顺声一瞧，只见小金兀术骑着赤兔马，马跑鸾铃响，英姿飒爽，耀武扬威，圆睁虎目，催马而出。文武百官一个个惊讶不是别的，暗想，小小的年纪，胆敢在人多势众之下，出此狂言，要射雁的眼睛。别说射，雁飞在天空，飞得这么高，人在地上，看雁的眼睛都看不清，又怎能瞄准去射呢？也就是皇上的儿子敢出此大言，要是别人谁敢在皇上面前夸口？那还了得，欺君之罪，杀头啊！不言文武百官心中嘀咕，单说这小金兀术拔出箭枝，拉弓搭箭，马跑鸾铃叮当响，追赶一只向北飞去的孤雁。拉满圆弓后，右手一撒，嗖的一声响，一箭向雁飞去，箭从雁左眼穿进，右眼而出，大雁疼得在天空中翻滚开了，两只翅膀忽扇着，忽高忽低，乱翻乱滚，赶上在天空表演一般。这更给金兀术的箭法锦上添辉，把文武百官看得目瞪口呆，直到大雁翻滚落地，文武百官才齐声高喊："神箭！神箭！真乃神箭也！"

阿骨打脸也笑成朵花，心里吃惊地想，功夫不负有心人，元圆苦教孩子练功，果有此效。阿骨打见文武百官发出一片叫好儿声，宗干、宗望等诸儿都惊奇得睁大了眼睛。他又用目瞧下元圆，见元圆两眼流淌着泪水，阿骨打心里也一酸。

元圆为啥两眼流泪呢？这是她激动的。此时元圆心里像口泔水缸，苦的、甜的、酸的、辣的一齐涌上心头。这些年来，她像个活寡妇，领着四个孩子居住在矩古贝勒寨。一年到头，阿骨打来不了几次，她费尽心机，管教儿子苦磨苦练武艺。有时见金兀术双臂被铁环勒得红肿，勒破了，血淋淋的，背后心疼得流了不少眼泪，才换来今天的成果，她怎能不激动？

阿骨打见元圆激动得满脸泪水，暗暗点头，心中转念，苦了你了。当阿骨打的眼光落到金兀术身上时，见金兀术小家伙眉开眼笑，洋洋自得，两只眼睛不断在宗干、宗望脸上翻滚，显出一种骄衿之气。阿骨打高声喊道："小兀术，箭射雁眼睛有何了不起？还不归队！"

金兀术正洋洋自得，两耳扎煞着静听父皇的称赞："行，兀术中，下次打仗一定带你去！"没想到，父皇回答他的带有呵斥之意，脸色立刻绯红，噘着小嘴催马回到额娘跟前。

阿骨打又催马带领众官兵去草甸追猎野兽而去，各显其能，猎打獐狍鹿猪。单说阿骨打正在兴头时，草丛中忽然跳出一只大黑熊，又粗又大，重有千斤。人们围歼之，众箭齐发。黑熊用那两只大熊掌一拨弄，箭枝纷纷落地，并向阿骨打这边扑来。在过来的时候，它虽身中数箭，大黑熊用熊掌拔拨拔拨，仍往前冲。就在这时，金兀术连射两箭，均射中大黑熊的两只眼睛，大黑熊两眼流血，疼得嗷嗷直叫，扑过来了。吓得人们正要打马跑开的时候，金兀术腾地从马上跳下，向大黑熊奔去，惊得人们七吵八喊："金兀术，不行，快回来，熊瞎子力大无穷，伤了你！"

金兀术像没听见似的，撒开飞快的小腿跑到大黑熊跟前，黑熊听到动静，站立着身子，用大熊掌向金兀术抡去。见金兀术翻身倒在地上，吓得文武百官"哎呀"惊叫，有人高喊："快救金兀术！"宗干、宗望等翻身下马，抽出宝剑去营救金兀术。他们还没走几步，就见金兀术忽然两手托起千斤的大熊瞎子，狠劲往地下一摔，摔得熊瞎子嗷嗷怪叫的时候，金兀术抽出身上的小佩剑，一道寒光闪，燕子翻身，爽急麻利快地对准大熊瞎子的咽喉刺去。由于用劲儿过猛，连剑把儿全刺进去了。就在这一刹那的时候，大黑熊嚎叫一声，笨拙的身子全立起来了，小金兀术来个就地十八滚，滚到黑熊后面的远处。大黑熊立起来刚一活动，鲜血像放箭似的顺着金兀术的剑把儿往外穿。转了两个迷喽，咕咚一声倒在草地上，蹬蹬腿、咧咧嘴死去了。

宗望、宗干跑过来，两人伸手拉过小金兀术，将他用手托在空中，扔着高儿，嘴里喊着"空齐！空齐！"

文武百官一齐下马，跪在草地上给阿骨打磕头祝贺："万岁爷洪福齐天，才有此神童虎子也！"

阿骨打打猎回来，心中非常高兴，令摆宴慰劳文武百官和皇室妻子、儿女。宴会中，阿骨打拿出《庄子》，这书还是他与阿离合懑去北宋秘订协约时，阿离合懑带回来的，因阿离合懑最喜爱书籍。阿骨打拿着书本，翻到"达生"篇时，递给完颜希尹说："你给大伙儿念念这篇故事。"

文武大臣听说要给他们念故事，都放下杯筷，侧耳细听。

完颜希尹打扫一下嗓门儿，高声读道："孔子去楚国，走到一个树林里，看见一位驼背老人用竹香黏蝉，熟悉得竟像从地上捡东西一样。孔子问：'你的技术真巧啊！是有什么方法锻炼成的吧？'老人回答：'我是有方法的。夏季五六月间，我就练习捕蝉本领，先在竿顶叠放两粒小球，不使它落地，这样黏蝉时失误就少了。然后叠放三粒小珠，不使它落地，那么黏十只蝉只会跑掉一只。到竿头叠放五粒小球而不落地时，黏蝉就像用手捡取一样了。我的身体站着像一根断木头，我举起的手臂像一节枯树枝。天地虽大，万物虽多，我的心目中只知有蝉翼而已。我的身体、手臂沉着稳定，又不让任何事物干扰自己对蝉的注意，怎么能捕捉不到呢？'孔子回头对他的弟子说：'用心专一，办事如有神助，这位驼背老人就是这样的啊！'"

完颜希尹读完之后，阿骨打接过说："蝉在树上，而驼背却难于仰视。蝉体细小，而老人的手总是易于颤动，可见驼背老人要用竹竿儿从树枝高处黏捕一触即飞的蝉，真是戛戛乎其难哉！但这位驼背老人毫不气馁，而是根据本身的弱点和黏蝉的要求，想出了一套练功的方法，然后勤学苦练，循序渐进，终于练出了过硬功夫。手不颤，眼不眨，身不动，全神贯注，心中只知有蝉而不知其他。今观吾儿兀术箭法，使我联想起这个故事，小兀术在朕元爱妃的苦教苦练下，两臂被铁环磨出的老茧，岂一日之功乎？望众家子弟，都可到矩古贝勒寨一观也！"

从此，在女真部落里都学金兀术练射箭法。金兀术练射箭法流传很久。

辽朝文武大臣听到阿骨打占领达鲁古城，将张林、吴用统帅的辽军击溃，达鲁古地方的老百姓和财物被掠掳一空，都大惊失色，面面相觑，无计可施，急得直跺脚。文武大臣急的是辽朝天祚皇上不理朝政，每天被小爱妃庄花迷住了，缠住皇上不让上朝。众大臣正在着急的时候，忽见皇上的大舅哥庄蒜来了，这小子依仗自己有个漂亮妹子，被天祚帝选为妃子，当上了所谓的学士，满朝文武大臣都知道他狗屁不是，可人家有个美丽的妹子，同样可当学士。当这小子走进朝房的时候，众大臣起立相迎说："国舅来得正好，阿骨打已攻陷达鲁古城，率兵要进攻黄龙府，眼看打过来了，皇上还不知道如何是好。"

庄蒜倒背着手，两只小眼睛眨巴几下，嘴一咧说："待吾进宫禀奏！"说完大摇大摆就奔后宫去了。刚走到后宫门，被御卫官拦阻，不准他进。他将眼睛往上一翻说："怎么？连我都不准进？我是皇上的大舅兄，有重要事情奏禀皇上，不让我进行么？"说罢硬往里闯。御卫官一把手将他拽回来："唉，别说你是皇上的大舅子，就是皇上的儿子，进宫也不行。圣上有旨，皇上要带庄妃去游祖上耶律倍领高美人在无虑山行宫的地方，不论何人，免奏免见哪！"说罢咣啷一声，将宫门关闭了。庄蒜吃了闭门羹，气得脸色煞白回来了，一想，如果这样进朝房，岂不叫文武百官笑掉大牙？这朝廷我还咋呆了？想到这儿，没奔朝房，登上钟鼓楼，拎起锤子狠劲敲上了，当当当山响。这一敲不要紧，可吓坏了文武百官，赶忙都奔午朝门外候旨。天祚帝也慌慌张张从后宫跑了出来，以为阿骨打打过来了，吓得他呼哧呼哧直喘，上了金銮殿惊问："出什么事了？"

庄蒜跪下磕头说："阿骨打攻占达鲁古城，张林、吴用统领的辽军全被击溃，眼看要攻黄龙府啦！"

天祚皇上心才落了地，脸色不悦地说："唉，我当何事大惊小怪的，这好比人的肌体，脚趾头被扎一下出点儿血，有什么了不起？离心大老远呢！阿骨打占了个达鲁古城，你们就这样大惊小怪的，要你们何用？"

庄蒜又跪爬半步说："禀万岁，兵来将挡，达鲁古失守，再进黄龙府，上京岂不危在旦夕？皇上不能不考虑呀！"

就在这时候，庄花小妃妖里妖气地从殿后钻出来说："万岁，磨啥牙呀，安排安排好走哇！"

天祚帝见小妃催促，就传旨肖奉先上殿。肖奉先上殿参拜后，天祚帝说："朕封汝为御营都统，耶律张奴为副都统。你们俩合计合计，派几个人去见阿骨打下书求和，达鲁古城给他得了。"

肖奉先问："派谁去？"

天祚帝反问道："你看呢？"

肖奉先说："我看耶律张奴可胜此任。"

天祚帝说："就派他去吧。"皇上话音没落，庄蒜扑通一声跪下说："凭吾三寸不烂之舌，陈说阿骨打罢兵。"天祚皇上一听大喜，说："好，你跟随张奴去，朕就放心了！"

肖奉先问："下书求和去那么多人？"

天祚帝说："哎！人多势众，多去那么几个何妨？就这么办吧，我还要去无虑山。"刚说到这儿，庄花撒娇地在天祚帝身后说："还磨牙，快走得了。"天祚帝已被这小妖婆拿酥骨了，赶忙将袍袖一甩，退朝了。

文武大臣面面相觑，暗自叹息，辽朝亡在旦夕也，众臣不欢而散。

单说御营都统肖奉先将耶律张奴、庄蒜找到都统府，研究去金下书。肖奉先的意思是耶律张奴和庄蒜两人去就可以了，可庄蒜不同意，意思皇上都说了，人多势众。为此庄蒜又带四名瞎参谋乱干事随同张奴到金来下书议和。

阿骨打这天正和勃极烈议事，忽报辽派耶律张奴前来下书求和。阿骨打听后说："此乃辽欲缓兵之计耶！"遂宣旨进见。

耶律张奴、庄蒜来至金朝上京一看，庄蒜就龇牙笑，这破房乱屋还当皇上，笑煞人也。

当庄蒜走进阿骨打宫殿，举目一看，哪像座宫殿，跟住家的没啥区别。屋里全是火炕，西万字炕上盘腿坐着阿骨打，面前放张长方形木桌子，南北对面火炕上坐着两溜勃极烈，每人面前都有一张长方形小木桌，盘腿而坐，好似修士，在那儿练坐功。庄蒜嘴没说心里话，这乌合之众，还称皇为帝？你看咱辽朝的皇宫，分三殿六宫，金碧辉煌，巍峨森严，那才叫真正的金銮殿，此等简陋屋宇，连占山为王的土寇也不如！这庄蒜就像看人似的，以衣帽取人，见阿骨打坐的也不是金銮殿，还称什么皇上？内心里半拉儿眼珠儿没瞧起阿骨打。正在庄蒜胡思乱想的时候，在他前边的耶律张奴摇身下拜，口呼："大金国皇帝陛下，辽使耶律张奴参拜！"

阿骨打盘腿坐在西炕上，屁股往起欠欠，手一扬说："请起！"

耶律张奴口呼："祝大金皇帝万岁！"

阿骨打说："请坐！"这时，阿骨打见张奴身后还站立五个人，头前这个人方巾革履，咧着嘴，带有蔑视之意。刚要问张奴他是何人，就见庄蒜向阿骨打作揖说："大王近来身体无恙乎？"

阿骨打心中不悦，这小子是干什么的？大摇大摆见朕不拜，从哪儿称起我大王来了？见谙班勃极烈吴乞买、国论阿买勃极烈辞不失脸上都怒气横生，阿骨打暗递个眼色，意思不要冲动，反而笑呵呵地问庄蒜："先生何人？"

庄蒜一抖肩膀说："吾乃辽国北枢密院学士庄蒜也！"

阿骨打说："先生之妹庄花如雷灌耳，得宠于天祚帝，有倾城倾国之美。而先生之名，三尺儿童皆知，仰妹之貌，浮于朝，庄大瓣蒜也。今来此，带汝妹乎！"

阿骨打说得诸勃极烈均哈哈大笑，张奴羞臊得满脸通红，可庄蒜面不改色气不长出，扑哧一笑说："大王取笑了，吾为大王奠基立业而来！"

阿骨打问："此话怎讲？"

庄蒜说："尔女真游牧于山林之中，今定居于速沫、涞流之傍，荒芜底薄，辽帝甚悯之。故令吾来，愿将宁江州、达鲁古之城割让女真，封汝为王，每年辽拨与女真银 25 万两，绢 25 万匹。得王位，有财物，一举两得，岂不为汝奠基立业乎！"

庄蒜这一席话，气得辞不失手扶剑把儿，差点儿跳下地将庄蒜宰了。但他和阿骨打眼光相对时，见阿骨打用眼色制止，才没敢冲动。

阿骨打又笑吟吟地说："朕欲索汝妹庄花做婢，可乎？"

庄蒜回答说："大王之愿，回禀天祚帝计议之。但吾奉劝大王，识时务者为俊杰，知足者常乐也。吾帝心宽无边，失宁江州、达鲁古城，视为人之肌体一个脚指头，离心尚远，如同失掉一根毫毛。天祚帝心之宽谁能比乎？办事慷慨，舍财如扬土，张口就舍银 25 万两，绢 25 万匹，又谁能比乎？文有庄蒜，武有肖奉先，兵士百万，地域辽阔，进有女真之地，退有燕、东两京，岂忧乎？"

阿骨打欠欠屁股说："大夫乃安邦卫国之士，失敬，失敬！快快赐坐。"

庄蒜这小子听阿骨打这一说，身子飘起来了，一屁股坐那儿了，洋洋得意。

阿骨打对耶律张奴说："请张使臣回禀奏辽祚帝，将此书带回，就说朕已同意庄蒜大夫之见，议和可以，但必须实现如下条件：一、同意吾为大金大圣大明皇帝，天祚帝称孤为兄；二、年岁为金纳贡银25万两，绢25万匹；三、割给金辽东、长春两路地；四、将庄花妃子送来为婢。此四条都是庄蒜使臣提出的，孤同意，禀奏天祚帝确定签定和约日期、地点。"

"我们回去禀奏，随即通知大王！"

还没等耶律张奴表态，庄蒜迫不及待地同意了。张奴横睖他一眼，庄蒜还嘻皮笑脸地望着张奴悄声说："咋样？吾三言两语，就停兵罢战。"张奴气得哭笑不得，暗骂这小子名叫庄蒜，真跑这儿"装蒜"来了。

阿骨打为啥要将辽朝的书信退回呢？因为在书信上只提议和，征求阿骨打意见，问阿骨打有什么要求，根本没提具体条件。庄蒜提的条件，是因为庄蒜在朝听说一百年前，辽军攻宋进至澶渊，宋遣使请和，辽宋在澶渊议成。宋以辽承天后为叔母，每年向辽输纳银十万两，绢二十万匹。两朝各守旧界，澶渊明后，辽宋不再发生大的战事。庄蒜来金，向天祚帝夸口，凭他三寸不烂之舌可说服阿骨打停战。停战得有条件，顺嘴嘟嘟，嘟嘟出银25万两、绢25万匹等条件。他如此大胆，仰仗是皇上的大舅哥。为急于求功，连妹子都搭上了，难怪阿骨打说他装"大瓣儿蒜"。

阿骨打见张奴不开口，又说："就这么定了，张使臣一人回去禀奏，其他五人留此作为人质了！"说到这儿，两眼一瞪又道："来人哪，将庄蒜等五人押下去！"

庄蒜一听，惊得腾地站起来，脸色煞白，大汗淋漓而下。见御前卫士横眉立眼上来了，吓得他扑腾跪在地下，给阿骨打磕头如捣蒜，哀求说："你老高抬贵手，放吾回去，家中还有高堂老母啊，我妻盼吾回去呢！"

上来两名御前卫士喝道："啰嗦什么，快走！"说着，两人架起庄蒜就走，哎哟，一股臊气，庄蒜吓尿裤子啦！庄蒜坏事，才引起大战黄龙府。

阿骨打将辽使耶律张奴打发走后，适值五月初，天气炎热，简直让人喘不过气来。撒改、吴乞买等勃极烈都劝阿骨打找个荫凉之地去避暑。开始阿骨打不太同意，后来被大伙劝得也活心了，他想一来找个地方歇歇脑子，二来在僻静之处琢磨琢磨怎么攻破辽朝的黄龙府。阿骨打说："也好，我就到郊外珠儿山去避避暑，有什么大事儿你们研究办吧，就不要找我了，让我清静清静。"说罢，阿骨打带几名御前侍卫去珠儿山了。

阿骨打到珠儿山一看，嗬！几房老婆带着孩子全在这儿，坐在柳树荫下玩山赏水哪！他仔细察看，就五妻元圆没带孩子来，其余全来了。阿骨打问："谁让你们来的?"因为撒改听阿骨打皇上同意到郊外避暑，指名要到珠儿山，他想，阿骨打常年在外南征北战，和妻子、儿女团聚的时候很少，避暑就让这些老婆孩子都去吧，一来能关照阿骨打，二来阿骨打可在避暑时和妻子、儿女欢聚几天。阿骨打如果不同意，就说撒改定的，他也就不会有什么意见。撒改琢磨好之后，打发人传告给阿骨打各妻子、儿女。这些妻子、儿女都居住在涞流水沿岸，而珠儿山又是这些寨子的中心点，过涞流水就到。听说阿骨打和他们在珠儿山避暑，炎热天气观山玩水有多美呀，子女们高兴得直蹦高儿，撒欢儿地催促额娘速行。刚亮天，这些妻子、儿女就赶到了。阿骨打得从上京赶奔珠儿山，有一百多里路程，等他到了，妻子、儿女早来了。阿骨打心里纳闷儿，元圆为啥不带金兀术他们来呢？想到这儿，让一名御卫去矩古贝勒寨看看，请他们母女也来此玩几天，在一起欢乐、欢乐。等侍卫回来禀奏说："元圆说了，谢皇恩，但她感到避暑事小，练功事大，几日不练，前功弃然！"阿骨打一听，感到元圆太执拗了，这老热天还让孩子苦练，歇几天就荒废了？遂不悦地说："不来就不来吧，她教儿练他们的武，我们在此避我们的暑。"

五月初三这天，他们在此玩得很痛快，热了跳进涞流水洗个凉爽澡，摸鱼捉虾，欢天喜地尽情嬉戏。午间，阿骨打的妻室儿女将带来的刺钵①均放在阿骨打面前，各式各样的食物五花八门，各有不同的风味佳肴，吃喝欢唱。就在这天晚上，阿骨打在珠儿山做了一梦，梦见他在珠儿山闲游，正走着，忽听弓弦响。顺着响声望去，见柳树林中有一少年，练习拉弓射箭。阿骨打信步走过去，在一棵柳树下窥看，见少年将弓拉圆之后，箭射前边柳枝，一棵柳树上挂满箭靶，五颜六色甚是好看。少年箭箭不落空，阿骨打暗称少年好箭法。少年射完箭，又练习拳术，噼啪抡了一阵。阿骨打正看得出神，忽见一女子从柳树后飘然而出，对少年说："你的拳法尚须苦练。要牢记六合之法，精、气、神相合为内三合，手、眼、身统一为外三合，眼与心相合，心与气相合，气与身相合，身与手相合，手与脚相合，脚与胯相合，此为六合之法。要牢记在心，勤学苦练，日复一日不可荒废，熟能生巧……"阿骨打见此女面甚熟，细观之，乃他亲手埋此山的"珠儿精"，遂惊喜地喊道："珠儿，珠儿！"

那女子抬头一看，扑通给阿骨打跪下磕头说："不知大圣皇帝驾临，未曾迎接，当面恕罪！"

阿骨打笑嘻嘻地说："快起来，快起来！"就在这时，就听轰隆一声巨响，好似天崩地裂一般，吓得阿骨打两手抱头，大惊失色。就在这时，珠儿跑过来，拽着阿骨打说："快随我来！"

阿骨打身不由己地被珠儿拽出柳树林，来到一块田地里，珠儿扔给他一把锄头说："快，快随我铲地！"

阿骨打刚拿起锄把儿，只见满天红光，偷着抬头窥望，见南天门开处，天帝坐在金銮殿上，吩咐天兵天将说："汝等速下去巡察，各国帝王终日吃喝玩乐，不服劳讲武者，回报朕知！"就见托塔李天王禀奏说："启禀天帝，只有女真、大金大圣皇帝阿骨打避暑不忘祖上创业之艰辛，服劳讲武，习武锄地也……"阿骨打一听，脸红心跳，暗自感谢珠儿相救，赶忙挥锄铲地。不一会儿，南天门关闭，红光收敛，阿骨打累得浑身是汗。珠儿说："大圣皇帝歇会儿吧。"阿骨打放下锄头，拿起少年的弓箭，对珠儿说："看孤家射他几箭。"说着，拉开弓弩，向拴有箭靶的柳树嗖嗖嗖嗖连射四箭，均中箭靶，箭靶随箭落地。珠儿跑过去捡起一看，拍手大笑说："大圣皇帝听禀，头箭是'五月初五五重阳，服劳讲武柳丝长'；二箭是：'七月十五仲元节，射柳祭天不忘祖'；三箭是：

---

① 刺钵：女真语，猎物。

'九月初九九重九，积阳为天劳习柳'；四箭是："拜天射柳紧牢记，服劳讲武代代传'。"珠儿念到这儿，笑嘻嘻地问阿骨打："大圣皇上能记住吗？"阿骨打重复一遍。珠儿拍手打掌说："皇上记性真好！记性真好！"就在此时，忽听天空有人大喝一声："呔！好你个大胆的大圣皇帝，到此避暑，欺骗天帝，岂能容得，哪里走！"吓得阿骨打慌忙呼喊："珠儿！珠儿！"一下子惊醒了。

这天夜间，阿骨打和大老婆阿娣，按当时称呼叫"壹皇后"同居珠儿山露天围包之中，啥叫"围包"呢？就是弄几块布就地围上，上面铺上厚厚的树枝挡雨，故名"围包"。这还得排号哪，第一天晚上当然得壹号老婆同阿骨打同寝，因在野外，得从头轮流。要不咋叫"壹皇后"呢。

闲言少叙，书归正题。阿骨打梦中这一喊叫不要紧，阿娣心里酸溜溜的，将嘴一撇："哟！你心中只有珠儿，跟我同榻而眠作甚？"

阿骨打惊醒后，正睡眼朦胧，耳旁听阿娣说出此等言语，知是梦中已喊出声来。他既不责备阿娣这个醋缸子，又不做任何解释，穿上贴身衣服，下得木板床，趿拉着鞋走出围包。仰面观天，正是半夜子时，梦景活灵活现在眼前。他信步朝前走去，记得当时埋葬珠儿和挞不留的地方。离老远见坟上灯光明亮，甚感惊奇。他悄悄向前奔去，咫尺中，听见坟里有人语之声，就听一妇女说："珠儿，你的心血不会白熬，阿骨打大圣皇帝受天帝之点化，不愧是救世之主！你的心血将凝成定国安邦之栋梁，金之王也。"

阿骨打刚迈步要到近前去看，只见一道白光由坟中而出，从阿骨打身旁一闪而过时抛扔一物，阿骨打急接之，攥在手中。再望时，坟光已无。阿骨打回至围包中，点上灯烛一看，手中攥的原是一白绢，上面写着十六个大字："拜天射柳，服劳讲武，三节牢记，岁以为常"。阿骨打明白了，这是天意点化，悔不该自己当上皇帝，也跟辽天祚皇帝相比。天气炎热，跑郊外避暑，领着孩子老婆吃喝玩乐，文武百官，黎民百姓都如此，谈何主国？真乃忘祖先创业之艰难也。想到这儿，跪在地上咣咣咣磕响头，痛哭流涕地说："祖先在上，我阿骨打此举，天意感化，从今后再不图安逸享受，将三节度为祭天射柳，服劳讲武也。"阿娣躺在木板床上正憋气，暗中留神阿骨打之举，见阿骨打此状，嘴里叨叨之词听得明明白白，赶忙起来陪跪说："阿娣请罪，吾错怪皇上了。"

第二天清晨起来，阿骨打立刻传旨，晓谕满朝文武官员，皇室妻子、儿女于五月初五日聚珠儿山，必带锄、镐、兵器、刺钵等物，前来"祭天射柳，服劳讲武。"此旨一下谁敢不服？尤其是元圆，也赶忙带领三男一女奔珠儿山而来。

五月初五这天，珠儿山显得格外热闹，全朝文武百官，连七品官都来了，人人怀揣个大问号，带刺钵都明白，是用食器装上饭食，可这"祭天射柳，服劳讲武"是怎么回事儿？人人都闷在葫芦里，反而感到新奇。不够格的，想来还来不上呢！

各位勃极烈来了之后，阿骨打将他们唤进围包，盘腿围阿骨打坐一圈儿，阿骨打将前天晚上做的梦诉说一遍。勃极烈们认为这是天意感化，必须年年如此，代代相传。

议后，阿骨打才出来，对文武百官、皇室妻子、儿女们说："朕登极以来，蒙受天恩庇护，替天行道，为民除怨，剿辽天祚延禧无道之君，屡战屡捷。故朕定于五月初五日、七月十五日、九月九日为拜天射柳、服劳讲武节日。从今日始，年年如此，代代如此，万古千秋拜之。"说罢，率领皇室妻子、儿女、文武百官拜天后说："何谓拜天射柳、服劳讲武，就是说，今天上午文武百官、皇室人等拉弓射箭，将柳树枝上绑上箭靶，人人练武习射或打猎，午后随朕挥动锄、镐铲地。七月十五日拔大草，九月初九日捡地，即粮食。以此类推，谓之不忘祖先创业之艰难困苦也。"

从此，留下五月初五、七月十五、九月初九为"拜天射柳，服劳讲武"三节，代代相传不变。

说的是辽朝使臣耶律张奴从金朝往回走的时候，心里暗骂庄蒜，由于这小子装蒜，好事让他办糟了，到头来搬起石头砸了自己的脚，被阿骨打扣留作了人质，尿了裤子，真给辽朝丢脸。回朝去我还得给他加点醋，像这样无耻之徒，朝里少一个就少个祸害。耶律张奴暗恨庄蒜，回到辽国先见肖奉先，将辽朝给阿骨打的书信啪地往桌子上一扔，双眉紧锁，长叹一声。肖奉先见张奴这个样儿，惊疑地问："怎么，阿骨打拒绝议和不成？"

张奴愁眉苦脸地说："可别说了，好事儿也被庄蒜给办坏了。"接着张奴将去金朝面见阿骨打，庄蒜是咋装的大瓣儿蒜从头至尾加盐加醋地诉说了一遍。气得肖奉先暴跳如雷，大骂庄蒜这个混蛋，不仅给辽朝丢了脸，而且将辽出卖了，待俺面奏圣上。第二天，肖奉先上殿，还不错，天祚帝不知啥风，还真早朝登殿了。肖奉先跪在丹墀之下，将耶律张奴说的话添枝加叶地诉说一遍，差点儿将天祚帝气死。天祚帝将龙须案拍得啪啪山响，大骂庄蒜这个杂种小子，说啥不能用你妹子庄花交易，要啥都可答应，哪管要我这一半江山都可以，哪能把我心上的花儿答应给金朝？怎么不替我想想，要是没有庄花，我还能活么？天祚帝自言自语地说着说着要哭了。

殿下排站的文武百官一听，将头深深低下，你道为啥，是和天祚帝同时悲伤吗？不是，都将头深深低下，咧嘴笑哪！不低头要被天祚帝看见，好啊，朕在此心里难受，你站在那儿笑，幸灾乐祸得杀头啊！文武百官低着头，咬着牙憋住嘴笑的时候，就听天祚皇上坐在金銮殿上，哭咧咧地说："众爱卿不要陪朕难过，事已至此，只难过悲哀也不行，还得替孤想良策，保住庄花，不被阿骨打弄去！"天祚帝说着，好像庄花马上就要飞了，真呜呜地哭上了。天祚帝这出戏演的，有的文武大臣将大牙快笑掉了，多亏在嘴里含着。一个个蹶着屁股大毛腰，头都要点地了。天祚帝见文武大臣这样沉痛，心里一热，暗想，这些文武百官对我多好，一个个悲痛得头都要点地了，激动得眼泪像泉水似的，顺脸往下流，哭啼啼地说："你们不要哭，快为朕想个良策吧！"谁也不吱声。天祚帝说："你们悲痛得说不出话来了，先从朕这来，还得化悲痛为力量，耶律张奴你哪，咋办好？"耶律张奴像请罪似的头低得更大，听皇上这一问，实在憋不住了，扑哧笑出声来。这一笑不要紧，将嘴里笑掉的大牙扑地一口吐在丹墀上。耶律张奴一惊，脸色立刻煞白，笑容没了。

天祚帝坐在金銮殿上，听耶律张奴扑哧一口，举目一望，见地上一摊鲜血，血里边还有牙齿崩出去很远，惊疑地问："啊！爱卿悲恨交加，将牙都咬碎了？"

皇上一句话，提醒了耶律张奴，这才急忙跪下说："启禀皇上，阿骨打真是欺辽太甚，吾恨不能食其肉、喝其血，方解吾心头之恨！故而怒气横生，将牙齿咬碎，请皇上恕罪！"

天祚帝一听，赶忙扬手说："快快起来，爱卿真乃忠臣也，为保朕之爱妃，咬碎牙齿，自古以来少有之。"说到这儿，反问耶律张奴："以卿之见，如何处之？"

耶律张奴说："以臣之见，万岁亲笔修书一封，回答阿骨打的条件，正如万岁爷说的，其他条件均可，惟独索妃之事可提对等条件，要他将其小老婆图玉奴作为对等交换，要是同意就议和。"

天祚帝问道："他那图玉奴容颜如何？"

耶律张奴说："玉奴有闭月羞花之貌，美似貂蝉，赛过西施……"

天祚帝一听，转忧为喜地说："哎！咋不早说，朕立即修书。"说着，刷刷点点写上了。

肖奉先跪禀说："还有阿骨打称兄之事不能同意。"

天祚帝说："好！称兄不同意，主要换妃子。"书修好后，仍令耶律张奴前去下书。

阿骨打接到此书后，对耶律张奴说："天祚帝的条件，待朕议后答复。"遂吩咐好生款待张奴，实际将其软禁起来，派人昼夜看守。阿骨打趁辽不备，亲征黄龙府。

阿骨打为攻黄龙府，采取调虎离山计的战略：他让斡鲁率领350名老弱残兵，绕道东南方向去诱黄龙府兵将，领250名弱兵去黄龙府城外诱敌，另一百名兵丁隐蔽在护步答冈，折些树枝拴在马尾巴上，来回奔跑。阿骨打亲率两万官兵，从宁江州去偷袭黄龙府。计议妥后，阿骨打令军士马摘鸾铃，偃旗息鼓，分期分批悄悄进军。

单说这黄龙府是辽朝北面的重镇，黄龙府被击破，辽朝的大门也就被打开了，理应派有本领的将官把守。然而没有，要不咋说辽朝天祚帝

昏庸无道呢，他不用贤人，全用些水筲没梁——饭桶，连都统肖奉先都不会打仗，何况下边。他们用的不是有才干的人，而是用些能给他们行贿，花钱就可买个将军做。那还用说，黄龙府都统也是花钱买的，跑这里作威作福当了个炕头狸猫坐地虎的小土皇上，只知贪赃勒索民财，吃喝玩乐。根本不寻思打仗的都统姓艾，名虎，人称"二虎"。

这天，艾虎正在都统府玩牌，忽见报信儿的小校进来跪禀说："艾都统，大事不好，阿骨打率领大军来攻黄龙府！"只听哗啦一声，纸牌掉在地上，艾虎惊恐地问："有多少兵马？"

小校说："东门外有几百兵马叫阵，后边尘土飞扬，不知有多少兵马。"

艾虎喊声"再探！"随后披挂整齐上马，带领官兵直奔东门。当他登上城门举目一看，见离城二里之遥有二百多名金兵，缺盔少甲，净是些老弱残兵。再往后望，尘土飞扬，遮蔽天空。艾虎令眼力快的将士查点金兵人数，查过来数过去，只有二百五十兵马。艾虎咧嘴一笑说："我说嘛，二百五还敢来攻城？"说他虎，紧要的时候，也有点儿心眼儿，他马上将笑容一收说："得加紧防守，不要上诱敌之计！"接着又说："阿骨打诡计多端，要防备受骗上当。"他马上派人从北门出去，飞骑打探后边的兵马到底有多少。飞骑去不多时，回报说："后边护步答冈处有一百来兵马，马尾巴上拴些树枝子，打马来回奔跑，所以尘土飞扬！"

艾虎哈哈大笑说："好你个阿骨打，花招儿使一次新鲜，使二次就不行了。马捞树枝子，你胡弄达鲁古城可以，黄龙府艾虎可不是好惹的，你用二百五就想夺城，我非消灭你这二百五。"

艾虎一连说了多少个二百五，下边的军官们听后，背后议论艾虎说："二虎原来是个二百五！"背后都叫他"二百五将军"。

艾虎这才率领官兵开城迎敌，斡鲁见城门大开，艾虎耀武扬威率两千兵杀将过来，他虚晃几刀就领兵败下阵去。艾虎赶忙命令说："赶跑收兵，不能追，别上当。"收军回城，城门紧闭。

有天晚上，天刚擦黑儿，报马跑进来报告说："东门外逃来不少难民，嚎哭喊叫着要进城，请都统定夺，放不放进？"

艾虎眨巴几下眼睛问："是男是女？"

"男女老少均有。"

艾虎说："这么说是逃难的，但要严加盘查，携带兵器的不准进城。"

艾虎打发报马走后，感到还不放心，于是亲自骑马奔东门去了。离老远就听哭叫之声冲破云霄。他下了马，混在兵丁里，溜到城门口观望，见守城军官正勒脖子哪，凡是给银两财物的就放进。他跑过去，喊道："他妈的，勒多少，分给我一半！"军官笑嘻嘻地说："都统来得正好，不然得给你送去。给你吧，你经管金银，我盘问。"艾虎接过金银，两眼望着白花花的银子、黄乎乎的金子，乐得嘴都合不上了。心想，别说，还真是个发财的门儿。军官见都统乐了，大声喊叫说："城门口朝东开，逃难进城的拿银来，无银别进来！"从此，每天晚上都有些逃难的进城来，艾虎就勒索银两。

再说斡鲁领这250名老弱残兵！天天来骂阵，见艾虎不上钩，就让军兵们编套嗑儿，朝艾虎喊叫："黄龙都统叫艾虎，水筲没梁是饭桶，勒索民财不打仗，纯粹是个二百五！"喊一天，艾虎不生气，两天三天架不住常骂，终于被骂火儿了。他悄悄儿令军兵从西北南三门出兵去围斡鲁，自己从东门直接杀出，誓将这250名金兵一个不留地杀掉。安排好后，统一采取行动。艾虎采取这个行动，是要一鼓作气，将这250名老弱残兵一举消灭，让朝廷也知道他艾虎的利害，做梦没想到竟上了圈套。当艾虎从东门杀出的时候，斡鲁领兵就跑，没跑出五里，艾虎南北西三门飞骑军从四面包围过来，还没等和斡鲁兵接触上，忽听四面八方咚咚连声炮响。这炮可不是现在使的大炮，而是阿骨打令工匠装置的纸炮，也就是从宋朝带回的炸炮改制品。随着炮声，金兵也从四面八方包围上来，齐声呐喊："杀呀！杀呀！"突如其来的金兵好似从天而降，不少辽兵惊得从马上滚下，摔在地上，被马踏死。

阿骨打这些兵怎么这么快赶来了？原来阿骨打这些日子派宗干、宗翰等人夜间悄悄占领黄龙府以东的村庄，偃旗息鼓，封锁了各村屯，以待辽兵。并派有经验的军士头目化装成逃难的百姓，组织些百姓混进城去，艾虎勒索的金银全是阿骨打军士头目给的。

金兵从四面八方而来，将艾虎这个二百五将军吓得屁滚尿流，嘴没说心里惊疑地想，这是神兵，从天上掉下来的吧？他顾不得250名老弱残兵了，回过头迎战围上来的金兵，厮杀在一起。直杀得天昏地暗，日月无光，天黑了还没冲出去，金兵越杀越勇，艾虎已筋疲力竭。就在这时，艾虎见黄龙府一片红光，抬头一望，只见一黄龙腾空而起，一眨眼破灭了。他哀叹道："黄龙腾空破灭，辽朝完了！"随即从黄龙府传出一

调虎离山破黄龙

片喊杀声。忽听有人喊："都统，大事不好，阿骨打领兵占领了黄龙府！"惊得艾虎哎呀一声喊："我那金银财宝啊！"死到临头了，还惦记他那金银财宝哩！

艾虎哪知道，这一片红光和空中幻觉的"黄龙"，乃金军头目混进黄龙府带进去的炮花，晚上燃放，腾在空中变幻成如龙的样子，这是和阿骨打联系的信号。阿骨打见此，才带兵攻进黄龙府，与混进城去的金军头目里应外合，砍杀守城门的辽军，砍断吊桥铁索，大开城门，阿骨打攻占了黄龙府。

艾虎听说黄龙府被占，正在哎呀一声惦念金银财宝的时候，被斡鲁一刀砍于马下。这二百五的辽将，蹬蹬腿咧咧嘴，一命呜呼。才引起护步答冈一场恶战。

阿骨打传奇

阿骨打对辽的战争策略采取的是攻心战术，这种攻心战术可以说是贯穿始终，书里主要讲阿骨打对天祚帝在护步答冈一场攻心战。

黄龙府失陷，早有报马飞奔辽上都（上京）报于肖奉先。肖奉先慌神儿了，跑上朝去，令人赶快敲响丧钟鼓。为啥叫"丧钟鼓"呢？因辽朝已决定灭亡的命运，朝廷人后来管这次聚将钟鼓名为"丧钟鼓"。当、咚、当、咚、当、咚，这响声惊吓得人心打颤，浑身发抖。天祚帝撒开庄妃，跑出后宫，来至金銮殿一看，文武百官乱哄哄的，简直乱套了。还没等天祚帝站稳脚跟，七吵八喊地叫开了："皇上，大事不好，辽朝北大门被打开，阿骨打攻进黄龙府，已向京都杀来！"天祚帝吓得浑身发抖，脸色煞白，结结巴巴地说："这……这咋……咋办……办哪？"正在乱成一团的时候，辽国北府宰相肖兀纳来了，因他患病在身，紧急关头带病上朝，听说阿骨打进来了，他沉着稳重地说："阿骨打已攻进黄龙府，必须御驾亲征，才能弹压住阿骨打的锐气，使吾朝转败为胜。"文武百官一听，老宰相说得在理。天祚帝没办法，只好亲征，遂问肖奉先："朕是不是得将庄妃带着？"你说天祚帝被庄妃迷到什么程度？国家亡在旦夕，他还惦念庄妃，简直将文武百官气坏了。肖奉先将袍袖一甩说："主上自定。"天祚帝乐了，看样子可带庄妃去征战了，有庄妃在身旁，到哪儿去都行啊！他这才传旨："肖奉先、耶律张奴带兵两万为先锋，驸马肖特末、林牙肖查剌等将领，统飞骑军五万，朕自率七十多万步兵。"安排毕，急忙去后宫收拾出发。

哪知庄妃听说皇上要带她去打仗，吓得哭眼抹泪，说啥不去。冬天挺冷的，她能受得了这苦吗？在皇宫里，衣来张手，饭来张口，拉屎有人擦屁股，她能跟皇上出征？任凭天祚帝说出花来，庄妃也不跟。天祚帝精神头减去一半，长叹一声说："好吧，朕先去，别想我，多则一月，少则十天八天就回来，好好在后宫呆着，别各处乱窜。"庄妃呜呜哭叫说："你去要是回不来，我咋办哪？"天祚帝着急地说："没说多则一月，少则十天八天就回来嘛！"

庄妃说："那你得一天打发一个人到宫里给我报信儿，让我知道你在哪儿，胜败如何。"天祚帝说："好好，这能办到。"他难舍难分地两眼流泪离开后宫，才一咬牙率军出发了。

这天来至斡邻泺，天祚帝忽然接到庄妃捎来的信说："张奴背叛辽朝，对朝廷文武震动极大，朝中不安，速回！"看罢，惊得心慌意乱，暗传旨速退。

再说阿骨打听说辽天祚帝统帅 70 万大军来攻金朝，心中暗想，俗话说："好虎驾不住群狼"，吾只有精兵两万，一顶十才顶他 20 万，只能智取，不能硬拼。琢磨好长时间才想出用"攻心战"迎战辽军。阿骨打先将扣留随庄蒜来的人质放回一名，让他速回辽朝，报说张奴已叛辽归金，促使辽朝天祚帝出征时，文武官员自乱。并派人报知天祚帝，使天祚帝受惊动气、心神烦乱。阿骨打又暗派阿离本、斜也各带精兵五千埋伏在护步答冈，并各授密包一个。密语如此这般，这般如此，按计行事，阿骨打则自带两万精兵从正面去迎战天祚帝。

阿骨打这日行至爻剌，令军扎下营寨，深挖战壕高垒墙垣，坐待天祚帝。天祚帝率大军来至驰门时，就有报马向他报告说："阿骨打在爻剌深沟垒垣守之。"天祚帝一听，哈哈大笑说："阿骨打兵孤将寡，恐惧龟缩，朕 70 万大军硬踏，也将他踩个粉碎。"所以他下令速回围之。当他来至斡邻泺接到庄妃信息，天祚帝变卦了，传旨退军回朝，将官和军士都不知咋回事儿，听说退军谁不乐，不打仗免死谁还不乐？再说又快过年了，奔家心切，退得很快。刚退至护步答冈时，忽听"咚咚咚"三声巨响，震撼得地颤山摇。随着响声，见天空一片红光，天祚帝吓得变颜变色地问："什么？什么响？"谁也回答不上，更加剧了天祚帝的恐惧心理。正在天祚帝惊恐万状的时候，忽有人来报："禀万岁，金骑兵自天而降，从四面八方杀来！"

天祚帝吓得浑身发抖说："传旨，大军围绕朕身，不准散开，保朕回朝！"这旨一下，谁敢离开天祚帝？70 万大军就像旋风似的，围着天祚帝团团转。斜也、阿离本率精骑兵先冲杀他右军，右军被击溃；再杀他左军，天祚帝统帅的大军就像一块肉似的，让金军一块一块割掉。

再说阿骨打接到信号，知天祚帝不战自退，令军速追之。当他发现有些军士忙于携带军饷，阿骨打说："军饷全放此，打胜辽军还愁没吃的？"军士一听，轻装上阵，更加精神抖擞，打马加鞭追赶辽军。

天祚帝统帅的大军在护步答冈像团球，东滚西滚南滚，也没滚出多远。忽又听报，阿骨打带军已追赶来了。天祚帝更吓坏了，传旨说：

"速保朕冲出去，保驾要紧！"还是令军兵保护他逃命，谁还肯去杀敌呀，在心理上将自己处于被动挨打之地。

阿骨打追上天祚帝后，站立在护步答冈的一座山丘之上瞭望，见天祚帝兵虽多，但似丧家之犬，围保着天祚帝形成个团儿，来回滚动。令宗干、宗翰、完颜蒙刮等带兵集中袭击辽中心军时说："中心之军，就是辽的心脏，天祚帝也。谁能捉住天祚帝，记头功！"阿骨打一声令下，军士们奋勇争先，如翻江倒海之势冲杀过去，见兵就杀就砍，像削大萝卜一般，辽兵人头滚滚而下。

辽兵见金军来势凶猛，不少人抛开天祚帝，自寻逃亡之路，准备逃跑。不一会儿，70万大军散花了。天祚帝见大军溃散，心中更慌神儿了，只听跟随的卫士喊："阿骨打！"天祚帝问："在哪儿？"那卫士用手向山丘上一指说："在那儿！"天祚帝举目观望，只见阿骨打精神抖擞地站在山丘之上，手中摇着指挥旗，两旁卫士持矛而立。他正望得出神，忽见阿骨打周围红光四起，卫士手中的长矛指向天祚帝，吱吱吱冒着火光，差点儿将天祚帝惊下马来。你道为啥？这是阿骨打心理战的一种。他站在山丘之上，见天祚帝望着自己，忙命人在两旁燃放从宋朝带回来的火花，他身前身后火花蹦跳，远望之，红光四起。在辽兵心中立刻产生阿骨打是真主下凡，金身自显"。连天祚帝都这样认为，所以将天祚帝吓得哎呀一声，身子在马上摇晃好几下，差点儿从马上栽下来，暗想："阿骨打真乃真主下凡，金身显露"，才有这天兵天将护之，吾岂能取胜？再不快逃，岂不死无葬身之地？可怜我那庄妃，望眼欲穿，将落何人之手？"想到这儿，天祚帝眼睛湿润了。心里一急，啪啪啪狠抽坐下马三鞭，天祚帝也真使上劲儿了，将马抽疼了，马咳儿咳儿大叫后，悬空飞驰而去，将辽军兵撞倒不少。金兵想要截杀，怎奈这马是出名的"千里马"，似流星闪电，一闪而过，谁能拦截住？天祚帝逃跑了。

天祚帝一逃，辽兵自散，都只顾自己，纷纷冲围想逃，金兵更加精神抖擞拦挡追杀。可怜辽军70万，被杀死无数，尸横遍野百余里。辽朝的主力军这一次被阿骨消灭过半，溃不成军。

金军缴获大批物资，天祚帝使用的龙舆龙辇、篷帐、帐幕都扔下了，各种珍贵物品、珍奇异宝、牛马、军饷、物资不计其数。

阿骨打心中甚喜，这次"攻心战"将辽军打得落花流水，辽之崩溃已定。遂查点人数，自己的兵力损失极少。在评功定赏时，发现完颜蒙刮身上被辽军刺伤七处，还奋勇杀敌不下战场。阿骨打亲视其伤，为其敷药，使军兵将领很受感动。阿骨打将所获一些物品分发给金兵，对将领们说："黄龙府和护步答冈村落的民众，对朕攻辽援助很大，均受到损失。民众生活原本很苦，经这次糟损，如何生活？传朕旨意，黄龙府和护步答冈村落的居民全到黄龙府去领救济粮食，开仓赈济，发给衣物、耕牛。"此旨一下，可乐坏了民众，纷纷到黄龙府去领取粮食、衣物。人人传诵阿骨打爱民之心，使阿骨打再次感到对其他民族也得采取攻心战，心服才能诚服，否则口服心不服，必叛逆也。

民众为纪念阿骨打赈济，管黄龙府不叫黄龙府，叫"济州"。后来传到阿骨打耳朵里，阿骨打正式下令，将黄龙府改称"济州"。

阿骨打这"攻心战"真利害，救济民众之事一传十，十传百，很快在辽朝传开。各处民众纷纷来归，各城镇也归金了！

阿
骨
打
传
奇

讹古乃救女

娄石奉大圣皇帝之旨戍守黄龙府，阿骨打叮嘱再三，对原辽之民，富者安之，贫者救济，禁掠掳，戒杀戮，劝耕猎，毋动搅。娄石将大圣皇帝亲谕这 20 个字牢记在心，时刻按这 20 个字戍守黄龙府一带。

这天，娄石忽接报，说是黄龙府北 20 里柳树沟有一周姓女子，名叫素云，年方一十四岁，要拜认女真族忽剌石的老婆为干额娘，声请随女真籍，脱离汉族，并将已缠足十几年的紧扎布帛撕下，言称"放足随籍，宁死不回。"娄石一听，暗想，这事不可，一是汉族不能随意转籍女真，二是因这事容易引起汉族人反对，使已安宁的降附之民，有重新引起骚乱之虞。想到这儿，认为这不仅是一个周素云，而今女真人与好多民族同居一个部落，都要这么干，那还了得，那还叫啥女真族，岂不成了"大杂烩。"想到事件严重，决不可掉以轻心，令人带马，亲自前去处理，带上几个护卫，奔柳树沟而去。

当娄石来至柳树沟的时候，这个村子已乱套了。汉族人七吵八喊，认为周素云要随籍女真是女真人搞的，通过这手要消灭汉民。周素云撕去裹脚布子，是背叛汉族，变成大脚像个啥，羞死人也，宁处死周素云，也不能让她给汉族人丢脸。女真人也纷纷责备忽剌石，招周素云随籍是"背祖"，女真就是女真，岂能容外族人混入，还叫啥女真？再说她已缠足，放足后，不大不小的两只脚混杂在一起，像个啥？

正在双方起哄的时候，娄石赶到了，大伙儿一看万户来了，这事儿就好办了。娄石听一下汉族和女真族对此事的反映，听后暗想，真没出我所料，事儿虽小，但牵扯面大。这事如果不亲自前来处理，说大就大呀！想到这儿，亲自到忽剌石家去了解处理此事。当娄石来至忽剌石家，见忽剌石全家都在擦眼抹泪。忽剌石一看万户来了，赶忙起立相迎，让其至正坐，娄石开门见山地问忽剌石："听说你们认汉人一女为干格格①，有此事吗？"

---

① 格格：满语，姑娘。

075

忽刺石回答说："确有此事，已认为干格格，并收留在家。"

娄石眉头一皱说："怎么，格格还要随女真籍？有此要求吗？"

忽刺石回答说："格格有要求，我同意她这要求，就算我的亲生格格。"

娄石一翻睐眼睛说："住口！好你个忽刺石，任意改女真族风，别说以外族人为女真人，就是女真人和其他民人通婚也不行！"

忽刺石腾地站起来说："万户，话不能这么说呀，女真都是一个祖先留下的？咱们大圣皇帝阿骨打不也娶个汉族图玉奴做小妃嘛，难道你这当官的不知道？"

娄石也火冒三丈地站起来，用手指着忽刺石大喝一声说："好啊，胆大的忽刺石，你敢随便拿皇上来比，小心点儿，再要如此宰了你！"

忽刺石冷笑一声说："皇帝怎么样？他不就是咱们女真人领头儿的嘛，像你当个万户官儿，是给百姓办事的，不是骑在族人头上拉屎的，将你这'宰了、砍了'的话收收，不问青红皂白，宰谁？砍谁？"

娄石一听，忽刺石口气不小，暗想，我治不了你忽刺石，万户还咋当？娄石伶牙俐齿地喊："如果你胆敢收周素云为干格格，随女真籍，我就宰了你！"说罢，将佩剑噌的一声插到地上。

就在这时，只听哇呀一声嚎叫，里屋门咣啷一声，跑出一位瘦弱女子，一蹶一点的跑出去了，忽刺石大喊："素云，你站下，素云，你站下！"飞跑前去追赶。

娄石惊得目瞪口呆，心想，不怪刚才里屋门嘎啦声响，从门缝中透出目光，原来是周素云在此窥视。要知她在此，先找她谈谈，问她为何要随女真。咳，怨自己太粗心，汉人妇女不像女真妇女那样，谁来了，既不躲闪又不怕人。她们是见人就躲，见不着妇女影儿，你坐外屋说话，她在里屋扒门缝儿偷看，怎么忘了这个风俗了。她听我呵斥忽刺石，能不能……想到这儿，心提溜起来了，从地上拔出宝剑，也追出去了，见周素云跑过之地留有血迹，便顺着血迹追出院外，见村里人一溜烟似的往东跑。他往东面一瞧，见群人七吵八喊："慢慢往上拽，小心，小心！"娄石仔细观望，人们围在井沿房，心里一惊，撒腿跑去。跑到近前，方知周素云已跳井，多亏一个过路的机智勇敢的少年随之跳入井中，将女子抱住，现正往外捞呢！娄石喊声："千万要小心，一点儿一点儿往上拽！"

大伙儿转头一看，是万户娄石，赶忙闪开，让娄石走进井房，才见忽刺石。忽刺石老婆在井房哭喊道："我的格格呀，格格，要有个三长二短，叫额娘上哪儿找你去？"

"啊！你们快点往上拽，没事儿，掉下去也不会淹死的，咱会水！"

娄石正愣眼望忽刺石夫妇，忽听从井桶里传出喊声，这声音怎么好熟悉呀，是谁呢？他赶忙扒井桶往里一望，不由得倒吸一口凉气，原来是讹古乃怀抱着周素云坐在柳筐上一点儿一点儿往上升。心想，这小家伙怎么来了？他惊疑地喊："讹古乃！"

讹古乃在井里往上观望，见是娄石，欢喜地喊："娄叔，你怎么到这儿来了？"

娄石嘴没说，心里话儿，娃娃，要不着我，这女子还不能跳井哪！眨眼工夫，将周素云从井里拽上来。一问方知，原来周素云从屋跑出来，决心投井一死。没想到宗翰的小侦探讹古乃从此路过，见周素云奔井跑来，他跳下马前来搭救，高喊："格格，不要跳井！"周素云一心想死，能听他的吗？讹古乃见事不好，两腿向井口一悬，周素云也正好往井里跳，被他一把抱住，落入井中。讹古乃是出名的"水上飞"，别看才十三岁，水性好，胆量过人，这么点孩子，就在宗翰军中担任侦候。他今天奉宗翰之命，出来侦探辽军军情，在此偶遇此事。娄石见讹古乃从井中出来，撒开周素云，跑过来给他请安，慌忙扶住说："父是英雄儿好汉，小小年纪胆略过人，令人赞叹哪！"因讹古乃是治诃三子，治诃和娄石多年随阿骨打南征北战，两人已成战斗中的生死弟兄。讹古乃正与娄石说话儿，就听周素云哭泣着说："小阿哥，你不是救我，而是坑杀我。我死不要紧，可怜忽刺石阿玛和额娘，被我连累得也要命丧黄泉……"

就在这时，忽见一妇女，手持木棒，疯狂向井沿儿跑来，边跑边喊："好你个贱丫头，被妖邪迷了心窍，不在家做活，跑此跳井吓人！"喊着跑至近前，举棒要打周素云，讹古乃一步蹿上去，将木棒一擎，喝道："住手！"

妇女见是个十二三岁的孩子，浑身上下像水洗一般，根本没瞧在眼里，大声说："小娃子，狗咬耗子多管闲事，咱教育女儿，挨你啥事儿，一边呆着得了！"

讹古乃一听，火儿了，夺过木棒喊道："呔！咱乃金军都统宗翰之侦候是也，你敢小瞧我，来呀，拖下去先打她十个嘴巴！"

讹古乃这一喊不要紧，真从人堆里挤进几名军士，架住妇人，要打

嘴巴子。妇女赶忙倒过儿:"大人不见小人怪,我哪知你是军官老爷,要是知道,天胆也不敢,都怪我有眼无珠!"说着,自己打自己嘴巴子,边打边喊:"让你有眼无珠,让你有眼无珠!"她自己打自己嘴巴子,倒将讹古乃打乐了。喊声:"住手,我问你,为何要手持木棒打这女子?"

妇女说:"军爷,可别说了,周家祖辈没干好事儿,养这么个闺女,整天不学好,东家走,西家窜,硬要认忽刺石为干老。刚才听说要跳井,吓唬人,我这气就不打一处来,不打她,能出这口气吗?"说着又要打。讹古乃用手一拦说:"慢着,我问你,她是你什么人?"

"她是我……我闺女!"

"她不是我妈,是我后娘,整天想要折磨死我!"周素云抱着忽刺石老婆哭喊,使娄石大吃一惊!

讹古乃问:"此女说话是真的吗?"

妇女说:"我是后妈不假,可我没折磨她呀!"

娄石说:"将她们带来,待俺审问。"

众人拥拥挤挤伴随周素云和后娘跟随娄石而去,并齐声称赞讹古乃人小胆大水性好,抢救素云美名扬!

阿骨打传奇

周素云随籍女真

娄石将周素云和她后娘带进字董处，先问周素云为何要认忽剌石为干爹，又要随籍女真？

周素云哭哭啼啼地说："因为后娘整天折磨我，把我当成她的奴隶，一些重活不让奴隶干，却让我去做，干不好非打即骂。由于我缠足，干不了这些活儿，两脚红肿，疼痛难忍，她还打我，不给饭吃。多亏忽剌石阿玛，见我受此折磨，让他家额娘前来搭救我，给我送吃的。这事儿被后娘知道了，又打我，声言要打死我。我才跑到忽剌石阿玛家，哀求他们救我命！愿拜忽剌石为阿玛，随女真籍，宁死再不回家。"

娄石又问："你父亲呢？"

周素云说："父于去年去世，我才落到后娘之手受此折磨，如不让我认忽剌石为阿玛，我只有一死！"

娄石又问周素云后娘："你为何虐待此女？"

后娘将嘴一撇说："哎哟！别听她胡说八道，我从来没虐待过她。是忽剌石没儿没女，想要从汉人手弄个不花钱的奴隶，才抱周素云去她家，甜言蜜语，迷惑住了！"

"是呀，忽剌石居心不良，抱汉人闺女做干女儿，真是岂有此理！"众汉人议论说。

忽剌石老婆气得浑身直抖，颤巍巍儿地对周素云说："你有没有胆量给他们看看！"

周素云说："已到这步田地，还顾什么羞耻！"说着将上衣用手撩起，只见前胸后背被打得没好地儿，惊得大伙儿哎呀一声。接着周素云又将鞋脱下，臭气薰人，大伙儿都把鼻子捂上，见她的两只脚溃烂成血葫芦似的，难怪一路血迹。娄石见此情，忙令忽剌石老婆领回去，为周素云洗脚敷药后，望着众人说："周素云要认女真忽剌石阿玛，意随女真籍……"

"不行，不能让她给汉人丢脸！"

"不行，我们女真不能收容异族人入籍！"

娄石说："大伙儿不用呛咕了，此事我也定不了，待咱奏明皇上，

079

听候大圣皇帝旨意！"说罢，修书让讹古乃转奏给皇帝阿骨打。

阿骨打看毕娄石的奏章后，反复思索，后娘虐待先房女，为啥要逼于死地，此女为啥要随籍女真，不随宁肯决心一死，必有隐情。于是令讹古乃再次前往，将周素云及忽刺石夫妇接进京城，待朕亲自盘问。旨意一下，谁敢怠慢，不几天将周素云及忽刺石带进金朝上京。阿骨打早责成娘娘阿娣盘问周素云前因后果和忽刺石老婆为何要收周素云为义女，而他亲自盘问忽刺石。将忽刺石带到一屋，阿骨打问忽刺石说："你为啥要收周素云为义女？"

忽刺石说："万岁爷有所不知，周素云太可怜了，后娘虐待她，让她奴打奴做还不给饭吃。咱女真人讲的是'爱人如己'，能眼看她被折磨死不管吗？这格格非要认我干阿玛，见她怪可怜的，上不着天，下不着地，连个安身之地都没有，不收留她，将来小命不就完了吗？认她干女儿，收她入女真籍，皇上，你说有什么不好？添人进口，我还添个格格。"说完，嘿嘿笑了。

阿骨打又问："那她为啥要将缠足布子撕掉了？"

忽刺石说："素云入女真籍也由此引起的，她最羡慕咱女真人的女人大脚了。她们汉民以脚小为好。太遭罪了，没看她那脚烂的，就是没掉下来。她为反对缠足，决意随女真籍，撕去裹脚布子表示随女真的决心。"

阿骨打又问："她这样做，不受同族人反对吗？"

忽刺石说："还有不反对的？说她背叛民族，宁肯打死她，也不让她随女真籍。万岁爷，应该改改，人投胎不能选择，活着可选择，谁好就跟谁嘛！"

阿骨打说："可要慎重哪，这不仅是她一个人的事，是关系到民族风俗习惯的大事，不能随意改变自古以来的风俗啊！"

忽刺石说："我说万岁爷，话可不能这么说，你老的小妃不也是汉族吗？你老照样当万岁爷呀！"

阿骨打哈哈大笑说："忽刺石，你可真是个憨厚老实之人，说得痛快，痛快！"

这也就是阿骨打，要是封建时代的皇上，百姓敢揭皇上的短，那还了得，不得杀头啊！而阿骨打反感到忽刺石想啥说啥，心直口快，他就喜爱这种人。

闲言少叙，阿骨打回至后宫，阿娣将她询问周素云和忽刺石老婆的话和忽剌石谈得差不多，阿娣又将她察看周素云脚的情况细说一遍。阿娣说："简直吓死人，两只脚十个脚趾头已经烂掉六个，如不撕去裹脚布子，再那么缠着，两只脚就有烂掉的危险。"

阿骨打有些同情周素云的遭遇，但他还没有打定主意。这天，他信步来至完颜希尹房中，见他们忙得很。见阿骨打来了，都起来参拜，阿骨打用手按住说："免行大礼！免行大礼！"接着阿骨打又问："这女真字能按时发表吗？"

完颜希尹说："万岁放心，按时颁发！"

阿骨打说："颁发女真字就好了，有咱们自己的文字，孩子都可读书识字了。"阿骨打停顿一下，望着希尹说："希尹，汉族女人缠足是咋回事儿？"

希尹说："汉族女人缠足始于南唐。五代时南唐国之李煜，字重光，号钟隐。他父名称李中主，后世称他为李后主。李后主诗文、音乐、书画，无所不通，尤其是词盛名于世。他前期的作品，大部分是描写宫廷享乐生活，风格柔靡。后期则抒写对昔日生活的怀念，吟叹身世，表现了浓厚的感伤情绪。形象鲜明，语言生动，在题材与意境上也突破了晚唐五代词以写艳情为主的窠臼。后人把他及其父——李中主的作品合刻为《南唐二主词》。由于李煜多才多艺，每天在宫里让宫嫔们翩翩歌舞，总感到舞姿不美，才想出缠足起舞。开始他让宫里的嫔妃娘娘以帛绕脚，令纤小作新月状。李煜一见，拍手打掌欢笑叫好，缠足后表演的舞蹈纤纤细步，舞姿异常。李煜才下道旨意，女子从小就要开始缠足，违者问罪。从此，女子用布帛紧扎双足，使足骨变形，脚形尖小，以为美观。留传于世，才有三寸金莲之说。"

阿骨打又问："这李煜后来怎样？"

希尹说："公元975年宋兵破金陵，出降，后被毒死。"

阿骨打长叹一声说："可叹他把精力全用在这上，不问民生，追求糜烂生活，给女人留下痛苦，死有余辜。"说到这儿，冷笑一声说："这些人也真能琢磨，缠足缠头的，要把人头缠小了，岂不更成千古恨！"

希尹说："缠头有二说。一是古时候歌妓舞妓把锦帛缠在头上作妆饰，叫'缠头'。另是指赠送给歌舞者的锦帛或财物也叫'缠头'。"希尹说着，拿起一本《唐书》说："旧俗赏歌舞人，以锦采置之头上，谓之'缠头'。宴飨加惠借以为词，赠缠头彩。唐朝诗人白居易《琵琶行》里有：'五陵年少争缠头，一曲红绡不知数'之句。"

阿骨打又问:"为啥他要提'五陵'呢?"

希尹回答说:"西汉元帝前,每筑一个皇帝陵墓,就要在陵侧设置一县,令县民供奉园陵,叫做'陵县'。这五陵就是:高帝长陵,惠帝安陵,景帝阳陵,武帝茂陵,昭帝平陵。这五陵设五县,均在渭水北岸,合称'五陵'。所以说南望杜霸,北眺五陵即指此。因宣帝杜陵、文帝霸陵在南,高、惠、景、武、昭帝五陵皆在北,地近都城长安,而且又迭次迁来很多富豪之户,风俗极奢纵,唐诗人杜甫《秋兴》有五陵裘马自轻肥之句。"

阿骨打说:"原来如此。"

阿骨打回至后宫,召见周素云说:"汝幼小女子,不仅知道反对后母虐待,更可佳者,知民人(这里指汉民)妇女缠足之害,羡女真人不缠足之利,朕甚悯之。汉民有缠足之风,也许有人有放足之愿,此风俗取其自愿,他人不得干涉。朕对汉人缠足之风,既不反对、禁之,又不准对放足者威胁迫害岐视。朕之此意,要晓谕降附汉民知之。尔反对后母虐待,放足,解除缠足之苦,意随女真籍,认忽刺石为干阿玛,此乃个人之意愿,别人无权干涉,双方情愿自为之。各部落遇此情,可造册录其姓氏名字,为随籍女真焉!"

从此,才有随籍女真之称。

大圣皇帝阿骨打责令完颜希尹制造女真字，经过完颜希尹的几年努力，这天拿出个初稿让阿骨打审之。

阿骨打看后，感到很满意。但他又一想，制定本民族文字，这可不是件小事，是千秋万代的大事，需要让文武百官都重视起来，女真字才能推广，而且先从文武百官学习推之。为此，阿骨打召集文武百官共议之。

制定女真字，阿骨打在青年时代就有此意愿，但那时完颜部还不巩固，经常东征西剿，无有精力去研究制定女真字。现在不同了，建立大金国，做了大圣皇帝，还没有文字，这成个啥国呀？所以阿骨打对制定女真文字比行军打仗夺取地盘看得还重要，多次鼓励、督促，亲自参加讨论、修改。可是下边文武百官就不一样了，特别是武官，把制定女真字根本没放在眼里。认为没有女真字不是照常打仗，照常生活吃饭嘛，弄那屌玩艺儿有啥用，咬文嚼字最膈应人，装腔作势，像个啥？还是咱这真刀实枪叫个玩艺儿，不服就试试。武官们的这些话，多少也吹到阿骨打耳里一些。使阿骨打感到吃惊的是，一次他到吴乞买家去，见吴乞买一群小儿子都在那儿练习写字儿，当时是学认契丹字，惟独吴乞买大儿子蒲鲁虎不写。阿骨打问他："蒲鲁虎，你咋不练习写字呢？"

蒲鲁虎眼皮向上一翻睖说："学那屌玩艺儿有屁用，能当饭吃吗？"

阿骨打说："哎呀，那可有大用。有了它，能上知天下知地；有了它，会种庄稼，会打仗，会吃饭……总之用处可大了！"

蒲鲁虎哈哈大笑说："真有意思，我一个字不会写，天天吃饭；一个字不认识，同样跟着出去打仗杀敌。要说干玩艺儿，还是这个！"说着，拿着刀要上了，"不会这个可不行，这才是咱吃饭的家巴什儿！"

吴乞买见大儿子对阿骨打太过分了，就斥责说："和谁说话，这样无有礼数？"

蒲鲁虎眼睛一翻睖说："本来嘛，写字能将敌人写死呀，我天天写，能行吗？还得靠这家伙。"说着，将刀一举跑了。

吴乞买对阿骨打长叹一声说："宗启这孩子太倔，他认准那门儿，

十头老牛都拽不回来。"

阿骨打说："倔人出好汉。这小子打仗冲锋杀敌倒很勇敢，要是能识文断字，将来正经是块料。"

阿骨打从此更把制造女真字放在心上，认为急需用文字武装下一代，不然全像蒲鲁虎只知打仗，鲁夫莽汉，愚昧无知能掌握天下吗？今天有了文字模型，让文武百官议论几天，特别让这些青年后代都从心眼儿里重视起来，不识字就是瞎子呀！遂传旨下去，召集文武百官，尤其是青年将领一个不许少，全来参加讨论制定女真字。圣旨一下，谁敢不来，来得真很齐。阿骨打望着，心里怪乐的，嘴没说心里话儿，制造女真字，势在必行。文武百官都有迫切要求，听说讨论女真字，全来了。好啊，通过制造女真字，首先能在这些人中掀起读书识字高潮，朕也就放心了。

吴乞买见人来齐了，对阿骨打说："皇上，在家的全来了。大圣皇帝，你给他们说说吧！"

阿骨打说："好！"接着阿骨打向文武百官说："今儿个将尔等召集来，是为了制定咱们女真字。这是件重大的事情，没有文字就等于没有江山，没有文字就不能很好生存。想要大金国昌盛富强，不仅要有女真字，更要紧的是人人要认识女真字，书写女真字，用女真字将天底下的知识全写出来。学会这些知识，运用这些知识，变成大金国的财富，开创大金国的新天地。咱们现在的使命，不是单纯为了建立大金国就算完事了，而更重要的使命是建设大金国。建设大金国靠谁呀？不得靠咱们这些人嘛，咱们这些人不识文断字，都是睁眼瞎，能建设好大金国吗？那是不行的。可有的人对读书识字认为不当饭吃，只有他手中那把刀才是干玩艺儿。这种思想可千万要不得，不识字，愚昧无知的人一事无成啊！"

阿骨打讲的话刺激了蒲鲁虎，知道阿骨打这话是针对自己说的，坐那儿火烧脸，烧得他直劲儿颠腔儿，可他敢怒不敢言，随便跳起来顶撞皇上，那不找杀头吗？别看他是语班勃极烈的儿子，谁也不行，这叫啥场合？他暗气暗憋，憋得难受就颠屁股。

阿骨打讲完之后，就让完颜希尹按着拟好的字，一个字一个字地念给大家听，并带讲解，每个人人手一份。

完颜希尹就从头一个字儿一个字儿念并带解释，念着念着，忽然人群里传来鼾声如雷，直震他耳根子。扭头一看，是蒲鲁虎栽棱着身子，手上的文字书稿已被他的大手狠劲攥成纸团儿，嘴角儿淌着唾液，呼噜噜、呼噜噜抽得那个响啊。大伙儿见完颜希尹停下了，用目盯着蒲鲁虎，坐在蒲鲁虎身旁的宗翰便用手狠劲儿推了他一下。

蒲鲁虎冷丁惊醒，毛愣愣地瞪起眼睛，正好和完颜希尹的目光相撞，就像两股电流相撞在一起，吱啦一声火星乱冒。蒲鲁虎将牙一咬，心里恨恨地转念，好啊，你完颜希尹识文断字又比谁多长个脑袋呢？你识你的文，我不识文，你弄这屌玩艺儿，咱瞧着白纸画黑道儿，越瞧越发闹。加上你小子满口雌黄，什么"人"，就指咱们人类的人字，什么"天"，就是指天上的天……这不放屁吗？还用你讲啊，谁不知道，人就是人，还能叫成猪？天就是天，我们也根本没说它是个大窟窿啊！闲来无事将我们聚来，听完颜希尹瞎白话，天了地了的，我们全是不会说话的孩子呀，用他来教给我们说话？咱也不知阿骨打这老头子是咋想的，有这时间领大伙儿出兵打仗多痛快呀，坐在这儿不将人憋坏了吗？蒲鲁虎越寻思越有气，越听心越烦，心一烦眼皮发硬挑不起来，就觉着忽悠一下子过去了，口里打着呼噜，可脑子里进入梦乡，骑马杀敌哪，左一刀右一刀，砍得辽兵人仰马翻……忽然被惊醒了，又见完颜希尹两眼盯着他，心里的火气就集中在完颜希尹身上。刚要张口，见阿骨打的目光往这边望，像洒过一瓢冷水，将蒲鲁虎的火苗儿浇了回去。

阿骨打望着完颜希尹说："继续讲啊！"

完颜希尹讲到女真语字"领兵打仗的'将军'就是这两字儿"，要继续往下解释，蒲鲁虎腾地站起来，举着皱皱巴巴的字本说："你等等，等等。"

蒲鲁虎这个突然的举动，文武百官全惊愕地抬起目光望着他。连大圣皇帝阿骨打也惊疑地抬起头望着蒲鲁虎，不知出啥事儿了。

蒲鲁虎见大伙儿都望着他，精神更抖擞起来了，赶上冲锋陷阵了，提高嗓门儿问："我问你，带兵打仗的将军就这小模样儿？你可将带兵打仗的将军糟践透了！"

蒲鲁虎的话音没落，就引起文武百官哈哈大笑。

蒲鲁虎眼睛一瞪说："笑什么？你们看，这两个字像将军的样儿吗？"

蒲鲁虎的问，引起武夫的共鸣，齐声喊叫："不像！"蒲鲁虎就是要的这声，听大伙儿这一喊，他好像得胜的一头狮子，眉开眼笑，手舞足蹈，用骄傲的目光望着完颜希尹，嘴没说心里话儿，看你咋回答？

完颜希尹沉着地反问蒲鲁虎说："蒲鲁虎，你说'将军'这两个字应该是啥样儿呀？"蒲鲁虎圆睁二目说："当然知道啦！"说着还真来劲儿了，从人群跳到空场上，两手比比划划地好像唱戏一般，高声喊叫地说："将军应是头戴盔，身披甲，背弓挎箭，手拿大刀，骑着骏马，耀武扬威，威风凛凛，杀气腾腾，方为将军也。可在你完颜希尹眼目中的将军是小脑袋瓜，精细胳膊，按上两只大耳朵，两腿抡胯，横穿一根杆子，怕跑了，旁边用锁头锁上了。再看你那个'军'字，一撇一横，像个盖子，弯曲扭胯又尿尿又抢粪弹子，还能打仗吗？"

蒲鲁虎说得众人哄堂大笑，笑得前仰后合，连眼泪都笑出来了。蒲鲁虎又获胜了，还要往下白话，猛听一声断喝："将蒲鲁虎拉下去，重责四十大板！"蒲鲁虎扭头一看，是他阿玛吴乞买坐在阿骨打旁边，脸都气白了，他也立刻感到身上酥一下子，好像一瓢水浇在头上，身上打个寒战。

"卫士，速将搅闹议事的蒲鲁虎拉下去，重打四十大板，听到没有？"吴乞买说着，愤怒地拍击一下坐前的小桌子。

卫士们刚要过来拉蒲鲁虎，阿骨打赶忙摆手说："使不得，使不得，今天咱们是议论女真文字，议论都可发表不同见解。蒲鲁虎说得很好，这种敢想敢说的精神应该提倡。"

蒲鲁虎听大圣皇帝表扬他，脸儿又红润起来，眉开眼笑，还要说啥，吴乞买愤怒地说："蒲鲁虎，还不回位坐下？"蒲鲁虎才倔达倔达回位坐下，噘着嘴儿喘粗气，小声嘟囔着："这是在朝廷，也不是在家，耍的什么老子威风啊？"

阿骨打见蒲鲁虎坐下了，接着说："有一宗要大伙儿明白，咱们制造女真字，不是随便想象出来的。咱们拟造的字是模仿契丹字，但又和契丹字略有不同。为啥这样呢？因为契丹字是模仿汉字而拟造的。汉字产生多年了，又几经修改，这样既便于拟造又便于熟悉。你们看，上边这两个字儿就是契丹字的'锻炼'二字，这叫契丹小字；再上边那俩'将号'二字叫契丹大字；最上边那俩'将军'二字就是汉字了。所以说，字不离母，但造字可不是画像噢！"说得众官哈哈大笑，完颜希尹笑看蒲鲁虎一眼。

蒲鲁虎白睃完颜希尹一眼，心里说：咱俩走着瞧吧！

小孩拦驾

阿骨打率得胜大军高奏凯歌班师回朝。这日来至一村，阿骨打忽见前面吵嚷，对宗望说："你到前面看看去，为何吵嚷？千万不要刁难民众。"宗望去不一会儿，回来一脸怒气，阿骨打问："何事吵嚷？"

宗望用眼望着阿骨打，迟疑地将手攥的纸条儿递给阿骨打。阿骨打接过一看，纸条儿上面歪歪扭扭写着"杀死阿骨打！"阿骨打疑惑地问："哪儿来的？"宗望说："前面有一娃娃，举此纸条儿拦路喊叫。"阿骨打说："快将小孩领来，我看看他！"宗望转头向前边喊："将小孩带过来，圣上要见。"

不一会儿，由人押过一个孩子，浓眉虎眼，骨瘦如柴，脸上被打得青一块、紫一块的，两只手被倒绑着，一滴眼泪没掉。带到阿骨打跟前，人们七吵八喊："跪下，跪下！"小孩怒目而视，站而不跪，气得御卫又打又按，孩子说啥不跪。阿骨打赶忙拍手制止，让人们闪在一旁，亲手将孩子绑手的绳解开，抬头责问说："是谁把孩子打得青一块紫一块的？"

宗望听阿骨打追问，暗吃一惊，心想，父皇咋的了，这小孩明目张胆举着"杀死阿骨打"的字条，口里喊着"杀死阿骨打"，简直反了，揍他，应该宰了他！父皇不仅没怪小孩，将绑绳还解开了。想不通也得执行，让人到前边去追究。

阿骨打端量面前这个倔孩子问："你叫什么名儿啊？"

"吴铁子。"

"几岁了？"

"九岁。"

"为啥要杀死阿骨打？"

"是他弄得我们国破家散了。"

"你说说，他咋弄得你国破家散？"

吴铁子眼睛一翻睖说："阿骨打领兵来攻打辽国，国也完了，百姓也没活路了，被你们杀的杀、押的押，活着给你们干活儿，连饭都吃不上，眼看快饿死了！"小孩说到这儿，眼泪噼哩啪啦往下掉。

阿骨打又问:"一个九岁的孩子能杀死阿骨打吗?"

吴铁子说:"我不说杀死阿骨打,我能见着阿骨打吗?"

阿骨打又问:"你见他作甚?"

吴铁子说:"听说阿骨打在黄龙府放粮救济百姓,百姓感激他,管黄龙府叫'济州',说他对百姓可好了。但这块儿就不一样了,这块儿也是女真人管,可女真人杀百姓。这两天,听说阿骨打回师从此路过,我才举着纸条儿拦驾喊冤。"

吴铁子一席话,说得阿骨打倒吸口凉气,暗暗佩服这九岁的孩子胆魄过人。又问:"铁子,是谁给你出的道眼,让你这么做的呀?"

吴铁子说:"谁能给我出道眼,家中只有老奶奶,快饿死了,妈妈被你们杀了。爸爸逃跑回来被你们抓去押起来了,听说也要杀,叔叔被抓去做奴隶了,成天给猛安①干活儿不让回家。"

阿骨打一听,称赞吴铁子说:"你这驾拦得好,冤喊得明白。"遂传旨顺驾吴家村。

阿骨打来至吴家村,亲自察访民情,这村在长春路最北面,全村有六七十户人家,居住的民众大部分是契丹人,还有几户奚、汉族人。当阿骨打来至吴铁子家一看,锅里煮的是草根子。阿骨打惊讶地问:"怎么?就吃这个?"吴铁子将脖儿一梗说:"不吃这个吃啥呀?"

阿骨打见家家无粮食吃,无衣服穿。当他来到谋克、猛安家一看,嗨!粮食满仓,牛马成群,奴隶成群,老婆成群。还见一群带着手扣脚镣的人为他们干活。阿骨打问:"这带手扣子脚镣子的都是什么人哪?"

谋克回答说:"这些人听说金兵来了,都逃跑了,现在才回来,故抓起来押在牢里,白天让他们出来干活。"

"爸爸、爸爸!"

正在谋克回答阿骨打问话的时候,忽然那个小孩喊爸爸,可将谋克气坏了,抽出腰刀要砍。见一个带手扣脚镣子的人喊:"铁子!"阿骨打对谋克大喝一声:"住手!"

谋克一惊,拎着刀惊疑地望着阿骨打。阿骨打怒目而视,责问说:"谁给你的权力,说杀人就杀人,啊?"

谋克扑通跪在地上磕头说:"皇上有所不知,喊叫之娃,是辽朝村长的儿子,不但要杀死他,村长也得杀!"

---

① 猛安:女真语,地方职官名称,也是女真人基层的行政辖区。

阿骨打气坏了，辽朝的村长就该杀？心想该杀的不是村长，是你这个谋克，在毁我江山。想到这儿，气哼哼地说："将村长先放了！"回头命令侍卫："将谋克、猛安拿下！"

谋克、猛安吓得磕头如捣蒜，连声喊："皇上爷，我们无罪呀，我们无罪呀！"御前卫士上去将谋克、猛安捆缚上，听候发落。

吴村长释放出来，至阿骨打面前磕头说："感谢金太祖万岁爷不杀之恩！"

阿骨打说："这个村仍归你管理，先将谋克、猛安两家粮食查封，奴隶解散回家，牛马土地各归原主，粮食按全村人口均分。给逃遁在外的民众捎信让他们回来，安心耕地。辽朝所定的辽法、税赋一概废除。按金朝规定之法、税执行。"

村长一听，乐得咣咣给阿骨打磕响头，不住口地喊："金太祖万岁，万万岁！"这时，吴铁子也跑到阿骨打跟前，跪下磕头说："小铁子给万岁爷磕头请罪！"

阿骨打惊疑地问："小铁子，你有什么罪？"

吴铁子说："咒万岁爷，还拦驾，这罪还小哇，杀了我，也心甘情愿！"

阿骨打说："无罪，有功，汝不拦驾喊冤，朕岂知焉？"

这消息很快在全村传开了，家家户户门口焚香，跪拜阿骨打。

阿骨打亲眼见将谋克、猛安粮食分给民众，将谋克、猛安判无辜残杀民众，掠掳民众财物，破坏金法等罪名，定了砍头罪。

没过几天，村中逃遁在外的人全回来了，妻子儿女团聚，称赞阿骨打是有道的明君。

阿骨打将吴家村安排好了，才启驾回朝。未成想刚走出几里之遥，不能前进了，前面被黎民百姓将道路堵住了。阿骨打吩咐军兵闪在两旁，待朕问来，民众拦驾何故？阿骨打一声令下，军兵闪在两旁，道当中闪出一条胡同。阿骨打来到前面一看，见路上跪着黑压压一片民众，遂高声问道："尔等在此拦驾为何？"头前跪着一个胆大的契丹人说："启禀万岁爷，我们全是归顺的契丹良民，有的是渤海人，有的是汉族人，也有达鲁古、兀惹人。归金后，地不给我们种，粮食不给我们吃，让我们像奴隶似的给女真人干活儿，还不给多少粮食，怎么养家糊口啊？眼看快要饿死了。如今听万岁爷在吴家屯，给契丹人地种，给粮食吃，感激万岁爷开天恩，救救我们这些人吧！"说到这儿，后边的民众异口同声地喊："金太祖开恩，救救我们吧！"一边喊，一边咣咣给阿骨打磕响头。阿骨打说："你们回去，安心等待，朕按吴家村的办法，诏谕之，让你们比以前生活得更好！"

民众齐声高呼："金太祖皇恩浩荡，万民仰仗皇恩，祝金太祖万岁，万万岁！"

阿骨打班师回朝后，亲自下道诏书，书曰："朕自破辽兵以来，辽朝各族民众纷纷降顺于金，对这些民众理应优待抚恤。可是，不少官员不仅没优待抚恤，反而掠掳其财物，强迫民众为奴，使其生存难保。自今日起，对契丹、渤海、汉、辽籍女真、室韦、达鲁古、铁骊、兀惹等诸部官民，已降顺或为我军俘获者及逃遁而回者，一律不准掠其财、迫为奴，违者斩之。而要将肥沃之地，优先给这些民众耕种，原来在这些部里当过酋长或村屯长者，仍让这些人担任谋克、猛安，不许配女真人去充任。"

这道旨意一下，可得民心了，辽朝黎民百姓纷纷归顺，有力地帮助阿骨打灭辽，加快了辽朝的灭亡。正是："得民者昌，损民者亡也。"前车之辙，后车之鉴也！

阿骨打自从众勃极烈将他改称为"大圣皇帝"、国号改为天辅后，仍然保持原来的日常生活习惯。他常说，既不学辽，又不模仿宋朝修什么宫殿之类的玩艺儿，坚持在炕上议事，日常仍多居于寥晦城，驻兵演武。

单说天辅元年五月的一天晚间，阿骨打在寥晦城夜读兵书，夜静更深的时候，忽然从远处传来单鼓与腰铃之声。阿骨打侧耳细听，喝喝咧咧的声音是在"跳大神"。他放下书本，走出书房，问下边人说："何处跳神，鼓声喧天？"下边人回答说："万岁爷有所不知，近来许多村屯跳大神盛行，尤其是宁江州北边的何家窝堡，家家户户请巫治邪。"

阿骨打问："得何邪也？"

回说："听说何家窝堡家家孩子均患瘫、呆、痴、傻之症，女巫说是胡仙堂被毁之故。"

阿骨打一听，心想，嗬，好个女巫，将罪责归于金兵身上。在进攻宁江州时，有些庙宇被金兵所毁，毁坏也不至于这么灵，马上就去摸索小孩。阿骨打又联想到开州之叛，就是由于一些巫觋和和尚道士挑拨所致，此事不得不防，但这小孩不是瘫痪就是痴傻，到底为何？需要弄明白，不能靠巫误事，决定前去暗访。

第二天，阿骨打换上衣服，带领几名御卫，假装做买卖奔何家窝堡而去。为啥叫"何家窝堡"呢？这个屯子住着的，全是从达鲁古城附近迁徙来的汉族居民。由于阿骨打改变了政策，凡是掠掳的民众不准再做奴隶，要妥善安置，令其从事农耕生产。在分配落户时，汉族一大户何家抱成一个团儿，认为一家当户，是一个宗支之人，互有照应，几十户人家就落在原二道岗子，改名为何家窝堡。

阿骨打刚来至屯东头儿，见新建一胡仙堂香烟缭绕，不仅何家窝堡到此烧香，十里八村的人们全来给胡仙堂烧香祈祷胡仙保佑。阿骨打心想，好家伙，狐狸有这么大的威力，哪次出猎不打死几只？等阿骨打来至近前时，见胡仙堂好热闹。在胡仙堂前摆了好几个卦摊，抽帖的，算卦的，批八字的，好不热闹。暗想，这些家伙真会找时机，人们迷信胡仙，他们就来此凑热闹。阿骨打来至一卦摊前，见摊桌上摆放《诗经》中的"斯干"篇诗句"乃生男子，载寝之床，载衣之裳，载弄之玮。"阿骨打目不转睛地望着出神。

卦先生问："您要占卦吗？"

阿骨打说："这诗句何解？"

卦先生打量一下阿骨打说："春秋战国时就规定，生了男孩放在床上，穿上衣裳，又给他美玉玩儿。"

阿骨打冷笑说："生女孩哪？"

卦先生指着书上说："乃生女子，载寝之地，载衣之炀，载弄之瓦。"

阿骨打又问："此意何解？"

卦先生说："就是说，生个女孩，放在地上，盖一块小包被，给她个压纺车的瓦，让她大了好纺线。"

阿骨打听后摇头说："这该多么不公平啊！"

卦先生惊疑地度颜变色说："何出此言，这是自古以来天经地义的事情，难道你连《仪礼》都不懂吗？"

阿骨打问："何谓仪礼？"

卦先生从书包里拿出一本《仪礼》，翻到"兴礼"一段说："女子要遵守'三从、四德、三纲、五常'，父母之命，媒妁之言，从一而终，为夫守节。《诗经》上说得明白：'匪予愆期，于无良媒'，门当户对，六礼而成婚。"

阿骨打越听越感到奇怪，因为女真族没有这些说道，就又问："何谓'六礼'？"

卦先生说："六礼是：纳采，问名，纳吉，纳征，请期，亲迎。纳采就是送财礼；问名是求得女方名字和生辰八字；纳吉是祭祀占卜，如吉祥才能通知女方定亲；纳征就是纳钱，也叫过大礼；请期就是择吉日成婚；亲迎就是亲自迎娶。"说到这儿，眼睛一眨巴问阿骨打："不知你老是择吉还是问卜？"

阿骨打说："先生未卜先知，那么请教先生，这何家窝堡孩子为何多病乎？难道他们不懂'六礼'？"

卦先生说："非也，孩子多病，是由于金兵迁移原居民时，毁胡仙堂所致也。"

阿骨打说："毁胡仙堂金兵也，胡仙却缠磨新来的汉族人，成仙岂不勿礼也。"

卦先生面红耳赤，说："巫觋之说，互为传耳。"

阿骨打冷笑一声说："打搅了先生。"说罢，带领御侍卫向屯中走去。走进屯子，见一老人领一个三四岁男孩儿站在门前。阿骨打端详男孩儿，见其两眼看人直勾勾的，咧合着嘴，流着涎水。阿骨打问："此孩儿生后就如此吗？"

老头儿打量一下阿骨打说："此孩儿生来就如此。"

阿骨打又问："此孩儿痴呆之症，没找人医治？"

老者长叹一声说："全屯除吾之外，均请巫觋请神符相治。"

阿骨打问："可见效吗？"

老者冷笑说："无一见效，有的比前更甚。"

阿骨打又问："请问老丈，小孩儿多患此病为何？"

老者说："原以为水土有毛病，但有一户的孩子就未患此病。"

阿骨打问："这家住何处？"

老者惊疑地问："难道你是先生，能治此病乎？"

阿骨打笑吟吟地说："专为治此病而来！"

老者一听大喜，说："我领先生前去。"说着，抱起痴呆孩子前边引路，刚走不几步，老者停下脚步，问阿骨打说："不对呀，他家孩子无病，先生去治啥病？"

阿骨打笑笑说："不知彼的根源，岂知此因也！"

老者将阿骨打领至此家，一问方知姓何名理，儿子名叫何应顺。何理也是通书达理之人，见阿骨打来了，以礼相待。当阿骨打问起他的孙子情况时，何理过那屋去将孙儿抱过来。阿骨打一看，这小孩长得大眼生生，两眼有神，显得格外精神。阿骨打问道："你的孙儿相貌堂堂，同居该村，同吃一井之水，别家孩子为啥痴、呆、瘫、傻，独有你孙儿精神饱满，此为何乎？"

何理沉思片刻说："据吾观察，其根源在于同姓为婚之故！"

阿骨打忙问："你儿媳妇与你儿两姓？"

何理说："实不相瞒，我儿子在达鲁古城时即已定亲。金兵将我家迁到这儿后，儿媳妇之父找到此地，将女儿送来成婚。"

阿骨打又问，"难道其他各家均同姓成婚乎？"

何理说："因迁至此，人地生疏，而这屯何姓均是一宗后裔，男大当婚，女大当嫁，故尔自相择女配郎。没想到，生男育女均患此症。"

阿骨打又问："汝知此情，为何不说服制止？"

何理说："俗语说，宁拆十座庙，不破一家婚，两相情愿，谁能说服焉？"

阿骨打点点头，又望着领他来的老者说："你听到了吧，你孙儿的病根儿就在此。"

老者说："非也，巫觋请来神说，是金兵毁了胡仙庙所致。"

阿骨打问老者："那些请巫觋除邪后，孩儿见好吗？"

老者笑着回答说："巫觋说，得过两年方能见效，所以我才不信。"

阿骨打说："这是巫觋欺骗民众！"阿骨打怒气冲冲地对侍卫说："速将孛堇找来！"

何理、老者见阿骨打脸上怒气横生，口语又这么冲，知道不是一般人，惊吓得面面相觑。侍卫去不多时，将孛堇领来。孛堇进屋一看是阿骨打，慌忙跪地磕头说："不知大圣皇帝驾到，罪该万死！"吓得他连头都不敢抬。

何理、老者听说是阿骨打皇上到，都扑通一声跪在地下磕头，浑身打颤。

阿骨打用手一指说："咄！好你个孛堇，同宗同姓婚配你不限制，生些痴呆傻的孩子，你还让巫觋来此骗财，真是岂有此理！"越说越火，命令侍卫："按在地上，责打五十棍子！"

侍卫用眼寻觅半天，见何理家外屋地下有根烧火棍，拿过来，将孛堇摁在地上，重打五十烧火棍，打得爹一声妈一声叫唤。这一叫唤不要紧，惊动左邻右舍都来看。见地下跪着两个，按在地下挨打的是孛堇，敢打孛堇？这人是谁？这么大胆子，孛堇是地头蛇啊！

打完孛堇，阿骨打说："免你一死，孛堇由何理担任。"何理磕头谢恩。

阿骨打说："传我的旨意，同姓成婚的，马上分离。如若不离，先打一百板子，然后也得离，再不离，杀之。"又说："将在此屯的巫觋全抓来，先打一百板子，再胡说八道，杀他！"

阿骨打这旨意一下，可将这屯翻锅了，年青的恩爱夫妻抱头痛哭，心里都骂阿骨打，这是什么皇上，恩爱的夫妻硬给拆散了！

人随王法草随风，不离有杀头之罪，强拧鼻子都离婚了。可是后来人们才感谢阿骨打，和外姓人结婚后，再也不生傻孩子了。人们为纪念阿骨打，特修一座圣帝庙，一年四季祭祀之。

阿骨打这天下去访察契丹人、汉人、奚人到底按他的旨意办没有？心里总感到是回事儿。阿骨打认为，从辽地北迁这些民众，是让其开荒种地，不是来当奴隶，如全作为奴隶，非造成官逼民反不可。契丹人、汉人不能安心，起来反抗，使即得之地不仅不能巩固，反而起到破坏作用。为了这个，他才三令五申，要求各猛安、谋克妥善安排从辽北迁之民户。最近他听说，猛安、谋克嘴说听旨令，暗地里仍将大批北迁之民变相为奴，阿骨打听后很生气，决定亲自下去访察。他下去访察还是老习惯，带几个贴身护卫，悄悄下去，不让人声张，也不让官民知道大圣皇帝下来了，兴师动众的。那样，阿骨打感到只能抖抖威风，别的什么事也发现不了，还是蹑悄下去，神不知鬼不觉，看得见，听得着，能解决实际问题。所以，这次阿骨打只带两名护卫，奔温都部一带去私察暗访。行至一个村北树林里的时候，从远处树林里传来妇女哭叫之声，阿骨打慌忙勒住马，从马上跳下，对护卫说："你二人牵马在此，待朕前去探望。"说罢，将马缰绳交与护卫，奔哭叫之声走去。走着走着，见前面林中有三个人，就听一妇人哭泣着说："你要寻短见，扔下我们母女咋活呀？人地两生，屎克螂哭它妈——两眼一抹黑呀！好死不如赖活着，天无绝人之路，就凭你这身手艺，还混不出碗饭吃？"

阿骨打心里咯噔一下，因为他懂汉语，说明这男的有手艺呀！他依在一棵树上，继续听着，听那妇女是哭泣中诉说的，带有抽泣之声，旁边一女孩子呜呜哭叫。就听那妇女继续说："东西被他们抢去了，还让咱去当奴隶。"那男人接过说："不能当奴隶，我不会种地，就得饿死呀！"妇女说："不会种地学呗，再说，我和女儿还可学习纺织，咋的也不至于饿死吧？万一儿子还活着，说不定会找到咱们哪！"

阿骨打偷听人家夫妻谈话，感到不对头，身为大圣皇帝在此窃听人家夫妻唠嗑儿，成啥事儿了，他就咳嗽一声，大步向前走去。果然谈话声停止了，三个人站起来，往前边村子走去。阿骨打紧走几步赶上前，向男的施一礼，用汉话说："麻烦贤弟了！"

男人停住脚步，回头一看，见是女真人，约五十多岁，遂眉头一

皱，转身就走，没理阿骨打。阿骨打又说："贤弟，借问一声，前边何村?"阿骨打连问数声，这男的头没回，领着妻子、女儿奔林里去了。

阿骨打站在那儿，心里像浇瓢凉水，冰冷瓦凉。暗想，这个汉人对女真人如仇人一般，心不归顺，岂能安然？心不归顺，主要是我女真人对人家当仇敌一般，抢人家的东西，还让人家当奴隶，岂能归焉？阿骨打心里悬着的是，这人有手艺，肯定是个"行家"，但不知他是什么"行家"，要想问问，可这人连话都不搭理。不怪人家不答话儿，逼得人家要寻死上吊，恨死女真人了，还能跟你说话？阿骨打打定主意，非访察此人为何要寻死上吊，招呼过侍卫，骑马尾随三人进村而去。才知这村名叫勒野挞村，让一名侍卫盯着那三人进入何院，以便访察。

勒野挞村有百户人家，房屋简陋，只有村中间一户人家庭院宽大，房屋整洁，从后院传出哞哞牛叫声，咩咩羊叫声。是个大富户人家。阿骨打一端详，心里明白了，这村是新建的村庄，别人家贫，就他这一户富，不用说，不是猛安就是谋克。就让侍卫牵着马，自己单身转游到门口，往里一望，嗬！庭院里很热闹，用木板儿搭成的东西两排条桌，正大摆酒宴，还有男女混合的击鼓吹笛，女的唱着"鹧鸪曲"助其酒兴。阿骨打正在往里张望，里边跑过来一个小伙子，大声喊道："哎！你望啥呀，馋酒啦？"

阿骨打像没听见似的，两眼直勾勾地直冲而入，好像酒桌有吸铁石，把他吸进去了。

小伙子见阿骨打直冲而入，赶忙用手一拦说："哎，哎，你是哪里的？馋酒找地方喝去，这不是施舍处。"

这个小伙子一喊，酒桌上的人全听见了，击鼓吹笛唱歌的也全停了，向阿骨打张望。

阿骨打用手拨拉一下青年，也没搭腔儿，两只眼睛仍直勾勾地盯着酒桌子，简直将两只眼珠子掉在桌子上了，馋酒馋到这样儿。哪知，他这一拨拉，将青年拨拉一个跟头，摔倒在地，咧着嘴哎哟哎哟叫唤说："好大胆的老头儿，不让你进，竟敢将我打倒！"喊着，从地上爬起来，奔阿骨打追来了。

阿骨打将青年摁倒在地，脚步没停，一直奔酒桌冲来。这时，不知谁喊了一声："快拦住他，他是个疯子！"

为啥有人会喊大圣皇帝是个疯子呀，因为阿骨打往里冲的时候，他那两只眼睛始终直勾勾的望着酒桌，眼睛连眨巴一下都没有，直勾勾的吓人。那么阿骨打被啥吸引到如癫如呆的程度，难道是酒菜吗？不是，是酒桌上的瓷器将阿骨打吸引住了。当阿骨打见酒桌上用的是瓷器，心里大吃一惊，嘴没说，心里想，这家阔气到如此程度，连我使的都是木制的盆、碟、碗，也没使上陶瓷器皿，他竟使用这玩艺儿了，稀奇，这些陶瓷器皿是从哪儿来的呢？阿骨打只顾寻思这些玩艺儿，两眼直盯盯地冲上前去。当有人喊他是疯子，正座上跳起一人，这人有三十多岁，随手拎起一把腰刀，怒气冲冲拦截阿骨打说："你想找死呀？"说着将刀在阿骨打面前一晃说："快给我滚出去，不然别说对你不客气！"

阿骨打这才如同从梦中惊醒，赶忙施礼说："是吾路过此地，口中干渴欲找点儿水喝！"

持刀的人说："你渴，在门口等着，进来干啥呀？真是不要脸的东西，有水也不给你喝，出去，快给我出去！"这小子说着，用手推阿骨打，狠劲儿这么一推，阿骨打就像钉在那儿，一动没动，拿刀这小子自己弄了个趔趄差点儿没摔倒了。坐那儿喝酒的人看这情形，也惊讶得目瞪口呆，知来者不是平常人，可他们谁也不知道他就是阿骨打。

持刀之人站稳脚跟之后，哎呀一声，脸红脖子粗地举刀向阿骨打砍来。阿骨打将身一躲，刀落空，这小子转过身又是一刀。阿骨打又将身子一闪，回身就是一脚，踢在持刀人手腕子上，当啷一声，刀落尘埃。

喝酒的众人见持刀人要吃亏，忽地一下子就站起来了，要齐战阿骨打。就在这时，从门外跑进一人，边跑边喊："皇上，闪在一旁，待咱收拾他们！"

原来跑进这人是阿骨打的侍卫，他站在门外始终瞟着，一直见众人全起来了，他可慌神儿了，一着慌不要紧，顺嘴喊出"皇上"二字。他这一喊不要紧，可吓坏了喝酒这帮人，一听说是皇上，他们才恍然大悟，原来是阿骨打皇上来私访，怪不得瞧着有些面熟。还没等侍卫跑到跟前，喝酒的人刷地一下子全给阿骨打跪下了，齐声高喊："不知是大圣皇帝驾到，请恕罪呀！"

持刀要杀阿骨打这小子也一惊，一下子愣住了，见众人跪下给阿骨打磕头，他才从呆愣中回过神儿来，扑通一声，跪在地上磕头说："皇上，恕吾有眼无珠，没认出是皇上驾临，该死呀！"头也不抬地咣咣一个劲儿磕头。

阿骨打问："你叫什么名字？"

"我叫勒野挞！"

阿骨打一听，"啊"了一声说："你是谋克？"

"小人正是！"

谋克为啥不认识阿骨打呢？因为自从阿骨打领兵攻辽后，女真各部落均发生了变化，尤其是从辽各地迁来的民众建了不少新谋克村庄，新任一些猛安、谋克，都是在进攻辽朝时立过战功之人。这些人有的认识阿骨打，有的影影绰绰见过，如果在朝拜见着，还能认识。像今天阿骨打化装成平民，勒野挞作梦也没想到是阿骨打，才鲁莽地对阿骨打耍起野蛮来。

阿骨打问勒野挞："你桌上使的这些碗、碟是哪来的？"

勒野挞哆哆嗦嗦地说："是……是汉……汉人给我的。"

阿骨打说："你站起来！"

勒野挞恍恍又给阿骨打磕头，哆哆嗦嗦跪在那儿，后脖颈儿直冒凉风，不是别的，用刀杀皇上，罪该万死。没想到阿骨打让他站起来，心里感激，就给阿骨打磕响头。他站起来之后，阿骨打说："走，是谁给你的，领朕去看来！"

勒野挞眼睛眨巴两下说："皇上，他就这些，全给我了。"

阿骨打说："有没有瓷器不要紧，我要见这个人！"

勒野挞没法儿，只好硬着头皮领阿骨打去。

当阿骨打走进这户人家院落的时候，抬头一望，大吃一惊！

　　阿骨打跟随谋克勒野挞来至送给勒野挞瓷器的那家，刚进门，阿骨打大吃一惊。阿骨打一看，不是别人，正是在树林子里遇到的那位要寻死上吊的男人。

　　勒野挞刚进屋，就笑嘻嘻地说："赵窑匠，大圣皇帝来看你，对你送给我的盆、碗、勺、碟非常感兴趣。"勒野挞这小子是先用话点明赵窑匠，意思是大圣皇帝来了，我已说是你送给我的，可别说是我抢的。

　　赵窑匠一听，双眉一锁，怒目而视没言语。

　　勒野挞见他这眼神，有些着急，就大声高喊："赵窑匠，大圣皇帝来了，还不赶快参拜！"

　　赵窑匠将身子往墙那边一扭，反来个背脸。

　　勒野挞可急门了，刷的一声抽出腰刀，蹿过去一把拽着赵窑匠的头发，吼道："好你个赵窑匠，见着皇上都不拜，真是反了，看我砍了你！"

　　"大爷饶命啊，我替他在此磕头陪罪呀！"从里屋传出妇女嚎叫之声，就听咣咣磕头说："大人不见小人怪，他是个倔犊子，千万别怪罪他呀！"

　　赵窑匠扭过头来，两只眼睛瞪得溜圆，从眼神中直往外窜火苗儿，高声喊道："盆、碗、碟全被你抢去，现在只有这条命，杀砍随你便！"说着将头一低，伸着脖子说："砍吧！"

　　勒野挞紧紧拽着赵窑匠的头发，听他这一说，将刀一举："好，砍你也就如同杀只鸡！"

　　屋里哇地一声，母女俩哭叫起来："饶命啊，饶命！"

　　勒野挞刚将刀举起，阿骨打断喝道："住手！好你个胆大的谋克，竟敢当着朕的面杀无辜汉人，目中还有我这个皇上吗？"

　　勒野挞撒回刀来，撒开手，对阿骨打说："皇上，这种傲慢皇上的人，留着何用？再说，他不是迁来的，是掠掳来的，本应叫他当奴隶……"

　　"住口！"阿骨打愤怒地喊："应杀的不是赵窑匠，是你这个勒

野挞!"

勒野挞一听，吓坏了，扑通一声跪在地上说："皇上饶命！皇上饶命！"

阿骨打说："我问你，你家的陶瓷器皿是赵窑匠送给你的，还是抢的？从实招来！"

勒野挞说："我见他家的这些碗、盆、碟怪好看的，拿着舍不得撒手，让他一样送给我几个，可他就是不理我。是我……是我一怒，令人翻箱倒柜全拿走了，不是抢的，是拿的呀！"

阿骨打说："硬拿的不就是抢吗？还嘴硬！我再问你，朕下诏旨，不允许拿迁来的契丹人、汉人、奚人的东西，你身为谋克，竟敢违背朕的旨意，其罪一也。朕已几次诏旨，不准将辽之降民和迁来之民众强迫为奴隶，也不许卖为奴隶，而要妥善安置，拨给肥沃土地耕种。可汝任为谋克后，将这百户全划为你的奴隶，是不是呀？"

勒野挞一听，这事儿怎么这么快传到皇上耳朵里？再说这事不仅我，猛安、谋克都是这样干的，怎么单看我眼睛有眦目糊啊！他给阿骨打磕头说："回禀皇上，收为奴隶，不仅我，猛安、谋克都这样啊！我还算好的，赵窑匠我就没让他当奴隶。"

阿骨打说："谁这样，都是违背朕旨。侍卫，将他给我先绑起来，听候处理！"

侍卫过来将勒野挞绑起来带走。

阿骨打对赵窑匠说："是勒野挞谋克抢了你珍贵的盆、碗、碟，逼得你欲寻死上吊。朕已查清严惩他，并令其家将你的盆、碗、碟全部送还，但不知你这些盆、碗、碟从哪里买来的？"

赵窑匠呼哧呼哧坐那儿喘粗气，听阿骨打一问，将身子一扭，又给阿骨打一个背脸。

阿骨打见此情景，心中暗想，好一个天不怕地不怕的硬汉子，脾气也真够倔的了，就耐心地说："朕问你这些盆、碗、碟是从哪儿买来的，没有歹意，你为啥不告诉朕哪？难道是偷来的？"

阿骨打这一问，虽然赵窑匠听着无动于衷，可吓坏扒着门缝儿偷看阿骨打的赵窑匠老婆，身上立刻打个寒战，听丈夫还不回答，就哎哟一声说："咱可不是那种人，是他自己烧的呀！"

赵窑匠媳妇隔门在里屋这一回答，阿骨打吃惊地问："怎么，用火能烧出这宝贝玩艺儿？"

阿骨打传奇

赵窑匠媳妇回答说："是他烧的，要不咋叫'赵窑匠'啊？"

阿骨打才听明白，这'赵窑匠'不是他的名儿，是"行家"的名呀，就高兴地说："那你们是哪里人氏，叫什么名字，怎样来至此地，对朕讲来。"

赵窑匠媳妇说："我们是抚顺人士，丈夫名叫赵兴艺，是陶瓷匠，人称'赵窑匠'，给人家烧窑。金兵进攻的时候，烧窑停工了，窑也被破坏了，丈夫隐藏这些盆、碗、碟留作样子。在强迫我们来此时，我儿子赵顺子跑了，丈夫领我和女儿迁至此地。这些盆、碗、碟全被谋克抢去了，丈夫见没有活路，他……他才要寻死上吊……"

赵窑匠媳妇哽咽得说不出话来。

阿骨打听后，慌忙站起来说："啊，原来你是烧窑的陶瓷行家，失敬，失敬，朕今日相识，真乃幸会。这回你就不要发愁了，朕请你这个行家造窑烧陶瓷好吗？"

赵窑匠仍然坐那儿喘粗气，急得他媳妇在里屋喊："皇上问你，你倒说话呀！"赵窑匠仍一声不吱，像个哑巴。

阿骨打见赵窑匠一肚子气没消，就说："朕要请你这行家造窑烧瓷，你考虑考虑，朕下次再来请你！"说罢离开赵兴艺家。

阿骨打令人将勒野挞村的人全召集到勒野挞院内，当场宣布：将勒野挞强迫做奴隶的全部解散，并让迁来的民户选出谋克。众人一听，一致推选辛维恭为谋克。阿骨打问："谁是辛维恭？"

辛维恭从人群里出来，一瘸一拐地走到阿骨打跟前跪下磕头说："小人就是辛维恭！"

阿骨打见此人看约四十多岁，身上有不少血迹，脸上也青一块紫一块的，面容憔悴，狼狈不堪，但两只眼睛却炯炯有神。就问道："辛维恭，你原是做什么的？"辛维恭说："原是辽地的村长。"

阿骨打一听，心里很高兴，有这样一个人治理迁徙来的这些人，一定能治理好。又问："你身上怎么这些伤痕？"

还没等辛维恭回答，别人就替他说："是被勒野挞打的。"

阿骨打高声喊道："将勒野挞带上来！"不一会儿，将勒野挞带了过来，跪在地下。阿骨打说："你违抗圣旨，私将迁徙之民为奴隶，抢掠迁徙民财，犯了杀头之罪，推出去砍了！"

勒野挞被推走的时候，高声喊叫："皇上饶命啊，皇上饶命啊！"

阿骨打吩咐辛维恭说："朕任你为谋克，这是朕第一次用汉人为谋

克，你要将土地、牛具合理分配，不准徇私，将这新村治理好，改为"辛材寨"。还有，你马上着手清理勒野挞强占的土地和牛具，清理抢掠的物资，将赵窑匠的盆、碗、碟等陶瓷器皿如数送还给赵家，如违旨者严惩！"

第二天，阿骨打寻思，赵兴艺见将陶瓷器皿送回去了，再请他，他一定会欣然应允，就带两名侍卫又去请。当阿骨打到赵兴艺家时，赵兴艺躺在炕上，始终没起来。阿骨打坐在他身边亲切地问道："行家，身体不舒服吗？"赵兴艺紧闭双眼，一声不吭。阿骨打又问："难道你的陶瓷器皿没送还回来？"赵兴艺还是不吱声，急得他老婆在里屋直劲儿跺脚，实在忍不住了，她在里屋回答说："昨天晚上就送回来了！"阿骨打又问："够数吗？"赵兴艺老婆说："一件不少。"阿骨打说："行家，为啥躺在炕上不出声，身体不舒服吗？"赵兴艺老婆说："皇上，千万不要怪罪他，他这两天闹心呢！"阿骨打一听，心里明白几分，就说："好，让行家歇息，明日朕再来请。"说罢，阿骨打又走了。

阿骨打走后，赵兴艺老婆哭哭咧咧说："人家皇上两次请你，你反拿起把来了，这不自己不抬爱自己吗？你忘了，咱们在辽时，别说见皇上，连个地方官都见不到。你整天为业主烧窑，出苦大力，我也没见业主对你这样啊！"他老婆这几句话，说得赵兴艺蓦地坐了起来，愣怔怔地望着老婆说："我是担心，金人骗我去做奴隶呀！"他老婆说："皇上还能骗你？你没看阿骨打说到做到，杀了赃官勒野挞，将咱的陶瓷器皿一件不少全送回来了。还有，谋克都可随便杀人，像杀小鸡一般，人家皇上亲自登门两次，你听说过吗？哪朝皇上有这样的？下道圣旨，不去杀头，哪还有到家来的？"说得赵兴艺也哭泣起来了。

第三天，阿骨打领着侍卫又来了，刚进院，赵兴艺就跑出屋，迎着阿骨打跪在地下说："小民有何能力，敢劳皇上三次登门，犯有砍头之罪也！"说罢跪地痛哭。

阿骨打亲手扶起赵兴艺说："汝是行家，理应受到尊重。朕请你为国造窑烧瓷，乃真心耳，望行家勿辞！"说着，手挽手进到屋中，坐在炕沿儿上说："你答应朕之邀请了？"

赵兴艺说："皇上对吾如此厚爱，赴汤蹈火在所不辞！但不知皇上要在哪儿建窑？"

阿骨打说："在哪儿建造窑，用多少人，需要啥物资，一切均由行家说了算。朕只给你配名跑道儿的，听你指挥，你看咋样？"

赵兴艺一听，差点儿跳起来，眉开眼笑地说："您要信着我，我准备回老家，先将抚顺釉窑恢复起来，接着再在内地寻找能烧窑的土质，造几座新窑，让它遍地开花！"

　　阿骨打说："好，好，此权交给你啦！"

　　这就是阿骨打三请陶瓷匠，为大金国建立起陶瓷业，留下美名传后世。

三请陶瓷匠

说的是阿骨打这日私察暗访来至耶律纥林，此村也是完颜部落新扩建的村寨，林里边大部分是从辽地迁徙来的汉、奚、契丹族人，混居于这个村寨。这地方的猛安、谋克听说由于勒野挞将迁徙来的辽人作为奴隶，被阿骨打给杀了，吓得他们赶快解散强迫为猛安、谋克充当奴隶的辽人。还彻底实行了授田制，对从辽迁徙来的平民百姓按牛的头数和人口，也就是一头牛和一个人一样得田，平均授给每人（头）十亩地。这个政策兑现后，出现大批平民户，那些从辽迁徙来的平民百姓好似犯人从监牢里放出来一般，欢呼雀跃，又唱又舞，感谢阿骨打的英明决策。

单说这天，阿骨打蹑悄地来至耶律纥村，忽见村里十字街头围了一群人，在人群外面站着的还直劲儿跷脚往里扒望。阿骨打也感到很稀奇，就让护卫牵着马，他好奇地奔去了。走到近前一看，围了那么多人，一个说话的没有，只是不时发出阵阵哄笑声。等阿骨打挤到跟前，还没弄明白是咋回事儿呢，就听人们七吵八喊："再讲一个，再讲一个！"

阿骨打心里纳闷儿，什么再讲一个，得听听。他也挤在人群里跷起脚往里张望，见里边站着一位年近四旬的人，浓眉大眼，炯炯有神。见他干咳几声，用手挠挠头发，咧嘴一笑说："再讲一个？"

"讲吧，再讲一个！"众人又异口同声地喊。

阿骨打站在人群里，心想，这小子在此白话啥呢？受这些人欢迎，倒要听听。

"说的是，无名村里有位无名的谋克，牛马成群，奴隶成帮，哪来的？抢掠迁徙该村辽民的。自曾想，荣华宝贵万年昌。没想到，大圣皇帝一道圣旨传四方，抢掠迁徙而来的辽民奴隶，立刻解散为平民。强占土地、强占拨给辽民的耕牛、强抢辽民的财物等，要立即退还，违旨者斩！"

阿骨打才听明白，这小子是给大伙儿讲故事，讲得好！正听得高兴时，人们哄然大笑，阿骨打也笑了。

讲故事这小子将脸一绷，两眼一立睖说："真斩哪！勒野挞就被阿骨打咔嚓一刀，脖齐了。这消息很快传到无名林，无名谋克吓得屁滚尿流，赶忙解散奴隶，退还耕牛土地，退回抢掠的财物，一下子变成一般户。不过这位无名谋克却学了不少乖，尤其是学会之乎者也这一套。不过他也有伤心之处，娶了四房媳妇，只留下一个男孩儿，还是个傻子。因为家有钱，傻子娶个好媳妇，长得漂亮。媳妇一过门，见丈夫缺心眼儿，回娘家就哭眼抹泪，埋怨阿玛、额娘给她找个傻女婿。埋怨有啥用？生米已煮成熟饭，身怀有孕还能打巴刀①吗？忍着吧，这叫'命'。无名谋克一下子日落千丈，连支付都困难了，就向儿子的老丈人家借了二百两银子，答应四月二十归还。四月十九这天，无名谋克一看，还不了债，就得躲出去，只好对傻儿子说：'你老丈人今天要来讨要银子，你在家接待他。'儿子忙接过说：'行，他来了，我告诉他，你吓得躲出去了。'无名谋克一听，生气地说：'谁让你那么说？'傻儿子说：'阿玛，你说咋说吧？'无名氏教给他说：'你在家等着，听门口有人敲门，你就出去。走到门口，先别开门，问声何人击户？你老丈人在门外得说是我呀，你再将门开开，施礼说：'原来是岳父老大人，屋里请，屋里请！'你岳父进屋坐下，一定得问：'你阿玛干啥去了？'你回答说：'家父上南山与老僧下棋去了。'你岳父一定得问：'什么时候回来？'你回答他说：'天早而归，天晚则与老僧同榻而眠。'你岳父如要借那头大毛驴，你就说：'那老东西被东院借去拉磨去了。'你岳父要问借银子的事儿，你就说：'经家父之手，小婿一概不知。'你岳父要问这墙上贴的什么画儿，你回答说：'李隆基之画，价值两千金！'无名谋克教完了，问傻儿子记住没有？傻儿子说记住了，但无名氏还不放心，领着傻儿子，他装儿子岳父，从敲门到进屋又表演一番，见傻儿子答得都对，心里很乐，谁说我儿子傻，教给他的全记住了。让他老丈人看看，我儿子还会转文哪！才放心地走了。无名谋克走了之后，果然，傻儿子老丈人来了。傻儿子在屋听见门外有咚咚敲门声，急忙跑了出去，站在门里问道：'何人击户？'老丈人在门外一听，一怔神儿，嘴没说心里话儿，都说姑爷傻，不傻呀，还会转呐？答曰：'我也！'傻小子将门开开，施礼说：'原来是岳父老大人，屋里请！'把他丈人乐得眉开眼笑，连嘴都合不拢了，好似第一次见着姑爷，用目光从头上一直看到脚下，别说，姑

_____

　　①　打巴刀：女真语，离婚之意。

爷还文诌诌的哪！老丈人进得屋来，问傻姑爷说：'你额娘上哪儿去了？'傻姑爷毫无思索地回答说：'上南山与老僧下棋去了！'老丈人一听，心里一愣，暗想亲家母怎么找老和尚下棋去了？又问道：'什么时候回来？'傻姑爷回答说：'天早而归，天晚则与老僧同榻而眠！'老丈人一听，惊疑地望望傻姑爷，怎么，你额娘跟着老和尚睡觉？就又问：'你阿玛哪？'傻姑爷回答说：'那老东西被东院借拉磨去了！'老丈人一听，傻姑爷说话越来越走板儿，答些什么呀，就又问：'你媳妇什么时候生孩子啊？'傻姑爷回答说：'那是经家父之手，小婿一概不知。'老丈人一听，可气坏了，腾地跳到地下，暴跳如雷地说：'你说些什么话儿？'傻姑爷回答说：'李隆基之画儿，价值两千金！'老丈人气得伸手'啪、啪'就是两个大嘴巴。"那人讲得大伙儿哈哈大笑，连阿骨打也憋不住乐了。

人们又七吵八嚷地说："再讲一个，再讲一个！"

阿骨打站在人群里，心里琢磨，别说，这种口头讲故事怪吸引人的，应该提倡。阿骨打这边思索，人们那边七吵八喊："再讲一个，再讲一个！"

讲故事那人说："实在对不起，已经讲得口干舌燥了。"

"不行，再给讲一个，不然不放你走！"

讲故事的人见众情难却，就干咳两声说："得先说下，只再讲一个。"接着他又讲上了，阿骨打站在人群里侧耳细听。

"给你们再讲一个，名叫'不坐金銮殿的皇上'。自古以来，当皇上的都得坐金銮殿。宫殿里的金銮殿，也叫宝座、龙椅、御座，金碧辉煌，设在六丈多高的高台上边。龙椅是圆背式的椅背，高有四尺，座宽五尺，深二尺，通体全是金粉漆成。底座四周镶嵌着红绿宝石数十枚，椅背、扶手及底座共雕形态各异的蟠龙十九条。周围陈设着屏风、香炉、仙鹤、宝象等，簇拥下，光彩夺目，可威势了。每天早朝，文武百官跪在地上，山呼万岁，皇上高坐在宝座上，金口玉牙，说啥是啥，巍峨凛然，臣官胆寒。正由于这样，汉高祖刘邦当上皇帝，坐上金龙宝座后，有件事却使他犯了愁。什么事儿呢？他每天高高在上，对他父亲刘太公怎么个待法儿呢？有一天，他又像以前那样，去参拜太公，寻思着，刘太公准是端坐在堂前，等待着儿子。谁知，刘邦皇帝刚到父亲门口，只见刘太公身穿旧袄，手里拿着扫帚，恭恭敬敬地迎接他。刘邦皇上见此情，大吃一惊，急问：'爸爸，你这是在干什么？'刘太公说：

'你贵为皇上，谁敢不敬啊？我虽是你父亲，也不过是一个平民百姓。平民百姓不敬皇帝，是要杀头的啊！'刘邦被父亲说得脸红到耳根，劝说父亲不要如此，可他父亲不听。这可将刘邦愁坏了，这事咋办哪？后来听说秦始皇曾尊称死去的父亲为太上皇，就赶忙举行大典，将父亲刘太公扶上太上皇位，称为'太上皇'，也坐了一次宝座。这是自古以来当皇上的都得坐金銮殿。可我们大金国的大圣皇上阿骨打偏偏不坐金銮殿。他当上皇帝，不修宫院，不造金銮殿，每天坐在土炕上当皇上，和勃极烈们围坐一圈儿，平起平坐，有事儿互相商量。他住的院落有四通八达的道儿，平民百姓均可随便行走，老百姓上他那儿告状他都接待。说上哪儿去，抬腿就走，从不摆銮驾。他不是一心想高高在上作威作福当皇上，而是心里想着平民百姓，这就是当皇上不坐金銮殿的佳话，将世世代代传下去……"

正在他滔滔不绝讲的时候，不知谁喊了声："哎呀，大圣皇帝在此听故事……"一时惊吓得人们目瞪口呆！

阿骨打喜听故事的事儿一传开，女真人喜讲古论今的习俗就更兴盛了。阿骨打令众勃极烈要收集本猛安、谋克的传说故事，很多女真时代的故事就这样流传下来了，这里先讲一个饮马池来历的故事：

（1）清水洼鲁巴定居留后

你要问这饮马池的来历吗？嗨嗨，那是阿骨打发兵征辽，在寥晦城聚集千军万马，均到饮马池饮马而留下的这个名字。在这之前，不叫饮马池，而叫"珍女池"。

说起珍女池，早先年流传着这样一个故事：

有个野女人名叫鲁巴，在老山林里和一帮妇女群居，她们打猎呀，捕鱼啊，均是一起去。打回来的食物，共同分食，要是获得个男的，像个宝贝疙瘩似的，分享与男子过性生活，那时男子确实少。

单说鲁巴那年按额娘给她留下的木刻印儿，她已过了 15 个青青①了。额娘死去，要按年龄算，她 15 岁了，已成人了。可那时候还不知啥叫婚配，反正成人后，与这些妇女共享与男子的性欲要求。男子少，什么时候才能轮到鲁巴呀！一晃又是一个青青，鲁巴在额娘给她留下的刻木用石刀刻下一个印儿，刻木上已刻下 16 个印儿，代表着她 16 岁了。这天，随着族人去山里打猎，她年轻力壮，跑得也快，忽见一只梅花鹿，冷不防抛去一石斧，正砍在鹿的腿上，鹿一下子趴在地上，可将鲁巴乐坏了。她欢跳地去捉这头梅花鹿，当快跑到眼前的时候，梅花鹿扑棱从地上站起来，蹶蹶点点地向前跑了。她在后边追呀，追呀，不知追出多远，反正累得呼哧呼哧直喘，气得她又向梅花鹿抛去石刀。石刀刚从她手抛出去，忽然从旁边飞驰而来一匹马，石刀正好打在马肚子皮褙子上，马咴儿咴儿叫着站下了。鲁巴开始一愣神儿，后来见马站在那儿直叫，高兴地想，这马只披瘩子无有人，何不骑上它，捉住梅花鹿，

---

① 青青：是指青草发芽为一年。

主人见着再还给他。想到这儿，她连跑带颠地来到马跟前，抓着马鬃身子向马背上一悬，噌地骑上马，屁股刚沾褡子，马放开四蹄一直向南跑去，正和她追鹿的方向相反。这下可把鲁巴吓坏了，口里一门儿"吁吁"，可马根本不听她的，越跑越快，简直如腾空一般。她吓得趴在马背上呼喊："救命啊！救命啊！"她越呼喊，这马越像长了翅膀一样，鲁巴感到马是在树梢儿上飞越，忙将眼睛闭上了，不过两只手紧紧拽住马鬃不撒开，都攥死扣了。

鲁巴不知跑了多长时间，忽然好似从梦中惊醒，就听耳旁有人呼唤："大姐醒醒，大姐醒醒！"她慢慢睁开眼睛，见是一片平原，一人多高的青草随风滚起浪涛，甚是好看。忽见面前蹲着一位俊美的少年，年纪不过十六七个青青。在鲁巴的眼里，还从来没见过这样俊的美男子，心中暗想，难道是老天爷有意让飞马将我驮到此地，这个美青年是归我所有？想到这儿，如同饿狼扑食一般，冷丁一下子将小伙子抱住，两手攥死扣了，很怕这美青年飞了。抱住后，对这美青年又啃又咬，恨不能一口吞在腹中才觉心安。

美青年遇鲁巴的突然袭击，惊得他大声喊叫："大姐，大姐，是我救的你呀，快松开我！"

鲁巴抱得更紧了，她和美青年在草地里滚着说："快答应我，你是我的，永远是我的，我就撒开手。"

美青年不解地问："大姐，大姐，我是你的啥？"

鲁巴说："你是我的性哥哥，快答应我！"

美青年说："好姐姐，我答应，快快撒开我！"

鲁巴说："口说不行，快快得那个……"

就这样，鲁巴获得一个美青年。两人性交后，由性欲变成情谊，肩挨着肩，才唠起身世。方知美青年是个无名氏，咋叫无名氏呢？这位美青年说："我家住在大海那边。有一年发大水，这水涨得平地好几丈深，有口明亮珠儿托着我，在大浪滔天里翻滚，不知滚了多少天，我已昏迷不醒。当我苏醒过来睁眼一瞧，就落到这块荒原无人之地。我就靠采野果为生，后来又学打狍子、野猪为食，不知过了多少个年头儿，从来没见过人影儿。今天，见一匹马从此急驰而过，忽然发现从马上掉下一人，就是大姐你。我用手一摸，还有口气儿，才将你唤醒。"

鲁巴一听，心中欢喜，搂着无名氏说："这真是天配良缘，愿咱俩亲亲爱爱，爱爱亲亲在这儿留下后代，把这块儿也变成人类的乐园。"

无名氏发誓说:"我要是离开你呀,得叫雷劈死……"

鲁巴急忙用手将名无氏的嘴捂上,心疼地说:"谁让你说这个,说得多吓人哪!"接着鲁巴还戳了无名氏一指头说:"今后啥也不用你干,我采果,我打猎,你吃现成的,好好儿在窝里猫着,别让野女人将你抢去。"说到这儿,眨巴两下眼睛说:"你也得有个名儿呀,叫啥呢?"用手拍拍脑袋说:"这样吧,我叫鲁巴,你就叫鲁巴哥吧。"

从此,美青年就叫鲁巴哥,一男一女亲亲爱爱在一望无边荒芜之地开辟人类的生活。住的是草窝,吃的是野兽和野果。在离他们这儿不远的地方,草坑中有洼水,那水清凉爽口,喝着可甜了。水坑虽然不大,可夏天水凉,冬天水温,从来没冻过冰碴儿,真可谓是块宝地。

鲁巴和鲁巴哥在这儿过着无忧无虑的生活,一年后,鲁巴生个男孩儿,取名叫哥乐。第二年又生个男孩儿,取名叫鲁郎。第三胎也是男孩儿,取名女乐。第四胎生一女孩儿,取名叫珍女。

光阴似箭,日月如梭,恍惚间,三个男孩儿陆续长大了。鲁巴嘱咐三个儿子说:"你们已长大了,得出去寻配偶,从这儿往北去,得出去很远很远。看见深山密林的时候,你们哥儿仨要隐藏好身子,那地方女的多,男的少,女见男就抢跑,单个女掠到男就藏起来,群女掠着男,大伙儿轮着交配,弄不好,就将男的糟蹋死了。可千万要记住,陷女群活命短,单女藏寿命长。你们哥儿仨寻找单个年龄相当的姑娘,抢回来,像你阿玛我俩这样过活多快乐呀,记住没有?"

哥儿仨说记住了。可是鲁巴还不放心,又千叮咛万嘱咐的,这才打发三个儿子走了。

三个儿子走了之后,家里就剩下夫妇两个人领着珍女过活。哪知这三个儿子走后,鲁巴今天想,明天盼,盼望儿子们早日领漂亮姑娘回来,团团圆圆在此过活。可是她在刻木上已刻了十个青青,三个儿子没一个回来的。由于思念儿子,鲁巴越来越见老了。然而珍女长大了,在珍女十五岁这年,鲁巴又添了块心病,珍女的配偶咋办?这荒无人烟的地方,上哪儿寻个男的与珍女相配呢?如果还是像三个儿子那样,让珍女自己出去寻,身边只有这么一个心肝,能舍得吗?鲁巴每天愁眉不展。珍女见额娘紧锁双眉,就问鲁巴说:"额娘,你愁啥呀?"

鲁巴打个唉声说:"唉!傻孩子,你已十五个青青了,找得配偶了。娘担心这块儿除了咱们再无人烟,上哪儿去给你寻配偶哇,额娘能不愁吗……"

"有我哪，珍女可与吾相配呀！"

还没等鲁巴将话说完，忽然一道闪光，照出一条白龙，随即变成一个美貌青年小伙儿站在鲁巴和珍女面前，笑嘻嘻地说："你看我咋样，将珍女配给我吧。"

珍女暗想，这家伙是个龙精，谁嫁给妖精啊，非将它除掉不可，不然它得老来磨缠，就笑呵呵地接过说："好吧，你往我跟前凑凑，让我好好端详端详。"

龙精不知是计呀，龇着牙美滋滋地想要借机跟珍女贴个脸儿。没想到珍女右手已抓起石斧，就在龙精将嘴往前一伸的时候，珍女咔嚓就是一石斧，一下子砍在龙精左眼上，鲜血直流，龙精疼得嗷嗷嗥叫，驾起风云逃跑了。龙精在逃跑的时候，一下子将水洼中的水全给抽干带走了。

第二天，鲁巴去水洼舀水，见水洼干枯了，当时心就凉了，人没有水怎么活呀？不禁放大悲声哭起来了。珍女跑去一看气坏了，准是那龙精将水抽走了，非找它要水去！吓得鲁巴拽着珍女不撒手，劝阻说："傻孩子，你上哪儿找龙精去？这块儿无水，让你阿玛领咱们走，找有水的地方去住吧。"

珍女是个倔强的姑娘，没听那个邪。这天，她背着鲁巴和鲁巴哥自己去寻找龙精要水去了。因为她小时候常听鲁巴哥讲，东海可大了，海里还住着龙王。龙王有龙子龙孙，每逢春天，龙王就让龙子龙孙出来为大地行雨，万物才能生长。她由此判断，龙精准是东海龙王那里的，就直奔东方寻找东海龙王去了。

（2）珍女偷盗宝水瓶

珍女真奔东方去找龙精要水，也不知东海在哪儿，好像盲人骑瞎马似的，按照东向日以继夜地走啊，走啊，两只脚全打成血泡了，泡破了，鲜血直流，比刀割还疼。可她咬紧牙关，不找到龙精要回水来，决不罢休。

珍女走啊走，不知走了多少天，这日刚走进山林边上，咕咚一声昏倒在地，啥也不知道了。不知过了多长时间，珍女才苏醒过来，两只脚火烧火燎地疼，周身关节酸疼酸疼的。她咬紧牙关，挣扎着站了起来，两脚刚一着地，扑通一声又摔倒了。珍女不顾自己周身疼痛，摔倒了爬起来，爬起来摔倒了，不知摔了多少个跟头，实在是力不从心，再也爬不起来了。她趴在地上，哭着说："天哪天，为啥要有绝人之路哇，龙精祸害人你都不管，还是什么天老爷呀？"她哭呀哭，边哭边怨恨天和地。

珍女的眼泪快哭干的时候，忽听耳旁有人唤她："珍女呀，珍女，你哭什么？"

珍女猛吃一惊，急忙睁开泪眼一瞧，见面前坐着一位白胡子老头儿，白发白须白衣服，一身白，两眼有神，面目慈善。珍女见老人问她，悲哀地将龙精要霸占她，是她不从打了龙精，龙精走时将清水洼的水全抽干了，我们喝啥，为此欲到东海去找龙精要水之事，前前后后详细诉说一遍。

白胡子老头儿一听，问珍女："你知道东海在哪儿吗？"

珍女摇头说："听阿玛说，在东边，我才奔东方找来。"

白胡子老头儿长叹一声说："唉，傻姑娘，东海离这儿老远老远，你什么时候能走到哇？"

珍女说："一天走不到，一年，一年走不到，两年，不找到龙精要回水来心不甘！"

白胡子老头儿一听，哈哈大笑说："好姑娘，有志气，就冲你这志气，我老头子也应该帮你的忙。这样吧，现在你满脚血泡，已走不了了，就骑在我身上，我陪你到东海去。"

珍女摇头说："老玛发①说的哪里话？你年纪那么大，我怎能让你驮我呀？我宁肯爬着去，也不能做这种对不起老年人的事呀！"说着，她真两手着地爬着向东去了。在她爬出不远的时候，就听白胡子老头儿喊道："心诚感动天和地，你快上来吧！"没容珍女回答，她觉得身不由主地忽悠一下子，身子腾空而起，接着珍女感到屁股坐在软绵绵的物体上，那才舒服呐。还没等转过向来，她已在高空中了。等她精神稳定后，举目往下一瞧，哪来的白胡子老头儿？她稳坐在一只大鹰的背上，两耳能听到大鹰的两只翅膀扑啦扑啦响。珍女心里纳闷儿，这只大鹰为啥要驮我呀，刚才那白胡子老头儿又是谁呢？正在她心里转念的时候，大鹰好像猜透她的心事似的，口吐人言说："珍女呀，怎么，你害怕了吗？"

---

① 玛发：满语，爷爷。

112

珍女说："不，不害怕。是我……我不好意思让你驮着，看你有多累呀！"

"不累，不累，这是我应该驮你呀！"

珍女赶忙接过说："噢，我知道了，是刚才那位白胡子老头儿让你驮我去东海，他是啥神仙哪？"

"哈哈哈……"大鹰哈哈大笑说："白胡子老头儿就是我，我就是白胡子老头儿！"

珍女惊诧地问："那是咋回事儿，你还能变白胡子老头儿？"

大鹰说："珍女呀，你不知道，吾名叫海东青，开天辟地我就领着子孙后代在东海上生活，过得可快活啦！老龙王和我们关系可密切了，我们保护龙王，龙王也维护我们。没想到老龙王有个孽子，叫白龙，外号儿'白龙狼'。它管海以来，专要吃我们海东青的心肝，我的子孙被它害了不少。它还抢人间女子，我多次劝它，它不听，还驱逐我们，没办法，我才领着子孙离开东海迁到东山里居住。可是此仇至今未报，你这次去找'白龙狼'算账，也是替我们海东青报仇，哪有不驮你去的道理？所以说，应该驮你去呀！"

珍女一听，高兴了，大声说："海东青爷爷，原来是这么回事。这么说，你驮我很快就能找到东海了？"

海东青爷爷说："放心吧，姑娘，你将眼睛闭上，眨眼之时就可到东海。但有一宗，你千万将眼睛闭得紧紧的，我不说你睁眼睛，你可别睁啊，记住没有？"

珍女点头说："记住了。"

海东青爷爷说："现在就将眼睛闭上吧！"

珍女按海东青爷爷的吩咐，赶忙将两只眼睛紧紧闭上，两耳就听风声呼呼响，好似刮起一股大风，刺得珍女肉皮子像刀割的那么疼。

呼呼呼，风声震撼得珍女耳朵里嗡嗡直响，忽听海东青爷爷说："珍女，睁开眼睛吧！"

珍女一睁眼睛，见前面无边无沿碧蓝的一片波涛，那海水似乎比地面高出很多。这时，就听海东青爷爷说："你在这石丘后面藏着，待吾去到海里找找东珠，要是将东珠找到，你这仇就好报了。"

珍女不解地问道："东珠是谁呀？"

海东青爷爷长叹一声说："唉，提起东珠，也是小孩没娘的因由，说起来话长了，她是你阿玛鲁巴哥的生母啊！"

珍女一听，惊异地问："海东青爷爷，你说什么？咋越说让我越糊涂呀！"

海东青爷爷说："珍女，你别着急，听我从头对你说。很早很早以前，你阿玛的阿玛名叫海上飞。他生在海边，从小在海里捕鱼捉虾，练就了水上飞的本领。那可真是在海面上像走平道似的，如果钻到海里去，可呆个三天五日的。单说有一年，海上飞忽然发现外国人潜在咱们东海，盗捕一颗东珠。携带要逃走的时候，海上飞可急了，东珠是吾东海之宝，吾夜间潜海全仗东珠为吾照亮引路，岂容外国人偷盗去！想到这儿，海上飞为保护咱东海的宝物，忙潜入海中，在海水中追赶盗贼，追上后冷不防将盗贼按在水里。就听海水咕嘟嘟直冒泡儿，将盗贼灌个肚满腰圆，一点气儿没有，才撒手喂鱼去了，海上飞将这颗东珠救下了。东珠为感谢海上飞，变成个美女，追求海上飞，与海上飞婚配成亲，生下你阿玛鲁巴哥。谁知好日子不长，鲁巴哥五岁那年，忽然'白龙狼'发现东珠俊美，来抢东珠。海上飞哪能战过'白龙狼'？'白龙狼'杀死海上飞，抢去东珠，发了一场大水，多亏东珠的亲属将你阿玛鲁巴哥驮送到清水洼，无有人烟的地方生存下来。在他长大的时候，也是东珠使的计谋，让海马偷跃出海里，为你阿玛驮去鲁巴为妻，才留下三儿和你这个珍女，这就是前前后后的往事，你明白了吧？"

珍女疑惑地又问："那么东珠现在哪儿，你到哪儿去找她呀？"

海东青爷爷说："东珠仍在龙宫里，'白龙狼'从海外抢去不少良家女子，任意奸污，早将东珠忘在一边了，可仍不让东珠离开龙宫。为此，我准备变成一只虾兵，偷游进龙宫去，将汝前来找'白龙狼'报仇偷着告诉她，让她为你出谋划策，此事如何办好呢？"

珍女一听，心急地催促说："海东青爷爷快去，快去给东珠奶奶送信儿。阿玛、额娘没水喝，会渴死的呀！"

海东青爷爷一听，忙站起身来，也着急地说："是呀，老糊涂了，饭不吃不行，没水喝那还了得？待吾速去报信儿，让东珠快救她儿子要紧。"说罢，海东青爷爷展开双翅，扑棱棱飞在高空，当飞到海面上时，突然扎入海中不见了。

珍女的心也像涨潮的水，翻滚不停，暗想：这"白龙狼"不单是吾的仇人，还是吾家世代的仇人。此仇不报，我白托生一回人。

回头还得说海东青爷爷，他扎进大海后，摇身一变，变成一只虾兵，向龙宫里游去。俗语说："龙王爷的前哨——对虾。"虾是龙王的通信兵，只有变成大虾，去龙宫才能畅通无阻。海东青游啊，游啊，直奔龙宫而去。

海东青爷爷变个通信的虾兵正往龙宫游的时候，忽然被谁拽了一下子，定睛一看，是蟹八，赶忙说："蟹将可好？"

蟹八悄声说："东青伯，化妆意欲何往？"

海东青也压低嗓门儿说："欲去龙宫寻找东珠。"

蟹八忙拦阻说："东青伯可去不得，因白龙左眼被砍瞎，正在龙宫养伤，已下令将龙宫封锁，你干吗去自找麻烦？"

海东青爷爷说："蟹将不知，我找东珠有急事呀！"

蟹八沉思片刻说："东青伯要找东珠，请在此候等，待咱偷着告诉东珠前来会你，你看如何？"

海东青爷爷说："又给你添麻烦了，多谢了。"

蟹八说："咱爷儿俩还有啥说的？用着我，就是看得起我。"说罢，游向龙宫去找东珠送信。

海东青爷爷等啊，盼哪，过了好长时间，东珠果真来了。她见着海东青爷爷，忙施礼说："东青伯身体可好？"海东青爷爷说："好！东珠哇，快去救救你的儿子鲁巴哥吧！"

东珠一听，吓得脸色煞白，忙问："他咋的了？"

海东青爷爷将他路遇珍女前来寻找"白龙狼"要水，"白龙狼"如何要抢夺珍女为妻，被珍女砍伤眼睛，"白龙狼"逃跑的时候，将清水洼的水全抽走了，细细述说一遍。还说，眼看鲁巴哥夫妇要渴死了，你不搭救谁搭救，快救鲁巴哥呀！

东珠一听，气愤地骂道："'白龙狼'啊，'白龙狼'，你欺吾太甚，强占了我，还要强霸奸污我的后人，这笔账非和你算不可！"说到这儿，悄声对海东青爷爷说："一不做二不休，他对吾不仁，吾对他不义，吾非将宫里的宝水瓶盗出去救吾儿子，回头再和他算账！东青伯，你和珍女在石砬子那儿等吾，盗来宝水瓶好一同去救吾儿！"说罢，返身回宫去了。

海东青爷爷游出海面，现了原形，扑棱棱飞回石砬子，又变成一个白胡子老头儿，见到珍女将寻找到东珠的事儿一说，珍女立刻跳了起来，高兴得拍手打掌说："这回阿玛、额娘得救了！"

不一会儿，只见东珠驾着一朵彩云，闪烁着一道光亮，从东海那边飘过来了。海东青爷爷见东珠盗来宝水瓶，忙对珍女说："快，快骑到我的背上，速去救你阿玛、额娘！"珍女洒脱地骑在海东青爷爷的背上，海东青扑棱一声，展开翅膀飞向高空，迎着东珠说："咱们事不宜迟，快去救鲁巴哥！"

珍女在海东青爷爷背上，高声呼喊："奶奶！奶奶！"

东珠两眼流着泪水喊着："可怜珍女，让你受苦了！"

东珠驾着瑞云紧紧相随海东青奔清水洼的时候，忽然见东面黑云翻滚，大喊道："东青伯，大事不好，'白龙狼'率领虾兵蟹将追来了！"接着慌忙将宝水瓶递给海东青爷爷说："东青伯，带领珍女速去救鲁巴哥，我去迎战'白龙狼'！"

海东青爷爷接过宝水瓶衔在嘴上，展开双翅迅速飞走了。就听后面"白龙狼"大喊："好你个大胆的东珠，竟敢盗窃龙宫祖传之宝水瓶，如不交还，让你死无葬身之地！"

（3）宝水瓶变成无底泉

东珠驾住云头，迎着"白龙狼"，怒目而视。

"白龙狼"左眼包扎着，单睁右眼，张着巨口，愤恨地问道："东珠，你为何盗我宝水瓶？速速归还。还则罢了，如若不然，今天让你粉身碎骨！"

东珠嘻嘻笑着说："你和谁呕气了，拿我散发子，我盗你宝水瓶做甚？"说着，两只手一扎煞，说："你看呀，我身上哪有你的宝水瓶，难道我吞肚子里不成？"

"白龙狼"已变成独眼龙了，将右眼狠劲狠劲往大睁睁，将东珠从头上到脚下、浑身上下看了个遍，唔拉唔拉打着囫囵语说："啊，说你将宝水瓶盗去了，打啥赖呀？"

东珠呸的一声吐了"白龙狼"一口说："眼见为实，耳听是虚。如果宝水瓶被鱼鳖虾蟹盗去，胡说是我盗去了，你也相信么？再说，我盗它何用啊？"

"白龙狼"被东珠问得直眉愣眼，嘎巴嘴儿说："这……这个……"忽然又将右眼往上一翻说："把大玛哈（鱼）叫来！"

不一会儿，大玛哈来到"白龙狼"跟前施礼说："宫王唤我何事？"

"白龙狼"哇呀一声嚎叫后，说道："大玛哈，你说宝水瓶让东珠盗去，快给我对证！"

大玛哈瞪着两只眼睛说:"是呀,是我亲眼……亲眼见东珠将宝水瓶拿走了!"

东珠大喝一声:"呔,好你个大玛哈,我与你何仇,为啥诬陷我?"

东珠说到这儿,哗地将衣襟一敞,说:"吾拿宝水瓶,你来翻呀,难道我吞进腹中不成?"

大玛哈见东珠这一问,有些吃不住劲了,两只眼睛在东珠身上一扫,确实没见宝水瓶的踪影。翻不到宝水瓶,是诬陷东珠,"白龙狼"也不能答应我呀?想了半天,对"白龙狼"说:"对了,确实不是东珠盗的,而是海东青变成东珠的模样儿,将宝水瓶盗走了!"

"白龙狼"一听,宝水瓶被海东青盗去了,真是旧恨新仇涌上心头,岂能容得?急忙问道:"他往哪儿去了?"

大玛哈说:"刚才见他往西飞去了。"

"白龙狼"说:"快给我追!"

东珠用手一拦说:"慢着,大玛哈你为啥诬赖海东青伯,他被撵出海去就够苦的了,他平白无故盗窃宝水瓶作甚?"

东珠语音未落,鱼兵鱼将全炸了,异口同声地说:"是海东青盗去的,是海东青盗去的!"

东珠心里明白了,因为海东青和鱼儿早已结下冤仇,他们找机会报仇还找不到哪,能放过这个机会吗?正在东珠着急的时候,"白龙狼"已令速追海东青。东珠见事不好,忙跑回去唤世族子孙全员出海,准备和"白龙狼"决一死战。

单说海东青爷爷驮着珍女,施展修炼几千年的技能,风驰电掣般飞到东山里,令世代子孙拦截"白龙狼"报仇,并要速去受东珠之托,去救鲁巴哥夫妇。吩咐完之后,驮着珍女向清水洼急驰而去,其子孙们立刻召集海东青去迎战"白龙狼"。但"白龙狼"没从东山里路过,而是从水路直奔清水洼而来。因为他忽然转过向来,想起自己被珍女砍了一斧,瞎了左眼,一怒将清水洼的水全抽走了。断了珍女水源后,才发生宝水瓶被盗,肯定为珍女饮水而发生的。这样一想,立马就警惕起来,要从东山里过,海东青家族非拦截报仇不可,岂不纠缠误事?他才改变计划,从水路直奔清水洼。

回头再说海东青爷爷,他不辞辛苦,驮着珍女赶奔清水洼。刚飞到清水洼上空,"白龙狼"带领兵将就追上了,忽下子将海东青爷爷围在中心。海东青爷爷见事不好,怕珍女受害,往下一扎,想要嘱咐珍女,没成想忙中出错，忘了嘴里衔着宝水瓶，将口一张，宝水瓶掉下去了。海东青爷爷哎呀一声喊叫："哇呀呀，不好，宝水瓶掉下去了！"他想扎下去，用嘴重新衔住宝水瓶，好交给珍女。正在往下扎扑宝水瓶的时候，宝水瓶下坠的速度比海东青爷爷还快，如果要掉在清水洼里，宝水瓶也会安然无损。哪曾想这宝水瓶从空中坠落下来，不偏不倚，正好坠落在一块陀石上，只听当啷啷、啪嚓一声，宝水瓶摔个粉碎。宝水瓶里的水四下一溅，立刻哗的一声，方圆二里半地的清水洼立刻被宝水瓶的水灌满了。这水也真是神水，一个小小的宝水瓶里的水，变成一池无底泉水，那水呀，清澈透明。

海东青爷爷见宝水瓶破碎后，变成一池无底泉水，高兴极了，嘱咐珍女说："快，快回去告诉你额娘、阿玛，清水洼有水了！"

珍女一听，担心地问："海东青爷爷，'白龙狼'将你包围了，我帮你打他们！"

海东青爷爷说："你快回去救你父母，我这儿不用担心。你看，东面我的子孙来了，你祖母带着东珠家族，还怕'白龙狼'吗？"

珍女举目一看，高兴地说："太好了，今天打死'白龙狼'报仇的日子到了！"说罢，撒腿跑回家去送信儿，让她额娘、阿玛全来灭"白龙狼"！

（4）万龙集会劝友

海东青爷爷见珍女向家跑去，遂亮开翅膀，施展技能，又将两只翅膀忽然一收，来个燕子钻天，一下钻到云层上边去了。

"白龙狼"狠睁右眼寻找海东青爷爷，这一使劲儿不要紧，就听他嗷的一声，一下子抻得那受伤的左眼芯子冒出血筋来，疼得嗷嗷嗥叫。就在这时候，海东青爷爷突然从云层顶上扎了下来，照准"白龙狼"右眼咯噔就是一口，一下子将其右眼啄冒了，"白龙狼"鲜血淋漓，成了个双眼瞎，嗷嗷嗥叫着说："快，快送我回去搬兵！"护卫们引他往回逃走。这时，东珠已率领家族子孙赶到了，海东青的世族子孙也来了，两下一配合，东珠闪耀光芒，将这些鱼鳖虾蟹眼睛晃得啥也看不见了。海东青上下翻飞，啄叨不停。经过这场激战，将"白龙狼"率领的兵将消灭一多半，吓得"白龙狼"大声嚎叫，丢鳞掉甲逃回东海去了。

"白龙狼"变成一只瞎龙，哭哭啼啼嗷嗷叫着逃回龙宫。逃进龙宫后，让护卫直接将自己送至老龙王屋内。老龙王早已闭宫不出，享受着老年的清福。忽然"白龙狼"闯了进来，不由得大吃一惊，急忙问："你为何弄得狼狈不堪？"

"白龙狼"跪在地下，给老龙王磕头说："老龙王啊，你有所不知，这海东青自从咱们将他驱除海面，流落在东山里，时刻与咱为仇。昨日趁咱不备，将龙宫祖传的宝水瓶偷了去。孩儿知晓后，带领兵将前去追赶，没想到诡计多端的海东青勾结东珠家族子孙与吾为战。可怜孩儿寡不敌众，被他啄瞎双眼，将我祖传的宝水瓶摔个粉碎，变成无底泉，抽取不尽，收归不了。这还不算，要攻进龙宫，让咱龙子龙孙个个瞎眼呀！"

老龙王一听，可气坏了，哇呀哇呀直叫，忙令速敲聚龙鼓，不将海东青、东珠世族消灭，决不罢休！

老龙王传下令来，谁敢怠慢？咚咚咚，翻江倒海的聚龙鼓声响起。这鼓一敲，惊动了南海、北海、西海等海龙王，听见东海龙王击鼓召唤，不知为何，均带着龙子龙孙来了。

再说老龙王令击聚龙鼓后，就飞出龙宫，在海面上空迎接。各路龙王聚齐之后，东海老龙王将海东青勾结东珠，啄瞎白龙双目，还要捣毁东海龙宫诉说一遍。各路龙王一听，眼睛差点儿气冒了，唔呀嚎叫，这还了得，海东青欺负到咱龙的头上了，岂能容得，速去找他们算账！

老龙王一听，心中大喜，各路龙王愿协同自己消灭海东青，立刻带领各路龙王去围战海东青与东珠。当时一点各路龙王带来的龙子和龙孙，再加上自己的龙子龙孙，共万条龙，浩浩荡荡奔清水洼而去。

刚来至清水洼北面的时候，忽然前面有条黑龙拦阻说："各路龙王来此何为？"

东海老龙王见是黑龙，心中不悦，这条孽龙是吾驱逐海外的，难道今天要阻挡我消灭海东青吗？遂喝道："你这个孽龙，肤色不同，早被吾驱逐出海，今天在此拦我围战海东青为甚？"

黑龙一听，哈哈大笑说："你这个老龙王，也太霸道了，由于吾肤色黑泽，被你驱逐，行。海东青怎么惹着你了？你居海中，他居海外，从古至今在海面上保护你这个龙王。你留下孽子"白龙狼"到海外去抢人间姑娘、媳妇，做此伤天害理之事。海东青劝阻，就将海东青驱进东山里，不让在海面上行动，这不是霸道是什么？人间的海上飞为保护海里的宝物，发现外国人前来偷盗东珠，拦截救下东珠。东珠为感激海上飞救命之恩，情愿与海上飞为婚。后被你的孽子白龙发现，非强逼东珠为婚。还将海上飞害死，抢走东珠，扔下可怜的儿子，随波逐浪流落在清水洼，都称白龙为'白龙狼'。后有一姑娘名叫鲁巴，与其子成婚，生三男一女。其女名叫珍女，长得非常俊美，又被'白龙狼'发现，要强逼珍女与自己婚配。珍女心生一计，将'白龙狼'骗到跟前，用石斧将其左眼打瞎。'白龙狼'在逃跑时，将清水洼的水全抽走了，要将鲁巴一家人渴死。你说那心多狠，真比豺狼还狠毒。因为这个，珍女奔东海去寻'白龙狼'要水。老海东青发出怜悯之心，才将珍女驮到东海，报信儿东珠去救儿子。东珠被逼无奈，才盗窃宝水瓶去救儿子。'白龙狼'带兵将追赶，又被啄瞎了右眼，宝水瓶打碎在清水洼，成为无底泉，这就是事实真相。可老龙王你不问青红皂白，偏信孽子'白龙狼'之言，就聚龙前来围剿东珠、海东青。天法能容吗？尤其是你们各路龙王前来助战，不是前来助恶吗？违犯天条，你们有责任啊！"

黑龙说得老龙王直眉愣眼，各路龙王胆战心寒，面面相觑，无言答对，均产生了退意。

老龙王见事不好，忙说："各路龙王，这样吧，咱们在此等候，将白龙叫来，弄明真相。果真如此还则罢了，要是黑龙助海东青诬陷白龙，咱可没完，不知各位龙王如何？"

黑龙忙接过说："依吾之见，先将老海东青找来问问，再找东珠对证。如果我说得不对，情愿老龙王惩罚。"

各路龙王认为黑龙说得有理，齐声说："黑龙说得有理，先将老海东青叫来，诉说听听。"

老龙王说："这就得黑龙去找，别的龙去叫，也不能来呀！"

黑龙说："好！包在咱身上，我去找老海东青和东珠前来就是了。"说罢，速速离去。

不一会儿，黑龙将海东青和东珠找来了。老龙王举目一看，嗬！海东青和东珠的子孙黑压压一片，在后面观望待战，便客客气气地先问开了海东青。

海东青见各海的龙王均聚来了，真是万龙集会，是吾控诉"白龙狼"的好机会，就对老龙王说："老龙王呀！你只知在龙宫吃喝玩乐，可知'白龙狼'，坑害人吗？时常抢人间女子，现在宫里活着的就有十二名，你知道吗？"

老龙王惊诧地问东珠："东珠，这事真吗？"

东珠说："老龙王不信，可速到水晶宫、水廉宫、水盈宫、珊瑚宫、琳琅宫等去搜哇！"

老龙王气得浑身发抖，忙令蟹八将军领虾兵去搜，并令白龙速来见我！

去不多时，果将十二名人间女子搜来。这些女子被折磨得骨瘦如柴，珠泪滚滚，控诉"白龙狼"的罪行。

老龙王一听，白龙确实作恶多端，当着各路龙王出丑，就亲自审问白龙。"白龙狼"将所作所为一五一十招认了。老龙王才令将双眼瞎的"白龙狼"锁在狼牙宫，不准再出龙宫。处理完"白龙狼"，老龙王向海东青爷爷赔礼致歉，请其再回海里去。海东青爷爷哈哈大笑说："谢谢老龙王，我的子孙在东山里生活习惯了，海阔天空，自由飞翔，江河湖水、深山老林均是我们锻炼技艺的好地方，再也不去死守海面、为你龙宫做奴隶了！"

海东青爷爷话音刚落，东珠接过说："禀老龙王，我们东珠子孙从此也不归海了。我们要在江河湖中生存，无拘无束，自由自在，再也不给龙宫当奴隶了。"说罢，和海东青一起扬长而去。

各路龙王见没事儿了，也各归本海回宫不提。从此，这地方叫"万龙聚"。后世在此建成部落，仍叫万龙聚噶珊。一直到清朝时，有个商人在此利用这个名字想发财，开了一座商号，叫"万龙号"，后又称"万隆号"，流传至今。

而这个清水洼当时称"无底泉"，改称"珍女泉"。后来金太祖阿骨打在此建寮晦城，集兵将伐辽，各路兵马均集合于此，在珍女泉饮马，又改称为"饮马池"，流传至今。

传说，黑龙在回长白山天池时，被"白龙狼"的儿子小白龙暗害，坠落在水泡中。多亏鲁巴二儿子猎鱼郎搭救脱险，才将猎鱼郎带到天池与九天女婚配。天兵天将捉拿九天女时，黑龙将天池西北角撞个豁口，留下松花江。黑龙居住下游，改称黑龙江，也才留下女真族。海东青代代保护女真，成为猎取野兽鱼类不可缺少的工具，也是家家饲养海东青的缘由。

东珠离开大海后，生存在江河湖水中，从江河湖中猎取到的为东珠，从海里猎取到的为北珠。

阿骨打传奇

说的是松阿哩乌拉岸旁山洞里住着姐妹俩，大的名叫婆卢，二的名叫青青。婆卢虽然人长得黑，但为人心地善良，对青青非常关心，有什么好东西宁肯自己不吃，也给妹妹吃。妹妹从小就一步不离姐姐，姐姐走一步，她跟一步。这年，婆卢已经17岁了，青青15岁了。说姐儿俩年岁，是按这时候说的，她们那时候，还不知自己多大岁数，只是按着额娘留给她们的刻木，看顶上刻多少个印儿，一数就算年岁了，刻印儿是按每年春天青草发芽儿刻上一个印儿，算是一年。青青这年动了月经，吓得她大哭起来。婆卢不知青青咋的了，赶忙跑过去问出啥事儿了？青青咧着小嘴儿哭叫着说："姐姐，我尿血了，尿完还出血。"

婆卢才明白妹妹长成人了，动经了，赶忙安慰说："青青，别怕，是正常的，你已长大了。"

青青听姐姐这么解释，嘴一噘说："长大出血干啥？"

婆卢听妹妹说傻话儿，脸一红，说："长大出血，得找男的啦！"

青青还是不明白，疑惑地问："找男的干啥？额娘领咱们，也没见她找男的呀？"

婆卢用手指戳一下青青额头，嘻嘻一笑，小声说："傻丫头，偷着找，慢慢你就知道了。"

过了些日子，青青突然向婆卢大喊大叫地说："姐姐，快领我找男的去吧！好姐姐，快领我去找啊！"

婆卢吃惊地问："青青，为啥突然想起找男的呀？"

青青毫不隐讳地说："额娘都找了，我看见了！"

婆卢听后，忙阻止妹妹，不让她喊叫，待和额娘说完再说。哪知，她额娘已经听见了，就从山洞里走出来，说："婆卢，刚才我数了一下，你已过十七个青春了，青青过十五个了，都得找男的了，领你妹妹出去找吧！"

婆卢早就盼望额娘说这句话，原来额娘没发话是因青青还小，需要她照料。现在姐儿俩都长大了，额娘让出去找男的，就好似雀儿翅膀长硬要出飞了，未免有些难过，拉过妹妹给额娘磕几个头，两眼流泪说：

"额娘，女儿走了！"

额娘一手拽着婆卢，一手拽着青青，眼泪汪汪地说："走吧，你们俩走吧，祝愿你俩找到善良的山音阿哥！"①

姐儿俩手拉着手同额娘洒泪而别，到外边去寻找山音阿哥。那时候，女真人女多男少，寻找个男的是不容易的呀！男的越少就越少，为啥呢？据说由于男子少，有些妇女将男的藏起来，像藏宝贝似的，怕被别的女人抢走，有的男的被妇女缠磨不久就夭亡了。所以，曾经一度男的极少，尤其是中青年男的，很少能见着。这情况婆卢心里明白，她领着妹妹边走边琢磨，到哪去寻找山音阿哥呢？听说深山密林里有，山音阿哥为摆脱妇女的抢夺，全跑进深山密林里去了。想到这儿，就对青青说："妹妹，咱俩得奔密林里去找，你可得吃得起苦啊！"

青青说："姐姐，只要能找到山音阿哥，什么苦我都不怕！"

婆卢一听高兴了，乐颠颠地领着妹妹去寻找山音阿哥。走啊走，她们刚登上一个山坡，猛然间狂风骤起，远处传来可怕的怒吼咆哮之声，婆卢吓得脸儿不是色，呀的一声，喊叫青青快跑，发大水了！她拽着青青就往山上跑，还没等跑到山顶，鸣的一声，水浪冲击过来，一下子将姐俩卷进浪里头。婆卢经常在松阿哩乌拉猎鱼，会水，赶快镇定下来，高声喊叫："青青！"喊了几次，也没听到妹妹的回音，又赶忙钻到浪里去找。由于青青也常和姐姐捉鱼摸虾，虽然没有姐姐水性好，但也能支持一阵。婆卢突然看见青青在浪里挣扎，就赶忙游过去，一把手将妹妹拽住了。她拽着妹妹刚露出水面，发现水面漂来一根木头，就赶忙拽住木头，先将妹妹扶上木头，她最后也骑在木头上。这时，整个大地一片汪洋，姐儿俩骑在木头上顺水漂流，哭喊着："额娘！额娘！"

正在她俩喊叫的时候，忽听有人呼喊救命，婆卢顺着呼喊的声音用目一寻，见水里有一男子，头部露出水面发出呼救声。她毫不迟疑地跳进水里去救这个男子，救上来沉下去，沉下去又被婆卢救上来，反复多次，才将男子救上来。刚救到木头跟前，二人又沉下水去，好不容易才将男的救上来，刚拽在木头上，木头一滚，又将青青落水里。青青蹿了几蹿也没蹿上来。婆卢将男的放好后，不顾自己的疲劳，又跳下水去救青青。她好不容易将青青从水里救上来，青年男子坐在木头上，已经缓过气来，他用手拽着青青的手，将青青抱放在木头上。就在这一刹那，

---

① 山音阿哥：满语，好小伙子。

姐妹出外寻配偶

青青见是个青年男子又拽她，又抱她，一股暖流直流进她的心窝儿。她目不转睛地盯着男子，不撒手地拽着男子，男的忽然指着婆卢喊叫说："不好，她溺进水里啦！"按理说，青青听见青年男子的喊叫，得赶快救姐姐。她不仅没有这个表情，反而见青年男的要跳进水中去救婆卢，她拽着男子不撒手说："别管她了，咱俩快逃活命去吧！"青年男子一听，急眼了，挣脱着说："你这是啥人？人家救你，你不救人，是个丧良心鬼！"他将手挣脱出来，跳进水中去救婆卢。见婆卢在水中挣扎着，青年男子好不容易将婆卢又救上来。三个顺水漂呀漂，一直漂到一座山上，他们三个人才从木头上下来，登上山顶，水已经撒了，露出平地。他们在山上往下一望，见有一条河水，就来至山下河水旁，婆卢对青年男子说："阿哥，你给我妹妹青青做丈夫吧，她长得漂亮！"

阿哥摇头说："不，她再漂亮心不好，我不爱她！"

婆卢说："不，青青爱上你了，你给她做丈夫吧！"

阿哥说："不，我不爱她，我爱你。你心地善良，能舍命救人，你就给我做媳妇吧！"

他俩说的话，青青在那边全听见了，气得撒脚就跑，跑到山那边，坐地上哭泣。她哭得非常伤心，怨恨自己不该说不救姐姐，认为救了姐姐怕捞不着山音阿哥，现在到手的山音阿哥跑到姐姐手里去了，咋办哪？青青正痛哭的时候，忽然听见耳旁有人问她："格格，你哭什么？"

青青听见是个男人问她，心中惊喜，急忙睁眼一瞧，是位四十来岁的小老头儿笑眯眯地站在她身旁问她，心里凉了半截子，悲伤地回答说："我好苦哇，出来寻找配偶，赶上发大水，是吾抓住一根木头，才流至此，人烟稀少，上哪儿去寻配偶啊？"说罢又哭。站在身旁的男人说："格格是怪可怜的，如不嫌弃，我给你做配偶咋样？"

青青听男的这么一说，马上止住泪水，睁大眼睛重新打量男的一番，见他胡须满把，可是没白，头发胡子全是黑糊糊的，惊疑地问道："阿哥，今年多少个青青了？"

男的见青青问他多少个青青，赶忙从腰抽下一根木棍，递给青青说："全在这上边，你数数就知道了。"

青青接过木棍，见上面刻划着木印儿，按个一数，整40个，知道这男的已过40个青青了。心里疑惑地想，他已过40个青青了，能给我当配偶吗？可她又一想，行不行以后再说，反正这块儿没发现另一个男的，先将就着吧，骑马找马，不行再寻找合适的，有合适的就甩了他。

主意拿定后，她又问道："阿哥，你住在哪儿呀？"

男的长叹一声说："唉，格格不知，我不是这地方人，是兀勒河人。那地方男的越来越少，怕女的将我吃了，吓得跑出来，遇上这场大水，将我冲这来的，幸遇格格，可给我做个伴儿。"

青青点头说："你暂时给我当配偶，咱俩找个住处吧！"

男的伸手拉着青青的手向东走去，青青边走心里边嘀咕，这男的行与不行，我也要将青年阿哥从姐姐手里抢夺过来，非让他给我做配偶。他要不干，我宁肯杀死他，也不能让姐姐独吞了！

从此，婆卢和青年阿哥住在山西面付拉荤河，青青和半大老头儿住东面布雅密河旁。青青占着这个，想着那个，开始想着坏点子。

青青和半大老头儿婚配后，才知道这老头儿名叫兀列，虽然年纪比青青大二十多岁，老夫爱少妻，对青青还真是知疼知热，啥也不让青青干。可他总见青青愁眉苦脸，心事很重，就劝青青说："青青，咱们在这居住多好，上有天，下有地，就像丰富的仓库给咱们准备的，要啥有啥，取之不竭，用之不尽，你愁的是啥呀？"兀列不问还好点儿，这一问，反更勾起青青的心病，眼泪一对一双往下掉，吓得兀列再不敢劝了。没办法，兀列说："青青，咱们上山去散散心，好吗？"

青青听老头儿要领她上山去散散心，心里咯噔一下子，暗想，也好，看看姐姐和那个山音阿哥还住在这儿不？就同意让兀列领她去散心。

兀列领着青青刚登上山顶，就听远处传来"青青！青青！"的呼唤声。兀列听后，惊讶地问："青青，你听，是谁在喊你！"

青青早听出是姐姐婆卢喊她，知道姐姐住在山那面，可青青更恨姐姐了。山音阿哥被你占去了，非想办法害死你，从你手中夺回山音阿哥为我所有。青青心里正在发恨，听兀列问她，赶忙解释说："谁知她喊哪个青青，和咱有啥关系，咱们往那边去吧！"说着，匆匆折向南面去了。兀列在后边跟着，忽儿喊："哎！这芍药花多好看啊！"一会儿又喊："马莲花开得多香啊！"青青就像没听见似的，她对啥也不感兴趣，头也不回，闷不做声儿地往前走。走啊走，也不知走了多长时间，走出多远，忽听兀列在后边怪声喊叫："别走了，前面有狼！"青青才被惊吓得停住脚步。兀列腾腾从后边跑过来，两手拉满弯弓，箭在弦上，瞄着前方。青青才发现前面果有一狼，夹着尾巴，竖着两耳，斜睖着两只眼睛望着她。青青吓得将身往后一退，兀列一箭射去，狼中箭而逃，兀列持弓追赶，青青也连跑带颠在后边跟着。她跑着跑着，忽见一只小狼崽儿吱哇嚎叫，立刻停下脚步，两眼望着狼崽儿出神。心里暗想，狼能吃人，我将这小狼崽儿抚养大了，让它去吃婆卢，山音阿哥不就成我的了么？青青忽然高兴起来，直奔狼崽走去，边走边唤："卢卢！卢卢！"说也奇怪，这小狼崽听青青呼唤，竖着巴掌哞哞叫。青青将它抱在怀中，轻轻抚摩着，小狼崽儿欢欢喜喜地用嘴还直劲儿拱她的前胸。当兀列回来，见青青怀里抱个狼崽儿，吃惊地说："你抱它干啥？快给我，摔死它！"

青青赶忙将身子一扭，说："不嘛，我喜欢它！"

兀列赶忙接过说："稀罕啥也不能稀罕狼啊，狼心是交不透的，长大会将你吃掉。快，快将它摔死吧！"

青青脸色刷下子撂下来了，将身子往兀列跟前凑凑，满面生怒地说："给你，连我一起摔死吧！"

兀列往后退一步，疑惑地说："青青，你咋不听话呀？狼是养不得的，养它会受害的！"

青青紧紧抱着狼崽儿说："不嘛，我偏养活，把它当成小狗养活，看谁敢给我摔死！"说着，抱着小狼崽儿腾腾往回走了。

兀列呆愣愣望着青青的背影，长叹一声说："虽成人，还是孩子的脾气，养活吧。"跟青青回来了。

从此，青青拿小狼崽儿可着重了，什么好肉食都给狼崽儿吃。小狼崽儿一天小，两天大，很快就长大了。青青为了要害死姐姐，琢磨着得将姐姐婆卢住的地方探明白了，好让狼去吃掉姐姐。这天，她单身一人去寻找婆卢的住处，就奔西面那座山走去。她下了这道山，爬上那道山，累得吁吁喘。站在山顶上往下观望，见西山脚下有道哗哗的流水，山根处冒着缕缕炊烟，琢磨着婆卢准住在这儿，她就奔去了。

青青下山还没等走到冒烟处，离老远就听见婴儿的啼哭声。她心里一怔，怎么，姐姐都生孩子了？赶忙放开脚步，奔山洞去了。走到山洞口，她偷着往里看看，到底是不是婆卢住在这儿，要是婆卢，再回去牵狼。哪知她刚一望，婆卢从山洞里出来了，见是妹妹站在洞口，赶忙抱住妹妹哭着说："妹妹呀，你可将姐姐想死了！姐姐为你喊破了嗓子，你跑哪儿去了？这么狠心，也不来看看姐姐。"

青青也虚情假意地挤出点儿泪水说："谁说不是，想姐姐想得大病一场，差点儿没死了。早想来看姐姐，怕姐姐说我夺山音阿哥！"

婆卢用手捶了下妹妹说："你说些啥呀，亲姐妹还行说这话？"说着，把青青拉进山洞里。

这天，正赶上山音阿哥上山打猎没在家，青青见洞里有个娃娃，惊疑地问姐姐："姐姐有娃啦！"说着假意高兴地抱起来喊："还是小子哪！"

婆卢给青青拿些好吃的，关心地问她寻到配偶没有，长得啥样儿。青青为避免姐姐疑心，吹嘘地说："咱寻个山音阿哥，是玉童下界，比我小两岁，团脸儿大眼睛，一笑俩酒窝儿，说是奉玉皇大帝旨意在此迎接我成双配对的。身上还带很多宝贝，其中有个'宝胡芦'，说要啥好吃的就来啥好吃的。姐姐，好吃的我都叫不上名来！为这个，特意来接姐姐，抱着娃儿，到妹妹那看看去，向'宝胡芦'给姐姐要些好吃的，你也见识见识！"

婆卢是实心眼儿，被妹妹说动了心，原来牵肠挂肚惦念妹妹，听妹妹这么一说，心里高兴了，妹妹有这份福气，姐姐就放心了。又一想，妹妹来接，去看看，认认门儿，也好经常走动，眼前有个近人，就满口答应了。笑嘻嘻地说："姐姐去，妹妹来接，姐姐能不去吗？让外甥也去认个门儿。"

青青一听，心里暗自高兴，感到自己心眼儿灵快，能见景生情。她原想找到姐姐住址，将狼牵来吃了姐姐。现在见山音阿哥没在家，她又想出新的主意，将姐姐骗去，让狼吃了，岂不更省事儿？她才想出这个坏点子。

婆卢乐颠颠地收拾完毕，拿过绳子结个她出去的疙瘩，留给丈夫，才抱起娃娃随妹妹走出山洞。她俩刚走出去不远，见山音阿哥挑着狍、兔、野鸡、鸭回来了。婆卢离老远就告诉丈夫说："青青来接我，我看看去就回来！"

山音阿哥挑着猎获野物，低头往回走，听见婆卢的喊声，抬头才望见她们，惊疑地一怔神儿，略有所思地马上喊道："你站下，我有事儿对你说！"山音阿哥放开脚步，挑着担儿走到姐儿俩跟前，将担挑一撂，两手一伸拦住说："婆卢，你不能去！"

婆卢吃惊得望着丈夫，不解地问道："为什么不能去？"

山音阿哥说："我说不能去就不能去！"

婆卢不高兴地说："你这人可真狠心，我就这么一个近人住在跟前，今日盼，明日盼，好容易盼她来了，接我到家去看看，你都不让去，这话你咋说得出口？"

青青睐了山音阿哥一眼，说："哈，把住了，还时刻离不了了，离不了你也去！"

山音阿哥两眉一扣说："死心眼儿的人，过去和你说的话全忘了？不管咋说，说啥不让你去！"说着，奔过来拽婆卢回去。婆卢也有些急眼了，挣扎着说："今天由不得你，说啥我也得去看看！"

青青在旁边帮着姐姐撕巴，对山音阿哥眉来眼去地说："你太不近人情了，到自己妹妹家去都不让，还像话吗？赶上吃奶的孩子了，离不了额娘！"

青青这句话提醒了山音阿哥，他赶忙从婆卢怀中夺过孩子说："要去，你自己去吧，孩子给我留下！"

婆卢气愤得转身哭哭啼啼走了，就听丈夫在身后喊："小心，别忘了我对你说的狼！"

山音阿哥这句话，青青听后，身上立刻颤抖一下，嘴没说心想，他怎么知道我有狼，还真得小心，别让姐姐识破。

婆卢来到青青山洞口，见洞口拴条狼，因她认识。狼是长体，瘦尾巴耷拉在后肢之间，口大，眼斜，耳朵竖立不曲，黄灰色，下部带点儿白色。越看越是，一点儿不错，遂惊恐地问："妹妹，洞口拴条狼做啥呀？"

青青笑嘻嘻地说："姐姐眼花了，那是狗，不是狼！"

婆卢心咯噔一下子，想起丈夫刚才喊的话："小心，别忘了我对你说的狼！青青瞪着两眼糊弄我，明明是狼，她为啥要说是狗？又想起丈夫说青青不让救她，狼心一般，要将救命的姐姐淹死。这话当初她不信，今天见青青摆出狼的阵势，婆卢倒真有戒备了，就放慢了脚步。

青青为了让姐姐相信是狗，她大步奔狼而去，以为狼每天吃她喂的东西，从来没有吃她之意。她还像往常似的，准备到狼跟前抚摩抚摩，让姐姐相信是狗。当她走到狼跟前，呼唤着："卢卢！卢卢！"狼坐在地上望着她，当她走至跟前刚伸手去抚摩狼的皮毛时，狼冷丁向上一蹿，大嘴咬在青青喉咙上，青青立刻倒在地下，只几口的工夫，狼将青青嗓葫芦咬断，气绝身亡。

婆卢吓得撒脚就往回跑，边跑边喊："狼心养了狼，害人先害己！"

青青想要用狼吃掉姐姐，结果自己被狼吃了，她忠厚诚实的姐姐生存下来，在此留下后代。后来成为一个部落，取名为婆卢木部。

害人先害己

129

裴满部婆多吐水住户人家，老两口儿，无儿，只生一女，取名孛多库。女孩儿不仅长得俊美，像水仙花似的，水灵灵的，而且长个男孩的心，从小就练就骑马射箭，穿山越岭，悬崖飞谷，大显奇能，阿玛、额娘拿孛多库像掌上明珠。她每天进山打猎，额娘的心总是悬吊着，一天不知出去张望多少次，一直将格格望回来，心才算落底。随着孛多库年龄的增长，她额娘又多块心病，不是别的，长成人了，得寻配偶了。开始额娘想给她找家奴隶主，说奴隶主家奴隶成帮，牛马成群，进得门去就有人伺候，真是衣来伸手，饭来张口，有享不尽的福。孛多库百般不干，说不是福，一个大活人不缺胳膊不少腿，为啥让奴隶伺候？说啥不当"活废人"。要找一个爱劳动、精骑射的山音阿哥来家，共同养活父母。孛多库还声明在外，如果谁敢来抢婚，打死勿论，不怕死的就来抢！你别说，还真让她吓住了，不是别的，在裴满部谁都知道孛多库骑射精、武艺好，谁还敢上门找死？不过，这下子孛多库给自己封了门，整个裴满部的山音阿哥认为孛多库高不可攀，没人敢来找她婚配。说真的，裴满部的山音阿哥还真没有一个孛多库相中的，一年一年耽搁下来。

日月如梭，一晃孛多库已经 18 岁了，额娘心如火燎一般，女儿的婚事挂在嘴边上，白日晚上叨叨，劝孛多库赶快自寻配偶，不能再耽搁了，就不信，在女真各部找不到一个合适的？孛多库被额娘将耳朵都磨出茧子了。起初她还埋怨额娘，老提这个干啥？女大十八变，最近她额娘叨叨，她不反驳了，心里感到额娘给她火上添点油，确实感到火辣辣的难受。可又一想，说啥自己也不能自寻配偶去，人家上赶着婚配不干，自己满山遍野去寻，不让他们笑掉大牙才怪呢！她翻来覆去睡不着觉，就听她额娘又唠唠叨叨地说："孛多库，18 了，找得了，自寻吧……"

"嘎嘎！吱呀！吱呀！"

孛多库额娘正在唠叨，蹲在木架上的孛多库的海东青叫唤上了。孛多库听了，心烦地说："额娘，别说了，海东青都听烦了，让你别说别说的!"额娘听海东青的叫唤声正和她相反,就高兴地问海东青说:"你说找找,是呀,是呀,难道你能为主人孛多库找到配偶吗?"

海东青立刻回答说:"吱呀!吱呀!"

孛多库不高兴地说:"额娘,别拿我开心了,说些没用话干啥?"

说也奇怪,第二天,孛多库带着海东青到山上去打猎,什么猎物都没见着。海东青扑啦啦展开翅膀飞向高空,在空中盘旋着,点着头儿对孛多库叫唤几声,好似向孛多库说:"我去了,我去了!"惊得孛多库呆愣愣地望着海东青出神,顺嘴说:"你去吧,我等着!"海东青果真向东方飞去。孛多库从马上跳下来,扑通跪在地下,祈祷说:"难道是上天让海东青去为我寻找配偶?如今真是如此,我天天烧香磕头,拜谢天地对我的婚配。"磕罢头,站起身来,心里如同长草一般,无心打猎,静等海东青的佳音。她两只眼睛控制不住了,不断地望着天空,望一遍又一遍,望得她脖筋发紧,脖颈酸疼,要问她望了多少次,数也数不清了。她埋怨时间为啥过得这样慢,她埋怨海东青为啥一去影无踪,不知格格我心急火燎实难熬。孛多库正在盼海东青回来,到底是真能给她找到配偶还是不能,她好将心放在肚子里去,不然悬吊着,有多么难受啊!

忽听周围传来"咴儿咴儿"马嘶声,孛多库一怔,慌忙扳鞍上马,惊疑地向山四周一望,有五匹坐骑从四面向山上包围而上。她心中暗想,这架势是对我而来,不得不防。但她又一想,来者是谁呢,如此大胆敢来抢我?眨眼工夫,五匹马把孛多库围在当中,有一个约二十八九岁的黑汉,长得三分像人七分像鬼,龇着牙对孛多库说:"久闻孛多库俊美,今幸相见,果然名不虚传。吾住加古部活龙河畔,祸龙是吾阿玛,吾是他长子,名叫小龙王。家中奴隶成帮,牛马成群,和吾婚配,保你享受荣华富贵,吃香的喝辣的,衣来伸手,饭来张口,绫罗绸缎任意挑选,故带人特来求婚!"

孛多库一听,心中已无名火起!小时候就听阿玛说过,他们原在加古部辛儿河住,后来有个恶霸将辛儿河霸占了,说这河是他的,他就是活龙,人称"祸龙"。阿玛惹不起恶霸才迁徙婆多吐水来住,想不到老祸龙未死,小龙王又来癞蛤蟆想吃天鹅肉。孛多库想到这儿,讥笑说:"天地有别,人兽各异,民女怎能配龙王?奴隶成帮自造孽,牛马成群算啥德,荣华富贵我不爱,劳动生活幸福多!"

小龙王一听,火冒三丈,高声喊叫说:"敬酒不吃吃罚酒,逼吾抢

婚何苦呢？"

孛多库拿起银枪一举说："抢婚族规早已定，可我有言在先，你听着，谁欲胆敢来抢婚，杀死勿论，不怕死者抢吧！"

小龙王一听，冷笑道："哈哈，说对了，俺不怕死，给我抢！"

就在这时，忽听远处传来嗒嗒的马蹄声，孛多库的海东青飞回来了，口里叼着一只飞龙鸟，鸟身上有一支箭，从空中骤然而下。就听有人喊："谁的海东青，叼吾猎的飞龙？"语音未落，喊叫人骑马已来至近前，孛多库早就留神了，见马上端坐一英俊的山音阿哥，团脸蛋儿上的两只大眼睛，亮晶晶显得格外有神，嗓音好似铜钟，喊叫声震得山峦直嗡嗡。还没等孛多库搭话，小龙王带来的四个人蜂拥而上。

孛多库又高声喊叫说："难道你们不怕死吗？为小恶霸抢婚，搭上自己的命犯得上吗？难道你们无家、无有父母妻子吗？吾早言明，不怕死的来抢婚，孛多库银枪无眼，杀死勿论。这声明，裴满部人人皆知，难道你们没听说吗？"

孛多库这些话是双关语，既是说给小龙王打手听的，也是说给海东青引来之山音阿哥听的。山音阿哥果然勒马观阵，四个打手听后，驱马转圈子，无人敢上。小龙王一听，红眼了，大声骂道："该死的东西，为啥不上，赶快给我抢，不然回去饶不了你们！"小龙王喊着，举刀先冲上去了，孛多库举枪就刺。四个打手见主人冲上去了，也一拥而上，五个人围着孛多库，他们的目的要抢走孛多库，不敢伤孛多库。可孛多库对他们是真杀真刺呀，而且越杀越勇，不是别的，那边有她的精神支柱，孛多库要露两手给山音阿哥看。意思是吾不是说大话吧？

山音阿哥观看得出神，暗暗佩服孛多库一身好武艺。忽然发现有人要使用绊马索，他吃惊得刚要喊："小心绊马索！"还没等他喊出口来，见孛多库一枪将那个人刺于马下，喝道："你竟敢使用绊马索？留你一条命，回去养伤吧！"小龙王见孛多库确实武艺高强，难抢到手，又见刺伤他的打手，火急暴跳地喊："杀，给我杀，宁要死孛多库，不能让美人落在他人之手！"他这一喊，那三个打手均真枪实刀杀上了。好虎架不住一群狼，孛多库武艺再好，架不住四个人围杀她自己。就在这时候，观阵的山音阿哥催马冲上来了，高声喊道："好你个小恶霸，已有妻子，还出来抢夺民女，真是罪该万死！"

小龙王见孛多库来了帮手，举目一看，惊得他倒吸一口凉气，望着山音阿哥骂道："好你个乃莫，钻进吾活龙河里偷猎去东珠，还挨了你的打，此仇未报，今天还阻拦你家小龙王爷抢夺美女，小心你的狗命！"

乃莫听了三煞神暴跳，五灵豪气腾空，喝道："你父子霸占山河，掠掳民众为奴隶，恬不知耻自名为"活龙"、"小龙王"，实际你父子是吃人的野兽！吾父母均死在你父手，尔今又逼我无家可归，流浪在山崖，恨不能食汝肉喝汝血，方解吾心头之恨！今又见汝在此强抢民女，有妻再抢，违犯女真宗规族法，不杀汝等待何时？作恶报应到了，快拿命来！"乃莫催马举刀直奔小龙王砍去，两人厮杀在一起。

孛多库听乃莫的骂语，心里明白了，小龙王是我俩的仇人，恨得她银牙咬得咯嘣响，挥枪就刺。猛听哎呀一声，惊吓得她面目失色！

海东青为主寻婚

133

说的是字多库正在和小龙王三个打手厮杀，猛听哎呀一声，以为乃莫被小龙王砍伤，吓得她大惊失色，急扭头观望，只听咕咚一声，小龙王被乃莫一刀砍于马下。

三个打手见主人小龙王被砍死了，吓得催马就逃，乃莫喊叫说："不能放他们跑，跑回去报告祸龙，非来报仇不可！"乃莫催马追赶上前。

乃莫的话唤醒了字多库，心想，乃莫想得宽，我原要留他的命，认为罪在小龙王，和这几个人有啥关系，何必伤害人命呢？乃莫说得对呀，他们回去报告祸龙，祸龙非来报仇，吾和乃莫婚事还没谈，就一门儿应付杀砍。再说，额娘、阿玛也跟着不得安宁，自找麻烦。想到这儿，字多库摘下弯弓，拔出箭支，骑着飞驰的马瞄准一个打手，一箭射去，给那个人来个透心凉，栽下马去。

这时，字多库和乃莫的马已并驾齐驱了，他俩对马各加一鞭，飞驰般追赶上两个打手，没战几个回合，将两个打手挑于马下，才算松了口气。乃莫刚要张口，忽见受伤那个打手在草棵里爬，拨转马头追去，跳下马来结果了他的性命。乃莫接着将四具死尸全扔进山谷里，将小龙王五匹马链好，拴在树上，才停下脚步笑吟吟地对字多库说："还我飞龙吧！"

字多库面红耳赤地说："多谢阿哥相救，使吾脱险，至于飞龙嘛，谁拿，还是向谁要吧！"

乃莫疑惑地说："阿妹，海东青是你的，它抢我射的飞龙，当然得向你要了！"话音未落，就见字多库的海东青从空中扎下来，将嘴里叼的一支箭放在乃莫手中。乃莫惊奇地拿过箭一看，箭是燕尾式的，自言自语地说："它这是干什么？为啥放我手里一支箭，这箭也不是我的呀，我箭是扁凿式的呀！"

字多库见海东青叼放给乃莫一支箭，赶忙数自己身带的箭支数一遍，少一支，再数一遍，还少一支，惊得她喊叫说："海东青什么时候将我的箭叼去一支给你了？"

乃莫听见孛多库这么一问，也惊奇地跑过来看孛多库的箭，一看不假，孛多库的箭全是燕尾式的。他纳闷儿地问孛多库："海东青为啥叼你的一支箭放在我的手上？"

孛多库脸色绯红，瞟一眼乃莫说："海东青为啥要将你射的飞龙交给我？"

乃莫听孛多库这一问，才若有所思地眨巴着两只大眼睛笑了，头往身边一扭，脸也红了。

孛多库早就留神偷眼观察乃莫的情态，见他沉思片刻，将头一扭红脸了，知道准有隐情，就追问说："海东青为啥叼你射的飞龙给我？你快说呀！"

乃莫嗓子眼儿好像被啥东西堵住了，唔唔半天说："叫我咋说哪？"

孛多库说："阿哥，事已如此，你咋想的，咋说的，是咋事儿就咋说呗！"

乃莫说："阿妹，听后可不要生气，我将我的起根原由说说，只要阿妹不见怪就行！"

孛多库白睐一眼乃莫说："人家的箭支还在你手里攥着，快说吧，吞吞吐吐的，说啥我不见怪的！"

乃莫高兴地说："好，我如实说，这还是前两天的事儿。我在一座山坡上歇息，见一对老鸹、雌鸦在抱窝，雄鸦在窝边蹲着，望着我嘎嘎叫。传说老鸹是咱女真先人直系血统后代，呆傻被水淹死变的，难道它在可怜我这无家单身汉？我就望着老鸹说：'你们都成双配对，我还孤伶伶的单身汉，何日才能有个家呀？'自己说着，有些伤感。忽然飞来一只海东青又要叼吾的箭，我一看，还是那天那只海东青。为啥说还是那只海东青呢？因为前些日子也是它，忽然要偷叼我的箭支，被吾发现，捉它没捉到。今天又来叼吾箭，我捉又没捉住它，使吾感到心中纳闷儿，这只海东青为啥老要偷叼吾的箭哪？使吾不解其意。今天你这只海东青又在我头上飞旋，我对它说：'海东青啊，海东青，你准是哪位格格的，是她让你为她寻找配偶。如果真是如此，我是单身汉，你将箭叼去吧。如果真灵验，我射一箭给你，你能叼住，那就是真的，我骑马跟你寻去。'说罢，我向海东青射去一箭，说不上从哪儿飞来一只飞龙鸟，这支箭射在飞龙身上，飞龙中箭后翻滚而落。你这海东青往下一扑，叼着飞龙飞走了，我简直不相信我的眼睛，难道是在做梦吗？呆愣愣望着飞去的海东青出神。嗬！海东青又旋回来了，向我忽扇着翅膀，意思是走哇，走哇！我心里纳闷儿，本是和海东青说开心的话儿，能是真的吗？好奇地骑着马跟来了，才遇到阿妹，方知是阿妹的海东青，多有冒犯，望阿妹原谅！"说罢向芓多库施了一礼。

芓多库听后，将小嘴儿一咚说："听阿哥之意，是在开心，不是真爱俺哪？"

乃莫说："阿妹长得似天仙一般，我想爱不敢爱呀！"

芓多库惊疑地睁大眼睛问："那为什么？"

乃莫说："我得罪了祸龙，又杀死小龙王，祸龙岂能与我善罢干休？你与我成为伴侣，担着风险，吾心何忍也？再说，吾是流浪汉，无有家园，栖居在山崖之中，汝找我这个伴侣，岂不跟着受罪？吾能忍心让汝这如花似玉的天仙女一般的美人跟吾遭罪么，吾还叫人吗？"

芓多库一听，更受感动，两眼流着热泪说："阿哥之言差矣，汝可知，我们是天配良缘，海东青为媒呀！"接着芓多库将她额娘唠叨、让她出去自寻配偶、海东青是咋搭话儿、今天带它上山行猎、它不获猎物飞走、她如何暗向苍天祈祷、在此等候佳音、小龙王带人围山欲行抢婚、多亏阿哥前来相救并偷叼吾的箭支赠给阿哥述说一遍后，对乃莫说："阿哥你想想，这是天作之合，你我岂能逆天而行？再说，祸龙是你我共同的仇人，老一辈就受其欺侮，此仇岂能不报？咱二人婚配后，共诛此贼，让大伙儿都高高兴兴栖居于河畔，猎渔放牧，过着美满快乐的生活，那多好呀！阿哥说的家园，家园还不是自己创造的，咱们杀掉祸龙，不就有家园了吗？"

乃莫听芓多库这一说，心里立刻敞亮了，但感到很惭愧，自己还赶不上一个女子的心胸，真是活人让尿憋死了。他的脸红到脖子根儿，向芓多库说："阿妹之见，吾不如也！"正在这时，山下人喊马嘶，芓多库和乃莫一惊，侧耳细听，忽然有人喊："大老爷，可了不得啦，少爷他们被杀死扔在山谷里啦！"随着喊声，接着而来的是犬吠声，直奔山上而来。

乃莫说："不好，准是祸龙找上来了！"

芓多库说："不要惊慌，他找上来，是天助咱也。咱俩赶快躲到暗处，用暗箭射死这个仇人！"

乃莫一听，芓多库道眼还真不少，就急忙躲在一块大山石后面。他俩刚躲好，祸龙的恶犬狂吠着，鼻子嗅着，直奔他俩而来。芓多库嗖的一箭将犬射死，祸龙的打手惊吓得喊叫说："大老爷，山上有贼！"

跟在后边的祸龙听说有贼，就声嘶力竭地喊："给我捉住他，捉住他！吾要剥他的皮，抽他的筋！"六七个打手蜂拥而上。

孛多库、乃莫他俩这箭也真准，两箭齐发，跑在前边的两个贼人中箭落马。后边四个贼小子见前边两个人中箭落马，勒马就往回跑。孛多库、乃莫从山石后边跳了出来，也赶忙抓过马来，翻身上马追下山去。

祸龙在山坡上骂骂咧咧，催促四人返回来厮杀。四个打手已有些胆怯，气得他暴跳如雷，骑马迎上来了。当祸龙和乃莫两马相撞的时候，祸龙才认出是乃莫，气得他唔呀呀嚎叫，大骂说："原来是盗贼乃莫，是你杀死吾儿呀！你真是狗胆包天，在吾河里偷盗东珠，打了吾儿，今日又杀了吾儿，不杀死你，誓不罢休！"说着举刀就砍。

乃莫用刀一架说："祸人精，我问你，这山河是众人的山河，为啥说是你的？你不知羞耻，反将民众也掠为你私有财产，成为你的奴隶，不知有多少人死在你手里。你两手沾满人们的鲜血，今日吾要为大伙儿报仇，恶到头了，让你死在眼前！"说罢举刀就砍，两人厮杀在一起。正杀得激烈的时候，忽然海东青从空中猛扑下来，用它那尖嘴一下将祸龙脑顶啄个窟窿，祸龙咕咚栽于马下，乃莫一刀将祸龙脑袋砍掉，滚下山坡去。

乃莫与勃多库双双骑着马，唱着欢乐的歌儿下山定居去了⋯⋯

涞流水右岸有个小噶珊，因地处高岗，噶珊里有个奴隶主叫巴列，故名巴列岗。奴隶主巴列在征辽时掠掳的奴隶中，有个汉族青年小伙子，叫王千，因为他是个豁唇子，都叫他"王豁子"。王千虽然嘴唇豁，却聪明伶俐，憨厚老实，整天不言不语，奴隶主巴列也很喜欢他，对王千不像对其他奴隶那么刻薄。

巴列有个格格，名叫蒲芽，长得大眼睛双眼皮儿，一笑两个小酒窝儿，那个水灵劲儿真是千里挑一，也选拔不出来这么一个漂亮的格格。年轻的小伙子们要是看见蒲芽，真是不错眼珠儿望着她，垂涎三尺，望眼欲穿。巴列也将女儿视为掌上明珠，想给她找一个有权有势的人家，自己也好有个靠山。巴列就将眼光放在朝廷里，想要为女儿蒲芽找个勃极烈人家去做媳妇，他做梦没想到女儿蒲芽爱上了奴隶豁唇子王千。

王千来了之后，蒲芽一看心里感到王千奇特，为啥嘴唇子长个豁儿？以前还真没见过。由于蒲芽产生奇特心理，总想要多看几眼王千。在别人目中，王千豁唇是个生理上的缺陷，可在蒲芽心目中，王千豁唇子不是缺陷，而是生得奇特，一个豁唇占据了少女的心灵。阿玛巴列去皇家寨为蒲芽寻找配偶的一天夜间，蒲芽在屋里闷热得难受，睡又睡不着，她就悄悄起来，走出屋去凉快凉快。不知咋的，她走出屋后，两只脚不由己地奔王千住的屋子去了，离老远就听从王千屋里传来咔哒咔哒一种奇异的响声，这声音如同吸铁石一般将蒲芽吸去了。蒲芽边走边听，心里边寻思，他这是奏的什么乐曲，这么悦耳动听？当她走到王千窗外，那响声更大了。她偷着扒窗户往里一瞧，见王千浑身汗水淋淋，噼啦咔哒在织布哪！当时蒲芽没见过简易的织布机，惊得她哎呀一声，问："王哥，你在干啥呀？"

王千头没抬，像没听见似的，仍在低头织呀织。

蒲芽以为王千没听见，亮开尖嗓门儿又问："阿哥，你那是干啥呀？"

王千还是像没听见似的，低头织布。

蒲芽以为是噼啦咔哒声使王千听不见她的喊声，索性开门进屋了。

那时候，女真族的姑娘很大方，不像汉族的妇女那么封建，在家里家外都很自由，可随便抛头露面。当蒲芽进去后，一把手拽住王千的胳膊摇晃着喊叫说："阿哥，你这是干啥，问你咋不说话呀？"

王千见蒲芽拉着他的胳膊，吓得浑身一抖，慌忙站起身来，挣脱蒲芽的手，几步蹿出屋外去了。

蒲芽见王千吓跑了，咯咯一笑说："我又不是妖精，怕将你一口吞了，干吗吓成那样儿？"她借着灯光仔细观瞧，才辨出王千织的是粗布，高兴得拍手打掌说："原来身上穿的衣服就是这玩艺儿弄出来的呀！这回好了，阿哥教我，我也会织布。"爱惜得用手抚摩细看。看了好大一会儿，也不见王千进来，她就到外面去找，想将王千拽屋来，马上教她织布。当蒲芽走出屋一看，嗬，王千在房门外低头跪着哪！蒲芽又气又好笑，一把将王千拽起来说："你真是个奇特人，夜静更深见我来了，你跑外头来祈祷什么？快教我织布！"

王千挣扎着哭哭啼啼地说："小姐，你是让我死呀，不如用刀捅了我得了，你这样让我吃罪不起呀！"说着又跪下了。

这时候，惊动了蒲芽的额娘，闻声赶来了。一问，方知蒲芽要和王千学织布，将王千吓坏了，就责备女儿说："芽子，夜静更深，你跑这儿干啥？看将王豁子吓得那样儿。你阿玛来，他织不出布来，能答应他吗？"

蒲芽撒娇似的搂着额娘说："好额娘，我要学织布，让他教给我，教给我！"

蒲芽的额娘被女儿磨缠得没办法，就对王千说："王豁子，你就教教她吧，不然她该睡不好觉了。"

王千仍跪在地下，低头说："奴隶不敢！"

蒲芽额娘疑惑地问："为啥不敢？"

王千颤抖着声音回答说："男女有别，何况吾是奴隶，哪敢让小姐在身旁看吾织布呀！"

"哎！"蒲芽额娘说："那是你们汉人的说道，俺女真人不讲那个。人，天生是人，鬼，天生是鬼。你虽是奴隶人，将你吓成这个样儿，决不是鬼。你织，让她看会儿吧！"

王千说："要看，得当家奶奶陪着看，要是小姐自己，奴隶说啥不敢！"

"哎哟！"蒲芽将嘴一撇说："你将我当成妖精了，怕把你吃了？"

王豁子

"好"，蒲芽额娘说："我陪你看会儿，好回去睡觉。"说着，拉着女儿走进屋去，观看王千织布。

　　蒲芽见王千手脚飞舞，梭子来回穿飞，越看越入神，心里越琢磨王千，暗想，难怪他豁唇子生得奇特，人也奇特，唇豁心灵手巧呀！她将王千豁唇作为灵巧的象征，心里更喜爱王千了。

　　额娘见女儿看起没头儿，拉着女儿往回走说："你学这玩艺儿有啥用？要是嫁给勃极烈家儿子，穿的是绫罗绸缎，吃的是粳米白面，八成是吃小米饭还用油炸。真是衣来伸手，饭来张口，你生就的福相，还用学这玩艺儿？累得浑身是汗，手忙脚乱的，图希个啥？"

　　蒲芽一听，哇的一声哭了，喊叫着说："闹了半天，你和阿玛都在捉弄我，我才不干哪，那叫啥福？整天像猪似的，吃饱了就睡，咱不愿过那种生活，咱喜爱的是夫妇共同捕鱼、打猎、种地、织布，那才叫有意思哪！"

　　额娘气得脸色煞白，拽着蒲芽往回走，吓唬说："傻丫头，穷嘴别瞎说了，再说破了福！"将蒲芽拉走了。

　　王千虽然身为奴隶，今天晚上他也偷看几眼蒲芽，暗自吃惊，确实感到蒲芽不仅长得俊美，而且心好，爱的是劳动，不爱财富。从这点上看，确实打动了他的心。蒲芽的形象在他心中突然扎下了根，睁眼闭眼都感到蒲芽仍在她的身旁，笑吟吟的两只大眼睛在盯着他，感到浑身上下有使不完的劲儿。当他冷静下来时，赶忙摇着头自言自语地说："真是癞蛤蟆想吃天鹅肉，别说自己是奴隶，不是奴隶，你生理缺陷，人家那么美丽的姑娘，能嫁给你一个豁唇子呀？"自己想得明明白白的，不知咋的，蒲芽的身影印在王千眼睛里了，总是在他眼前晃悠。从此，弄得王千精神恍惚，蒲芽不来他盼蒲芽来；蒲芽来了，吓得他浑身发抖，恨不能蒲芽马上离开，王千就这样心惊胆战地教蒲芽学织布。

　　蒲芽从这天晚上以后，一颗火热的心贴在王千身上了，恨不得黑夜白天总陪伴着王千。她自己的饭食不吃，端着给王千吃，她吃王千的，还将家里一些好吃的东西偷着给王千吃。她真像一贴膏药似的，贴在王千身上了。

　　蒲芽和王千正在火热的时候，巴列按着阿骨打皇上释放从辽地掠掳来的契丹、汉族民众为奴隶仍划为良民的谕旨，首先就将王千释放为良民，劝说王千给他织布做工，以此为家。王千一来无爹无娘没有家，二来蒲芽关心他，他求之不得，一口应了巴列的要求。蒲芽更高兴了，就用话儿引诱王千说:"阿哥,你看咱们这个家好不好?"

王千说:"你们家有钱,牛马成群,当然好!"

蒲芽一听,横睽一眼王千说:"什么你们你们的,我家就是你的家,咱们永远是一家!"

王千长叹一声说:"唉,我无家。"

"有,有家!"蒲芽赶忙抢过说:"再不准你说无家,这就是你的家,听到没有?"

"听到了。"

"你说一句,咱们家真好,说呀!"

王千被蒲芽逼得无法,刚从牙缝儿里挤出三个字儿:"咱们家……"眼泪就流下来了。

蒲芽见王千流泪了,心疼地说:"难道你不相信吗?我说的是实话,海可枯石可烂,永远不分家,决不变。"说罢,满面绯红而去。

蒲芽的话语使王千目瞪口呆,暗想,难道她真喜爱我这豁唇子吗?绝对不能,那她为啥要说这番话呢?是了,她是为了学织布,才说出此番话。王千半信半疑,胡思乱想,从此,添了块心病,他的心已被蒲芽拉去。

蒲芽说这番话之后,很少到王千这儿来了,这更使王千心情沉重,她为啥不来学织布呢?准是奴隶主巴列回来了,不让他来学。也好,从此,我自己倒清静了。不行,眼睛不听他的,蒲芽的身影始终在他眼目中晃动,跟他形影不离。不久,王千听说七月七这天,朝中有个大勃极烈领儿子前来相看蒲芽。王千差点儿晕倒,整个心全凉了,周身无劲儿,像病人一般,心里好似谁撒进一把盐,腌得心火辣辣难受,布也不能织了,蒙头盖脸躺在炕上想睡觉。可他翻来覆去睡不着,他想啊,想啊,终于想通了,人家相看蒲芽和我有啥关系?自己是个穷光蛋,还豁唇,别说蒲芽,就是噶珊其他姑娘也不会嫁给我呀!别做梦了,好好干活儿,混碗饭吃,能填满肚子就不错了。真是自己梦自己圆,心里反而敞亮了,重新振作起精神拼命织布来安慰自己。接着又听说阿骨打要亲自率兵去征辽朝中京,从此路过,噶珊里家家户户欢天喜地准备迎送阿骨打皇帝亲征。哪知天不遂人愿,忽然大雨连绵,下起没完,连巴列岗也被水泡上了。噶珊里的民众呼天嚎地,叫哭连天。王千见此情,停下织布机,准备放水救人。这天晚上,他用一把镰刀头子咔吱咔吱刮磨铁锨。正在这时,蒲芽冒雨淌水来了,进屋见王千刮锨,吃惊地问:"你

王豁子

141

这是干什么?"

王千咔吱咔吱低头刮铁锨,待理不理地说:"我要去放水救噶珊里的民众。"

蒲芽惊喜地问:"真的?"

王千说:"我多咱说过假话?"

蒲芽一听,拍手打掌地说:"咱俩的事儿成了!"

王千莫名其妙地问:"咱俩啥事儿?"

蒲芽迫不及待地说:"大雨不停,噶珊被水泡上了,阿玛见地里庄稼全淹没了,快愁死了。是吾提出,谁能放水救出噶珊和庄稼,我就嫁给谁!阿玛逼得无奈,说不能有这个能人,要有,你嫁给他,我也心甘情愿,这才来问你。没想到,你还真有这心,这事儿不就成了?"蒲芽说到这儿,疑惑地问王千:"你真能将水放出去吗?"

王千满有把握地说:"没有把握,我也不逞这干巴强!"

蒲芽一听,手舞足蹈地说:"好,我明天向噶珊里的人宣布,谁要能放水救出噶珊和庄稼,我就嫁谁。你听后挺身而出,说你能,我就和你一同去放水!"

两人商量好之后,第二天,蒲芽令人冒雨敲锣击鼓宣称:"谁要能放水救出噶珊和庄稼,我就嫁给他为媳妇!"

话音刚落,王千扛锨就走。蒲芽急了,追上去拽住王千说:"你能放水?"

王千说:"试试看吧!"

民众一见哄然大笑,王豁子就是能放水,蒲芽也不能嫁给一个豁唇子呀!忽然见蒲芽大喊说:"好!我和你一同去观看放水!"

原来,这巴列岗靠涞流水水套子一带自然形成,像一堵城墙,周围高,内里洼。王千拼命地将涞流水套这堵高墙挖个大豁子,巴列岗的雨水全从这个大豁子口流淌到水套子归向涞流水,掀起滚滚而动的浪涛流去了,很快将巴列岗从水中救了出来。噶珊里的人们都感谢王千,巴列也不敢赖口,只好将美丽的蒲芽给王千做媳妇,何况蒲芽早有此意。

后来,阿骨打亲征从此路过,听说这件事,特意召见王千和蒲芽并夸赞一番,说他们是支援征辽的英雄!

从此,人们将巴列岗改称为"王豁子村"。这王豁子村和王千挖的那个豁口一直流传至今,人们仍称为"王豁子村",真乃名留千古也。

望勉树

金初的时候，寥晦城东面，距寥城 30 里处有十几户人家，他们靠放牧狩猎为生。阿骨打修建寥晦城的时候，曾经有人向阿骨打提出将这十几户人家迁徙它处，阿骨打摇头说："不可！这些人在此栖居多年，水土已服，生活习惯了。因为吾在此练兵牧马将其迁走，岂得人心？不仅不能迁走，还要划给他们放牧的草地，属他们所有，官兵不能侵扰，如有侵扰者，按女真完颜部法论处！"这十几户人家听说后，甚为感动，都把阿骨打当成阿布凯恩都里[①]称颂。

单说在这十几户人家中，有一位能骑善射的小阿哥，名叫勉勉。他爱上一个姑娘，名叫雪莲。雪莲年方 16，长得十分俊美，越瞧越着人喜爱。雪莲也能骑善射，从小练就一手好箭法。她发觉勉勉在追求她，可她始终不表态，见着勉勉就像没看见似的，脸一扬就过去了。她越不理睬勉勉，勉勉心里越像一盆火在燃烧，总是想方设法尾随雪莲去打猎，想要找机会和雪莲倾吐他的衷肠和爱慕之意。雪莲也发觉勉勉在缠她，她就来个金蝉脱壳的办法，特意高声喊叫说："额娘，我今儿个往南去找猎！"她那尖嗓门儿一喊，十几户人家都能听见。可她喊后，一撒马缰，钻进南面深草密棵中，打个旋儿，却绕向北边去了。勉勉误认为雪莲真的向南面方向去了，结果追个空。天长日久，勉勉有些寒心了，暗自悲伤，知道雪莲不喜欢他。可他这颗心长在雪莲身上了，没有雪莲简直不能活了，因忧愁思念雪莲而病倒在炕上，不能出去打猎了。

勉勉病倒的第二天晚上，忽然听到雪莲额娘哭叫雪莲的声音，他大吃一惊，不知雪莲出了啥事儿，急忙跑出去询问，方知雪莲出去打猎，天黑未归。勉勉急忙问道："雪莲奔哪个方向去了？"实际勉勉早晨听得清清楚楚喊叫说："往南去打猎。"但他已知道喊往南去，并不往南去，所以才问雪莲额娘。

雪莲额娘哭哭啼啼地说："她往北去了，今天不知为啥，这么晚了还没回来。"

---

① 阿布凯恩都里：满语，天神。

143

勉勉惊疑地问："早晨听她喊说往南去，怎么往北去了呢，你老记错了吧？"

雪莲额娘说："是往北去了。这丫头格路，啥事儿好扭着，她说南就是北，说北就是南，东则西，西便是东。因为这个，我说她好几次，可她笑嘻嘻地让我千万按这个记住。"

勉勉还没等雪莲额娘将话唠叨完，转身跑回家去，牵马备鞍，翻身上马，向北方寻去。这时候，天阴得像黑锅底儿一般，闪一个接一个，勉勉借闪光往西北方一瞧，黑云翻滚像开锅的水，在天上直劲儿翻花，霹雷轰隆隆一个接着一个，咔嚓咔嚓在头上直响，震撼得大草原直劲儿发颤。顷刻间，大雨点子像苞米粒子似的噼里啪啦往下掉。等勉勉骑马跑出去五里远的时候，大雨倾盆而降，整个草原一片哗哗雨水声。勉勉为寻雪莲，冒着大雨仍向北方寻去，骑在马上，身上被雨浇得像只落汤鸡似的，浑身直打冷战，座下的马也被雨淋得唉儿唉儿直叫。他鼓励自己，雨再大，也要找到雪莲，她是我的命根子呀！骑马走出一段，忽然从远处传来狼的嗥叫之声，心里咯噔一下，这么大的雨，黑夜之中，狼嗥必有因也。发觉情况不好，能不能雪莲被狼包围了？想到这儿，勉勉毫不迟疑地顶雨加鞭催马，顺着狼声寻去。

还真让勉勉猜对了。今天雪莲出来打猎，发现一只犴子，在涞流水一带，这种野兽是罕见的。为追捕犴子，她跑出很远，一直发觉天黑了，仍然没有追上，才扫兴地往回走。忽然见天空西北上空阴云翻滚，雷雨交加，赶忙催马速行。马也因疲乏，任凭鞭策，也跑不动了。眼看大雨像涨潮的水哗哗而至，雪莲借着闪光一瞧，见前面有座看草的土平房，急忙催马来至近前避雨。她将马拴在房外一棵树上，单身一人钻进屋去。屋里黑糊糊的伸手不见掌，她感到头发根儿都直劲儿突突，心里直劲儿发颤。她刚进屋，一道闪光一闪，发现外屋一只饿狼咯嘣咯嘣贪婪地吃着食物。雪莲慌忙摘弓，一摸箭囊，只剩下一支了，她也顾不得什么了，拔出唯一这一支箭，拉弓搭箭，按着方才闪光照出狼吃食物处嗖的一箭射去，不知射中没射中，箭刚射出，就听狼在嗥叫。雪莲一听，心内一惊，不好，准有狼群，这可咋办？急得她浑身是汗。俗话说，急中生智，她冷丁想起何不爬到房顶上去躲藏？雪莲想到这儿，毫不迟疑地登着墙壁，将身向上一蹿，爽身麻溜快地用右手拽住房椽子，两脚随着向上悬，登住檩子，左手攀住上面檩子，一点一点儿倒手，攀登在房上。她借着闪光一瞧，房屋里里外外全是狼，都瞪着明亮的眼睛张望着她。雪莲将身贴在房脊上望着这群狼，心里好笑，你们还是尖不过人吧？

外面雨越下越大，劈雷闪电一个接着一个，好似这闪电特为雪莲照亮助威似的。就在这时，她借闪光瞧见挤进一只瘸狼来，其他狼见瘸狼来了，都闪在一边，瘸狼用狡猾的目光望望雪莲，它扑腾跳到炕上，咕咚躺在炕上了。其他狼见瘸狼倒在炕上了，扑腾扑腾都往炕上跳，接着一只接一只往瘸狼身上落，不一会儿狼自己落成阶梯，再落几只就要拄房脊了。雪莲一见，心跳神惊，暗想，今晚吾命休矣！

"雪莲！雪莲！"

就在万分危急的时刻，忽然暴风雨中传来呼喊雪莲的声音。雪莲侧耳听，是勉勉的声音，也大声喊道："勉勉，不要来，这里有狼群！"雪莲反复在屋内高喊。

再说勉勉顶风冒雨寻找雪莲，借着闪光，望见前面有座看草的房屋，暗想，如果雪莲还活着，一定在此屋避雨，所以离老远就喊叫雪莲。当他骑马快到房屋跟前时，才听到雪莲的喊叫声，明白了，知道雪莲已被狼群围困，而且听得非常清楚，雪莲的声音是从房脊上传出来的。他急忙说："雪莲，不要怕，攥住椽子，我来救你！"

"你千万别来，有狼群！"

勉勉跳下马，奔向草垛，将干草垛掏开，从里边拽出一捆干草，拽捞到草垛新掏的窟窿边上，从箭囊里掏出鹿皮荷包，取出引火之物，不一会儿磨擦出火，将干草点燃，草垛里边的干草立刻火起。他拽出两捆刚燃着的干草，好似两把火炬，用手举着，跑向房屋而来。这火任凭雨水浇淋，火苗儿仍然一窜多高，顿时照得通亮。勉勉举着火草还没等跑进屋里，屋里的狼群见外面火光奔屋来了，嗥叫一声炸山了，一只只嗥叫着滚落下来，噼哒扑通就往外跑，将门框撞得咕咚咕咚山响。勉勉举着燃烧的干草跑进屋来，往地下一扔，草捆一散花，一片火花燃起，烧得瘸狼嗥叫一声，瘸哒瘸哒往外跑，被勉勉一箭射死于外屋地上。

等勉勉将雪莲从房脊上救下来，雪莲已昏过去了。因她追赶一天驼鹿，又饥又渴，又被狼群惊吓，头迷眼黑迷糊过去。经过勉勉的呼叫，好半天才苏醒过来。这时，外面雨过天晴，天已大亮，雪莲非常感谢勉勉救命之恩，表示终身陪伴勉勉。

勉勉心愿达到了，心中高兴，将自己爱慕雪莲，没有雪莲终身不娶之意述说一遍。雪莲一听，更受感动，也将自己的心情诉说一遍。雪莲

说："我也是喜欢你呀，人品好，有志气，骑射熟练，一般的人比不上你。可我得品品你的心肝啊！是真心还是假意，天长日久品人心嘛。果然，你对我是真的，顶风冒雨，不顾个人安危来寻找我，我爱的就是你这颗心！"两人才定下终身伴侣，约定明春成婚。

就在这年十月，阿骨打发兵夺取辽朝上京，征募青年前去征战。勉勉听说让他随军前去打仗，眼泪直流，不是别的，他舍不得雪莲哪！自从他俩定了终身，两人形影不离，白天一起去打猎，晚上两人唠嗑儿唠到小半夜。让他去打仗，他能离开雪莲吗？越想越悲伤，擦眼抹泪地去找雪莲。

雪莲见勉勉来了，拍手打掌地喊叫说："祝贺你，祝贺你，去征讨辽国，为女真人立功，为大金国出力！"

勉勉一听，眼泪刷下子掉下来了，嘴噘得能挂个油瓶。雪莲见勉勉这般情景，吃惊地问道："勉勉，你怎么啦？本是高兴的事儿，为啥哭鼻子呀？"

勉勉看一眼雪莲说："事到如今，你还拿我开心，说啥不去，舍不得你呀！"说到这儿，他简直像个孩子，真的呜呜哭起来了。

雪莲大吃一惊，满面生嗔地说："我没想到，你竟是这样一个人！"

勉勉说："我啥人？我就是离不开你雪莲啊，你随我逃走吧，快快离开此地，找个深山密林，咱俩打猎捕鱼多么快活呀……"

"住口！"雪莲还没等勉勉把话说完，气得浑身颤抖，大声喝叫住口，随之呸地吐了勉勉一口，气愤地说："亏得你是个男子汉，竟说出这种话来！是我瞎了眼，没认识到你是女真人的败类，不思为国为民，心里只有你自己，长大成人国家需要你，你却要充当逃兵。好，要逃你自己逃，咱俩快刀斩乱麻，一刀两断！"说罢，雪莲一甩袖子走了。

勉勉低着头，正寻思往哪儿跑呢，猛听雪莲动了肝火，将他怨了一顿，最后还说了断情话，他才好似从梦中惊醒。见雪莲快步如飞走了，勉勉才慌忙站起身来，追赶雪莲，边跑边喊："雪莲！雪莲！"

雪莲连头没回，急步而行。勉勉跑到跟前，一把拽住雪莲说："难道你舍得让我去随军打仗吗？"

雪莲头没回，气昂昂地说："不是舍得舍不得，女真族规定，男儿年长十七岁，都得随军征战，难道你不知道吗？"

勉勉面红耳赤地说："知道是知道，担心我走后，怕想你想坏了。"

雪莲又呸了他一口，说："你怎么说得出口？你将我看成什么人了，

阿骨打传奇

咱俩开门见山，把话讲清。你要是去，算个女真男子汉，咱俩婚约不变；不去，咱俩一刀两断！"

勉勉吞吞吐吐地说："去……去倒行，万一……"雪莲赶忙接过说："万一什么？放心，虽然咱俩没成婚，我可盟誓，活着是你家人，死是你家鬼，海枯石烂心不变！"

就这样，勉勉随军去征伐辽朝。话是这么说，在勉勉走的时候，两人抱头痛哭一场，难舍难离如割断心肠一般那么难受。

勉勉走后，雪莲每天在夕阳西下的时候，都到南面有个小丘岭的山边，向涞流水方向张望。一天，两天，一个月，两个月，半年，一年过去了，她天天风雨不误地望啊，望啊，盼望勉勉打胜仗早日归来。有一天，见从南面驰来一个骑马人，老远就望见好像是勉勉回来了，她高兴得哭了，又笑了，站在丘岭上喊："勉勉！勉勉！"她喊啊喊，终于将骑马人喊到岭下，那人才高声回答说："雪莲，勉勉他……他阵亡啦！"

雪莲听后，在丘岭上像股旋风似的，转着磨磨，不知转了多少圈儿，忽然栽倒在丘岭上。送信儿那人跑到丘岭上一看，雪莲已气绝身亡！人们将她安葬在丘岭上。后来，从雪莲坟里长出一棵树，这树像气吹的似的，长得又高又大，人们就管这树叫"望勉树"。

望勉树

雪莲听说未婚夫勉勉战死在疆场，她当即昏了过去，一命归阴，实现了她鼓励勉勉为国去征战的诺言："活着是你家的人，死了是你家的鬼。"死后，人们将她埋葬在她望勉的丘岭上，生长一棵又粗又大的榆树，人们称这棵树为"望勉树"。意思是雪莲死后，心不甘服，生长这棵榆树，象征着她仍在望勉。人们见着这棵树，就想起雪莲激励教育未婚夫勉勉，要为国为民去征战，决不能当逃兵，传为佳话。

不知又过了多少年，这十几户人家的小噶珊，发展到近百户人家。新发展起来一户地主，名叫王兔，家里开磨坊，穷人要想吃点儿白面，都得到他家去买，全窝堡的劳力都得整天给他做工，他这财越发越大，全窝堡的土地百分之八十都被他买去了。王兔恶心的就是这棵"望勉树"，不是别的，一些怨恨他的人背后总指这树咒骂他是"亡兔树"，王兔这小子早晚不等，非家破人亡不可！甚至有人求会写字的人写个"亡兔树"的木牌儿挂在望勉树上。王兔见后，气得暴跳如雷，将小木牌儿砸碎，令人寻查挂木牌的人。不仅没查出是谁挂的，接着又发现在树干上刻着"亡兔树"三个醒目的字，好似蚂蚁编写的三个大字儿，惹得远近十里八村全来观看，说这是神仙点化，王兔要完蛋啦！王兔听后，当时气得晕了过去，好久才苏醒过来。他趁夜间无人，偷着跑到岭上挑灯一照，果然如此。气得他暴跳如雷，决定将这棵望勉树锯掉。

第二天，王兔打发人去锯望勉树。这消息一下子在窝堡里传开了，男女老少全跑去了，跑到树跟前将树围上，七吵八喊地说："不能放倒望勉树，这是先人留下的一棵神树，说啥不能放倒啊！"

窝堡里一些高龄的老人也直接去找王兔，劝说他不能锯倒这棵望勉树，锯倒它凶多吉少。再说，要放倒望勉树，树上出现的字儿岂不以假当真了。王兔听说民众围着望勉树哭叫不让放，又有这些老年人前来劝说，吓得他当时真没敢放倒。夜间他又打发人去探看，见夜里仍有一些穷人在看守那棵树，王兔听说后，心生一计。第二天，他蒸些馒头，令人抬着供品，携带香烛纸马，亲自去祭树，扬言让树保护他。他这个计谋果然很灵，群众信以为真，有些人家相继来到望勉树下烧香焚纸，祭

148

祀雪莲和勉勉。他们暗中祀祷雪莲、勉勉如果有灵,真像树上出现的"亡兔树"那样,让这吃人肉喝人血的坏王兔早日死亡吧,为我们穷苦百姓出口气。

说也奇怪,第二天,人们发现那棵挺拔的榆树干上,在两人多高处,新刻写了一行大字:"亡兔亡兔,要想不亡,济贫扶危,行善免罪"十六个大字。人们忽下子也将树围个水泄不通,议论纷纷。有的说,是王兔祭树后,雪莲、勉勉显灵,劝王兔改恶从善;有的说,这是对王兔的警告,如若不听,他立刻就得完蛋!王兔听说后,气得死去活来,决心放倒这棵树,发誓说,有树无我,有我无树,不放倒这棵树,什么时候也不会安宁。他暗派几名腿子,半夜去偷偷锯倒望勉树。几名腿子听说让他们去放倒望勉树,你看我,我看他,面面相觑,都有些胆怯,谁也不敢去。王兔见几名腿子有些胆怯,气得脸红脖子粗地说:"你们如果不去给我锯倒望勉树,明天全给我滚球,吃我的喝我的穿我的老账新账一齐算。还不起,我就砸你们的锅,抄你们的家,你们自己酌量办吧!"

其中有个腿子名叫张三,人们称他"狼崽子",又狠又坏,穷人对他恨之入骨。他听东家这么一说,赶忙龇牙赔笑说:"我去,我去!"

王兔听张三说去,有带头的了,这事就好办了,马上将脸一绷,喝问那几个说:"你们去不去给我放树?说话呀!"

其他几个腿子被逼无奈,只好跟着去吧,哼哈答应去放树。可他们心里不同意,这棵望勉树一代传一代,相传多年了,你王兔要将它放倒,我们心疼啊!不去放树还不行,王兔也不能答应,这才咬着牙,含着泪勉强跟张三去了。

张三领几名狗腿子半夜三更来到望勉树下,将肩上扛的"快马子"当啷一声放在地上,跪在地上祷告说:"雪莲,雪莲,你别见怪,小人受主人王兔的委派,来放望勉树,为他免灾除忌!"祷告后,磕两个头,站起身来对其他几个腿子说:"来吧,谁先给我当下手?"几个腿子你推我,我推他,他让你,谁也不肯先动手。张三一看急眼了,气呼呼地说:"好啊,你们来干啥?不敢放树别来呀!不放,好,我找东家去。"这小子说着要走,被一个叫张里刺的一把拽住了,说:"干吗动这么大火气,咱们都是溜房檐求饭吃,谁丢了都不好。现在你是挑头儿的,你说了算,你让谁拉锯谁就拉,他不听,你报告东家没得埋怨。"

张三听里刺说得在理儿,就问大伙儿说:"里刺的话儿,你们听到了吧，同意吗？"

几个伙计异口同声地回答："同意！"

张三一听，心中大喜，高兴地说："好！里刺，咱哥儿俩先拉吧！"里刺说："遵令！"抄起快马子和张三拉开架式，贴着望勉树根咔吱咔吱锯上了。他俩晃甩开膀子，连吃奶的劲儿都使出来了，可这锯就是不往里走道儿，比铁石还硬。他俩拉了一气儿，才锯进去二指多深，累得汗水淋漓，吁吁直喘。换两个人吧，又换两个人，继续锯树，就听从锯口子发出"哎呀、哎呀！"叫唤声。一个伙计说："张哥，这树咱们不能锯了，你听，哎呀哎呀，疼得直叫唤啊！"

张三大喝一声说："别胡说八道！你要不锯，我报告东家去！"吓得谁也不敢吱声了，换班接着拉锯。好几个伙计拉锯中，汗水、泪水是一齐流着。他们拉呀拉，锯口从咔吱、咔吱声变成哎呀、哎呀好似人叫唤声，又由哎呀叫唤声变成呼哧、呼哧好似只往外吐粗气的声儿。十几个腿子从半夜开始，换班拉锯，歇人不歇锯，一直拉到大天亮，才锯出一半儿，个个两膀酸疼，再也锯不动了。

忽然被窝堡的人发现了，男女老少一窝蜂似的从窝堡里向望勉树跑来了，边跑边喊："不能锯树啊！不能锯树啊！"

财主王兔骑马撵出来了，在马上高声断喝说："谁要阻止吾放树，我就砍死他！"

人们往望勉树这边跑，离老远忽见望勉树咕吱一声，冒出雪白雪白的一团白气，人们一惊，都停下脚张望，连王兔吓得也将马儿勒住了，离老远望着。就见这股白气越来越大，顿时上挂天下挂地，变成一股旋风。这风越刮越大，人们离老远都感到凉飕飕的，冷风刺骨。正在人们惊吓得不知所措时，就听咔嚓一声，将望勉树刮倒了。立刻从望勉树那边传来鬼哭狼嗥般喊叫："张三被砸死了！张三被砸死了！"

"该死！该死！死得好，像他这样的多砸死几个我们才乐哪！"这是观望的人们不约而同发出的喊叫声。

财主王兔听说张三被树砸死了，顿时吓掉了魂儿，差点儿从马上栽下来。他调转马头，狠加一鞭，骑马就往回跑，帽子掉了他都没顾得捡。

说也奇怪，那股雪白的大旋风呼呼地从后边向王兔追去，当旋风从人们旁边刮过的时候，人们都睁不开眼睛。眨眼工夫，这股雪白的大旋风刮进窝堡，人们都惊恐地扭过头来向窝堡张望，见财主王兔和他的家

150

人、碾子、磨、牛、马、车、房子及其他物件一齐飞向天空,好似羽毛一般,在天空中飘浮、翻飞、旋转……大概有一袋烟工夫,王免随同他家人和牲畜、物件从天空中猛然跌落下来,雪白的大旋风也消逝不见了。人们拍手打掌叫好,七吵八喊地说:"刮得好,恶人自有恶报!"

有些年龄大的老人说:"神仙点化他,他不听,亡免树,树倒亡免,果然灵验啦!"

当人们跑到窝堡南门外时,见王免一家人和牲畜、物品全变成粉末儿,不过给王免留个脑袋,他龇着牙,咧着嘴,鼻子上穿着一个"鼻角"。

从此,人们管这个窝堡叫"望勉窝堡"①,还有人叫"亡免窝堡",音同字不同,一直流传至今。

① 望勉窝堡遭受飓风将石头碾子、房子和人、牛、马刮在天空,《双城县志》有记载。

望勉窝堡

说的是早先年咱们这块人烟稀少，只是到春天以后，一些有钱的奴隶主家到这块地方来放牧牛啊、马呀，当时称之为"随水草"。放牧的时候，都是临时搭个窝棚，为的是避雨睡觉。自从咱大金国讨伐辽国，因他欺咱太甚，加上辽朝天祚帝荒淫无道，弄得契丹人连顿饱饭都吃不上，阿骨打为顺天兴师讨伐无道，拯救民众，兴师伐辽。这样一来不要紧，男的都去当兵打仗，剩些女的在后方放牧，有些大姑娘应婚配也找不到男的。单说乌萨扎部有户奴隶主，名叫萨扎，他的儿子都去随军征战，家里只有两个女儿，大女儿名叫马莲花，二女儿名叫喇叭花。奴隶主萨扎这年随水草时，只好让两个女儿领几名奴隶到涞流水畔去放牧。

马莲花已经二十多岁了，她哪有心思去放牧，整天为自己的婚事犯愁，尤其是一见牛马反群，更勾起她的春心似火烧身。人家放牧牛马，她却坐在树下啼哭，哭呀哭，哭得鹊雀喳喳叫，哭得乌鸦叫嘎嘎，哭得雀鸟哨凄凄。单说这天，她正坐在树下哭泣，猛听有人问她："大姐，大姐，你哭什么？"马莲花一听是个男的在问她，心里一惊，急睁泪眼一看，面前站着个白白净净的漂亮小伙子，团脸大眼睛，一笑俩酒窝儿，童声童气地问她。她心里立刻像钻进去一只小兔子嘣嘣直跳，面红耳赤地说："我不哭天，不哭地，哭的是一朵鲜花开在暗室里，蜂儿嗅不到，它咋来采蜜？"小伙子接过说："墙里开花墙外红，要想唤蜂冲出墙外探出头。蜂儿寻花花吐蕊，蜂儿采花花相随。"马莲花一听，心中暗喜，这小伙子准是寻花人，接过说："花有情来蜂无意，吐蕊芬芳空自悲。蜂有情来花有意，妍蕊随蜂任尽欢！"

小伙子一听，心中暗喜，就对马莲花说："蜂爱花来花恋蜂，如要相随跟着行。"说完，转身就走。

马莲花开始一怔，见小伙子走一步一回头，两只眼睛在她的身上脉脉含情。春心一动，她腾地站起身来，跟着小伙子向南边走去。走出不远，就听身后妹妹喊她："姐姐，你上哪儿？"她像没听见似的，跟随小伙子如飞一般地去了。

原来妹妹喇叭花见姐姐像疯子一般往南飞跑而去，吓得破嘶拉声地喊叫着，任凭喇叭花喊破嗓子，姐姐马莲花头也不回飞跑而去，眼看快跑没影儿了。喇叭花可急了，忙拉过一匹快马，骑着马在后边追赶。她在马上不住加鞭，打得这马咴儿咴儿直叫，放开四蹄在草原上如飞一般，踏得青草刷拉刷拉直响。不论马怎样飞快，就是追不上她姐姐。从太阳一竿子来高就追，一直追到日头偏西，也不知蹚过几条河沟，也不知越过几道山岭，一直追到一条丘岭下，姐姐马莲花没影儿了。喇叭花心里纳闷儿，明明见姐姐跑到这岭跟前，怎么忽然没影儿了呢？急忙催马赶到岭下一瞧，见岭下有一洞穴，洞穴外面聚集不少狐狸，她心里咯噔一下子，难道姐姐被狐狸迷住，钻进狐狸洞去了？想到这儿，喇叭花从马上跳下来，将马拴在一棵小榆树上，就奔狐狸洞走去，边走边喊："姐姐！姐姐!"还没等她走到洞口，见洞外这些狐狸，后足直立，只只扬着头向她拱爪儿。喇叭花还是不住声地喊："姐姐！姐姐!"

突然从洞里走出来一位白发苍苍的老太太，笑呵呵地迎着喇叭花说："喇叭花呀，你姐姐马莲花和我三儿子胡（狐）三结婚了，你进来瞧瞧啊!"

喇叭花一听，吓得浑身发抖，战战兢兢地往后退着走，暗想，坏菜了，这老太太准是个老狐狸精，她的崽子是小狐狸精，将我姐姐迷住了。怪不得她成天哭呢，原来是狐狸精迷的，得赶快回去禀告阿玛，快来救姐姐呀。喇叭花担惊受怕，吓得身上直劲儿筛糠，哆哆嗦嗦地解开缰绳，攀着马鞍子蹿了好几蹿，才蹿上马，急忙加鞭回去禀报她阿玛。

萨扎听说后，差点儿没气死，暴跳如雷地说："不将这些狐狸精斩尽杀绝，决不罢休!"立即带领人们前去平狐狸洞。

喇叭花在前边引路，后边跟随萨扎和一些奴隶，很快来至狐狸洞前，萨扎令奴隶们挖洞好捉狐狸精。挖啊挖，累得奴隶们吁吁带喘。挖进不深，再想往里挖，说啥也挖不动了，说不上是啥玩艺儿，比石头还坚，比铁还硬。任凭你凿钻，直冒火星儿，当啷，当啷，连个渣儿都不掉，好似铁板一块，一点儿缝儿没有。急得萨扎团团转，大骂奴隶们全是些废物。他从奴隶手中夺过凿子，亲自动手凿。由于萨扎气愤，用力过猛，只听当的一声，火星四溅。萨扎随之哇呀一声，扔下凿子，甩着左手，鲜血直滴，原来将左手虎口震出一个口子。这时候，奴隶里边有个汉人，建议萨扎说："要想引狐狸出来，最好用辣椒烟熏，狐狸受不了辣椒烟熏，非逃出来不可。咱们在洞外，准备好弓箭，出来一个消灭一个，何苦费这劲儿！"

萨扎一听，感到这个奴隶说得有理，忙令人回去速取干辣椒来。去人骑着快马不一会儿将干辣椒取来，萨扎令人捡些干柴，塞在洞口里，把干辣椒放在干柴里，用石火镰将干柴点燃。烈焰而起，洞外的风一吹，浓烟向洞口里钻去，燃着的干辣椒冒出的辣味扑鼻，外面人都被呛得直打喷嚏。不知过了多长时间，才从洞里蹦出几只小狐狸，被隐在洞口两边的奴隶用箭射死。接着从洞口两边往外窜跳出的狐狸，好似涨潮的水，滔滔而出，被洞口挤得吱呀嚷叫，放出臊气，顶风能臭出五十里。由于狐狸钻出来的多，而且是些老狐狸，俗话说："老狐狸尖，皮硬毛厚避刀箭。"何况拥挤而出的多，十几个奴隶眼花缭乱，能射得过来吗？结果一只没射死，反被这些老狐狸包围了。老狐狸摆开阵势，一只只瞪着狡猾的两只小眼睛，炸毛扎煞着粗尾巴，放出令人窒息的臊味儿。不一会儿，十几个奴隶被臊气熏得昏倒在地，站在远处的萨扎和喇叭花也束手无策。

猛然间，一片狂笑声中，听到马莲花大喊大叫："阿玛！妹妹！"萨扎和喇叭花举目观看，才见从狐狸洞里走出十几个人形，簇拥着马莲花。萨扎见是女儿，不顾一切地扑上前去，大喊："马莲花呀，马莲花，快跟阿玛转回家，急煞阿玛想坏你额娘！"他喊着，真的扑上前去。就在这时，忽然天昏地暗，飞沙走石，将萨扎等人刮倒在地。等他睁开双目时，女儿、狐狸全不见了，狐狸洞前静悄悄的。萨扎怒吼嚷叫地喊："继续用辣椒烟给我薰！"

这回，奴隶们将一袋子干辣椒全倒在火堆里，被风一吹，一股黑咕隆咚的辣烟向洞里钻去。不大一会儿，这些狐狸又叽哇吱叫地出来了，那个白发老太太也出来了，后边是胡三太和马莲花。老太太对萨扎说："亲家，你女儿已与我三儿子成婚了，你可千万不要……"老太太话音未落，冷不防被萨扎一箭射中咽喉，倒在地下变成一条老狐狸而亡。她儿子大哭大叫，使起妖法，将萨扎刮到高空，萨扎在天空直劲儿扑腾，大呼大叫地喊："马莲花，快救命啊！"

马莲花见阿玛被刮在空中，也大哭大叫地喊："阿玛！阿玛！"当她听到萨扎的呼救声，心像刀挖一般难受，知道是胡三太使的妖法，急忙给胡三太跪下磕头说："仙人不见凡人怪，你饶恕我阿玛吧。我阿玛要有个三长两短，我也不能活了！"马莲花放大悲声痛哭，要撞头而死。

胡三太也悲愤地说："难道我娘被你阿玛射死，就罢了不成？"

马莲花哀求说："怪我，是我没与阿玛、额娘说，就随你来成婚。阿玛不知你是胡仙，仍按狐狸看待，故尔才出现今天的不幸之事啊，不知者不怪呀！"

胡三太一听，马莲花说得有理，就高声对萨扎喊叫说："看在吾媳妇马莲花的面上，饶你不死，但得答应我的条件，方能保你活命！"

萨扎在空中翻滚而落，站在地下对胡三太说："只要留吾命在，什么条件我都应啊！"

胡三太说："好！一要你为吾娘修胡仙堂庙，家家供奉胡仙，人们得给我们胡仙烧香磕头；二要在这儿建立房屋，按着民间最好的房屋样式修建，为我们胡家居住，这两条你能办到吗？"

萨扎一听，赶忙接过说："能办到！能办到！"

胡三太说："有言在先，办不成，别怪吾们胡仙反脸不认亲。还有，你女儿马莲花和吾成婚，你同意吗？"

萨扎说："同意！同意！求胡仙保佑。"由于萨扎刚才在空中折饼子，早吓屁了，他还敢让女儿回去？保他老命要紧。

后来，萨扎真给狐狸精修了胡仙堂，建了房屋，取名"胡家窝堡"。而马莲花与胡三太婚配后，留一帮狐狸崽子，都按人类姓字名讳而取名，什么胡天保、胡天佑之类。后世巫觋就利用这个演变为"跳大神"，"大神"供奉的"仙家"头一位就是"胡三太爷"，马莲花也变成"胡三太奶"，在东北跳"大神"中普遍流传。跳"大神"均供"胡三太爷"，没有一个有"大、二"的，以"三"为大。"大神"下来"神"时（即附体巫觋）说："问我家来，家也有，不是无名少姓的。家住南方南角南阳坡，胡三太爷就是我……"其渊源就是来此传说。

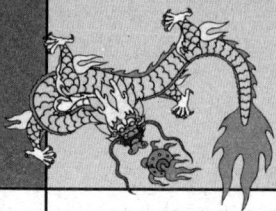

板子房这名儿还是早先年阿骨打给咱们留下的。因为阿骨打要兴兵伐辽，在咱这块儿建了一座寥晦城，就是现在的对面城。他在勘察涞流水的时候，发现几户逃难的，后来就给这几户人家盖了板子房，故这地方就叫板子房并留传下来。单说这板子房后来发展起来一户大奴隶主，名叫后发，家里牛马成群，猪羊满圈。这样火红的日子，后发应该高兴，可他整天却愁眉不展，哀声叹气。他愁的是啥哪？原来他娶了好几房老婆，净给他生些丫头，惟独小老婆给他生个男孩儿，视为珍宝。没料到三岁那年，出天花差点丧命，虽然活下来了，却满脸大麻子，真是大麻子里边还有 36 个小麻子，俗称大麻子套小麻子。惊得小老婆一撒手，将孩子从怀里掉在地下，又摔成个缩脖儿。从此这小子变成前后罗锅，中间缩脖儿，满脸大麻子，外加白睖眼，十人见着九人嫌。都说后发刻薄奴隶，拿奴隶不如他的猪狗，损的。丑小子一年小，二年大，现在已二十多岁，没人给媳妇，眼看他要断后，赚下金银如斗，他也愁哇！

后发为了儿子的婚事，求了不少媒人，为别的事儿他刻薄，为儿子的婚事，他可豁出来了，谁要是能给他儿子找到配偶，情愿舍出两头牛，配上一个奴隶。钱大通神，这事儿被外部落花舌子"瞪眼拦"知道了。正好在鸭子河畔财迷寨里，有户老财迷，他有个姑娘名叫杏子，长得俊美。只因老财迷挑女婿有个先决条件，必须是牛马成群，猪羊满圈，奴隶成帮，方能让女儿嫁给，除此，女儿决不能嫁。这么一来，杏子的婚事一直拖延至今。可老财迷万没想到，女大十八变，杏子已二十多岁了，婚事不成，天长日久就爱上一个奴隶，名叫山子，是契丹人。这小子长得漂亮，虽然骨瘦如柴，两只大眼睛却显得明亮有神。山子每天为老财迷管理菜园子，杏子经常去取菜，两人眉来眼去，日久天长，就彼此相爱了。杏子经常将一些好吃的偷着送给山子吃。山子开始不敢，天长了，见杏子确实是诚心实意地爱他，也就默认了。可山子却增加了一分愁肠，不是别的，杏子有心，他也有意，可老财迷怎能让女儿嫁给奴隶呢，这不是白日做梦、痴心妄想吗？可又一想，不管成与不成，总算没白托生一回人，还真有个女的爱我。她爱我一天，我就过一天人间的幸福生活，再累再苦，心里也感到甜。因此，山子对杏子更是献殷勤，暗示爱慕之意。

杏子见山子对她示爱，心里就琢磨，这事咋办哪？阿玛是个老财迷，说啥不能让我嫁给奴隶，惟一的办法就是和山子逃跑。往哪儿逃呢？有了，常听山子说，他家住在海边，那海可大了，如果坐船可到别的国家去，什么日本、高丽，对，就让他领我到那地方去，让阿玛找不到我们，我俩相亲相爱，一起耕种韭菜、茄子、黄瓜……那该有多美呀！就在杏子想美事儿的时候，花舌子"瞪眼拦"找上家门儿来了。

"瞪眼拦"见到老财迷，说板子房有户后发，家中牛马成群，猪羊满圈，奴隶成帮，独生一子，名叫福儿。长得非常俊美，千里难挑，万里难寻，就是要找个漂亮媳妇，选了这寨选那寨，至今未选到个美姑娘。听说你女儿杏子长得俊美，特让我前来提媒，不知你可愿意不愿意？

老财迷一听，两只眼睛瞪得铜铃一般，惊疑地问："真的？"

"瞪眼拦"说："难道我唬你不成？"

老财迷说："耳听是虚，眼见为实。待俺亲自去看，一来看家，二来顺便相看姑爷。"

"瞪眼拦"一听，心里暗自发毛，家产看不露，这姑爷要是一相看，非砸锅不可。这可咋办？他两只眼睛眨巴两下，计上心来，笑眯眯地说："实不相瞒，本来就是要领你去看，不过福儿最近奔塔塔儿换马去了，估计三五天就能回来。他回来我亲自来领你，让你里里外外看个够。"

老财迷一听，哈哈大笑说："好！只要家趁钱财，小子差点儿，这门亲事也十有八九。"

"瞪眼拦"一听，心里更亮堂了，嘴没说心里话儿，这笔钱算让我骗成了。赶忙接过说："放心吧，咱办事管保双方称心如意。保证你家财如山，小子人里拔尖。你去一看啊，非将你乐得跟头把式不可。"

"瞪眼拦"三言五语说活了老财迷，赶忙又奔板子房去找后发，见着后发就说："我给你道喜了！"

后发说："八下没有一撇，你给我道的啥喜呀？"

"瞪眼拦"说："咋说八下没有一撇呢？事十有八九，人家马上就来相看门户！"

后发一听，蹦跳起来的心又凉了，长叹一声说："完了，完了，这事儿又是瞎子点灯白费蜡。"

"瞪眼拦"说："你家牛马成群，猪羊满圈，奴隶成帮，老财迷一见就妥，咋说白费蜡呢？"

后发耷拉着脑袋说："秃头虱子明摆着，人家来了哪有不相看女婿的？福儿那副长相，人家不看还则罢了，要是一看，还有不吹灯拔蜡的？"

"瞪眼拦"一听，两只鼠眼眯眯着，笑嘻嘻地悄声说："这事儿好办，不知你肯不肯出钱？"

后发一听，嗖地站了起来，疑惑地问道："此话咋讲？出钱能将福儿由丑变俊么？"

"瞪眼拦"说："只要你肯出钱，花钱雇个漂亮小伙子，冒充你的福儿，让老财迷相看后就定下来，立刻将姑娘送来成婚，他非应允不可。只要他将姑娘送来，那时让福儿和姑娘拜天成亲后，生米已做成熟饭，这事不就成了吗？"

后发一听，心中大喜，暗暗佩服"瞪眼拦"人精道道儿多，确实是个好办法，就问道："雇这样的人，得给多少啊？"

"瞪眼拦"说："总得两头牛啊！"

后发一听，吃惊地"哎呀"一声说："雇他坐会儿，得这么大的价码？可不少啊！"

"瞪眼拦"说："唉，这恐怕还不好雇呢，谁愿替你干这个呀！你儿子得个漂亮媳妇，可知道人家有多损哪，万一要出点儿啥事儿，人家心里总个黑格囊啊！"

后发一听，巴嗒巴嗒嘴，暗想，也的确是这么回事儿，虽然我出两头牛，能给福儿骗个媳妇也值个儿，不然谁给呀？就对"瞪眼拦"说："行，豁出两头牛，事办成就中，可别让我人财两空。"

"瞪眼拦"说："杀人杀个死，救人救个活。成人之美，是我修德之本，这些事全包在我身上好了。"

闹了半天，"瞪眼拦"是让他儿子前来冒充。后发不知，只听"瞪眼拦"说雇的人说，船家不打过河钱，先交牛后冒充，后发硬着头皮交给"瞪眼拦"两头牛。

一切安排好之后，"瞪眼拦"将老财迷领来了。老财迷一看，乐得嘴都合不上了。看那牛，一头头又肥又大，那马呀一匹匹毛皮光滑，肥猪满圈，仔猪成群，绵羊咩咩叫，粮食贯满仓，奴隶一大帮，真是名不虚传的富户。再看那福儿，嗬！浓眉大眼尖下颌，肥大扁胖带有福相。老财迷一看就相中了，这人家挑着灯笼上哪找去。再加上"瞪眼拦"在旁边瞪着两只眼睛白话，将老财迷弄得晕头转向，后发又酒席宴菜招待，老财迷多贪几杯水酒，百应百诺就答应了。当时后发决定，送聘礼接人。聘礼是四头牛、四匹马、四头猪、四头羊、一坛老酒，外加黄金十两，纹银百两，绸缎十匹。正如"瞪眼拦"说的，将老财迷乐得咕咚一声倒在地上，赶忙说："没事儿，多喝两杯，没事儿！"后发怕事有反悔，当时去了很多人，其中还有他的打手和心腹，暗含着带有抢亲之意。

老财迷也怕女儿杏子不同意，他前来相看门户也是守口如瓶的，杏子连丁点儿都不知道。突然，老财迷回来，没和杏子说明，就让后发的来人七手八脚地抬上车拉着就跑。杏子放大悲声痛哭，怨恨狠心的阿玛。她又高声呼叫山子，你为何不来搭救我呀！

杏子被抢走后，山子听说了，可急坏了，忙偷骑一匹快马，嗒嗒嗒一溜烟从后边追上来了。他追呀追，一直追到一座小山前追上了，他听到杏子的呼叫声，更急眼了，啪啪又给马加了两鞭，撵到跟前，高声喊叫："杏子，杏子，山子来了！"

杏子听到山子的喊叫声，令人将车停下，让吾和山子说几句话再走。抢杏子这些人见杏子哭得像泪人似的，确有可怜之心，还有的暗恨后发这事做得有些损，将这么一个漂亮姑娘骗来，这不坑害人家吗？由于有同情心，又不知山子是她啥人，就将车停下了。

山子来到车跟前，翻身跳下马来，杏子也从车上下来了，一见山子，扑上去将山子抱住痛哭，说不出话来。

就在这时候，又见驰来一匹快马，马上端坐一位十六七岁的姑娘，马跑到跟前，姑娘将马勒住，用马鞭指着"瞪眼拦"说："阿玛呀，阿玛，你做事太损啦。怎能让我哥哥去冒充福儿，替丑八怪骗媳妇，你还有良心吗？"

"瞪眼拦"见姑娘揭了底儿，忙喊："住口！你给我住口！"

山子一听，心里明白了，原来杏子受骗了，赶忙悄声对杏子说："快随我上马，逃跑吧！"杏子转过向来了，嗖的一下子蹿上山子骑来的马，山子也翻身上马，搂抱着杏子快马加鞭向小山上逃去。

人们只顾大眼瞪小眼望着"瞪眼拦"的姑娘，听她前来揭露老底儿，忽然见杏子和山子骑马逃跑了，立刻一片喊声："快追呀，别让杏子逃跑了！"七吵八喊追去了。

众人追呀追，见山子的马放着巴掌跑，其中有个打手怕追不上，回去没法儿交代，忙取弓搭箭，瞄准山子的后心嗖的一箭射去，只听咕咚一声，平地冒起一股黄土烟，直冲云霄。人们一惊，再定睛一看，杏子、山子连人带马踪影皆无。等人们跑到冒黄土烟地方一瞧，小山顶上鼓起一个大包，比坟墓堆能高出好几倍。站在山顶上一望，四下里哪有杏子、山子的影儿？

抢人的见杏子不见了，一合计，有了，就让"瞪眼拦"的女儿顶替吧。合计好之后，拉着就跑，"瞪眼拦"的女儿破嘶拉声喊叫："你们拉我干什么？拉我干什么……"

后来，在那小山上长出一片杏树，结的杏儿又大又甜，人们都管这小山叫杏山，一直流传至今。但说法不一，有的说："杏子、山子同被山神收留去了。"有的说："杏子、山子从这山道里漂过大海，到别的地方生活去了。"究竟如何，谁也不知晓，反正这杏山的名儿历代相传，至今未变。

瞪 眼 完

"瞪眼完"是从"瞪眼拦"演变而来的。因为板子房奴隶主后发为丑八怪的儿子骗婚，被骗的姑娘是老财迷的女儿杏子。由于爱上奴隶山子，中途山子追上，和杏子骑马逃到一座小山上。突然一股黄土烟腾空而起，杏子和山子连人带马全不见了，山上凸起比坟墓还大的一个大山包。抢亲人一见事情不好，才将媒人"瞪眼拦"的女儿抢上车，带回顶替杏子。谁管她哭喊叫骂，有个顶替的回去也好交代，所以人们七手八脚将"瞪眼拦"的女儿捆缚在车上，一溜尘土飞扬拉着奔板子房回去了。

"瞪眼拦"的女儿名叫谆厚，虽然只有 16 岁，她聪明伶俐。从她懂事起，就对阿玛"瞪眼拦"有些看法，人前背后经常劝说阿玛不要三吹六哨，让人笑话。"瞪眼拦"听女儿说这话儿，气得他两撇胡子直劲儿扎煞，脖粗脸红地说："小丫头片子懂得什么？今后少多嘴，小心阿玛打折你的腿！"

人有脸树有皮，谆厚从此也不再多嘴多舌了，可她心里有气，她也听到左邻右舍的一些议论，说她阿玛全凭花言巧语，东骗西瞒，撒谎骗钱。单说这天，谆厚见哥哥牵回又肥又大的两头牛，心里纳闷儿，他从哪儿弄来两头大牛呢？就出去问他哥哥说："哥哥，你从哪儿牵回两头牛？"

她哥哥嘻嘻一笑说："赚来的呗！"

谆厚一听更纳闷儿了，哥哥干啥一天能赚两头大牛？她不相信地将嘴一撇说："一点正经的没有，跟自己妹妹还撒谎撂屁儿。真的，这牛是阿玛买的？"她哥哥用手指头戳了下谆厚的额头说："傻妹子，赚的就是赚的，谁和你说过谎！"谆厚追究哥哥是咋赚的，她哥才将阿玛让他去冒充后发的儿子福儿，让财迷寨老财迷相婚的事儿简单一说，谆厚赶忙追问，他为啥让你替他儿子，他儿子有病卧床不起呀？她哥哥说："说你傻，你真傻，他儿子是前鸡胸后罗锅，当中缩个脖儿，两个肩膀和脑袋顶儿平平着。这还不说，那张脸上是大圈儿套小圈儿，圈儿套着圈儿。他家说那是：大钱套小钱，长满一脸钱钱钱，不然，能叫福儿

161

吗？福儿两只眼睛长得更绝，冒冒眼，单眼皮，一睁眼，倒眼根，只见翻白眼，见不到黑眼仁。他家说他是不露神儿福大，可就是没人给媳妇。为这个，咱阿玛去给说媒，要将美姑娘杏子给福儿当媳妇。杏子的阿玛要亲自相看女婿，咱阿玛才想出这绝招儿，让我去冒充福儿，用两头大牛雇我。我只去坐一会儿，没说三句话，事妥了，牛得了。今后别的不干了，专门做这事儿，省心不费力，用不上三年二载，发啦！"

她哥哥正说得洋洋得意的时候，谆厚一把拉住他，摇晃着哥哥的胳膊说："哥哥，阿玛呢？"

"阿玛陪他们抢亲去了！"

谆厚一听，气得浑身发抖，银牙咬得咯嘣咯嘣直响，埋怨哥哥说："你咋能去做这缺德的事儿，这不坑害杏子吗？杏子过门儿见女婿长得那个模样，吓也吓死了。即或吓不死，愁也愁死了，愁不死也得上吊，反正不能活。你坑害好人，将来能得好吗？两头牛，就是二十头牛也买不来一生的德，我的哥哥呀！"

哥哥被妹妹数落得真有些后悔，愧悔地说："可不是咋的，这事有些损，再说啥也不干了。"

谆厚说："事已如此，我骑马去给杏子送信，将阿玛骗她原原本本地告诉她。"她哥哥给她备马，一直送到大路上，谆厚才快马加鞭赶奔财迷寨，没想到途中遇上了。结果好事多磨，谆厚心好没得好，反而拿她顶缸，被绑缚拉到板子房。

再说，后发自从打发人去抢亲后，忙令人悬灯结彩、喇叭号声齐鸣，说给丑八怪儿子娶媳妇。一传十，十传百，十里八寨的人们都赶来看热闹，疑惑地想，准是个傻姑娘，好人家良女决不能嫁给这样一个丑八怪，让他吓也吓死了。人们不知内幕，只能互相交头接耳，暗下猜疑，连后发的亲朋好友也是心悬神疑来贺喜，不相信福儿长得人不像人，鬼不像鬼，能有人给媳妇。

不说众人猜测纷纭，等着看热闹。单说抢亲车还没进寨，就听见谆厚叫骂之声："你们把我抢来做甚？想得财害人办不到！"

人们听到叫骂声后，忽下子齐奔寨外去迎接，见车上捆绑一位年约十六七岁的俊姑娘，虽然已披头散发，但那月牙眉下的两只泪眼上，怒目有神，是位倔强的姑娘。

谆厚见从板子房寨像窝蜂似涌出一大群人，她更来劲儿了，眼泪也不流了，伶牙俐齿控诉后发、老财迷等欺骗姑娘杏子的罪行。将他阿玛

阿骨打传奇

"瞪眼拦"如何保媒、用计，让他哥哥冒充福儿，让老财迷相亲，老财迷如何见财眼开，认财不认人，坑害女儿的事一桩桩一件件揭露个底朝上。看热闹的人才从谜底里解脱出来，纷纷暗骂后发不该做此损事，要不着他损，哪能有这么个丑八怪的儿子？再损，得绝户八辈！看热闹的人纷纷骂他，可看出后发的人性了。

还没等将谆厚拉到后发的门口，"瞪眼拦"从后边追上来了，大喊大叫地说："别弄错了，她是吾女儿，吾女儿呀！"

"抢的就是你女儿！"

不知谁在那边回答"瞪眼拦"说。把"瞪眼拦"差点儿将眼珠子气出来，大喊说："怎能抢媒人的女儿呢？"

"因为你瞪着两只眼睛，到处'瞪眼拦'，头顶上长疖子，脚底下冒脓，坏到底了，搭上女儿理应该啊！"不知又是谁在人群里讽刺他。

这时，已来至后发门口儿，早有人将情况告诉了后发。后发听后，气得浑身发抖，心发颤，不是别的，这事寒碜哪，人亲百众面前，抖搂他为丑儿子的婚事做出如此损事，今后还咋处世见人哪！他站在门口正呕气的时候，见"瞪眼拦"吵吵嚷嚷地回来了。后发一见，眼睛更红了，一把拽住"瞪眼拦"的衣服领子，大骂说："好你个'瞪眼拦'，拦到我这儿来了，归还我的金银财物还则罢了，不然，我和你没完！"

"瞪眼拦"说："你撒开手，听我说，找老财迷要回金、要回银、要回牛马猪羊都可，抢吾女儿可不妥。"

后发听"瞪眼拦"这么一说，丈二和尚摸不着头脑，打圇圆语说："你说什么？"

这时抢亲的人才对后发说："东家，你看，车上绑着的就是'瞪眼拦'的女儿。杏子已死，就拿她顶缸和福少爷拜天成亲，也是一样的！"

"瞪眼拦"一听，眼睛可红了，嘶哑地喊："这可使不得，使不得，我的心肝怎能嫁给你这丑儿子，岂不是一朵鲜花插在狗屎上，可惜乎！"

"瞪眼拦"这席话，说得看热闹的人们发出一片大笑声。"喂！'瞪眼拦'，你的女儿怕把一朵鲜花插在狗屎上，那为啥骗俊美的杏子呀？你良心何在？"

"这小子少揍，就凭他花舌子，到处瞪眼拦害人！"这个人一煽动不要紧，顿时上来一帮人，一顿拳脚将"瞪眼拦"打倒在地。

这时，就听后发管家大声喊道："丁是丁、卯是卯，什么时辰拜堂都好！奏乐，燃放爆竹！"顿时喇叭号声冲云霄，爆竹噼噼啪啪齐鸣。

几个硬实小伙子架着谆厚往院里就走，人们忽下子也跟了进来，将"瞪眼拦"扔在门外街上，没人管了。

再说谆厚原在车上又哭又骂，当人们架他进院成亲的时候，她不哭不骂了，脸上显示出特别高兴的样子。管家一看，赶忙吩咐说："新人拜堂成亲，哪有捆缚着的？快将绳子给解喽！"管家的吩咐，谁敢怠慢，七手八脚地将绑绳给解开。嗨，谆厚活动活动胳膊腿，还用手拢拢头发，嘴角儿流露出一丝美滋滋的笑容。围观的人们大眼瞪小眼，心里纳闷儿，暗想，这个倔强的姑娘被后发钱财迷住心窍了？

"搀新郎拜天地呀！"管家又高声喊叫上了。

这时，过来人给新娘蒙上盖头，怕新娘见着丑新郎跑了，谆厚乖乖地让人将盖头蒙在脸上。

新郎搀出来后，人们轰的一声，暗自发笑。有些妇女还用手将脸捂上，不是别的，看新郎的丑八怪模样，怕晚间做梦魇着。

新郎像木偶似的，由人架着，架在新娘跟前，管家高声喊道："新郎新娘拜天地呀！"

就在这时，谆厚嗖的一下将盖头从脸上拽下来，一转身，只见她手持明光铮亮的一把尖刀，对准福儿的前脸吱的一声刺进去了。刀进血出，等人们上来抢的时候，已来不及了。谆厚洒脱的抽出尖刀，福儿一腔鲜血从刀口汹涌而出，身子摇晃几下，脖子往里一缩，咕咚一声倒地身亡。这下子可乱套了，后发鬼哭狼嚎一般喊叫："赔我的福儿呀！赔我的福儿呀！"打手们见谆厚杀死丑八怪，一齐冲上来捉拿谆厚。谆厚举着刀喊道："闪开！烈女做事烈女当，杀人偿命，欠债还钱。吾谆厚今日除掉丑八怪，是为我们女子除一祸害，吾偿他一条命，不然的话，不知得有多少良家女子命丧他手！"说着，刚要举刀自尽，突然她拿刀的手被人攥住，大声喊道："住手！"人们又一惊，举目一看，扑通通全跪下了，众口同声高呼："皇上阿骨打空齐，空齐！"

原来阿骨打私访至此，救了谆厚的性命，还夸赞他为女除害的行为。

当众人再看"瞪眼拦"，他躺在大厅上，被人们打得瞪着眼睛而亡。从此，大伙儿都说他是"瞪眼完"，留下话把儿于后世，谁要想做坏事，人们就说："你要瞪眼完啊？"

164

相传金兀术住的矩古贝勒寨西门外有座庙，一年七月七的晚上，金兀术属下的一个文官多贪几杯酒，到寨外去偷听牛郎织女相会的私语。当走出寨外，从庙里传出轻歌曼舞之声，来到庙前，从庙门缝隙往里窃望，见一群娇妍丰姿的姑娘翩翩起舞，"纤纤作细步，精妙世无双"。他推门而入，惊得姑娘们娇声细语欢叫着"姑娘、姑娘"，一阵风似的向庙后轻飘而去。他在后边紧紧追随，见姑娘们飞跑到后丘岭下，忽然踪影皆无，心中诧异。当他走到姑娘消逝的地方，感到馥香扑鼻，引火一照，是一片青棵，枝叶繁茂，枝叶底下结满花骨朵。发现这片花儿的事，被金兀术妹妹听说了，就领侍女前去赏花。走到近前，见棵棵繁茂的枝叶底下，结着滴里嘟噜的花骨朵。可是枝叶上开放的花儿不大，这花骨朵怎么比花儿大几十倍呀？顺手摘下来一个，扒去纱纬，里边是红如珍珠的果实，散发着馥郁的香气。她忙含入口中，牙一碰，咯嘣一声，汁液酸甜可口，别具风味。她吧嗒一下嘴，从口腔里发出"姑娘、姑娘"的欢叫声，吓了一跳！吐出一看，是果实皮儿，再放入口中，将嘴儿一咂，仍然发出"姑娘、姑娘"的欢叫声。啊！这玩艺儿叫"姑娘"啊，怪不得生来就怕羞，躲藏在深闺绿纱紧纬之中，不露头面，一个个像含苞待放的蕾，绿得耀眼，越望绿得要滴出水来，娇嫩得吹弹得破。她举目观赏，有的绿得像墨玉一般，有的鹅黄里渗透着嫩绿，嫩绿里渗透着橘红，到底是鹅黄，还是嫩绿，还是橘红，叫你无法辨认。"姑娘"本就是变幻无穷的色彩，经过夕阳的胭脂一染，更加神奇莫测了，成了一个五彩缤纷的浑然谐和的统一体。她针对不同的颜色，采摘下来，剥去纱纬，好似新郎揭去新娘的盖头，"风含翠条娟娟静，娇娆意态不胜羞"。红的如珊瑚，绿的如翡翠，黄的如琥珀，白的如白玉，娇小娟秀。直流传至今，每年七八月间，双城场上出售"红姑娘"、"绿姑娘"、"黄姑娘"、"白姑娘"到处可见，望眼欲穿，口涎欲滴。社会上流传着："呼兰的萝卜，阿城的蒜，双城的姑娘不用看，一个保一个，一个赛一个"的传说。

由此，引起金兀术妹妹在此建御花园。花园方圆五里，南靠拉林河，北邻抹岭，杨柳屏障，树林成行。在花园南面，还挖个人造湖，从拉林河中引水（至今其深沟数里仍在），给花园增添新的光彩。水光潋滟，垂柳婆娑，奇花异开，姹紫嫣红，幽静清爽，芳香沁人。

金兀术妹妹在花园北面的丘岭下，建筑房屋亭阁，扒窗可望"姑娘"。在此打了一眼井，给她打井的人，是从中原俘虏来的所谓"罪人"，给他们做奴隶。打井的人中，有个青年叫吴景有，他和未婚妻花儿一起被俘虏来到此地建花园，花儿就在花园中侍弄花草。听说未婚夫吴景有到花园来打井，正是见面互诉衷情的好机会，她抽空儿就跑去看望，见打井的人累得筋疲力竭，挖了好几十丈深也不见水。这天晚上，花儿又来看望吴景有，见吴景有和几个打井的人蹲在井边痛哭流涕。一问，方知管事的已下令：如果明天还挖不出水来，个个砍头祭井！吓得花儿栽倒井旁，颤抖的身躯趴在井口哭喊："龙王爷呀，龙王爷，可怜可怜我们吧，能眼睁睁瞧着这几个无罪的人被他们砍头吗？你心何忍？龙王爷呀，慈悲慈悲吧，施给一泉。"

花儿悲痛嚎哭之声在天空中回荡。不一会儿，被她哭得天昏地暗，她的两眼像两股清泉一般，涌出的泪水吧嗒吧嗒滴落在井里。突然阴云四起，霹雳闪电，从井底里传出"哗"的一声巨响，接着是汩汩流水声，惊喜得花儿和打井的跪地叩头，感谢龙王爷施给泉水。约有一个时辰，溢了多半井水，水清如镜，清澈透明。这口井深百米，井中的水任你抽提，水源不竭。总是那么深深的一井水，水味清醇，甘甜爽口，不含杂质，而且用井水浇灌的花儿格外鲜艳。据《舆地勘志》记载："花儿园之井，投之孔方，可离回激之声良久。"直到1880年，烧酒的行家利用这口井水酿出的酒，俗称"土酒"，酒味儿淳，人们称赞："土酒淳粹于心间，甘甜沁人似八仙。"后改为烧锅，酿的酒中外驰名，称赞"双城美酒，惟有花园，甘甜适口，顾之寿长。"很早就流传说：花儿眼泪，惊天动地，天降甘露，地出醴泉。人民群众为怀念花儿，故叫"花儿园"（双城县志也是花儿园），叫白了，简称"花园"。

说的是大圣皇帝阿骨打带领两名侍卫下去私察暗访，这日，他奔加古部而行。见前面有一村庄，这村庄也是新建的，村里住着大部分是从辽地迁徙来的平民。在村外，他就跳下马来，手牵着马缰绳缓缓地向村里走去。

这天，天气非常好，春光明媚，天已快交午，人们都坐在家门口仨一堆俩一伙儿地唠着嗑儿，惟独有户人家门口围了不少人。阿骨打将马交给侍卫，对侍卫说："待朕前去看看，干什么围不少人？"说完他大摇大摆地奔去了。当阿骨打来至近前，站在人群后面一看，他愣住了。见有两个汉人对坐着，均在五十上下岁，地上有一木盘，划着界线，还摆放着一些圆木棋子，刻着汉字，分将、士、象、马、车、卒……互相对峙，在盘上移动，好似两军交战，互相厮杀。心里暗想，这是啥玩艺？怪有意思。虽然阿骨打叫不上名来，也不知咋走、咋杀，但却被这两人的对弈吸引住了，他越看越有意思，感到非常新奇，旁边还有支招儿的，吵吵嚷嚷地说："跳马，出车，将！"观看的人也越围越多。就在这时候，阿骨打忽听身后有群姑娘唱道：

> 我是珍贵的东珠，
> 久久无人来发现。
> 闪耀霞光唤情人，
> 错过时机没处寻。
>
> 举目抬头见棵桑，
> 站在树下寻情郎。
> 愿做蚕儿早结茧，
> 早与情哥配成双。

观棋的人们忽下子转过身去瞧看唱歌的姑娘，汉、契丹、奚人也感到新奇。

阿骨打也将身转过去，见有四个经梳洗打扮的女真格格，穿着新衣裳，站在人群对面，离这群人有一丈多远，边唱边翩翩起舞，好似四只孔雀在向人们展现那美丽的容貌。四个姑娘年龄都在二十岁左右，阿骨打心里明白，这四个姑娘是在自寻配偶。他心里咯噔一下子，是呀，都这么大年龄还没婚配，她们怎么能不着急哪？阿骨打又联想到，连年征战，青壮年男子都出外征战，抛下这些格格，迟迟不得婚配，这是个大事呀！吾身为一国之主，不能不考虑这个事，用什么办法，既能保证出兵征战，又能适龄而婚呢？

"啊！女真姑娘，这是在干啥？"

阿骨打正在沉思，就听对此不解的汉人、契丹人互相喊喳着。阿骨打心里好笑，怎么，这些人连自寻配偶还不明白？阿骨打算说对了，女真人的风俗，人家怎么知道？何况汉人、契丹人早已实行媒妁之言，父母之命，订婚迎娶，哪有挺大的姑娘出来在人多的场合下自寻配偶的，还不让别人笑掉大牙？再说，谁家有这样的姑娘，父母还不将腿给她打折了算怪了。汉人有没有自寻配偶的，有，那是男女青年双方私下谈情说爱，父母不同意婚配，逼得无招儿，两人私奔或者自杀身亡。

"你不知道，这叫'跑膘'！"一位大个儿挤眉弄眼地说。

"什么跑膘，撩膘得了！"又一个汉人接过说，说得众人哈哈大笑。下棋的人也站了起来，坐在北面的那位年岁大的人斥责说："不要胡言乱语，这是女真人的风俗，怎么能乱说呢？"

阿骨打见胡言乱语的人一伸舌头，不敢再胡说了。

又有一人问那年岁大的："这叫啥风俗啊？"

年岁大的解释说："女真族的姑娘 15 岁后，就到婚配的年龄了。在婚姻上有好几种风俗，这四个姑娘到这儿来叫自寻配偶，她们行歌于闹市人多的地方，用歌叙说她的家庭，她会什么，年龄多大，来求伴侣。通过她的歌，使未婚男子听后，相看其容貌，如果同意，就可领家去婚配。还有青年未婚男子自寻配偶的，携带着酒肉，在热闹场所边歌边舞，诉说自己的年龄、家庭情况，欲为伴侣的走过来，和他同饮一碗酒。两人对座欢饮，互相了解对方情况，谈情说爱，意气相投，则带回婚配。还有抢婚的，男子求婚未允，乘女子出外或不备，抢到手就走。还有偷婚的，偷婚是在每年正月十六日，过这天不准偷，女真人叫'纵偷'之日。但女真人有钱有势之户，也实行订亲聘礼结婚。"

一个汉族小伙子，年纪有二十五岁左右，接过说："她们自寻配偶，像我这样的，搭勾搭勾行吗?"

旁边有人说:"那你照量照量吧，这可是便宜事儿，分文不用，就可领家过日子。"

又有人说:"你也不舀碗水照照，看你那德性，是女真人吗?"

"你说这不对呀，她们不找汉人，跑这儿撩啥臊哇?"

"人家就这风俗，姑娘大了，出来抖风!"

小伙子的话，说得众人又哈哈大笑。阿骨打站在人群里听着，心里翻腾着。他又听年岁大的接过说:"别说，二愣子，你照量照量，背不住能行。现在女真人青壮年都出兵征战去了，抛下这些姑娘，一个个寻不上配偶。用咱汉人话说，男大当婚，女大当嫁，何况这四个姑娘看样子都超过二十岁，找不到伴侣，才见咱这块儿人多，前来寻配偶的，别说，有门儿!"

和他下棋的那个人接过说:"恐怕不成，姑娘同意，家不同意，还不将腿给打折了?"

年岁大的长叹一声说:"唉!不知大金国大圣皇帝知不知道这情形。这要是战争几年不结束，青年男女不得婚配，不仅是个婚事了，关系到女真人发展的大事了。应该采取措施，解决这个大事，才能既保证民族的发展，又能平天下，方为圣天子也!"

阿骨打听他这一说，倒吸口凉气，又重新打量一下这个人。暗想，下棋之人，是位有识之士，看样子在这些汉人、契丹人中，是位德高望众之人，他的所见，敲在朕的心上，确实应该立即着手解决此大事。

那个叫二愣子的小伙子又征求年岁大的说:"我照量照量去?"他点头说:"可以，她们自己出来寻配偶，同意成，不同意也没啥，女真人有这风俗嘛!"

二愣子从人群里走出去，将两只胳臂一伸，向四个姑娘亮个相儿，随后施一礼，唱道:

珍珠闪光陶人醉，

欲取珍珠感自卑。

迁徙之人难相爱，

欣赏珍珠反伤悲。

二愣子这么一唱，四个姑娘叽叽嘎嘎欢笑起来，你推推我，我推推

她，两只眼睛均在二愣子身上寻摸。过了一会儿，其中有位大个儿姑娘翩翩起舞唱道：

> 阿哥吐情真干脆，
> 陌生相遇富有余。
> 只要情哥诚心爱，
> 永伴情哥不分离。

就这么简单，这位姑娘真随汉人二愣子去了，人们哄然大笑，也在后边叽叽嘎嘎跟着一拥而去。阿骨打心里翻滚着，女真和汉族婚配合适吗？还没等阿骨打在心里缕出答案，见从一户奴隶主家走出十几个女真人，年纪都在五十来岁，吵吵巴火地说："这不行，得找皇上去，这样一来，减少我们的土地，那能行吗？"吵吵嚷嚷走过来了。其中一人一眼就认出阿骨打，慌忙高声喊道："不知大圣皇帝访察至此，未曾迎驾，请恕罪呀！"说着，扑通跪在地上给阿骨打磕头。后边跟随的人听到他的喊声，开始一怔，随着全跪在地上磕头。两位下棋的汉人听后，望望阿骨打，明白了，原来是大圣皇帝来此私察暗访，也跪在地上，不敢抬头。

阿骨打见喊话这人是谋克鹊徒迭，就将手一扬说："尔等都起来说话。"人们忽下子全站起来了。

阿骨打说："听你们吵吵嚷嚷地说要找朕，啥事儿呀？"

谋克鹊徒迭说："按圣旨，分给迁徙户土地，按这村合算，分给他们一部分后，女真人剩下的土地就不足数了。"

阿骨打问："能差多少？"

谋克说："如按分给迁徙户人、牛平均十六亩地，女真人加上奴隶、牛，所剩的土地平均还不到十亩，所以女真人都不干，他们的意思是，女真人按人口、牛的头数、奴隶数按十六亩留够，其余分给迁徙户。这样的话，迁徙户还分不上八亩地，大伙儿饿饿不出结果来，才要去回禀皇上做主。"

阿骨打一听，这又是一个新课题，大批辽人北迁，势必减少女真人的土地，这是个事儿，要解决还得将女真人南迁。他正思索怎么解决这事儿好，猛见二位下棋的仍跪在地下不敢抬头，阿骨打忙走过去亲手扶起来说："使不得，使不得，朕还要向二位行家请教，你们俩摆的啥阵法？"

说的是阿骨打手挽着下棋人的手问道："汝二人摆的啥阵法?"

年岁大的回答说："回禀万岁,不是什么阵法,我俩是在走'象棋'也。"

阿骨打打破沙锅问到底地又问："何为'象棋'也?"

那人回答说:"回禀万岁,象棋已有悠久的历史,战国时代就有了。不过那时只有将、车、马、卒四类棋子,唐朝才又增加了士、象两个兵种,就是我俩走的棋子。"

接着阿骨打详细询问了象棋的用途和走法。

那人回答说:"象棋不仅是人们闲暇时的一种游艺活动,还能陶冶情操,而且能激发人们的智力。通过两军对峙,互相征战厮杀,夺取征战的胜利,就要看指挥者的战略战术了,叫做主动进攻,应进则进,不应进则严密防守。向对方全面进攻不利时,则应速退,走一步看三步,方能进退自如,攻则能歼,退则能保。"他的介绍,简直将阿骨打听入神了,玩儿还有这么些讲究,真是学方能知也。阿骨打这才问此人姓甚名谁,原居何处,做何生涯。

此人说:"小人姓李,名顺安,原居大鲁古城。曾在辽朝为官,见天祚帝荒淫腐败,退居原籍达鲁古城,为贵族公子教授儒学,随众迁徙至此。"

阿骨打一听,心中甚喜,对李顺安说:"朕各处寻请行家,今日又巧遇汝这个行家,请你为国制造象棋,教授象棋,让文武百官均学会下象棋。"

李顺安说:"万岁广求知识,重人才,请行家,积奴隶,赋田地,顺民心,适天意,真乃亘古至今君王之少见也。皇上对辽民之恩施:'辽之逃散人民,罪无轻重,咸与矜免。有能率众归附者,授之世官。或奴婢先其文降,并积为良。自今显咸、东京芽路往来,听从其便。其间被虏及卖身者,并许自赎为良'。这一系列诏旨,深得民心,岂有不纷纷归顺也!"

阿骨打说:"汉高祖刘邦始终遵循'得人者昌,损人者亡'而得天下，朕岂敢违古人之路也？"

李顺安说："皇上杀勒野挞，启用汉人辛维恭，此乃英明之举。小民听后，心悦诚服。今幸遇皇上，皇上能与平民无复尊卑，并肩叙谈。小民也敢冒犯天颜，叙民之见，皇上虽启用辛维恭，还不够也！"

阿骨打见与李顺安越谈越投机，便席地而坐，笑吟吟地说："愿听行家之说，开阔朕这心界。"

李顺安说："万岁如不嫌累赘，小民先给万岁讲个历史故事。"

阿骨打说："好，朕最愿听历史故事，快讲给朕听。"

李顺安说："隋炀帝时，有位黄门侍郎，名叫裴矩。这人很能阿谀奉承隋炀帝，因而在隋炀帝跟前很得宠，很快就将他升为银青光绿大夫，参掌朝廷机密。隋炀帝经常当着文武百官称赞裴矩说：'裴矩能大识朕意，凡所陈奏，皆朕之成算。未发之顷，孰能若是！'唐太宗推翻荒淫无道的隋炀帝，当了皇帝。他开始不用隋朝旧官，后来他发现，不用这些旧臣，不仅对继承历史有益的政治、经济、法制等不利，而且尚须这些伪臣为桥梁，通过他们将新皇朝的统治和人民群众搭成桥，方能逐步得民心，安邦定国。唐太宗认识到利用伪臣安邦定国大计后，将隋炀帝时的臣僚均重新启用。不过，很多人都暗中说裴矩的坏话，说他是隋炀帝的奸臣。唐太宗反复琢磨过裴矩，琢磨过来琢磨过去，认为上梁不正底梁歪，你当皇帝吃阿谀奉承这一套，臣僚们当然就得适应你这个口味，不然他也站不脚啊！唐太宗没听这些坏话，仍重用裴矩。经过几次实际测验，认为裴矩心直性耿，敢于直谏不讳，就任他为户部尚书。唐太宗为惩戒官吏的枉法受贿，暗中派人故意行贿。有个司门令史受绢一匹，唐太宗愤怒地要把他处死，裴矩劝阻唐太宗说：'启禀皇上，为吏受贿，罪诚当死。但陛下使人遭之而受，乃陷人于法也，恐非所谓道之以德，齐之以礼'。唐太宗听了很高兴，对五品以上的文武百官说：'裴矩能当官力审，不为面从，倘每事皆然，何忧不治！'裴矩为啥能由阿谀奉承而变为直言敢谏哪？因为隋炀帝是一个极端骄傲，极为遥逸的皇帝，他刚愎自用，任性妄为，曾公然声称：'我生性不喜人谏'，骂那些奏谏的官员都是'任望通显，谏以求名'，为此隋炀帝对谏言的官员非欲置之死地而后快。在这样一个独夫贼的淫威下，必然是贤臣远遁，不闻直声，小人日进，谣言满耳。而唐太宗认识到隋炀帝失天下，其主要原因是隋炀帝恶谏，所以他鼓励劝谏，嘉奖批评，不但有言，而且有行。唐太宗甚至把臣下提出的意见'粘之屋壁，出入省览'，认真去做。

在他的倡导下，针砭时政，指陈弊病，已成为当时的社会风尚。故此，裴矩敢于对唐太宗直谏。小民为啥要讲这个故事呢？因为辽朝天祚帝荒淫无道，不听文武百官之谏，荒废朝政，不得民心，辽朝灭亡之日已不远矣。而大圣皇帝上应天意，下顺民心，遵循天道，躬身治国。虽身为皇帝，不修宫不建殿，体恤民众，民心皆知，亘古以来，历代帝王所未见也。但欲治国安邦，废帝不废吏，辽之官吏，受淫帝天祚之影响，弊病百端。如招降启用，受大圣皇帝圣德之威，仁政于民之薰陶，必有裴矩之转焉？用汉人治汉，契丹人治理契丹，王法一统，分而治之，则大金国一统江山必能早日实现，此乃小民之愚见也。"

阿骨打听李顺安之言，心中甚喜，暗想这人是位有识之士，其言甚善，辽之地广阔，如果只靠女真人去治理，能治理得了吗？更何况辽朝契丹、汉、奚等民众开发较早，女真人多数是目不识丁的愚昧无知的武夫，出兵征战还行，治理国家则需有识之士的文人。自古以来都是武打江山，文人执政，他说得有道理呀！吾不仅要请行家发展各种事业，更要选贤执政。目前这种单纯依靠女真人用猛安、谋克的老办法去统治辽地，显然是不行了，要采取以其人之道还治其人之身的办法，才能将所得之地真正成为大金国之所有。阿骨打想到这儿，施礼说："汝真乃有识之士，以古喻今，使朕顿开茅塞。朕请贤士进朝，辅朕理政，望贤士勿推，随朕同行。"

李顺安说："回禀万岁，吾学疏才浅，岂能胜此重任？小民见万岁身为皇帝，将身置于民众之中，饮食起居均与臣同，而且礼贤下士，万岁之举真乃自古以来闻所未闻也。故尔冒犯天颜，谈己之见，为万岁抛砖引玉也。万岁欲求贤，小民荐一贤人，此人姓左名企弓，字君材，在辽朝北枢密院任宰相。如得此人降顺重用，大金国很快就能兴旺发达矣。"

阿骨打惊问："汝认识左企弓？"

李顺安说："吾与左企弓是至交之好友也。"

阿骨打一听，心中甚喜，对李顺安说："贤士可为朕修一书信，劝其归降乎？"

李顺安说："小民正有此意也。"说着，李顺安从怀里掏出一封信说："启禀万岁，小民早已将书写好，听说万岁来此一带私察暗访，小民才在门前走象棋以待万岁也。"

阿骨打接过书信后，力请李顺安去朝供职，李顺安推辞说："小民确实无此德能，何况年事已高，力不从心也，用吾教女真人下象棋还行。"阿骨打说："汝能教女真人下象棋也好，朕特聘请汝为象棋行家，不仅教女真人下象棋，而且要为大金国制作象棋。朕让汝制造象棋，不做木制的，而是要制铜的，让大金国臣民均会此象棋，锻炼其智力……"

"救命啊！救命啊！"

阿骨打正和李顺安议论制作象棋之事，突然从远处传来喊叫"救命"之声，惊疑地抬头观望，见从村东头儿跑过来一少女，后边一人持刀追赶，眼看快要追上了，惊得阿骨打忙吩咐谋克说："汝快去劝阻，为何事要杀一少女，说朕在此，要亲自问之。"

谋克受阿骨打的旨意，撒脚跑过去。这时，后边追赶的男人持刀已追上少女，左手拽着女子的头发，右手举刀刚要砍，谋克已跑到跟前，一把手托住持刀行凶人的右手腕子，大喝一声："住手！"

持刀人横眉立目地喊叫说："放开我，我杀女儿，他人干涉不着！"见他狠劲儿一挣扎，右手挣脱出来，二次举刀要砍，阿骨打见事不好，边跑边喊："住手！"惊得人们目瞪口呆。

说的是阿骨打见一女真男人要杀一少女，赶忙跑过去大喝一声："住手！"杀人者横眉立目地说："吾杀女儿，别人谁也管不着！"举刀要砍。

谋克急眼了，狠劲儿托着杀人者的手腕子说："难道大圣皇帝阿骨打喊你住手，你也不听吗？"

杀人者惊问："他在哪儿？"

谋克说："向这儿跑来者便是！"

杀人者这才放下举刀的手，将女儿头发也撒开了，惊得他是直愣愣望着阿骨打出神。当阿骨打跑到近前时，他冷不丁咕咚一声跪在阿骨打面前，嚎啕大哭说："皇上，可不得了啦，外人这一来，将咱女真人造乱套了，连女儿也不听族规族法了，硬要和奴隶婚配。百说不听，暗下私通，不杀留着何用？皇上，快给女真人做主吧！"

阿骨打说："你先起来，待朕详细问来。"

这小子咣咣磕了几个头，爬起来，站在一旁。他刚站起来，他的女儿哇的一声哭了，跪在地上磕头说："皇上，快给我做主吧，格格为啥不可和奴隶成婚，奴隶不是人吗？何况我都二十多了，不找奴隶，我找谁去呀？找一个在外打仗的，不知哪天阵亡，让我守一辈子寡呀！"

围观的汉族人、契丹人都用手捂着嘴儿笑，还互相挤眉弄眼，有的喊喊喳喳说："哎呀，女真姑娘脸真大，在皇上面前还敢说这话儿，咱们人哪敢哪，这么大的姑娘咋说得出口来？"

这时，一些女真的姑娘、媳妇都跑来看热闹，可汉族、契丹人的姑娘、媳妇没一个敢出来卖呆儿的。临近的汉族、契丹人家的姑娘、媳妇均倚在房门口儿，从门缝儿和窗户眼儿往外偷看，喊喊喳喳，叽叽嘎嘎，听到这姑娘的话语，有的笑得都直不起腰来，差点儿背过气去。

女真人的姑娘、媳妇围上来后，有的同情这个姑娘，在旁边溜缝儿，对阿骨打说："皇上，格格说得对呀！这么大的格格找不到配偶，相中一个奴隶，奴隶也喜欢她，有什么不好？还要杀要剐的。杀你女儿干啥？先将奴隶杀了，你还舍不得，女儿还不如奴隶值钱，这叫啥规法呀?"

"皇上，青年哈哈①全去打仗，青年格格配不上，这多咱是个头哇?"

阿骨打听妇女们谈论这些，使他很动心，这确是当皇上的要马上着手解决的事儿，便问杀女儿的人说："你叫什么名字?"

"我叫灰阿里。"

阿骨打又问："灰阿里，你女儿和奴隶私通，你为啥不将奴隶杀了，偏要杀女儿呢?"

灰阿里说："奴隶要干活儿，杀了，损失多大呀，宁肯卖了，也不能杀。再说，是吾女儿上赶着勾搭奴隶，我不杀她，留着干啥，生了孩子还是奴隶，我得养活她一辈子呀!"

阿骨打猛然见他的女儿耳朵上戴着一副银钳子，阿骨打问道："格格，你这钳子是哪儿来的呀?"

姑娘一听，慌忙用两只颤抖的手将耳朵捂上，惊恐地说："这……这是他，不……不是，是捡来的。"

阿骨打见姑娘那惊慌的样儿，知道这里定有缘故，就吩咐谋克说："谋克，你去灰阿里家，将那个与姑娘私通的奴隶领来，朕有话问他。"

阿骨打望着围观的妇女问道："你们村现在还有多少及笄②的格格没有配偶的?"

一位年岁大的回答说："及笄的格格有八个。"

一个格格接过说："不对，十个。"

年岁大的妇女眼睛一翻睖说："怎么十个，我算计是八个呀?"

格格接过说："那是去年数，今年又有两个到 15 岁的格格你算了么?"

年岁大的妇女接过说："对了，对了，今年又有两个格格及笄了。"

围观的汉人、契丹人，被女真的大姑娘在皇上面前的回话，惊得一个个直眉愣眼，女真的妇女这种泼辣，敢出头露面，在任何人面前都敢说话，使他们难以理解。因为他们已进入封建社会，妇女，尤其是姑娘们是大门不出、二门不入的呀，在任何场合妇女不行随便说话，见女真人妇女这样，他们咋能不感到新奇而惊讶呢!

———————————

① 哈哈：满语，男人。
② 及笄：指姑娘到 15 岁为已到出嫁的年龄。

阿骨打传奇

阿骨打又问："那为什么不自寻配偶呢？"

年岁大的说："自寻配偶，上哪儿寻去呀？青年男的征战去了，外来户还不行婚配。再说，外来户今天在这儿，明天说不上到哪儿去，能放心吗？"

一个格格接过说："外来户生活跟咱们也不一样啊，他们将女的关闭在屋里，不行无故露面于街市，那样憋也憋死了。"

年岁大的又接过说："过去家有个及笄的格格，每年正月十六还得看着，怕被偷去。现在可好，正月十六日，将及笄的格格摆在明面儿，其他人躲起来，盼有人来偷。盼哪盼，怪呀，偷婚的也没了，再这样闹腾下去，女真人的后代可咋办哟？"她说得大伙儿哄然大笑。

阿骨打又说："如果这样规定行不通，青年男的十八岁再让他出去征战，十六十七在家婚配如何？"

女真人七吵八喊地说："这招儿还行，不然确是个事儿了。"

一个年龄大的格格挤过来问阿骨打说："皇上，这样规定好是好，今后及笄就可寻上配偶了。可像我们这年岁大的咋办？年岁小的阿哥不要，年岁大的寻不到，难道就这样吗？"说着，她哇的一声哭了。

阿骨打说："可以寻到配偶。一是寻找征战回来的，还可以寻找汉人、契丹人、奚人，只要两相情愿，可以婚配嘛！还有你们家的奴隶，只要你本人同意，可以和奴隶婚配，朕还要诏旨民众，格格本身情愿，与奴隶婚配生的孩子再不准视为奴隶，孩子均划为良民。"

"哎呀，你真是好皇上！"灰阿里的女儿听阿骨打说后，乐得她嘴都合不上了，称赞阿骨打。又跪在阿骨打跟前说："皇上，我和奴隶婚配你同意了？"

阿骨打说："朕已说了，不仅你，今后凡是与奴隶成婚的，留下子女再不划为奴隶，均应为良民！"

"那可使不得！"灰阿里一听，毛了，大喊着跪在阿骨打面前说："这可破不得！"

阿骨打说："为什么破不得？"

灰阿里说："皇上，女儿要是嫁给他人，有钱的户，父母能得些钱，自寻的还能带出去一张嘴呀！和奴隶婚配，得养活着，盼生儿女再当奴隶还债。要是改了，划为良民，这不白养活了？"

阿骨打一听笑了，望着灰阿里说："女真人像你这样的，大有人在呀，只算你自身的小账，咋不算算整个女真人和咱们大金国的账啊？如

177

果都当奴隶，谁来建国呀！"

正在这时，谋克将灰阿里的奴隶领来了。阿骨打见奴隶仍然戴着脚镣手铐而来，满面生嗔地对谋克说："为啥不将脚镣手铐卸去？"

谋克嘎巴嘎巴嘴，想说不敢，终没敢说，白睐一眼灰阿里说："灰阿里，还不赶快卸去！"

灰阿里噘着嘴慢腾腾地过来，还没等他伸手呢，他女儿早跑过来喊哩喀喳爽神麻利快地将手铐、脚镣卸下去，悄声对奴隶说："那老头儿就是阿骨打皇上，给咱俩做主，同意咱俩婚配，快给他磕头！"

奴隶伸伸胳膊，活动活动腿儿，走到阿骨打面前跪下磕头说："感谢皇上救命之恩！"

阿骨打惊疑地问道："此话怎讲？"

奴隶说："吾已决定自杀，也不愿再遭受这不死不活的人间地狱之苦。正在这时，皇上将吾叫来，卸去镣铐，岂不救吾一命？"说着泪如雨下。

阿骨打见这奴隶虽然污垢满面，披头散发，瘦弱不堪，但两眼很有神，说话嗓音洪亮，年约二十五六岁，就问道："汝叫何名，哪里人？什么时候来此为奴？"

奴隶说："我姓翟，名叫金富，原籍是泽州人，后随父来至达鲁古城开银匠铺。金兵攻破达鲁古城后，吾逃跑时，被捉来为奴隶。"

阿骨打惊疑地问道："灰阿里女儿戴的钳子就是你制作的吗？"

翟金富望一眼灰阿里姑娘说："正是奴隶所制做。"

阿骨打见灰阿里女儿向奴隶摇头摆手，示意不让奴隶说，感到十分奇怪，她为啥不让说呢？就问她："你为何摆手不让他说呀？"

灰阿里女儿说："这是他原定的，告诉我当任何人别说他会制作金银首饰，我怕他忘了说出来。"

阿骨打问奴隶："你会做金银首饰，为啥不说呢？"

翟金富说："身为奴隶，谈手艺何用？再说，说啥也不能为奴隶主效劳，让他多获钱。"

阿骨打说："你为何当朕又说了？"

翟金富说："我听说皇上重视手艺人，叫'请行家'，故尔才敢向皇上诉说。"

阿骨打一听，心中大喜，笑吟吟地说："说得好，朕就是寻找行家，今天又巧遇行家。将你请进咱皇家寨，让你开金银首饰店，好吗？"

阿骨打传奇

178

奴隶一听，赶忙给阿骨打磕头说："太感谢皇上了。"

灰阿里女儿哇一声哭了，跪在地上说："皇上，你将他领走，我咋办啊？"

阿骨打说："别哭，别哭，你同去，好好儿向翟金富学手艺。"

灰阿里咕咚一声跪在地上说："皇上，那不行，我少个奴隶呀！"

阿骨打哈哈大笑说："你也吃不着亏，朕令人给你两头牛还行吧？"

这时，忽见一匹快马，马上一人手持金牌飞驰而来，到阿骨打跟前，滚鞍下马说："请皇上速回，有重要国事急待定夺！"

斡鲁古攻下乾州、显州后，接着懿州、豪州、徽州、成州、川州、惠州相继投降。一时间，斡鲁古成为天兵天将，掠掳大批金银财物、珍奇异宝，私人己囊。

单说这天，斡鲁古吃饱喝足了，闲来无事，领几名护卫在显州城内闲逛。显州城已恢复平静，买卖家全都开板营业，街面显得格外繁华。有很多东西进入斡鲁古眼里，都是新奇的，甚至根本就不知是啥玩艺儿。斡鲁古三转两转一下子闯进烟花柳巷，只听得管弦嘈杂，一个小门挨着一个小门，不少门口都倚门站一妇女，打扮得花枝招展。见他走过来，望着他嘻皮笑脸，两眼传情。斡鲁古瞧瞧这个，看看那个，都是如此，他嘴没说，心里想，她们在干什么？感到很新奇，越感到新奇，他越不愿迈步，愣头八脑的东张西望。

妓女柳红见斡鲁古愣怔怔地望着自己，心想，这个女真将军八成是看上我了，不妨逗逗他，可能在他身上发个小财也未可知。柳红想到这儿，奔斡鲁古去了。斡鲁古正在莫明其妙地东张西望，嘴没说，心里想，这些女流之辈是干啥的？为啥要这样瞧人。正在他发愣的时候，忽然柳红走到身边，伸手拽他说："将军，请到屋里坐吧！"

斡鲁古用手一扒拉，说："好家伙，你要干什么？"

斡鲁古的力气多大呀，一个妓女还架住他这一扒拉，一下子将柳红拨倒在地，"哎哟，哎哟！"叫唤起来。这一叫唤不要紧，惊动了娼院其他人等，全出来看热闹。斡鲁古嘴不干不净地说："拉俺干屌，惹恼了，俺宰了你！"

正在这时候，忽听有人高声喊叫："都统！都统！"

斡鲁古听见有人喊他，举目一看，是他军中头目双古、何里宝，嘴没说心里话儿，这俩小子到此干啥？正在他发愣的时候，双古、何里宝笑嘻嘻地跑过来，架着他的胳膊就往娼院里拽。斡鲁古高声喊叫："你俩拽我作甚？此处妇女拉人！"

双古眼睛一眨巴说："都统，你来抢人的地方，岂有不抢人之理。"说着，与何里宝将斡鲁古架至娼院，早有老鸨等出来迎接，将斡鲁古迎至客堂，献茶殷勤接待，并找来歌妓、乐妓、舞妓，为斡鲁古演奏歌舞，一下子将斡鲁古迷住了，看得他眼花缭乱，身心飘然。就在斡鲁古如痴如醉的时候，过来两名花枝招展的妓女，来到斡鲁古面前，捶肩揉背，百般调戏。尽管这斡鲁古没见过这场面，就是铁石之人，也会被弄得铁软石酥，何况斡鲁古是人。就这样，斡鲁古陷入烟花柳巷之中，像喝醉酒似的，迷迷糊糊进入巫山。

第二天，斡鲁古精神平静的时候，问双古说："咱女真没有这玩艺儿，契丹人为啥干这玩艺儿？"

双古说："都统有所不知，妓女由来已久，春秋时管仲相齐桓公开渔盐之利，招揽各国商旅，设女乐羁縻之，这就是妓女之由来。到汉武帝时，专设营妓，以招待军中无妻室者，这才开后世卖淫的先例。本来古时有歌妓、乐妓、舞妓，不一定是后世卖淫的专业。古诗里说：'凄凉蜀故妓，来舞魏宫前。'这是指宫中的舞妓。到唐朝设教坊，专司女乐，同时平康坊的妓女也隶属教坊。如连宫词中的：'力士传呼觅念奴，念奴潜伴诸郎宿。'这里说的念奴，就是教坊中的歌妓。又如《琵琶行》中的：'门前冷落鞍马稀，老大嫁作商人妇。'这就是教坊中的乐妓。所以唐高祖设教坊于禁中，其实隶属太常，专管雅乐以外的音乐、歌唱、舞蹈以及百戏的教习、排练、演出等事务。到武则天当皇上的时候，将教坊改称为'云韶府'。到神龙年间，又恢复过来，仍叫教坊。到玄宗开元二年，设置内教坊于蓬莱宫侧，洛阳、长安又各设左右教坊二所，以中官为教坊使，从此不隶属太常。辽朝就是从那儿学来的，朝中有教坊，街市设娼妓。现在宋朝的名妓还和皇上宋徽宗睡觉呢，人生能有几时乐？"

斡鲁古被双古说得心花缭乱，每天跟着双古鬼混，不想什么打仗的事了。他每天不务正业，军兵也不练武了，尤其是新编进的辽朝的降兵，在军中干起"投壶"、"射覆"、"呼卢喝雉"等要钱赌博等勾当。越闹越大，斡鲁古每天多在妓院里鬼混，军中的事儿也很少过问。双古、何里宝见斡鲁古被妓女所迷，他俩又串连几个人，将攻显州所掠取的马匹、粮食、财物趁斡鲁古不在，进行私分。正分着，斡鲁古突然回来了。见有人私分马匹、财物，大怒，追究是谁的主张。追来追去，当然得追出双古的主意。立即责问双古。

双古满不在乎的望着斡鲁古笑，嘴没说心里想，我双古对你斡鲁古够意思，给你介绍漂亮的妓女欢乐，上哪儿找我这样对你实心实意的人哪？就是我主张的，又能将我怎样，你的短处在我手里攥着呢！

斡鲁古见双古洋洋自得、笑嘻嘻的望着他，心里更来气了，好你个大胆双古，竟敢对我这都统嘻皮笑脸，就气昂昂地问："是你主张分东西吗？"

双古将眼皮儿往上一挑说："是呀，不分，放在那儿干啥呀？"

斡鲁古暴跳地说："混蛋，没有我的话，你就私分？"

双古说："难道说你都统将金银珠宝玉器都窃为己有，干的全被你吃了，下边喝点稀的也不成吗？"

斡鲁古一听更来气了，大骂双古说："娘的，都是我的，谁也不能动，马上给我追回来，不追回来我宰了你！"说着，嗖的一声拔出腰刀，喝道："马上给我追回！"

双古说："你原是拉完磨就杀驴的主儿，别忘了，是我为你领人掘墓，掘出那么多宝物，是我领人抢到那么多金银财宝，是我为你寻找歌妓舞女陪伴着你，是我……"

斡鲁古火冒三丈地喊："住口！再说宰了你，快去，追回还则罢了，不然决不饶恕你！"

双古这才恨怨而退，私下里与何里宝说："斡鲁古是个贪婪心黑的家伙，这样的人不可交，咱们向皇上告他。"双古和何里宝商量好后，双古手笔相当硬，连夜写了奏本，秘密派人送报给阿骨打。

阿骨打接到奏章后，只见上写："大圣皇帝陛下圣鉴，吾双古、何里宝随都统斡鲁古收下显州后，其他七州均降。获得大量金银珠宝玉器、粮食、马匹等物资，这些物品都统斡鲁古窃为私有，既不禀奏朝廷，又不为军中所用。目前军中缺马，而斡鲁古都统却将好马私养于府中，不准军中动用。更可恶者，都统斡鲁古明知辽天祚帝在辽中京，他理应追袭拿获，而停兵于显州，朝暮与歌妓舞女鬼混，常夜宿娼妓不归。现使军兵混乱，赌博盛行，输光了，兵士们结伙儿掠掳民众，民心动荡，军有溃散之危，特叩拜圣察！"

阿骨打看后，暗想，好个斡鲁古，仰仗自己是皇室子弟，居功自傲，做出此等不法之事，岂能容得，诏回斩之！

吴乞买接过奏章，看后，对阿骨打说："奏章虽说得分明，但是真是假，尚须核清，不然岂不伤了一员大将？"

阿骨打一听，火儿消了一半儿，一想也对，兼听则明。随征求吴乞买说："派一副都统前去，查之如何？"

182

吴乞买点头说："圣上此意甚妥。"

阿骨打立召阎母进见。阎母参见阿骨打后，阿骨打对阎母说："朕令汝去显州，查斡鲁古私吞掠掳财物，匿马匹为己有之事。更可恶的是伴歌妓，宿娼女，欲毁军威，速速查清。汝去后，对新降服之民，可迁其富者于咸州路，其贫者徙内地。选其有才干者授之谋克，其豪杰诚心归附者可为猛安，对贫苦之民赈济之。因辽人赋敛无度，民不聊生，相率求生，吾切使辽之民失望，一定要分置诸部，择善地川安之。汝定要当体朕意，所率之军兵将士，一定奉行对辽拒命者付之，服者抚安之，毋贪俘掠，毋肆杀戮。"

阎母说声"遵旨"而去。

斡鲁古贪妓误军

  阿骨打让阇母去查斡鲁古贪粮食、金银财宝、马匹、夜宿娼妓之事后，他又接到有人密奏，言说斡鲁古将辽皇墓掘了，掘出的金银珠宝玉器窃为己有，不由得大吃一惊，埋怨斡鲁古为啥要干出这样伤天害理的勾当。决定亲去察看。

  阿骨打为啥要亲自前去察看呢，当时他自己心里明白，是明察斡鲁古掘墓，实则要察看医巫闾山之势，辽皇墓之地址，如何将辽皇墓镇住，让它永世不再翻滚浪潮，这大好河山永远掌握在女真完颜部手里，这是他获得的天书上标明的。阿骨打原不解其意，现在听说辽皇墓就葬在医巫闾山，才明白天书之意，按天书之意前去察看，采取镇山措施。才秘密传旨去显州查审斡鲁古。他带着御前卫士和宗望、宗干、阿离合懑等快马加鞭直奔医巫闾山而去，因为秘密行动，谁也不知，省去途中好多麻烦。这日，来至医巫闾山下，阿离合懑解释说："医巫闾山，是东胡语，意为大山。古称於微闾山、微闾山、无虑山、医巫虎山、医巫闾山，还称义巫闾山和扶梨山，都是古代对医巫闾山的音译。因山掩抱六重即有六座大山相偎，又称六山。唐玄宗开元十年（公元723年），封医巫闾山为广宁公，因之，又有广宁大山之称，简称为闾山。"

  宗干、宗望都被阿离合懑的记忆力所惊呆，宗干着急地催促说："往下讲啊！"

  阿离合懑打扫一下嗓门儿接着说："医巫闾山南北长45公里，东西宽14公里，周围120公里，面积为630平方公里。其主峰为望海山，海拔八百六十六点六米，属阴山山系分支，松岭山脉的高峰。在辽朝境内，医巫闾山最为灵秀，最东为东山，闾山又号称千山，长白山之首，久负盛名。它历史悠久，先秦文献就有记载：'东北日幽州，其山镇为医巫闾。'《周礼·职方氏》记载：'东方之美者，有医巫闾之绚纡琪焉。'《尔雅·释地》记载：'虞舜于全国建十二州，封十二山，以镇十二州，以医巫闾山为幽州之镇山。'《周礼·夏官职方氏》记载：'全国名山有五岳、五镇。五岳是：东岳泰山、南岳衡山、西岳华山、北岳恒山、中岳嵩山，唐玄宗封五岳为王。五镇是：东镇青州沂山、西镇雍州吴山、中镇冀州霍山、南镇扬州会稽山、北镇幽州医巫闾山。'隋文帝开皇十四年闰十月（公元595年）诏封闾山为'北镇名山，就山立祠。'山中风景优美，岩洞泉壑，种种奇胜，两山屹立如门，有溪中出，岩壑窈窕，峰峦迥合，峭拔摩空，苍翠万仞，闾岫晴岚，仙岩怪石，山阁瀑流，桃洞春花，石门云壑，崇泉晓雾，真乃神仙之地也，辽皇在此选为墓地。"

阿骨打听完阿离合懑的讲述，也从心里佩服阿离合懑的记忆力，凡一心闻之，终身不忘，人不及也。当阿骨打来至辽皇墓地观看，殿堂已变成灰烁，绿釉琉璃大瓦、兽面瓦、大型沟纹砖板瓦当、大板瓦、筒瓦、长条瓦等散落遍地皆是。阿骨打又往前走，见一个用沟纹砖砌筑的陵墓，规模宏伟，墓主室直径约16丈，高约20丈，圆形，主室内有一石棺，棺盖和棺座放在两处，尸骨已扬抛在墓外。中间是一条砖筑长十丈的甬道，主室外甬道两旁各有一侧室，正方形，长宽一丈，主室顶部是砖刻纹。甬道、侧面室都有壁画，多系侍女像，画面鲜艳，画工精细，棚顶画的是飞天和仙鹤。阿骨打举目四下观看，这辽皇墓地北依骆驼山，东西北三面群山环抱，南为谷口，通往平地。远望乾州双塔，河水自北部流过，环境优美。阿骨打暗自惊讶，真是藏龙卧虎之地，不怪天书暗示于我："镇庙压巫医，辽皇瑞气无，五岳金光闪，满园清统一。"这四句词，深意在此。阿骨打心里转念，暗自高兴说："咱们观看观看山景吧！"说着头前走去。你道阿骨打真的要看山景吗？非也，他是要选择镇庙修建在哪儿合适。为啥叫"镇庙"呢？用当时的迷信来讲，就是要将辽朝的皇陵风水镇压下去，女真族才能兴旺发达，推倒辽朝，夺取天下。

阿骨打本着所谓"天书"中的四句话"镇庙压巫医，辽皇瑞气无，五岳金光闪，满园清统一。"上边三句话，阿骨打当时还算一知半解。为啥说一知半解呢？因阿骨打当时只抱征服辽朝，推倒天祚帝延禧是他最终目标，而且要将燕京一带割给宋朝，他怎么能够理解"五岳金光闪"呢？阿骨打连想都没想过。"满园清统一"这句阿骨打根本不解，直到满清皇太极时才理解其意，将女真改为满洲，统一了中国。所以说，阿骨打此来就是要选择风水好、能够压住辽皇墓风水之地建一镇庙，将辽皇墓"瑞气"压下去。

阿骨打走不多远，见一光滑石板，捡起说："得一石板，留作纪念吧！"御侍赶忙从阿骨打手中接过去携带着。他们从南谷口奔平地而去，走过谷口不远，即来至崇兴寺双塔。两座古塔形状相同，东西对峙，相距 140 丈，东塔高 155 丈，西塔高 149 丈。双塔雄伟壮丽，顶天立地，民称"禅塔双标"。阿骨打走至近前，仔细观瞧，见双塔为砖筑，八角、十三层密檐式结构。基座八面，每面宽二丈四尺一。下部为石砌，用以保护塔身。基座又分数层，每层均雕饰以不同花纹，最下两层雕有狮子、负重力士和莲瓣等。其上为斗拱，斗拱之上雕有曲水、万字栏板。再上层为大型仰莲座，座上即一级塔身。四面塔身下部均有供龛，龛内雕有座佛及内外助侍，上饰华盖、飞天及铜镜。其上十二级，每面壁上均挂有铜镜三面。八角檐上均悬有风铃，风吹铃动，声响清悦。塔顶有莲座、宝瓶及金刹杆、宝珠、相轮等。

阿骨打观后，问阿离合懑说："双塔哪朝所建？"

阿离合懑回答说："唐朝贞观年所建，尉迟恭监修。"

宗望说："唐朝跑这儿修塔作甚？"

阿离合懑说："因唐太宗东征，平定辽东后，才建塔纪功。为的是存放阵亡将士的牌位，藏些佛教经典，用来超度亡魂。"说着，用手向东南方向一指说："你们看，那是唐太宗的誓师台。"众人举目观望，见巍然耸立一座恰如城楼。当他们来至近前一看，基座是砖台，台的底部东西长七丈，南北宽六丈，中有拱门。门洞高二丈，门宽一丈三，从砖台东侧北面小门可登五阶四十级，直通台上。台南的东西两侧竖有旗杆。正中有二层楼，楼高二丈六尺，土木结构，木椽飞檐。上下层有木制楼梯可通，楼底层四面均有明柱四根，上层有明柱四根。东南西三面设有拱门，四面均系花窗，南面题"誓师点将台。"

阿骨打边看边吧嗒嘴说："唐太宗东征，修造如此巍然誓师点将台，比朕之宫殿还胜十分。兴兵点将之台，如此奢纵，耗费民夫民财太过矣。"接着，他们又观看了唐太宗东征时的饮马井、亮甲山等古迹。

万事通阿离合懑又突然喊："你们看'将军拜母'！"

阿骨打举目观望，见前面左侧的高山上，兀立着两块巨石，看侧影似一位高龄老母倚在病榻上，惊喜地望着满身征尘的儿子。身披铠甲的儿子垂手躬身立在母亲面前，像是在向久别的老母问好。他的身后，挺立着一匹打着响鼻、甩着长尾、征鞍未卸的战马。这石像越看越像，阿骨打问阿离合懑说："这将军拜母又有何说呀？"

阿离合懑将眼皮往上一挑，略思片刻说："相传早先年，这山下住着母子二人，相依为命，苦度岁月。有一年，外族人来攻打他们，皇帝颁发诏书，征募有志为国的壮年去讨伐敌人。这个年轻的儿子为保家保国，挥泪告别母亲，随军去边疆和来犯的敌人打仗。儿子走后，他妈妈整天想念儿子，天天到山顶上去看啊，望呀，映入她眼帘里的只是苍山如海，上哪儿望见儿子的身影？一年一年过去了，母亲一天天老了，身体又不佳，可她扶着拐杖也要攀登到山顶上去眺望儿子，坚信儿子终有一天会回到自己身边的。老太太感到上山下山太吃力了，便把床榻搬到山上，日夜斜倚床上，不食不眠地等着儿子。她等啊等，等待儿子来到她的身旁。去边疆打仗的儿子也没忘记老母，时刻挂念在心，越想老母，杀敌越勇敢。由于连年征战，屡建奇功，皇上封他为统帅三军的将军。可他辞官不做，骑着战马飞驰还乡，回到了老母的身边。这事感动了山神，让他永远屹立在山顶上……"

　　正在阿离合懑津津有味讲述的时候，一匹快马飞驰而来，阿骨打仔细观看，原来是小侦候讹古乃，不禁大吃一惊！

阿骨打见乘快马来之少年乃宗翰小侦候讹古乃，不知朝中出了啥事儿，惊疑地望着。讹古乃来至近前，翻身下马，参拜阿骨打。阿骨打惊疑地问："你来作甚?"

讹古乃说："奉谙班勃极烈吴乞买的密令，前来送'镇庙'图，并奏禀万岁，他随风水先生随后就到，让万岁爷在此候等。"说完，从怀里掏出图纸，递于阿骨打。阿骨打说："等风水先生来了一齐观看，咱们还是先看看这山水吧!"离开"将军拜母"石，来至龙潭，中间有一"鹰不落山"，远看宛如一只雄鹰展翅欲飞，栩栩如生。翻过南山，见崖下有"犀牛望月"、"渔翁垂钓"、"仙鹤飞天"等石刻。当他们攀上间山顶峰，见筑有辽太子耶律倍的读书楼，对峙的山坳里是高美人的行宫，游人在读书楼旁石壁上写着"美人宫里山花落，太子楼前野草深。"阿骨打无心观景，主要看风水，顺山而下来至道隐谷，即大石棚，是由辽太子于此而得名。石棚里有潺潺流水，石棚上游客石刻有"天然幽谷"、"四大成合"、"水石奇观"。还有唐朝时游人的诗句："明月松间照，清泉石上流。"石棚下有一"仙水盆"，阿骨打见此景，联想起小时候在帽儿山向艮岳真人学艺，整天在石棚里。石棚也有一泉，但没有仙水盆，水滴在石坑中，也是涓点不溢，取用不竭。阿骨打见景生情，令侍卫将在辽皇墓拾之青石板放置在仙人盆房留念。他们离开石棚，走上一峰顶，名叫"莲花石"，与子母松相映，上边有吕洞宾题写"蓬莱仙境"四个大字石刻。从此而下，至桃洞，万年松。风井在幽谷中，井口不大，往里可望见碧水清流，寒风扑面，往里扔一树枝或帽子，均能被风吹回井外，故名"风井"。

从莲花石而上，来至南天门，在南天门可望见玉女飘然而下，到仙水盆洗头。东侧有石刻"瞻忆皇都"四字，下面有旷观亭、望仙亭。旷观亭为六角亭，望仙亭为四角亭，原是辽王储书处。而攀上望海台，过"白云关"石刻，来至峭壁下，有龙潭玉泉之称。石壁刻有达摩像、关羽勒马观鱼像，两侧有副对联儿："鱼跃池中隐约浮沉停赤兔，泉生海底光明活泼照青龙。"

正在这时，谙班勃极烈吴乞买陪同风水先生已赶来，参拜阿骨打后，风水先生说："启禀大圣皇帝，这医巫闾山吾闭眼睛都可信步而游，山山水水皆在心中。今闻万岁爷要修建镇山庙，真乃仁圣皇帝也，辽历代帝王不如也。自古以来，名山必镇，镇中封王。"

阿骨打嘴没说，心里想，你这风水先生岂知朕之意？遂笑吟吟地问："依先生之见，此庙修于何处？"

风水先生回答说："禀万岁爷，风水是继'堪舆'之钵，堪，天道也，舆，地道也，堪为高，舆为下。天神之贵者，莫贵于青龙。察辽皇之墓地，前朱雀后玄武，左青龙右白虎。葬者乘生气也。气乘风则散，界水则止，古人聚之使不散，行之使有止，故谓之风水。以理推之，在医巫闾山山岗之巅建"镇山庙"为合宜也。截断辽皇墓青龙之类，生气乘风而散，驱之锦水东流，女真则兴矣！方能解大圣皇帝心中之'镇庙压医巫，辽皇瑞气无，五岳金光闪，满园清一统'。"阿骨打一听，惊得脸色突变，此人哪是风水先生，原是神人也，遂跪地就拜。风水先生用手拦住，说："难道你不认吾乎？"阿骨打又仔细观之，乃艮岳真人也，急忙下拜。

艮岳真人拦住说："大圣皇帝免礼，汝要修庙，我早已为你制好图，打开一看便知。"阿骨打方知此图是艮岳真人所制，他们围坐在一起，阿骨打将图打开。

艮岳真人用手指点说："这里庙前一座六柱五楼式石坊，石坊前后各有石狮一对，两两相对，更显得威武雄健。石坊后为庙的七座主体建筑，其顺序为山门、神马殿、御香殿、大殿、更衣殿、内香殿、寝宫。这些建筑物都要垂直地排列在中轴线上，山门上的横额要题"山神庙"三字。神马殿是供奉驾驭山神辇舆的神马和驾驭者之处。殿东西两侧是钟鼓二楼。记住，要"晨钟暮鼓"。御香殿是陈放皇家祭祀所用香火、供品的殿宇。后边这大殿也可称前殿，是这整体建筑的对称中心，也是全庙的最大建筑。通宽是七十七丈二尺，面阔五间，是举行祭祀大典的场所，要建成歇山式大木架结构。青砖围墙，绿瓦盖顶，雕梁画栋，丹桂朱椽，莲花托拱，飞檐走角的高大殿宇要显得肃穆而堂皇，庄严而华丽。更衣殿是为祭祀者更换祭服之处。内香殿是存放地方官员的祭品和香火处。最后是寝宫，可称后殿，是供山神居住之所，规模仅次于大殿。这是主体建筑的东西两侧，要建万寿寺、真官祠、城隍祠、神库。东西朝房为配殿，并要筑有会仙亭、览秀亭相陪衬，一定要主次分明，错落有致，烘云托月，俏丽多姿。在主体建筑的殿宇周围和石阶两侧，均要有石栏围绕，用花岗岩雕成，质地细腻，洁白如玉。这处是院内西北角，要筑成偻佝山。寻找一方丈余的天然巨石，陡峭如屏，放在此处，和西部这块补天石相衬。也与东北角儿的盘云山相映，高有一丈三尺，与"偻佝山"东西斜对，犹如拱卫山神庙的天然岗楼，既给庙增添森严，又为风光加重渲染。因庙地处高岗，登上盘云山四处眺望，远近景色一览无余。可见庙前果树层层，烟林处处；又可见庙旁小桥如舫，大路如弓。西望云山千嶂叠翠，东瞰奉先城万树呈荫，才能与殿宇宏伟的规模、壮观的气派结合起来，天造地设，浑然一体，魏然屹立在医巫闾山之首，镇山灭辽，天顺女真，世代相传也。"

阿骨打不断点头说："承蒙恩师指点。"

艮岳真人又道："大圣皇帝要封医巫闾山为广宁王，将显州改为广宁府，将奉先县改为广宁县，奉陵县改为钟秀县，与此庙相适应。还有，大圣皇帝至显州后，对斡鲁古要以掘辽皇墓之名降之。"艮岳真人站起身来说："大圣皇帝牢记，宜早不宜迟，吾去也！"说罢，化阵轻风而去，阿骨打率众人叩拜。

阿骨打亲自挖土奠基，责成专人按艮岳真人的图案动工修建。阿骨打心里才明白，暗怨自己糊涂，当了皇上怎么忘封师父了，还让师父自己找上来，立即决定镇山庙取名为"艮岳庙"。后人说："莫怪人世贪名利，神仙贪求胜于民。大圣皇帝忘封师，艮岳真人自讨之。"

医巫闾山建成这座"艮岳庙"，亦称"镇山庙"，后又改"山神庙"，直到明朝才改为"北镇庙"，严嵩亲笔所题"北镇庙"三个大字。在建庙当时，据说锦水向西流，庙建成后，锦水真向东流去。流传说："艮岳压山头，锦水向东流，辽朝气息灭，金朝瑞气腾。"自此庙建成后，相继建有悬岩寺、玉泉寺、清安寺、灵山寺、云岩寺、兴瞻寺、马岚寺、黄曜寺、接待寺、洞泉寺、白腊寺、太平寺、凌云寺、金山寺、青岩寺、双泉寺、五峰寺、双龙寺、地芷寺、龙风寺、圆觉寺以及天仙观、三清观、圆通观、海云观、圣清宫、龙潭宫、圣贤宫、太阳宫、明斗宫等寺庙庵观45处。由于此庙的影响，清顺治皇帝福临，于顺治十八年（公元1661年）也到此出家，在接待寺当了智成和尚，后称崩山老祖。留有《归山诗》，为佛徒们传颂，给这优美的医巫闾山添上了新的光彩，流传至今。人们概括地说："寺庙压山头，河水向东流，五门皆不正，十佛在外头。"

拉杂半天，还得说当时阿骨打为建庙举行奠基仪式后，吴乞买回朝，他才带领人马直奔显州，路上望观山景。杏花刚落，梨花竞放，桃李争春，鸟语花香，绚丽多彩。阿骨打随口吟道："医巫闾山高且雄，倚天万仞蟠夭东，金龙力驱青龙去，留下鞭血余殷红。"

　　阿骨打来至显州后，阇母将斡鲁古所为之事诉说一遍。阿骨打亲自审问斡鲁古，吓得斡鲁古真魂出窍，跪在阿骨打面前咣咣直磕响头，如实诉说自己罪状。把他怎样挖掘辽皇墓、焚烧寺院、贪占金银财宝、马匹、粮食以及双古怎样为他抢妓女、拉他夜宿妓女后，与双古私分财物马匹、领军士赌博等详细供认不讳。斡鲁古想，反正得死，就别瞒着了，竹筒倒豆子一点儿没留。最后他哭哭啼啼地哀求阿骨打说："我跟随皇上南征北战，不看功劳还看苦劳，千万要给我留条后，死在九泉也瞑目了！"说罢痛哭不止。

　　阿骨打见他哭成那个样儿，也怪可怜的，心想，你不该独吞财宝粮物，更不该夜宿娼妓，凭这条就够杀了。但阿骨打又一想，斡鲁古还是功大于过，这辽皇墓掘得好，掘的正当，把主墓掘了，生气散了，有功，不能杀。想到这，阿骨打说："不念你屡建战功，定斩不饶！因你掘辽皇墓，坏了我朝名声，朕免去你都统职务，降为谋克。"

　　斡鲁古一听，阿骨打不杀他，还仍然让当谋克，感动得他五体投地，痛哭流涕谢恩而去。

　　阿骨打令传双古来见，双古跪下给阿骨打磕头。阿骨打说："好你个双古，拉人下水是你，反咬一口是你，反复无常，两面三刀，毁我良将。尤其是你唆使斡鲁古掘辽皇墓，败坏我朝之名，来呀，将双古推出斩首示众！"

　　阿骨打这才下令将显州改为广宁府。

斡鲁古率领金军在医巫闾山挖掘辽皇墓之事，早已传进京城，枢密使肖奉先嘱咐不准透露给天祚帝。哪知没有不透风的墙，这天，天祚帝延禧哭哭啼啼来至金銮殿，文武大臣见此情都毛了，不知皇上缘何哭啼上朝，都愣怔怔地望着他。

天祚帝还没坐下，就问肖奉先："肖奉先，听说金人斡鲁古领导在攻破乾州、显州时，在医巫闾山，将朕之宗墓掘了，还焚毁了凝神殿，安元圣母殿、皇妃子弟影堂，均化为灰矣。"说罢，痛哭不止。

肖奉先嘴没说，心里想，谁这么嘴上没把门儿的，告诉皇上这事干啥？没看啥时候，国都快完了，谁还顾你皇上陵寝。肖奉先跪禀说："臣已知金军初时进犯皇陵寝宫，要劫掠诸物。后来我派人追查，方知金军惧怕列圣威灵，没敢毁灵柩而去。吾亦指挥有司修葺巡护，望圣上勿听流言，还是如何抗击金兵要紧！"肖奉先向皇上撒个谎。

天祚帝止哭为喜地说："如此，朕就放心了。"接着又问肖奉先说："金兵打到哪儿了？"

肖奉先禀奏说："燕王耶律淳被金兵击败，金兵已占领了新州、成州、懿州、壕州、惠州等州均投降了！"

天祚帝听说金军已占新州，惊得他从金銮殿上腾地跳起来，变颜变色地说："啊！女真要打来了。不过我不怕，我有日行百里的快马，又与宋朝为兄弟，夏国为舅甥，跑到哪儿去都可安身，也不失一生富贵！"说着就要逃跑。

肖奉先和文武大臣全跪下了，大声呼叫说："万岁，千万不可，千好万好还是本国好，人在屋檐下，安敢不低头，还是想抵御之策吧！"

天祚帝长叹一声说："事已至此，打又打不过，和金又不和，死逼无奈，还是逃为上策！"

文武大臣一听，气得眼睛直冒金花，这样窝囊的皇上还跟他干啥？不如散伙儿，各奔他乡算了。

肖奉先叩禀说："还是派使臣习泥烈再前去下书求和，实为上策，哪管将辽之国土割让一半于金，也比蹲在别人树下乘凉好啊！"肖奉先

阿骨打传奇

是珠泪滚滚说这番话的。

天祚帝又坐在金銮殿上，沉思片刻说："好罢，要不是你肖奉先说情，朕骑马跑他妈个蛋了。也好，待朕修书一封，告诉阿骨打，只要他不要咱小妃庄花，好说，只给我留下燕京之地即可，我一样领小妃过安乐幸福的生活。"说着，伸手拿起御笔，刷刷点点写完之后，扔给肖奉先说："朕看在你面上，暂时不逃了，你让太傅习泥烈带着册玺和国书去吧！"

文武百官见天祚帝这个架式，全散心了，各自在心里转念，天祚帝倒提醒了我们，辽朝灭亡已定，得做逃跑的准备。

辽使习泥烈带着国书、捧着册玺来至金朝，阿骨打拒绝会见。他对勃极烈们说："辽朝屡败，三番两次遣使求和，只饰虚辞，作为缓兵之计，当议进讨。"随召令咸州路统军司治军旅，修器械，准备进攻辽上京，并对咸州路都统司下诏说："朕以辽国和议无成，拟于四月二十五日进师，速准备。"又令斜葛留兵一千镇守，阇母以余兵会于浑河，准备进攻。

四月二十五日这天，阿骨打亲率大军进攻辽朝上京。并让辽使习泥烈、宋使赵良司随行。来至浑河西，会同诸军向辽上京进发，宗雄为先锋。五日来至上京城外，阿骨打将辽降将马乙把阿骨打诏谕，悄悄进入城中，各处张贴阿骨打的诏书。人们争先恐后地看，只见诏书曰："辽主失道，上下同怨。朕兴兵以来，所过城邑不服者即攻拔之，降者抚恤之，汝等必闻之意。今尔国和好之事，反复见欺，朕不欲天下生灵久惟涂炭，遂决策进讨。令宗雄等相速招谕，尚不听从。今若攻之，则城破矣。重以吊伐之义，不欲残民，故开示明诏，谕以祸福，共审图之。"

阿骨打的诏谕好似一个霹雷，一下将辽上京城劈开花了，人心惶恐，乱作一团。有主张打的，有主张降的，说法不一。辽降将马乙将阿骨打的诏书各处张贴完毕，悄悄去找留守挞不野去了。

辽天祚帝听说阿骨打不仅不接受和谈，而且将习泥烈扣留，亲自率军进攻上京。他骂肖奉先不干好事儿，单要派人去再次谈和，要不然朕携带小妃早离开这危险之地了。他这个败类的皇上，死到临头就算没忘了小妃，什么国家、人民、文武大臣全抛在九霄云外了。他悄悄吩咐御林军，将他的千里驹备好，悄悄儿和小妃庄花骑在一匹马上，告诉文武百官和御林军去西京找他，说罢头前跑了。皇上一跑，俗语说，树倒猢狲散，文武百官也各自逃走。

五月二十日这天，阿骨打亲自率兵来至辽上京城下，辽使习泥烈、宋使赵良嗣均随阿骨打至。阿骨打笑呵呵地对习泥烈、赵良嗣说："为啥让二公随朕而来？是朕让二公亲眼见朕用兵攻城，一击就破！"

习泥烈、赵良嗣咧合着嘴望着阿骨打，嘴没说，心里寻思，阿骨打也会吹牛，"一击就破"，话未免说得太大了。一个月要能拿下此城是快的。所以，他俩听后未置可否。

阿骨打见两位使者对他说的"一击就破"根本不相信，持怀疑的目光望着他，暗想，好，今天倒要叫你二位使者见识见识，我阿骨打是吹牛哇，还是说到做到。想到这儿，忙令阇母率军登城，务必将城攻破。

阇母率领着军士，好似为两位使者做军事表演似的，在城墙外面用兵丁塔成人梯子，阇母率先垂范，头一个往城墙上攀登，这时天已大亮。就在阇母登着人梯往城墙上攀登的时候，阿骨打手持一杆黄旗，连摆三次，万箭齐发，向辽军守城兵丁射去，有的中箭倒下去，有的躲藏不见了，阇母率部分军士很快从东北城墙攀登上去。都统阇母登上城墙，占领了城墙这块阵地，其他军兵就更顺利地攀登上去，太阳出一竿子高的时候，阇母带的军兵全部从城墙攀登上去了，占领了外城。就在这时候，只听嗡的一声，辽上京城空中亮出一片红光。随着红光的出现，阇母领兵高声喊叫杀呀！杀呀！喊声惊天动地。

阿骨打站在高埠处向城中瞭望，在一片喊杀声中，内城墙上突然摇起白旗，喊杀声变成了一片欢叫声："上京投降了！上京投降了！"

阿骨打没用三个时辰攻破辽上京，惊得辽使习泥烈、宋使赵良嗣瞠目结舌，慌忙手捧着酒盅儿跪在地上高呼："大圣皇帝神速用兵，天威所慑，兵至城破，天意之兆，民心所向，天下归然！祝愿大圣皇帝万岁，万万岁！"

阿骨打接过酒盅儿，将酒撒在地上，准备率兵进城。

辽使习泥烈、宋使赵良嗣只知其兵至城破，实不知阿骨打用兵之计。阿骨打早已和挞不野定好，兵至即降。因挞不野杀高永昌后，并未归金，他率兵归辽，乃阿骨打通过图玉奴密使之计，实则是"明归辽，暗助金。"当时辽朝天祚帝昏庸无道，下边也无有精明强悍之将，任何假象都可以蒙蔽他们的眼睛。按理说，挞不野归辽，马上可以识破，为啥辽军攻打高永昌时你不杀高永昌，单等金兵来了杀之，而率军来归？辽朝谁问这个，不仅不审察，反任他为上京留守，留守着等待阿骨打带兵至，好开城投降。而降将马乙可以明目张胆在上京城内，张贴阿骨打诏书，无人捉拿拦阻，说明辽朝混乱到何种程度，这就给金军造成可乘之机。宗雄也巧装打扮，偷偷潜入城中，暗中监视，如有不测，好里外夹攻。这招儿也是阿骨打的绝招儿，他始终抓住外攻与内攻相结合。宗雄见挞不野没有异心，已做好投降准备，他才按阿骨打给他的联络信号儿，听到阇母军喊杀之声，在城中暗放信号儿火焰，火焰腾空，挞不野军好摇动白旗投降，这是与挞不野早已约定的。故此才兵至城破，使外界人不解其意，流传出好多神话传说不必细表。

　　阿骨打正要带兵进城，宗雄前来报禀说，辽副都统文妃妹夫耶律余睹带兵来之，听说上京已破，逃之。阿骨打对宗雄说："立即安抚官民，未逃之上京官员一律赦免无罪，官复原职。对民众，富者安之，贫者抚恤之。"然后带兵去追耶律余睹，追至沃里河时，派人诏谕耶律余睹来降！究竟如何，且听下回分解。

攻破上京

195

阿骨打接过金牌一看，是谙班勃极烈吴乞买派人来请皇上速回的金牌，知道是有紧急国事议论。当即令谋克为翟金富夫妻和李顺安配三匹马，随自己同去皇家寨。谋克哪敢怠慢，赶忙将马备好，要走的时候，灰阿里拦阻阿骨打说："皇上，那两头牛什么时候给我呀？"阿骨打说："你放心，朕随后就派人给你送来！"

阿骨打在前，五匹马在后，驰回皇家寨。阿骨打令人妥善安排李顺安、翟金富夫妻后，才回到皇室。

谙班勃极烈吴乞买向阿骨打禀报说："启禀万岁，辽朝内部又在互相残杀了。文妃和她妹夫统兵副都监耶律余睹、驸马萧昱，还有文妃的姐夫耶律挞葛里等谋立晋王敖鲁斡，被北院枢密使肖奉先向天祚帝告发，天祚帝已将文妃赐死，萧昱、耶律挞葛里等均被处死。晋王因没参与此事，免罪。特请皇上回来，定攻辽之策。"

阿骨打一听，高兴地说："这太好了，内乱是辽朝必将灭亡的先兆，乘乱而攻之，但不知耶律余睹哪儿去了？"

吴乞买说："耶律余睹见事不好，率兵而出，不知去向。"

阿骨打说："速传朕旨，责令阇母寻机将朕之劝降书投递给耶律余睹，让其投降，待朕修书。"说罢，阿骨打为耶律余睹修劝降书一封，交给吴乞买，让吴乞买火速派人交付阇母。

再说辽朝统兵副都监耶律余睹在军中听说与大姨子秘立晋王敖鲁斡之事已暴露，大姨子文妃已死，连襟儿耶律挞葛里已被天祚帝处死，立即领军叛辽。耶律余睹率军欲投奔北宋，在奔往北宋途中，与阇母相遇于辽河。两军对峙，耶律余睹令军兵冲杀出去投奔北宋，可阇母严阵以待，按兵不动。阇母并传话，指名让耶律余睹出阵厮杀。耶律余睹愤怒催马来至阵前，耀武扬威地喊道："好你个金国阇母，为啥不敢厮杀？难道让本都监结果你性命吗？"

阇母笑吟吟地答曰："非也，奉大圣皇帝阿骨打之命，在此迎接都监。汝若不信，现有大圣皇帝阿骨打亲笔御书在此，汝自观之。"说罢，只听嗖的一声，一封箭书射去。耶律余睹眼疾手快，接书在手，命传令

196

兵士将令旗一摆，让所率之辽兵压住阵脚后，他从箭支上取下阿骨打的御书，拆开观看，只见上面写道："耶律余睹都监：辽天祚帝无道，荒废朝政，已不得人心，今辽土大部已被金所有，而天祚逃之夭夭。在摇摇欲坠之时，还杀无辜近人贵族，文妃、萧昱、耶律挞葛里之被处死，足见天祚帝已到穷凶极恶的程度。他在灭亡的路上，心目中只有淫妃庄花而已。统兵都监虽暂时幸免，但已成为天祚帝的眼中钉、肉中刺，他已宣判汝之死刑。都监欲率军投宋，岂知沿途天祚之羽翼皆知，焉能放都监投宋？再者，宋已与大金国订约，割燕与宋，宋岂能背金而收将军？那时宋将都监缚至大金，又何情乎？且不如都监在徘徊之际，毅然投金，金必重用，共同伐辽，上顺天意，下应民心，都监不失官爵，顺天应民，名留史册，方为惟一之路也！故朕谕旨咸州路副统兵阇母迎都监降顺，都监何去何从，当机立断！书不尽言。钦此。大金国大圣皇帝阿骨打手书。天辅五年二月。"

耶律余睹捧着阿骨打的御书，反复阅看多次，他不是在看阅御书，而是心里翻滚着心思。耶律余睹反复掂量阿骨打给他这封亲笔御书的分量，我到底咋办？是降金还是投宋？掂量过来掂量过去，思忖着，感到大圣皇帝阿骨打这封御书情意诚挚，丝毫没有逼降和威胁的味道，而且直言不讳地指出，投宋将会带来什么样的结果，降金将会什么样，语言中肯，好似久别的故友，在为走投无路的友人指明投奔的方向。同时，耶律余睹还反复考虑，投宋，人地陌生，屎克螂哭它妈——两眼墨黑；降金，金正在用人之际，何况吾还带有这些兵丁，熟悉辽情，阿骨打决不会食言，必将重用。何不借此降金，不失官爵原禄，又何必千里迢迢去投宋？如宋果真与金有约，金讨之，缚至来金，悔之晚矣。他反复想后，只有降金，才是惟一出路，于是下定决心降金。耶律余睹腾地站在马鞍上，高声喊道："官兵们，听着，辽朝灭亡的日子不远了！自古以来，有道伐无道，辽天祚帝荒淫无道，不理朝纲，迷恋于庄花，上违天意，下逆民心，故而大金国大圣皇帝讨之，天祚帝逃之夭夭。为顺天应民，本统兵断然决定降金，共讨无道天祚帝！愿随本统兵的官兵，则随从降金；不愿降金的官兵，可自讨方便。愿回家者归家，愿尾随无道之君天祚者，可自相投奔，本统兵决不勉强随降。何去何从，自讨方便！"

耶律余睹话音未落，全军鼎沸，异口同音地喊："愿随统兵都监降金！"

耶律余睹见全军官兵无一不愿者，心中大喜，慌忙下马，手捧军兵

名册，恭恭敬敬地向阖母举着。

阖母见耶律余睹归降，心中甚喜，也赶紧跳下马，将兵器交与亲随，紧走几步，施礼说："欢迎都监顺天应民之举，为统一大业做出光辉业绩，本都统代表大金国欢迎！"接着阖母又说："本都统已奉圣命，在此恭候，都监所统率之军，仍归统兵管辖，军兵名册自留之，只告本都统数字，按数拨发军饷。"说罢，阖母引耶律余睹至咸州屯军，立派快报官去向阿骨打报捷。

阿骨打旨令阖母拦阻辽军副统兵都监耶律余睹亲写劝降御书一封，派传令官火速送去之后，召开勃极烈议论他下去私察暗访中遇到需要立即解决的几件大事。对于女真的姑娘到成年时需婚配的事，勃极烈均同意阿骨打之意，规定男子 18 岁方准出征，十六七为婚配之年。诏旨女真姑娘可与外族人婚配，也可和奴隶成婚，生养子女再不为奴，划为良民。对从辽地迁来之民众后，使女真人内地耕地减少，经过反复议论，确定将女真人南迁。这样有好多益处，最重要的好处是女真人南迁后，才标志着真正占领之地归女真人所有，可听命于国。而内地从辽迁来之汉、契丹、奚族人，又有内地女真人猛安、谋克管辖，已属女真之真正所有，分而治之，防其异心。同时决定，今后辽之降地，再不采取全迁内地，而迁徙部分，再迁进部分女真人，混而治之，便于及时发现辽之异心民众。但在治理上，要尽量启用辽之原官吏，采取以其人之道还治其人之身的办法统辖辽民。在议论女真人南迁谁去带领屯田时，经过勃极烈们反复议论，最后一致同意让婆虚火去较为合适。一是婆虚火是宗族之人，素来一心不二；二是婆虚火熟悉屯田耕耘；三是素有众望。阿骨打才诏旨，从女真族各部落选拔一万多户，任婆虚火为都统，迁往泰州去屯田。赐给婆虚火耕牛 50 头，解决女真内地土地不足。婆虚火奉圣命率女真人一万多户迁往泰州不提。

单说阿骨打这天，忽接国论胡鲁勃极烈撒改的大儿子宗翰奏请伐辽疏章，拆开一看，只见上面写道："辽天祚帝失德于民，众叛亲离，不得人心。而天祚帝带真娇姬逃避中京，我大金国应乘机举师伐之，上应天时，下随民意。大金国基业已定，不及时拔掉残根，恐后为患，天时人事，机不可失也。"阿骨打阅后甚喜，在大宴文武百官时，问宗翰说："今天议论西征，讨伐天祚帝，汝上疏西征之议，甚合朕意。宗室族人，很多人都比你年岁大，若论统兵为帅，多数不如汝也。汝立即训练兵马，俟候兴师。"说完，亲自斟酒，赐给宗翰。宗翰端着酒杯不敢饮，

阿骨打传奇

198

阿骨打手扶酒杯强令他喝，宗翰脸色通红还不敢喝。阿骨打夺过酒杯要硬灌，宗翰才干了这杯酒。阿骨打为鼓励宗翰西征，还将御衣脱下，给宗翰披在身上，并诏旨宗翰为移赍勃极烈。

传令兵忽报，辽朝降将统兵都监耶律余睹率将来拜见皇上。阿骨打听说耶律余睹来拜见，率领文武百官迎出皇室门外。耶律余睹见阿骨打亲自出迎，慌忙跪地叩头说："降将耶律余睹朝见大圣皇帝，负荆请罪，敢劳圣驾迎迓，置降将于死地也！"阿骨打亲手扶起耶律余睹说："都监上晓天意，下悉民心，以国以民为重，断然弃暗投明，共伐无道，真乃当世知时务的俊杰，顺天应民之英雄也，汝为国家统一做出的贡献将载入史册！"阿骨打拉着耶律余睹的手共进宴会厅。

阿骨打手挽着耶律余睹的手走进宴会厅，向众勃极烈做了一一介绍，传旨摆宴，欢迎耶律余睹。不一会儿，丰盛的佳肴摆上，阿骨打与耶律余睹频频举杯让酒，各勃极烈也互争把盏，抢着斟酒。使耶律余睹吃惊的是，这大金国的皇帝咋和辽朝天祚帝不一样啊？使他最吃惊的是皇帝咋能和臣官平起平坐饮酒？更使他惊诧的是，大臣和官员可与皇帝逗趣儿取笑，这在辽朝想都不敢想，用耶律余睹的话说，阿骨打根本不像皇上。所说不像皇上，他没有一丁点儿皇上架子，虽然称他皇上，但他和官员们没啥区别。新鲜，真新鲜，像阿骨打这样的皇上，听都没听说过。耶律余睹一边喝着酒，一边胡思乱想。阿骨打又端起酒杯劝酒，耶律余睹又干一杯，心里一发热，感到胃里流烫，一下子，他好似恍然大悟，重新用目观察阿骨打，吸口凉气，好似吸进一碗冰水，将胃里的火焰浇下去，暗自思忖："哎呀！正由于阿骨打不把自己高于一切，礼贤下士，平等待臣，他才能唤起万众一心，齐心协力，攻破辽朝的呀！不用说远的，就拿我自己来说，是名降将，皇上都手挽着手拉进宴会厅，而且和我挨肩而坐，这种非凡的气度怎不征服人心也？这才叫人抬人高，自尊自贵呀！阿骨打的这种举止，不仅没将他这皇上贬低，而且相对的更高了，是在人们心目中受敬仰的一位大圣皇帝，称得起一朝人王帝圣。天祚帝高高在上，威风凛然，骑在臣官的头上，似神威不可侵犯，他对臣官煞有疑心，臣官对他煞有戒心，距咫尺如隔山，心心两悬，岂能治国？"这说明阿骨打是真利害呀，辽朝的一位副统兵都监，又是文妃的妹夫，和阿骨打初次见面，就被阿骨打将心拿住了，这就是阿骨打以德治国，既征国又征人。所谓征国，就是要征伐辽国变为大金国一统天下；所谓征人，就是要将辽朝从天祚帝下至文武百官民众征服其心，共同治国，将国治好，变成昌盛的大金国，方能实现"天书"上所赋予他的神圣使命。正由于这样，阿骨打才从不以皇上自居，更不准称儿子们以皇子傲人头地。虽经多人谏言，立皇太子，实行世袭制，阿骨打都不允采取历代帝王的世袭制，执意推选制。

阿骨打为探听辽朝目前实际力量，他与耶律余睹同炕而眠。耶律余睹由于心情激动，再加上被阿骨打举止所感，诸勃极烈轮流把盏劝酒，拒绝又觉得于礼不合，来个开怀畅饮，喝得酩酊大醉。由人搀扶而卧，头刚一就枕，耶律余睹就呼噜、呼噜沉睡起来。睡至夜半更深的时候，酒量发作，胃口空纳不了，睡梦中哇的一声呕吐起来，差点儿吐在阿骨打的身上。阿骨打翻身起来，坐在耶律余睹身旁，不在乎耶律余睹呕吐出来的食物，强烈的酒味儿直扑鼻子，用手轻轻拍打着耶律余睹后背。这时候，进来一名侍卫，手里端着一碗水，要让耶律余睹漱口。阿骨打用目示意，将手一摆，让其等会儿。阿骨打又轻轻拍着耶律余睹后背，耶律余睹哇哇直吐，鼻涕眼泪齐流。阿骨打用左手轻轻拍着，右手给耶律余睹又擦眼泪又擦鼻涕，直到耶律余睹将胃里消化不了的酒和食物全吐出来，阿骨打才从侍卫手中接过水碗问耶律余睹说："都监，感觉如何，还要吐吗？"

耶律余睹醉得一塌糊涂，经过一阵强烈的呕吐，好似刚从梦中惊醒过来，虽然腿脚还打摽儿，头晕心跳，但他已有知觉了。原来只顾呕吐，顾不上谁在拍打他的后背，现在明白了，听阿骨打这一问，惊愕得抬头睁开醉眼一瞧，是阿骨打，吓得他"哎呀"一声就往起爬。阿骨打按着他说："都监不要动，醉后身上关节都疼，静养过了酒劲儿就好了。来漱漱口，好静卧歇息。"说罢，将水碗递在他嘴边儿。耶律余睹被感动得颤微微地说："皇上如此，降将罪该万死，吾怎能让万岁为吾端水漱口，使不得呀，使不得！说啥吾不敢用万岁御手赐水漱口，待吾起来自漱之。"说着，又要起来。阿骨打按着不放，解释说："金国无南朝之多礼也，君僚一体，都是国家的勃极烈，民众之头也。快漱吧，不要疑心八怪的，如不漱反见与朕之疏也。"

耶律余睹死逼无奈喝了一口阿骨打端他嘴边儿的水，在喝这漱口水的时候，耶律余睹两眼的泪水也滴在水碗里了。他身为辽朝的统兵都监，南征北战，死神缠身他也没流过眼泪呀！今天躺在大金国皇帝的炕上，却流下泪水，不是别的，是阿骨打使他太过意不去了。阿骨打是女真的皇帝，自己是降将，皇帝对吾都如此，可见他对臣官们又当如何，可想而知了。这不能不使耶律余睹联想起他在辽朝时的情景。耶律余睹思忖着，在辽朝身为副统兵都监，又是皇帝的亲属，天祚帝不仅没对我这样过，而且到皇帝跟前都很少。即或到皇帝跟前，也如同耗子给猫拜年，胆战心寒，时刻担心，怕一口将自己吞了，这就叫和皇帝"隔心离德，敬而远之"吧。耶律余睹这么一比较，心里发热，哪有不落泪的？

耶
律
余
睹
献
计

俗话说，人心都是肉长的，这就叫征人先征心，心服算真服。阿骨打这招儿真利害，他用看来不起眼的小事儿，将一位辽朝统兵都监、皇戚耶律余睹征服得从人降变成心降，成了俯首帖耳的降将，肝脑涂地也在所不辞了。

闲言少叙，书归正题。第二天，耶律余睹醒酒了，身体也恢复原状了，阿骨打与耶律余睹谈心。阿骨打说："都监，朕心久锁一事，未曾解开，幸得都监来送钥匙，开朕心之锁也！"

耶律余睹说："万岁何事，愿领圣教！"

阿骨打说："都监有所不知，而今虽说大金国攻占辽土过半，但辽南部兵势强盛，物资雄厚，恐难攻之。朕深感进退两难，欲割划界为国，怎奈勃极烈的议论不一，故而迟迟未进，郁闷朕心，特求都监开心钥匙，解开心中之锁。"

耶律余睹说："启禀万岁，决不能划界求和，辽虽还有半边土地，但内部空虚，兵孤将寡，众叛亲离，四分五裂。更何况天祚帝在垂死之机，残杀骨肉，整个皇朝都已解体，文武百官各寻生路，谁还领兵征战？虽有耶律淳奉命守燕京，还拥有万人兵力，但见天祚帝屡屡溃败，另做别计，天祚帝率带之亲军已属乌合之众，不堪一击。圣上，应乘虚而入，灭辽朝，归正统，上应天意，下随民心，机不可失也！"

阿骨打说："尽管如此，怎奈大金国号兵对辽南之地生疏，进退不能自如。天祚虽兵孤将寡，但占据地理优势，行动自如，以弱战强，以寡胜众，金岂不甘受戮杀之苦也？"

耶律余睹说："请万岁放心，如兴师征伐，吾愿为向导，可引军直进，不知陛下圣意如何？"

阿骨打一听，大喜，笑吟吟地对耶律余睹说："都监真用钥匙打开朕心之锁，如此全赖都监做开路先锋，朕无忧也！"

耶律余睹说："启禀万岁，吾归降后，承蒙圣恩。如此关怀备至，就是肝脑涂地、赴汤蹈火也报答不上圣恩，吾一定奋勇争先，活捉天祚，以报圣恩！"

阿骨打说："都监义气令人钦佩，但天祚与西夏是舅甥关系，最后死逼无奈，能否逃往夏国呀？"

耶律余睹说："天祚帝虽与西夏是舅甥关系，但西夏乾顺得全面权衡利害关系，如收容天祚，岂不有损于金？金一怒攻取西夏，岂不自招祸殃？为尽早捉获天祚，早日结束讨伐之战，吾倒有一粗浅之见，愿供圣恩。"

阿骨打说："都监，有何妙策，快向朕说来！"

耶律余睹说："为堵塞天祚之西逃，圣上可先向西夏乾顺致书，言说伐辽之目的，愿与夏和好，只要夏向金如同向辽仍然称藩，金决不侵犯。但有条件在先，如天祚逃亡西夏，必须立即送金，否则引起的事端应由西夏承担。这样，西夏乾顺岂敢违逆大金国之命？何况大圣皇帝的天威中外皆知，乾顺敢逆天叛地而行，不是自取灭亡嘛！"

阿骨打一听，耶律余睹是位文武全才之将，韬略过人，可重用之。接过说："都监之见，真乃灭辽实现大金国统一之策也，甚合朕意。"

阿骨打正和耶律余睹谈论灭辽之事，忽报："国论胡鲁勃极烈撒改病危！"阿骨打一听，大惊失色！

阿骨打听说国论胡鲁勃极烈撒改病危，甚是惊慌，遂对耶律余睹说："都监，改日再谈。"当即乘马赶奔国相寨。阿骨打来至国相寨，撒改的儿子宗翰、宗宪出来接驾。阿骨打见撒改大儿子、二儿子出来接他，没见三儿子宗法，顺嘴问道："宗法哪？"

宗翰回答说："宗法已出去三四日未归。"

阿骨打边走边问："他到哪儿去了？"

"不知道干什么去了。"

阿骨打进屋见撒改躺在炕上，两眼紧闭，脸色蜡黄，一口接一口喘着粗气，抖着两只肩膀，病势不轻，悄声说："两日未见，病成这样了？"说着坐在撒改身旁，两眼注视着撒改，心里很难受。

宗翰站在撒改头前，说："待吾将阿玛唤醒。"

阿骨打摆手制止，不让宗翰唤。不一会儿，撒改好似从睡梦中惊醒，冷丁睁开眼睛，嘴唇微微颤动两下，说："皇上……"撒改的目光突然发现阿骨打坐在他身旁，干裂的嘴唇微微一笑，说："皇上，你可来了！"声音虽然不大，但在场的人都听清了。

阿骨打说："朕来了，你感觉咋的呀？"

撒改两手按着炕，头往起抬，要坐起来。阿骨打说："你躺着吧，不要起来。"撒改说："让我起来坐会儿，和皇上唠几句嗑儿。"见他执意要起来，宗翰、阿骨打扶着撒改坐起来，撒改气喘吁吁地平静一会儿，对阿骨打说："皇上，是吾让他们将圣驾请来，趁吾明白，将憋在心里的话对皇上说说。皇上要能听吾的话，吾死了也能闭上眼睛了。"

阿骨打说："有什么话，你就说吧，朕一定听取。"

撒改说："吾最担心的是将来皇位的事儿，吾之见，皇上应立太子，实行世袭制。因为咱们女真不是原来单纯完颜部了，不仅女真诸部，现在辽朝必灭，大金国一统天下，还实行原来的部落推选酋长的办法显然不行了。没吃过肥猪肉也看过肥猪跑，开天辟地以来，哪朝哪代不都是实行世袭制？这是大事情，皇上应当果断，不能再迟疑不决了，应马上立太子呀！我最担心的就是这件事，这事不解决，那还得了？咱们不能总活在世上，归天那天，皇位继承人不定，死能瞑目吗？如果皇上让吾死后能闭上眼睛，就答应吾这个请求。"

　　阿骨打见撒改说得非常诚挚恳切，而且这话撒改不是刚才向他提出，而是在建国后，撒改曾多次背前眼后向阿骨打提醒这事，均遭受阿骨打的婉言相拒。阿骨打不是没想过这个事，而且在阿骨打心中也是经过多次思考，阿骨打认为，说啥不能学其他朝代这一套，实行皇位继承世袭制有违祖先之规。女真从来就是推选有德干者任之，怎么能到吾这儿就变了？将女真人整体的大事业，变成我阿骨打独此一家之天下，将来寿终那天，有何面目去见祖先？为此，阿骨打曾暗中向祖先盟过誓，当皇帝也继承祖先创业之制，决不废弃。正由于这样，阿骨打在让撒改建造皇室的时候，他亲自出图样，决不修成辽、宋皇宫那样。修建成辽、宋皇宫，不仅受人们唾骂，更重要的是有违祖先艰苦创业之教。阿骨打设计的皇室，实际就是沿袭女真完颜部遗传下来人们议事的地方，用阿骨打的话说，这比先人好多了，先人议事在野地里，现在议事在房屋里。而阿骨打修建的皇室确是只供勃极烈们议事用，皇室外面既没修建城池，又没造宫殿，更没有三宫六院和皇上观花赏景之地，只是光秃秃的一溜儿房子。而皇上和勃极烈们住各自的寨子，阿骨打的几房老婆也分别各住己寨，均不在皇室里边住。这是从古至今惟一的一代皇帝不修宫，不坐金銮殿，也不立太子，皇位继承仍用推选制。可今天撒改在病危的时候，又向阿骨打提出皇位继承这件大事，不能不使阿骨打动心。他想，几朝的老国相今天又提出此事，并且是在生命垂危的时候提出来的，这让朕咋回答呢？还像过去断然拒绝，势必刺伤国相一颗赤诚之心，让他在病危之时内心得不到安慰，憋啦八屈地离开人世？可阿骨打又一想，如果答应国相之见，吾已早向祖先盟誓过，有负祖先，有负个人誓言，身为女真人之头儿，说话办事出乎其尔，反乎其尔，还叫人吗？不答应不好，答应又自欺欺人，可将阿骨打难住了。阿骨打沉思片刻说："国相放心，朕会处理好此事的。"

　　撒改说："皇上，皇位继承这事可要往心里去呀！这可关系到子孙万代的大事。咱们祖先父一代子一代流血牺牲为的是啥？不就是为的一统天下，女真人掌权做主人吗？立皇太子这事，你就赶快定吧。还有一事，我心里提溜着，感到是个事儿，说出来好将心放下走啊！"

　　阿骨打心里又一怔，暗想，国相还有啥事儿不放心哪？就说："国相，将你心里话向朕全说出来吧！"

撒改说："皇上，咱大金国以有道伐无道，灭辽后，要按皇上对宋许下的诺言办，将燕地割让给宋朝。千万别听信现在有人要进攻宋朝的主张，咱女真人势单力孤，贪多嚼不烂哪！何况咱金国从哪方面和宋比，都赶不上宋，灭辽后，要致力于建国，对宋保持友好，方能腾出手来，将咱大金国建设得繁荣富强！"

阿骨打说："国相放心，朕将按原议对宋，燕京之地一定割给宋朝，划界立国，互不侵犯。"

撒改说："这吾就放心了。"说着一倒眼珠子，只有出气，没有回气。阿骨打两眼流泪说："国相，你真狠心，这么早就走了！"遂亲自给撒改穿衣服，抬到床板上，不一会儿撒改咽气身亡。

文武百官来的时候，见阿骨打坐在撒改遗体旁，痛哭流涕地说："国相为国立下不朽的功绩，胆识才略过人，辅政之栋梁也。今国相升天而去，朕失右臂也！"嚎啕痛哭，悲哀已极，文武百官无不流泪。当即院内挑起红幡，奏起哀乐，请来"萨满"为撒改超度亡魂升天。因为女真人当时均相信萨满教。萨满教将世界分为三层，上层是"天堂"为上界，是诸神所居；中层是指地面上为中界，是人类所居；下层是"地狱"为下界，是鬼魔所居。人死后，只有萨满超度亡魂，方能登入上界，也就是升天成为神仙。那时候，女真人连字都不认识，对一切自然现象认为是"神鬼"的象征，天灾病热，全靠巫治。女真人管巫称萨满，不仅民众信，连皇帝都信。

单说萨满来了之后，腰系铜铃，男巫手持单鼓，女巫手持香火请神。女巫下来神后，扭摆着舞蹈，口里喝喝咧咧，双手各持一镜，上下翻身，镜光闪烁，耀人眼目。口念咒语，说是能将亡魂从勾死鬼手里夺回来，经过祈祷，可转升"天堂"，成为神仙，而且活灵活现地喊着："天堂迎国相亡魂来了！你看那前幢幡后宝盖，鼓乐接引，有金童和玉女与他陪伴，走金桥过银桥，步步登天……"

撒改尸体入殓的时候，阿骨打又亲视入殓，而且痛哭不止。经过多人劝慰方止，并坚持在灵棚里守灵，朝中文武百官也轮流前来守灵。阿骨打在守灵的时候，又问宗翰说："汝打发人出去，找到宗法没有？他到底干啥去了？"

宗翰说："派人出去四处寻找，均不见踪迹。"

阿骨打长叹一声说："唉，宗法太不知好歹，阿玛有病，说你几句，甩袖子就走，音讯皆无，真太不像话了。"

阿骨打传奇

206

撒改灵柩停放三七二十一天才出灵安葬。出殡这天，阿骨打骑匹雪兔御马，这马雪白雪白的，御驾亲自送殡。送殡的行列排出去好几里地，甚是隆重。来至上京（会宁府）郊外安葬，阿骨打将所骑之雪兔御马赐作葬马。

就在撒改安葬的时候，忽然来帮和尚，说是为国相撒改来超度的。这帮和尚刚到，其中有个年轻和尚放声大哭，众惊观之，乃撒改之子宗法。宗法怎么当了和尚？均大吃一惊！

阿骨打见撒改的老儿子宗法当了和尚，暗自吃惊，嘴没说心里话儿，这孩子为啥要走这条路呢？出殡回来，阿骨打将宗翰叫到一边，偷着问道："宗法到底因为何事与你父争执，怎么出家当和尚去了？"

宗翰说："回禀万岁，因弟已出家，这话就向皇上实说了吧。父患病重时，每日惦念将来皇位继承的事儿，意立太子继承皇位。一天，吾弟听后，不满父的见解，说：'说这些有啥用？按祖先之规，应当立我爷爷，可立我叔伯爷爷了。后来感到不好意思，才让你当了国相，说他有啥用？立也好，不立也好，全是空的，世界上一切一切全是空的。'他说完之后，哈哈大笑，差点儿将阿玛气死，气喘吁吁地叫他滚。宗法说：'你不叫我滚，我也滚，寻思我爱呆在这儿呀？'说罢一甩袖子扬长而去。当时我们谁也没拦他，怕将阿玛气死。从此，阿玛病情加重，宗法再也没回来，可做梦没想到他会出家呀！"

阿骨打说："原来如此，待朕去宝胜寺暗访宗法，经询问便知是怎么回事儿了。"阿骨打这皇上说到做到，而且说上哪儿去，抬屁股就走，从不以皇帝自居，到哪儿去还不摆个架式。他随便，到哪儿去悄悄的，神不知鬼不觉，这是阿骨打的特性。

阿骨打带两名侍卫扮作逛寺庙的，悄悄来至宝胜寺。阿骨打踏进宝胜寺的大殿后，大吃一惊，见殿内围着不少人，有老有少，还有女真妇女也挤在人群里观看什么。阿骨打由两名侍卫陪着，挤进人群里，踮着脚往里观看，见殿上佛像前有名和尚，年约二十八九岁，在宣讲什么。阿骨打很好奇，也站在那儿听上了，就听和尚说："佛教初入中国，只有修山乘法律宗及净土宗，由菩提达摩东渡才创禅宗。由禅宗五祖宏忍——黄梅大师传法后到六祖，才出现视野宗五派，即云门、法眼、沩仰、曹洞、临济。当五祖宏忍传法时，啥叫传法呢？传法就是衣钵相承，是为正宗。有一位神秀大师，众望所归，人人都说他可以继承五祖。当宏忍五祖问神秀时，神秀用偈语①回答说：'身本菩提树，心如明净台，时时劝拂拭，不使惹尘

_____

① 偈语：是佛教所说像诗一样的韵语。

208

埃。'宏忍摇头。五祖宏忍忽然见神秀身后站一个烧火和尚,宏忍就问烧火和尚说:'神秀的偈语怎样?'烧火和尚回答说:'身非菩提树,心非明镜台,本来无一物,何处惹尘埃。'宏忍一听,高兴地点点头,就把法传给了烧火和尚,他就是六祖慧能,由他创建禅宗五派。主张不立文字,教外别传,直指人心,见性成佛。修行方法讲的是'禅定',就是'安静而止息杂虑,静坐敛心,专注一境,久之达到身心轻安,观照明净。方使禅心清静寂定'。佛教认人类所住的世界为四大部洲:东方胜身洲,此洲人身形殊胜,地形如半月,人面亦然;南方赡部洲,亦称阎浮提,'赡部'者树也,洲以树得名,地形如车,人面亦然;西方牛货洲,以牛帘易,地形如满月,人面亦然;北方俱卢洲,'俱卢'为'胜处',真地胜于其他三洲,地形正方,人面亦然。四大部洲有四天子,东有晋天子,南有天竺国天子,西有大秦国天子,北有月支天子,亦称四天王各护天下。东方持国大王,身白色,持琵琶;南方增长天王,身青色,执宝剑;西方广目天王,身红色,手中缠绕一龙;北方多闻天王,身绿色,右手持伞,左手执银鼠。因为南西北东各有一主,南有象主,西有宝主,北有马主,东有人主,才产生了'四大种','地大、水大、火大、风大'。其属性和作用是:地大以坚为性,能载万物;水大以润湿为性,能包容物;火大以暖为性,能成熟物;风大以动为性,能生长物。产生了四生:一曰胎生,指人和其他哺乳动物也。二曰卵生,鸟类也。三曰湿生,虫类依湿气而变形也。四曰化生,指无所依托,借业力而忽然现出者。佛教才确定为'四谛',四谛就是:苦、集、灭、道。佛教认为,人世间的一切都是苦的,为'苦谛';招感这些苦果的烦恼业因,为'集谛',啥叫集谛? 就是因也;要想解脱苦果,只有除烦恼业因而达'寂灭为乐'的'涅磐'境界,为'灭谛';而要达到'涅磐'境界,就必须修道,为'道谛'。为此,佛教以布施、爱语、利行(利益众生的行为)、同事(与众生共同行动)为四摄,摄受信徒。把有形质的能使人感触到的东西称为'色',把属于精神领域的称为'心'。指一切事物的形状外貌,'无边色相,圆满光明','离诸色相,无分别性','落莫香魂绕旧宫,拒知色相本来空'。形成因果报应。来作不起,已作不失,有起因尽必有结果,'善因'有'善果','恶因'有'恶果',立修动德,擅长回归,善救众生成佛……"。

阿骨打站在人群里听着,有的他懂,有的他也不明白是咋回事儿。他心里边听边琢磨,佛教怎么把人生看成是苦的呢? 不对,不对,绝对不对! 人生是快活幸福的,不论劳动也好,穷的富的,都是美好幸福的，要不咋都愿意托生人哪？最使阿骨打不满意的是"修道"，阿骨打的理解修道就是出家当和尚。他简直听着好笑，要是都当和尚，地面上还有人类存在吗？都当和尚，吃什么，住什么，望天能望下馅饼儿来？这个不行。可他又一想，这和尚、道士也是自古以来就有，咱女真过去没有，现在也有了，他们从哪儿来的？这个和尚岁数不大，还真能白话。是了，宗法可能上这儿听他白话，白话入了邪，才对阿玛说，世上一切全是空的，怎么能说空的哪？这寺庙修上后，这不在这儿存在吗？没有这寺庙，你和尚能跑这儿白话吗？阿骨打正胡思乱想的时候，就听那个和尚说："今天就讲到这里，明天再讲！"人们忽下子散了。人们一散，阿骨打才发现宗法和其他一帮和尚跪在殿内两侧，双手合十静听传教的架式。见人散了，这群和尚一齐向传教的禅拜后，站起身来。

宗法站起身来，见殿外有三人向殿里张望，仔细一瞧，是皇帝阿骨打，慌忙大喊说："大圣皇帝阿骨打御驾至此啊！"

和尚们一惊，连传教的听后，都惊得直眉愣眼，赶紧抢前一步，迎在殿门口，跪在地下，双手合十说："阿弥陀佛！不知大圣皇帝圣驾至此，未曾迎接圣驾，愚僧罪该万死！"

阿骨打说："不知者不怪，起来讲话！"

僧人们禅拜阿骨打后，一条线似的排列站在殿门口，弯腰双手合十，低沉着头禅迎阿骨打。

传教的和尚说："请万岁圣驾至禅堂用茶！"

阿骨打说："朕先在此，欲找宗法有话问他，其他师父暂时回避。"

众和尚一听，你看看我，我看看他，嘴没说心里话儿，看样子，宗法这和尚当不成了，这才离去。

阿骨打见众僧离去，问宗法说："宗法，你因何出家当和尚？"

宗法说："启禀万岁，自从吾经常来寺庙听于禅师讲教，使我认识到，世界上均是空的，不论谁，到头来全是一场空，弄不好还得下 18 层地狱，遭受轮回之苦，世界上唯有修道高，他讲的'四谛'才是真理，只有'默坐专念，心专一境'，才能最后'成佛'，遂决心'禅和'。"

阿骨打又问："这于禅师叫什么，哪里人氏，汝知道吗？"

宗法回答说："听僧侣说，于禅师名保彦，辽临黄府保和县人，在医闾山镇山庙落发为僧。说镇山庙是长期'挂单'① 的寺庙，庙里禅师

———————————

① 挂单，指锡杖，佛教的杖刑法器。

是莲圃和尚，是位德高望众的法僧，广博经义，擅长唐代怀素书法。于禅师受禅于莲圃和尚，可不久，莲圃和尚就归天成佛了。"

阿骨打听后，大吃一惊，暗想，哎呀，原来他受禅于莲圃和尚啊？阿骨打对莲圃和尚知道啊，因为镇山庙是他创建的，是艮岳真人亲手画图而建的，这莲圃和尚也是艮岳真人推荐而来的主持僧。阿骨打当即就对宗法说："速带朕去拜禅师！"

宗法一听，心内一惊，皇上听我一说，怎么忽然恭敬起禅师了？疑惑不解地引阿骨打来至禅堂。于保彦见皇上走进禅堂，慌忙跪拜相迎，阿骨打急忙扶起说："朕不知禅师原在医巫闾山镇山庙莲圃法师受禅，失敬！失敬！"

于保彦和尚说："岂敢！岂敢！法师归天成佛前，曾'禅那'① 于吾，到大金国会宁府去释教众生，佑大金国昌盛发达，积'善因'，结'善果'也。"

阿骨打说："莲圃法师归天成佛，朕尚不知也。"接着阿骨打问于保彦说："落发为僧，均能成佛乎？"

于保彦和尚回答说："回禀万岁，据莲圃法师禅言，在于'安静而止息杂虑'，是佛教修行者的'道谛'。欲达者必真正懂得教义，但多数僧侣只能念经做活，实为'苦行僧'。还有个别的僧人，披着僧衣干些坏事，佛教说他是'袈裟下失却人身佛门中造成地狱'。"

阿骨打说："原来如此，僧侣也是迈进佛门，修行在个人啊！"

这时，侍卫进来禀报阿骨打说："皇上，传来金牌，请圣驾回朝！"

阿骨打说："朕晓得了。"临走的时候，为悼念莲圃法师，留诗一首：

莲圃法师驻镇山，
会宁保胜一炷香。
息念为金怜困厄，
参禅不忘视安康。
成佛不忘施金教，
遣师会宁设积场。
升天成佛已忘相，
悼师佛天几星霜。

————————

① 佛语："定"的意思。

阿骨打从保胜寺出来。心里仍然翻滚着于保彦禅师释教的话语，有些地方他听着反感，同时此次来准备将宗法唤回。他担心皇帝亲属都去出家当和尚，这要在民众中声张起来，别说灭辽，实现大金国一统天下，就是自耕自给也要困难，都去当和尚，谁种地呀？不种地，人们没有粮食吃，饿也饿死了！阿骨打做梦没想到，宣讲释教的禅师，竟是按莲圃法师遗嘱而来的，这他啥话不敢说了，因为莲圃是他师傅艮岳真人请来的，不仅不敢说啥，心里还感到特殊的难受，确有忐忑不安之感。因为他对于保彦产生过"邪恶"，并欲将宗法唤回，虽然没说出口，确有此念，阿骨打则边走边暗自忏悔。这不奇怪，当时社会环境就这样，科学不发达，人们还没认识世界大自然，自然就得被迷信统治灵魂。

阿骨打从保胜寺出来，走没有一里之遥，忽然从西南方传来一阵嚎哭声，一下打断了他的心事。停住脚下步，转头往西南方一瞧，见人山人海，好似出殡，出殡孝子的哭叫声也没有这么哭叫的。心里纳闷儿，就对一名侍卫说："你快去看看，那是干什么的？"这个侍卫一听很高兴，这热闹看看去多解渴，撒脚就跑。阿骨打和留下的一名侍卫闲聊起来，阿骨打问道："保胜寺的和尚，讲些什么你听懂了吗？"

侍卫摇头说："听不懂，可不少人都听懂了，说啥的都有。"

阿骨打说："你听民众都说什么？"

侍卫回答说："有的说，这和尚就是活佛，前来救苦救难，搭救民生来了，要将掉在苦海里的民众搭救出去。"

阿骨打问道："说这话的是什么人？是咱女真人说的，还是迁徙来的人说的？"

侍卫说："是迁徙来的人说的。他还说，好比咱们，从原来住的地方被金人赶来，就等于将咱们推进苦海，让咱们当奴隶，这就叫苦海无边。谁会想到大金国皇帝会变心肠，又将咱们从苦海里唤上岸来，这就是佛的点化呀！禅师是汉人出家落发当了和尚，在无虑山受活佛摸顶受禅的，活佛升向西天，让他这位小活佛前来救咱，他讲的全是'释迦牟尼'老佛爷救苦救难大慈大悲的事儿。活佛还会念经咒，通过这个禅化大金国皇帝和女真人的心，让他们从'恶'转'善'，咱们也会一天比一天好起来。"

　　阿骨打听侍卫这么一说，心里甚是惊讶，暗想，一座小小的寺庙，一个和尚，威力竟这么大，能将和尚的胡言乱语凌驾朕的头上，真不能轻视啊！阿骨打心里又一翻腾，想起建立镇山庙，只要将辽的风水截住，镇下去，女真方能得天下，实现一统。建立镇山庙后，几年来，吾大金是节节胜利，已拿下辽之半壁河山，眼看辽的灭亡不远，这能说和镇山庙无关吗？朕不能有他念，要靠寺庙和尚拜佛祈祷保佑大金，还要靠和尚去禅化民心，驱恶扬善。

　　阿骨打又问侍卫说："你还听到什么了？"

　　侍卫说："咱女真有人说，这是放屁，不信那一套，咱信萨满，萨满才能使人升天。还有人说，女真应起哈子，把寺庙扒掉，将和尚赶跑算了！"

　　阿骨打一听，愤怒地说："岂有此理，扒寺庙岂不更说女真野蛮了？干鲁古曾犯有焚寺庙之过，已被朕降职，而今在内地又有其说，要诏旨而保之。"阿骨打这话是自言自语还是对侍卫说的，连阿骨打自己也不知道，反正听后顺口说出的。

　　去看热闹的侍卫气喘吁吁地跑回来，对阿骨打说："皇上，快去看看吧，真热闹，一家大户出殡，要将陪葬的奴隶、马、牛等一齐焚烧，说陪伴亡魂升天。"阿骨打一听，甚是惊疑，说："走，朕亲去观之。"

　　当阿骨打来到近前，挤到人群中一看，见出殡的行列庞大，浩浩荡荡过来了。前边是铜锣开道，旌幡招展，鼓角号笙笛喧天。后边紧跟白衣白马的对子马，跟在对子马后边的是巫觋，女巫男觋就达12个人。他们腰系铜铃，哗啦当啷响，伴随着男觋的手鼓敲打的点儿，翩翩起舞。女巫手持铜镜随着舞蹈，上下翻腾飞舞，闪烁着光亮，耀人眼目。灵柩前孝子身穿重孝，左肩披着红幡，由左手把捧，右手弯在胸前，捧端着一乌木灵牌，后边才是灵柩，由32杠抬着。紧跟灵柩的是陪葬品，捆缚着两串儿人，男女各一串，都是12名，年龄不超过十四五岁，哭叫连天，喊叫着："救命啊！救命!"阿骨打见此情，大吃一惊，气愤地想，谁家这么大的气派，用活人陪葬，吾女真从古至今不仅未见，闻所未闻也！阿骨打又见围观的民众个个擦眼抹泪，喊喊喳喳地说："咱女真人从古至今，都是杀人者死，还要将他家属罚作奴隶，他家为陪葬死者就杀死24个男女青年，应犯啥罪呀？为何无人管哪？"

阿骨打问身旁一人说："这是谁家如此大胆？"

旁边那人也没看阿骨打一眼，顺口答道："谁家，你惹不起，皇亲国戚呗！"

阿骨打心里打个颤儿，皇亲国戚，朕咋不认识哪？他又问："冒充吧，皇亲国戚还有这样的？"

那人说："盈哥的小舅子死了才敢如此，别人谁敢啊？"

阿骨打一听，惊讶地吸口凉气，原来是他家呀！是女真的富豪之户。

原来盈哥（后来追封为穆宗）的媳妇乌古论氏，娘家是富豪家，有奴隶四十多，可说是牛马成群。早在劾里钵与腊醅、麻产大战于野鹊水时，要不着欢都奋勇厮杀，将受伤的劾里钵相救，否则劾里钵早就没命了。劾里钵回军时，要灭屋辟林勃董骚腊和富户挞懒，因为他们袖手旁观不前去劝战，更何况骚腊、挞懒还曾和腊醅、麻产联合过，随驱马飞驰而往。这事传到欢都耳中，欢都可吓坏了，快马加鞭追赶劾里钵，将劾里钵赶上说："主公欲何往？"

劾里钵说："吾去捉拿骚腊、挞懒问罪！"

欢都一听，慌忙下马，拽住劾里钵的马缰绳说："不可！难道主公不念你弟弟盈哥和弟媳乎？"

劾里钵也忽然想起挞懒是盈哥媳妇乌古论氏之弟，才罢休。这事后来传到挞懒耳朵里，富户挞懒甚受感动，找到欢都说："吾家奴隶成帮，牛马成群，任你选择，你要啥吧？"欢都笑笑说："我啥也不要！"婉然谢绝了。挞懒为感谢欢都救命之恩，后来就将女儿曷罗晒许配给欢都之子完颜希尹为妻。完颜希尹很聪明，通晓契丹文和汉字，阿骨打才让他制造女真字。他按时书成，为表彰其功，阿骨打赐给御马一匹，锦衣一袭。阿骨打想，完颜希尹识文断字的人，老丈人死了，他家要这么做，你也应该劝阻，哪能用活人陪葬呢？阿骨打边看边想，又见过来陪葬的牛马各12匹，外加12头猪、12只羊、12只犬、12只鸡。陪葬的过去后，才见到送殡的过来了，阿骨打一眼就见到完颜希尹身穿重孝，骑着阿骨打赐给的御马，跟随在送殡的行列之中。

阿骨打也真是个劲儿，身为大圣皇帝，却随着看热闹的群众跟头把式地去了。两名侍卫跟在阿骨打身后，乐呵呵地想，跟皇上出来真好，"什么呆儿都能卖儿"，你看皇上阿骨打挤挤擦擦的，看得有来道趣儿的。侍卫怎能理解阿骨打的心情？他身为大金国的皇帝，肩负着安邦治国的重任，啥事儿不经过亲眼过目，又咋能辨别是非，什么应该提倡，什么应该制止呢？皇上决不能呆在宫里整天吃喝玩乐，治国单靠下边奏章，那怎么行？那样和辽朝的天祚帝还有啥区别？不仅不能治国，岂不很快就得亡国！阿骨打正由于这样，他在言行上是一致的，不修宫，不坐金銮殿，不辞辛苦到下边亲眼看。

闲言少叙，还说阿骨打跟随出殡的来至坟地，只见早已用干枝树木支起大架，准备让灵柩和陪葬的奴隶、牛、马、羊、犬、猪、鸡一起焚化升天。还没等他们动手焚尸活烧奴隶，阿骨打从人群里走出来，大声喝道："谁让你们用活人、活畜陪葬？"

送殡的人吃惊得抬头一望，很多人没认出是阿骨打，另方面他们也没想到皇上能凑这热闹。其中有个愣头青，蹿过来瞪着驴眼喝问阿骨打说："你这老头儿，狗咬耗子多管闲事儿，你也不睁开眼睛看看，这是谁家？是皇上舅舅老子，你也想要……"

就在这时，完颜希尹跑过来，咕咚跪在地上，高声喊道："不知皇上至此，未曾迎接圣驾，罪该万死！"

惊得送殡的人面目失色，看热闹的惊吓得直眉愣眼！

完颜希尹这一跪，吓得众人全跪下，给阿骨打磕头。

阿骨打问完颜希尹说："为啥要用活人、活畜陪葬？"

完颜希尹说："回禀万岁，是岳父遗嘱也！"

阿骨打说："汝岳父怎么会想到用活人、活畜为他陪葬呢？"

完颜希尹说："这事也怪吾，因为我经常在他跟前讲些南朝的事儿，历来皇帝都用活人、活畜陪葬。没想到岳父在临危时，嘱咐他儿子再三说，我攒了一辈子钱，不能让我孤单单地升天，也得学南方人，挑选奴隶的崽子小奴隶男女各 12 名，牛、马、羊、犬、猪、鸡各 12 伴随我去升天吧！为此，才决定用活人、活畜陪葬。"

阿骨打嘴没说心里想，好个挞懒，活着贪财，死了还贪哪，又问道："为啥要采取焚化而葬哪？"

完颜希尹说："是萨满的主张，说岳父死的月、日、时犯恶鬼缠身，缠着不放，不焚化升不了天。"

阿骨打又说："完颜希尹，你识文断字，应该知法。女真从古至今，杀人者处死，还要罚其家人做奴隶，难道你不知吗？为何不劝阻！"

完颜希尹脸色由红变白，浑身颤抖着，唔唔回答不上，只顾叩头。跪在他后边的挞懒儿子野酷见完颜希尹回答不上，便接过说："回禀万岁，这和杀人不同，杀人偿命，欠债还钱，是应该罚的。而吾家用活人、活畜陪葬，全是自家之财产，抛扔焚埋心甘情愿，岂能和杀他人同论？"

"住口！"阿骨打一听，怒满胸膛，大喝一声说："好你个野酷，胆敢强词夺理！朕早已诏谕，贫民负债不能偿还，规定贫民欠债者三年内不准催督债务，三年后如还不上，沦为奴隶，也可赎回为平民。卖身为奴隶者，也不能任意杀害，杀害奴隶者，与杀人犯同罪。汝不知焉？胆敢为汝父用 24 名男女少年的生命陪葬，真是无法无天！吾女真为着争夺人、畜、土地，从古至今东剿西讨，南征北战，很不容易呀，人、畜有多么珍贵呀！你竟敢仗有财之富户，显其财大气粗，可用这么多活人、活畜陪葬，真是可恶已极。朕决定，将野酷为汝父挞懒陪葬的 24

名少年男女解缚放回，希尹领旨照办哪！"

阿骨打这个旨意一下，围观的民众立刻沸腾起来，齐声高呼："大圣皇帝空齐、空齐！"

阿骨打说后，惊吓得野酷立马瘫倒在地，都尿裤子了。

完颜希尹跪在地下哆哆嗦嗦地说："领旨！"咣咣给阿骨打磕头后，又说："皇上开恩，也是臣鬼迷心窍，没有想到金之法也。也认为，这些小奴隶和牲畜全是自家财产，用他们干什么均可以，竟忘了皇上早已有旨在先啊！"

阿骨打又问完颜希尹说："最近朕又诏旨，对奴隶所生的儿女再不为奴隶，均为良民，难道汝也忘记了吗？休要啰嗦，速执朕旨。如若不然，将汝与野酷一同陪葬！"

阿骨打也真急了，他这一说，吓得完颜希尹真魂都出窍了，也瘫歪在地。野酷家中人等大汗淋漓，不知所措。

正在这时，只见完颜希尹媳妇葛罗哂跑过来给阿骨打磕个头说："启禀皇上，刑下留人哪！"说罢起来，抢过完颜希尹的马，飞身上马，猛加两鞭，飞驰而去。

阿骨打明白了，这是搬她姑母去了，就又喝问完颜希尹说："完颜希尹，还不速去执行朕旨呀，跪在此干什么？"

完颜希尹已经吓得腿肚子转筋了，想爬起来，两条腿不听使唤，好半天才爬起来。等他爬起来，见那边人们七吵八喊。原来没等他去执行圣旨，好心的平民们听到阿骨打皇上让将 24 名小奴隶放喽，起初大眼瞪小眼，只顾蹦跳乐了，谁也没想，或者没敢去放这 24 名小奴隶。过了一会儿，见阿骨打真翻脸不认人，完颜希尹如不执行圣旨，与野酷同去陪葬，吓得完颜希尹也瘫歪那儿了。众人也一愣神儿，又见死者的女儿葛罗哂骑马飞驰而去，知道去搬救星，不用问，准是搬阿骨打的婶母乌古论氏。嘴没说，人人心想，这回可有好戏看了，皇上的婶母搬来，要是一炸庙，皇上咋办吧。正在人们心提溜着的时候，见皇上毫不示弱，仍喝令完颜希尹速去执行圣旨。人们见完颜希尹吓得腿肚子转筋，爬不起来，有些好心肠的平民才忽然转过向来，趁皇上逼着完颜希尹去放 24 个小奴隶的时候，还不赶快下手解其缚绳放了，等会儿皇上婶母来了一炸，那时想放也来不及了。所以，众人才一窝蜂似地跑过去，齐下火龙关，动手去解小奴隶身上的绑绳。平民为啥这样关心小奴隶呢？因为平民和奴隶心是连着的，有些奴隶就是从贫苦的贫民而转化为奴隶的。为此，这些贫民心想，我今天是贫民，明天就可能去当奴隶，整个命运都在奴隶主手心里攥着。如果他要是变成奴隶，奴隶主死了，他们的子女不也得像这24个小奴隶被活活的烧死，或者被活埋在地里。平民反对，痛恨奴隶主这种惨无人道的野蛮兽行！没想到皇上阿骨打也反对，不仅反对用活人陪葬，而且也反对用牲畜陪葬。阿骨打此举，一下子就将平民的心抓住了，这也是阿骨打多年来兑现他自己的"顺民心者昌，逆民心者亡"的格言吧。平民们见阿骨打反对陪葬，当即传旨释放，人们才为他欢呼跳跃，祝愿阿骨打长寿！

24名男女小奴隶被平民们将绑绳解开后，跳着高哭叫。不知谁说了句："放了你们还哭什么，还不快去向皇上磕头谢恩，没有皇上的旨意，你们早被活活地烧死了！"

24名男女小奴隶哭得红眼巴嚓的，涌向阿骨打这边来，齐刷刷跪在地下，给阿骨打磕头说："皇上，多亏万岁爷来救我们，不然我们早已被活活烧成灰了。"说着，哇一声全哭了。围观的民众也抽泣出声，陪着这帮小奴隶掉眼泪。

阿骨打被小奴隶们哭得也眼泪汪汪地说："你们起来，快回去，告诉你们父母说，我们活着回来了！"阿骨打后边这句话，是哽咽着说的，他这句话不要紧，立即引起平民们放开嗓门痛哭起来，悲痛之声冲上云霄，24名小奴隶哭得更厉害了。

完颜希尹见此情景也很痛心，两眼淌着泪水，走到小奴隶们跟前说："皇上让你们回去，赶快回去吧，省得父母为你们痛哭祈祷啊！"

完颜希尹提醒了平民，人们又跑过拽起小奴隶说："快，快往回跑，见你爹妈去！"

小奴隶们一听，撒开小腿就向回跑去。

瘫歪在地的野酷见小奴隶跑了，可动心了，腾地跳起来，也不瘫歪了，一跳多高地破嘶拉声地喊道："你们给我回来！回来！"

野酷瘫歪在地，吓得腿软筋曲。可他心里明白，见妹妹葛罗哂骑马跑了，知道去搬姑母，心里就落了点儿底，嘴没说，心里话儿，姑母来了，看你皇上咋对付我？他瘫歪那儿候等，没想到真将小奴隶放了，而且让跑回去了。财宝动人心，他可急眼了，蹭地跳了起来大喊，都没想是谁让小奴隶回去的。他这一喊不要紧，气坏了皇上阿骨打。

阿骨打双眉紧皱，怒气横生，喝令侍卫说："速将野酷拿下！"

侍卫听皇上传旨，哪敢怠慢，立即跑过去，将野酷打翻在地，四马倒攒蹄儿捆缚起来。

野酷的家人一看，大势不好，放声大哭，齐刷刷给阿骨打跪下，乞求地喊："皇上饶命啊！皇上饶命啊！"

就在这时，只见几匹快马向这边飞驰而来，好似箭打一般，眨眼工夫来至近前。人们举目一看，正是盈哥老婆乌古论氏来了！乌古论氏下得马来，见侄儿野酷已被捆缚在地，娘家人均跪在阿骨打面前，呼叫"饶命"。而皇上阿骨打怒目横生站在那儿，对她的到来，没予理睬，心中暗惊。慌走几步，到阿骨打跟前就跪下了，两眼流泪说："皇上息怒，吾特来为侄儿野酷请罪！侄儿违犯金法，理应处死。但念他无知鲁莽，幸用活人陪葬没酿成事实，还可有挽回的余地。饶恕他吧，不看吾面，还要看你死去的叔叔。不看你叔叔，还要看吾那五个儿子均征战在外，乌野16岁就随万岁出征，现随宗望在外征战……"乌古论氏悲痛哽咽得说不出话来。

阿骨打见年近六十的婶母跪在地上哭泣，忙亲手扶起说："婶母，勿要悲伤，野酷实属目无国法宗规，死罪虽免，活罪难容，削去他贵族和平民之称，贬为奴隶两年！"阿骨打说到这儿，传旨放开野酷。

乌古论氏喝声："野酷孽障，还不过来谢恩！"

野酷给阿骨打磕头，谢不杀之恩，全家也过来给阿骨打磕头谢恩。

阿骨打当众宣旨说："今后，不论皇亲国戚，贵族富户，再有用活人、活畜陪葬的，定斩不饶，抄其家户，贬为永世奴隶！"

从这以后，再也没有人敢用活人、活畜陪葬了。

严禁用人畜陪葬

阿骨打及时制止皇亲国舅用活人、活畜殉葬，并诏旨今后不论皇亲国戚，一律禁止用人、牲畜殉葬。他这个英明果断决策，深得人心。平民感恩戴德，家家户户在西墙上都增设一块木牌，作为阿骨打的灵位，当成活佛供奉，说他才是真正救苦济难、拯救众生的"活佛"。

阿骨打处理完国舅用活人、活畜殉葬之事后，带领侍卫往回走的时候，路过田地寨。为啥叫"田地寨"？因为女真人开始在此耕种土地，培育种子而得名。寨里有百十余户人家，汉人占百分之十左右。当阿骨打路过这个寨子的时候，见寨子西头儿有户人家，门口儿围着不少人。阿骨打好打听事儿，见从东边跑过来一个十多岁的男孩儿，看样子也是奔西头儿去看热闹的。阿骨打拦阻小孩儿说："你跑什么？哪家出啥事儿了？"

男孩儿愣眉愣眼地望着阿骨打说："是一个出去当兵打仗的人回来，不要媳妇，将他阿玛要气死了，媳妇上吊了！"说完转身就跑了。

阿骨打好奇地对侍卫说："走！咱们也去看看，是怎么回事儿。"

两名侍卫乐不得的，随皇上看看热闹，开开眼界，还有不愿去的？跟随阿骨打奔那家去了。阿骨打来到这家门口儿，向院子里一望，见新盖三间土草房，房后黑漆一片，是烧焦之状，是着过火后才盖的这三间房屋。从门口儿到院落屋里屋外全是人，人们交头接耳喊喊喳喳，议论纷纷。

"太可怜了。今天盼，明天盼，将男人盼回来了，还不要她了！"

"咳！心好不得好，要没有这姑娘，两个老人能活到今天？真丧良心！"

"能不能保住命啊？"

"不要紧，看样儿能保住命！"

"老头儿咋样，能保住命吗？……"

大伙儿说的话没头没尾，阿骨打越听越糊涂，就对侍卫说："走，咱们到屋去看看。"说罢，腾腾直奔院里而去。当阿骨打走进房内西屋时，见屋里挤满了人，他刚进屋就被屋里的老年人认出来了，惊讶地喊道："哎呀！皇上来了！"这老头儿喊着，就扑通一声跪在地上磕头。

屋里的人听说是皇上来了，都吃惊得望一眼阿骨打后，全要跪下，可往哪儿跪呀，小屋里挤得满满的。阿骨打赶忙手一摆说："免礼，免礼！"可众人还挤挤擦擦的，挤到外屋地下，都给阿骨打磕了头。阿骨打往炕上看了一眼，见炕上躺着的老头儿好面熟，仔细一看，吃了一惊，原来是土库老人。他怎么落到这步田地？就来至炕边，见老人合着双眼，气喘吁吁，似昏迷状态。阿骨打唤道："土库，土库，你咋的了？"招呼几声之后，土库才从昏迷中醒过来，微睁二目，端详着呼唤他的人。阿骨打问道："土库，你不认识朕了？"

土库两眼泪水流下来了，嘴唇微微颤动半天，勉强从嘴角儿发出微弱的声音："皇上……"只说这么两个字儿，又昏过去了。

阿骨打见土库这般光景，忙令侍卫回去取药抢救土库。阿骨打为啥这么关心土库呢？因为土库在耕种谷物上培育不少优良品种，阿骨打曾经来看过，对土库一心扑在种田上大加赞赏。这样一位对种地有贡献的人，怎么落到这般光景？他心里感到很难过。阿骨打坐在炕沿上，问认识他那位老者说："你叫啥名字呀？"老头儿回答说："小人名叫嘎阿，皇上忘了，那次来看种地，还到小人家里去过。"

阿骨打想起来了，这嘎阿和土库是要好的朋友，土库培育种子，嘎阿还帮不少忙哪。就对嘎阿说："想起来了，你为女真人种地出过不少力呀！"接着阿骨打问道："土库为何落到这般光景？"

嘎阿长叹一声说："咳，皇上，说起土库的遭遇令人痛心啊！"接着嘎阿向阿骨打叙诉了土库的遭遇。

土库为培育种菽，淘换菽种，他将心爱的三头牛换了人参、北珠，携带着人参、北珠去宁江州榷场去换取菽种。换回来后，精心耕种，菽种撒在地里，头一年就丰收了，金黄金黄的大菽可希罕人了。打下来后，屯里富户红眼了，富户三愣子就盯上来了，对土库说："你这菽我全包了，你要什么吧？"

土库说："你也别包我这菽，我什么也不要，这菽我留作培育种呢！"差点将三愣子气死，他气呼呼地走了。土库就将所收获的菽分给我们几户亲身耕种的小户人家，三愣子听说更来气了，暗骂土库说，咱们走着瞧吧！哪知没过几个月，土库的房子就着火了，这火着得才大呢，差点儿将老两口烧死，一下子房屋烧落架了，屋里的东西一点儿没抢救出来，连菽也烧了。多亏他分给几户种地的平民点儿，不然连种都没有了。几户平民又将菽给土库送回来，还是让他培育，等培育出种子，大伙儿再种。但这憨厚老实的土库连个窝都没有了，咋办哪？帮他呀，大伙儿都替他犯愁。他儿子护伦在外征战未归，两个老人可咋办哪？祸不单行，土库说不上着急上火呀还是咋的，又病了，卧床不起，别说培育菽种，连地都不能种了。正在这危急时刻，嘎阿的小女儿小秀突然对嘎阿说："阿玛，咱得救土库伯呀！"

嘎阿说："咳，傻娃女，咱心有余而力不足哇！要是能救济他，还等你说呀，我早救济他了。"

水秀望着嘎阿，脸红一阵白一阵地说："咱家能救！能，准能！"

嘎阿见小秀说得很干脆，将他说愣了，他好像不认识女儿似的以惊疑的目光上下打量着女儿，心中暗想，怎么，我女儿疯了，不疯为啥大天白日说梦话呀？就问道："疯丫头，咱家秃头虱子明摆着，用眼一顾就这么点玩意儿，用啥去救济你土库伯？你这不是在说梦话吗？"

水秀嘻嘻一笑说："我说能就能，准能！"

嘎阿的女儿真将他说蒙了，就疑惑地问："水秀，怎么能，用什么办法救济，说与我听！"

水秀嘻嘻一笑，脸色绯红地说："阿玛，我16了！"

嘎阿脸一沉，不高兴地说："你16了，你16和救济土库伯有啥关系，又在说疯话。"

水秀说："是呀，阿玛，我都16了，你将我许配给护伦哥，我过得门去，不就能救济土库伯吗？"

嘎阿一听，更生气了，心想，这丫头，今天怎么了？越说越是膊愣盖挂掌——离蹄（题）越远啊！哼了一声说："说傻话，护伦当兵在外，辽不灭，能回来吗？他不回来，你能过门儿？"

水秀低着头，抿着嘴，听后嘿嘿一笑说："阿玛，要救土库伯，护伦不在家，一样过门儿，我抱着一只大公鸡拜罢天地，就算过门儿。过门儿后，土库伯将我卖为奴隶，得了钱盖房子，种菽。等护伦哥回来，筹钱再将我赎出，或者种菽获钱也可将我赎出，岂不救济了土库伯？阿玛，你仔细想想！"说完，通红着脸跑向她那屋去了。

水秀这一席话，说得嘎阿心里立刻豁亮豁亮的。嗨嗨，真老糊涂了，难怪水秀想得出来。嘎阿心里又一亮，是了，水秀已到及笄了，她提的倒很合适。她从小就经常和护伦在一起玩耍，护伦比水秀大三岁，年龄也算般配。这样做，既救济了土库，又了结了女儿的配偶大事，一举两得。嘎阿越想越高兴，就到土库临时搭的小窝棚去找土库，将这事儿说了。哪知土库一听，脑袋摇得像拨浪鼓儿，说道："这事儿哪行，为我让水秀去当奴隶受苦，我心何忍？"说啥不允。没想到，水秀这姑娘说出的话，是铁板钉钉儿，连点帽儿没有，她自己串联一伙儿人，连歌带舞地去了。人们七手八脚摆上天地桌，水秀抱只大公鸡，拜了天地，围观的人感到非常新奇。当人们了解到水秀是为救济土库，人们欢呼起来了，全为水秀之举祝贺，在土库临时搭的窝棚前跳起舞来，直到深夜，弄得土库哭笑不得。就这样，水秀过了门儿。第二天，水秀就将自身卖为奴隶，卖身钱全交给土库，土库在平民们帮助下盖了三间房，又种上了菽。这菽长得比前一年更茂盛，土库琢磨着种两种菽种，就可将水秀赎回来。

嗨嗨，谁成想护伦回来探家，听他父亲一说，既高兴又受感动，忙连跑带颠地到奴隶主家去看望水秀。高高兴兴去的，愁眉苦脸回来的。土库见儿子护伦精神不对，就问他："你见着水秀了？"

护伦眉头一皱说："阿玛，我不要她，她不是我媳妇！"

土库一听，气得浑身哆嗦成一个团儿，啪啪打了护伦两个嘴巴子，晕倒在地。

水秀乐颠颠地回来，听说护伦不要她，当时好似凉水浇头，怀里抱着一块冰一般，冰冷瓦凉地晕倒在地。当人们将她唤醒后，她一声不吭，两只眼睛就像两个泉眼，泪水涌流不止。她哭啊，哭啊，最后寻了短见，自缢了。

阿骨打惊愕地问道："她自缢身亡了？"

嘎阿长叹一声说："多亏及时发现，苦命的孩子又缓过来了。"

阿骨打愤怒地站起身来，大喝一声说："好个大胆的奴才，竟敢陷害朕的行家，岂能容得，等朕惩罚于他！"

众人一听，大惊失色，不知阿骨打说的是谁。

说的是阿骨打在田地寨土库家听嘎阿向他述说土库的遭遇后，非常气愤，立刻站了起来，大喝一声说："好个大胆的奴才，竟敢陷害朕的行家，岂能容得，待朕严惩于他！"

皇上阿骨打这番话，说得众人大惊失色，直眉愣眼。暗想，皇上说的是谁呢，是谁陷害土库了？人人心里感到纳闷儿。

阿骨打传旨，令人速将谋克找来。不一会儿，将谋克找来了，谋克进屋赶忙跪下磕头说："不知皇上圣驾来临，未曾迎接，罪该万死！"

阿骨打说："你先起来，朕有话问，你叫什么名字？"

谋克说："回禀皇上，小的名叫四角！"这四角不是别人，就是三愣子的弟弟，都是田地寨的大奴隶主，家有上百名奴隶，牛马成群。三愣子就仗着弟弟四角谋克势力，在寨子里横行霸道，像吸血鬼似的，一点儿一点儿吮吸着奴隶的血汗。又似一条大鳄鱼，时刻张着那血盆大口，一点一点吞食弱小的平民户，有多少家破产后成为他的奴隶。

阿骨打听谋克名叫四角，心里就明白了八九分，琢磨着八成是三愣子的哥儿们，就问四角说："土库这房子是咋着的火呀？"

谋克四角被皇上阿骨打这一突问，好似迎面给他一个掌手雷，脑袋嗡的一声，两眼发黑，汗珠儿滚滚而出，腿一软扑通跪在地下，结结巴巴地说："回……回禀皇上，小的……不知也！"

阿骨打大喝一声说："住口！你身为谋克，百户之长，怎么连行家为何着火都不知道，你整天都干什么了？你向朕实禀，这火是谁放的？实说则罢了，不实说，朕今日拿你是问！"

四角磕头说："万岁，这火是它……自己着……着的。"

阿骨打说："四角，汝不想实说，来呀，将他推出去砍了！"

四角哎呀一声，一屁股坐地上，头上的大汗珠儿淋漓而下，吓得他那小脸儿黄得像蜡似的。这小子也不结巴了，仰着身子说："皇上，这火是吾哥哥放的呀！不是我放的。"

阿骨打说："你哥哥为啥要放火坑害土库？"

四角说："因为土库不给他莳种，怀恨在心，才打发人放的火！"

阿骨打说："快将三愣子抓来！"

不一会儿，将三愣子捆缚而至，推推搡搡地进得屋来，窗外已围得水泄不通，人们张望着阿骨打皇上审问三愣子。

三愣子进得屋来，跪在地下给阿骨打磕头。

阿骨打问他说："你叫什么名字？"

"我叫三愣子。"

"你多大岁数？"

"五十。"

"你为什么要放火烧死土库？"

三愣子听阿骨打这一问，吓得他身上突突打开冷战，好像下来神似的，抖成一团，磕头说："回万岁，小人没放火啊！"

阿骨打大喝一声说："你打发谁放的？快讲！"

三愣子说："没，没有哇！"

阿骨打大喊一声说："四角，你替他说说！"

四角说："哥哥呀，实说吧，我都说了，纸里的火，包不住啦！"

三愣子听四角这一说，扑通跪了下来，眼珠子一瞪，咬牙切齿地用手指着四角说："好啊，好啊，都是你干的好事儿，你反倒装起好人了！"说到这儿，将身子一扭对阿骨打说："皇上，是四角让吾放的！"

"不，不是，是他自己要放的！"四角听哥哥这么一说，又毛鸭子了，赶忙接了茬儿。

阿骨打说："住口！"遂令人将四角先带到别处看管，等候审问。阿骨打又问三愣子说："三愣子，你说是四角让你放的，是怎样让你放的，从头向朕如实讲来！"

三愣子说："回禀万岁，让小人从头回禀。四角见土库倒腾回来的菽种头一年试种就丰收了，几次去看，眼馋得心直劲儿痒痒，就来找我说：'哥哥，土库培育的菽可真希罕人，你去找土库，包买下来，要啥给啥，弄到手再说。'我说：'你去找他吧，干吗让我去呀？'四角说：'这老头子嫌我要的种子数多，数量大了，现在属铁公鸡的，一毛不拔了，还总念三七嗑儿，你们发了，我穷了，应该让我们也吃碗饭，这种不是天上掉下来的，是汗水换来的。你听听，他这话有多噎人哪！'我说：'敢情的，你属鹞鹰的，强拿，给人钱不就卖给你了。'四角说：'哥哥，你不知道，土库不知为什么恨着咱们，给他钱也不卖给咱们，宁肯送给他那几个穷哥儿们。要是能买出来，我让哥哥去干啥？去吧，哥哥，这菽种咱哥儿俩要是垄断过来，几年的工夫，就又发笔大财！菽种当时是土库蝎子粑粑独一份儿了，缺者为贵嘛.'我一寻思也对，宁肯多给他些东西，也要包过来，这才去找土库。哪知土库他说啥不卖，千金难买我不卖呀，好话说了千千万万，土库就俩字儿'不卖!'说真的，当时将我气得想给他两脚，没敢，知道他在皇上那儿是挂号的人。弟弟四角见我没包来菽种，气得他脸色煞白，牙咬得咯嘣一下掉了个门牙。后来他就给我出了个损招儿，让我打发人偷着放火将土库房子点着，烧死土库，让土库和菽一同烧成灰。我听后不干，他说怕啥，由我给你兜着，皇上来了也得听我的。我是谋克，当地的头儿，土皇上，谁敢惹啊？四角一门儿唆使我，我才答应了。但我一想，让别人去放火不行，坛嘴好扎，人嘴扎不住，非露风儿不行，我才自己下手。那天半夜乘刮风，悄悄将土库房子点着了，以为能将土库烧死，没想到土库得救了。这事神不知鬼不晓，没想到四角他向皇上嘞嘞出来了，将我出卖了，他脱净身。杀了我，他好得我这份儿家产，办不到，一根绳儿拴两只蚂蚱，他也跑不了。皇上，我说得对不对呀？"

阿骨打说："你说得对，火是你放的，是四角让你放的，罪恶的根子在他那儿！三愣子，朕再问你，护伦为啥突然变卦不要水秀了？这是谁出的鬼道眼哪？"

三愣子说："回禀皇上，这都是他出的坏水儿。开始时，四角让我坚持要土库用菽种赎水秀。当他听说护伦回来了，又笑嘻嘻地找我说，这回土库死期不远了！我惊疑地问他，为啥？四角告诉我护伦回来了，咱哥俩偷着对护伦说，就说水秀早已和奴隶私通了。护伦一听，水秀已变成奴隶，又和人私通，肯定提出不要水秀。土库见儿子不要水秀，这不丧良心吗，老家伙一急眼，气也得气死。水秀浑身是嘴难分辩，护伦不要她，一伤心，非自尽身亡。到那时，咱哥儿俩往上一顶，赔偿奴隶好了。护伦没法儿，只好将房子、地、菽种全给咱哥儿俩了。你看多好啊，一举两得，既解了心中之恨，菽种地也全归咱所有了。四角这一说，我听后心里也乐开了花，认为这招儿太绝了。当护伦来见水秀的时候，我将护伦叫到一边，偷着和他说，护伦，你找水秀干啥？她早已不是你的人了。护伦惊疑地问，为啥？我说，咳！你是明白人，怎么腿打摽儿，这水秀早和吾家一个奴隶私通，怕阿玛不允和奴隶婚配，水秀才灵机一动，用你搭个阶梯，不然能那么忙三火四的也不等你回来，抱只老公鸡就拜天地，第二天就心甘情愿跑吾这里当奴隶？你想想吧，这就是水秀机灵的花招儿，可别受她的骗啊！护伦听我这么一说，气得脸色煞白，一句话没说，转身就跑了。"三愣子说到这儿，反问阿骨打说："皇上，四角他和皇上咋说的？"

阿骨打说："四角说，都是你挑唆的，他不知道。"

三愣子呸地吐口唾沫说："四角啊四角，你好狠毒啊，想借皇上之刀杀我，我全给你抖搂了吧。皇上，四角曾跑我家来，调戏并要强奸水秀，被水秀打了好几个嘴巴子，差点儿将水秀逼死，这都是他干的好事儿。我见事不好，逼死水秀，我不仅失去一个奴隶，也是失去一笔钱财呀！再说，死在我家，护伦回来要人，咋交待呀？我才制止四角再不行跑这儿来胡闹，让我伤财不干。可能为这个，他怀恨在心，借刀杀人。皇上，你说他有多么狠毒，对哥兄弟还这样呢，何况对旁人。四角浑身上下净心眼儿，将吾卖了我都不知道。现在才明白，他出损招儿，让我去干。这就是实话儿，小人对皇上一点谎没敢撒呀！"

"哎呀呀，好你个坏家伙，差点儿害了吾全家性命，我和你拼了！"

就在这时，跑进一个人来，喊叫着一把抓住三愣子的头发喝叫，惊得大伙儿目瞪口呆。

阿骨打正在审问三愣子，突然闯进一人，呜呀嚎叫，进屋一把手将三愣子头发拽住，众人见着，个个惊得直眉愣眼。阿骨打也吃一惊，见此人身高七尺，长得膀大腰圆，浓眉大眼，忙喝令住手！这小子才醒过腔儿来，撒开手跪在地下给阿骨打磕头说：“皇上，小人没心眼儿，听坏人三愣子的陷害吾家之言，信以为真。不问青红皂白，就坚决提出不要水秀，上当受骗，差点害死阿玛和水秀，真是有罪呀！”说罢呜呜痛哭不止。

阿骨打仔细一端详，这护伦还有点像小时候的模样，不过比小时候胖了，就对护伦说：“护伦，你先不要哭，待朕为你们铲除恶人。”护伦又给阿骨打磕个头，两眼流泪站在一旁。

外面围观的民众听阿骨打审问三愣子，三愣子说出真情实话后，个个气得咬牙切齿，发出一片叫骂声：“四角真坏，头上长疖子脚底下冒脓，坏透腔儿了！”

阿骨打传旨，将三愣子带下去看管，听候发落。并传旨，将四角带来。不一会儿，侍卫将四角带来。阿骨打横眉立目地问道：“四角，你知罪吗？”

“知罪！”

阿骨打说：“知罪好哇，如实招来！”

四角说：“回禀皇上，小人身为谋克，对土库家被三愣子放火陷害，不予追究，有失职之罪！”

阿骨打怒目而视地责问说：“好你个大胆的四角，所办的坏事儿自己不知道吗？还敢支吾搪塞？”

“小人不敢！”

“不敢为啥不招？”

“是我错了，不该知情不报，我该死，我该死！”四角说着，自己啪啪扇开自己的嘴巴子了。

“好你个畜牲，害得我好苦哇！”

突然从外屋传来女子哭叫之声，人们惊愕地向外屋张望，连四角也惊得直愣着眼睛，举着手，咧着嘴向外屋张望。刹时，哭喊的女子像旋风似的忽下子旋进屋来，众人一看，是水秀。

阿骨打惊疑地望着进来的女子，只见她骨瘦如柴，倒显得很苗条，鸭蛋形的脸，两道月牙眉下衬托着两只又红又肿的泪泉般眼睛，凤鼻子樱桃口，长得十分俊俏，如果不是肿眼胞，瞧着一定是很美的一位少女。她伸着布满老茧的手一指，伶牙俐齿地问四角说："你这个畜牲，左三番右两次地陷害我，你咋不说哪？"

水秀是一个黄花少女，她有这么大的胆子，皇上问话她敢进来？是呀，这就是大金国当时的特点。这在中国历史上是极为特殊了吧？皇上不修宫，不坐金銮殿，每天坐在一铺长条火炕上和文武大臣们议论国事。不封娘娘，不选妃子，不立皇太子，没有三宫六院，皇上媳妇分住五个寨子，皇帝平时和文武官员平起平坐，共同坐在一起说笑打闹。皇上可随便到官员的家去，和官员的老婆孩子同吃共饮，你说哪个朝代兴这个规矩？可大金国阿骨打就是这么一位皇上，他在中国历史上，创造了新纪元。确实是新纪元，翻开中国史册，哪朝皇上能到平民中亲自去审问案情，没有吧？这是阿骨打的独创。正由于这样，才使一个占中国人口微不足道的一个女真完颜部，能突然变得强大起来，灭辽后又灭了北宋，原因是阿骨打在当时社会条件下创建了一个极为特殊的社会。为啥说是特殊的社会？因为你说是奴隶社会，它却与中国已出现的奴隶社会不一样，阿骨打释放奴隶，奴隶社会中还有良民；你说是封建社会，更不像，因为还没产生封建地主，就这么一个奴隶社会向封建社会过渡二半梗子的社会。为此，女真人的妇女在家庭里和社会上比其他族都自由，胆子也大，什么场合都敢闯，什么皇上、什么官都敢见。

这不，水秀自寻短见，上吊未死，被人发现，救得及时。据说救水秀这个老太婆还是汉族人，她很有经验，将水秀从带子上解下来，及时将她阴户和肛门塞上，没有冒气儿，才使水秀由"吊死鬼"手里夺了回来。不然，从下边一冒气儿，水秀的魂儿就被"吊死鬼"带走了。水秀苏醒过来，只知哭泣，任凭土库老伴和她额娘劝说，也止不住眼泪，两只眼睛哭得像两只桃子。可水秀啥话不说，既无怨言，又不咒骂护伦，简直变成个哑巴。一直到听说皇上来了，她惊疑地坐了起来。又听说皇上在西屋审问三愣子，她才不言不语地下了地，挤到外屋地里人群中听声儿。阿骨打审问三愣子，三愣子说的话，她全听到了，内心里很感激三愣子，不是别的，三愣子当皇上面儿，给她这个好心肠的姑娘洗了清

身。水秀暗想，谁说"好心无有好报？"三愣子这番话就是鬼使神差让他说清，他想不说也不行，这就是"好心得好报"，三愣子给我洗清身，我死也能瞑目了。水秀站在那儿心里正嘀咕，突然护伦从外面连喊带叫跑进来，将水秀吓了一跳！当她听到护伦喊叫说，上当受骗，险些丧了阿玛和水秀的命，水秀两只眼睛又哗哗往外淌着泪水，心中转念着，护伦哪护伦，晚了，说啥吾也不能和你相伴了。只要你明白，我是清白的身，为你阿玛、这位受人尊敬的老人，连皇上都尊敬他为"行家"，我才舍身相救。没想到你护伦只听三愣子片面之词，就挥刀砍断吾爱你之情。也是吾有眼无珠，从小就将你看成一棵松，经得住风霜严寒，傲然长青。没想到，你是块浮云，随风飘荡不定。水秀站在人群里胡思乱想，寻短见的念头仍未消除，她的思绪被阿骨打审问四角打断了。当水秀听到四角支吾搪塞的时候，少女胸中的怒火再也忍不住了，她不顾一切地从人群里挤了出来，像阵风似的，突然刮进屋里，仇人见面，分外眼红，用手指着四角鼻子问。

四角被水秀这突如其来的冲击吓住了，眼冒金花，头大如斗，瘫在地上，左手支地，扬着右手仰着身子，直眉愣眼望着水秀，那架式好似怕水秀打他、挠他，才用右手迎护着脸。

阿骨打明白，知道进来的就是水秀，赶忙说："水秀，你先站在一旁，朕审问他。"

水秀扑通跪在地上给阿骨打磕头说："皇上，快给民女做主，四角害得我好苦哇！"

阿骨打说："四角，你听到没有，还不赶快如实招来！"

四角说："启禀万岁，吾没啥可招的。吾身为谋克，百户之首，可能日常伤损了他们，他们才反来咬吾一口，望万岁为小官做主！"

阿骨打一听，这四角还嘴硬，就又问："四角，你先说说，是怎样去你哥哥家调戏、欲强奸水秀的？"

四角摇着头惊愕地说："没……没有，小官不敢……做这种……事儿！"他嘴硬心虚，身上直劲儿筛糠。

水秀赶忙接过说："四角，你敢说没有？那天，你……"

阿骨打赶忙摆手制止水秀说："水秀，你先不和他对质，让他自己说。四角，你招不招？"

四角哆哆嗦嗦地说："没啥……招的！"

阿骨打说："不打你，谅你不能招认。侍卫，拉下去，打他一百杖子!"

　　吓得四角屁滚尿流，头上像蒸笼一般，呼呼冒着热气，那汗珠子就像菽种似的，吧嗒吧嗒滚落，蛤蟆趴地地说："我招，招!"

　　阿骨打说："要招，快从头招来!"

　　四角声音颤抖，浑身筛糠，抖成一团，吭吃鳖肚地将他是怎样相中了水秀，想前去调戏、勾引，遭到水秀的痛骂，一气之下动手要强奸，挨了水秀的嘴巴。正在这时，女奴隶听见水秀的呼喊，一拥而至。他哥哥三愣子怕水秀自杀，损失财富，将他推出门外，不准他再来胡闹等情况诉说一遍，跟三愣子说得一样。

　　阿骨打又问："四角，你是怎样背后使坏，放火陷害土库？又是怎样暗放坏水儿，唆使三愣子用谎言欺骗瞒哄护伦，险些丧送了土库、水秀之命，还不从实招来!"

　　四角见不招不行了，皇上问的话里有话，可能傻狍子哥哥三愣子都嘞嘞出来了，他哆哆嗦嗦地从头至尾、因从何起、怎样想出陷害之法、唆使三愣子行事详细诉说一遍，跟三愣子说得一样，阿骨打知他没敢撒谎。

　　阿骨打又问四角说："四角，你还有啥罪行？"

　　四角说："回禀皇上，小人就做了这件缺德不够人的事儿，别的没有。"

　　水秀瞪起她那哭肿的眼睛说："没有？说得痛快。我问你，你家女奴隶的孩子哪儿来的？女奴隶被你害死几个？"

　　四角一听，顿时真魂出窍，像滩泥堆缩在那儿了。

　　正在这时，从外面传来妇女们哭天嚎地之声，大声喊着："皇上，救救奴隶吧!"

　　阿骨打又吃一惊，此波未平，浪潮又起!

阿骨打吃惊地举目一看，哭天喊地的是六名女奴隶，岁数最大的四十岁左右，年纪最小的十六七岁。她们齐刷刷地跪在地下，喊叫着："皇上，救救奴隶吧！"

阿骨打问道："你们是谁家的奴隶？"

女奴隶同声回答说："是谋克四角家的奴隶。"

阿骨打说："让朕咋救你们呀？"

女奴隶们说："皇上，奴隶到底是不是人？"

阿骨打说："奴隶虽然是人，但不是良民，是奴隶。"

前边年岁大的奴隶问阿骨打说："当然了，我们是奴隶，奴打奴我们心甘情愿，奴隶嘛。可有一事不明，特来问皇上，父母给奴隶留下的肉体也是奴隶主的吗？"

阿骨打不解地问："此话是何意思？"

女奴隶说："皇上，我这么大岁数，也不知啥叫羞臊了，羞臊早被我抛扔了。向皇上挑明说罢，奴隶像牛马一样，整天为奴隶主干活儿。奴隶主还把着我们的身子，不行寻找配偶，奴隶主随意奸污，生了孩子就是他的小奴隶。同是他的种，他媳妇生的孩子就是奴隶主，奸淫奴隶生的孩子就是奴隶，而且还奸污他留下的女孩儿。皇上，四角他这样对吗？奴隶是牲畜，那么四角为啥要奸淫牲畜哪？四角你说说，远的不说，最近被你奸污的少女死几个了？我们听说皇上为奴隶做了不少的事儿，今又亲眼所见，皇上为水秀受害而审问三愣子和四角，我们才大胆地向皇上提出此事儿。"

阿骨打听后，心中暗想，这四角谁都奸污，连奴隶他都奸淫，真乃畜牲也。当阿骨打听说四角还自拉自食，被他奸后留下之女又奸淫了，还逼死几名小奴隶，更来气了。阿骨打就对女奴隶说："你们不要害怕，将四角是怎样奸污女奴隶、几名奴隶是怎么死的，一桩桩一件件向朕说来，由朕给你们做主。"阿骨打说到这儿，横睑一眼四角说："你听着！"

四十左右岁的那个奴隶跪在地上，眼泪一对一双往下流着，她说："皇上，听奴隶禀来：我名儿叫克螂，这是四角他额娘给我起的名字，意思我是屎克螂，不咬人膈应人。我生在四角家，额娘是四角家的奴隶，被四角阿玛多次强奸后，留下我这个克螂。从我记事那天起，就感到自己不如四角家的一条狗，逐渐才明白自己是奴隶崽子，理应受苦受罪，整天相伴着泪眼不干的额娘过活。从七岁开始，就朝天每日侍候四角和他的父母，在他们的咒骂声和棍棒下活着。同是一个种留下的，四角活在天堂，而我活在地狱。我十二岁那年，额娘因为听见 16 岁的活情小奴隶呼喊救命，就跑去了，见是四角强奸活情。那时，四角十八岁，说我额娘冲撞了他，愤怒地一棒将吾额娘打死，还不准声张，活情当天晚上也吊死了。四角的媳妇听说四角强奸了活情，将吾和另一个奴隶喊去，她名叫白云，比吾大两岁，说我俩没照看好四角，被暴打一顿。白云第二天不见了，说不上死了还是活着。我 13 岁那年，四角就背前眼后对我嘻皮笑脸、捏捏掐掐的，动手动脚不老实。有一天，四角媳妇回娘家了，四角将我唤到屋里，将门一扣，我能撕巴过他吗？呼喊叫人，谁敢来呀，我额娘就是一例，吾被他奸污了。几次寻死，都被别的奴隶救了，劝我好死不如赖活着，活着看看四角将来到底能有啥下场。一想也对，就这么忍气吞声活下来了，决心不寻配偶，不为奴隶主再生小奴隶。天不遂人愿，15 岁那年，又被四角奸污一次后，怀孕生个女孽障，他们给取名叫'崽子'。崽子长得和四角一模一样，到 15 岁那年，四角要奸污她，崽子大声呼救。我赶到屋去，四角被吾打了两个嘴巴子，女儿乘机逃出去，不知跑哪儿去了。我琢磨着她死了也好，我倒静心了。女儿跑了，四角能容我吗？要拿我散发子。我也豁出来了，有条命够了。当时看架式，四角要将我打死。可她媳妇不容啊，全仗我侍候他们，不是别的，四角媳妇别人做的菜饭吃着不是味儿，就靠我给他们做饭吃，要将我打死了，四角媳妇吃不了别人做的菜饭，不得饿死吗？说真的，四角媳妇护着我，四角也真拿她没办法。去年夏天，四角不知出去干啥，回来大病一场，差点儿没死了。从那次病好，四角不知为什么，对我突然好起来。所说好起来，对我不吹胡子瞪眼睛了，对别的奴隶仍然如故。他又强奸两名少女，均含羞自杀身亡。今天听说皇上来亲审陷害奴隶水秀一案，我们几个奴隶不顾生死，跑来对皇上说说，死也心甘情愿。"

阿骨打听罢，非常气愤，心想，可恶的四角，残害奴隶，损伤财富，奴隶、牛、马对我们大金国来说，不是多了，而是不够用。像四角这样残害奴隶，消耗劳役，将来谁去种地、饲养牲畜、为国为民创造财富啊？阿骨打想到这儿，大喝一声说："四角，克螂说的你听到了吧？她说的是不是事实，快快招来！"

四角磕头如捣蒜地说："皇上，我招，我招！去年夏天，我到寺庙去还愿，往回走时，忽然发现克螂的女儿崽子。心想，这崽子还活着，将她捉回来好给我当奴隶呀！我就喊：'崽子，你站下！'崽子向我笑笑，转身就跑。我可急眼了，喊道：'你往哪儿跑，快跟我回去！'谁知崽子两腿生风，跑得才快哪，我赶忙拉过马，骑马追赶崽子。崽子在前边跑，我骑马在后边追，任凭我催马加鞭，崽子在前边跑的距离始终那么远，我心里纳闷儿，这崽子咋跑这么快呀？崽子还边跑边回头瞧着我笑。她越笑我越生气，越催马追赶。追呀追，一直追至一座山上，只见白云缭绕，眼看我要追上她了。忽然天空阴云密布，霹雷闪电，大雨倾盆而下。再看崽子，无影无踪。天又下这么大的雨，我赶忙跳下马来，见山上有一山洞，就钻进山洞去避雨。当我走进山洞的时候，洞里就像天空打闪一样，一道亮光，将山洞照得通亮通亮的。我惊愕地抬头一看，脑袋嗡了一声，见山洞里有一石桌，石桌上端坐白云，身穿白衣，披散着白头发，闭目而坐。就在我一望的时候，白云突然睁开双目，向我大喊一声：'四角，你可来了！'吓得我摔倒在地，两腿不听使唤，赶紧爬呀爬，好不容易爬出山洞，就听山洞里的白云仍在喊：'四角，你往哪里走，将命给我留下！'"四角讲到这儿的时候，好似又见着白云似的，惊恐万分地说："我冒着大雨，骑马跑回来了，病倒在炕，差点儿没死了。自己寻思，为啥见着崽子，崽子如两脚生风一般，骑马都追赶不上。又为啥将我引到一座山上，在山洞里为啥会见到已逃跑三十多年的白云，坐在山洞里？不想还则罢了，一想，我就更后怕了，这不活见鬼了吗？可能崽子和白云都死了，是她们的鬼魂要抓我呀，我才又到寺庙去烧香许愿，转变了对克螂的态度，求她崽子别再魔我。"

阿骨打一听，心中好笑，这四角死到临头，鬼迷心窍，朕也没问他这件事儿，他却嘚嘚开了。阿骨打想到这儿，心里翻了花，感到这事很蹊跷，四角果真活见鬼了？那山洞里会有白云奴隶吗，难道是真的？如这样，朕得亲自前去看看，到底是真是假。阿骨打就又问四角说："这事儿你回来都和谁说过？"

四角说："此事只我自己知道，对谁也没说过，今天才招出来。"

阿骨打又问道："克螂说的那些事儿，全是事实吗？"

四角回答说："回皇上，她说的全是事实，吾全招认！"

阿骨打愤怒地大骂四角说："你们将奴隶叫做屎克螂，其实你四角连屎克螂都不如！屎克螂看起来又脏又丑，人们厌恶它，其实屎克螂蛮有本事，能为人造福咧！屎克螂的嗅觉非常敏感，它正在空中飞着，就能闻出屎便散发出的气味，很快能找到粪便，将粪便切成小块儿，以便运走。将粪便切成小块儿后，经转弄将粪便弄成球形，屎克螂用后腿推蹬，随坡就坎儿倒退着走，把粪球滚到土壤松软的地方为止。紧接着就挖坑，再把粪球推入坑内，然后钻至坑底，深挖洞穴，挖出的浮土堆积在粪球周围。最后粪球突然坠入穴中，周围的浮土随着坍塌下去，正好覆盖在粪球上面。屎克螂便深藏在洞穴中，把粪球作为它的美食佳肴，享受自己的劳动成果。它为人类清除地面上的粪污，减少蛆虫的滋生，埋入土中的粪便屎克螂食用消化后，增加了土壤的肥力，使种植的庄稼才能更好生长，这是屎克螂对人类的贡献。所以土库行家引屎克螂利用屎克螂，他培育的种子打得又多质量又好，籽籽饱满，其中就有屎克螂的功劳。你四角能赶上屎克螂吗？"阿骨打正在痛骂四角，忽然有人一声大喊："哎呀，皇上！"众人被这突如其来的叫声一惊，连阿骨打也停住说话，诧异地张望着。

控诉奴隶主

阿骨打正在痛骂四角，猛听"哎呀，皇上"的喊叫声，将阿骨打吓了一跳，以为又出啥事儿了。急忙举目观看，见是土库突然起来，跪在炕上望着皇上喊。

土库因为儿子护伦不要媳妇水秀，一着急，气得打了护伦两个嘴巴子。由于过分气愤，肝郁气滞，昏迷不醒。当时女真人主要信萨满教，不懂什么病症，是处在无医少药的状态。有病就请巫觋来"精神驱鬼"，就算治病了，说土库患肝郁气滞是用现在名词说的。阿骨打见土库气成这样，虽然自己不是大夫，但过去得过密传药方，就赶忙打发侍卫回去取药。阿骨打这药配现成的，主要是舒肝顺气。侍卫将药取来，见阿骨打正在审问三愣子，就将药给土库喝了下去。土库躺在炕上，经过药力和躺卧，肝气一点一点恢复过来，头清心亮。当他明白过来的时候，听见有人讲屎克螂，感到这声音很熟，而且屎克螂这事儿是经他观察出来的，并引屎克螂到他种的种子地里来，他心中纳闷儿，这是谁呢？也对屎克螂这么熟悉。他就翻个身，抬头一望，见是皇上阿骨打，土库心里话，怪不得，这是他听吾讲的。当时，土库想起来，怕干扰皇上讲屎克螂的事儿，就躺那儿听着，心里非常佩服阿骨打。皇上已五十来岁的人了，记忆力真好，我跟他讲一遍，他就记住了。是了，在地里，阿骨打还仔细地观察屎克螂是咋样分块儿、制球，他还发现屎克螂也像打歼灭战似的，饶有风趣地对我说："土库，你看，屎克螂找到这堆粪便，先迅速地绕粪爬行一圈儿，侦察一番，看看有没有敌人。哎呀，它还用步量哪，量量这堆粪便体积多大。"阿骨打观察得可细了，一会儿招呼我："土库，你快来看，这堆粪是呈塔形，它就从边缘切割。你看，这个粪成条状，它就从一端切割，真有意思呀！"土库躺在那儿，耳朵听着阿骨打讲屎克螂，心里翻滚着那年阿骨打来，跟他在地里观察屎克螂的情形。一直听到阿骨打讲完屎克螂，他才翻身起来，跪在炕上大喊："哎呀，皇上！"这一叫，方惊得众人向他张望。

阿骨打见土库好了，跪在炕上给自己磕头，忙站起身来，前去拦阻说："行家，和你说多少次了，不行此礼也！"

土库说:"皇上,就你这记性,咱也得给你磕头!"

阿骨打说:"啥记性,这是行家你老教给朕的,不然我还得厌恶屎克螂呢,见着它感到恶心哪!"说罢,阿骨打哈哈大笑。

土库说:"皇上视民情,察生产,重知识,真令平民敬仰啊!"

阿骨打说:"您老好了,朕放心矣!"阿骨打这一问,勾起土库的心病,长叹一声,两眼流着泪水说:"皇上,要没有水秀这位好心肠的姑娘,我这条老命早就交待了。人家好心换个驴肝肺,我那畜牲却不要人家,我咋不着急上火呀!"说着低头哭泣起来。

"阿玛,是儿一时糊涂,听信三愣子编造陷害咱家的谎言,现在皇上已给咱们弄清了!"护伦趴在地下诉说着,咕咚一声给土库跪下,说:"阿玛,你就饶恕孩儿吧!"说着也哭了。

阿骨打接着说:"护伦,知错就好,赶快给你媳妇水秀赔礼!"

水秀哇呀一声,转身就往外跑,人们惊愕地七吵八喊:"截住!截住!"外面那么多人,能让水秀跑吗?将水秀堵在房门口儿。水秀一屁股坐在地上,伤心地痛哭,但她只是哭泣,啥话也不说。水秀心里也想了,有啥可说的,是自己心甘情愿为救土库伯而采取的侠义行为,没有任何人强迫她这样做,埋怨谁去?再说,护伦不要她,也是正常的,你水秀既不是护伦偷来的,又不是护伦抢来的,按女真人风俗,即或姑娘到及笄的年龄,自寻配偶,行歌于途,还得男的对歌相舞,诉家世,吐情思,表心愿,盟誓言,展未来,共偕老。这你水秀有吗?正为这个,水秀是哑巴吃黄连,有苦吐不出。护伦在外为国征战,一点不知,是你水秀自寻上门,抱只公鸡拜的天地,人家护伦要说,你水秀自愿与公鸡为伴侣,那就抱着公鸡为伴吧。水秀每想到这些,就心惊肉跳,满脸发烧,再也不敢想了。

话又说回来了,现在护伦已向阿玛认错,承认受骗上当,水秀还跑的是啥?水秀有自己的想法,她心里早已琢磨好了,自己此举完全是为救济土库。因为土库伯这些年为人们培育粮食种子不少力,使大伙儿种的粮食品种越来越多,土库为繁殖培育良种,对平民需要的种子分文不取,他自己穷了,别人富了。这样一位老人遇到灾难,不想办法救济,难道眼睁睁瞧着将土库伯逼死吗?水秀为这个,她几天几宿没睡好觉儿,琢磨过来琢磨过去,冥思苦索,才想出这么一个办法。水秀原想自己卖身为奴,救济土库伯。可她反复一想,如这样做,土库伯根本不能接受,哪能因为自己有难,让人家的姑娘去受苦受难,他要不接受还真不好办。同时，水秀还想到另一件事儿，就是没有配偶去为奴，容易受奴隶主的欺凌，还可能被男奴隶追求，自己将自己推进是非之坑。这个办法被水秀自己否定之后，水秀才想到这个招儿。这种念头刚一产生，她的心怦怦慌跳起来，心热脸发烧。但她冷静一想，也没啥，女真人兴自寻配偶的规矩，十五岁即可行歌于途，自寻配偶，何况吾都十六了，有什么不可以呢？水秀这一想，就勾起她心底里早已埋藏对护伦之爱的种子，一下子膨胀起来。小时候护伦领她玩耍，追着她跑，有时将她逗巴笑了，有时候将她逗巴哭了，往事重重，一股脑儿涌上心头。过去对这些事不以为然，现在水秀已到青春期，这对姑娘来说，这些往事好似蜜蜂落在她的心窝儿，向她的心田里灌注着蜜，虽然感到有点蜇得不行，整个心是甜的。这样，一来水秀终身有靠，和心爱之人结为伴侣，吃糠咽菜也香甜。二来还救济了土库伯，解决了他的燃眉之急。自己卖身为奴，已是有夫之妇，别人不敢欺负。水秀才拿定主意，毅然决断采取这种办法，舍身救济土库伯。水秀的这种侠义之举实现后，她在三愣子家虽身为奴隶，过着牛马不如的生活，遭受着人间地狱之苦，可她心里是甜的，始终燃着一盆火。见土库伯病好了，房子盖上了，珍贵的菽种又种上了，她心里简直乐开了花。

有多少个夜晚，水秀躺在炕上睡不着觉，活灵活现地见护伦骑着战马，雄纠纠气昂昂地回来了，立了战功，受了皇上阿骨打的奖赏。听说水秀救了他的阿玛，旧房子被烧毁了，新房子比旧房更漂亮，护伦眼含着泪水，从泪眼中喷放出感激的目光，伸开两只大胳膊，扎煞着两只大手，向水秀扑来了，口里喊着："水秀！水秀！"水秀的心跳得不成个儿，简直跳到嗓子眼了，脸蛋儿像着火似的发烧，心向护伦身上蹦跳着。可水秀的身子却向后移动着，这为啥？水秀也不知道，躲呀躲啊，一下子躲到墙上，硬邦邦的墙壁，使她身子再也不能往后移动了。护伦一下子扑在水秀身上，水秀也伸出双手，一下子将护伦搂抱住了，哽咽着说："你可回来了！"她满心的话儿啥也说不出来了，将两眼一闭，泪水刷一下子涌出眼眶儿，滴落在护伦身上。护伦紧紧地抱着她，脸贴脸地说："苦了你了，水秀啊，我现在赎你来啦！"她幸福得身子瘫在护伦身上。忽听一声断喝："不能赎！不能赎！"惊得她猛睁开双目，见三愣子手持木棒，气势汹汹地跑过来，举起木棒向护伦劈头盖脑打下来了。吓得水秀"哎呀"一声，从梦中惊醒，两只手仍然抱着那床粗布被子，原来是场梦。可水秀躺在炕上感到很奇怪，说是梦吧，觉得自己始终没

阿骨打传奇

睡着，刚才的情景活灵活现，记忆犹新。不是梦吧，又是什么呢，自己仍躺在牛圈里。就这样，水秀天天盼、夜夜盼护伦回来，一颗火热的心寄托在护伦身上，身子受苦心里甜。

天天想，夜夜盼，终于将护伦盼回来了。当水秀听一个奴隶悄悄告诉她："护伦回来了，我亲眼看到的，和三愣子说话时，我老远看得可真亮了！""真的呀！"水秀心中的火苗蹿得更高了，她不顾一切地疯了一样一口气跑回来了，像梦似的，迎候着护伦亲热的拥抱！当她踏进门时，猛听土库伯破撕拉声地喊："护伦，你为什么不要水秀？她是咱的救命恩人哪！没有她，我早就不在人世了！"土库伯的句句话语，好似冰雹噼啪砸在水秀心上，她心中的火熄灭了，被冰雹把心砸碎了，冻结成一块冰，将她的心凝冻了。水秀头昏眼花，两腿一软，瘫在地上。苏醒过来，水秀只知两眼流泪，她额娘、阿玛来了，任凭说破舌头，她也一句话没有，对一切都是冰冷的，冰冷的。虽然自杀未遂，可她的心已被冰封冻结了，融化成铁疙瘩。她没有别的念头，只有一个念头，将土库伯救了，完成我对土库伯，不，也是大伙儿的心愿，让他老人家长寿，为人类培育出更优良的种籽。除此，水秀呀，你再无别的牵挂，早点儿离开人世，省得累赘护伦。人家那么个漂亮小伙子，干吗要我这个奴隶？将来如果有孩子，还是小奴隶，让护伦赎吗？一眼一顾明摆着，他用啥赎买我呀？为赎回我，让他家破产受煎熬，吾还救土库伯干啥，岂不自毁我这颗纯洁的心？水秀的心灵被这些念头笼罩着，但她没想到，阿骨打皇上能圣驾光临，将她受害、护伦受骗之事弄清了，洗清了身心，洁白而去。她决意出走，自尽身亡，不为土库伯和护伦增添点滴累赘。可她能跑得了吗？被人们拦住在门口时，护伦跑到跟前，一把揪住水秀，大声喊："水秀，我对不起你呀，饶恕我吧！"

突然，见水秀眼睛向上翻白，手一耷拉，腿一伸，惊吓得众人喊叫："水秀，水秀你咋的了？"惊得阿骨打也跑了出去。

说的是阿骨打跑出去一看，见水秀直倒眼根子，忙问侍卫说："你取来的药还有没有了？"侍卫回答说："有！"阿骨打令侍卫快拿来给水秀灌下去。水秀吃了药，过了会儿哎呀一声，缓过这口气来。她睁开泪眼，见护伦扶着她，心里一惊，咬牙将身子往起一挺，用手推着护伦说："你快离开我，别让我累赘你的身子！"说着，水秀要站起来。护伦能让她站起来吗，两只大手像两把钳子似的，紧紧抱着水秀不撒手，怕她跑了。

阿骨打在旁边看得真切，暗想，水秀的心伤得太重，一下子弥合不好，这样还是要背气的，万一抽了咋办？想到这儿，忙吩咐护伦说："你快把水秀抱屋去，朕有话要问她。"护伦才将水秀抱到东屋炕上，拿过枕头，给水秀枕上。阿骨打坐在炕沿儿，见水秀双目紧闭，两只眼睛像两股泉眼，泪流不止。

阿骨打又见外面围观的民众都在抽泣，可怜这位侠义姑娘，有的人悄悄议论："好好劝劝吧，让可怜的水秀回心转意吧！"

阿骨打坐在水秀旁边，望着水秀心里琢磨，水秀的心思单是因为护伦不要她吗？心里自问自答，绝对不是！从水秀能想出这个招儿来救济土库，说明她心胸豁大，是个侠义女子，不然，决不能舍身救土库。护伦回来，她听说护伦不要她，直至现在，一句怨言没说，刚才只说"别让我累赘你的身子！"想到这句话，心里好像被水秀这句话敲开了心窍，冷丁的翻个个儿。暗自思忖，对了，对了，水秀想的是她身为奴隶，如果和护伦配偶，一是护伦将她赎回，但赎回需要财物的；另一个是护伦折身赎水秀，将水秀变成良民，护伦折为奴隶。水秀因为这个，才毅然决断地要离开人世，不给土库一家增添累赘，侠义心肠，救人救个活，宁肯牺牲自己，不累赘别人，真乃女真贤良之女也。阿骨打越想越疼爱，越想心里越对水秀称赞不已，就关心地问水秀说："水秀，你睁眼睛看看，我是谁？"阿骨打呼唤几声，水秀才微睁红肿的眼睛，见是阿骨打坐她身旁，翻身要起来，被阿骨打按住了，对水秀说："你先不要起来，躺着和朕说会儿话，好吗？"

水秀哽咽着，但她嘴角流露着苦涩的笑意，说："民女太感谢皇上了，为民女洗了清身，为土库伯找到陷害之人，报了仇。民女已了却心愿，今生不能报答皇恩，来世也得报答呀！"

阿骨打说："水秀，你是个了不起的姑娘，你是咱大金国女中的第一个侠义女子。朕深深为女真，不，为咱们大金国有你这样一个侠义女子而感到自豪！"皇上阿骨打不知是心情激动，还是被水秀的行为所感染，腾地站起身来，提高了嗓门儿，如果说皇上是在说水秀听，不如说皇上是在说给围观的民众听，亮开他那洪亮的嗓门说："水秀这姑娘，说她是侠义之女，不是单纯说她舍身救济咱女真的行家土库，更值得赞美的是水秀的心灵。水秀要逃出土库的家门，是因为护伦不要她而使她怨恨吗？不是，绝对不是。连朕也错误地揣测过，认为水秀是由于护伦不要她，而要走上绝路。这是错怪了她，水秀不是这样想的。她想的是什么呢？大伙儿刚才听见她在房门口和护伦说的那句话了：'你离开我吧，别让我累赘你的身子！'才让朕看到了她的真正心灵。是什么哪？那就是她用侠义的行为，舍身救了土库，土库病好了，房子盖上了，为大金国培育菽种又种植上了。这些对水秀来说，身子再苦心里感到是甜的，这就是侠义女子侠义之心也。别人能理解吗？现在护伦回来了，提出不要她，水秀没有因为护伦不要她而怨天怪地，而是使她侠义心怀大开。她不是因为护伦提出不要她而悲伤，而去寻短见，要自尽身亡。水秀又产生了新的侠义心肠，她想到了为救济土库卖身为奴，护伦回来了，要她这么一个奴隶媳妇咋办？赎回，需要大量的财物，会给土库家带来新的灾难，那土库还能安心培育优良的种子吗？不赎，明摆着，护伦于心不忍，水秀是为救自己的阿玛卖身为奴，护伦能眼睁睁见救命恩人在那儿受苦吗？没办法，护伦就得折为奴隶，赎回水秀。这些想法在水秀内心翻滚，决定杀人杀个死，救人救个活，宁肯她自己离开人世，也不能让土库一家受累赘，真正体现出她那纯真的侠肝义胆！"

水秀躺在炕上，泪不流了，红肿的眼睛越睁越大，当阿骨打讲到她那侠肝义胆时，她一侧身爬起来，跪在炕上说："皇上，你句句说到民女心坎上，真是'活神仙'。民女心里所想的，皇上了如指掌，一点儿不差，又一次为民女洗清身心，皇上的大恩，民女托生后一定报答。为此，民女请求皇上开恩，让民女了却心愿，方不失民女纯洁之心也！"说罢，咣咣咣给阿骨打磕头。

围观的民众被阿骨打说得一个个直眉楞眼，静静地听着，水秀的行为好似钻进他们心里翻花的开水,直劲儿烫心。当听完阿骨打对水秀心灵的分析,他们才如梦方醒,一位老者说:"水秀姑娘心肠太好了,世上少有哇!"

众人正在议论纷纷,听了水秀向阿骨打说的话,一个个又惊呆了,担心水秀如果真要寻短见,上哪儿找这样的好姑娘去?

"水秀啊,你千万别想那么多呀,我护伦心是肉长的,宁肯我去当奴隶,也要将你赎回,咱俩的心相连啊!"护伦听水秀对皇上这么一说,扑通一声跪在地上面对水秀哀告。

土库也扑通一声跪在护伦旁边说:"水秀哇,你就是活菩萨,救了我,我永远忘不了你的恩情,宁肯失去房子、土地,也要将你赎回。你放心吧,千万别自寻短见,你要是那样,我土库也活不了了,心疼也疼死我了。你一片菩萨之心,岂不付诸东流?水秀,你是明白人,那样反倒真是坑了我们一家!"

水秀在炕上磕头说:"土库伯,你快起来,如这样,折杀小女,我的心要掉出来了!"

土库被旁边人拉起,这时围观的民众翻花了,七吵八喊地说:"水秀,放心,我们大伙儿砸锅卖铁也要帮助护伦将你赎回!"

"水秀,放心,我家还有一口猪,卖了,为护伦凑钱赎你!"

"我宁肯将土地折给三愣子赎你水秀!"

"水秀,水秀……"人们七吵八喊,简直听不出个数,这个说有鸡,那个说有羊,他说有驴……都被水秀侠义心肠所感染,宁舍财物不舍水秀。其中有位年已六旬的老人,说得更感动人,他说:"水秀哇,你舍身救土库,不是为你自己,你是为大伙儿去救土库,去为奴。为啥这么说呢?因为土库正像皇上说的,是种地的行家。我是六十出头儿的人了,说句真心话,这些年,要没有热心的土库精心培育优良菽种,咱们女真人耕地也发展不到这样。土库不仅为咱们这个寨子,而且说句大话,为女真人种地出了大力气。这不,折卖财物换回新的菽种,咱女真过去不仅没见过,都没听说过。因为这个,三愣、四角两个杂种眼红了,引起了祸灾,差点儿没被他们烧死,你才想出卖身的招儿。大伙儿看得明白,看在眼里,疼在心上。眼下,水秀你仍在为土库想,你想错了。正如土库刚才说的,你再自寻短见,土库得心疼死,岂不好心没得好果?现在皇上将事儿挑明了,大伙儿的态度水秀你听到了,放心吧,赎你的财物我们大伙儿出,众人拾柴火焰高嘛!"

阿骨打手一摆说："大伙的好心,我替水秀领了,但绝不能这么办。你们维持自己有的还维持不了,咋能帮衬土库呢?为让大伙儿放心,朕宣旨:四角身为谋克,百户之长,是朝廷最基层的官吏。他不思发展生产,关心民众,报效国家,而忌行家,眼红别人创造的财物,一心想吞为己有。想的是多卖钱,发大财,不顾朝廷王法,陷害民众,陷害奴隶,逼死多条人命,罪大恶极,犯了杀头之罪。朕诏旨:明日将四角拉至白云山,砍下头颅祭白云等受残害女子的冤魂;将四角家的财产全折给土库,贬四角家属长期为奴婢;三愣子受其弟支使,依仗弟势,但未酿成人命,朕诏旨:将三愣子家产全折给嘎阿所有,以报答嘎阿支持协助土库培育良种,将女儿卖身为奴救济朕的行家,朕甚感之。朕再诏旨:侠义之女水秀为救土库,怀抱公鸡拜天地为婚迈进土库家的门槛,女真人之奇闻,也是女真之创举,此婚合情合理,为之有效。水秀与护伦不再举行婚礼,算已婚夫妇。今后,如再有此等类似事件,抱公鸡拜天地为婚者均合法。朕诏旨:任水秀为田地寨谋克,这是吾大金国第一位女谋克,并封为大金国侠义女士。朕诏旨:今后强奸女奴隶者,杀!准许奴隶婚配,生下的子女再不为奴,均列入良民之册,有违者惩罚不赦!"

　　民众听后,齐声高呼:"大圣皇帝空齐!空齐!"

委任女谋克

243

阿骨打在田地寨委任侠义女士水秀为田地寨谋克，受到民众的热烈欢迎。正在民众祝贺阿骨打长寿的时候，水秀又跪下了，口口声声说："回禀皇上，民女当不了这个官，实在当不了。"

阿骨打问道："为什么？"

水秀说："皇上，让我当谋克，过不了多少天，皇上就得杀我，为此，民女是不能当这个谋克的。"

水秀拒绝当谋克，不仅使阿骨打吃惊，连围观的民众也惊诧得鸦雀无声，疑惑不解地望着水秀愣神儿。人们心里转念，水秀是怎么了？皇上抬举她，让她当谋克多好啊！炕头狸猫坐地虎，这百十多户人家都得听她的，站在寨中十字路口上，说句话地两头乱颤，该有多么神气呀！百户长，长百户，发大财，变富户，这丫头傻了？有的替她着急，有的为她叹息，疑惑不解地盯着水秀。

阿骨打听水秀说不当谋克，当不了多少天，皇上就得杀她，不仅感到刺耳，内心里确实感到惊讶，嘴没说心里话，我阿骨打当皇上也好，没当皇上那时也好，民众都称我为少主。我敢扪心自问，阿骨打从未随意杀过人，杀的都是在民众中罪恶累累，民愤极大的人，并依女真之法而杀之。今天，朕见你是位侠义之女，封你为谋克，是我当皇上以来封任的头一名女谋克。你推辞不干也中，可凭啥说我封你，还要杀你呀？阿骨打心里感到沉甸甸的，这句话分量可不轻啊！有此言，必有其意，待朕问她，凭啥朕封你还要杀你？阿骨打想到这儿，对水秀说："水秀！朕封你为谋克，你凭啥说当不了多少天，朕就得杀你？朕为啥要杀你呀？"

水秀说："皇上，你肯定得杀我，非杀我不可！"

阿骨打一听，更纳闷儿了，心想，水秀怎么了？没等当上谋克，就判定朕非杀她，说得铁板钉钉儿一般。阿骨打说："水秀，现在你就说出来，朕听听，按你想的说，根据什么要杀你这个谋克？而你又是侠义女士，你就是将田地寨闹翻了天，朕也不杀你，这你放心了吧？说说吧，凭什么说朕将来得杀你？"

水秀高兴地说："皇上，真的呀？"

阿骨打说："哎！难道朕还骗你不成？再说，朕料定你绝不会像四角那样，一肚子坏水儿！"

水秀咣咣给阿骨打磕了几个头，然后说："谢皇上开恩！皇上如让民女为谋克，得赦免民女下列破格律，创新规，方能当这个谋克，否则说啥不干。"

阿骨打说："水秀，朕已说了，你将田地寨闹翻了天，朕也不怪罪于你，你就大胆地说吧，要破啥格？"

水秀兴致勃勃地说："皇上容禀：一是破除奴隶与牛马同居之格，要承认奴隶是人，而不是牲畜。"

阿骨打吃惊地问："水秀，奴隶住的不是单有屋吗？难道要和奴隶主同睡不成？"

水秀说："皇上，奴隶虽与牛马有间壁隔着，可住的屋子与牛马同棚，只不过这是牛棚、马棚，那是奴隶棚。实际上，奴隶和牛马同棚，为两条腿的畜牲也！"

阿骨打说："依你之意，得给奴隶单建造房屋，房屋和奴隶主一样的是不是呀？"

水秀说："皇上，民女之意是奴隶住的房屋要与牛马棚分开，单建房屋，不能像奴隶主住的房屋那样漂亮，但也应和平民住的房屋差不多。夏季能通风，冬天能取暖，起码让奴隶享受人的居住条件。"

阿骨打点头说："好，水秀提得好，这条朕同意，先由你本身做起。第二条呢？"

水秀说："二是要给奴隶饭吃，不能再让奴隶每日吃的不如猪食，隔三差五也应给点油腥、肉食吃，将奴隶从不如猪犬中解脱出来！"

阿骨打说："水秀，你在三愣子家都吃的啥呀？"

水秀两眼流泪说："皇上，不当奴隶，哪知奴隶苦啊！奴隶主家的猪、犬每天吃的都是一半儿糠菜一半儿粮。给奴隶吃的是烂菜里撒点糠，上哪儿见着粮？有的竟饿死了！"

阿骨打点头说："应该给一半儿菜一半儿粮，奴隶是财富，应该视为比牛马都重要。提得好，应改善奴隶伙食。第三件呢？"

水秀说："三是释放奴隶，家在本寨的，回家吃住，白天去奴隶主家干活儿。改奴隶为护工、奴婢，也就是男为护工，女为奴婢。"

阿骨打惊疑地问："水秀，你从哪儿学的这些名堂啊？"

土库接过说："皇上，水秀是听我说的，她记住了。"

阿骨打说："行家，你怎么想出这名堂来了？"

土库说："回禀皇上，我做梦也想不出来，这是从辽地迁徙来的汉人、契丹人对我说的，他们最害怕到大金国来当奴隶。我问他们，你们辽国没有奴隶？他们说，那是哪百辈子的事了，早将奴隶改成护工了。贫穷的男的去给地主当长工，有的当短工，称为护工，地主得给钱；妇女有的给地主当仆妇，有的当婢女，虽然也奴打奴做，但当人看待。"

阿骨打说："水秀想得好，按你的想法先在你这儿改之。"

水秀说："第四条是今后国家遭天灾人患，民众再不准卖身为奴隶，贷债者去做工偿还。至于利大小，工钱多少富者与贫者协商，两相情愿，富者不准再买奴隶。"

阿骨打嘴没说心里话，这水秀条件还真不少呐！阿骨打一边听心里一边转念，感到水秀提的这些条件，不仅是田地寨的事儿，而是关系到大金国的大事儿。说她当谋克向我提条件，不如说水秀在向朕进疏谏言，提出大金国应该破原来完颜部落时的旧格，吸取辽宋有益的条法，才能消除辽地居民担心、隔心、变心、抗拒之心理状态，诚服归然。大金国方能迅速灭辽，出现稳定的局面，安定国家，发展生产，不可轻视也。阿骨打赞不绝口地说："好，这条更重要，应该这样办！还有啥条件？"

水秀说："第五条是应鼓励民众，尤其是迁徙来此的辽地之民，开拓山坡地种庄稼，谁开归谁所有，并规定几年内不纳赋税。"

阿骨打拍手叫好儿说："是呀，现在都喊土地不够用，只看眼皮底下的熟地，为啥不可以开荒山地，从生地同样变熟地呢？水秀此条提醒朕了，朕将诏旨，晓谕民众，开荒种地，谁开归谁种植，五年内不缴纳赋税。"

水秀磕头说："皇上答应这些条件，民女才敢破格；赦免无罪，方敢担任谋克。"

阿骨打赶忙接过说："水秀，你大胆破格，朕还是前言，将田地寨闹翻天，朕也赦你无罪！"

阿骨打这一说不要紧，围观的民众欢呼起来了，全跪在地下祈祷祝愿阿骨打长生不老。偷着来看热闹的奴隶两眼流着热泪，给阿骨打磕头，感谢皇恩，使他们再生。有的将头都磕破了，一拉拉淌血。

"哎呀，皇上，万万使不得，万万使不得，宗规族法不能破呀，不能破呀！"

随着这喊声，只见一位年近七旬的白胡子老头儿手拄拐杖，跟头把式地挤进屋来，跪在地下哀告阿骨打，口口声声喊道："不能破呀！女真的宗规族法可破不得呀！"

众视之，老者乃四角的堂伯父，名叫艾萨，年已 69 岁，也是田地寨里的一户大奴隶主。他站在人群里，越听越生气，实在忍不住了，才叫喊起来。

阿骨打见是他，便问道："艾萨，这些陈规旧法，为啥破不得呀？"

艾萨说："回禀皇上，咱女真完颜部的法，可是皇上祖先立下的。如果破了，上对不起祖先，下对不起女真人，那还叫啥女真哪？"

阿骨打笑吟吟地说："我祖先完颜部原来还没有奴隶主之说，家有奴隶也是后来发展来的，为啥不可破？"

艾萨说："皇上，听老人说，那时完颜部女真人还没认识到上中下三层人。上者为天堂，皇上所居；中有乐园，人类所居；下有地狱，奴隶苦役，这是天命造定的。所谓奴隶，因他们前世作恶多端，转生为奴隶，劳役偿还，再恶者转生为牛马，这能破吗？皇上，要是破了，岂不逆天理也？"

阿骨打哈哈大笑说："艾萨，朕意已决，破旧规立新法，是顺天之举也，不仅田地寨要破，女真各部均要破……"

还没等阿骨打说完，只听众人大喊："艾萨！艾萨！"

阿骨打一瞧，原来艾萨用小腰刀抹脖子了！

阿骨打见艾萨用自佩的小腰刀抹了脖子，那血就蹿箭了，一蹿老高。土库手疾眼快忙撕下一块衣襟儿，捂在刀口上，由于割在动脉上，血很快就将布浸透了。土库老伴儿又从破箱子里翻出几块破布，递给土库，护伦夺过来，迅速给缠在脖子上。由于艾萨小腰刀十分锋利，又割在大动脉上，血流不止，艾萨很快气断身亡了。

艾萨的子女们跑进来，大哭大叫，说艾萨死得冤啊！

阿骨打一听这话音不是味儿，大喝一声说："住口！艾萨扰乱朕在此议事，反对朕对大金的改革和破旧立新，自绝于朝廷，不是谁将他杀了，死得冤什么？你们当子女的不仅不劝阻老人，还在朕面前嚎丧。那好哇，自杀身死，罪责难饶，艾萨之死，为朕赐其死也！艾萨虽死还得罚，罪罚艾萨家耕牛六头，土地一顷，牛和土地平分给克螂等六名奴隶，朕释克螂等六名奴隶为良民！"

克螂等六名女奴隶开始一怔，以为自己在做梦，呆愣愣地不知所措。还是别人赶忙捅捅她们说："还不快向皇上谢恩！"克螂她们才转过向来，哭哭啼啼、抽抽搭搭跪地给皇上磕头说："谢皇上恩典，永世不忘圣恩！"

阿骨打说："朕视尔等为奴隶，敢向皇上申诉奴隶主，将生死置之度外，乃水秀破格之精神所感也。而且尔等都是历代为奴，传至如今，朕甚怜之。尔等为良民后，寻一配偶，安分守己，精心饲养所赐之牛，勤耕土地。同心协力支持行家土库培育良种，将田地寨变成大金国的良种寨。水秀大胆破陈规立新法，朕已旨准，将田地寨闹翻了天，朕也准诺，决不改变。如有艾萨之流，胆敢阻止破坏水秀的改革，其罪与艾萨同！"阿骨打说到这儿，满面生嗔地怒视艾萨子女们说："你们将尸体抬回去吧，如再有怨言，与三愣子同例！"吓得艾萨的子女们早就蔫了。心里后悔，两声哭叫，哭出去六头牛、一顷地。再要喊冤，净身出户，折身为奴，敢哭吗？个个暗淌眼泪，牙关紧紧地咬着，咬牙切齿不是恨皇上，敢怨恨皇上吗？不要脑袋了！他们咬牙切齿是在心里恨怨艾萨，恨艾萨老糊涂了，那么大年岁了，有今日没明日，活一天少一天，女真奴隶主就你一家呀？打铁还得看成色呢，也没看啥时候，啥火候儿？民众将咱这支人视为眼中钉、肉中刺，四角被判死罪，明天就要杀头。你说你在那眯着得了，不愿听就走，你抻的哪门子头儿哇？天塌大家死，过河有矮子。这回好，你走在你侄儿四角头里了，不用人砍，自己抹脖子，还搭上六头牛、一顷地，犯得上吗？将儿女的脸面闹个灰溜溜，摊着你这样老人，死还不留念想。这是艾萨子女心里话，虽然没说出口，脸上流露出来了，个顶个咬牙切齿，筋鼻辣眼，连拖带拽将艾萨尸体拽出去了。

阿骨打见将艾萨尸体拽走了，就对水秀说："水秀，条件朕已应诺了，这回就看你的了。先将三愣子、四角家处置喽，土库、嘎啊你们也去清点接收。"

土库和嘎啊全跪在地上了，两人齐声说："回禀皇上，此项财产吾等决不领受，皇上应将两家财产赐给民众！"

阿骨打一听，不高兴地说："此言差矣，朕赐给汝两户人家，授罪犯家财是有道理的。土库是咱大金国出现的种地行家，为国为民贡献甚大，舍财培育种子。朕为鼓励行家，像鼓励勇敢杀敌的将士一样，御赐也。谁今后也像汝土库一样，不论做什么，能成为行家，朕同样御赐之。嘎啊能牺牲个人一切，同心协力支持、帮助土库培育良种，已成为半拉行家，更可佳者，在行家遭受灾难的时候，能不顾一切地支持女儿水秀卖身为奴，救济行家，这种为国为民的精神多么可贵！为鼓励这种精神，朕御赐之。今后，如果有类似这种精神出现，朕仍御赐之！汝二人切勿推辞，别辜负朕之旨意也！"

"皇上，皇恩浩荡，'佛光普照'，'善因结善果'，'恶因恶报应'，皇上顺民心，适天意，土库、嘎啊理应受之！"围观的民众，听阿骨打这么一说，在外面齐声表态了。说得土库望望嘎啊，嘎啊瞧瞧土库，两人打着哑语：怎么样，我说不行吧，圣旨难违。再说了，民众也不能答应，这事只好接受了。只要咱们两家别像三愣、四角见钱眼开，欺压良民，坑害奴隶就行了。

土库、嘎啊在阿骨打斥责艾萨儿女们时，悄悄咬耳根子来着，两人商量好了，拒绝恩授，也预料到了，皇上不能准。果不然阿骨打没准，皇上已定，决不能一会儿一改呀！再要说，就得犯违圣旨之罪，二人只好给皇上磕头谢恩。水秀、护伦向皇上谢过恩后，才出去奉旨行事。

单说这天晚上，阿骨打在土库家吃过晚饭，别人都去查点两家财产、安置两家家属和奴隶，阿骨打独身一人在窗前散步，心里仍然翻滚着水秀白天对他说的话，一条一条在耳中鸣响。他一抬头，猛然见屋檐下有张蜘蛛网，被微风吹得轻轻摇晃着。可是倒挂在网中间的那个大蜘蛛毫不在乎，横眉立目等候着投网的飞虫。阿骨打想起小时候阿玛给他出谜语，让他猜。劾里钵说："小小诸葛亮，独坐中军帐，摆下八卦阵，能拿飞来将。"他猜呀猜，猜了半天没猜着，劾里钵才告诉他，是蜘蛛！阿骨打想起阿玛劾里钵给他破的谜，望着蜘蛛就更亲切了。这时，见一只蜻蜓飞来了，一会儿飞到东边，一会儿飞到西边，阿骨打自言自语地说："糟了，蜻蜓非自投罗网不可！"可蜻蜓忽然将翅膀一斜，高飞远走了。这时，又飞来一只金龟子，亮着翅膀，从这儿撞碰一下网，又飞到那儿碰撞一下网，都没有粘住它。当金龟子转身向屋檐下飞撞时，一头就闯进蜘蛛网里了。坐在中军帐的"小诸葛亮"赶忙过来擒拿捆缚。哎呀，金龟子也真有劲儿，使劲儿一挣扎，把蜘蛛网撕个窟窿，飞走了。阿骨打仔细瞧着，心想，怪有意思的，简直将他看出了神。不一会儿，又飞来一只金黄色的马蜂，嗡嗡叫着在网附近绕了几圈儿，看样子要飞走。可它一打旋儿，正好落入网中，挣扎不出去了。"小诸葛亮"因为金龟子破网而逃正在恼火，忽见马蜂落网，心中大喜，赶忙窜过来从屁股尖端放出捆绳，要将马蜂捆得结结实实的，别让它跑了，好掳回洞里美餐啊！"小诸葛亮"只顾洋洋自得，没想到这马蜂的后屁股也有法宝，只见马蜂见"小诸葛亮"前来捆缚捉拿它，急忙亮出那根毒刺暗器，对准"小诸葛亮"的后屁股狠狠地扎刺进去。哎唷，哎唷！眨眼工夫，"小诸葛亮"疼得翻滚，心也裂了，肝也碎了，胆也破了，后屁股扯出一根丝，从网中滚落在地。阿骨打到眼前一看，"小诸葛亮"一命呜呼，死于非命。阿骨打惊疑地望着"小诸葛亮"，心想："蜻蜓能够小心地避开"小诸葛亮"的网罗，确实精明，可它是为了保全自己；金龟子能够冲破罗网，确实勇敢，但它也不过是为了挽救自身；只有这马蜂能够给予设网者狠狠地一刺，虽然它牺牲了自己，却为后来的飞虫剪除祸害，它才是真正的英雄！"

阿骨打想到这儿，噢，水秀不正是属于马蜂这样的英雄吗？她宁肯牺牲自己，卖身为奴，自投罗网。可她能够勇敢地去冲破罗网，提出五条破旧规立新法的永破罗网的办法，这就使奴隶主的网破了，再也不能让人落入他的网中，被他吞掉，将保护更多的劳役，为人类、为社会、为国家创造财富。水秀啊，水秀，你为朕弥补不足，朕还诏旨"奴隶

阿骨打传奇

生的孩子列为良民，再不为奴隶"；朕只诏旨："对辽之民众，不能虏为奴隶，已为奴隶者，释放为良民。"可朕没有彻底捣毁女真自织之罗网，奴隶仍为奴隶。水秀却能向朕大胆地提出释放奴隶为雇工，胆识过人，不顾一切地敢冲破女真遗留下的残杀奴隶的罗网，释放奴隶，划为雇工。其意不单纯是释放占良民百分之四十的奴隶，而是在于人类认识到保护劳役的重要，认识到人类残杀奴隶的野蛮恶行是破坏生产。吾大金国要按水秀之意行之，必将推动大金国向前蓬勃发展。否则，将像这个"小诸葛亮"蜘蛛似的，自织罗网，自取灭亡！

正在阿骨打沉思的时候，忽见水秀气喘吁吁跑来向阿骨打说："禀皇上，白云显圣啦！"

说的是阿骨打正在沉思，忽见水秀跑回来，言说白云显灵，阿骨打忙问："怎么个显灵法？"

水秀说："皇上，寨子里有个名叫信溜子的，他听四角说，在白云山的山洞里见过白云，向他呼喊，差点儿将他吓死，信溜子好信呀，就骑马跑去观看。那山洞里白云缭绕，香烟袅袅，人山人海，说白云就是白衣菩萨，人们前去祈祷，求菩萨保佑。信溜子从人群中往里挤，可挤呀挤，好不容易挤进去，见山洞里已挤得水泄不通，洞里被香烟笼罩了，啥也看不见。信溜子要看看到底是不是白云，不见白云他不死心啊，就往里挤说是踩着别人肩膀挤到前边去的。当信溜子挤到前边，举目抬头一望，大吃一惊，见白云端坐在石桌上，两手放在胸前，手里攥着一枝松树枝儿，笑吟吟的，眯缝着眼睛，望着向她祈祷的人，好似在说，我一定保佑你们。信溜子仔细一端详，白云还像小时候那样，活蹦乱跳的。信溜子端详会儿，就向白云喊道：'白云，你认不认识我了？'他这一问不要紧，就见白云将眼睛一瞪，说：'信溜子，你来得正好，快给水秀捎信儿，明天午时三刻，将四角拉来，砍头给我祭灵！'就这么几句话，将信溜子吓得屁滚尿流，两眼发黑，两腿一软，差点儿摔倒在地上。正在这时，忽听白云身后有一人大喊说：'信溜子，你要不及时回去转达，我让你脖齐！'信溜子抬头一看，哎呀！原来白云身后还有个小伙子哪，看着很面熟，但不知叫啥名儿，吓得他随着众人连滚带爬跑出来了。"

阿骨打一听，问水秀说："他说的是真的？"

水秀说："信溜子这人好打探消息，寻风瞭哨儿的，啥事儿他都知道。这么多年，寨子的人品他，从他口中说出的话，从来没听说些谎言拉语，都是实打实的，我看他不能撒谎。"

阿骨打说："好，朕决定，明天拉着四角去砍头祭灵！"

单说第二天，十里八寨的人都听说皇上阿骨打今天去白云山杀田地寨谋克四角，起早就跑来看热闹。田地寨就像庙会似的，人们围得里三层外三层，男女老少携儿带女，好不热闹。

天交辰时的时候，只见将四角五花大绑，捆了个结结实实，木轮车上还竖根木杆子，把四角推到车上，用绳子拴在木杆上。四角真魂早已出窍，瘫倒在车上，脸色才难看哪，蜡黄蜡黄的，双目紧闭着，喘着微弱的气，如同一个臭皮囊就算有口气儿。车前车后，车左车右，围的人群好像一片人海，前呼后拥，似大海的浪涛翻滚着。囚车的周围有兵丁把守，都手持大刀，银光闪烁，不时发出喊声："朝后，朝后，不行往里挤！"

阿骨打骑着御马，两名侍卫紧紧相随。水秀今天显得格外精神，她骑着一匹红鬃马，马龙头和马脖子上拴着串铃，叮当当、叮当当有节奏地鸣响。马上的水秀穿着一身红布衣衫，镶着黄边儿，被阳光一照，金光闪烁，身背弯弓，左挎箭囊，右佩宝剑，精神抖擞地紧随在阿骨打后边。

水秀后面是护伦，护伦今天顶盔贯甲，铜铠披于两肩掩护臂膊，金黄的铜铠掩护着前胸，贴在两腋的护腋黝黑锃亮，垂于两腿外面的腿裙金光四射。他手持长弓，耀武扬威跟随水秀身后，有时催马与水秀并肩而行。民众前呼后拥，要说大伙儿前来看杀四角，实际挤挤擦擦来看水秀和护伦。人们都想要多看一眼水秀，有的为看水秀被挤得跟头把式的，围着，看着，交头接耳议论着。在当时民众的眼里，水秀简直是位女神仙，一个姑娘家的，能有这大的胸怀，啧啧，她咋想来的，为救土库，舍身为奴，抱着公鸡拜天地迈进护伦家，世上真少有。还有的边挤边看，喊喊喳喳说："哎哟，我寻思水秀的脸儿得有天大，脸儿小的能干出这事？闹半天，她的脸跟咱们一样大，小模样怪受端详的。虽然眼泡儿哭得还有些红肿，但两只杏眼翻滚有神，眼睛上边的两道弯眉与眼睛非常相衬，秤砣鼻子樱桃小口，越端详越俊俏。人家的父母咋养活来着，养这么个好姑娘，十七岁就当了谋克，真是女中魁元，在女真人中独树一帜。

由于围观的人多，车马走得很慢，快近午时才来至白云山。阿骨打举目观看，白云山虽不很高，望着也是巍然壮观，就像平地突兀而起，松柏环抱，白云缭绕于山峦之间。当阿骨打骑马来至近前一看，山边上已聚满了人。聚集的人自动自觉地闪出一条胡同，用人排成的这条胡同直通山洞。山洞洞口儿有一丈多宽，一丈五尺来高。阿骨打对水秀说："水秀，咱们先进去看看，到底是啥情况。"

水秀说："好，咱们看完再杀四角。"说着，就要往里走，阿骨打拦阻说："得将克螂叫来，跟咱们一同进去，好让她辨认，到底是不是白云。"

水秀笑嘻嘻地跑过去将克螂领来，阿骨打、两名侍卫后边跟着水秀、护伦和克螂，走进山洞里。这山洞里有一丈来宽，十几丈长，里边亮堂堂的。当他们来至石桌前一看，石桌顶上确实盘坐着一女人，一身白衣服，手放于前胸，手里攥着长青的松树枝子。阿骨打刚要让克螂上前辨认，就见克螂一下子扑在石桌上，大哭大叫地说："白云哪，白云，你好苦哇！"

阿骨打明白了，克螂认出是白云，这是不假了，但她怎么坐在这儿死了呢？就好奇地走至近前，仔细观瞧，阿骨打哎呀一声，还将水秀吓了一跳，就听阿骨打说："白云身后有一男的呀！"

水秀他们都歪着头看，才发现白云身后有一男人，再仔细观之，方看准白云的头发和男人的头发挽成个粗头辫子，穿在石洞顶上石窟窿里挽成个疙瘩。阿骨打用手摸摸男女身上，感到奇怪，男女身子全风干了，只剩个骨架裹着人皮儿，脸上却还像活的一般，衣服还是那么新鲜，男女都穿一身白。阿骨打对水秀说："你看到没有？她和这个男的将发结成辫子，这就叫结发夫妻，可她有了配偶，为啥要一起死在这儿呢？"阿骨打说到这儿，就问克螂说："你认识这个男的吗？"

克螂也真灵巧，嗖的一下跳上石桌，两只脚登在石桌的边儿上，当她跐着脚端详白云身后那个男子的时候，哎呀一声，从石桌上栽了下来。水秀手疾眼快，一把手将克螂扶住，忙问："咋的了，你看见啥了？"

克螂站住脚后惊恐地说："男人身后，不知是啥怪物，张着大口往外吐白烟！"

阿骨打一听，心想，奇怪，吐白烟这洞不早就暗了吗？进来这样，现在还是这样，没啥变化呀？说着要往石桌上蹿，被一个侍卫拽住了，说："皇上，待吾上去看来。"说着，将身往起一纵，蹭的一声跳上石桌，抻脖一望，喊道："皇上，不是烟，后边还有洞，从洞底下往上冒的气儿，待吾看看去。"说罢，将身紧贴洞壁，一点儿一点儿从白云和男子的遗体旁边溜过去，溜到男人身后，他又喊叫说："皇上，这后边很宽敞啊！"眨眼工夫侍卫不见了，不一会儿，侍卫又传来喊声："皇上，这小洞里是温泉，水可热乎啦！"

阿骨打听到喊声，身子也往起一纵，跳上石桌，按着侍卫刚才挪过去的路线，绕过两个遗体，来至男子身后。他睁大双眼一看，石桌后边有一呈穴形的洞口，越往里越小，人大毛腰可以进去，里边白云缭绕，打着旋儿往上飘去。阿骨打跳下石桌，低头向洞穴走去，见侍卫站在那儿，用手划拉着泉水哗哗响，从泉眼里腾腾冒着白色的热气。阿骨打仰面向上观看，原来泉上边石壁上有条一尺多宽的裂缝儿，直通山上，从山外面透进一股强烈的光亮。这条石缝儿好似谁用斧劈开的一般，石缝儿两侧齐边儿齐沿儿。阿骨打暗想，在眼皮下一座不起眼的小山，还有奇观异景。由于没把这小山看上眼，真一次没到这山上来过。阿骨打看罢，对侍卫说："怪不得山上始终白云笼罩，闹了半天，这里还有温泉哪！"阿骨打说着，蹲下身子将手往里一伸，这泉水还烫手哪。观罢温泉，阿骨打对侍卫说："咱们过去吧，杀了四角好回去。"说罢，头前往回走，毛腰低头从穴洞里钻出来，抬起头，往前走几步，左脚刚踏至石桌前，脚一落空，就听当啷啷的连声响，身子一趔趄，哎唷一声，惊得侍卫大声喊叫："皇上，皇上！"

说的是阿骨打从洞穴里出来，走至石桌前，左脚向石桌下边一迈，登着一物，当啷啷连声响，脚一落空，闹个趔趄，差点儿撞到洞壁上。就听阿骨打哎唷一声，将手支在石壁上，才站稳脚，可将侍卫吓坏了，在后边忙喊"皇上！"侍卫这一声，将石桌前边的水秀、护伦吓了一跳，七吵八喊："皇上，咋的了？咋的了？"喊着都要过来。

阿骨打赶忙说："没咋的，没咋的，你们不要过来，朕登翻一物，待朕看来！"阿骨打说着，低头往地下一看，见是一铁牌儿，拾起一瞅，铁牌儿上面写着："修身养性成正果"七个漆红大字。阿骨打又往石桌底下瞧，石桌下面还有两块，毛腰伸手当啷啷全拽出来了。拿起一看，见其中的一块和他踩翻那块一样，白底红字，上边写着："脱离凡胎早升天"。阿骨打又拿过那块一看，也是白底红字儿，上面写着："佛光普照。"阿骨打见这三块薄铁板，明白了，七个字像寺庙上的对联儿，头一块肯定是上联儿，第二块是下联儿，合起来是："修身养性成正果，脱离凡胎早升天。""佛光普照"是横批了。这么说，白云和这个男的就根据这铁牌之意，坐在石桌上，静坐绝食而亡。这铁牌儿是哪里来的？白云一个汉字不认识，怎么能晓其中之意哪？这里边还有说道，一定有人知晓，待朕访来。阿骨打让侍卫先过去，侍卫过去之后，才一块一块将三块铁匾递过去，回到前洞，让侍卫好生保管这三块铁匾。

阿骨打让侍卫拿着这三块铁匾出得山洞，令侍卫向民众传旨，谁知道这山洞原有何人住过，为啥将温德亨山改叫白云山？侍卫则高声喊道："圣上有旨，民众听着：谁知道这山洞过去有人住过没有？为啥将温德亨山改叫白云山？有知道的，要向皇上禀奏啊！"

侍卫这么一喊，离远的虽然听不见，可人们互相传啊，你传我，我传他，不一会儿，全传遍了。一位四十多岁的人挤过来了，向侍卫说："请禀报皇上，小人家父对此山此洞熟悉。"

阿骨打一听，赶忙过来问道："汝父来了吗？"

平民说："吾父在家没来。"

阿骨打说："汝家离此多远？"

平民说："过此山南坡儿便是。"

阿骨打对水秀说："你执行朕旨，砍杀四角，朕去访察此山洞之缘由。"说罢，令平民头前带路，向南走去。阿骨打刚走，就听水秀大声喊道："将四角推进山洞，在白云遗体前砍头祭魂！"

阿骨打和侍卫骑着马，顺着白云山根，缓缰向南而行，一边走一边观看风景。举目远眺，可望见长白山，近处绿树成荫，白云缭绕，此起彼伏，好似袅袅的香烟，此消彼起，围山而转。当阿骨打他们转到山南坡时，见山坡上有座小寺庙，就问一平民说："山坡上的寺庙何时所建？"平民回答说："从我记事起，就有此庙。"阿骨打又问："寺庙里有僧人吗？"平民说："没有和尚，有姑子，一老一少，故名'白云庵'。"阿骨打说："待朕前去一看。"阿骨打翻身下马，让一名侍卫在此看护马匹，另一名侍卫随他去观看白云庵，让那平民头前带路。

从白云山南坡往庵中去的道儿已成阶梯形，斜阶梯而上，步步登高，从山下观看庵景，好似在白云中兀立的一座庵庙，庵虽然不大，却素雅别致，恰似仙境一般。阿骨打来至庵前，见庵门上横一匾额，黑底白字，写着"白云庵"三个大字，庵门紧闭。阿骨打让侍卫上前叩门，侍卫啪啪敲了几下，庵里静悄悄的，一丁点儿动静没有。阿骨打悄声问平民说："你们常到这庵里来吗？"平民说："不来，此庵除每月初一、十五开门外，平时紧闭庵门，拒绝前来烧香许愿。"

阿骨打长出一口气说："原来如此，朕今天也看不成了？"

侍卫仍然啪啪敲着庵门，好半天里边才传出一声清脆的声音，说道："阿弥陀佛！施主请原谅，小庵平日不接待香客，请施主包涵，改在初一、十五来吧！"

侍卫一听，不高兴地说："什么施主，大圣皇上驾到，还不开庵迎驾啊？"侍卫心想，姑子听他这一说，非吓得哎呀一声不可。恰恰和侍卫想的相反，就听姑子在里边回答说："什么皇上、皇下的，吾们就知念佛，少啰嗦，非初一、十五决不开庵门！"

"啊哈！"侍卫喝道："胆大的尼姑，敢对皇上如此，砸碎你这小庵！"

阿骨打急忙制止侍卫说："休得无礼！"就在这时候，庵门吱嘎一声开了一条缝儿，庵门里站着一位老尼姑，年约五十多岁，满面红光，两眼有神，用目打量着这三位不速之客，将手一合说："阿弥陀佛！冒犯皇威，罪责难逃啊！"

白云庵闭门拒驾

257

阿骨打慌忙接过说："朕是大金国大圣皇帝阿骨打，察访民情，路过田地寨，遇见侠义女士水秀，舍身为奴救济行家土库。察知谋克四角陷害良民，残杀奴隶，朕释放克螂等六名女奴隶为良民，诏旨砍杀四角之头，前来此山洞为白云祭魂。朕发现三块匾额，写着：'修身养性成正果，脱离凡胎早升天'，横批是'佛光普照'，甚感奇怪，故欲察访对山洞知情者。这位平民说他父知情，故而欲访其父，路过贵庵，侍卫多有冒犯，请师父见谅。贵庵既有庵规，朕不打扰了，等初一或十五，朕再来禅佛。"

　　"呜呜呜……"阿骨打猛听哭泣之声，顺声一看，是位年轻的小尼姑，跪在地下边哭边说："不知是皇上大恩人来，拒之庵外，小尼有罪！有罪！"

　　老尼姑听阿骨打诉说，她用惊疑地目光不断扫视阿骨打，嘴没说心里话儿，你就是说出大天来，也是冒充皇上，皇上还有你这样的？不穿龙袍，不坐龙辇，不排仪仗，不鸣锣开道，还领个平民，皇上还能接触平民？再说，皇上要是到哪儿去，头几天就得将这地方保护上了，小白人还能看到皇上？就我这老尼姑随便到跟前也不行啊！这老头儿是干啥的？看样儿像不像歹徒，你说他不是歹徒，干吗要冒充皇上？得小心留神，决不能被他花言巧语迷惑住……阿骨打这边说着，老尼姑心里像开锅的水直劲儿翻花，猜测阿骨打到底是干啥的，来此何为？她对阿骨打说些什么，听些支离碎语，根本不愿意听。当她听到阿骨打最后说："宝庵既有庵规，朕不打扰了，等初一、十五再来禅佛。"可将老尼姑乐坏了，只要你们不进庵来，回庵给佛焚香，佛之保佑也，就赶忙接过说："阿弥陀佛，茅庵无有准备，初一、十五，诏旨接驾！"说着，咣啷一声将庵门关上了。因为老尼姑不相信阿骨打是皇上，小尼姑跪地下哭泣她都没听见，恨不得阿骨打这三人立刻离开才放心，因此，她急忙将门关上。

　　阿骨打听见小尼姑哭叫之声，心里惊疑地想，小尼姑为啥要说这话，难道是水秀或者土库的什么人在此削发为尼？不然她听朕的话语不能哭诉出此话来，便高声冲门里问道："小尼姑！听你哭诉之情，难道认识水秀吗？"

　　阿骨打这一问，还没等小尼姑回答，就听老尼姑说："你哭叫什么？怎么能相信他的话呢？哪来的皇上，还有这样的皇上？快，进去吧！"

　　老尼姑的话动静虽不大，阿骨打在门外听着也很真亮，实则是老尼

阿骨打传奇

姑的做作。啥叫做作哪？就是说，老尼姑假装压低嗓门儿说给小尼姑听，实则也是给阿骨打听，才用不高不低的声音说出来。给阿骨打听，是老尼姑暗下的逐客令，意思是你别小看我这老姑子，人老了，眼睛没花，心里明白。想用皇上吓唬、欺骗我们，别想，你们撅屁股拉几个粪蛋儿，早看得清清楚楚。一个个装得像老实巴交的，用皇上唬我们，还不如说你们是天老爷来了，那更大，心里说不上想些什么，抢夺来了吧！不管你们咋说，咱老尼识破了，门已关上了，说给你们听听，让你们明白明白，赶快走算了，别在此磨牙了，这就是当时老尼姑的用意。

阿骨打听老尼姑在里边这么一说，才醒过腔儿来，闹了半天老尼姑不相信我是皇上，可也是，看我这寒酸样儿也不像皇上。阿骨打又高声说道："小尼姑，如不相信，现在水秀、护伦、克螂他们都在山下北面山洞里呢！"

"额娘，额娘啊让我想得好苦哇！"

阿骨打听见这声音，心里猛然一惊，暗想，难道她是克螂的女儿崽子，逃跑到这来为尼了？就大喊一声："你是崽子吗?"

阿骨打这一喊，只听咣啷一声响，庵门大开，一个疯癫般的尼姑向阿骨打扑过来，惊得平民和侍卫大惊失色！

阿骨打传奇

说的是白云庵突然庵门大开，跑出如疯癫一般的尼姑，向阿骨打扑来，原来是小尼姑也。这小尼姑来至阿骨打跟前，跪在地上说："皇上，我额娘克螂真的来了？"

还没等阿骨打回答，见老尼姑跟了出来，两手一合："阿弥陀佛，汝受'具足戒'岂可如此？"

小尼姑没在乎，继续追问："皇上，我额娘克螂真的来了？"

阿骨打说："你先起来，待朕将汝额娘领来与汝相会！"阿骨打转过身来对侍卫说："侍卫，去山下，骑马快将克螂、水秀等人唤来！"

侍卫回答说："遵旨！"转身飞跑下山而去。

老尼姑一见傻眼了，心里发冷，浑身打颤，暗想，他真是皇上啊？这回该我去"西天净土"到"极乐世界"去了。她哆哆嗦嗦跪在地上，双手一合说："阿弥陀佛，尼姑有眼不识真主，将圣驾拒之庵门之外，尼犯戒律，律条难容，请罪受诛！"

阿骨打说："仙姑快快请起，不知者不怪也！"

老尼姑起身之后，引圣驾来至禅堂，小尼姑献上茶。

阿骨打问道："仙姑何时来至此地？"

老尼姑说："至此已30年了。"

阿骨打又问："仙姑何地受戒，因何来此？"

老尼姑回答说："贫尼于无虑山白衣庵削发为尼，为莲宗比丘尼。"

阿骨打又问："尼姑不就是比丘尼，还有其他称呼吗？"

老尼姑说："比丘尼是佛教出家五众之一，此外还有比丘、沙弥、沙弥尼、式叉摩那，乃谓五众，还指'具足戒'也。"

阿骨打又问："何谓'具足戒'？"

老尼姑回答说："'具足戒'指僧尼受戒律而言。'具足'是指戒条完全充足而说的，比丘尼'具足戒'按《四分律》有三百四十八条。"

阿骨打又问："莲宗与禅宗有何不同？"

老尼姑回答说："莲宗即净土宗也，是东晋慧远为初祖，可实际创宗者是唐朝善守。莲宗依据《无量寿经》、《观天量寿经》、《阿弥陀经》、

《往生论》，专念"阿弥陀佛"的名号，以期待往生西方净土，也就是'极乐世界'，为'信念'也。"

阿骨打正在谈论宗教，忽然外面传来嚎啕之声，原来克螂见着女儿崽子抱头痛哭。老尼姑见此情，口里不住闲地念阿弥陀佛。

克螂和女儿哭了好一会儿，才与水秀等人进至禅堂，拜见阿骨打皇上，并对女儿说："多亏皇上开恩，咱这代代相传为奴隶的人得以释放。"

小尼姑又重新叩拜皇上阿骨打，感谢皇恩。接着，克螂的女儿小尼姑诉说起在此出家为尼的经过。

原来四角那天要强奸她，被克螂救下后，她不顾生死地冲出门去逃跑了。她跟头把式的一口气儿跑进山林里，到底该往哪儿跑，她也不知道，瞎跑一个点的。不知跑了几天，这天跑到白云山来了，几天没吃啥，饿得昏迷在山坡下。等她苏醒过来，却身在此庵里，原来是老尼姑出外打柴回来时看见了，将她背进庵中，饮水喂饭，她才缓过来。崽子将自己的身世向老尼姑诉说一遍，老尼姑可怜她，知她无处安身，将她削发受戒为尼。老尼姑接过说："是她的'禅机'也，佛赐'禅那'，巧与吾'禅和'悟了道触机生解，禅晓'机要秘诀'，心境禅心，无边色相，圆满光明。"

老尼姑张口就是这些佛教用语，水秀、克螂上哪能听懂啊，连阿骨打听了也一知半解。

阿骨打又问老尼姑说："仙姑为何要来此地落庵？"

老尼姑说："贫尼因父在辽为官，后被诬陷，满门抄斩。当时我在姨母家中，听到信逃亡在外，被逼无奈削发为尼，蒙白衣庵贞慧禅师受'具足戒'。禅师怕我在白衣庵暴露，才冒险领吾投奔女真完颜之地，禅师贞慧将所积香火银子修建此庵，开始按禅师之号为'贞慧庵'。为在此'隐讳静修'，不收教徒。来此不久，见山北坡有一山洞，贫尼与禅师好奇地钻进洞去观瞧，见洞里有一石桌，石桌上端坐一静修女，两边有块铁牌儿，书写着汉字：'修身养性成正果，脱离凡胎早升天'，上边有一横额：'佛光普照'。此修女不知什么时候在此静修，早已气绝身亡，只留此遗体而存。禅师说她是无宗无派的'信佛的修女'，绝食物脱凡胎而升天。禅师正与贫尼谈论之机，忽见跑进来一男一女，衣不遮体，女的模样像禅师，吓得我们转身就跑回来了，再也没敢去山洞。过了几个月之后，有一天，猛听轰隆一声巨响，我们这庵庙被震得直劲儿摇晃，使得我们站不稳坐不牢，好长时间才定神儿下来。庵庙稳定了，我们的心神才稳定，往外边一瞧，吓坏了，只见白雾弥漫，庵庙简直如飘在云端。当时，贫尼心里想，难道我们这庵庙被震得飞上了云端？我好奇地想出去看看，就听贞慧禅师唤我：'白云，白云哪！'声音可小了。贫尼当时很惊讶，虽然白云是禅师给我起的，可从来不叫，今天怎么了？我急忙跑过去，一看，禅师气喘吁吁，身上的汗像水洗的一般。我就喊：'禅师，禅师！你怎么了？'禅师用她那无有力量的手拉着贫尼的手，微弱的声音好似从嗓子眼里挤出来的，说：'白云，白云，吾要去极乐世界了。你要守此庵庙静坐敛心，专注一境，上息杂虑，观照明净，寂灭为乐，修身成佛，'禅师说到这儿，喘息一下又说：'别叫贞慧庵了，就叫白云庵吧！'禅师还嘱咐贫尼将她的遗体安放在北面山洞里的石桌上，与修女为伴，并嘱咐贫尼，不要让吾光头，以免被人拿吾遗体取笑。禅师说完，抛下遗体，奔西天'极乐世界'去了。贫尼望着禅师遗体痛哭流涕，暗想，禅师抛下的遗体由吾安置，将来吾抛下遗体谁安之？越想越悲痛，简直不敢想了。贫尼仅遵禅师遗嘱，给她换上洁白的衣服，将贫尼削发时保留下来的头发给禅师绑扎在头上。到了晚间，贫尼悄悄地背着禅师，咬着牙，背一段路歇会儿，不知歇了多少气儿。那天虽然是月亮地儿，山上的白云缭绕，亮星高悬，往远处却什么也看不到。一路上，累得我浑身是汗，数不清念了多少阿弥陀佛，总之不住嘴地念，才将禅师背到山洞里。说不上咋的了，是禅师归西天净土显圣，还是佛光普照，山洞里简直是白云的世界，里边翻翻乱滚的白云，使贫尼都感到飘飘然。将禅师背放在石桌上，让禅师还像坐禅那样，坐在石桌上，好不容易才将禅师放好了，可坐不住，遗体有些僵化，这咋办哪？一看头发想起来了，禅师说和这修女为伴，就将禅师的假头发和真头发挽在一起吧，这样就互相拽住了。当我将修女的遗发拽过来，由于遗体之间有距离，挽在一起吊不起来，吾又将禅师遗体往后挪动，坐在修女的腿上。虽然将修女遗体挡上了，可头发却能挽在一起，穿在上边石窟里，挽个大结，禅师的遗体才牢坐在石桌上。贫尼又将她的腿紧紧，用蜡烛一照，感到很满意，禅师像个菩萨似的端坐在石桌上。又看了看，觉得禅师手里像少点儿什么，我到外边折枝松树枝儿，插放在禅师手中，向禅师禅拜后而归。安放禅师就贫尼一人知道，其他任何人不晓。哪知，后来人们就传说，那天轰隆一声响，是由于山洞里禅坐的白云菩萨，这山才出现白云缭绕，远看成为洁白的山。人们管此山叫白云山，而贫尼遵照禅意，将庵改为白云庵。由于人们相传，民众去山洞烧香许愿，禅拜禅师的人越来越多，贫尼去得也就少了，怕违犯戒条，独坐庵里静心禅坐。这就是将温德享山改为白云山的经过。但贫尼常想，禅师虽升西天净土，可她留给人间的遗体仍在禅度往生。"

"皇上，白云这名字不知为什么，差点儿将四角吓死。"小尼姑在旁边接过说："那天，禅师让吾到乌伦去买布，走到宝胜寺后边遇上四角，一下子被他认出来了，他喊我，我回头就跑。说不上他咋的了，在后边追我，他狠劲勒着马嚼子，勒得马扬脖竖巴掌咴儿咴儿叫，越叫，他越打越狠劲儿勒嚼子。嘿嘿，他那马不追我了，窝头往回跑，我就撒开腿欢跑，边跑边偷着回头看，见四角勒马猛打，越打马越转磨磨。我跑呀跑，都跑回到这白云山了，四角还打马在后边追。我一寻思不能跑回庵，他会找到我的，我就向北山坡跑，跑进山洞里，藏在禅师遗体后面。忽然外面雷雨交加，见四角跑进来了，一道闪光，四角望着禅师遗体吓得堆灰了，喊叫着："白云，白云，你饶恕我吧！"边喊边往外爬。我乐了，心想，好啊，你怕白云，我就大喝一声："四角快将命留下，快将命留下！"吓得他抱着头连滚带爬跑了。见他跑了，我从禅师遗体后面钻出来，轰隆一声，一个响雷把我吓一跳！一着慌，只听当啷啷连声响，我吓个跟头，才见三块铁牌儿全掉下来，差点儿将我砸了。我怕别人拿走铁牌儿，将三块铁牌儿归弄到一起，放在石桌后面。刚转身，听见'咳咳'有人咳嗽，吓得我头迷眼黑，撒脚就跑。回庵时，才见浑身是泥，不知摔了多少跟头。"

阿骨打一听，忙问："那咳嗽声儿是男的声音，还是女的声音？"

小尼姑说："当然是男的了，要是女的，还不能将我吓那样呢！"

阿骨打惊讶地说："哎呀，果然男的，不仅能咳嗽，还会说话！"

老尼姑、小尼姑不知咋回事儿，顿时惊得直眉愣眼。

阿骨打在白云庵听崽子说是男的声音，心里一愣，对呀！信溜子向水秀说："有个男的声音，叫喊说：信溜子，你要不及时回去转达，让你脖齐！"正因为这个，阿骨打惊疑地说："哎呀！果然男的，不仅咳嗽，还会说话！"才将老尼姑和小尼姑惊吓得直眉愣眼。

阿骨打见她们一个个愣怔怔的，望着自己说不出话，便开口问道："怎么，原来你们不知石桌上坐着身亡的是个男的呀？"

阿骨打这一问不要紧，吓得老尼姑两腿一软，扑通跪在地上说："皇上，你说什么？"

阿骨打解释说："禅师身后那具僵尸是男的，难道你不知道吗？"

老尼姑听阿骨打这一说，犹如五雷轰顶，脑袋嗡的一声，眼花缭乱，她马上镇静下来，对阿骨打说："皇上，这点我敢肯定，石桌上原来坐的是女，决不是男。不仅我见是女的，而且禅师还说，她是无宗无派的信佛修女。贫尼一个人眼睛看差了，还有禅师哪，她那是慧眼，啥事也瞒不过她。禅师说，她的眼睛能上看万丈，下视十八层地狱，上中下三层全在她的眼里。中层人，在吾禅师眼里，每个人都是透明心坎，禅师可察看人们的腑脏。禅师有这双慧眼，男女还辨别不清？皇上，我没见过你，是不是你也中邪了？"

阿骨打一听，哈哈大笑说："仙姑，你说对了，难道朕已五十多岁了，男女还分不清吗？走，待朕领仙姑仔细观之，便知分晓。"阿骨打说到这儿，手一扬命道："起驾，随朕去北山洞认尸！"

白云尼姑敢违圣旨吗？她心里好似扫帚顶门，七枝八杈的，暗想："不对呀，我怎么见是女的呐？不仅我，连禅师都说她是无宗无派的修女，信佛，但没受'具足戒'，怎么现在就说那具遗体是男的呢？如果真是男的，吾这脸面在白云山就没处搁了，你白云办的啥事儿，为啥将禅师放在男尸的腿上？禅师未去西天净土前，心是洁白的，寂心专注，难道抛扔的遗体吾有意让其与男相配吗？"白云尼姑越想，神经越紧张，嘴未说心里寻思，如果不是男的，皇上还能拿尼姑开玩笑吗？只能随皇上阿骨打去认尸，识别禅师贞慧身后这人到底是男还是女。

阿骨打领着尼姑顺着东山坡向北走去。此时，来看热闹的都回去了，四角的尸体已被家属拉走，沸腾的白云山立刻清静了，只有远处不时传来哞哞的牛叫和羔羊咩咩的唤奶声。阿骨打骑在马上，心里暗想，莫非那男尸原是女的，现在变成男的了？这样的念头，阿骨打自己都不相信，根本不可能的事儿，问题是尼姑为什么将男的看成女的？对，是得弄明白。可又一想，这话咋问哪，或者另有别情亦未可知。

老尼姑跟在后边，心里好似一块铁，沉甸甸的。她低着头，往事历历浮现在脑海里。她记得，从无虑山来到温德亨山那年，她才十八岁。到这儿的时候，庵已修好，贞慧禅师对她说，这庵是她积攒的香火银子修的。白云不解地问过禅师，咱们没来，这庵是谁修的呀？贞慧曾说是位道士修的，认为庙小，卖给咱们了。道士啥样儿，白云一次没有见过。贞慧禅师好像来过，可熟了，禅师对这山甚至一草一木都熟。每天晚上贞慧禅师就像她的慈母一般，让她早早地睡，说她年轻，觉多，睡觉就是寂心专注，不产邪念。并让她躺在那儿，闭上眼睛，口里不停地悄声念叨"阿弥陀佛、阿弥陀佛"，多咱睡着才拉倒。禅师贞慧还有一条戒规，白云夜间醒了，不论听到什么动静，都不准她离开禅堂，更不能到佛殿去找她，惊扰她念佛禅坐，有屎有尿都不许出去，夜夜如此，白云好似已成习惯。后来禅师还干脆将禅堂门从外边锁上，说是她专注一境，不能因为过后挂念白云在禅堂的安全而影响禅修。白云当时感动得两眼热泪直流，认为禅师贞慧就像妈妈疼爱女儿似的，使她得以温暖，仍享受着母爱。白云对贞慧崇拜得五体投地，和禅师一点儿也不隔心，像对待妈妈那样侍候禅师。贞慧禅师晚上在佛殿禅坐，白日在禅堂静卧，白云从不惊动干扰禅师。令白云感动难忘的还有一件事，禅师从来不让白云出去买菜买米，说白云年轻，抛头露面不好，这些事儿禅师包下来了。就这样，她与禅师相依为命长达十五年多。后来贞慧禅师说她病了，也不到佛殿去禅坐了。白云还发现贞慧禅师总是悄悄流眼泪，她关心禅师，总想要问问，还没等她问，禅师将手一摆，制止她的询问。因为戒条有规定，见禅师摆手，想要问的话要立即消除，只有这样，才能达到"专注一境"。实际白云心里也明白，专注啥了，越专注，头脑里越思绪万千。30岁以前的时候，白云忙累一天，晚上头一着枕就睡着了。30岁以后，白云觉就少了，虽然口里不住嘴地嘟囔"阿弥陀佛，阿弥陀佛"，控制不住脑子里翻滚着的思绪。更可惜的是梦，很多梦使白云享受着人间的幸福快乐，醒后却吓得浑身是汗，暗自向佛忏悔，吾没有邪念，为何做此恶梦？但她又一想，是了，可能是佛在考验吾心是否贞洁，有无淫欲。这样一想，白云又暗下狠心，任凭神佛在梦中引诱，吾入佛门，受"具足戒"，心已变成铁的啦，经得起引诱。横心是下了，可往往越是横心，好似神佛越加紧引诱她，使她这凡胎似火烧身，用白云自己心中的话说，真是难熬啊！有时翻翻乱滚到天明。

白云在后边走着想着，忽然又想起禅师那天领她去北山洞的情景：禅师刚进洞门就说："石桌禅坐的是无宗无派信佛的修女，弃凡胎而升天。"白云听后，心里暗暗敬佩，到石桌前也没细看，只见禅师双手一合，两眼落泪。后来她俩被一男一女冲走，再也没到山洞里来，因为山洞阴凉阴凉的，进来凉得身子都起鸡皮疙瘩。再说，谁看死尸干啥？至于后来安放禅师遗体时，着急忙慌的，白云也没细看那具尸体是男是女，更何况是夜间。老尼姑从庵里出来，就翻滚着心事，一直翻滚到洞口。

阿骨打第二次来至山洞口，翻身下马，让一名侍卫在外面看护马匹，令曾随他进洞的那名侍卫拿着铁牌子随他进洞。尼姑等跟进洞来，见洞里四角的血渍未干，绕着血迹跳过去，来至石桌前。为仔细辨认，阿骨打令侍卫取来明子（凝聚的松油）点燃照亮。

老尼姑跳上石桌，踮着脚，举着明子一照，惊得她哎呀一声，将下边的人吓了一跳！水秀赶忙问："仙姑看见啥了？"

老尼姑站在石桌上，浑身哆嗦，心里怦怦跳得不成个儿。使老尼姑吃惊的是，这套雪白衣服，是她亲手所做。记得禅师拿出一些白布让白云亲手缝这件白长衫时，尺寸大小、肥瘦都是禅师告诉她的。当时白云心里纳闷儿，禅师腰身也没这么大呀，干吗要缝这么肥的长衫？这念头刹那间就收敛了，因为"具足戒"规定，不能乱猜乱问，影响"专注一境"，禅师让咋做就咋做吧。禅师还向她说："这白衫留着死后好穿，抛下遗体穿上白色的衫子，以示贞洁地升往西天净土。"白云一针针一线线，甚至多大针脚她都记得，为啥穿到这人身上了？使老尼姑更惊讶的是，吾为禅师缝了这件白衫后，从没见禅师穿过。过了几年，禅师又拿出白布，让她再缝件白衫，并告诉自己的尺码多大，肥瘦是多少。白云心想，噢，这件白衫才是按禅师体形做的。当时白云也想过，禅师为啥又做那件呢？可又被"具足戒"条打消了，不能问，问岂不影响"专注一境"？让咋做就咋做。老尼姑见这尸穿着她亲手缝的白衫，使她还联想到，禅师归天，让我给她穿后做的那件白衫，归天后没见着原来缝的

266

白衫，也没想过那件白衫，只顾"专注一境"，自己有多傻呀！老尼姑站在石桌上惊得直眉愣眼，就听阿骨打问道："仙姑，看清了吗?"

老尼姑支支吾吾地说："辨认不清。"

阿骨打说："你看他耳朵，有耳朵眼儿吗？你再看看他那嗓葫芦有多大呀，女人能有那么大嗓葫芦吗？你再看他那嘴巴上边，虽然经过刮脸，仍可看出青魆魆的胡碴儿。更令人不解的是，这人刮脸时，好似死后咽气了才刮的，为啥这么说哪？你看他右嘴巴上有刀刮个口儿的痕迹，刮个口儿，没有丁点儿血迹。更令人奇怪的是，他俩均穿白衫，好似出自一人之手，针脚一般大，布是一样的。另外，那女人说是你禅师，出家人归天，为啥不穿袈裟，却穿便服的白衣衫……"

还没等阿骨打说完，老尼姑哎呀一声，从石桌栽了下来！

山洞认尸

阿骨打见白云老尼姑从石桌上栽了下来，忙喊："快扶住！"得回水秀、克螂等手疾眼快，将老尼姑扶住了，没有摔着，将她轻轻平放在石桌前。老尼姑双眉紧锁，晕过去了，不省人事。小尼姑抱着老尼姑唤道："禅师，禅师，快醒醒！"喊着喊着，哇的一声哭了。过了好大一会儿，才听老尼姑哼了一声，缓醒过来，喃喃地说："佛呀，佛！为啥要将贞慧禅师这样安排，岂不玷污了她洁白纯真的一生？"

就在这时候，忽听一平民对阿骨打喊道："皇上，我阿玛来了！"他的话音刚落，只见一白发苍苍老者跪在地上给阿骨打磕头："小民参拜皇上。"阿骨打亲手将老者扶起说："老丈免礼，朕欲登门叩访，是谁将老丈请来，让老丈多走路哇？"

原来跟随阿骨打这个平民见阿骨打等人进到庵内，他就转身向家跑去，到了家，将皇上阿骨打访问之事对阿玛说了。他阿玛听说后，心想，不能让皇上往这儿跑，我去见皇上诉说吧，就跟着儿子来见阿骨打。到白云庵见庵门紧闭，知是到山洞去了，爷儿俩才追至洞中。

老者被阿骨打扶起后，对阿骨打说："禀皇上，听吾儿回家说，皇上欲探访这白云山和山洞之事，小民略知一二，特前来禀报。"

阿骨打说："承蒙老丈赐教，将汝所知，细对朕诉说之！"

老者这才将他的所见所闻，向阿骨打详细地说开了："皇上，小民名叫窝集，从小就生长在这地方。这温德享山原名叫孤兀山，是黑龙救咱祖先猎鱼郎，冲开长白山西北角，滚落下来的大山石，落至此形成这座山。山洞里原来住着一个名叫温德享的人，他后来迁到温都部，留下后代乌春，温德享山由此得名。从我记事时起，这山洞是蛇栖身之地，谁也不敢到山洞跟前来。记得 30 年以前，不知从什么地方来了个野老道，他将蛇斩除，就住在山洞里。这老道有金银财宝，还会武术，不知他花了多少金银财宝，让温都部给他在南山坡修建成这座小庙。奇怪的是庙修成后，老道没住，却来了两名尼姑，一中一少，在庙门口挂上匾额为贞慧庵，后来听说是老道卖给尼姑的。那老道始终住在这山洞里，石桌两边挂着两块铁牌儿，顶上还横悬一块，都有字儿，咱女真也不认识写的啥玩艺儿。不知谁识汉字，说是上联儿写的是：'修身养性成正果'，下联是：'脱离凡胎早升天'，横着那块是'佛光普照'。还传说老道是汉人张天师留下的，什么五斗米教而创建的，信奉元始天尊、太上老君，清净无为来修持自己，脱去皮囊超升'天界'。这些事只是传说罢了，无人去问，因咱女真人信奉萨满教，谁相信什么和尚、老道、尼姑的，对他们都望而生畏，无人接近。因为小民好夜间去猎取珠子，所以经常从这山路过。有天晚上，我刚来至东山坡，就听有欸欸的脚步声，忙隐藏在深草棵子里，想偷着看看是谁。借着星光一瞧，原来是那个老道。心想，这老道晚上出来干啥？也是我好信儿，就悄悄地在后边尾随瞟着，看看这老道晚上出来干啥事儿。老道身背宝剑，走得很快，我在后边盯着，才见老道直奔贞慧庵，到了门前，他用手指头弹了三下，庵门开了，是那个中年尼姑将他放进庵中。从此，我才知道尼姑是老道的媳妇，闹了半天，老道和尼姑也成双配对呀！"

窝集讲到这儿的时候，见老尼姑正听得出神，双手猛然将脸一捂，念声"阿弥陀佛，羞死贫尼也！"转身就要跑。阿骨打说："仙姑，不要如此，听窝集说下去，汝也能明了，不然仙姑始终蒙在鼓里。"

老尼姑双手捂脸，眼泪刷刷从指缝儿往外流淌。她心如刀搅一般难受，暗想，还用细说吗，现在全明白了，贞慧禅师满口讲的是"专注一境"，她是蒙骗于我，怪不得不让我出禅堂，不让我惊扰她，将吾锁在禅堂里，是怕我发觉她的秘密。她回想起有一次去打扫佛殿，见禅垫上有污垢，粘糊糊的，她还以为是禅师吐的痰，禅师脸色绯红地将禅垫换了。到底是啥？她也不明白，反正不敢多想，得"专注一境"。现在想起来才有些后惊，但她心里还不太相信，难道这是真的？

就听窝集接着介绍说："从那次以后，我经常遇到老道到尼庵去，习以为常，已不为怪。因为咱女真和尼姑、道士好像两个天地，也就是说，猪往前拱，鸡往后刨，各有各的道儿，彼此各不相扰，互不介入。后来这老道病了，不能到尼庵去了，贞慧尼姑就经常到山洞里来。有天晚上，我又从此路过，听见洞里有哭泣之声。我悄悄溜进去，身子贴在洞壁上，见老道坐死在石桌上，尼姑贞慧在哭泣。仔细一瞧，才发现老道换上一身白衣服。我去猎取北珠，等天快亮回来时，发现尼姑慌慌张张离开山洞回庵去了。老道死了之后不久，有一天，突然一声巨响，震得这周围大地直晃荡，好像天塌地陷一般。可把人们吓坏了，这温德享山震出一道缝子，呼呼往外冒白气，山也蒙上一层白色的石渣儿。没过

几天，发现老尼姑的尸体也盘坐在石桌上，而且头发还挽在一起了。人们感到惊奇，老尼姑是秃子，怎么会有长头发？皆说是尼姑升天显圣，山都往外冒白云，就管这山叫白云山。人们将尼姑尊为菩萨，都到山洞来烧香许愿，前来祈祷的人越来越多，小民就知道这些。"

阿骨打不解地问："两具尸体在山洞里，野兽不来吃吗？"

窝集说："皇上，你不知道，这山周围都有村寨，山上没有野兽。另外，这山洞口夜间经常有无家的人在此背风栖身，老道要是不出山洞，他在里边，洞口的人也不往里去，就像给老道把门似的。我没说嘛，谁也不管谁，谁也不和谁说话。"

阿骨打又问："克蝆，你怎么能说贞慧尼姑是白云呢？这又是怎么回事儿？"

克蝆说："她长得跟白云一模一样，要不咋说是白云哪！"

老尼姑惊疑地问："皇上，还有和贫尼重名儿的白云？她是谁呀？"

阿骨打说："仙姑，这白云是奴隶，偷跑出来的，始终未找到，不知生死。"

老尼姑问："她是哪年跑出来的？"

克蝆说："三十年前的事了，现在错认这仙姑的遗体是跑出的白云，因她长得可像了。"

老尼姑说："能不能是我和禅师看见的一男一女，那女的长得像禅师？"

窝集说："噢，对了，有一个，现在我们寨子里住着哪，她长得可像死去的尼姑了。不过她不叫白云，她叫叶拉，她的丈夫叫赫那已有一帮孩子了，大的都二十多岁了。家有奴隶12个，牛16头，马十匹，羊成群，是个富户。"

克蝆一听，摇头说："不对，不对，我说这个白云是奴隶，被四角逼得无路可走，偷着逃出来，寻找好长时间没见踪影，她哪能发财呀！"

老尼姑也接过说："我与贞慧见着的那一男一女，穷得衣不遮体，也不是那对儿。"

阿骨打一听，令两名侍卫速到白山寨将那一男一女唤来，一问便知。

两名侍卫出山洞，骑上马飞驰而去。来到白山寨，找到叶拉、赫那，见两人正在屋里喊喳什么，而且还淌眼抹泪的。其中一名侍卫高声喊道："叶拉、赫那听着，皇上阿骨打传旨，令汝二人去山洞回话！"

侍卫这一喊不要紧,就听屋里咕咚咕咚连声响,不知为什么,叶拉、赫那听见这喊声后,都吓倒在地上了。在侍卫连声呼唤下,他俩好半天身上好像下来"神"似的,哆哆嗦嗦爬起来,脸色煞白地说:"听到了,听到了!"两人忙骑上马,随侍卫一同奔山洞而来。

原来这叶拉和赫那也到山洞来看砍杀四角,当叶拉见到克螂的时候,她在那边张望好半天才认出来是克螂,刚想要过去相认,克螂被召进山洞。叶拉就悄声儿对丈夫说:"你看见没有,刚才进山洞的那妇女就是吾常说的克螂,等会儿我见见她,看她还认识我不。"

赫那一听,赶忙制止说:"千万别认哪,要是认了,她回去一说,咱是奴隶,奴隶私自逃跑,按女真刑法,要处活埋罪呀!"赫那不仅不让叶拉去认克螂,而且还越想越怕,又说:"人多眼杂,咱们快回去吧,别看了!"说着,拉着叶拉就回去了。虽然叶拉没和克螂见面,却勾起了她的心事,回忆起小时候当奴隶之苦,若不是赫那相救,也可能早死了,二人越说越悲痛,就哭泣起来。现在忽听皇上让他俩去山洞回话,惊得瘫倒在地。此刻,他俩骑在马上,心怦怦直劲儿跳,寻思这回小命可要交待了。他们来至山洞前,翻身下马,战战兢兢走进山洞里,扑通跪在地上,哭哭啼啼地说:"皇上,小人该死!该死!"

阿骨打吃惊得"啊"了一声,吓得二人又瘫倒在地!

说的是阿骨打在白云山山洞里，见叶拉、赫那看着他就吓堆灰了，心里纳闷儿，暗想，不做亏心事，不怕鬼叫门，他俩见朕吓得这个样子，心里肯定有鬼。想到这儿，就问道："汝二人可认识这石桌上的两具尸体吗？"

叶拉抢着说："认……认识。"

阿骨打说："石桌后边那具尸体是谁？"

叶拉说："他……他是……是老道……"叶拉还没说完，就见赫那偷偷扯她衣角儿，暗中示意，不让叶拉说。叶拉见赫那扯自己衣角儿，马上改口说："不是老……老道，是老头子。"

世界上有很多弄巧成拙的事儿，赫那如果不拽叶拉衣角儿，叶拉说是老道，就是老道，这跟窝集讲得一样，阿骨打就不能疑心了。可叶拉受赫那的暗示后，这一改嘴，说成是老头子，立刻引起阿骨打的疑心。说明他俩不敢说是老道，这里边一定有隐情，不然老道就是老道，干吗要说是老头子？阿骨打就来个趁热打铁，赶忙追问说："老头子？他胡子呢，你们给剃去的呀？敢向朕说谎，还不实说！要实说还则罢了，要不实说，朕决不饶恕！"

叶拉吓得浑身筛糠，给皇上磕头说："我实说，实说！"叶拉哭哭啼啼地诉说原委："小人名叫白云，原是田地寨四角家的奴隶，从小就受折磨，过着不如猪的生活。猪喂肥后杀吃了，可奴隶没完没了受苦，真不如死了好，死了倒也干净利索。那天，四角媳妇又要打我，就将心一横，豁出去了，干脆去投水淹死。心一慌，跑岔道了，从田地寨跑出来，一口气不知跑出多远，跑进一片漫无边际的树林里摔倒了，就啥也不知道了。等我苏醒过来，睁眼一瞧，见满天星光在闪烁，微风吹着树叶哗啦啦响。我一丁点儿不害怕，呼喊着："老虎啊，老虎啊，你快来将我吞掉，供你个饱，我获得你大跑大颠的棺材，让我在人世上什么也不留下。"老虎任凭我喊破嗓子，它也不来吃我，可能嫌我骨瘦如柴，没有咬头儿。真是叫天天不应，叫地地不语，逼得我无奈，只好上吊死了吧。我刚要上吊，忽然被人抱住，这人就是我的丈夫黄毛女真人赫那。他将我救下，劝我好死不如赖活着，说自己也是奴隶，逃跑出来的，要寻找一块背旮旯的地方做个自由人。我俩同病相怜，都是下层受苦人，就撸堆土，插草为香，拜了天地，结为夫妻。他领我去寻找背旮旯的地方，我们钻林越岭走啊走，一天晚上，来至温德亨山，见山北面有山洞，心中甚喜，总算找到一个背风的地方。刚要往山洞里钻，忽听山洞里传出哭叫之声，惊得我们俩赶快趴在洞口儿，不敢出声。就听里边有一妇女哭泣着说：'你将我抛得好苦呀，隐蔽在此相伴百年。哪成想半百你就升天了，让我孤苦伶丁守雕塑念弥陀身受熬煎，不如我随你同去乐园，手拉手相亲相爱永不离分……'这妇女哭得十分悲伤，听着让人痛心，将我们俩的眼泪也哭出来了。就听她哭着哭着，好像冷丁打了一声嗝，接着一点动静没有了，吓得我哎呀一声，她哭背气了？说着我们俩慌忙站起身来，走进山洞，才见妇女哭背气于石桌下面。我们俩赶快呼叫，将她唤醒，才认出是位尼姑。她一见我们俩，哇呀一声撒脚就跑，摔了两三个跟头才跑出山洞去。尼姑这一跑，当时将我们俩吓怔住了，好半天才缓过神来，原来尼姑也找配偶啊！"

叶拉这句话说得不要紧，白云尼姑脸色顿时像巴掌打的，由红变紫，低着头，合着双手，两眼落泪。她心里像个泔水缸，苦的、辣的、酸的涌上心头。

叶拉没有理会白云，接着向阿骨打诉说着："我们俩往石桌下一看，见着一个包袱和褡裢，赶忙将包袱打开，里边是两身儿老道服，又打开褡裢一看，里边装的全是金银财宝。我们俩当时以为是在做梦，还是看花了眼，都将眼睛重新揉搓一遍，再瞪起眼睛一看，仍然是白花花的银子和黄澄澄的金子。我们俩赶忙将这些金银财宝和包袱拿着，走出山洞。这时外面天已亮，怕别人发现，赶忙躲藏起来，将金银财宝和包袱藏在深草棵子里。可我们俩心在怦怦地跳，浑身直劲儿哆嗦，冷成一团。好长时间才平静下来。一寻思，这金银财宝能不能是尼姑丢下的，要是尼姑丢下的，非回来找不可！我们俩一商量，不行，得进山洞去看看，要是尼姑丢下的，咱还给她。我们俩才又进山洞去，看见一老一少两个尼姑，还没等我俩搭话儿，两个尼姑惊慌而走。赫那说这金银财宝肯定不是尼姑的，要是尼姑的，见着咱们还有不要的？说明是位老道丢的，因为有道服，可这老道哪儿去了？为啥将金银财宝扔下不要了？决定再等几天，看看有没有老道来找。我俩在山洞又等些日子，不仅没见着有老道来，连尼姑也踪影皆无。后来山裂地动，我俩吓得赶忙离开此山，又藏到一个地方。赫那用银子去买回新衣服，我俩换上，扔掉旧衣服，到温都部买房屋、土地、耕牛和奴隶，成为富户。这就是我和赫那发财的经过，实禀皇上，望皇上饶命！"

阿骨打听罢，心里琢磨，世上真有好多事儿是奇巧的，尼姑和老道竟有这么多波折，让人难以想象。接着又问赫那说："她说的全是实情吗？"

赫那早吓得真魂出窍，四肢无力，瘫倒在地。听阿骨打问他，他有气无力地说："皇上，我俩……是……是这么回事儿。"

阿骨打见将赫那吓得失魂落魄的样儿，就高声宣旨说："叶拉、赫那，汝二人不要害怕，朕赦汝无罪。因金银财宝你们俩是拾的，不是抢的，是老道扔给你们俩的，也是你们俩命该如此。奴隶主四角已被杀头，他的家中人等朕已诏旨，从此均为奴隶，无有再追汝二人者，你们已成为合法的奴隶主了，就不要再担心了，但不知老道服你们保留没有？"

叶拉说："有，我仍保存着哪！"

阿骨打又问："除金银财宝和老道服外，还有什么东西没有？"

叶拉说："有，还有书、字、纸，我都保留着哪，始终没敢往外露。"

阿骨打说："好，待朕前去看看。"

阿骨打让赫那、叶拉头前带路，他们奔温都部而行。阿骨打忽然想起要问尼姑什么，扭头一看，尼姑没有跟来，就问克螂说："老尼姑没来？"

克螂说："她和崽子没出山洞。"克螂说着停下脚步，说："皇上，我回去了。"

还没等阿骨打说话，叶拉跑过来一把拉住克螂说："看你说的，说啥得到我家看看，也不枉咱们遭罪一场。"说着拉着克螂就走。

阿骨打随他们刚转过山坡，忽见小尼姑崽子气喘吁吁边跑边喊："站下，站下！"

阿骨打不知出啥事儿了，停住脚步张望，只见崽子哭哭啼啼跑到近前说："皇上，可不好了，禅师将两具尸体拖出山洞，用干枝柴火烧了，她……她也一头撞死在山洞里！"

阿骨打听后，大吃一惊，赶忙勒转马头又回到山洞，见洞外尸体被燃烧，火焰腾空而起。进山洞里面一看，老尼姑白云撞得头破血流。气绝身亡。从此，在大金国留下的比丘尼，只知吃斋念阿弥陀佛，不懂得啥教义，此是后话。

　　阿骨打见白云尼姑气绝身亡，当时传旨，将白云山谋克找来，令其把老尼姑安葬在白云山下，责令将贞慧尼姑和老道骨灰扬了。旨谕崽子为白云寺白云尼姑，将白云山改为白山，白云山寨改为白山寨。下旨毕，阿骨打才随同叶拉、赫那去温都部。他们刚转到南山，只听崽子拉着克螂放声大哭，不让克螂走。克螂也大放悲声哭泣，哭着跪在阿骨打面前说："皇上，我心已决，欲陪伴女儿在此出家，继承白云尼姑意愿，决不反悔。"

　　阿骨打一听，也感到崽子年岁小，独自撑不起此庵，克螂有这心愿也好，就对克螂说："好，朕封汝为白山禅师，你女儿为小白山尼姑。汝母女俩烧香拜佛，保佑着大金国江山。朕回朝后，还要御赐白山庵纹银二百两，作为香火银子！"

　　克螂领女儿崽子给阿骨打磕头谢恩，又和叶拉相抱而哭，难舍难离地洒泪而别，克螂领女儿崽子从此在白山庵削发为尼不提。

　　单说阿骨打随同叶拉、赫那从白山下来，走出有三里来地，猛然间树林里发出轰隆一声巨响，震得地颤树摇，阿骨打差点儿从马上掉下来，震得他们耳鸣眼花不知所措！

说的是阿骨打随着叶拉、赫那赶奔温都部，猛然间一声巨响，咕咚一声，地颤树摇晃，差点儿将阿骨打震下马来。他勒住马，用惊疑的目光往响动地一瞧，只见一股青烟随着响动升起，心想，这是什么玩艺儿？赶紧催马过去想看个明白。远远见树林那边有一丘岭，丘岭下边有一汉人，在烟雾中拎起三只狐狸，心中甚感奇怪，忙又催马加了一鞭，直奔那人而去。阿骨打来至近前，翻身下马向那汉人施礼说："汝这狐狸是怎么捉到的？"

那汉人手拎着狐狸。用目打量着阿骨打，不知他是皇上，嘴没说心里话儿，这老头可真好奇，就洋洋自得地说："我这狐狸是炸的，咕咚一声，就将它炸死啦！"说着，拎着狐狸的两手一扎煞。

阿骨打听说是炸的，他不懂，什么叫炸的呀？心里纳闷儿，就又问："咋炸呀？"

汉人龇牙笑笑说："咋炸呀，嘿嘿，咱不告诉你！"

阿骨打说："你告诉我，可请你当'行家'。"

汉人摇晃着头说："不告诉，不告诉，让你们女真人学去咋办？"

阿骨打的侍卫一听，不耐烦地说："你真有眼无珠，这是大金国大圣皇帝在向你问话！"

汉人一听，一愣神儿，又重新端详阿骨打一番。正在这时，赫那赶来了，高声喊道："赵大炮，跟你说话的是皇上！"

赵大炮听赫那这一喊，拎着狐狸就跑。阿骨打见赵大炮撒脚跑了，大声喊道："你别跑，朕有话问你！"阿骨打越喊，他越跑，眼见赵大炮跑过岭了，可有些急了，催马就追。等他追上岭时，见赵大炮骑上马拖带着狐狸跑了，刚催马要追，后面的赫那喊着说："皇上，不用追了，他跑不了，他家也住在温都部！"

阿骨打这才放心，勒马等候着赫那。赫那来至近前，阿骨打迫不及待地问道："赫那，你知道他是用什么炸狐狸吗？"

赫那说："禀皇上，据小人所知，他是用个小陶罐，里边装的啥不知道，他就用这玩艺儿，咕咚一声就能炸死野兽，为此，人称

阿骨打传奇

'赵大炮'。"

阿骨打又问赫那说:"他什么时候来温都部的?"

赫那说:"他是前年从辽地迁徙来的,掳到吾家为奴隶,我对他挺好。后又接到皇上旨意,对从辽地迁徙来的不要掳为奴隶,已为奴隶的要释放为平民。我第一个先放了他,他对我很感激。他用这玩艺炸野兽还是今年才开始,过去他不敢用,就有一样,谁问他罐子里装的什么,他不告诉。"

阿骨打听后,心中甚喜,暗想,我从宋朝带回来些鞭炮,让人琢磨琢磨,仍然只能在空中打响,放花,放火焰,别的什么也没试验好。他能炸死野兽,这太妙了,我打着灯笼都没处寻去。没成想今天巧遇了,决不能放过,一定请他去当"行家"。阿骨打越想越高兴,此时对看老道服和书的兴趣压下去了,恨不得马上见着赵大炮,快马加鞭奔温都部而去。

阿骨打来到温都部,对赫那说:"赫那,快引朕去找赵大炮!"

赫那一听,这皇上怎么了,疯了?要看老道服,突然又被赵大炮给迷住了,立马催他,说见马上就见,这是他心里话儿,就对阿骨打说:"皇上,先到小人家里吃点饭,打发人将赵大炮找来不就得了,不用到他家去。"

阿骨打说:"不行,朕得亲自到他家去请'行家'。找,那像话吗?快引朕到他家去!"

赫那见阿骨打马上要去见赵大炮,他敢违命吗?就对叶拉说:"你快回家准备饭菜,我引皇上去找赵大炮,回去好吃饭。"说罢,引阿骨打直奔赵大炮家。

赵大炮住在村子西头,是座三合院,虽然是土草房,却很整洁,看样子是新盖的。刚到门口,赫那冷丁高声喊道:"赵大炮,皇上来啦!"

阿骨打赶忙制止说:"不要喊,不要喊!"

赫那已喊出去了,话喊出口,想收也收不回来了。他这一喊不要紧,就见上房里的妇女吱哇乱叫,从西屋往东屋跑,两边厢房里也传出惊叫声。随着妇女们的惊叫,上房先走出一老者,须发皆白,年约六十左右岁,身后跟随着三位四十上下的男人,两边厢房走出十三四岁的男童,都低头垂手站立。老者迎着阿骨打跪下,后边按年岁分辈而跪,老者低头说:"不知大圣皇帝圣驾光临,小老儿未曾迎驾,罪该万死!"

阿骨打伸手搀扶老者说:"老人家免礼,快快请起!"

老者磕头说："小老儿罪该万死，不敢起身。"

阿骨打惊疑地问道："老人家此话何意，朕特来拜访，为何口口声声谈罪呀？"

老者说："万岁，刚才听外孙回来说，在岭上冲撞圣驾，不拜逃回，方知他冒犯圣颜，应受诛斩之罪。如顶撞万岁，祸灭九族，故将他捆缚屋中。小老儿欲送罪犯请罪，今圣驾追至此，小老儿老少三辈请罪受诛。"说罢潸然泪下。

阿骨打弯下身用力将老者扶起说："无罪，无罪，都起来，起来！"

老者被阿骨打扶起后，用惊疑的目光偷着扫视阿骨打，嘴没说心里想，他是皇上吗？哪有这样的皇上，直接进百姓家不说，还亲手扶起平民，看样子他不是来追拿外孙问罪的，好像皇上有什么心事要说。正在老者思忖的时候，阿骨打腾腾走进上房，刚要奔东屋，就听东屋妇女们吱哇乱叫，知道妇女在东屋。阿骨打也知道，汉人妇女不抛头露面，就奔西屋去了。阿骨打刚迈进西屋，就见赵大炮被人用绳子五花大绑捆缚在地，忙走至近前，亲手将赵大炮身上的绑绳解开，笑吟吟地说："赵大炮，让你受委屈了，快起来吧！"

赵大炮偷着用眼睛观察阿骨打，见他亲手将身上的绑绳给解开了，又见阿骨打一副慈善的面孔，心里一阵发热，眼窝子一湿，眼泪滚滚而落。而赵大炮心目中，最痛恨的是阿骨打，是阿骨打率领女真人攻破辽国城池，将我们汉族人掠掳至此，眼睁睁瞅着很多汉人、契丹人家破人亡，弄到这穷山沟里来当奴隶。赵大炮甚至下过这样的决心，将炸药研究好，背着炸药，去找阿骨打，用炸药将他炸死，好为汉人、契丹人报仇！今天赫那说这老头儿就是皇上阿骨打，他半信半疑，后悔没多装一罐炸药，要是再有一罐炸药，当时就将阿骨打炸死，他才撒脚跑过岭，骑马往家跑，准备装上炸药罐，要炸死阿骨打。这事被他姥爷知道了，及时制止了他这种愚蠢行动，并将他五花大绑起来，等皇上来时好请罪。阿骨打果然追来了，不仅不杀他，还亲手将绑绳解开了。人心都是肉长的，他很受感动，想起在辽朝时，别说见不着皇上，就是一般的官儿也是相当厉害的，平民百姓想要跟他说句话儿都难上加难，谈到皇帝，比神仙还神仙。他记得有次天祚帝去黄龙府，城内禁出，平民百姓蹲在屋里不许出来，外面有兵把守，要是想出去看看，那可犯有杀头之罪，谁敢哪？可今天是咋的了，我心目中的仇人、梦中龇嘴獠牙、血盆大口的魔鬼阿骨打，却是一位慈祥善良的老人。谁相信他是皇上啊，他比女真奴隶主还好接近，难道这是真的吗？他真是我仇恨的阿骨打吗？赵大炮跪在地下，心潮澎湃，掂量着眼前这位大金国皇帝阿骨打，越掂量越琢磨不透了。

阿骨打见赵大炮跪在地下，两眼流泪，知道这硬棒小伙子钢铁般的心田被熔化了，他的心被牢牢攥住了，就笑呵呵地伸手扶起赵大炮说："'行家'，这回不怕我了吧？朕对有才干的人，不论他是什么民族，均称为'行家'，而且重用、发挥'行家'的技能，为国为民出力。你是朕梦寐以求的人，今日相遇，是大金国之幸也！"

听了阿骨打这些语重心长的话，赵大炮此时好似一团软绵绵的棉花，被阿骨打紧紧攥在手里，越攥越生热量，这热如同火一般烧着他的心窝儿。他想，我那样对待皇上，他为啥不怪罪我呢？他追来干什么？不杀我，对我这样一个被他们女真人掠掳的平民，他到底儿要干什么？赵大炮正在胡思乱想，猛听姥爷大声喝道："畜牲，圣上将你赦罪，还不敢快谢恩，愣着干什么？"赵大炮这才从梦中惊醒，慌忙跪下谢恩。正在这时，忽听外面有人高声喊道："赵大炮轻视皇上，不叩拜皇上，逃跑而归，罪该万死呀！"吓得院内人扑通通全跪下了，赵大炮本能地跳了起来，阿骨打也一惊！

赵大炮心软骨酥

阿骨打扶起赵大炮，刚要探询他炸狐狸的事儿，猛听外面有人喊叫，吓得全家跪地，赵大炮在屋一跳多高。阿骨打心想，是谁这么大胆，朕在此暖心，他却跑这儿来捣乱？阿骨打几步从屋蹿出去，喝道："朕在此，何人大胆胡言啊？"

吓得喊叫的人慌忙跪下说："皇上，小官不知皇上驾到，未曾迎驾，请皇上恕罪！"

阿骨打问道："汝是何人？"

"小官是本部谋克，名叫温鲁，听圣驾到，前来叩拜！"

阿骨打愤怒地说："大胆的谋克温鲁，朕未曾诏旨于汝，胆敢擅自前来胡言乱语。谁说赵大炮轻视皇上，不叩拜皇上，逃跑而归，罪该万死，啊？"

温鲁叩头说："禀皇上，是小官刚才遇见叶拉，她对我这一说，小官才分析一定是赵大炮轻视皇上，故而前来捉拿……"

"走！"阿骨打用手一指说："汝身为百户之首，不问青红皂白，扰乱民心，破坏朕意，实属可恶。侍卫，将他拉出院外，杀喽！"

阿骨打话一出口，吓得温鲁浑身颤抖，暗想，是吾前来助皇威，弹压这不知好歹的迁徙之户，不仅没得到皇上的欢心，反而说吾犯罪，真是好心未得好报。吓得他磕头如捣蒜，哀求道："皇上饶命啊！"

老者全家也惊恐得面色全变，老者跪在阿骨打面前哀告说："万岁！如杀谋克，小老儿全家不能活。望圣上开恩，小老儿全家感恩戴德，皇恩浩荡，永世不忘！"他的儿孙们也哭喊着说："皇上，饶恕温鲁谋克之命吧！"

阿骨打瞧瞧这些人，又扭头望望身后的赵大炮，见他站在房门口，脸上流露着得意的微笑，两只眼睛射向谋克的目光渗透着仇恨和愤怒。心里明白了，谋克准是有伤这刚强倔小子的心了，暗暗佩服赵大炮是位倔强的小伙子。

"畜牲，只为你，让谋克受惊。还不跪下请求皇恩，饶恕谋克温鲁！"赵大炮也确实惧怕姥爷，显然他屈服于姥爷，才勉强跪在地上向阿骨打说："皇上，饶了他吧。"

阿骨打说："看在你的面上和你姥爷的说情，朕暂时饶恕他一命，如再敢横行霸道，欺负外来人，定斩不饶。"温鲁心才放下，真魂归窍，磕头谢恩而起。

阿骨打又亲手将老者扶起，对其儿孙们说："全起来，起来！"这才随老者走进上房，发现妇女们都挤在房门口，扒着门缝儿喊喳张望。阿骨打在西屋炕上坐下，唠起嗑儿来，得知这老者是黄龙府人氏，姓黄，名天庹。赵大炮是他的外孙子，河北赵州人，因他会制做炮仗，准备在黄龙府开炮仗铺，还没等开张，黄龙府被金兵攻破，所以随姥爷迁来此地。

阿骨打听黄天庹老人介绍，心里简直乐开了花，几十年来，他就想，要能用宋朝的炸炮制成打仗用的武器，那该有多好。今天他又亲耳所听，亲眼所见，赵大炮用炸药炸死三只狐狸，能炸死野兽，就能炸死人。正在阿骨打高兴的时候，酒菜已经准备好了，黄天庹要留阿骨打吃饭。赫那赶忙说："不，皇上到小的家去吃，叶拉已做了。"

阿骨打说："不，朕今天在黄天庹家吃饭，改日再到你家去吧。"

黄天庹一听，可乐坏了，皇上能在平民家吃饭，古之少有。黄天庹不仅留下温鲁，而且也没让赫那走，均留下陪皇上吃饭。不一会儿，酒菜全上来了，当黄天庹给阿骨打斟酒时，阿骨打感到酒味儿很香，那时他没顾得上询问是啥酒，今天闻到这酒香味儿，感到格外亲切，还没喝呢，就被这酒的醇香陶醉了。阿骨打问黄天庹说："老丈，汝这是啥酒，芬芳醇酣打鼻子呀？"

黄天庹手捋白须说："万岁，这酒虽然赶不上名酒杜康，但在酿造方法上，跟杜康酒是一样的。"

阿骨打又问道："何谓'杜康酒'？"

黄天庹说："皇上，中国制酒开始是于夏初大禹时代。有个官员名叫仪狄，他用桑叶包饭发酵的方法酿酒，献给皇帝大禹喝。大禹皇帝喝了酒，感到味道甘美，可吧嗒吧嗒嘴儿又说：'唉，这酒虽好，后代一定有因为贪酒而亡国的。'于是他下令，不准酿酒。仪狄以为皇上喝了酒得封赏他，没想到反遭斥责。可他没听皇上的，还是偷着酿酒，供给朝中官员们喝。大禹皇帝逝世四百年后，出现了桀，也就是履癸。他是一位暴君，嗜好'酒池肉林'，暴虐荒淫，残酷剥夺，民怨载道，被商汤击败，夏朝灭亡。到了周朝，有个放羊的人，名叫杜康。有一天，他用竹筒装着小米粥带着出去牧羊，将竹筒放在一株树下，忘在那里就走了。过了半个月，他赶羊回来，又在那棵树下找到那个竹筒，打开一看，竹筒里的小米粥已经发酵，变成酒了。村人喝了，都夸赞这酒好喝。杜康在无意中发明了酿酒，于是他不牧羊了，专门酿酒，开起杜康酒店，成为地方名人。古时候的人酒量都不大，杜康酒算是很强的烈性酒了，无色透明如水，却有粟米的醇醇和竹子的芳香。中州那地方是周朝王室所在地，诸侯来朝周王，必经过杜康开设的酒店，每逢路过时都要喝一碗尝尝。酒量小的，喝一碗就醉；酒量大的，喝两碗就醉；没有人喝三碗不醉。所以杜康酒店挂出一块招牌，自豪地说：'有人能喝三碗不醉的，就不要钱。'招牌挂出后，很长一段时间，没遇到过一个人连喝三碗不醉的。单说有这么一天，来了个老头儿，自称有海量，一口气喝了三大碗酒，行动自如，没有醉，没醉就没给酒钱。杜康说，现在没醉是精神头支着，他回去肯定得醉，叫他留下地址，七天后去收账。如果回家就醉倒，还是要给钱的。过了七天，杜康找他去了，他家里人泪流满面地对杜康说：'老人家已经故去七天了，殓入棺中。'杜康说：'他没死，喝了我杜康酒不会死，醉中养命增寿。他肯定不会死的，准是醉的，快将棺材打开，唤他醒来，给我酒钱！'家人一听，有些生气了，责怪地说：'喝你的酒，将老人醉死了，还来要钱，真是岂有此理！'杜康说：'他没死，死了我偿命，快将棺材打开，我唤醒他。'家人见杜康说得很桩桩，就将棺材打开了。棺材打开后，老人见了阳光，吸了新鲜空气，伸了两个懒腰腾地坐了起来，将围观的人吓了一跳。就听老头儿连声喊叫：'好酒啊好酒！三碗杜康酒，一醉睡七天，益寿健身体，加倍付酒钱！'从此，杜康酒全国出名了。等到三国的时候，魏国建都许昌，魏武帝曹操最爱喝杜康酒。有一年正月十五，曹操喝着杜康酒，喝出酒兴来了，他挥笔写了一首诗：'对酒当歌，人生几何？譬如朝露，去日苦多。慨当以慷，忧思难忘。何以解忧？'曹操写到这儿的时候，高声喊道：'拿酒来！'接着写了诗的最后一句'惟有杜康。'因此，人们管杜康酒又称'解忧酒'。还有的赞美杜康酒说：'天下美酒，惟有杜康，古今一品，饮之寿长。'"黄天疲说至此，又举起酒来与阿骨打共饮，接着介绍说："小民此酒就是按照杜康的酿酒方法酿造的，虽然不如杜康酒，可多少有杜康酒那么点味儿。"

阿骨打称赞说："好酒，果真好酒，比起女真人酿造的酒好多了。女真酿酒用糜粥发酵而制，不如你这酒好喝。朕请你为酿酒'行家'，去为朕酿酒好吗?"

黄天庹说:"万岁,小老儿不敢当,不敢当!"

阿骨打说:"怎么,拒绝朕的请求?朕请'行家'是让汝酿酒,到皇家寨去开酒店,让咱大金国的'行家'各显其能,使咱大金国昌盛起来。哈哈,别光顾唠嗑儿,喝酒!喝酒!"

大伙儿又端起酒碗,品尝着黄天庹的酒,确实别有香味儿。阿骨打又喝了几口酒,才将话题转到赵大炮身上来,说道:"朕在白云山山洞里杀了作恶多端的四角谋克,巧遇'行家'赵大炮,今又巧遇酿酒'行家'黄天庹,真乃天意也。朕登门来请赵大炮,到朝廷去为朕当'行家',老丈与汝外孙儿同行,不知老丈意下如何?"

黄天庹略有所思地说:"万岁,承蒙圣恩,无奈吾外孙性情固执,古怪倔强,冒犯圣颜,小老儿吃罪不起,望请皇上另选高明……"黄天庹的话音未落,就听赵大炮在外屋嗨了一声,蹿进屋来,将众人吓了一跳!

说的是赵大炮听姥爷说他性情古怪倔强，他嗨了一声，一个箭步蹿进屋来，咕咚跪在地下说："姥爷放心，外孙不能给姥爷丢脸，吾一定效忠大圣皇上！"参加饮酒的人都用惊疑的目光望着赵大炮，嘴没说，心里话儿，赵大炮今天怎么了？过去他起誓发愿地说："我的仇人就是女真，就是阿骨打！"转变得真够快了。

阿骨打笑呵呵地问道："'行家'，你为啥要效忠于朕啊？"

赵大炮说："皇上，没见到你以前，我恨皇上，恨不能食汝肉，喝汝血，用炸药抽罐炸死你，方解我心头之恨！因为是皇上你破坏了我的生活，使无数的汉人、契丹人家破人亡。今天见着你，我骑马跑回来取炸药罐，想炸死你，甚至想与你同归于尽。结果被姥爷制止了，将我捆缚于地，可姥爷只能束缚我的身体，束缚不了我的心。听说皇上追来了，我想，即或将我杀了，死后再托生人，也要报仇！做梦没想到皇上不是来追杀吾，而是要请我当'行家'，亲解绑绳，对平民以礼相待。使吾更受感动的是，汝身为大金国大圣皇帝，身穿民服，只带两名保驾人员，随便与民接触，自古以来未听说过。小民已经二十几岁了，从小常听老人讲，皇上是'真龙天子'，平民百姓见着要杀头的。皇上要是到哪儿去，那还了得，得先让平民百姓清扫道路，皇上过来，平民百姓得回避。再说，皇上出门没有皇上您老人家这么简单的，听说前面有铜锣开道，后面举着回避牌儿，前后有数不清的对子马保驾，得扯出好几里远呢！还有，从来没听说过皇上还能在平民家和百姓平起平坐，喝酒谈笑，说今论古，世上罕见。刚才又听人说，皇上杀赃官，诛恶霸，释放奴隶，择良田赐给迁徙来此的汉人和契丹人。又听说皇上非常器重有一技之长的人，不论民族，不分贵贱，有技者均称'行家'，都受到皇上优厚相待。因此小民之心已被皇上摄去，心悦诚服，效忠皇上，肝脑涂地，在所不辞！"

阿骨打一听，心中大喜，急忙起身拉起赵大炮，手挽着手拉到自己身旁，让其坐下。赵大炮慌忙施礼说："皇上，小人不敢！"

阿骨打惊疑地问道："为什么？"

赵大炮说:"皇上,别说与皇上平起平坐小人不敢,就是按汉人宗规族法,父子亦不能同席而饮,便何况吾姥爷在座,岂有小人同坐之理!"

阿骨打听后,哈哈大笑说:"汉族人还有此宗规族法,吾女真人不分这些,君臣宴乐,携手握臂,咬劲扭耳,同歌共舞,无复尊卑。汝汉人有此宗规族法,朕不能破之。来,与朕共饮一碗,酬谢'行家'应聘之情。"说罢,端起酒碗,和赵大炮共饮一碗,赵大炮喝后跑到外屋去了。

阿骨打转过脸来,见黄天庋老人满脸生辉,笑开了花,手捋长须甚是高兴。阿骨打说:"老丈,汝外孙子已经应邀,去给朕当'行家',还有何说,汝亦不能推辞了吧?"

黄天庋说:"皇上,外孙情愿去为皇上效忠,小老儿也一定奉陪去为皇上酿酒。别看我老了,吾儿子不老,今年才42岁,他酿的酒比小老儿酿得还醇美可口。"

阿骨打问道:"令郎哪位?"

黄天庋高声喊道:"黄兴泉,过来参见万岁!"随着黄天庋的呼叫,他二儿子黄兴泉应声从外屋进来,刚要跪下参拜,阿骨打赶忙摆手说:"免了,免了不要多礼!"嘴上说着,两眼打量着黄兴泉。只见他四方大脸,浓眉大眼,虽已四十多岁,观面目仍像三十多岁的人,心中甚喜,说:"好,朕请你这'老行家'、'小行家'同去酿酒,让人们生活得更加快活!"

这时候,端上一盘吱啦吱啦直冒星儿的食物,阿骨打闻着香喷喷的味儿扑鼻,用眼睛那么一看,球形状,当间儿还有刀口,像饽饽又不像,心想,这是啥菜呢?

黄天庋笑呵呵地对阿骨打说:"皇上,请尝尝'膏环'。"说着,给阿骨打夹过去一个。

阿骨打不懂啥叫"膏环",还不知咋吃,两眼望着"膏环"出神。

黄天庋见阿骨打望膏环出神,知道阿骨打不认识也不敢吃,就先咬了一口。阿骨打见黄天庋咬着吃,也学着黄天庋咬了一口,嗬!满口香,香得他直吧嗒嘴,三下五除二将根膏环吃进肚里,问黄天庋说:"此菜为啥叫'膏环',咋做呀?"

黄天庋说:"皇上,膏环可有年头了。还是北魏时代,有位种地的'行家',名叫贾思勰。他用水和面,揉成团儿,切剂子长八寸,成环形，两手捏紧，用油炸熟就可食用了。因为它是用动物油炸的，又是环形，人们就叫'膏环'。后来为炸得快，炸得透，便于携带，在膏环当中又切一刀，才成为现在这个形状。如果要携带，弄根蒲草一穿，拎着就走了。"

阿骨打说："这玩艺儿，不，这膏环真好吃，你们咋会炸呀，从哪儿学来的？"

黄天庋说："皇上，实不相瞒，我大儿子黄兴家是造厨的手艺，做面食了、烹炒个菜了全会，原在黄龙府住饭馆儿的。"

阿骨打惊问道："这菜全是他做的？"

黄天庋说："万岁，正是兴家烹调，不合口味，皇上包涵。"

阿骨打一听，高兴地喊："快，快宣他进来，朕看看。"

黄天庋高声呼叫："兴家，进来，参拜圣上！"

黄兴家腰系着白围裙，应声往屋进，刚进来，阿骨打就喊："免礼，免礼，往前来，往前来！"黄兴家走至阿骨打近前，阿骨打见他长得跟黄兴泉模样差不多少，脸上像挂层油似的，直闪亮光。阿骨打问道："'行家'，你做的是啥菜呀？"

黄兴家回答说："皇上，小人做的是'山东菜'。"

阿骨打又刨根问底地说："啥叫'山东菜'？"

黄兴家回答说："皇上，听小民详细回禀。刚才吾父已说了，北魏贾思勰是山东益都人，他写了一本《齐民要术》，不仅谈了如何种地，还谈了农产品加工，详细叙述了以山东菜为主的北方烹调菜的方法一百余种，其中有蒸、煮、烤、煎、炒、烹、炸、熬、爆、腊制、泥烤等。在一百多种菜谱中，有以内陆产和淡水鱼虾为主要原料菜系的菜谱，还有以鲍鱼、扇贝、海参等海鲜为主要原料菜系种类。听师傅说，它主要是选料精良，刀法细致，火候严格，调味纯正，像今天做的芙蓉鸡片、糖醋鲤鱼等。如果用海鲜，要求保持原味，那就是要口味鲜纯清淡。他书写的冷盘、细点更有独特的风格，多到好几百种，不仅要求味纯，而且要求造型美观，色彩鲜艳，做工讲究。"

阿骨打又问："山东为何有这么多的讲究啊？"

黄兴家说："禀皇上，孔子是山东曲阜人，历代王朝每年都在山东曲阜举行祭礼。祭典上的祭礼食品要丰富多彩，讲究造型，像花草鱼龙、孔雀凤凰等装饰食品，不仅要形象逼真，而且要求栩栩如生。因为孔子活着的时候，曾经说过：'食不厌精，烩不厌细'，对吃食就很讲究了。祭祀他，比他活着就更讲究了。"

阿骨打一听，哈哈大笑道："讲得好，讲得好！汝真是制做吃食的'行家'，'行家'又均出在你们黄家。来，陪朕干一碗！"说着举起酒壶给黄兴家斟上一碗，递给黄兴家，黄兴家双手接过酒碗陪阿骨打喝了酒。阿骨打又说："'行家'，这回你随朕去，不是住饭馆儿，而是开饭馆，让你们这些'行家'在大金国各显神通，要比孔子那时更讲究精细。"皇上一席话，说得众人哈哈大笑！阿骨打接着说："女真人吃食很不讲究，使用的是木碟、木盆、木勺，全是木头的。用木头碟子盛饭，用一个木盆盛羹，大伙围坐炕上，用一个木头杓子盛羹，循环而饮。吃得较好点儿算是肉菜粥糜，均采取'炙股烹脯，以余肉和素菜捣臼成糜烂，用它做肉菜粥糜，里边放些芍药花的嫩芽，做成鲜脆的佳肴就蛮不错了。像汝做的这些菜，女真人别说吃，看都没看见过。这回好了，有汝这位做吃食的'行家'引路，女真人很快就能学会，吃食也讲究精细了。"阿骨打说得众人又笑了一阵。

阿骨打由于心情激动高兴，今天没少饮酒，可他一点儿醉意没有，说话自如，谈笑风生。就在这时候，侍卫进来，禀报阿骨打说："谙班勃极烈派人送来金牌！"说着双手举着金牌递交给阿骨打。阿骨打接过金牌一看，哎唷一声，长叹了一口气。众人一见，不知出了啥事儿，均面面相觑。

喜知菜谱

辽朝天祚皇帝，荒淫出花来了，他也真想得出来。传说一般皇帝选嫔妃时，都是将被选的美女一个一个领进殿来，让皇上观看容颜。哪个女的容颜长得漂亮，美似天仙一般，皇上相中，即可选进宫来，作为嫔妃，这已成历代皇上的惯例。而天祚帝这次选美却别出心裁，名曰："赏花定妃"。啥叫"赏花定妃"？听咱慢慢道来。

单说延喜当上皇帝以后，就下旨各州府县，要挑选美女，送进宫来，让他挑选。选了几次，也没选出一个意中人，才想起曾抱过的小奶奶坦思的容颜来，以此为标本，非要选个美如他小奶奶坦思模样的妃子。越选越不像，才领人去巫闾山找坦思，要与小奶奶通奸，结果高美人显灵，坦思跳崖而死。他本应改邪归正，可他回来兽性反而更大发了，继续令各州把选的美人送来。他听说各州府已相继将美人送来了，便令人在一大宫室设立数十个帷帐。帷帐也别出心裁，内有一个躺椅，人躺在上边，半截身子被帷帐遮蔽，下半截身显露在外。椅头上两边分立两根小细木杆儿，是分搁两条腿的。这就是天祚帝想出来的"赏花定妃"荒唐之举。

一切齐备之后，择个吉利日子，天祚帝令人将各州送来的美女全领到这个宫室里来，责令美女们解去下身衣服，躺在这张躺椅上。开始这些扭扭怩怩的美女不知是咋回事儿，后来往那儿一躺，才恍然大悟，一个个腾地全跳了起来，说啥不干，而且羞臊得面红耳赤，浑身直打颤。不干，能行吗？免不了噼哩啪啦打着美女的嘴巴子，硬逼着美女躺在上边。可这些美女也有个倔强劲儿，就是打死也不干，哭天嚎地，叫苦连天，几乎将这宫室抬起来了。众美女这一哭叫，连强逼她们的人都有些怯手了，没法儿了，禀奏天祚帝说："启禀皇上，众美女宁死不从，谁也不愿躺椅子上，请皇上定夺。"

天祚帝听后，勃然大怒，用手一指说："你们这帮没用的东西，她人不躺，朕如何'赏花定妃'呀？你们是死人，不会用系带儿将她们一个个捆缚在躺椅上吗？快去办吧！"

皇上的旨意，谁敢违抗啊？当即找些系带儿，像抓猪似的，将这些无辜的良家女子一个一个捆缚在躺椅上，那痛哭喊叫之声铁石人闻之，也要心碎，肝肠欲断！美女们在躺椅上尖叫，宫女们也在一边抽泣，心里都在暗骂天祚帝惨无人道，禽兽不如，怎么能做出这样断子绝孙的事儿！谁家不生儿育女，谁不是女人所生，你将这一个个黄花闺女赤裸着下身供你当皇上欣赏，不烂瞎你的眼睛才怪呢！延喜不会得好病死的，非断子绝孙不可，你兽性发作，太损了！有的人甚至银牙都要咬碎了，恨延喜，骂延喜，恨不得一刀将延喜宰了，方解心头之恨！

太监们，累得浑身是汗，七手八脚地好不容易将十几名美女捆绑在躺椅上，吓唬说："都老实点儿，谁要是哭叫喊骂，天祚皇上非杀你们头不可！快点儿住声，皇上来了！"

任凭老公喊破嗓子，根本没人听，他不喊还好点，这一喊，哭泣喊叫，骂不绝口，真是惊天动地！

天祚帝急得心像被挠似的，一会儿催促说："废物，还没绑完？"一会儿怒气冲冲地吼道："让她们快点儿！"要是再等会儿，天祚帝就要急出火矇症了。好不容易才盼到有人喊："请皇上赏花定妃啊！"

天祚帝就盼这喊声，还没等启禀人喊完，他一着急，都不知先迈那只脚了，惊喜中两脚要齐迈，那能行吗？一下溜脚了，只听咕咚一声，摔个大哈扑子。就听天祚帝妈呀一声，老公赶忙将他扶起来，见他脑盖上磕了鸡蛋那么大个包，忙给他揉揉。他心急如火，不知思摸了多少个日日夜夜，煞费心机，才想出这个"赏花定妃"荒淫无道之计。他什么人什么心哪，天祚帝不想这些歪门邪道了，干出禽兽不如的荒唐事来，咋能说他荒淫废政哪？又怎能不亡国呢？这是他在自踩灭亡之路。

还说天祚帝着急忙慌地闯进屋来一瞧，立刻眉开眼笑，一排只见裸露阴部不见容貌的女人躺在椅子上，别人都目不忍睹，他却心旷神怡。啊！太好了，大开眼界，饱朕眼福，什么花园美景也不如赏此花也！他自言自语着，活像个疯子，挨个观瞧。这是"芍药"，那是"萱草"，它是"月季"，此乃"报春"，这是"杜鹃"，这朵叫"高月"，它叫"玉兰"，哎呀！"荷花"，哈哈，是"海棠"，咦？是"睡莲"，嗨，是"牡丹"！朕可找到你了，你准赛过坦思！天祚帝一惊一炸的，总算"赏花定妃"定下来了。当即将天祚帝认定为牡丹花的美女解下缚带，让她赶忙穿上裤子，领出一看，只见这牡丹花肿眼泡，红眼睛，青脸膛儿，肿腮帮，披头散发活像个女妖精！

那些宫监们一看吓得齐往后躲闪。你道为啥？肿眼泡红眼睛是哭的，青脸膛儿、肿腮帮是打的，披头散发是拽的，什么美女能架住这个？原来是个美丽的姑娘，被宫监这么一折腾，好人也被拽扯零碎了！

可天祚帝和别人正相反，他见这美女长得太漂亮了，比坦思还美十分，两只脓肿着的花瓣儿好似待放的蕾，里边红丝万缕；腮肿得好似衬托着花蕊的盘儿，那么好看；樱桃小口，好似要开放的花骨朵，他越瞧越爱，不怪欣赏是个牡丹花，真是一点儿不假！

天祚帝正在洋洋得意的时候，只见这女人到天祚帝眼前，啪啪啪左右开弓就是一顿大嘴巴子，打得宫监们都惊惶失措，赶忙跑过来又拉又拽，可天祚帝哈哈大笑说："你们别拽她，打是亲，骂是爱，不打不骂是祸害，打得好，打得舒坦。别拽她，牡丹花再打吾几下，才好受哪！"说着，还直劲儿往前凑，歪着头伸着左嘴巴还让她打。

这时候，宫里的嫔妃和宫女才明白，原来天祚帝是个贱皮子，不打不好受呀！宫女们悄声议论不要紧，被那些受辱的姑娘们听到了，她们一拥齐上，每人的拳头像小铁榔头似的，齐向天祚帝砸将下来。

天祚帝若无其事地说："群芳争蜂，蜂落牡丹，欲寻蜂采，且等来日。"

众美女越听越气愤，呼呀喊叫地要将天祚帝砸巴死，事实上办不到。别说有那么多宫监、女妃在场，就是天祚帝只身一人也是妄想，因为四周还有皇上侍卫哪！当即被人拉开，将这些被天祚帝赏过的花儿拉到一边，听候皇上的旨意。

这天晚间，天祚帝非要和新选的"牡丹花"睡觉不可，因为王八看绿豆对眼啦！别人说她长得不美，行吗？天祚帝始终都认为她赛过坦思。天祚帝连晚饭都没吃好，两眼里装的是各式各样的花儿，一会儿又在他的眼睛里闪过，"芍药"、"萱草"、"月季"直至"牡丹"，这些花儿没有比"牡丹花"更美的了。他坐在那里除过目各个花之外，就盼赶快黑天，好去和"牡丹花"相会。时间好像也同天祚帝过不去似的，他越盼黑天，天还越不黑，好似谁将日头用杆子支住一般，干等也不黑，急得他直转磨磨。心想，隔三差五就让各州给我选美女，我就来个"赏花定妃"，"赏花"不止，定妃不断……

天祚帝终朝每日净想荒淫之事，根本不想安邦治国，这样的皇上还能当长？非亡不可！

天祚帝好容易盼到日落天黑，急着要去会"牡丹"。太监见皇上急成那个样儿，去吧，让他俩早点睡，自己也省得老陪伴着，没事儿找地方喝酒去，就将天祚帝送到宫里了。

天祚帝进到宫里一瞧，见他选的"牡丹"头朝里躺着。天祚帝蹑手蹑脚地走到床前，低声唤道："牡丹，朕来了，你等急了吧？牡丹哪，朕来了，你等急了吧？"

天祚帝连呼数声，"牡丹"也没搭喳儿。又说："别害羞，头晚生，二晚熟，天长日久，恋着不撒手！"天祚帝说着，哗啦将"牡丹"身上的被子掀开了，就听"牡丹"喊叫："李弘啊，李弘啊！"她这一喊不要紧，天祚帝眼睛一冒花，再一瞧"牡丹"，赤身裸体，没有四肢，只是个肉轱辘。顿时吓得他哎呀一声，咕咚摔倒在地，大声喊叫："救命啊！救命啊！"

赏花定妃

辽朝天祚帝"赏花选妃"，选个"牡丹花"夜宿，谁知掀开被子一看，是个无有四肢的肉轱辘，还听喊叫说："我不是牡丹，吾是李弘！"当时就将天祚帝吓得摔倒在地。他为啥听到李弘就害怕哪？传说老君音诵诫经里说："但言老君当治，李弘应出，天下纵横返道者众，称名李弘者岁岁有之。"李弘源于道教，晋朝和十六国的后赵、后秦都有过以李弘为号的农民起义大军。隋朝末年，扶风人唐弼聚众十万农民造反，也是用道教的符谶，推选李弘为天子，这就叫应谶者为王。辽朝去年将东京应谶当主为李弘的，派密探将他捉住后，天祚帝令剁去李弘四肢处死，将肢解的尸体轮流拿到五京示众，而且天祚帝亲观其尸。他今晚一听李弘，当时脑袋嗡的一声吓得老大，眼睛一冒金花，白天"赏花"的情景立刻变成李弘的解肢尸体，当即摔倒在地，大呼救命，床上的"牡丹"则喊叫说："还吾命来！延喜，你还我命来！"

天祚帝抱头举目又往床上一看，我的亲娘祖奶奶呀，床上真躺着无胳膊无腿脚的解肢尸体李弘啊！吓得他缩成一团，干哑的嗓子喊叫："救命啊，快救命啊！"任凭天祚帝怎么喊叫，无人应声，也无人来。因为这是个背宫，再说，大家以为天祚帝和新选的'牡丹花'过蜜夜，打搅他干啥？你过你的蜜夜，我们当宫监的喝我们的闷酒，井水不犯河水，各有所好，其他宫女们则各为其主效劳去了。天祚帝其妃嫔夜间也没闲着，你当皇上的选美女求欢，我们当嫔妃的也是肉体身子，也不能闲着，勾结朝中的其他官员私通为奸。哎呀，当时你是没见着，要是见着，天祚帝的宫廷里可热闹啦，有的越墙进来的，有从角门放进来的，有从狗洞子钻来的，有男扮女装随宫女混进来的，五花八门，宫廷里赶上权场了，热闹！一个个像夹尾巴狗似的，悄悄钻进天祚帝的皇后、嫔妃的宫帐里，和皇后、嫔妃寻欢取乐，宫女们侍候着。一个朝廷变成这样，能好吗？绝对不能，离灭亡不远了。

天祚帝嗓子都喊哑了，呼喊救命，无人应声，而且他喊一声："救命啊！"床上的"牡丹"则呼一声："还我命来！"最后天祚帝简直听不出是女人喊叫，而是个男人的声音，更害怕了，见无人来救，只好爬出去逃命。手脚也不听使唤，爬一步，床上的"牡丹"就喊一声："还我命来！"天祚帝咚的一声摔倒了。再爬，床上再喊，天祚帝就这么爬一步摔倒了，再爬再摔。你说他爬多长时间吧，整整爬了一晚上，才爬出宫帐。等宫监发现天祚帝的时候，天祚帝已不成人样儿了，头大如斗，两眼无神，鼻青脸肿，嘴角流血，浑身污垢，袍袖破损，三分像人，七分像鬼，可将太监吓坏了，慌忙唤道："皇上，皇上，你这是怎么了？"

"快……快救……救朕命……"

天祚帝从牙缝里挤出这么句话，咕咚，又来个狗抢屎，就人事不知了。

太监赶忙将天祚帝抱回他的宫中，天已大亮，刹时惊动了娘娘、嫔妃，刚送走情人，又一拥跑进来，鼻孔里插大葱装相儿来了！

"哎哟，皇上是咋的了？"

"哎呀，皇上牙紧闭，脸咋弄成这样？"

"快找御医，皇上都扇翅了！"

"皇上，皇上，你咋不说话呀？"

呜呜！啼啼！泣泣！真是又哭又嚷又叫，乱成一团！

不一会儿，将御医找来了。御医跪在床前，给皇上一摸脉，惊疑地说："皇上突被惊吓，诸气不和，伤神所至。"说罢，赶忙提笔开一药方，只见上面写道："木通、官桂、花苓、半夏、紫苏、羌活、赤芍、大腹皮、青皮、陈皮、甘草、桑白皮各等分，引用生姜三片、枣三个、灯心三十寸煎服之。写罢叩拜而去。

皇后立刻吩咐取药煎之，给天祚帝灌下去，才见天祚帝安静熟睡。

从太阳冒红一直忙活到太阳东南晌的时候，才有人进来，小声禀奏，说昨天皇上"赏花定妃"的那些美女，今天均披头散发，异口同声向皇上索要性命。萧皇后一听，吓得浑身打颤，说道："先将这些人好好看管，待皇上醒来，禀奏皇上发落！"

天祚帝吃过药之后，呼噜、呼噜睡得这个香啊！直睡到晌午日歪的时候，冷丁惊醒，大喊大叫："快救朕命！快救朕命！"他气喘吁吁、两手抱头、惊恐万状大声喊叫，吓得嫔妃们毛骨悚然！

萧皇后赶忙摁着天祚帝，问道："皇上，你梦见啥了这么害怕。"

天祚帝说："不，不是梦，是真的，李弘来向朕索命。"

萧皇后说："皇上，宫帐里除嫔妃，哪来的什么李红李绿呀！"

天祚帝腾地坐起来说："娘娘，朕昨天选的那个'牡丹'，她不是

'牡丹'，是被朕解肢的李弘。不信，你们快去看看，她没有四肢呀！"天祚帝这一说，当时有的嫔妃吓得妈呀一声，双手抱头。这时候，大家才想起还有个"牡丹"。因为天祚帝天天晚上胡扯六拉，娘娘、嫔妃知道不能和她睡觉，夜间都各顾个儿，谁还管皇上跑哪搂新人去了，已习以为常，故皇后不知昨天晚上和新选的"牡丹"睡觉的事儿，听皇上这一说，才明白原来是这么一回事儿，忙令太监前去看来。

太监头发根儿发麻，心惊胆战地去看天祚帝"赏花选妃"选出的"牡丹花"。他刚一进门，离老远扒门一望，吓得妈呀一声，咕咚摔倒在地，好半天才爬起来，边跑边喊："可了不得了，闹鬼啦！可了不得了，闹鬼啦！"

太监吵吵巴火地来见天祚帝，赶忙禀报说："启禀皇上，昨日之'牡丹'，今日变成大肉蛋，无胳膊无腿脚，滴溜儿圆的大肉蛋啊！"太监的话音未落，又见一个太监慌慌张张跑进来说："启禀皇上，众美女哭天嚎地找皇上来了，口口声声向皇上讨命！"

天祚帝一听，又晕过去了，娘娘、嫔妃齐声呼叫："皇上，皇上，醒醒啊！皇上醒醒呀！"

天祚帝忽忽悠悠地勉强睁开双眼就见眼前全是些无胳膊无腿的大肉蛋，他哇呀一声说："快救朕命，快救朕命，无胳膊无腿的大肉蛋全来向朕索命！"说罢，又晕过去了。

天祚帝为啥变成这样了，列位有所不知，心邪才能得邪，心正不怕影歪，一点儿不假。因为天祚帝"赏花选妃"时，让美女将两只雪白的腿盘缚在躺椅的立杆上，只露阴部和白花花的小腹，他只顾赏"花"，哪注意其腿脚在哪儿。今一闹鬼，言说李弘解肢尸讨命，他眼中的什么"芍药"、"萱草"、"月季"等等，豁然全变成无四肢的肉蛋了，这不是什么巧合，这就叫心邪必然得邪也！

萧皇后见皇上又晕过去了，忙传旨说："令御侍将这些女鬼驱赶牡丹室中去，好生看管，待找太巫为皇上神断后，再行处置。"

再说满朝文武百官听说天祚帝着鬼中邪，均纷纷前来拜谒问安。太监不敢怠慢，启奏娘娘，娘娘传下旨意，一律免见！

萧皇后主要是要请太巫来为皇帝医病。快到贴晌的时候，将太巫请来，实际辽朝的太巫跟女真的萨满大同小异，均以信神医病。

经太巫请下神来一断，说天祚帝不应心狠手毒，对道教应谶当王的李弘太残忍了，致使阴司无名冤鬼漂流在外，每乘天祚帝选美女之机，他变一美女混进宫来。皇上又变换历代规法，采取"赏花选妃"，她才借机变成一朵又香又美丽的牡丹花，将皇上吸引住。哪知皇上夜宿时，她恢复原形，变成无四肢的大肉蛋！要想驱走李弘的屈死鬼，必须隆重安葬其无肢尸体，像国葬那样，皇上要亲扶其尸以葬之，方可无事。至于其他美女，应速遣其归家，再不可行此"赏花选妃"，招鬼引邪之事了。

太巫之言，萧皇后均一一应诺，按太巫之言行事。

下人忽报，涿州白带山之居寺大师通理来拜见皇上。娘娘一听，惊喜地说："快请，皇上有救了！"

宫廷闹鬼

　　说的是辽朝天祚帝中邪闹鬼请太巫医治的时候，忽报，涿州白带山云居寺大师通理来拜见皇上。萧皇后一听，惊喜地说："快请，皇上有救了！"

　　萧皇后为啥说这话呢？因为云居寺是辽朝使其复生的。传说，云居寺可有年头了，早在隋朝的时候，有个静琬僧人，悄悄来到涿州白带山开凿石窟窿，收藏自刻的石板佛经，用石埠灌铁做门。他为啥要收藏石刻佛经哪？因他怕天降魔鬼，将所有的佛经毁灭，才选择这么一个地方收藏佛经。实际上，静琬是害怕再出北周武帝宇文邕灭佛道之事。周武帝曾说："朕非五胡，心无教事，既非正教，所以废之。"他对佛教宣判了死刑。静琬害怕再出一个灭佛的，佛教的经典著作不就毁灭了吗？他才选择白带山凿石窟窿收藏。他一方面凿石窟窿藏刻石板经，同时他亲刻石经。直到唐朝贞观年间，才在白带山上修建了云居寺，管白带山叫石经山。贞观十三年，静琬僧人死去，又相传五世，继续在此刻石板佛经，收藏在此。后来由于南北争战，云居寺被破坏了，直到辽朝圣宗耶律隆绪时，传旨重建了云居寺，使云居寺又复生了。辽朝南府宰相韩廷微的孙子韩绍芦找到了藏经的石窟窿十个，藏满了刻石板佛经。上报圣宗皇帝，圣宗耶律隆绪才令僧人可玄继续刻石板经，补缺续新。经过圣宗、道宗两个朝代，用石板刻完了《大般若经》、《大宝积经》百块，加上原来刻的《涅磐经》、《华严经》等，共有2730块，合称"四大中经"。刻的都是啥玩艺儿哪？就拿《大般若经》来说，佛教称它是"大般若波罗蜜多经"，仅它就六百卷。"般若波罗蜜多"译言则为"智慧到彼岸"，意思是说，宇宙万事万物都同于"因缘和合"，故其"自性本空"。什么天与地对，日与月对，暗与明对，水与火对，阴与阳对，色与空对，动与静对，老与少对，大与小对，长与短对，高与下对，邪与正对，凝与慧对，愚与智对，直与曲对，实与虚对，险与平对，进与退对，生与灭对，体与用对等等，这套用空骗人的把戏，来欺骗世人，所以称为"空经"。

　　萧皇后知道云居寺大师深懂这些空法，怎叫空法？你看，昨天皇上还"赏花选妃"为牡丹，今天就成为大肉蛋，实际就是"空"也。

闲言少叙，还说正题。皇后当即将通理大师请进后宫，他口念阿弥陀佛，参拜皇上以后说："愚僧正为救皇上而来，皇上得了'空魔症'，眼见有时实则无，等见无时实则有。不将李弘解肢示众，皇上患不了此邪症，这叫原来本无有，没有四肢尸体，可皇上令解其四肢而死，不是从无到有吗？有了解去四肢的李弘，皇上才能活灵活现地见其被解尸体，这叫从无到有，再从有到无，由本僧用佛法处置之，就叫做从有变无也。"

通理大师说这些屁话，萧皇后闻着很有味道。他咋不说屁话，你详解之，他还不如说，你妈生你这么一个延喜，才有延喜存在，这叫从无到有。要不生你这个延喜，就没延喜存在了，这不是屁话是啥，还用他说？可僧人就能用这话将人骗住。

萧皇后立即说："全仗大师为皇上驱赶魔鬼。"

天祚帝昏沉沉的听皇后说全仗大师驱赶魔鬼，腾地坐起，见地下有个老和尚，慌忙跳下就给和尚磕头，说："活佛，快救朕命！活佛，快救朕命！"吓得和尚也慌忙跪地扶住皇上说："阿弥陀佛！贫僧就是承蒙圣恩，来自云居寺的通理和尚也！"

天祚帝一听是通理，站起身来，说："通理大师，朕中魔鬼，如何是好？"

通理说："禀皇上，只要能行善事，保证魔鬼即除。"

天祚帝说："朕得咋行善事？快说，朕马上就行！"

通理大师说："禀皇上，大庭广众之下，佛机不可泄也，故不敢明言。"

天祚帝将手一扬说："你们都给朕滚出去！让朕和通理大师谈佛的机密话，快滚！"

皇后、嫔妃、太监、宫女们呼啦一下子散了，像夹尾巴狗一样全退出去了，宫帐里就剩下通理大师和天祚帝了，通理大师悄声对天祚帝说："禀皇上，这次选来的这十名美女，全中李弘死党被杀的魂灵了，要不她们咋向皇上索要性命哪？皇上要将这十名美女用十名宫女陪着，送到白带山云居寺去。随后皇上要将李弘无四肢之体……"通理说到这儿，声音变成像蚊子的动静说："她不是李弘的尸体，是李弘魂灵变的。皇上要用棺材成殓起来，亲送灵到云居寺，将他和十名美女均埋云居寺中西南方的石窟窿底下。上面石窟窿里收藏刻石板佛经，就能压住这些游荡的魂灵，永不得翻身！皇上再传旨，令人在刻石板佛经收藏的石窟窿上面修建一座石塔，标记着石刻佛经收藏的地方。这就是皇上对佛最大的贡献，行最大的善事，保你万古千秋江山不变，皇上也一定能万寿无疆，长生不老！"

通理大师这些话，可将天祚帝乐坏了，赶忙接过说："通理大师，如能保朕江山万古千秋不变，朕就供奉你为活佛！"

就这么的，天祚帝按照通理大师的吩咐，传旨用五台车子拉着十名美女，每辆车上两名宫女，两名美女，由马挞（卫兵）护送，先奔白带山去了。

众人将棺材准备好，到宫帐里去取无四肢的尸体时，皆大吃一惊，哪来的无肢尸体，床上空空的。赶忙禀报天祚帝，天祚帝不信，亲自到宫帐一看，可不是咋的，空空如也！他长叹一声说："通理大师说得一点儿不假呀，眼见有时，无肢尸体吓死朕；朕见无时，床上空空，朕变空也！"这个昏君一琢磨，有了，立即传旨，令人速做一个木头无四肢的尸体来代替。

皇上圣旨一下，要说做那不快么，还不到两个时辰，就用木头做个无四肢的假尸体。天祚帝又令人备个纸条儿，上写："道教符讖为王李弘无肢之尸"，贴在木头无肢假尸上面，天祚帝亲手抬进棺材里，这才起灵奔白带山去了。

还说头前走的这五辆车拉着美女，向白带山进发，车子里十名美女仍然哭哭啼啼喊着："还我命来！"马挞押着车子晓行夜宿向良乡进发。

单说这一天，行至一峡谷里，山聚拢在一起，群峰簇立，山岭起伏，高低不同，叠嶂成层，前后各异。峭峻相连，山脊背上好似剑棱，又好像锯齿。山顶、山腰大石堆出，千奇百怪，有的像孙悟空，有的像大肚弥勒佛，山下还有水，真是山清水秀之地。

马挞和宫女都被神奇的山景所吸引，呆愣愣望着赞不绝口的时候，忽然狂风四起，飞沙走石，刮得睁不开眼睛，吓得宫女们齐声喊叫："好大的风啊！好大的风啊！"就在这时候，猛听七吵八喊："李弘在此，留下命来！"马挞和宫女都跪在地上磕头说："神王饶命！神王饶命！"等风平时，喊声不见了，宫女们往车上一瞧，吓得哎呀一声，美女全不见了！这一惊可非同小可，人人目瞪口呆，说不出话来。

不知又过了多长时间，领头儿的马挞才说："保全住咱们的性命就不错了，还在这儿愣着干什么？不赶快走，连性命都没了！"众人方醒

阿骨打传奇

过腔儿来，赶忙驱车向良乡白带山而去。刚走出不远，就听车里边又发出喊叫之声："还我命来！还我命来！"马挞一听，心里吃惊，怎么，那十名美女不见了，为啥又从车里发出这种喊叫声？

领头儿的马挞赶忙喊道："停下，将车停下！"

"吁！吁！"

赶车老板吆喝拉车的马，将车停下了。马挞伸手掀起车帘儿一看，吓得妈呀一声，勒马后退，连声喊叫："奇怪！奇怪也！怎么眨眼工夫，宫女又变成十名美女了？"

其他马挞不信，都好奇地掀开帘儿一看，果真宫女变成十名美女了，十名宫女不见了。

正在马挞惊诧的时候，忽听七吵八喊，马跑鸾铃响，个个不知所措，全愣住了！

辽朝天祚帝御驾亲自护送一个无四肢的木头尸体，直奔涿州良乡县白带山而去。单说这日来到白带山下往西一望，就见离白带山二里来地的地方，有座寺院，甚是威严。寺院北面竖立十三层高塔一座，四角直衬着有四座石塔，塔的周围环抱着苍松翠柏，更显得壮观。

当天祚帝来至云居寺近前，举目观看，见寺院坐西向东，殿堂依山势升高，是座多层院落的古寺。寺前有条溪流，名叫"杖引泉"。通理大师早已率众在迎宾馆兼寺门之处，钟声齐鸣。见寺院门上悬一金匾，书写着"云居寺"三个斗大的金字，寺门大开，天祚帝从寺门直入，头一殿是天王殿。穿过天王殿，是毗卢殿，最后是释迦殿。

天祚帝由通理大师引至后院禅堂略事休息，随后上山。只见这白带山有九十丈高，天祚帝乘着龙辇，沿着山坡羊肠小路而行，忽而越过沟壑，忽而有一段依山开凿的踏步，蜿蜒而上。昂首望去，使人感到别有洞天，意趣盎然。左侧是高悬的峭壁，右侧是条大沟壑，攀登到山腰处，石经洞就展现在眼前。

通理大师引导天祚帝观看收藏刻石板经的石窟窿，只见共有九个大石窟窿，分上下两层，上为雷音窟，下为华严洞，凿穴如展，四壁镶嵌石刻经板。洞里用四根石柱子支撑，围绕石柱雕刻千佛，刻工精湛、清晰，一目了然。

通理大师向天祚帝介绍说："此四壁石刻经，均是隋唐时代镌刻的。"

天祚帝说："隋朝僧人静琬干吗要跑这儿来刻石板经，收藏在山上，上这儿来多么不易呀？"

通理大师说："禀皇上，佛教于西汉末年传入我国，到东汉明帝以后，极为兴盛。历代帝王认识到国家兴衰，和佛教有直接关系，信佛者昌，不信佛者衰，所以都凿窟雕刻佛像，建塔筑寺，僧徒增多。后来天降魔鬼，与佛作对。北魏拓跋焘，也就是太武帝，他反对佛教，于太平真君七年，竟然下道诏旨，尽诛长安沙门，焚烧寺宇经佛，被他毁之一空，这是吾佛遇到'魏武之厄'的第一次法难。第二次法难是北周宇文邕，号称武帝，于建德三年，亦行灭法。传旨敕令断绝佛道二教，经像俱被捣毁，还勒令二百余万沙门道士还俗。接着北齐又毁境内佛寺经像，驱僧尼还俗者达三百多万，使吾佛又遭受'周武之厄'。经过这些法难，使许多经卷都化为灰烬，然而北齐在此响堂山所刻的佛经却安然无恙，给佛教徒石刻经佛有了新的启发。北齐天台宗二祖南岳慧恩大师的弟子，慧恩大师虑东土藏教有毁灭时，发愿刻石板经收藏，闷封岩壑中。等到隋朝统一天下后，佛教又复兴起来。尤其是隋文帝杨坚笃信佛教，才使天下之人从风而靡，争相敬慕，民间佛经多于六经数十倍。这时候，慧恩大师弟子静琬继承其师遗愿，来至此山，塑造石经，凿山窟收藏之，以备一旦再遭法难，可完经本之用，共四千余片。"

天祚帝步入洞中，观看《华严经》，吃惊地问道："怎么，《华严经》是龙树所造？"

通理大师说："龙树入龙宫读'华严经'遂传于世。"

天祚帝问通理大师说："听说僧尼要求婚配，武则天曾考问过，果真否？"

通理大师说："武则天曾召集弘忍门下的神秀、玄约、慧安、智诜等大弟子，武则天问神秀说：'你有性欲要求吗？'神秀赶忙回答：无有。武则天又问玄约有性欲要求吗？玄约也回答无有。又问慧安有性欲要求吗？慧安也回说无有。当轮到智诜的时候，武则天问他：'智诜，汝有性欲要求吗？'智诜回答说：'吾有性欲要求。'武则天又问：'你为啥要有性欲要求？'智诜回答说：'吾是血肉之身，同样是人，生吾则有性欲要求，不生则无性欲要求也！'武则天认为智诜说话诚实，将从慧能那里取来的达摩袈裟亲自给他披上了。"

天祚帝一听，哈哈大笑道："这么说，通理大师也有性欲之求也！"

通理大师说："有之则有，无之则无。"

天祚帝说："此话怎讲？"

通理大师说："有之则有，现有各州为皇上选来的十名美女。无时则无，僧不想的时候，则不找女人，岂不是无也。"

通理大师一席话，使天祚帝恍然大悟，说道："原来这就是佛经之空也！"通理大师笑而不语，沉吟片刻，悄声说："武则天判断得对，实际神秀、玄约、慧安均有性欲要求，自己难受自己知道，只是心有嘴硬不说罢了。皇上，实不相瞒，僧求十名美女送此，就是为此耳！"

天祚帝一听，抬手拍了拍通理的肩膀说："这才是汝之心里话也！"

一个臊皇上和一个臊和尚相遇，还有好？天祚帝立即开恩，让将十名美女拉上山来。天祚帝还不知道，十名美女早在中途大风中失去了，这十名美女乃是十名宫女变的，当即从云居寺被拉出来，哭天嚎地，叫苦连天。刚出寺院，就有两名女子跳进杖引泉中，被溪流卷走，剩下这八名女子被生拉硬拽扯上山来。

天祚帝见十名美女只拉来八名，就问道："那两人呢？"

"那两人跳溪里，被溪水卷走了。"

回答的人话音未落，八名美女中，有一人手指通理高声大骂道："你这个臊和尚，还称大师呢，那两位姐姐就是被你害死的！"

天祚帝不明白，就问骂通理和尚的女子说："是她自己跳溪而死，为啥要骂通理大师？"

女子说："你问臊和尚就知道了！"

天祚帝说："我问的就是你！"

女子说："皇上，你为啥要交臊和尚，他将我们弄到寺来，紧接着香花、荷花就被他奸污了，今天她俩又跳溪自尽身亡。吾今天才明白，信佛是假，奸淫是真。原来和尚、皇上你们全是一路货色，披着人皮，不干人事。谁家不生养子女，你当皇上的将这些良家少女选进宫帐里来，说什么'赏花选妃'，实际是皇上你禽兽不如，戏耍少女，天地不容！"

天祚帝一听，气得浑身直颤，嗖的一声拔出上方宝剑，要斩此女。

通理和尚赶忙拦阻说："皇上息怒，她骂得完全对。"

天祚帝暴跳如雷地说："通理大师，你说什么，她骂得对？"

通理大师口念阿弥陀佛，说："皇上，她骂对了。佛经上说，邪与正对，色与空对，恶与善对。他骂咱们，说明皇上和贫僧做得对，因为有者无也，无者有也，不要杀她，得让她尝受人间之乐，然后再杀也不迟。"

天祚帝听后，心中甚喜，将上方宝剑归入鞘中，也学通理大师的架式，念阿弥陀佛说："朕今也学武则天，通理大师，快将随驾上山的僧徒们召集到这儿来！朕有旨意诏谕他们。"

通理大师一听，高兴地大声喊道："僧徒们，皇上让你们快到这儿来，要恩赐你们！"

不一会儿，几个僧徒来至天祚帝面前，口念阿弥陀佛。

天祚帝说："唐朝武则天曾询问弘忍门下弟子，有无性欲要求，只有智诳说有，武则天才将达摩袈裟给他披上，因为他说话诚实，心里有就是有，无则无也。朕今也学武则天，朕先问你们，你们有性欲要求吗？"

众僧徒异口同声说："有，有性欲要求！"

天祚帝又问道："朕再问你们，为何要有性欲要求呢？"

众僧回答说："身是血肉身，心是佛门心，性身不由己，佛门不管身。"

天祚帝一听，大喜道："说得好，朕御赐汝等美女一人，满足汝等性欲要求！"天祚帝说到这儿，还抬手点了下和尚数，正好是八名僧徒，拍手说："真是天配也，八对八，好极了！那边有八处石窟，汝各领一名美女，去收藏石板经石窟里，满足汝肉身之求也！"

八名僧徒乐颠颠地各拽拉一名宫女奔八个石窟而去。进入石窟里，不一会儿，猛听八个石窟忽隆隆一声巨响，吓得个个不知所措。响声过后，才发现八个石窟的窟口皆封闭上了，八个僧徒和八个宫女全成了压镇石经的人！

这就是天祚帝封闭石经窟，留下骂名传。

辽朝天祚帝在白带山收藏石板经的石洞中，与通理大师将八名宫女交给云居寺的八名僧徒，进入八个石窟里去行奸。哪知，突然轰隆一声巨响，八个洞门全被石头封上了，别想再进去，可将天祚帝、通理大师吓坏了。他们哎呀一声，举目观看，收藏石板经的白带山四周像开花一般，全破蕾而开，露出艾叶青石和汉白玉石。后来，人们管周围开花的山叫"石窝"，再后来又成个磨碑寺，均是由此而产生的。此乃后话，压下不提。

还说辽天祚帝和通理大师，他们见山开花，收藏石板经的石窟门被封堵，知道是他俩捅的娄子，当即下山，回云居寺拜佛赎罪！

天祚帝和通理大师跪在释迦金身佛像前，天祚帝只听通理大师口里不住闲地念哼个呢呐啦吗的，也不知他叨念些什么玩艺儿，心想，反正是那大龟、秃子、八戒、悟空这些经罢了。因为天祚帝记不住佛经的名词，只限于胡思乱想了。他陪跪在通理身边，将经念完，才站起身来，瞧佛像挺好看的，金光闪耀，便问通理说："这佛像全是金子做的吧？"

通理大师回说："是用'夹苎干漆'方法塑造的。"

"啥叫'夹苎干漆'塑造啊？"

通理大师说："就是先用泥、沙、竹、木等做成原胎，然后缚裹苎麻或丝，再行涂漆，如此反复裹缚多次，然后脱去原胎，描金绘彩，所以又叫'脱胎漆像'或'脱空像'。"

天祚帝一听，说："哦，原来是这样，朕还以为用金塑造的。"

就在这时候，有一僧徒进来禀报说："启禀大师，寺西南方山上发生巨响，露出地石洞，洞里有一龟驮着佛经呢！"

天祚、通理听罢，非常惊疑，立刻随禀报僧徒前去观看。离云居寺西南角，据寺有半里来地，果见露出一石洞，里边有一龟驮着好多佛经石板。通理大师亲自下进洞里，拿起经板一看，是部《二十四章经》，很觉惊奇，将经板拿到上边来。天祚帝望着经石板说："准是大龟经。"天祚帝心里感到很得意，嘴没说，心里想，我说有"大龟经"，就出《大龟经》，要不咋说我是"金口玉牙"呢，说啥有啥！

通理大师说："皇上，是刻的《二十四章经》。"

天祚帝问："何谓《二十四章经》？"

通理大师说："这可有年头了，它比'玄奘取经'还早570年。还是东汉时代，传说汉明帝夜里做个梦，梦见站在他面前一个身高九尺、项有白光的金人，望着他出神。汉明帝就问他，汝是何人？金人腾空而起，绕殿飞行，将汉明帝惊醒，原是一梦。第二天早上，他就将梦境对朝臣们说了，朝臣们均惊喜地说：'此乃是西方的神，名叫佛。'汉明帝听朝臣这一说，心中欢喜，便派人去西方拜佛取经。派去的人晓行夜宿，非止一日，好不容易来到了大月氏国，正好遇到传教的天竺高僧迦叶摩腾和竺法兰，便把二位传教人邀请到京都洛阳来。两位大月氏高僧到洛阳后，安排住在鸿胪寺，迦叶摩腾和竺法兰用汉文编译佛经和佛教法典，成为咱们国家第一部汉文佛经为《二十四章经》。也是从这开始才有佛寺，因迦叶摩腾和竺法兰住在鸿胪寺，单取寺字，故而叫什么什么寺。"

天祚帝对经不感兴趣，而对龟很感兴趣问道："乌龟还活着？"

通理说："皇上，它不叫'乌龟'，叫'驮龟'。乌龟没有牙齿，而驮龟有牙齿，千年王八万年龟，驮龟一万年都死不了。"

天祚帝高兴地赶忙接过说："那朕就是龟王了！"因他心里想的是，他就是龟皇了，意思是一万年也不死。可他急中出错，说走嘴了，说成龟王。话可就应验了，后来天祚帝被阿骨打建立的大金国俘虏了，金太宗将他降封为海滨王，真应了今天他说的"龟王"，也就是"归王"。因他原受道宗封为梁王，今天他说归王，真归还了王位，此是后话，暂且不提。

还说天祚帝，当即决定藏经洞上边建石塔为记，石塔边均用石龟驮塔。天祚帝还为造塔埋上了奠基石，才又回到禅堂去。

通理说："皇上，行了这么大的善事，为刻佛经做出了贡献，皇上一定永保江山万古千秋，长生不老。皇上还要大作'功德'，这有《金刚经》、《大藏经》，可令人刻板印成《契丹藏经》，皇上的功德就更大了！"

天祚帝听后，均一一应诺下来，通理大师心中欢喜，在云居寺大摆盛宴，招待天祚皇帝。

天祚帝喝了一杯酒，长叹一声说："唉，要是八名美女不封闭在石窟里，今天陪朕和通理大师喝酒，那该有多好。现在酒菜虽佳，可惜没

有美女陪伴，喝不出酒兴啊！"

天祚帝话音未落，马挞进来禀报说："皇上，外面来一美女，说陪皇上喝酒助兴！"

通理大师听后一惊，暗想，这云居寺哪来的女子？还没等通理答话，天祚帝听说有美女，赶忙说："快，快领进来！"

俗话说，酒不醉人人自醉，色不迷人人自迷，真是一点儿不假。天祚帝已被酒色迷住心窍，在这涿州良乡县境白带山一带，人烟稀少，荒山野寺，哪来的美女，更何况黑灯瞎火，突然出现孤女一人而来，你也不好好儿在心里琢磨琢磨是咋回事儿？他不琢磨这些，只要听说有美女，就心醉如麻，啥也不想了，因天祚帝时刻离不开美女，离了美女，他连魂儿都没了！

闲言少叙，还说眨眼工夫，马挞领进一美女，天祚帝打眼一瞧，这女真如天仙女一般，长得那个俊哪，难画难描！他赶忙揉揉眼睛。为啥要揉揉眼睛呢？因为他眼睛里这女子像他的小奶奶坦思，心里一颤，才赶忙揉下眼睛。揉后再仔细一看，不像，两只大眼睛那个水灵劲儿哟，比坦思还美。

美女飘然下拜说："参拜皇上！"

天祚帝见露出洁白如玉的手，当即垂涎三尺，笑嘻嘻地说："美女平身，汝叫什么名儿？"

美女说："奴家贱名叫石山岩，特陪皇上喝几杯水酒。"说着，给天祚帝斟上一杯酒，说："奴至禅堂，惊醒皇上春梦！"

天祚帝端起酒杯，一饮而干说："无人共枕，就等美女多情！"

石山岩又给天祚帝斟上一杯酒，说："石经佛地，劝帝及早回头。"

天祚帝又一伸脖儿，一饮而尽，望着美女说："佛地空经，美女陪朕共枕！"说着，天祚帝给美女斟上一杯，让美女陪他喝。美女端起酒杯，和天祚帝干了一杯说："石山山石，艾叶白玉无情！"

天祚帝已有八九分的酒量了，又饮一杯，说："美女女美，朕欲似火焚身！"天祚帝说着，醉眼朦胧地站起身来，就去拽美女石山岩。石山岩将身轻飘飘地往旁一闪，天祚帝没拽着她，就一溜歪斜趔趔趄趄地追石山岩，两人在禅堂里舞起来了，天祚帝大舌头唧当的边扭边唱："酒是发酵水，醉人不醉嘴，两腿虽打摽，拉着美人去睡觉！"

美女石山岩在前边翩翩起舞，也唱道：

"辽朝山河啊，乱云翻飞，
天祚皇帝啊，春色偷闲。
白带石经啊，已悟天关。
民生多艰啊，难见笑颜。
沫流金兴啊，弩机矢张。
延喜梦里啊，还想寻欢。
生灵涂炭，燃在眉间。
石经收藏啊，何解危难。
石经山石啊，枉费心缘。
石经石窝啊，将属金源！"

石山岩边歌边舞，乐得天祚帝嘴都合不上了，在后边跟头把式地追逐着。因他一心想拉石山岩去睡觉，石山岩唱的啥词儿一句听不懂，只顾寻欢取乐了。撵着，撵着，只见天祚帝一把将石山岩拽住，一眨眼只听咕咚一声，天祚帝摔倒在禅堂之内，石山岩不见了。

等天祚帝醒过来时，天已大亮，他还口口声声喊美女石山岩哪！

通理大师知道是白带山石头显灵，因为石山岩，分开是石山，山石，艾叶是艾叶青石，白玉为玉名，就笑吟吟地说："皇上，哪有什么美女，是皇上酒后做梦耳！"

从此，白带山才改称石经山。后来有人将天祚帝的醉酒改成："酒是蒸馏水，醉人先醉腿，满嘴说胡话，眼睛活见鬼！"

说的是辽朝天祚帝从白带山云居寺回来路过古北口的时候，见山坡上有座寺庙，便传下旨意，令随驾人员到庙里歇息，随驾官兵便打道奔向祠庙。

天祚帝来至祠庙门前举目一看，见祠门上的匾额书写着"杨业祠"三个大字，心里纳闷儿，谁叫杨业？这对天祚帝来说，并不奇怪，因他不学无术，眼目前的国事他都不知道，何况一百多年前的事，他更无所知，便问随驾官员说："杨业祠是咋回事儿？"

随驾官回禀说："皇上，杨业是宋的名将，原名继业，字重贵。他们老杨家原为麟州地方首领。杨业青年时进修，来到太原，为后汉河东节度使刘崇的部将，遂为太原人。后来刘崇割据自卫，杨业便为北汉的将领，受赐姓为刘继业，任建雄军节度使，守卫北方，号称'无敌'。河东归宋后，宋朝复赐杨氏，单名业，任他为知代州兼三交驼泊兵马部署，统率兵马。在吾朝统和四年的时候，宋太宗赵光义欺吾皇帝圣宗才十六岁，便兵分三路，想再次夺取燕云之地。宋太宗令曹彬率军从雄州道进攻，令田重进从飞狐道向吾朝进攻，令潘美、杨业从雄门道进攻。由于宋军来势凶猛，接连攻破岐沟、涿州、固安、新城，我军败于田重进，飞狐关吾军降宋。接着杨业又接连攻破云州、应州、寰州、朔州，吾朝承天后与圣宗皇帝在南京督战，见势不妙，忙调集各地重兵反攻。耶律休哥率军收复了涿州、固安，接着吾军又在岐沟关大败曹彬，在宋军败走高阳时，又被吾军截击，杀死宋军数万余人。在统和四年六月间，耶律斜轸奉命去收复朔州，此时宋军东路兵马在河北战败，奉命撤退时，杨业在主帅潘美和监军王侁的陷害下，他孤军被困在陈家谷口，受重伤被俘，年已60岁，同时被俘的还有其子杨延玉。承天后和圣宗皇帝知道杨业是智勇双全，有勇有谋，与士卒同甘苦，受到广大士兵拥护，可说是治军有方，打仗有法，在宋是位屡立战功、所向无敌的将帅，故人称'杨无敌'，就劝他归降吾朝。哪知杨业不进言语，任凭劝说，宁死不降。这还不说，杨业还饭水不进，不降得吃饭，可他既不吃饭也不喝水，闭眼等死。承天后和圣宗皇帝无法，只好传旨将他……"

天祚帝插话说："早该杀了他！"

随驾官说："禀皇上，承天后和圣宗皇帝没杀他，将他父子押送吾朝来，慢慢劝降，行至古北口的时候，父子俩一起死了。"

天祚帝一边听着，一边看着，忽见墙壁上有人题诗一首，其诗曰：

> 西流不返日滔滔，
> 陇上犹歌七尺刀；
> 恸哭应知贾谊意，
> 世人生死等鸿毛。

诗题下面小注是："出使辽，路过古北口杨无敌祠，拜谒杨无敌留。刘敞。"天祚帝反复看了两遍，问随驾官说："刘敞是何许人也？"

随驾官说："刘敞，字厚父，博学多才，擅于考古。在吾朝清宁元年的时候，陛下祖父道宗皇帝即位时，刘敞作为宋朝使臣来吾朝祝贺，路过此祠时留诗。"

天祚帝又问道："恸哭应知贾谊意，怎么贾谊给杨业说情，不让他死是咋的？"

随驾官一听，心中暗笑，天祚皇帝一肚子黄货，狗屁不知，说出此言语，令人笑掉大牙！但他得强忍着笑，回答说："皇上，诗中的贾谊，我想是指西汉政论家贾谊而言。贾谊原名贾生，18岁便能诵读诗书，写文章，为洛阳人所称颂。廷尉吴公将贾谊推荐于文帝，被任为博士，不长时间升为太中大夫。这时候，朝中大臣周勃、灌婴等非常忌妒他，经常在文帝面前说他坏话，什么图谋不轨了，满腹文章对朝廷早晚是害呀等等，说了很多很多坏话。文帝耳软，听信这些谗言，就将贾谊贬为长沙王太傅。可贾谊心中不服，嘴没说心里话儿，吾对朝廷这样忠心耿耿，不为有功，反而有过，不可理解。但他仍抱着对朝廷赤子之心，多次上疏，批驳朝政。建议用'众建诸侯而少其力'的办法，削弱诸侯王的势力，巩固朝廷集权；主张重农抑商，'驱民而归之农'，并力主抗击匈奴贵族的攻掠。可他这些建议浮于流水，好比杨业对宋太宗多次上疏、潘美、王侁狼狈为奸一样，宋太宗没听反而让潘美为帅，致使达到陷害杨业的目的。故而刘敞诗中有'恸哭应知贾谊意'，意思是杨业应该知道贾谊咋样，汝为国忠心耿耿，被潘美、王侁陷害而死也！"

天祚帝听得有点儿不耐烦了，将眉一皱说："你啰啰嗦嗦说这么多有何用啊?"

随驾官嘴没说,心里寻思,就是说给你听的,你还赶不上文帝呢,人家多少还理朝政,你哪,除追求美女,还懂什么?别说,天祚帝还懂得很多事儿,别贬低他,他懂得吃饭、睡觉、拉屎、放屁、撒尿!这就不简单哪,连吃饭、睡觉、拉屎、放屁、撒尿都不懂的人也是有的。

天祚帝又见右壁上也有人留诗,其诗曰:

> 行祠寂寞寄关门,
> 野草犹如避血痕。
> 一败可怜非战罪,
> 太刚嗟独畏人言。
> 驰驱本为中原用,
> 尝享能令异域尊。
> 我欲比君周子隐,
> 诛彤聊是慰忠魂。

下边的小注是:"宋使苏辙路北口,瞻仰杨无敌诗。"

天祚帝观后,又问随驾官说:"苏辙跑这儿大兴笔墨,他是干什么的?"

随驾官禀道:"苏辙也是宋朝名人,他名叫苏辙,字子由,是苏东坡的弟弟。他弟兄二人,加上其父苏洵是宋朝有名的'三苏',都是擅长诗文而著称。他于大安五年,作为宋朝使臣来吾朝祝贺陛下祖父道宗皇帝五十寿辰时,路过此祠而留诗。"

天祚帝听后,满面生嗔地说:"宋朝的将领是吾的敌人,干吗在此立祠?来呀,将塑像与祠给朕拆毁!"

随驾官真心跪禀说:"皇上,可使不得呀!"

天祚帝愤怒地问道:"为什么?"

随驾官说:"杨业在古北口死后,经常显灵,见他骑马,喊叫说:'还我燕云十六州!'将此事禀报承天后,才让民众在这儿修建杨业祠,直至今日,杨业祠已一百多年,屹立在此,连半点儿倾斜都没有,请皇上千万不要毁呀!"

天祚帝听后,更来气了,暴跳如雷地喊叫说:"朕不信这个邪,快点儿拆毁它!"

皇上旨意，谁敢违抗？随驾人员刚要动手，猛然轰隆一声巨响，好似天崩地裂一般，大地直劲儿颤动，吓得天祚帝一个高儿跳出去了。

　　天祚帝被这突如其来的惊吓，真魂早已出窍了，他愣头愣脑地站在两山环抱之中，就见从关口下西流水中，杨业在前，他的儿子杨延玉在后边跟随，腾云驾雾而起，飞上云端，直奔天祚帝来了。吓得天祚帝浑身像筛糠似的抖个不停，扑通一声跪在地上，磕头如捣蒜哀求说："杨无敌饶命！杨无敌饶命！"

　　杨业领着儿子杨延玉驾着云头，来至天祚帝头上时，大喝一声说："延喜，还吾燕云十六州！"

　　天祚帝已吓尿裤子了，连连磕头说："还，还，还你燕云十六州！"

　　杨业又说："汝契丹欺宋太甚，澶渊议和，宋答应每年给契丹纳银十万两，绢12万匹。可是，刚过38年，契丹又硬逼宋仁宗增加岁银十万两，绢18万匹，岂不太欺负宋朝没人了吗？"

　　天祚帝又磕头哀祈说："只要杨无敌饶我不死，银绢不要了！"

　　杨业问："是两项全不要了吗？"

　　天祚帝说："20万两一两不要了，绢30万匹也不要了。"

　　杨业说："那你令人赶快拆我的祠庙吧！"

　　天祚帝说："不敢不敢，不仅不拆，还要经常维修，吾辽朝皇帝从此路过都要烧香磕头，参拜杨无敌。"

　　杨业哈哈大笑说："宋辽纷争付东流，几叹征战断颅头。一代兴亡悲逝水，甘享域尊古北口。宋辽霸业征尘歇，风雨孤舟暮霭留。惆怅前朝多少事，关口下水向西流！"说罢，消逝在云雾之中。

　　从此，古北口杨业祠谁也不敢毁坏了。后来，阿骨打按照与宋秘密协约中所订，将燕云十六州真归还给宋朝了，实现了杨业显灵之望。

　　有一天，辽朝天祚皇帝从文妃宫帐路过，顺便到宫里看看，宫女真心大声喊叫说："皇上驾到啊!"意思是给文妃一个知令，她好出来迎驾。

　　文妃听宫女喊天祚帝驾到，慌忙迎至宫帐门口，跪下说："不知圣驾光临，未曾远迎，望恕小妃之罪呀!"

　　天祚帝嘿嘿一笑，伸手拉起文妃说："爱妃平身，平身!"二人手挽着手走进宫帐里。文妃心里感觉奇怪，皇上好久不到我这宫帐来，他去白带山回来好多天了，都没到吾这宫帐里来住一宿，今日咋了，连信儿都没给，冒股生烟，他单身一人来干什么?是要归宿我这宫帐吗?绝对不是。那他干啥来了?文妃的左手被天祚帝拉着，她这一多心，手上就有所表现，天祚帝觉着文妃的左手在他右手心儿里颤抖一下，心里也一颤，暗想，文妃有何心事?见朕突然而来，她心中为啥发悸呢?俗话说，十指连心，心里发悸必然要流露于手上。别看天祚帝其他知识是擀面杖吹火——一窍不通，可他对妇女的心事细如牛毛，一个眼神，一声粗气，一个咳声，吧嗒一下嘴他都能判断出女人的心理状态。

　　天祚帝从文妃手颤一下，心里就琢磨开文妃了，嘴没说心里话儿："不做亏心事，不怕鬼叫门。朕好久没到你这宫里来，见朕心里发悸，一定是有鬼，八成是暗通情人，见朕来了，心中发悸，不用瞒朕，朕就明白了。"

　　天祚帝和文妃各揣心腹事，走进宫帐里。由于天祚帝多心，进屋用眼四处寻摸一番，文妃也不断偷眼窥望天祚帝的举止。这时，宫女过来，给天祚帝、文妃献上茶。当天祚帝端起茶杯，冷丁发现文妃床铺的对面墙上有口痰迹，心里也是一悸!墙上哪来的痰迹呢?这痰文妃是吐不到墙上的，只有男人才有这么大的气力。他看在眼里，记在心上，什么话也没说，喝了一口茶，将杯又放下了，他心中暗想，文妃能和谁私通呢?

　　你说辽朝还有个好吗?天祚帝整天将心思全用在这上了，他每天贪花，还看着被他踢开的妃子，行他胡搞乱扯，不行妃子私通，将心全操在这上，哪有功夫去管理国家大事？

天祚帝坐在那儿琢磨一会儿，对文妃说："你们先到外面去，朕感到有些乏，在这儿躺会儿。"

文妃听后，说声遵命，赶忙退了出去。文妃退出去后，听见天祚帝将宫帐门咣的一声闩上了，她的心也跟着颤动一下，心里在琢磨天祚帝刚才的眼神儿。她见天祚帝喝茶时，眼睛往她床对面墙上一扫，流露出惊疑目光的时候，她的两只眼睛也跟了过去，见墙上只有个痰迹，别的啥也没有，皇上干吗要流露出惊疑的眼神哪？可她对此没放在心上。现在天祚帝将她撵出来，她可就犯了寻思，难道天祚帝能辨认出是他吐的？她这一想，立即停住脚步，将身贴在宫帐门上听动静了，听听天祚帝在宫帐里是真休息还是假休息。

天祚帝将宫门闩上后，转过身来，走到文妃的寝床前，用眼望望对面墙上的痰迹，自言自语地说："对，正是对着枕头这头儿。"随后天祚帝躺在床上，望着痰迹琢磨，这痰是栽楞躺着时吐的呢，还是咋吐的？他一边琢磨一边演示，将身子这么躺一下，那么歪一下，好像在演戏一般。这么试一下，不是，那么试一下，也吐不到哪地方去。试了一溜十三遭儿，试明白了，他腾地从床上跳了起来，刹时火冒三丈，心里暗骂文妃："你这小贱人，好啊，敢与情人私通。那么回事的时候，脸朝下歪着头脸吐的，才能吐到对面墙上，非找这贱人算账不可！"

天祚帝气势汹汹地刚离开寝床，突然将脚步停住了。天祚帝又一想，不妥，捉贼要赃，捉奸要双。我冒股生烟地去质问，只凭痰迹能行吗？文妃要是死不承认，吾哪有工夫去纠缠这些事儿？再说文妃的姐夫耶律挞格离，还有她的妹夫耶律余睹都掌握兵马，弄不好要是反了，闯进宫来，将朕杀死，还咋去选美女、宿美女呀？宁肯文妃跟别人多睡几天，也得先保命要紧。可天祚帝又想，那朕也不能眼睁睁看着文妃跟别人睡觉哇，对，捉奸要双，待朕暗派人捉拿你们俩再议。想至此，天祚帝这才消了气儿，走至宫帐门前，嘎啦一声拽开门闩，开开门迈步走出来，见文妃跪在离门有丈八远的地方，向天祚帝问安。

天祚笑呵呵地说："爱妃呀，朕刚才在此眯了一会儿，现在呀，朕反过乏来了，改日再来与爱妃同欢！"说罢，大摇大摆地走了。

文妃见天祚帝走了，心里可有些毛鸭子了。不是别的，她刚才贴门听声儿，天祚帝在宫帐里顶架儿出动静，全听见了。暗想："都说天祚帝每日只顾贪花，花迷心窍，后妃私通他装看不着，也无心管这些事儿。今日亲有所感,可不是,天祚帝的心细着哪,一口痰迹还放在心上,咋说不管哪?八成越是这样人越心细。"

文妃走进宫帐一看,果不然,地下墙上还留有天祚帝刚才吐的唾沫哪!文妃才后怕,前天夜间那人吐的这口痰,为啥粗心大意没擦去了事,留下这痕迹,倒惹出麻烦。一想到麻烦,文妃身上立刻起了一层鸡皮疙瘩,害起怕来,因她今晚和情人已定,情人到她这儿了。情人要来了,天祚帝暗派马挞看着,将吾俩捉去,当众出丑,这便如何是好?文妃立刻像心里长草似的,坐不稳立不牢。咋办?怎么才能给他送个信儿,说啥不让他来,可这信儿咋能捎到?让谁去送这个信儿?想让这个去?摇摇头,打发那个去?她又摇摇头。不行,打发谁去,文妃也不放心,眼看天已贴晌了,事关紧急,信要捎不到,今晚他来,凶多吉少。文妃想来想去,决定自己亲自去送信儿,方能万无一失。可咋个去法儿呢?妃子要到哪去,得奏请娘娘准许,娘娘不允,寸步不能离开宫门。文妃可就猫抓心了,没招儿了,她终于想出个招儿来,方喜上眉梢,忙唤柳絮过来。

柳絮是文妃贴身知己的宫女,文妃待之极厚,犹如生死姊妹一般。柳絮进来,笑嘻嘻地问:"唤吾何事?"

文妃小声说:"我有点事儿,想要私自出去一趟,你能不能穿上吾的衣服,闩上门,假装躺在床上睡觉,别人以为是我,我穿着你的衣服悄悄出宫,岂不是神不知鬼不觉吗?你看如何?"

柳絮听后,心里就明白了,赶忙贴在文妃耳朵上喊喳几句,文妃心中更加欢喜了。先让柳絮躲在床下,文妃站在宫门口,大声喊叫,对其他宫女说,我身体不适,要睡一觉,汝等不听我的召唤,不要打搅于我!

众宫女齐声说:"是!"其他宫女听到这声吩咐,都很高兴,暂时不用侍候她了,可以歇会儿了。

文妃吩咐完,才将门闩上,爽神麻利快地换上柳絮的衣服,将门轻轻开开,柳絮她俩面对一笑,急忙离宫去了。

文妃的情人是谁呢?乃辽朝北面官大林牙院的都林牙,也就是掌理文翰的学士,名叫张林,是个汉人,长得十分英俊。文妃在她妹夫家与其一见钟情,彼此便勾搭上了。张林又买通了守宫帐的兵士,所以经常同文妃约会,夜间出入无阻。文妃与张林私通已有一年之久了,天祚帝才发现文妃与别人通奸,是谁他还不知道,要捉奸成双。岂不知早被文妃识破了,她溜出宫去,急忙奔林牙院去找都林牙张林不提。

还说天祚帝从文妃宫帐里出来,真心找两名斡鲁朵里的精明马挞,吩咐说:"朕令你二人今晚潜伏在文妃宫帐左右,见有人夜闯文妃宫帐,不容分说,务必将他与文妃同时捉拿交朕,必有重赏!"

两个斡鲁朵里的马挞,也就是皇帝宫帐里的侍卫秘探,得到这个美差还有不高兴的?便按皇上的吩咐去行旨意。

两个马挞在文妃宫帐左右潜伏下来,暗中窥看谁到文妃宫帐里来。果然一更过后,黑灯瞎火的,有一人慌慌张张地走进文妃宫帐里。两个马挞不约而同地悄悄尾随进去,见这人进到文妃寝室后,嘎啦一声将门闩上,两个马挞会意,其中一人悄声说:"略等会儿,等他俩那么的时候闯进去,双双捉住,送交皇上,定能获得重赏!"

两个马挞贴门等有两袋烟的工夫,见文妃已熄灯,两个马挞哐啷一声将宫门踹坏,破门而入,吓得文妃哎呀一声,两个马挞已到床前,没容分说,摸着黑儿将床上两个人捆绑上了。到底是哪个,总该点灯看看吧?两个马挞只顾得赏心切,摸着黑儿将捆绑的两个人抬走了。

天祚帝为文妃的事儿还等着哪,快三更的时候,两个马挞果然抬来人了,放在天祚帝面前一看,可傻眼了,原来都是女的,一个文妃,一个柳絮。文妃立刻大哭大叫,大骂两个强人出心不良。天祚帝令马挞快解开绳子,两个马挞战战兢兢地将绳子解开,刚往旁一站,天祚帝拔出宝剑一剑一个地将两个马挞杀了后,向文妃赔不是说:"两个强人朕杀了,替爱妃报仇雪耻了!"

文妃哭哭啼啼地说:"今儿个吾身子不好,让柳絮去给我买药,柳絮每晚都陪吾睡觉,不然吾睡不好,总提心吊胆害怕,哪知皇上你还……"

天祚帝歉意地说:"爱妃别说了,喧嚷出去,对朕和你都不好,朕给你赔罪就是了。"

阿骨打这年御驾亲征燕京，宗望为先锋，娄室为左翼，婆卢火为右翼，大军浩浩荡荡向燕京进发。

这日正急驰前进的时候，探马报告说："禀报皇上，吾军已攻占了居庸关！"阿骨打说："再探！"遂令大军向居庸关进发。大军行至一道沟口，两旁是高大的山脉，山谷口中间有一条从西北奔向东南的河流，把山脉切成一条深谷，山高坡陡。迂回曲折，阿骨打问身旁的护驾官说："此乃何地？"

护驾官说："回皇上，前面山乃关沟也，山叫军都山，水叫湿余水，前面便是居庸关。"

说话间，宗望、迪古乃、银木可、婆卢火、娄室前来迎驾。

阿骨打令军兵去居庸关安营扎寨，他要在此一游。阿骨打行至下口，举目观看，见两旁山脊上，依山而建的城墙蜿蜒起伏，烽火台相随而立，漫长在好几十里的山谷中间，甚是威严。自然景色优美，真是清溪萦绕，草木葱茏，珍禽飞鸣，风景宜人。阿骨打心想，不怪北魏《水经注》撰写者地理学家郦善长在书中形容关沟说："山岫层深，侧道偏狭，林障邃险，路才容轨，晓禽暮兽，寒鸣相合，羁官游子，聆之都莫不伤思。"真是一点儿不假。

阿骨打正在遐想，忽听有人说："那是杨六郎拴马柱。"

阿骨打随之抬头观看，见下口东山头上，有一像石柱似的山峰，凌空矗立，便问道："为啥说它是杨六郎拴马柱哪？"

随驾官回说："宋雍熙三年，辽统和四年，杨六郎率兵破辽时，路过此地，在此拴马，故称杨六郎拴马柱。北口还有杨五郎像，水滩上有穆桂英点将台。"

阿骨打听后，哈哈大笑说："荒诞之说，当年杨业与后来的杨家将领同契丹作战在雁门关一带，怎么跑到这里来了？可见忠良之将，受人爱戴和崇敬，故有此说呀！"

当阿骨打走到沟坡上时，见一块高约一丈、宽约一丈五六的巨石，也说不上咋回事儿，阿骨打觉得眼皮儿挑不开了，喷嚏一个接着一个，睏得不行了，便对随驾官们说："你们先去赏景，待朕在此石上打个盹儿。"说罢躺在石头上，两眼一闭就睡着了，鼾声如雷。

阿骨打刚合上眼睛，见一仙人立在他的面前说："参见大金皇帝，吾在此迎接多时了！"

阿骨打惊疑地问道："汝是何仙，朕咋不认识你呀？"

仙人说："吾乃杨五郎是也！"

阿骨打说："原来是杨五郎将军，失敬！失敬！"

杨五郎向阿骨打施礼说："请问皇上陛下，大金夺得幽、蓟、瀛、莫、涿、檀、顺、妫、儒、新、武、云、应、朔、寰、蔚燕云十六州土地，真能实现皇上和宋徽宗秘定的协约，归还给宋么？"

阿骨打说："朕决不食言，但宋至今迟迟未发兵。"

杨五郎说："只要陛下能将燕云十六州还给宋朝，皇上放心，可不用大动干戈，只要皇上写封劝降书给燕京左企弓、虞仲文等人，他们便可降服。"

阿骨打疑惑地问道："杨将军怎知他们能投降？"

杨五郎说："皇上放心，由我去劝说他们，他们一定能降！"

阿骨打醒来，原是一梦，腾地坐起来，惊讶地说："啊，此石乃仙人枕也！"

随驾官不解地问阿骨打，为何命此石为"仙人枕"？阿骨打将刚才梦见杨五郎之情述说一遍，众人听后半信半疑，从此，称这块巨石为"仙人枕"。

阿骨打当即传旨，将东崖石上的杨五郎像进行逼真塑之，才率领官员们进居庸关。

阿骨打进居庸关后，写了一份招降书，令人给燕京送去。

自从阿骨打攻打契丹之后，耶律淳守燕京，听说辽天祚帝已逃进夹山，汉人宰相李处温和皇族耶律大石，奚王回离保便拥立耶律淳为"天赐皇帝"，改元建福。哪知，耶律淳只当了三个月的皇帝便病死了。耶律淳死后，便立天祚帝次子秦王耶律定为皇帝，耶律淳的老婆萧德妃封为皇太后，主持国家大事。这时候，汉人宰相李处温已与宋朝暗中联系上了，要挟持萧德皇太后投降宋朝。结果李处温办得不妙，泄露了，李处温被萧德妃处死，萧德太后将内外诸军部统由左企弓担任。萧德太后听说阿骨打亲率大军已攻进居庸关，她可有些毛了，便和皇族耶律大石商议，耶律大石悄悄向萧德妃说："燕京已难保，金宋出兵夹攻，危在旦夕，不如带兵从古北口逃跑，去找天祚帝。"

萧德妃又问耶律大石说："左企弓他们也得跟随呀！"

耶律大石说："这些汉人均不可靠，忘了李处温乎？"

就这么的，耶律大石和萧德妃计议逃跑。就在这天晚上，左企弓梦见杨五郎托梦，让他降金。第二天，果然接到阿骨打的诏谕书，言说降金后，保证原官职不变。如抵抗不降，决不宽恕，何去何从，自裁之。左企弓正在思忖，虞仲文领着枢密使曹勇义、副使张房忠、参知政事康公弼、金书刘房宗等来了。都来劝说左企弓降金。

左企弓说："此事不可泄，待我等从长计议，但不知萧德妃、耶律大石作何打算？"

这时，忽有人来报，萧德妃和耶律大石悄悄从古北口逃跑了。众人一听，大喜，真是天从人愿，立即撰写降书顺表。

再说阿骨打率领大军从居庸关直奔燕京，刚到南门，城门便大开，左企弓率领众官员跪在阿骨打马前，递了降书顺表，将阿骨打迎进城去。阿骨打心想，杨家真是世代忠良，杨五郎在一百多年后，仍然保护着宋朝。

阿骨打登上德胜殿，众官称贺后，左企弓等辽朝官员再次向阿骨打请罪。

阿骨打问左企弓说："萧德妃和耶律大石哪儿去了？"

左企弓回答说："耶律大石领萧德妃奔古北口逃跑了。"

阿骨打说："待朕派人去追。朕授你金牌，官复原职，你立即行文，安抚各州县。"

这天晚上，阿骨打将左企弓叫来，单独和左企弓谈话。阿骨打悄声问左企弓，曾梦见杨五郎吗？左企弓大吃一惊，嘴没说，心里想，阿骨打真乃未卜先知的"神人"也，我梦见杨五郎，他咋知晓？正在他踌躇的时候，阿骨打又问他说："杨五郎前天夜晚特托梦于你，劝你降金，故而你才降金，对吗？"吓得左企弓扑通跪在地上惊愕地说："皇上，真是未卜先知的'神人'之君，连我做梦都晓得！降臣确实梦见杨五郎，他劝我降金，不仅可保持原官职不变，而且侍奉英明之主，留名于世。说心里话，听了杨五郎之劝，我方降金，否则将弃城逃走也！"

阿骨打亲手将左企弓扶起，说："朕早闻汝通晓《左氏春秋》，胸怀奇才，智略过人，识事善辩，今幸相遇，祈望多多赐教，扶朕大业，决不辜卿之忠也！"

阿骨打一番言语，说得左企弓心里发热，暗想，不怪杨五郎托梦让我降金，这大金国皇帝阿骨打真是礼贤下士，一点皇上架子没有，可谓一朝神圣之君，遂谦逊地说："皇上过奖了，臣实乃庸才之辈，承蒙皇上不弃，愿效犬马之劳！"

　　阿骨打说："有一事需爱卿助朕，请将燕京各业之名匠查明造册，朕好重用之！"

　　左企弓一听，暗自惊讶，阿骨打刚占领燕京，便关心起工匠来，这是辽朝皇帝历代所没有的。但左企弓听后，也有些疑惑，阿骨打让我查此作甚？这些工匠反正在此为工，振兴各业，难道阿骨打另有他图？他想要试探阿骨打，可话到舌尖又缩回去了，赶忙说："皇上，为臣遵旨，一定照办！"

　　这就是仙人枕上定燕云，杨家美名传至今。

仙人枕上收燕京

阿骨打进到燕京后，辽朝降臣左企弓特设宴招待阿骨打，为阿骨打庆贺，让阿骨打坐在上位，众官在下相陪。阿骨打说啥不干，非得平起平坐，围在一起吃饭，可将左企弓难住了。因为他知道，从宋到辽，除皇后可与皇帝并坐饮酒，其他谁敢哪，不得犯欺君之罪吗？左企弓说啥也不敢和阿骨打并肩坐在一起饮酒。

阿骨打见左企弓等人不敢和他平坐一起饮酒，便伸手拉着左企弓和他并坐饮酒，吓得左企弓扑通跪在地上说："皇上，降臣说啥不敢和皇上陛下平坐饮酒，岂不罪该万死？请皇上恕小臣之罪，还是请皇上御坐，小臣在下面侍饮。"阿骨打真心拉起说："爱卿难道和朕见外乎？不仅你，连虞仲文、曹勇义、张彦忠、康公弼、刘彦宗均和朕围坐一桌共饮呢！"说着，阿骨打将左企弓按到他身旁坐下。左企弓哪敢，吓得浑身直颤。

婆卢火见这些降官战战兢兢、胆小如鼠的样子着实好笑，便亮开嗓门儿说："喂！皇上让你们咋坐，你们就咋坐。我们大金的皇上和你们契丹皇上不一样，我们皇上随便，和民众都可围坐一起吃喝说话唠嗑儿，何况你们了，别拉拉扯扯的了，都赶快坐下！"

婆卢火大嗓门这一亮，吓得降官浑身像筛糠似的打颤，阿骨打赶忙制止婆卢火说："少要无礼！"阿骨打才又笑呵呵地对左企弓说："婆卢火说得对，朕没有那么多的礼法，多咱都是与臣围坐共饮，何况今日，更得如此。如爱卿不允朕的要求，朕只好退席了。"

左企弓谦让再三，才挨着阿骨打坐下。阿骨打又将虞仲文等一一请过来，和阿骨打同坐一桌共饮。

众位都坐下后，有人喊声："开宴！"眨眼的工夫，侍女们端来那么多菜，阿骨打眼睛都看花了，哪见过这么多五颜六色的菜呀，还全是凉的，他一数，正好 12 盘儿。阿骨打也不知叫啥名儿，用两只眼睛看看这盘儿，望望那盘儿，根本叫不上名来，便问左企弓说："爱卿，挨朕坐着饮酒，可别嫌朕麻烦。我们女真一菜一饮惯了，你们这些菜，朕全不知名儿，烦爱卿向朕介绍介绍如何？"

左企弓等辽朝降臣一听，心里暗暗吃惊，阿骨打对啥都感兴趣，真是不耻下问，可见求知欲之强。左企弓向阿骨打介绍说："这是12个冷盘儿。"接着按盘用手指着介绍说："酱鸭、酱方、扎肉、冻鸡、羊羔冻、盐水鸭、素火腿、素烧鸭、鱼松、肉松、蛋松、色拉。"

　　阿骨打听着，心想，汉人是能琢磨，在吃的上就有这么多花样，契丹人也做不出来。

　　斟上酒后，阿骨打端起酒来，和群臣们共干一杯，然后他将每样凉菜都品尝一口，味道是好。接着侍女们又往上端菜，每端上一盘儿均放在阿骨打面前，阿骨打品尝后，再撤到旁边去。每上一盘儿，左企弓都介绍叫啥名儿，就听左企弓口不住闲地介绍说："上来的是上浆滑油炒、炒里脊丝、炒鱼丝、炒鱼片、炒肉丁、炒猪肝、炒腰花、炒菊红、炒虾蟹、炒大肠、炒肚丝、炒三鲜、炒合菜……"阿骨打见端上的菜已摞成小山似的，嘴没说心里话儿，别说吃呀，看都看饱了。随后又上来了：宫保肉丁、虾子蹄筋、五查全鸭、京冬全鸡、贵妃鸡、凤凰腿……一直将阿骨打吃腻了。

　　这时，走过一人，在左企弓耳边喳喳几句，左企弓赶忙跪在地上，对阿骨打说："皇上，酒过三巡，菜过五味，请皇上亲点，是欣赏歌伎，还是欣赏乐曲？"阿骨打一听，心中暗想，左企弓等人将朕和辽天祚、宋徽宗等同起来了，以为我也是酒色之徒。本来饮酒，吹打弹拉，听听看看歌舞，可助酒兴。可这样做，定给降臣们一个印象，即天下乌鸦一般黑，当皇上的均是酒色之徒。这名声要不得，我就是要反其道而行之，坏了咱的名声不干！于是弯下身扶起左企弓说："理应听听吹打弹拉，以助酒兴。可朕今日要品尝盛宴之佳肴，寻其名品其味，其他就免了，卿看如何？"

　　阿骨打的话语，使左企弓等人暗暗吃惊，当皇帝的到哪去，没有美女相陪，会受惩罚的。赶忙应声说："遵旨！"当即下令将歌伎全免了。左企弓心中暗想，我活七十来岁，头一回遇见这么个皇上，同降臣并肩饮酒询问菜名儿，还不欣赏歌伎，真是世上罕见的皇上，这样的皇上哪有不得天下的？不怪杨五郎给我托梦，阿骨打确是一位有道之君呀！左企弓从心里往外对阿骨打敬重三分。

　　这时候，见婆卢火撸胳膊挽袖子喝得汗沫流水的，端着酒杯走过来了，大声喊叫着说："皇上，收复燕京，今儿个高兴，是共同干一杯呀，还是来个酒令，谁输谁喝？"

婆卢火这个举动，吓得左企弓等降臣目瞪口呆，心想，大金的一个将官，敢在皇上面前这么放肆，宋、辽谁敢哪！就是皇上的三叔二大爷，也得规规矩矩在下边相陪，谁敢大吵大嚷要和皇上行酒令？

阿骨打可能看出左企弓等降臣心里那惊恐症，腾地站起来，拿着筷子对婆卢火说："来，咱俩打筷子，谁输谁喝！"

婆卢火说："好！"就跟阿骨打打起筷子来了。两人齐喊，婆卢火喊的是杆子，阿骨打喊的是老虎。婆卢火吵吵巴火地说："皇上输了，杆子打老虎，快喝！"婆卢火这几句话一喊，左企弓等人膝盖上直冒凉风，这还了得，敢说打皇上，不要命啦？

阿骨打说："朕输了，饶了这次，再输一起喝。"

婆卢火一把手拽住阿骨打的衣领子，喊叫着说："喝不喝，不喝要灌了！"吓得阿骨打说："喝，朕喝！"说着一仰脖儿，将一杯酒干下去了。女真的将领哈哈大笑，可左企弓等人心寒胆战，个个惊恐地想，这样对待皇上，是要杀头的呀！阿骨打干完酒，谈笑风生，他们方信，阿骨打确不以皇上自居，和群臣谈笑随便，真乃仁义的圣主！

当阿骨打吃甜菜时，说了句甜菜咋不怎么甜的时候，被送菜的人听见了，就听送菜人喊："菜不甜，加点盐！"

阿骨打一听心里纳闷儿，我说甜菜不甜，他让加点儿盐，不就更不甜了吗？哪知不一会儿上来了，阿骨打吃一口，可口甜，心里更纳闷儿了，暗想，他们说些啥黑话，难道盐就是糖？因为今天厨师知道女真人喜咸不喜甜，做甜菜佳肴尽量不让太甜了，怕阿骨打吃着不可口。哪知阿骨打还愿吃甜的，才引起这个"菜不甜，加点盐"的插曲。

阿骨打连吃三口，悄声对左企弓说："爱卿，陪朕到后府去敬厨师一杯酒吧，表示感谢之情！"

左企弓说："皇上，使不得，哪有皇上给下人敬酒的？"

阿骨打吃惊地说："怎说他是下人哪？菜做得多好，我不如也。从这点说，他比朕高，是个十足拔尖儿的工匠，应受到尊重。走，朕得敬酒于他，以示感谢！"

左企弓被阿骨打这几句话说得热泪滚滚，人活七十古来稀，我已七十高龄了，别说见过，听都没听说过，世界上有这样爱才爱民的好皇帝呀！还有何说，陪着去吧。

左企弓陪同皇上阿骨打来至厨房，吓得厨房不论干啥的全跪下了。阿骨打说："朕非常感谢你们，尤其是厨师傅，为朕做了这么多的佳肴，每人陪朕喝一杯，以示感谢！"阿骨打说着令人给斟上酒，同厨房的人员干了一杯。最后阿骨打亲斟一杯酒举到厨师面前说："师傅，徒弟阿骨打敬师傅一杯酒，请师傅赏脸。"阿骨打的举动，可将厨师吓坏了，皇上称造厨的为师傅，开天辟地没有过。刚要跪下给阿骨打磕头请罪，被阿骨打扶住了，说："师傅，难道你以为我是假的？快别如此，看得起我阿骨打，就将酒喝了！"

厨师的眼泪刷下子流了下来，用颤抖的手接过酒杯，掺着泪水喝下去了。甜的咸的苦的辣的一齐涌上心头，嘴没说，心里想，我给皇上做菜，多咱都是提心吊胆，说不上哪个菜不合口味，随时都有脑袋搬家的危险。从来没有哪位皇上，别说是皇上，州县之官也从来没给我敬过酒，难道我是在做梦吗？

阿骨打见厨师将酒喝了，方请教厨师说："师傅，有一事不明，请教师傅。'菜不甜，加点盐'，盐是咸的，为啥菜却更甜了呢？"

厨师由惊恐变为冷静了，回答说："回禀皇上，造厨的将这种现象叫做味觉相反相成的对比，吃肥肉沾点儿醋解腻，羊肉放上点儿醋解膻。变味现象有三种，一是简单变味，喝了鲜汤再吃桔子则苦。二是习惯性变味，初吃梓荚感到辣得不得了，吃习惯不仅不感到辣，不吃还不行了。三是复杂变味，单纯味觉只有甜、酸、苦、咸四种。其他千变万化的味道都是这四种的混合。以酒为例，酒内的香、甜、辣、苦、涩各味配比协调，就形成了杜康之酒的风味。所以说，菜不甜，加点盐，就会更甜，就是这个理儿，造厨的始终离不开这个法儿。"

阿骨打恭恭敬敬地说："你真是吾师傅也！"

阿骨打就将他请到皇家寨来传授烹调技术，很快使女真人学会了烹调菜肴，从此留下这句"菜不甜，加点盐"，就是从这留不来的。

要想甜加点盐

阿骨打传奇

　　左企弓在藏书馆向大金国皇帝阿骨打谈经论史，忽有人向他禀报，棣州来一飞骑，要求见他。他心里咯噔一下子，暗想，出啥事儿了？因为左企弓的长子任棣州刺史，有人乘快马而来，准是有急事，以为儿子左泌出啥事儿了。就赶忙辞别圣驾，来至外边，见到来人，原来是儿子左泌听说父已降金，问他该怎么办？左企弓对来人说："转告左泌，投降来燕！"来人又乘马飞奔棣州而去。

　　左企弓才又回到藏书馆室内，向阿骨打禀奏说："是吾儿左泌打发人来，问他咋办？我已转告，降金来燕，让他随吾伴圣驾同去内地。"

　　阿骨打听后，心中欢喜，夸赞几句左企弓对金忠诚之心后，还让左企弓接着论述十三史。

　　左企弓接着说道："《北齐书》是唐朝李百药撰写的。他是安平人氏，字重规。他父李德林曾任隋朝内史令，预修国史，撰《齐史》。李百药当时任隋建安郡丞，入唐后历任中书舍人、散骑常侍，受命修订五礼、律令。贞观元年，奉诏撰《齐书》，根据其父旧稿，兼采他书，经十年，撰写成五十卷，是纪传体北齐史，无表志。于唐贞观十年写成的，文笔生动，还保留当时的口语，很有价值。该书原名《齐书》，'北'字是宋朝加的，因与萧子显的《南齐书》区别而改的《北齐书》。

　　《周书》是唐明史学家令狐德棻撰写的。他是宜州华原人，高祖入关，任大丞相府记室，后累迁至礼部侍郎、国子监祭酒、弘文馆崇贤馆学士。唐初书籍散亡，他建议购求，使专人补录，得以保存大批书籍。又建议修撰梁、陈、齐、周、隋等朝史记，并参预编撰《艺文类聚》、《五代史志》等书。随后主编《周书》。纪传体北周史，无表志。成书于贞观十年，共五十卷。该书多取材于西魏史官柳虬的史书和隋朝牛弘的《周史》，用广异文，叙事考订得极草率。

　　《隋书》是唐初政治家魏徵撰写的。魏徵是馆陶人，字玄成，少年时孤贫落拓，出家为道士。隋末参加瓦岗起义军，李密败，降唐。又被窦建德所获，任起居舍人。建德失败，入唐为太子洗马。太宗即位，擢为谏议大夫，前后陈谏二百余事。贞观三年任秘书监，参领辅政，校定秘府图籍。后来一度任侍中，封郑国公。魏徵向太宗多次提出'兼听则明，偏听则暗'，并以隋炀帝灭亡为鉴，认为君好比舟，民好比水，'水能载舟，亦能覆舟'，必须'居安思危，戒奢以俭'，'任贤受谏'，'薄赋敛，轻租税'，'无为而理'等重要谏言。魏徵和颜师古、孔颖达共同撰写《隋书》八十五卷。纪传体例隋代史于贞观十年撰成，内容历叙梁、陈、齐、周的典章制度，并在《经籍志》中创立经、史、子、集四部分类法，成为以后书籍目录分类的标准。此书对隋朝荒淫残暴有所揭露，从反面显示农民起义的威力，渗露他'君好比舟，民好比水，水能载舟，亦能覆舟'的哲理。其中十志如《食货》、《地理》、《天文》、《经籍》等，综合五代，都有很高的史料价值。上述就是六经十三史的来源和历史的价值。"

阿骨打听后，称赞说："爱卿真是学识渊博，通晓《左氏春秋》，果然名不虚传，但不知《左氏春秋》又是何经典也？"

左企弓回答说："《左氏春秋》也称《左传》，乃儒家经典之一。是春秋时左丘明撰写，多用事实解释《春秋》同《公羊传》、《壳梁传》，与完全用义理解释的有异。起于鲁隐公元年，终于鲁悼公四年，比《春秋》多出十七年，其叙事更至于悼公十四年为止。书中保存了大量古代史料，文字优美，记事鲜明，是古代留下的一部史学和文学名著，因而微臣甚是喜爱。"

接着阿骨打用心阅览书目，只见百书俱全，心中暗喜，这些无价之宝均应运到内地去，又问左企弓说："'珍惜二酉藏书'是咋回事儿呀？"

左企弓回答说："皇上，传说在秦始皇焚书坑儒的时候，眼看自古以来留传下来的经书史记快要绝灭的紧要关头，咸阳京城里有两个'秃发伏生'，一个名叫'隙鼎翁'，一个叫'炼丹叟'的……"

左企弓刚说这儿，阿骨打插问说："啥叫'秃发伏生'？"

左企弓回禀说："'秃发伏生'是两个意思。'秃发'是指秃发氏，是鲜卑族拓跋部的一支。传说有名寿阗者，生于被中，鲜卑语，被名叫'秃发'因以为氏，七传至秃发乌孤，十六国时南梁的建立者。初为河西鲜卑人的领袖，麟嘉六年接受后梁吕光的官爵，兼并各部。龙飞二年自称西平王，年号太初，又改称武威王，并拟兼并全梁。后因酒醉坠马受伤过重而死，这'秃发'就指他的后裔。伏生，亦称伏胜，是《尚书》的最早传授者。他是济南人，曾任秦博士。汉文帝时，派晁错向他学《尚书》。西汉的《尚书》学者都出他的门下。从上述说明，两名

325

'秃发伏生'均是编著《尚书》的，当然家里得收藏很多很多的书了。在秦始皇焚书坑儒的年代里，能眼睁睁地将这些书焚烧了吗？不能，他俩决定冒生命危险，宁可命不要，也要保护这自古留传下来的经史，才能对得起祖师'伏生'啊！他俩就偷着将家里收藏的经史一千多卷，从咸阳转道洞庭，夜间将书籍装运上船，船刚开，秦始皇派官兵从他们家追赶至此，灯笼火把地奔他们船工来了。突然一阵怪风，将秦始皇派来的武士均刮进水中，将船吹得无影无踪。隙鼎翁和炼丹叟见船上多了两个白胡子老头儿，捋着胡子瞅他俩笑。两人不解地问道：'二位老大爷，搭乘此船欲何往？'其中一位说：'我叫大酉，他叫二酉，是来搭救你们二公的。没有刚才之风，你们俩这些书籍和人全落在秦始皇手里，书得被焚烧，你们俩也得被活埋呀！这回没事了，将书就送到我哥俩那去吧，保证万无一失！'隙鼎翁、炼丹叟一听，心里明白了，赶忙跪下磕头，感谢大酉、二酉相救之恩。就这样，隙鼎翁、炼丹叟就顺水行舟随二酉去了。这船一直行至湖南沅陵西北，迎面有一座气势磅礴的峭壁，高百丈余，宽六十余丈，两个白胡子老头儿到此一吹口哨，嗬！无数的狼虫虎豹、獐狍野鹿都来了，眨眼工夫，将这些书全搬到二酉山的一个山洞里。原来这大酉、二酉发源于酉阳县的酉江和古丈县的酉溪的汇合处，故名大酉、二酉。在小酉山下有个石穴，就将书藏在石穴之中。秦朝灭亡之后，刘邦建立汉朝，经典史籍又受到重视，他俩才将书籍献出。当时朝野上下震动很大，史官文人竞相争购，后来把'二酉藏书洞'列为圣迹，竖立着四块大石碑，上刻'古藏书处'四个大字。石碑后面，是两丈多高笔直如削的崖壁，二酉洞就在崖壁之上，洞内有多钟乳石。洞的正中，有一块高大的石碑，记载着秦始皇焚书坑儒以及隙鼎翁、炼丹叟藏书的经过。洞由舒展而向后倾斜延伸，足有五丈宽，这些书就是这样保存下来的，使经典史籍终未灭绝，仍传留于世。因此，才留下'珍惜二酉藏书'之说，时刻要后人珍惜这些经典史籍，再不要遭受秦始皇这样的暴君'焚书坑儒'的洗劫了。"

谷长春 / 主编

满族口头遗产传统说部丛书

阿骨打传奇（下）

　　阿骨打建立金朝后，怎样处理与宋朝的关系，又是怎样以弱少的兵力灭掉称雄一时的大辽王朝。本书以生动的语言、感人的情节，向人们栩栩如生地讲述了阿骨打解放奴隶，爱人才，爱艺人，爱民众，聚民心，兴金灭辽等一系列生动感人的故事。

马亚川 / 讲述　　王宏刚 / 整理

吉林人民出版社

阿骨打进燕京城后，由降臣左企弓陪着，巡视辽朝在燕京城抛扔下的金银财宝、珍奇古物以及各种书籍。阿骨打在察看计时仪器时，被铜壶滴漏吸引住了。只见由上至下，互相迭置，上面三只壶衣都有小孔眼儿。最上边一只铜壶装满水，水就逐渐滴流入以下各壶，最下一只壶内装着一个直立的浮杯，上面刻着子、丑、寅、卯、辰、巳、午、未、申、酉、戌、亥。阿骨打不知这玩艺儿是干啥的，站在前面呆愣愣地望着出神，就见最下边这只铜壶水逐渐升高，那个浮标也随之上升，便问左企弓说："这套玩艺儿作何用？"

左企弓说："禀皇上，此乃'铜壶滴漏'，是自古以来流传下来的一种计时仪器。现在有人管它叫'铜壶刻漏'，还有更简单的叫法，称'漏刻'、'漏壶'、'壶漏'，都是它的名称。早先年只有一个单壶贮水，水压变化大，计时精度低，不十分准确，现在用复壶贮水就比较准确了。它是将四只铜壶由上而下互相迭置，上面三只壶底均有小孔，最上面的铜壶装满水以后，水即逐渐流入下面诸壶。最下面那只壶里装的那个直立的叫浮标，是计时的浮标。所以唐代诗人杜甫在诗中说：'五夜漏声催晓箭'之句，'晓箭'就是指的这个箭状的浮标。唐代诗人温庭筠在《鸡鸣埭歌》中，也有'铜壶漏断梦初觉，宝马尘高人未知'之名句，都是指铜壶滴漏，现由报时官来管理此漏壶。"

阿骨打听后，暗记在心里，嘴没说心里话儿，这是个宝贝玩艺儿，将它也得带到内地去。他又问左企弓说："这12个时辰，是什么时候定下来的呀？"

左企弓回答说："时辰，一昼夜分为12个时辰，是自古以来流传下来的。夜半谓子时，鸡鸣为丑时，平旦为寅时，日出为卯时，食时为辰时，隅中为巳时，日中为午时，昳时为未时，晡时为申时，日入为酉时，黄昏为戌时，人定为亥时，但至今不知始于何人。有了12时辰，古代术数家拿12种动物来配12地支，定子为鼠，丑为牛，寅为虎，卯为兔，辰为龙，巳为蛇，午为马，未为羊，申为猴，酉为鸡，戌为狗，亥为猪。后来就以人生在某年就肖某物，如子年生的就属鼠，丑年生的

就属牛，称为'十二生肖'。"

阿骨打听后，哈哈大笑说："我女真人至现在也不懂得这些生肖，均不知属相，只是按青青计算自己的年龄，以木刻为记。前几年从辽得到一本历书，正在推算研究，将来也懂此法也！"

阿骨打走进藏书室，举目观看，只见管理藏书人员的墙壁上写着"熟读六大经纬，精通十三史纪元，珍惜二酉藏书，莫忘焚书坑儒"。阿骨打观后，心里琢磨半天，还是不解其中之意，便问左企弓说："这四句话何解也？"

左企弓回禀说："皇上，熟读六大经纬，是指《诗》、《书》、《礼》、《乐》、《易》、《春秋》而言；十三史是指《史记》、《汉书》、《后汉书》、《三国志》、《晋书》、《宋书》、《南齐书》、《梁书》、《陈书》、《后魏书》、《北齐书》、《周书》、《隋书》，共十三史。珍惜二酉藏书，就是要爱惜这些经史之书，多亏藏书在二酉保护下才保存下来，真是不易呀！莫忘焚书坑儒，当然是指秦始皇焚书坑儒的丑事了，意思是这种丑事别重演。"

阿骨打说："左爱卿，朕对这些知识晓得很少，能不能将六经十三史详述给朕呀？"

左企弓说："皇上不嫌多赘，待臣分而叙之！"左企弓请阿骨打坐上位，令人先取出《诗经》交给阿骨打后，方给以详细地介绍。

《诗经》是古代最早的诗歌总集，原本只称《诗》，儒家例为经典之一，故称《诗经》。它是在春秋时代编的，共编三百零五篇，分为"风"、"雅"、"颂"三大类。"风"有十五国风、"雅"有《大雅》、《小雅》，"颂"有《周颂》、《鲁颂》、《商颂》，传说都是周王室派行人或遒人从民间采诗辑集而来的。诗篇以四言为主，运用赋、比、兴的手法，描写生动，语言朴素优美，音节自然和谐，富有艺术感染力，是古代留下的珍贵史料。

《书经》，亦称《尚书》，是儒家经典之一。尚书亦称上书，是指上代以来之书，故名尚书。它是古代历史和部分追述古代事迹著作的汇编，据说是孔子编选而成的。实际现在《书经》里的《尧典》、《皋陶谟》、《禹贡》、《洪范》是后来儒家补充进去的。

《礼经》，简称《礼》，亦称《仪礼》，也是儒家经典之一。它是春秋、战国时代部分礼制的汇编，共17篇，有的说是周公制作，有人说是孔子订定的。

《乐经》，是六经之一，因秦始皇焚书而亡佚。

《易经》，简称《易》，亦称《周易》，是儒家重要经典之一。"易"有变易（穷究事物变化）、简易（执简驭繁）、不易（永恒不变）三义，传说是周密、周遍、周流所作，故名《周易》。它的内容包括"经"和"传"两部分。"经"主要是六十四卦和三百八十四爻，卦是指卦辞，爻是指爻辞，作为占卜之用。传说伏羲画卦，文王作辞。"传"包含解积卦辞、爻辞的七种文辞共十篇，统称"十冀"，是孔子所作。它通过八卦形式，象征天、地、雷、风、水、火、山、泽等，推测自然和社会的变化，认为阴阳两种势力的相互作用是产生万物的根源，提出"刚柔相推，变在其中矣"！

《春秋》，是儒家经典之一，是孔子依据鲁国史官所编《春秋》加以整理修订的。它起于鲁隐公元年，终于鲁哀公十四年，计242年。文字简短，寓有褒贬之意。

十三史中，《史记》原叫《太史公书》，是西汉司马迁撰写，共一百三十篇，从汉武帝太初元年至征和二年撰成。他供职史官，据《左氏春秋》、《国语》、《世本》、《战国策》、《楚汉春秋》及诸子百家之书，利用国家收藏的文献，益以实地采访的资料，取材极丰富。记事起于传说的黄帝，迄于汉武帝，首尾共三千多年。尤其是详细记载了战国、秦汉等，用传记为本纪、世家、列传等体裁，肯定了陈涉起义的作用，撰写了《陈涉世家》；《河渠书》、《平准书》和《货殖列传》反映了社会经济生活；《匈奴列传》、《西南夷列传》等记述了少数民族的活动，对部分历史人物的叙述，语言生动，形象鲜明，是很有文学价值的书。

《汉书》，是东汉班固撰写，共一百篇，分一百二十卷，是一部纪传体断代史，实际是班固的父亲班彪继《太公史书》而作的《后传》。班彪未成而死，他儿子班固继而整理补充，撰写成本书。其中八表和《天文志》未成稿，班固也死了，又由班固的妹妹班昭和马续继续撰写成的。此书体例和《史记》相同，惟改书为志，废世家为列传，并创《刑法》、《五行》、《地理》、《文艺》四志。《百官公卿表》叙述秦汉官制沿革，并排比汉代公卿大臣的升降迁免，简明扼要，是研究西汉历史的重要史料。

《后汉书》，是南朝宋、史学家范晔所作，撰成纪传八十卷。纪传有《党锢传》、《宦者传》、《独行传》、《方术传》、《逸民传》、《列女传》等，是研究东汉的重要史料。传说范晔原拟一百二十多卷，遗憾的是范晔于元嘉二十二年末，因孔熙先等谋迎立彭城王义康一案被牵涉遭杀害，因而未全完成。

《三国志》，是西晋史学家陈寿撰写，共六十五卷，分魏、蜀、吴三志。

魏志前四卷称纪，蜀、吴两志有传无纪。对魏的君主称帝，叙入纪中；吴、蜀则称主不称帝，叙入传中，是研究魏、蜀、吴三国时代的重要史料。

《晋书》，是唐朝尚书仆射、监修国史的房玄龄撰写。他是齐州临淄人，隋末进士，任隰城尉。唐兵入关中，归顺李世民，任秦王府记室，协助李世民筹谋统一，取得帝位。贞观元年任他为中书令，后来任尚书左仆射，并封梁国公，受诏重撰《晋书》。撰写一百三十卷，纪传体晋代史。修改于贞观十八年至二十年间，参与修撰者二十多人，唐太宗也写了宣帝、武帝的两传后论。该书增立"载记"，十六国中的前赵、后赵等十四国皆入"载记"，仅前梁、西梁入列传。

《宋书》，是南朝梁、文学家沈约撰写，共一百卷，参照徐爰旧本为根据，六年时间就写成了。定稿时已在梁代，所以在《律历志》中避梁武帝父讳，《乐志》中避梁武帝讳。该书选录诏令章奏等文较多，虽冗长，却保存了很多史料。八志内容，上溯三代秦汉，详叙魏晋，可补《三国志》之缺，可惜的是无食货、艺文等志。

《齐书》，是南朝梁、史学家萧子显撰写。他是南兰棱人，齐高帝萧道成的孙子，累官至吏部尚书、侍中，后出为吴太守。曾采各家《后汉书》，考正同异，成《后汉书》百卷，撰成《齐书》六十卷。纪传体南齐史有志无表，各志亦不全，食货、刑法、艺文均没有，但此书保留较多的原始资料，有重要参考价值。

《梁书》，是唐朝初年史学家姚思廉撰写，字简之，吴兴人。陈亡后，他迁关中。其父名姚察，在陈时曾任吏部尚书，入隋曾著梁陈二史，未成而死。姚思廉少时就随父学汉史，得其家学在隋为代王侑侍读；入唐，为秦王文学馆学士，贞观时官至散骑常侍。唐修晋、南北朝诸史，他根据家传文稿，兼采他书，成《梁书》五十卷，《陈书》三十卷。

《后魏书》，是北齐史学家魏收撰写。他是下曲阳人，字伯起，小字佛助。北魏时曾任散骑常侍，编修国史。北齐时任中书令兼著作郎，奉诏编撰《后魏书》，后累官至尚书右仆骑射，监修国史。魏收撰写了一百三十卷纪传体北魏史。他从北齐立场出发，以魏和东魏为正统，不为西魏三帝立纪，借修史酬恩报怨，曾被称为"秽史"。不过，本书十志中的《释老志》是考证宗教源流；《官氏志》叙述门阀豪族势力；《食货志》叙述北魏经济等，都有一定的史料价值。

左企弓正在向阿骨打谈经说史的时候，忽然有人进来禀报说："棣州来一飞骑，求见宰相！"左企弓不知出了啥事，忙辞驾而出。

阿骨打有一天和左企弓闲谈，见左企弓已七十来岁的人了，身体还那么硬朗，心里很羡慕，便问左企弓说："都说人活七十古来稀，爱卿七十有余，身子骨儿仍很好，有何养身之法么？"

左企弓说："回禀皇上，西汉时代的韩婴，他就是燕人，撰写的《韩诗外传》引证《诗经》中的句子，说鲁哀公问孔子：'有智者寿乎？'孔子回答说：'然。人有三死而非命也，自取之也。居处不理，饮食不节，佚劳过度者，病共杀之。居下而好干上，嗜欲无厌，求索不止者，刑共杀之。少以敌众，弱以侮强，忿不量力者，兵共杀之。故有三死于非命也者，自取之也。'诗曰："人而无仪，不死何为。'对我启发很大。"

阿骨打又问："孔子之说，何解也？"

左企弓说："回禀皇上，鲁哀公问孔子，具有过人的智慧能长寿吗？孔子回答说，能。不过，一个人有三件事能使他死于非命，这都是那些人自作自受。哪三件事呢？一是居住在不整不洁、杂乱无章的环境中，平时暴饮暴食，常年安逸或劳累过度的人，各种疾病将会侵害他们。二是位居于下而醉于往上爬，一味追求个人名利地位，损公肥私，纵情享乐，永无满足的人，各种刑罚将会制裁他们。三是以少敌众，以弱侮强，凭一时忿激，行不量力的人，将会受到各种兵器的惩创。因此，一个人有三件事能使他死于非命，这都是那些人自作自受。《诗经》上说：'一个人如果不按一定的法度为人为事，不死于非命在旦夕才怪哩！'这使我体会到，智与不智的区别在于一个人要想延年益寿，必须注意饮食，淡泊宁静，寡欲戒得的道理。告诉人的一生，必须洁身自好，善自珍重，不能为了满足私欲，不惜干出悖国伤民、违情害理的坏事，若大错铸成，身败名裂，那就悔之晚矣。在此启发之下，我仅遵唐代医药学家孙思邈著的《千金要方》、《千金翼方》等书中论述的养生和长寿的精辟之道。他说：'善摄取生者，常须慎于忌讳，勤于服食，则百年之内，不惧于夭伤也。'又说：'养性之道，常欲小劳，但莫大疲及所不能堪身。且流水不腐，户枢不蠹，以其无能运动故也。'孙思邈又说：'养性之道，莫久行、久立、久坐、久卧、久视、久听。'他主张'少思、少念、少欲、少事、少语、少笑、少愁、少乐、少喜、少怒、少好、少恶'。孙思邈说：'多思则神殆，多念则志散，多欲则志昏，多事则形劳，多语则乏气，多笑则藏伤，多愁则心慑，多乐则意溢，多喜则意错昏乱，多怒则百脉不定，多好则专迷不理，多恶则憔悴无欢。'据孙思邈认为，这'十二多'不除，则'荣卫失度，血气妄行，表生之本也。惟无多无少者，几天道矣'。孙思邈主张'每日必须调气补泻，按摩牙引为佳，勿以康健便为常然，常须安不忘危，预防诸病。'孙思邈还强调'善养性者，先饥而食，先渴而饮，食欲数而少，不欲顿而多则难消也。常欲令如饱中饥，饥中饱耳。'孙思邈还告诫人们：'凡居象，常戒约内外长幼，有不快，即须早道，勿使隐忍以为无苦，过时不知，便为重病，遂成不效。'他还说：'忍怒以全阴，抑喜以养阳。'还说：'割嗜欲所以固血气，然后真一存焉，三一守焉，百病却焉，年寿延焉。'这些均成我的座右铭，按其理而求也。"

阿骨打说："原来如此，怪不得汝身强体壮，精神饱满，有养生之法。孙思邈之说没读过，前些年曾读过苏轼论养性和劳动对人体强健有益，很有见解。其中有一假说：'玉公贵人所以养其身者，岂不至哉，而其平民常苦于多疾。至于农失小民，终岁勤苦而未尝病，此其何故也？夫风霜雨露寒暑之度，此疾之所由生也。农失小民，盛夏力作，而穷冬暴露，其筋骸之所冲犯，肌肤之所浸渍，轻霜露而狎风雨，是故寒暑不能为之毒。今王公贵人处于重屋之下，出则乘舆，风则袭裘，雨则御盖，凡所以虑患之具莫不备至。畏之太甚而养之太过，小不如意，则寒暑人之矣。是故善养身者，使之能逸而能劳，步趋动作，使其四体狃于寒暑之度，然后可以刚健强力，涉险而不伤。'苏轼说的一点儿不假，那些贵人为保护身体什么办法都用到了，可还是得多样病症，遭受着痛苦。而农夫平民整年辛勤劳动还不生病，因为这些人在酷暑时耕种，严寒也在外干活儿，肌体受到风霜严寒的考验，能抵御这些变化。有钱的人整天猫在屋子里，出门坐车，又怕风又怕雨又怕冷又怕热，却经常有病。说明他们害怕风雨严寒太过分了，保护身体过头了，应该使自己的身子骨既能适应安逸，又能适应劳苦，就不会得病。我就根据这个，将我的妻室子女全迁到涞流右岸，给他们建筑了寨子，让他们在那儿既种地又习武，劳武结合，变成能劳能武自食其力的人，一个个身体可好了。这不，我当皇帝后，妻子寻思，我咋还不封她们娘娘、妃子？可我既不立太子，又不封娘娘，为的是不让他们当人上人，而要当人中人，他们身心才能永远健康！"

左企弓一听，惊讶地说："怪不得皇上如此体贴民情，原来如此仁义于民呀！"

阿骨打说："看起来生命在于养生，不在于天。听秦始皇求长生不老而未实现，他三次去成山头，而死在中途，爱卿可知乎？"

左企弓说："皇上，小臣略知一二。传说秦始皇一统天下之后，于秦始皇二十八年，东出咸阳，巡视郡县，在山东的邹峰山和泰山祭祀天地，封禅树碑，经过牟平、文登到达成山头。他千里迢迢来到这里，眺望烟波浩淼的海洋，惊叹地称此为'天境'，就是东方天的尽头的意思。秦始皇在碑文中曾以'临照于海，观望广丽'形容大海壮丽的景色，回来后经常赞叹成山头好。丞相李斯有个食客叫石成，顺着秦始皇说，成山头还能寻到长生不老药。秦始皇一听，高兴了，他就是要寻长生不老药。转过年，秦始皇又到成山头来了，一心想要长生不老，这事便叫琅琊方士徐福知道了。徐福，字君旁，是寺门讲炼成仙，能采到长生不老药的术士。他便给秦始皇上奏章说：'东海里有三座仙山，名叫蓬莱、方丈、瀛洲，是神仙居住的地方，那里有长生不老之药。要采到这种药，得坐楼船前去，还得挑选三千童男童女随行。'秦始皇看过徐福的奏章，可乐坏了，当即传旨备船挑选童男童女。准备齐全之后，秦始皇送徐福的船队，从琅琊一直送到成山头，还要在成山头修建一道直通三座仙山的大桥。秦始皇送走徐福，就等啊，盼呀，盼徐福回来，吃上长生不老药，永远留在世上，当他的皇帝。秦始皇等了八年，也没盼回来徐福。在他当皇帝三十七年这年十月，他率领丞相李斯和公子扶苏等人来到这里。秦始皇站在成山头一望，徐福所说的三座仙山，依然在虚无缥缈之中。这时，又有方士对秦始皇说，徐福的船只被海上大鲛鱼阻拦住了，到不了仙山。要到仙山，得将大鲛鱼捕杀。秦始皇立即传旨，调来无数弓弩手，御驾守候在弓弩旁。秦始皇等了三天三夜，果然见到海里有一条三丈长的大鱼，万弩齐发，将大鱼射杀死了，还是不见徐福回来。秦始皇由于受了风寒，身体感到不适，才舍弃成山头，不盼望长生不老药了，圣驾起程回返咸阳。哪知途中，秦始皇的病越来越重，行至河内（今河北省内）沙丘平台而亡，享年50岁。"

阿骨打接过说："秦始皇虽死了，可他修的驰道和秦皇碑却永远留在世上，听说工程相当宏伟。"

左企弓说："秦始皇为到成山头，从都城咸阳直到成山头，修了一条路，面宽五步，三丈远栽植一棵树，在沿途险要之地还得修筑厚墙或坚固的哨位，派兵警戒。直修到龙须岛汪流口的东端，驰道的终点上，为秦始皇修了一座壮丽的行宫，供秦始皇到此观海时居住。秦始皇死后，在此修座秦皇庙，庙的北侧山坡前秦始皇立的秦皇碑仍存。从此碑往东走，就是成山头了。山头是一小块平地，有数方丈，秦始皇就站在这块平地上观海和盼徐福采长生不老药归来。在这块平地下面，顺台阶而下，有个小平台。当年徐福领船队出海时，秦始皇站在这个小平台上相送，临海远望，一直看不到船队的影儿才回到行宫。小平台下面，是悬岩峭壁，湍急潮水，奔腾不息，激浪拍石，声如雷鸣，好似说：'徐福，你还不回来！'北面便是秦皇桥，就是一大块礁石，秦始皇从海上来时，曾在此处泊船上岸。徐福率船队未走之前，也停泊在此，故称秦皇桥。正如皇上说的，秦始皇虽未长生不老，可他留下的足迹却永存！"

阿骨打说："徐福率领的三千童男童女走到一个长生岛，在那儿定居下来，三千童男童女成双配对，留下后代，供奉天朝大神。"

阿骨打住在燕京，让左企弓将燕京所有各种工匠查清造册后交给
他。左企弓等辽朝降臣不知阿骨打葫芦里卖的啥药，暗想，要各种工匠
名册有啥用？因为当时，各种工匠是属于下九流，根本不被人器重。左
企弓很快就将名册造出来了，交给阿骨打。

阿骨打接过各种工匠花名册一看，见七十二行行行不少，均是行行
出状元，有出类拔萃的工匠师傅。阿骨打看后，心中大喜。他见有位木
匠师傅，名叫鲁般生。阿骨打早就听说鲁班是木匠的"祖师"，这鲁般
生难道是鲁班的后代不成？就向左企弓说："爱卿可知这鲁般生是鲁班
的后代吗？"

"皇上，鲁般生是不是鲁班的后代，为臣不知。可听说鲁般生是燕
京城里出名的木匠师傅，尤以建寺庙著称，技艺超群。"

阿骨打听左企弓介绍后，哈哈大笑，将左企弓笑怔住了，暗想：
"我说错啥了，引起阿骨打发笑？"他也不敢问，呆愣愣地望着阿骨打。

阿骨打自我解释说："朕刚才说话欠考虑也！因为听说鲁班的儿子
被他打死后，再没有听说他有儿子，哪来的后代？故而笑我自己说话欠
思也！但不知传说鲁班将自己儿子打死之事是否是真，还请爱卿赐教。"

左企弓说："圣上真是神明之君，天所不知也！鲁班本姓公输氏，
名般，因他是春秋时鲁国人，般与班同音，故称他为鲁班。他是在泰山
脚下成婚，成婚后不久，他就离家在外，朝天每日做木工。他媳妇婚后
身怀有孕，生一男孩儿，取名泰山。鲁班只知媳妇身怀有孕，生的是男
是女，他都不知道，因为出外做工，始终没有回家。一晃十年过去了，
他的儿子泰山已十岁了，十岁的儿子还不认识爹爹啥样，就每天缠磨他
娘，要找爹爹。他娘听说鲁班已回到东岳建筑庙堂，正好离家不远，便
对泰山说：'你要找爹爹去，就到东岳盖庙堂那地方去找吧，你爹爹鲁
班就在那儿盖庙堂哪！'儿子泰山听娘这一说，乐颠颠地奔东岳跑去，
寻找他爹爹鲁班。泰山跑到东岳，找到修庙堂的地方，举目一看，见庙
堂正在上梁，他只好站在下边观望，等上完梁再找爹爹鲁班。没成想在
上边上梁的正是鲁班，就听鲁班问下边的人说：'上得正不正？'下边有

好几个人齐声回答说：'正，正，上得正好！'连看热闹的人也随声附和，称赞上得好。泰山这个小家伙在下边用目一瞧，接过说：'好是好，那头高了点儿，这头低了点儿。'鲁班顺着说话的声音一瞅，见是个十来岁的娃子，手里拿把雨伞，站在地下指手划脚地说呢！鲁班见这娃子长对儿大眼睛，双眼皮，俊俏不说，还特别精神。两只眼睛很毒，小小的年纪能看出高低，比徒弟眼力都好，将来长大了，这还了得，还不得将我盖了？便产生了嫉妒的心理，随手拿起一根橡子照泰山冷不防扔了下去，正好击中泰山天灵盖上，撞个窟窿，当即倒地身亡。人们当时乱了手脚，跑到近前一看，泰山死了。大家埋怨他不该跑这里来站，修堂造屋，砸伤砸死的事儿经常有，死算白死，谁让你跑这儿站着来的？鲁班盖完庙堂，心想这回得回家了，一晃十来年没回家，大概孩子都很大了，至今还没见过面哪！他收拾收拾回家去了。

媳妇见鲁班回来了，非常高兴，告诉鲁班说：'儿子名叫泰山，今年十岁了，从小看大，没人教，他就能用条子秸棵扎房架子。'鲁班听后，很高兴，说：'快叫泰山来认爹！'他媳妇刹时收敛了笑容，惊疑地反问鲁班说：'泰山不是去找你，你才回来的吗？'鲁班也大吃一惊地说：'没有，没见到他呀！'媳妇说：'不能啊，是我让他去东岳找你呀！'鲁班问她泰山长啥模样，媳妇冲他一举手，只听咕咚一声，鲁班昏倒在地。媳妇吓得连哭带叫，好大一会儿才将鲁班唤醒过来，鲁班顿足捶胸哭叫着说：'我有眼不识泰山，要这眼睛何用？'说着将左眼珠挖了出来，扔在地下，鲜血直流。吓得他媳妇喊叫说：'你疯了？'将鲁班的手按住了，不然连右眼睛也抠出来了。从此，鲁班就用一只眼睛干活儿了，再也不嫉妒别人了，把他的一身技艺毫无保留地传给别人。打那以后，木匠师傅都学他单眼吊线，吊得十分准确。鲁班没有留下儿子，却留下代代相传的木匠手艺人。为永远怀念他，木匠都供奉他，称鲁班为'祖师'，还有句谚语'别班门弄斧'，才留下'有眼不识泰山'这句成语。"

阿骨打感慨地说："是呀，嫉妒之心，是各项事业发展的大敌，因嫉妒，有多少为人类创业的人被杀之！"

阿骨打决定，让左企弓领他拜访鲁般生。左企弓则阻止阿骨打说："一个小小的木匠，令人将他传来就是了，怎能圣驾亲往平民之家，有失圣颜！"

阿骨打说："非也！手艺人应受尊敬，艺为人师，怎能随便传唤之？

朕躬亲访，方能识朕之心也！"

左企弓惊疑地问阿骨打说："皇上，莫非要将这些工匠迁徙之？"

阿骨打说："然也！实不瞒爱卿，朕欲将燕云之地仍交还给宋。"

左企弓一听，扑通一声跪在地上，说道："皇上，不可！"

阿骨打问道："爱卿，为啥不可？"

左企弓说："皇上，恕小臣直言。一寸土地一寸金，疆土得之不易。何况大金只收辽土，而与宋相持吗？决不能，中原亦应收复之，实现天下一统。如将燕云十六州交付于宋，再夺之，需其代价也。即或不夺取中原，与宋相持，也不应还。因燕京之地，是从辽手中所得，宋仍像对辽来对待大金国，缴纳岁银绢贡。交还则助宋威，有损吾大金也！"

阿骨打说："爱卿有所不知，朕已与宋有议约，将燕云十六州仍归还给宋，岂能违约？"

左企弓再谏说："皇上莫听捐燕议，一寸山河一寸金，望吾皇深思。"

阿骨打感到左企弓是真心降金，而且对金一片赤诚之心。

第二天，左企弓陪阿骨打去拜访鲁般生。这时，燕京城很多人都在议论阿骨打是仁义之君，对有一技之长的人非常珍惜，视为财宝一般。这话从哪儿来的？就是从给阿骨打做菜的厨师口中传出来的。他将阿骨打如何给他敬酒，如何一口一声师傅，看成他这一生中的最大荣耀，逢人便说，见人就讲，一传十，十传百，越传越远，很快在手艺人中谈论开了，手艺人都知道了。

单说阿骨打由左企弓陪着，来到鲁般生家，刚一叫门，鲁般生正好出来，阿骨打不认识他，上前礼貌地问道："鲁般生师傅可在家？"

左企弓于一旁说："请你通禀鲁般生一声，说大金国皇上来看望他，让他速出来接驾！"因为左企弓也不认识鲁般生，才说这番话的。

鲁般生看看阿骨打，望望左企弓，说："他不在！"

"他到哪儿去了？"

"不知道！"鲁般生眉头一皱，转身扬长而去。

等鲁般生走远了，才有人说，他就是鲁般生。可把左企弓气坏了，要马上派人将鲁般生抓回来。阿骨打赶忙制止说："不可！手艺棒子十个手艺九个倔，朕得收其心，明天再来！"

第二天，阿骨打离老远就见鲁般生家门口儿站立一人，鬼头鬼脑的，左企弓立刻吩咐护卫要多加防备。当阿骨打快来到门口时，门前站

立的便向院内喊叫："大金国皇帝驾到，鲁般生接驾呀！"就见从院子里跑出一人，迎着阿骨打跪下了，大声说道："不知大金国皇帝驾到，小人鲁般生接驾来迟，请皇上恕罪！"

阿骨打扶起他说："师傅免礼！"这小子站起身来，刚一抬头，就听左企弓喝道："将他给我拿下！"

呼啦啦跑过来几名快捕，将这小子按倒在地捆缚上了。因为左企弓昨天已见过鲁般生，今天的鲁般生和昨天不一样，肯定是假的。这小子大喊大叫，我鲁般生犯啥法了，将我捆缚上？

左企弓伸手一指说："大胆狂徒，竟敢冒充鲁般生来欺骗皇上，该当何罪？今天非杀了你不可！"吓得这小子哭唧尿号地说："大人饶命，大人饶命，小的再也不敢了！"

阿骨打问道："你为何要冒名顶替鲁般生？"

"听说大金皇上爱手艺人，圣驾亲临看望鲁般生，他没福，还躲了。我寻思皇上非赏赐银两不可，为得钱财，而来冒名顶替，没想到有人认识鲁般生，我真罪该万死啊！"

阿骨打又问道："鲁般生躲在何处？"

"在我酒店里躲着哪！"

阿骨打笑了，问他说："这么说，你是开酒店的了？"

"正是，开的是兴发酒店，小的名叫国兴发。"

阿骨打说："怪不得你冒名顶替，是买卖脑瓜，见钱眼开，要钱不要命。将他放了，让他带朕去见鲁般生！"

阿骨打就这么的，将七十二行手艺人的心征服后，全部带回皇家寨，使大金各业很快振兴起来。

阿骨打传奇

阿骨打在燕京，看着左企弓给他的各种工匠的花名册，发现有个做爆仗手艺的，名叫万声响。阿骨打发现这个手艺人如同发现宝贝一般，乐坏了。自从他去宋朝与宋徽宗秘定协约，从宋带回一些鞭炮，就安排几个人研究炮仗里的药是咋制出来的，可是至今没研究出来。燕京有这样手艺的，将他接去，很快就会制出这种药。阿骨打研究和制做这种药，不是要大量做炮仗，而是要用这种药做成打仗用的武器。他心里琢磨，炮仗是用纸卷的，点燃后，噼哩啪啦响，吓得人抱头躲闪，怕崩着，它也真崩人哪！如按这个理儿，把它搁在铁桶里，爆炸后准能伤人，这才令人研究炮仗。阿骨打决定，说啥得将那个万声响手艺人带回去，就是抬也得抬回去。

这天晚间，左企弓给阿骨打安排观赏《唐乐舞》，阿骨打让左企弓挨他坐着，不明白的地方好向左企弓请教。晚会上，由歌伎、乐伎、舞伎演出，在演奏的形式上还分"坐部伎"和"立部伎"两种。不用说演员，光是各种乐器，阿骨打就看得眼花缭乱，还不时地小声问左企弓，那是啥乐器，为啥有卧着的，还有竖着的？

左企弓也低声介绍说："那叫箜篌，也有管它叫'坎侯'的，是古代传流下来的乐器，分卧式、竖式两种。卧式箜篌是汉武帝时乐人侯调制造的，其形似瑟而小，七弦，用手拨弹之。竖箜篌是竖琴的前身，后汉时候从西域传至中原，它体曲而长，二十有二弦，竖抱于怀，就是那个用两手齐奏，一笛膜称之谓擘箜篌。现在演奏的是《箜篌引》，是说有一位白发的狂夫，渡河溺死了。他的妻子援箜篌而歌《公无渡河》曲，声甚凄惨，歌毕投河而死，后被渡口守卒霍里于高的妻子丽玉依其声调作了这首《箜篌引》曲。"

阿骨打说："怪不得声调这么凄惨，原来如此。"又问道："他们击的是啥鼓？"

左企弓回答说："叫羯鼓，是古代打击乐器。南北朝时，经西域传入中原，盛行于唐开元、天宝年间。其中腰细细，下有鼓架支撑，演奏时用两只鼓槌敲击两杖，故又名叫'两杖鼓'。"

阿骨打又问："那歪脖子叫啥名儿？"

左企弓介绍说："那叫龟兹琵琶。琵琶原来叫'批把'，出于胡中，是马上所鼓也，推于前曰批，引手却曰把，像其鼓时，因以为名。到秦时，有长把皮面圆形音箱的叫'弦鼗'。秦汉以后不断改进，发展成为阮咸、秦琴、三弦、月琴等多种形制，都是圆形直颈。到南北朝时，从西方传来一种叫'乌特'的琴，是木制的，琴腹呈扁平半梨形，琴颈上端向后弯曲，传至我国后，改制成'曲项琵琶'，到唐朝改成龟兹琵琶，就是现在演奏的这个。演奏方法改原来横抱为竖抱，改原用拨子弹奏为五手指弹奏。"

这时，阿骨打见几名舞女身穿如轻纱的白绉制做的长袖舞衣翩翩起舞，甩动着衣袖，徐徐缓缓，舞姿轻盈，动作流畅，便问左企弓说："此何舞也？"

左企弓回说："那叫《白绉舞》，是古代著名的舞蹈。原是江南一带民间舞蹈，盛行于晋和南朝各代，有独舞和群舞两种。动作以舞袖为主，节奏由舒缓转急促，并伴有〈白绉舞歌〉，最初流行于吴地民间，后来形成完整的七言诗。后代诗人仿作的很多，今晚上的《白绉歌》是唐代诗人李白仿作的《白绉辞》。"

阿骨打听其歌曰：

> 扬清歌，发皓齿，
> 北方佳人东邻子。
> 且吟白绉停绿水，
> 长袖拂面有君起。
> 寒云夜卷霜海空，
> 胡风吹天飘寒鸿。
> 五颜满堂乐未终，
> 馆娃日落歌吹蒙。

阿骨打欣赏完歌舞和左企弓夜饮时，才提到做炮仗手艺的万声响。左企弓心想，看起来女真是没啥手艺人，连个做炮仗的皇上都这么重视，便接过说："皇上，这万声响主要是能制做长鞭，响起来没头没脑的，故称他'万声响'耳。至于做鞭炮的，还有些小户，手艺不超群，算不得手艺人。"

340

阿骨打又向左企弓说："燕京制造鞭炮有多少年了？"

左企弓说："可有年头儿了。不过早先年南方人从庭燎开始，是用竹竿之类做的火炬。竹竿点燃后，竹腔爆裂发出噼啪的炸裂之声，来驱邪赶鬼，称之为'爆竹'或'爆竿'。直到唐朝发明火药后，出了个李大胆，他把火药装进竹筒里，点燃后发出一声巨响。虽然李大胆手和脸被崩伤了，可为后来人们制做'爆竹'开了窍。人们仿效他的方法，制成了'爆竹'，作为驱魔鬼赶邪妖之用。直到宋朝，有个名叫王二邪的，试用纸卷爆仗成功，才兴起来，传到燕京一带，但是响一声就完了。后来又有个名叫武号信的，他制做出百响的鞭来，才又改称'鞭炮'。眼下在燕京的万声响，他本名不知叫什么，就因他能做出燃后能爆发一万声响的爆竹，故名'万声响'。"

阿骨打听左企弓这么一说，心里更有底了，决定让左企弓陪同去访查万声响。

第二天，阿骨打在左企弓的陪同下，来至万声响家，家人说万声响出去了，不知到什么地方去了。左企弓为防止鲁般生之事再次发生，便密派人访查万声响的去向。经私查暗访，方知万声响到良乡去了，他在那儿制造火药。将这情况对阿骨打一说，阿骨打听后，心里更加高兴，就想看看火药是咋制的。决定化装成平民百姓，带领婆卢火、银术可前去，左企弓当然得跟随了。左企弓更有心眼儿，他背着阿骨打，让人找一名认识万声响的跟着，不然万声响从身旁溜过去也不认识，他们就直奔良乡而去。

单说这天，他们行至中途，在山坳中见一人，身上背包落散的，一晃儿钻进树林里去了。这时候，认识万声响的人对左企弓说，山坳里的那个人就是万声响。

左企弓一听，惊讶地问他，万声响跑这山边子干啥？

那人回答说："大人，万声响是用火药来捕猎的。"

左企弓一听，更感奇怪了，嘴没说心里想，火药不是做爆仗的吗，咋能捕猎呢？他心里划着魂儿，又不敢隐瞒，便向阿骨打禀报说："禀皇上，不要往前走了，万声响就在前边山坳里。"

阿骨打惊诧地问："他在此作甚？"

左企弓说："说是他在此用火药捕猎！"

阿骨打听后，忽地从马上跳下来，乐呵呵地说："待朕前去看来！"因为阿骨打这些年来，就是琢磨用爆仗里的药，能杀伤人和牲畜，但他不会制火药，突破不了。不过有一项研制成功了，那就是在进攻黄龙府时，用它作联络信号，吓得敌人胆战魂飞，这也是阿骨打从宋带回来的炮仗第一次用在战争上。现在他要找到万声响，就是要万声响为他想象的用火药制做像爆仗似的，去杀伤敌人。人还没见到，而此人正在用火药杀伤野兽，他听到真是惊喜交加，我要的就是这样的人才！阿骨打从马上跳下来，可吓坏一人，就是认识万声响的那个人，急忙呼喊说："可使不得！"

阿骨打不解地问："为什么？"

"万声响制做捕猎的火药能伤人！"

阿骨打说："不怕，我和他无怨无仇，伤我作什么？只是暗中看他怎样捕猎就是了。"阿骨打说着，向山坳走去。

左企弓见阿骨打去了，也随着往前走，阿骨打忙阻止说："你们不要来了，人多岂不惊动他捕猎？婆卢火跟我来就行了。"

婆卢火应声而去，尾随在阿骨打身后，蹑手蹑脚地向山坳里走去。走进山坳，穿过树林，见万声响手里拎着陶罐，猫着腰，迈着轻移的脚步往前走着，阿骨打和婆卢火赶忙躲在一棵大树后窥视着。突然，从山峦那边跑过来五六只狐狸，就见万声响急忙将手里陶罐上的药捻子点燃了。这时，狐狸离他有三四丈远，点燃药捻子后，往狐狸群里一扔，只听轰隆一声巨响，一股烟升上天空，震得大地直颤，阿骨打也感到震耳欲聋。烟消时，阿骨打仔细观瞧，发现三只狐狸被炸死，可万声响也趴在地上不动了。阿骨打吓坏了，赶忙跑过去一看，万声响是被震昏过去了，忙令婆卢火抱起万声响回燕京抢救。阿骨打这才收服了万声响的心，为大金火药的研制抢先拔了尖，就是他爱才、爱手艺人的结果，人称阿骨打"爱匠如爱命"！

阿骨打传奇

阿骨打在燕京爱惜工匠，视工匠如珍宝的名声很快传出去了，有些逃跑在外的名工匠也纷纷回来了。这天，阿骨打刚吃完早饭，宗翰禀报说："皇上，门外有一人，自称是耶律淳的御厨，名叫彭高手，特来向皇上请罪，请皇上酌定。"阿骨打一听，心中大喜，忙说："快领他进来！"

宗翰说："皇上，此人逃跑在外，如今又回来，恐怕不怀好意，请审察后再说。"

阿骨打摇头说："哎，不要太谨小慎微了，一个厨师又能如何？他逃跑是对吾大金不了解，现在回来，他是受朕爱惜工匠的感召，必然回来投奔于金。回来就更应热情对待，咋能冷落人家呢？要见朕，就是看朕爱工匠是真是假，如不接见，岂不使他心冷意灰？出去一传，不坏了朕爱匠之名乎？谁还肯投奔而来也？"

宗翰一听，阿骨打言之有理，赶忙称是，遵旨出去了，不一会儿将耶律淳御厨彭高手领进来了。

彭高手进来，扑通一声就给阿骨打跪下叩头道："小人名叫彭高手，原是给耶律淳等人造厨的，一时糊涂，跟萧德妃跑了。跑到中途，听说大金皇上非常爱惜手艺人，手艺越好越爱惜，重用重赏。故而小人冒着生命危险，又跑回来了，投奔皇上，并向皇上请罪！"

阿骨打赶忙亲手将彭高手扶起来，安慰说："彭师傅能回来投奔于朕，朕甚感激之。但不知汝能不能伴驾随朕去大金内地皇家寨，为朕之用也？"

彭高手又跪地磕头说："谢皇上恩德，只要皇上能看得起小人，小人赴汤蹈火，在所不辞！"

阿骨打听了，心中大喜，如果这彭高手要是能随朕去按出虎，就能改变我女真的饭菜，将汉人饮食带去，招待外宾也能像个样儿。不然，都说我女真"吃野食"吃惯了，不会烹饪佳肴，这种现象非改变不可。再则，这彭高手为耶律淳当御厨，一定是手艺高强，出类拔萃，不然耶律淳也不能用他，这样好手艺人不易找呀！正因这个，阿骨打心里非常高兴。同时，阿骨打见彭高手投降来了，使他还有一个想法，有彭高手了，以阿骨打皇上的名义，举行一个盛大宴会，招待辽朝降臣和文武官员以及工匠们。阿骨打对彭高手说："彭师傅此来正好，朕得燕京后，准备举行一次丰盛宴会，招待辽之降臣、文武官员和各行业的工匠们，汝能赏脸吗？"

彭高手当即表示愿效犬马之劳，只要能将日期定下来，他们提前准备。不过彭高手问阿骨打说："皇上，宴席是御定还是凭吾烹饪技艺去做？"

阿骨打回答说："当然凭汝烹饪技艺去做了，朕是要你将绝技献出来！"彭高手听了，心中欢喜，说："皇上，可要多破费了。"

阿骨打说："朕招待降臣和工匠，不惜万金，何谈破费？万金难买人之心也！"

宴请之事定下来之后，阿骨打责成宗翰代抓此事。因宗翰聪明心细，而且遇事机灵果断，阿骨打有好多事情未决，都是宗翰参谋才决定下来的。但彭高手投降之事，未对左企弓等降臣讲，就蔫不悄地筹备这次宴会了。

单说左企弓等辽朝降臣们听到阿骨打皇帝请他们赴宴，人人心里暗吃一惊，阿骨打带厨师来了？没带厨师，他这宴席是谁做的？从来没听阿骨打要厨师，突然让去赴宴，这不是怪事了？有的由惊变笑，笑自己无知，你怎知阿骨打没带厨师，带厨师还告诉你呀？人家阿骨打皇帝可能让咱们这些降臣尝尝女真宴席的风味也未可知。都说你们菜做得好，这回让你们见识见识女真的风味，到底谁烹饪技艺高超，降臣们心里乱加猜测。而被请的工匠们都欢天喜地，格外高兴，因为他们感到耍了半辈子手艺，从来没登过大雅之堂，哪朝哪代，手艺匠们也从来没有一个参加过皇上举行的御宴哪！今天大金国皇帝阿骨打却让手艺匠们参加御宴，和文武大臣们同堂共饮，世之少有，能不高兴吗？可说是，这场面连见都没见过。皇上摆的宴席，龙肝凤胆，可说是天上飞的，地上跑的，水里游的，山珍海味俱全，都要开开眼界，纷纷奔德胜宫而来。

工匠们先来的坐下后，东瞧瞧，西望望，心里都感到奇怪。阿骨打皇上举行宴会，八成皇上不参加，没有皇上的席位呀！要有，皇上得单设台上，决不能和他们平起平坐，虽然这场合他们没见过，可听说过。说皇上举行宴会，皇上和娘娘坐在殿上，下边文东武西，中间留作歌伎舞女，为皇帝歌舞助酒之用。今天没有那场面，都齐刷刷地摆成平席。工匠们嘴没说心里话儿,皇上不参加也好,省去参拜跪地磕头的麻烦。

　　工匠们正在心里胡乱猜疑的时候,阿骨打在辽降臣们的陪同下来了,大家忽下子全站起来了,要跪迎阿骨打。就听宗翰大声宣布说:"工匠师傅们请坐下,大金皇帝有旨,今日皇上举行宴会,在宴席上,皇上同师傅们欢聚共饮,免去跪拜这套礼仪。宴席上,皇上和师傅们平起平坐,一律免去参拜!"工匠们立刻惊讶得说不出话来,心想,这大金皇帝和辽、宋皇帝不一样,不仅不参拜,还和手艺人平起平坐喝酒,没见过,有的感动得流下泪来。

　　众位来齐之后,得开席了,眨眼工夫,原来辽朝小朝廷的宫女们端着菜盘儿飘然而进。等往餐桌上一摆,大伙傻眼了,这是菜吗?只见盘中装饰着山川树木,亭阁楼台,五彩缤纷,恰似美景一般,真正二十景的花式拼盘端上来了。

　　这二十盘如优美景色一般的凉菜,对阿骨打来说,更是没见过了,就问身旁的左企弓说: "左爱卿,这如同美景一般的装饰上来摆样儿呀?"

　　左企弓正用目注视着端上来的二十景花式拼盘,心中纳闷儿,暗想,阿骨打带来的厨子不简单啊,这二十美景花式拼盘,在燕京城里,只有给耶律淳做菜的御厨彭高手会做,别无他人,故而人称"烹高首",意味着他的烹饪技艺高,居首位,谁也比不了,可他随萧德妃跑了。今天的出现,说明人上有人,天外有天,别小瞧女真,同样有这种能人!没想到左企弓心里暗自佩服的时候,阿骨打说出这话来,他心里一惊,这么说,这厨子不是他带来的,准是彭高手的手艺了。他什么时候投降阿骨打了?这二十美景菜,在耶律淳为庆贺自己当皇帝时,吃过这种菜,方知是彭高手的手艺。今天摆的跟那天一模一样,准是他的手艺,不带差的,便回答阿骨打说:"皇上……"

　　左企弓刚说出皇上两个字,阿骨打赶忙摆手制止说:"等一下!"阿骨打说着,腾地站起身来,对大伙说:"工匠师傅们,现在让辽宰相左企弓给讲讲这二十美景菜的来历。"

　　左企弓站起身来,大声说:"这花式拼盘,名曰'辋川二十景',来自唐朝。传说,唐代宗年间,有位尼姑,名叫梵正,非常喜爱唐朝右丞相王维画的《辋川图》。因王维晚年隐居在兰田辋川,他通过田园山水的描绘,宣扬隐士生活和佛教禅理,绘画出《辋川图》。那真是山谷郁郁葱葱,云水飞动,水影山光,茂林修竹,奇石佳林,庭园饭舍,极为丰富。绘出辋川二十景，人们称赞他诗中有画，画中有诗。尼姑梵正当了僧厨后，用腌鱼、燉肉、肉丝、干肉、肉酱、瓜果、蔬菜等拼成辋川二十景花式拼盘菜。她庖制精巧，用黄赤杂色拼成的'若坐及二十人，则人装一景。'后来被唐代宗发现，将她请到御膳房，为代宗做菜。她这二十景花式拼盘摆着，人们爱看、爱欣赏，不忍动筷以食。从此，传到世上，越来越精华。今天这二十美景拼盘，好似彭高手之艺。"

阿骨打哈哈大笑说："左爱卿真是渊博之士，一点儿不假，正是出自彭高手之手艺也！他已回来，投向于大金并愿随朕去内地，今天才显露他的精艺，来为工匠师傅们助兴也！来，陪朕共饮一杯！"

工匠们全站起来，见阿骨打将酒干了，大伙才一饮而尽，感到大开了眼界，不仅吃到美味佳肴，还听到了历史知识，真是人心畅快。

单说酒过三巡，菜过两道的时候，突然端上一菜，言说叫"雪夜桃花"。

阿骨打又惊奇地问左企弓说："这菜为啥叫'雪夜桃花'呢？还是爱卿给工匠师傅和朕讲讲，让大伙长长见识。"

左企弓又站起来，望着工匠师傅们说："这'雪夜桃花'嘛，还得从典故说起，它是出自唐高宗之口。传说，唐高宗于永徽六年立武则天为皇后，不久就患了重病，卧床不起。武则天昼夜守候在高宗身旁，给高宗熬药、喂饭、饮水，一刻也不离开。等到阳春三月桃花盛开的时候，有天晌午，突然下起小雪，一直下到晚上。武则天扒窗一望，见雪不下了，到处一片银装，甚是好看，便将唐高宗扶到窗前，让唐高宗观赏雪景，舒畅他的心怀。高宗见到雪景，果然心中一震，拍手叫好儿说：'真乃雪夜桃花的美景也！'煞白的脸上露出笑容，感到身体立刻好了些。观罢又躺在床上，感到饿了，要吃东西。武则天听后，心中欢喜，暗中传谕御膳房，要为唐高宗做个'雪夜桃花'的菜。御厨听后，可难住了，难住也得做。他反复试验琢磨，用八只大虾、半两瘦火腿、少量嫩香菜和八个鸡蛋清做成了，端给唐高宗。唐高宗望着这个菜愣怔怔地叫不上名来，便问武则天，这是啥菜？武则天抿嘴一笑说：'这不是刚才万岁封的雪夜桃花嘛！'唐高宗才哈哈大笑，说：'对，是朕封的雪夜桃花！'夹块虾肉添进口里一嚼，这个鲜嫩劲儿，就甭提了！从此，'雪夜桃花'才名满天下……"

左企弓正讲得津津有味的时候，他的长子左泌惊慌地跑进来，跑到他父左企弓跟前说："'雪夜桃花'不能吃，有毒啊！"

在场的人惊吓得颜面巨变！

阿骨打在燕京，耶律淳的御厨彭高手跑了，又回来投降阿骨打。阿骨打爱惜手艺人，就要将彭高手带回内地去，好让他传授烹饪技艺，改变女真只会熬煮咕嘟炖的饮食习惯。为测验彭高手的技艺，阿骨打特设宴招待辽降臣和各业的手艺工匠师傅，别说，彭高手确实烹饪技艺超人，他的花式拼盘恰如美景一般。哪知艺高胆子大，彭高手在烹饪的拿手好菜雪夜桃花里下了毒药，要将阿骨打和降臣以及手艺工匠们害死，被人发现，密告左企弓的长子左泌，左泌才慌忙闯进来向父亲说了。左企弓一听，大惊失色，赶忙站起来说："诸位，师傅们，这'雪夜桃花'可别吃呀！"

宗翰听说后，赶忙走了一圈儿，用目一看，万幸没人动筷，"雪夜桃花"撤下放在一边，又令人去抱一猫来，当场试之。不一会儿，有人将猫抱来，让猫吃了"雪夜桃花"后，很快便喵喵叫着而死，宗翰才拔剑去捉拿彭高手。阿骨打见宗翰怒气冲冲持剑要走，大声喊叫说："宗翰，对彭高手要审问他受何人指使，千万不要伤害他，更不能用刑逼供，还要保护他，不能让他有任何意外！"

宗翰说声遵旨，刚要走，婆卢火迎过来说："我已将彭高手捆缚上了，别人不拉着，早将他杀了。要杀，还是让我去吧！"宗翰将婆卢火喝住，来到厨房，见彭高手捆缚在地，忙上前将绑绳解开，令几名侍卫押送到另一屋去，又安排别的厨师继续烹饪佳肴。菜做得再好，也没了胃口，这次宴席不欢而散。

宴席散了，阿骨打、左企弓将左泌领到阿骨打寝宫去，询问左泌咋知晓的"雪夜桃花"里有毒。

左泌现任棣州刺史，他听说父左企弓降金，赶忙奔燕京来了，准备随父一起去金。他刚到燕京，便遇到给彭高手当下手的王晓天，将左泌拉到一边："可遇到你了，你父有救了！"

左泌不知出了啥事儿，惊恐地问道："快说，出啥事儿了？"

王晓天说："御厨彭高手学荆轲精神，要杀害大金皇帝阿骨打，趁阿骨打收买手艺人的时机，他去投降，寻机害之。投降后，又有人指使他，趁阿骨打设宴招待降臣和手艺工匠之机，暗下毒药，将这些人全害死。但这里还有假降的，是掺杂在里边的奸细，怕将这些人害死，才密定'雪夜桃花'里放毒药。奸细不吃它，就可免死。我见他们如此狠毒，怕受牵连，才偷着离开他们，不跟他们掺和。可我担心老宰相，故而着急，无计可施，咋能送信于老宰相。人不该死总有救，天赐让刺史与我相遇，你要是早赶到，汝父有救，晚去一步，汝父跟他们一命归阴！"

左泌说到这儿的时候，身子不由得颤栗一下，又道："当时真把我吓坏了，别的啥也没问，催马进城。等我赶到时，听说'雪夜桃花'已上来了，差点儿吓我个跟斗，才闯进宴厅来。"

阿骨打听后，问左企弓说："彭高手学荆轲，荆轲是谁呀？"

左企弓回答说："皇上，战国末年，卫国有一人，人称庆卿。他游历燕国，燕人称他为荆卿，亦称荆叔，后来被燕太子丹尊为上卿。这时候，秦国有位大将名叫桓绮，因策动秦王的兄弟长安君反对秦王未成，失败后逃亡到燕国，改名樊于期，投奔燕太子丹。此时，正是秦王要吞并燕国，燕太子丹为抗秦，招纳天下英雄贤士，荆轲和樊于期投奔他来，他能不高兴吗？便为荆轲和樊于期各修一个饭舍，热情款待，待为上宾。后来，燕太子丹和荆轲计议如何能将秦王刺死，荆轲向太子丹献计说，要是能有樊于期的头和燕国富饶之地督亢的地图献给秦王，秦王一定高兴地接见我，我就可将秦王刺死。太子丹摇头说，不行，不行，地图还可以，怎能将樊于期杀了，那该多么残酷无情，还留骂名于世，另做商议吧。荆轲出来，正好遇见樊于期。樊于期将荆轲拉进他的饭舍，问荆轲跟太子丹商议啥事儿？荆轲便将欲刺杀秦王的想法学说了一遍。樊于期听后，斩钉截铁地说："只要能刺杀秦王报仇，舍我的头，也心甘情愿，你就带去吧！"樊于期说罢，拔剑自刎而亡。荆轲带着樊于期的头和燕国地图，领着助手秦舞阳去秦国。太子丹率领众臣和宾客身穿白衣，头戴白帽，在易水河畔为荆轲送别，人人痛哭流涕，荆轲和秦舞阳挥泪而别。当荆轲和秦舞阳踏入戒备森严的秦王咸阳宫时，秦舞阳见高居殿堂之上的秦王，就吓得变颜变色，身子有些颤抖。可荆轲果敢沉着，面不改色，气不长出，将地图献给秦王。秦王打开地图时，现出藏在图中的匕首，荆轲毫不迟疑，一个箭步蹿上去，右手抓起匕首，左手拽住秦王的衣袖儿向秦王刺去。由于荆轲有点儿慌，秦王冷丁起身一甩，脱身躲过匕首后撒腿就跑，荆轲随后就追。秦王已被惊吓得丢魂失魄，他绕柱而走。一名御侍卫在后边喊：'快拔宝剑！'秦王这才醒过腔儿来，拔出佩剑自卫。荆轲追到秦王近前，刚要刺秦王，被秦王一剑斩断了左腿。荆轲倒地后，用匕首向秦王抛去，秦王将身一躲，匕首扎在柱子上。侍卫上来，乱剑齐下，荆轲身中八剑，哈哈大笑而死。"

阿骨打听后，称赞说："真乃英雄也！这么说，彭高手也是要学荆轲这位英雄了？"

左企弓说："皇上，彭高手不过受人唆使而行此愚昧之事，他怎能和荆轲相比。"

阿骨打高声喊道："将彭高手带进来，朕要会见荆轲式的英雄！"

不一会儿，侍卫将彭高手带进来。彭高手这会儿可不是投降时见阿骨打的面目了，而是一反常态，咬牙切齿，横眉立眼，刚进来就破口大骂阿骨打说："你这个野人，竟敢兴兵作乱，闹得人心不得安然。我恨不能食汝肉，喝汝血，方解心头之恨！"

阿骨打哈哈大笑说："彭师傅，朕来问你，你说人心不得安然，为何一些名工巧匠逃跑后又回来了，情愿随朕去内地，其中也包括彭师傅你呀！"

彭高手怒目而视说："你狼心狗肺，没揣好下水，采用收买手艺人的办法，欲将手艺人骗去，为你们野人当奴隶。你骗得一时，骗不长久，手艺人会醒过腔儿来的。而我，是投降你吗？我是荆轲再现，是为你们女真，还有不知耻的降臣们送丧来的。没害死你们算你们命大，要杀要砍，随你们便！"

阿骨打冷笑一声说："你口气不小，竟敢和荆轲相比。荆轲欲刺秦王，手持匕首，面面相对，只对秦王一人。虽没刺死秦王，其勇敢的精神可嘉，称得上英雄！而汝哪？跪地叩头，摇尾乞怜，口称愿随朕去大金内地，口是心非，像个魔鬼，暗中悄悄下毒药害人。你要害死这些手艺工匠师傅，他们和你何仇何恨，下此毒手？实际你是个杀人不眨眼的魔鬼，还敢和荆轲比吗？"

彭高手被阿骨打质问得直眉愣眼，理屈词穷地说："因他们要去大金，我恨他们！"

阿骨打又说："你彭高手是汉人，为啥要侍候契丹耶律淳呢？"

彭高手翻腾几下眼睛，嘴嘎巴两下，这……这……没回答上来。

阿骨打接着说："彭师傅，不知你受何人唆使，行此丧天良之事，你对历史一窍不通。秦王吞并各国，而吾大金和契丹原本一国，我的节度使是辽皇所封。可天祚帝延喜荒淫无道，不理朝政，苛税赋重于民，使民不聊生，怨声载道。尤其是对吾女真，肆无忌惮地打女真，抢女真，掠夺抢劫海东青，使女真喘不过气来。吾女真为救民众再生，替天行道，讨伐无道之君！所到之处纷纷归顺，应天顺民。虽取燕京等州，朕早已应诺宋徽宗，将燕云之地仍旧还于宋，决不食言。这就是我阿骨打之为也！而秦王恨不得一口将天下全吞之，荆轲为保燕前去刺杀秦王，你将我阿骨打和秦王相论，汝是汉人，有良心乎？秦王建皇城，修宫殿，吾阿骨打虽名为皇帝，不修皇城，不筑金殿，坐土炕议事，和臣民们平起平坐，又怎能比乎？”

阿骨打这席话说得彭高手低头不语，怒气收敛了。

阿骨打说：“彭师傅，你到底受谁唆使，说实话，朕可饶恕你。”

彭高手扑通一声跪地，说：“万岁，真没人唆使，是我一时没想开，做出愚昧的事来，罪该万死，请斩了我吧！”

阿骨打冷笑一声说：“你这么高的手艺，怎能杀之，杀岂不可惜？待你真正回心转意、心服口服的时候，朕还要发挥你的手艺哪！”说罢一扬手，让人将彭高手带了下去。

阿骨打传奇

左企弓向阿骨打建议，要阿骨打迅速将这些手艺工匠迁入内地，否则怕发生变故。因为左企弓的大儿子左泌从王晓天口中得知，手艺工匠中掺杂着奸细，这些人在里边一搅和，非将一些手艺工匠弄散心不可，左企弓才建议阿骨打越快越好，将手艺工匠迁走。

阿骨打同意左企弓的意见，派兵押送手艺工匠迁徙内地。

左企弓还向阿骨打说，让其子左泌再去寻找王晓天，一来劝说王晓天去内地，更重要的是能从王晓天口中了解到彭高手是受何人唆使，掺杂到手艺工匠里的奸细都有谁，这两件事弄清了，就可知道好人坏人了。

阿骨打听后，同意找王晓天，可不能让左泌自己去，得御驾亲去，由左企弓陪着，叫做"登门访贤，感谢相救之恩"。因为还要有求于王晓天，只有这样，才能感动王晓天的心。否则，只让左泌去找，王晓天不一定来，心里不托底，叫做多一事不如少一事。再说，王晓天会想，让我去不知干什么，担心受到牵连。

左企弓听阿骨打这么一说，从心里往外佩服阿骨打专抓人的心理而从事，这样的皇帝哪有不得天下的？就这么一个为厨子当助手的人，他还要亲自去登门访问，礼贤于人，夺其心也。左企弓说："皇上，微臣欠思，以为打发左泌前去，将王晓天找来就是了，没考虑他的心服不服。"

阿骨打接过说："爱卿，要想叫人服，首先让人的心服，只有人的心服，才是真服。否则三心二意，人表面服，有何用？"阿骨打接着又说："有些事表面看是平凡小事，实则不然。如找王晓天，事情弄好了，感动其心，可能不限于我们要了解的事，我们不知道的事他也能讲给我们听。弄不好，人虽找来了，心不贴咱们，想要了解的事不仅不谈，还可能节外生枝，岂不坏了大事？"说得左企弓心服口服。他们化装成平民，骑着马，后边跟两名精悍的御侍卫奔王晓天家去了。

王晓天家住在燕京城外，去慧居寺必须从他家门口路过。左泌在前边领路，阿骨打、左企弓并缰骑马而行，后边两名御侍卫相随。左企弓

351

向阿骨打介绍说："此路是去潭柘寺、慧居寺的路。"

阿骨打随口问道："这两座寺何时建的?"

左企弓说："均是唐朝武德年间，先建潭柘寺，后建慧居寺。慧居寺于辽咸雍元年才逐渐出名，因为来了一名高僧，在慧居寺建了'戒台'，致使佛教信徒纷纷到此听传授戒律。准备归依佛门的人来这里学习经文和戒律后，再到潭柘寺里的楞严坛进行考核，合格者准许出家，方能成为游方僧人。"

阿骨打听后，大笑说："出家还这么多说道哪！爱卿，说是出家者均是看破红尘而出家，啥叫看破'红尘'啊?"

左企弓回答说："据微臣所知，一般人世上称繁华的城市为'红尘'，就像燕京城北商市似的，所以东汉史学家班固在《西都赋》中说：'阛城溢郭，旁流百廛，红尘四合，烟云相连'。班固把城市飞尘，描写成沸沸扬扬，充满城池，平民宅子，亦被笼罩，尘埃四起，与云连络，有的人把这种现象叫做'红尘'。唐朝文学家刘禹锡在《戏赠看花诸君子》诗中说：'紫陌红尘拂面来，无人不道看花回'，也指繁华热闹的街市。南朝陈文学家徐陵在《洛阳道》里也有这么两句：'绿柳三春暗，红尘百戏多'。他说春华时节，盛况空前，令人神往，这是人世间说的红尘。佛教说的红尘，则指生老病死的诸苦而言。说释迦牟尼是尼波罗南境净饭王的儿子，本身是王子，小时候受婆罗门教育，还学身武艺。后来他见人生下后，还得老，还生病，还得死，一生波折，还得受些苦。他看破这个'红尘'，于29岁时，出家求道，在菩提树下成佛，现在出家的多指看破这个'红尘'。"

阿骨打与左企弓说话间，信马由缰，已来到王晓天的家。见是三间土瓦房，门庭院落很整洁，虽然称不上富户，看样子不怎么贫寒。当即出来了一位二十岁左右的青年，他听说是左企弓宰相前来拜访。因阿骨打有话，不让露他，见着王晓天谈话之后，再露阿骨打御驾亲访，所以就没提阿骨打来的话儿。上前一问，方知是王晓天的长子，名叫王树本。王树本将阿骨打一行人让进屋中，方说他父亲早出未归，使阿骨打、左企弓大失所望。

阿骨打令人将银子取出，放在炕上后，阿骨打说："这是大金国阿骨打皇帝为感激汝父救命之恩，特赠送千两银子，微薄之意，请笑纳。今日特派左企弓宰相和其子左泌刺史登门感谢，遗憾的是，汝父不在，不能面谢，改日再来登门面谢！"

王树本见这么大一堆白花花的银子，可以说是从来未见过，今日见着了，立马眉开眼笑。不怪人们都说，见钱眼开，真是一点儿不假，这小子跪地咣咣磕头，替父感谢。

左企弓让儿子左泌掏出纹银二百两感谢救命之恩，王树本又给左企弓叩头致谢，乐得王树本连嘴都合不上了，忙跑了出去，不大一会儿，端来几盘食物，放在阿骨打他们面前，随后又放了筷子和小勺。

阿骨打仔细端详，这是种不认识的怪食品，白嫩的块儿，里边还有汁儿，这是一种什么玩艺儿，愣怔怔地望着出神。

左企弓小声说："皇上，请品尝，这是梨菹法的梨，甜脆可口。"

阿骨打听左企弓这么一说，用筷子夹了块儿放进口里，可真是又甜又脆又鲜美。心中暗想，汉人可真能琢磨吃的，这梨儿切成块儿，还没有皮儿，怎么弄的，啥叫梨菹法呀，便问左企弓说："这梨是咋做的呀？"

左企弓赶忙将口里嚼的咽下去，笑呵呵地说："树本哪，你给讲讲，你是咋做的梨菹法？"

王树本听到让他介绍"梨菹法"，笑呵呵地转身出去了，不一会儿拎进几个粗口瓶儿，里边装的全是梨块和梨片，放在桌上说："这里边装的就叫梨菹法。"

左企弓说："你说说，这玩艺儿咋制做的。"

王树本说："先制漤，就是将水烧开了，放上点糖和少许盐。晾凉后，将梨浸入水中泡着，除去涩味，剥去梨皮，切成小块儿，抠去梨核，放入瓶中，仍灌进漤水渍之，用泥封上瓶口儿，使其不透风，从秋至来年春，什么时候吃都行。再一种方法，是将梨皮削去，切成薄片儿，加进泡梨的汁，放入少量的蜜，也是用泥封瓶口儿，就像这个似的，吃着酸甜可口。"

阿骨打吃着梨，直吧嗒嘴，听完王树本的介绍，说："好，这'梨菹法'能调味漤渍，装瓶密封，久贮便食，你怎么想出来的？"

王树本摇摇头说："不是我们想出来的，是跟人家学的。"

左企弓说："'梨菹法'已有六百多年了，是古代北魏农学家贾思勰记载下来的，流传至今。贾思勰是山东益都人，曾任北魏高阳郡太守，具有广泛的农事知识。他搜集、观察、试验的心得等方法，积累了大量资料，写成《齐民要术》一书流传于后世。在《齐民要术·梨菹法》篇章里记载：'先作漤，用小梨，瓶中水渍，泥头，自秋至春，至冬中，须亦可用。'从此，这种方法越传越广，现在燕京很多人家用这种方法贮存梨，存放时间长，吃着还方便。"

阿骨打他们品尝了几瓶罐梨，唠一会嗑儿，王晓天仍没回来，便告辞回去，说改日再来拜访。

王树本笑呵呵地说："改日来，宰相也见不着我父亲，还是我领你们去找他吧！"

左企弓惊问道："汝父在哪儿？"王树本说："我父在京城里，你们是找不到他，还是我领宰相去找。"

阿骨打、左企弓这才又返回燕京城去找王晓天。左企弓据此悟出个道理，还是银子好使，1200两纹银将王晓天的儿子王树本的心买动了，否则，别说领着去找，连个实话儿都掏不到啊！

　　阿骨打、左企弓跟随王晓天的长子王树本来到燕京城里，跳下马来，将马交给御侍卫牵着，他们在前面步行。王树本在前，左泌相跟，阿骨打、左企弓随后，像逛街似的，溜溜达达地穿街越巷，拐弯抹角，王树本将他们向城北商市领去。刚走进商市不远，见前面有家果品铺，门前架口大铁锅，锅下是熊熊的火焰，锅里装的是黄亮的玩艺儿，掺杂一些黑色的粗砂子。有一大汉，挥动着一把圆头平铲，离远不仅能听到嚓啦嚓啦的响声，还能闻到香甜的焦香味儿。忽见从铺子里走出一人，抻着脖儿高声叫唱道："良乡的栗子赛渔阳，甜又香，糯软可口请品尝，不香甜不要钱……"

　　阿骨打边走边侧耳细听，话虽然明白，可栗子是啥玩艺他不懂。这时，王树本大声喊道："爹爹，看谁来了？"

　　王树本这一喊，叫唱的人马上住了口，吃惊地扭头向王树本这儿一瞧，开始一愣，随后又望见后边跟着左企弓，左企弓旁边还有个陌生人，左企弓大后边有两人牵着六匹马，刹时脸色大变，转身就跑。

　　王树本见父亲跑了，忙撒脚追赶，边追边高声喊叫："爹，你站下！爹，站下！"连跑带颠追去了。

　　左泌见王树本追赶他父亲去了，回过头来，呆愣愣望着他父亲出神，意思是王晓天跑了，王树本追去了，我去不去追王晓天？左企弓立刻领会其心意，便侧过头来征求阿骨打的意见，悄声说："皇上，让不让左泌去追呀？"阿骨打赶忙摆手，也悄声说："不能去，左泌去反而不好，还是让王树本撵上他，说话方便些，能使他心里很快托下底来。"

　　左企弓一听，阿骨打说得有道理，忙摆手向左泌示意，不要去了。左泌这才站稳脚跟，一动没动，等着阿骨打和他父亲。

　　阿骨打对左企弓说："咱们得找个地方，等王家父子回来。"

　　左企弓说："皇上，咱们在这近处找个茶房，喝茶等他父子如何？"

　　阿骨打一听，心中欢喜，正好口中甚渴，嗓子发干，急需喝水解渴，便点点头说："甚好！甚好！"

　　左企弓才对儿子左泌说："汝在此等候王家父子，我陪皇上喝茶去，见他父子回来，速报吾知。还有，让侍卫将马拴上，也进去喝茶。"叮嘱之后，便将阿骨打领进王晓天叫唱的果品铺西边一家茶房，见门面前有一竹杆，上边挂着一个水壶的模型，下边拴条红布啷当，随风飘摇。阿骨打望一眼，嘴没说心里话儿，这是卖水和喝茶的幌儿，便走进房去。见室内茶客只有二三人，很肃静，此刻茶时已过，能不肃静吗？他们刚走进茶室，茶房赶忙笑脸相迎让座。阿骨打、左企弓坐下后，茶房擦抹一下茶桌，征求道："大爷，喝什么茶？"

左企弓说："泡壶上等花茶！"茶房转身泡茶去了。

阿骨打问左企弓："爱卿，喜欢喝茶？"

左企弓说："对我来说，喝茶如同吃饭一样，一日三餐，饭后必茶，已成习惯。"

阿骨打又问："喝茶，对人的身体确实有好处么？"

左企弓说："喝茶，对人的身体有很多好处，古代，人类就发现茶叶有多种多样的功能。秦汉时代用'神农'为名著的《神农本草经》中说：'神农尝百草，日遇七十二毒，得茶而解之'。汉代名医华佗则认为：'茶能轻身换骨，还童抵枯，明目益思，延年益寿'。唐朝品茶名家陆羽说：'宁可终身无饮酒，不可三日无饮茶'，可见对人身体之益也！"

阿骨打惊讶地说："茶叶对人有这么大的好处，那么咋知它是上等品哪？"

左企弓说："因为采摘茶叶有春、夏、秋、冬之分。春天采摘的茶叶，油润光泽，枝脉幼芽，香味醇厚，茶汤明澈，甘鲜宝色，回味佳香。夏天采摘的茶叶就不行了。因为气温高，茶叶受热蒸发大，潜在的芽香油受到破坏，香味就不醇厚了，而且枝脉粗硬，灰暗无光，茶沏出来，虽浓带涩。四季采摘的茶叶，夏季采的茶叶品级最次。秋天采摘的茶叶叶色青绿，其味生香而不甘醇，叶薄不耐泡，茶水清淡，饮后喉舌少有香味。冬天采摘的茶叶茶貌粗壮，色泽腊艳，香气突出，茶水清澈，不浓耐泡，仅次于春茶，居二等品，可惜采摘量低。"

这时，茶房已将茶沏上来，分别给阿骨打和左企弓各倒一杯。阿骨打喝了一口，嗬！这茶喝着甘鲜爽口，吧嗒一下嘴说："好茶！"

左企弓接过说："品茶的人，讲的是活、甘、清、香四等。他们认为，香而不清是凡品，香而不甘是苦茶，甘而不活不能称之为上等品，只有鲜、爽、活的茶叶才为上品。"

这时候，左泌端进来一些栗子，放在茶桌上，转身又出去了。

阿骨打被这栗子吸引住了，两眼望着油亮的栗子出神，心想，栗子是啥玩艺儿？

左企弓知道阿骨打不认识栗子，便主动介绍说："栗子，亦叫'板栗'，是落叶乔木结的果实。乔木高的达五六丈，无顶芽，叶椭圆状矩圆形，疏生刺毛状锯齿，初夏开花，雌雄同株，雄花成直立柔荑花序。壳斗大，球形，具密生刺。坚果二三个，生于壳斗中，喜光，深根，其果采摘下来故名栗子。刚才那家用锅炒的就是这个，名叫糖炒栗子，是燕京的特产。每年一到秋天，糖炒栗子就上市了，天气越冷，栗子越甜。炒前，要把栗子用水淘洗干净，然后掺上粗砂子放在大铁锅里炒，一边用铁铲翻，一边往里洒饴糖水。主要是要掌握好火候儿，不停地用铁铲翻，发出沙沙的响声，这叫做'镣釜韵锵锵'，故而有人作了一首卖炒栗子的诗说：'晚来镣釜韵锵锵，小市微闻炒栗香，卖却卢龙休论价，黄标更写卖良乡。'商标诗后批着注语：'新栗上市，果铺置釜门前，炒熟卖之，以黄纸书标曰，出卖良乡，不言栗而人自知也。'将栗子直称为良乡，因为良乡栗子比其他地方栗子好吃尤其是比南方板栗受吃。古代人称'宣州栗子霍山茶'，都是徒有其名，绝对比不上良乡的栗子。"

阿骨打吃一个，确实又甜又糯又软，可谓香甜可口。阿骨打又问左企弓说："里边的砂子咋不见？"

左企弓说："栗子炒熟之后，掏到筛子里，筛出砂子，便剩下这紫光光热呼呼的糖炒栗子了。"

阿骨打和左企弓喝着茶，吃着糖炒栗子，等候王晓天。阿骨打又问左企弓说："这么说，王晓天叫唱，他在卖栗子哪？"

左企弓说："不一定，看样儿好像是歇脚帮卖，一定和卖栗子的人熟悉，不然他不能帮卖。帮卖在此喊唱，他似乎是寻找什么人。"

阿骨打一听，赶忙点头，认为左企弓分析得对。就在这时候，王晓天父子进茶房来了，刚进来，就跪在左企弓面前痛哭流涕地说："宰相，小人对不起你呀！"左企弓慌忙拉起王晓天说："此地不是讲话之所，快随吾来。"说罢，令其子左泌付茶钱，阿骨打、左企弓便领王家父子头前走了。

阿骨打回到宫里后，王晓天才知道阿骨打是皇上，圣驾登门寻访，赏赐银两，慌忙跪下叩头谢恩请罪。阿骨打将王晓天扶起说："汝是朕和宰相的救命恩人，没有汝的泄露，吾等已早丧命矣！"

王晓天说："非也，是圣上洪福齐天，邪不侵正，天意也！"王晓天接着对阿骨打请罪说："万岁，小民罪该万死，因对大金女真不了解，存有恐惧之心。刚才左泌与我儿并行，后边有宰相跟随，以为是来捉拿我，将我吓跑了，冲了圣驾，真是该死呀！"

阿骨打说："不知者不怪，你为何叫卖栗子啊？"

王晓天说："万岁，小民没卖栗子，是朋友在卖栗子，我帮叫卖，是在等人。"

"你在等谁？"

王晓天说："万岁对小民如此圣恩，驾临民宅，施舍千两银子，感动得小民心里热呼呼的。实对皇上说了吧，小民在等辽蜀国公主余里衍的宫女蔷薇，她求我给公主买药，等她来取。没见到她，却见吾儿随宰相来了，以为我儿被抓，又来抓我，吓得我才跑了。吾儿追上我一说，我心落了底，才回来谢恩请罪！"

左企弓接过说："彭高手下毒药，你是听谁说的？"

王晓天说："就是宫女告诉我的。"

阿骨打忙接过问道："汝随朕来，宫女还能来取药么？"

王晓天说："我已叮嘱卖栗子的朋友，如有人来找我，让其候等。"

阿骨打说："如此说来，你速去，朕在此候等，定要将宫女领来见朕！"

王晓天说："万岁，小民定能将她领来，如有差错，愿以我儿留此为人质！"说罢，叩头而去。

阿骨打在燕京，见到啥都感到新鲜，因为有很多东西他不认识，能不感到新奇吗？单说有这么一天，他见街上摆些"白丸"，溜圆的，雪白的，像小鸡蛋那么大，有的叫"元宵"，有的叫"汤圆"，这玩艺儿别说吃，阿骨打看都没看到过，他知道啥叫元宵、汤圆的？他好奇地买了十个，让卖元宵的给包好，揣在怀里，逛会儿街才回去。

进屋后，阿骨打从怀里掏出元宵包儿，寻思将包儿打开一看，尝尝这元宵是啥味儿。等他将包儿打开，大吃一惊，见十个元宵没有一个囫囵的，都变成半拉儿了或碎了，而且全掉面子了。阿骨打长叹一声说，咳！净糊弄人，瞧着这白丸怪好看的，拿回来碎了。能不碎吗？元宵是冻面子滚的，他揣在怀里还有不化的？阿骨打不明白这个，他拿起一个，吭哧就是一口，咬一嘴干面子，涩不溜的直呛嗓子眼儿，啥味没有，赶忙呸呸吐出去了，心想，卖吃喝的真能糊弄人，也不好吃啊？他连生熟都不知道，生的根本不能吃，咋能好吃哪？他赶忙包起来，放到一边去了，心里很生气，暗想，将来将这些卖"白丸"的全取缔！

这时候，左企弓进来了。阿骨打见左企弓来了，心里很高兴，问问他，这元宵是怎么回事儿？阿骨打在心里略一转念，不能说自己买元宵不好吃的事儿，先用话探探左企弓，这"白丸"为啥叫元宵，用啥做的，他就得说咋吃或好吃不好吃的话来。阿骨打想好之后，便问左企弓说："左爱卿，街面有卖'白丸'的，朕听有的叫'元宵'，有的还叫'汤圆'，朕看全是'白丸'，为啥叫法不一呀？"左企弓回答说："皇上，元宵、汤圆本是同种食品，叫法不一，是因为南北之分，南方管它叫汤圆，北方管它叫元宵。"

阿骨打又问道："为啥同种食品叫法不一哪？"

左企弓回答说："因元宵来源于隋炀帝。传说隋炀帝杀死他爹之后，篡位当了皇帝，为平息朝臣和民众对他的不满，转移人们的注意力，向边疆民族夸耀他治国的繁荣景象，便大闹正月十五。在隋炀帝大业二年，将全国各地能歌善舞和吹打弹拉的人全召集到东都洛阳，在正月十五日这天夜晚，为隋炀帝演奏，吃着汤圆，从晚上直闹到大天实亮。隋炀帝还感不过瘾，转年，也就是大业三年，隋炀帝传下圣旨，令粉刷装饰洛阳市容，征集奇珍异宝，调集全国各地歌伎舞女吹打弹拉之人全来洛阳闹正月十五之夜。据说大业三年正月十五之夜，在洛阳皇城端门外天津街上，仅弹弦的、吹管子的就达一万八千多人，能歌善舞的扯成一条长河，达三里多长。正月十五这天晚上，隋炀帝率领三宫六院七十二偏妃，和皇子皇孙、满朝文武以及全国各地应邀来的达官贵人欣赏观看，歌声乐曲传出去百里之遥，午夜吃着汤圆，也是一直闹到大天亮。因为正月十五是在一年的第一个月的十五日，故而叫'上元节'。又因为主要活动在晚上，就叫'元宵'，称这个日子叫闹元宵。从此，元宵节成了全国性的节日。自古至今，每过一个节日都有一种或几种为这个节日所独有的吃食，像过年吃饺子一样，正月十五吃元宵。可是南方从古至今称汤圆叫惯了，仍叫汤圆。因它前身是'实心丸子'，为了吃时有滋味，把糖放在汤圆里，才改叫汤圆。"

阿骨打惊疑地问："怎么汤圆还得煮啊？"

左企弓说："汤圆可不得煮咋的，南方是将汤圆和汤全吃了，北方煮元宵一般只吃元宵不喝汤。制法也不一样，南方是将糯米磨成水面包汤圆，北方是舂出面子桃元宵。"

阿骨打听后，才感到自己老杆，生吃元宵，还能好吃？真是得学而知之，不然就会闹出笑话。阿骨打又问左企弓说："过年为啥要吃饺子？"

左企弓听后，心中暗想，听话听音，可能女真人连饺子都不吃。真让他猜对了，女真人确实不会吃饺子，连咋包的都不知道，又怎能吃饺子呢？

左企弓回答说："皇上，说起饺子，也是起源于隋炀帝。大业三年，隋炀帝到北境去游玩，令河北十多个郡的所有男丁全员出动，为隋炀帝凿太行山，开辟通往并州的道路。道路开通好后，隋炀帝北游，路过雁门的时候，太守丘和为讨隋炀帝的好儿，请了不少做菜做食品的能手，挑着样儿为隋炀帝做好吃的。其中有位会做'水饽饽'的，名叫刘鲜儿，隋炀帝吃着顺口，差点儿没撑死。实际刘鲜儿做的'水饽饽'就是南北朝时出现的'馄饨'，所差的是'馄饨'是带汤的，'水饽饽'是不带汤的。刘鲜儿露这手，可给丘和太守脸上增添了光彩，隋炀帝将丘和由边陲调到内地博陵去当太守。丘和得到这个甜头儿后，便专门寻访能做特殊风味吃喝的人。听说青州有个能做好吃食的人，名叫姑砟，他赶快打发人去请，不惜花费千金，也要将这个人请来。果然将姑砟请来了，丘和太守见是位美丽少妇，就问她，你会做什么好吃的？这位少妇说，我就会做'姑砟'。丘和说，你名叫姑砟，做出的食品还叫'姑砟'，是怎么回事儿？姑砟回答说，因为我是燕地人，父母双亡，上无兄姊，下无弟妹，孤独一人落在姑姑家。姑母说我命硬，给我起名叫姑砟，意思是姑母跟前这么个砟儿。婚后，丈夫开个小酒家，由我做菜和吃食。我在面里边包上馅儿，用水煮熟后，捞上来吃。人们吃着鲜美，问我叫啥名儿，我说叫姑砟，从此叫开头了，都管我做的吃食叫'姑砟'。丘和太守一听，原来如此，当即让姑砟做给他。他一吃，连声叫好儿，这比刘鲜儿做的水饽饽鲜美多了。心中暗想，上次给隋炀帝吃了水饽饽，他将我从边陲调到内地，这次我让他吃了'姑砟'，准将我调进都京去。主意打定，立刻派官员将'姑砟'送进都京洛阳，为隋炀帝做姑砟吃。丘和在送姑砟去洛阳的时候已经是腊月了，晓行夜宿，非止一日。来到都京洛阳的时候，正赶上年三十晚上。隋炀帝看过丘和的书信，心中甚喜，他正朝思暮想，能吃点新鲜食品，老样儿他已吃腻了。立刻传旨，让姑砟到御膳房去为他做'姑砟'，不仅他吃，而且娘娘、妃子全跟他品尝这种新鲜食品。姑砟听后，这么多人吃，得多包点儿，别人也伸不上手，她自己剁馅，自己和面，自己包。姑砟不顾路上的疲劳，一个劲儿地包呀包，人家过年，她却抛家舍业，在皇宫里为隋炀帝包'姑砟'，泪水和汗水一齐往下流，心里暗骂丘和太守，为讨隋炀帝喜欢，竟让我来受罪。等她包完，已经小半夜了。包完还得煮，煮好后，才有人给隋炀帝送去。隋炀帝正在寻欢作乐，听说姑砟已做好，赶忙传旨，端上来。将'姑砟'端上来，刚放在隋炀帝面前，外面正闪耀'庭燎'之光和'爆竿'噼啪的炸裂之声。隋炀帝大声问道："这是什么？"隋炀帝是问干什么？结果说了句是什么，人们回答隋炀帝说：'交子！'交子就是半夜子时。隋炀帝以为回答姑砟做的食品叫'交子'，他也没顾得用筷子，随手抓起一个就添进嘴里，一嚼香得隋炀帝连声叫好儿：'这交子真好吃！这交子真好吃！'隋炀帝一连吃了好几个，边吃边赞不绝口，又大声招呼皇后、嫔妃都过来品尝。大伙也不知道它有别的名儿，只听隋炀帝管它叫交子，皇后、嫔妃品尝后，也随声附合地喊：'这交子好吃，真好吃！'从此，留下这饺子的名儿。后来，人们知道姑砟是北方人，便说'北方饺子'，因饺子是从北方传过去的。可青州一带，仍称它为'姑砟'，可能是怀念姑砟之意，还是不管它叫饺子。饺子传到世上后，人们一分析，对呀，过年讲守岁和辞岁，正好守岁时包，辞岁时吃，辞岁正是半夜子时，吃'交子'正合适。从此，就留下饺子于世上，一直沿袭至今，不过年也吃饺子。"

阿骨打又问道："太守丘和一定能升官喽？"

左企弓一笑说："传说，隋炀帝见姑砟长得俊美，欲奸之，差点儿被姑砟刺死。隋炀帝一怒，将姑砟刺死，说是丘和阴谋让姑砟以做饺子为名，来暗害皇帝，丘和被隋炀帝满门抄斩！"

阿骨打哈哈大笑说："这就是拍皇上马屁的下场，罪有应得！"

阿骨打攻进燕京后，城市里的民众很快安定下来了，工商各业也都照常生产和营业。阿骨打听说燕京城北商市很热闹，比别的城市商市都繁华，就化装成平民，带领两名贴身御侍卫前往北商市游逛去了。

阿骨打刚踏进商市，就见左一行，右一行，南一行，北一行，一行挨着一行，商人皆抻着脖子喊。有的叫卖道："买的买来捎的捎，来晚了买不着！酥排岔，开口笑，酥皮饼，碗蜂糕，蜜篦子，脆麻花，佛手卷，脆火烧，枣合叶，开花馒头热乎的！"那叫卖声令人震耳欲聋。

阿骨打穿过这些卖吃喝的，又见一些铺口门前挑出一根花头画竿，上边悬着个"悬帜"，又长又宽的大布，下边还飘摇着两个飘带，随风晃动，甚是好看。"悬帜"是用青布或者白布制作的，有的上边写着字儿，由于随风摇摆，看不清写的啥玩艺儿。阿骨打举目一看，也是一家挨着一家，心中纳闷儿，这是干啥的？他好奇地要扒门看看，刚走到门跟前，门吱嘎一声开了，一个人笑脸相迎，高声喊叫"客官里边请！"喊叫的同时，一把将阿骨打推进去了。阿骨打进了屋，一股酒气直打鼻子，方知是卖酒的酒家。转身刚要走，嗬！见推他进屋的那个家伙收敛了笑容，拦着门，两眼一瞪说："客官做什么？"

阿骨打心里咯噔一下子，回答说："我走！"

"你走？那进来做什么？"

"是你将我推进来的呀！"

"见你来，方将你迎进来，进来喝杯酒方能走！"

阿骨打说："我要不喝哪？"

那家伙"嘿嘿"冷笑一声说："对不起，客官，不喝不能走！"

阿骨打的侍卫眼睛当即立起来，刚要动手，阿骨打赶忙摆手示意，不要乱动，然后从怀里掏出一些散碎银子，放在桌子上说："酒我不喝了，银子是要给的，该让走了吧？"

阿骨打这才离开酒店，使他想起在辽上京那次买药的事，差点被害，闹了半天，这燕京也是如此，全是"黑店"，不！是诳人的店。阿骨打又叮嘱两名侍卫，不要鲁莽从事，暴露朕是大金皇帝不好，宁肯给

他们点银子，也不能和他们争吵。阿骨打浏览了金银行，铁器行，太衣行，丝绢行，见有种绢薄如纸，甚是好看，便买了一块。

阿骨打在回来的路上，心里边的"悬帜"仍在摇晃，卖酒的为啥要悬挂这么个玩艺儿？阿骨打凡他不懂的，非向别人请教，追根刨底儿，问明白为止。他回来后，就向左企弓请教说："左爱卿，这卖酒家为啥门前要挑个'悬帜'？"

左企弓回答说："皇上，这是酒家的酒帘，也有叫'酒旗'的。这种酒帘由来已久，据宋代记载《东京梦华录》中说：'中秋节前，诸店皆卖新酒，重新皓络，门面彩楼，花头画竿，醉乡锦斾，市人争饮，至午未间，家家无酒，拽下酒帘。'宋朝汴京酒帘更大，宽四尺，长五尺，飘带向下延伸二尺，形成两条随风晃动的飘带。有的还在酒帘上写着'野花攒地出，村酒透瓶香'，这是一种商业广告活动吧。所以唐代诗人白居易诗中有'酒旗摇水风'之句。唐朝以鹧鸪诗出名的郑谷也有'青帘认酒家'之句，说明酒帘那时就普遍使用了。"

阿骨打又问左企弓说："爱卿才说的商业活动，这卖酒的也称商，商业商人是咋回事？"

左企弓回答说："皇上，说起这商人的称呼，可是从远古而来。是在商汤灭夏后建立的奴隶制国家，名商朝。建都于毫，后盘庚迁都时到殷。后来被西周姬发，继承其父文王遗志，联合庸、蜀、羌、微、卢、彭、濮等族，率军东攻，于牧野之战灭了商，建立西周王朝。商朝的遗民地位非常低下，他们既没有政治权力，又没有可耕种的土地，生活非常艰难。而这个时候，由于生产的发展，社会上对产品交换也越来越多了。可是，那时候做买卖的人，是被人瞧不起的。而商朝的民众，没有土地耕种，为了求生，就东奔西跑做起了买卖。他们走到哪里，谁要问你们是哪儿的人，他们便回答说，我们是'商人'。一来二去，天长日久，便形成了固定的职业，管做买卖的人便叫'商人'，管这种职业便叫'商业'，从此才留下这个行业。"

阿骨打说："爱卿，为啥你给朕的花名册中，没有这个行业啊？"

左企弓说："商人，全是些投机取巧之人，他们靠坑人而取利，要之何用？"

阿骨打说："他们不都是无地种的游民而从事商业吗？"

左企弓说："皇上，现在的商人靠的是囤积居奇，低价买进、高价出售不说，他们还掺杂使假，以次顶好，以假当真欺骗人，连他爹都糊弄。商人是农民与各业工匠的剥削者。农民的粮食收下来后，得出售，这些粮商便一个鼻孔出气，来个欺行霸市，农民卖一斗粮食，换不到一斤盐吃。农民不卖不行，不卖缴纳不上各种税呀，低价也得卖。粮商低价买进后，转身以高出几倍的价格卖给城市民众，所以说，他们是帮'黑良心'的人。"

阿骨打说："官府为啥不管哪？"

左企弓说："皇上，辽朝的皇上延喜只知吃喝玩乐，根本不理朝政。他下边的从贵族到官员，均经商做买卖，向宋朝私贩运盐、羊、马匹、马具、皮革制品、毛毡、镔铁刀剑、女真产的北珠。北珠在宋是贵重品，围过寸者，价值二三百万，从女真人手里才花几个大钱？他们通过这个来发横财呀！"

阿骨打又问："燕京城北商市也受官府管辖吗？"

左企弓说："那是百货俱全的商市，辽的五京商市，哪个也没北商市发达，各行都有。共有 120 坊，分 520 个行。行是指同业商者为行，行有行头，行头就是司市官。司市官是专管划分行列的，同类的货物划成排，排列在一行。一个行列称为一肆，一肆设个肆长，肆长是由司市官指派的，服徭役的人来承担。"

阿骨打插问说："何谓徭役？"

左企弓说："徭役，是强迫平民从事无偿的劳役，燕京是采取由商人轮流服役，一次一个月。这种劳役从古以来就有，唐朝称'色役'，宋朝称'职役'，辽朝有称'差役'的。这种肆长也称'行头'，在北市上可分肆、次、次行。本钱大的开设大店铺，次的小店铺，再次的则摊床出卖。那里有金银行、铁器行、太衣行、绢行、织锦行、秤行、肉行、鱼行、药行等，共 520 行。"

阿骨打又问道："燕京是不是和宋朝交换物品之地？"

左企弓说："隋、唐之后，虽然形成辽朝和五代、宋朝的并立，仍然交易货物。辽和宋并立前后已达一百六十来年，双方交换物品，始终未断。在澶渊之盟后，辽在涿州新城、朔州南和武振军，置榷场与宋贸易，宋朝在雄州、霸州、安肃军、广信军置榷场和辽贸易交换物品。辽、宋都设有专官，监督交易，征取税收，因到燕京来的都是走私品。"

阿骨打随手取过一块绢说："这也是从宋交换来的吧？"

左企弓一看，说："皇上，你买的这块叫花绫，是用青白两色丝织成的，丝细质轻，费工极大，过去是专为官中制作舞衣的。唐朝诗人白居易在《缭绫篇》中说：'缭绫缭绫何所似，不似罗绡与纨绮。应似天台山上月明前，四十五尺瀑布泉。中有文章又奇绝，地铺白烟花簇雪。织都何人衣者谁，越溪寒女汉宫姬。去年中使宣口敕，天上取样人间织。织为云外秋雁行，染作江南春草色。'最后白居易在文中说：'丝细操多女手疼，扎扎千声不盈尺'，可宫中将它制作成春天的舞衣，'汗沾粉污不再着，曳土踏泥无惜心'，真是太可惜了。"

阿骨打说："不知何地所产？"

左企弓说："这是亳州出产，质量较好，技艺精细。"

这时候，阿骨打拿出糖来，让左企弓吃，并问左企弓说："这糖是何时发现的？"

左企弓心想，阿骨打赶小学生了，见啥都新奇，都要问，便回答说："糖的起源，还是在唐太宗的时候，他遣使人到天竺、摩揭它国去学熬糖法，令扬州送上甘蔗，榨取蔗汁，按法制糖成功，色味远胜西域糖。后来蜀地又制造出糖霜，后人称冰糖，从此，糖的制造才兴旺发达起来。"

阿骨打听左企弓这么一介绍，使他感到商人全是些唯利是图的小人，是欺骗民众的坏蛋，将他们全迁徙到女真内地去当奴隶，再让你们讹人、欺骗人！

阿骨打将燕京的商贩迁徙女真内地，将他们分给有功的将领去做奴隶，就是从这儿引起的。

阿骨打传奇

阿骨打攻进燕京，正赶上快过年了，由于以宰相左企弓为首的辽朝官员投降，阿骨打又颁布不准骚扰民众的法令，燕京城很快就安定下来了。店铺照常开门营业，叫喊叫卖，非常繁华热闹，而且将年货也摆出来了，准备过年，这就使街面上更加锦上添花。阿骨打等女真人见着，都感到惊奇，不是别的，没见着过这么多的东西，因为当时女真人还不知过年，光知道一年过一个青青。青青，就是青草发芽的意思，以青草发芽为一年，怎能知道过年？连个历书都没有。阿骨打当上都勃极烈后，从辽朝弄本万年历，至今还没研究出来，所以阿骨打感到新奇。说它新奇，不是别的，只见街面卖各种神的就老鼻子啦，除天地、祖先、四方神祇外，还有山林神、川泽神、土神、庄稼神、先啬神、地头窝棚楼子神、田畔神、堤坝神、水沟水道神、昆虫神、虎神、猫神、门神、户神、灶神、道路神、天窗神等等神像，将阿骨打吸引住了，他各买一张，带回来了。

左企弓见阿骨打买回这么多神像心里就明白了，准是女真人不贴，可能还没见过这么多的神像，就问阿骨打说："皇上，请这么多神像？"

阿骨打说："正好，朕要向你请教，街上卖这么多神像作甚？"

左企弓回答说："皇上，这不快过年了嘛！"

阿骨打说："实不相瞒，我们女真人真不知过年是咋回事儿，从古至今，只知道过青青，依青青计算年，计算人的岁数，这过年是咋回事呀？"

左企弓回答说："禀皇上，过年来源于古代。古时候神农氏时代，每当一年农功完毕之后，为报答神恩，便在'岁终大祭'，'崇鬼神而祭祀'，称为'腊祭'。腊祭时，除供祭天地、祖先、四方神祇外，还供祭其他各种神。为啥祭祀诸神呢？据说'万物有灵'，人们既然使用这些物，就应当祭祀这些物神。所以就由庄稼到门扇，由水沟到猫，'使之必报之'上供致祭，叩头致谢，就形成了'岁十二月，合聚万物而索享之'的'腊祭'。这是古代最初年的由来，人们便沿袭不度，后来又由'腊祭'报恩节变成'庆功节'、'狂欢节'。据古史记载，在腊祭节期间

'不兴功'，'不干活'，'劳农以休息之'，人们都聚在一起'大饮蒸'，就是欢聚会餐，民无不醉。同时，腊祭期间，还不分老小上下一起联欢，歌舞戏耍，举国若狂。孔子曾多次参加过腊祭狂欢。有一次，孔子和他弟子又一起观看'腊祭'，孔子问弟子子贡说：'你觉得快乐吗？'子贡回答说：'我不觉得。这种不分贵贱、男女混杂、一国之人像疯子似的胡闹一气，我不明白有什么值得我们快乐的！'孔子当时教训子贡说：'农民辛苦了一年，才有几天的休息和欢乐，这是应该的。紧张之后需要松弛一下，劳累之后需要欢乐一下，这道理你还没有明白。'到了汉代每逢岁终腊祭节，'纵吏民饮宴'，人们'美服、盛饰'，穿上新衣，互相庆贺。正如曹植在《元会》诗中写道'衣裳鲜洁，珍膳杂逻'。人们说，过新年，吃年饭，粘糕饺子打卤面，猪肉鸡鱼大米饭，一直吃到到正月半。嘉佑七年在辞岁时，苏东坡在大理任评事凤翔府签判，因思念家中亲友，写了《馈岁》、《守岁》二首诗，说明宋代'腊祭'时的风俗。"

阿骨打说："读于朕听听。"

左企弓说："其一，《馈岁》诗中说：'农功各已收，岁事得相佑。为欢恐无及，假物不论货。山川随出产，贫富称大小。置盘巨鲤横，发笼双兔卧。富人事华靡，彩绣光翻座，贫者愧不能，微挚出春磨。故态复萌夕，里巷佳节过。亦欲举乡风，独唱天下和。'他在《守岁》中写道：'欲知垂尽岁，有似赴壑蛇，修鳞半已没，去意谁能遮。况欲系其尾，虽勤知奈何。儿童强不睡，相守夜欢哗。晨鸡且勿唱，更鼓畏添挝。坐久灯尽落，起看北斗斜。明年岂无年，心事恐蹉跎。努力尽今夕，少年犹可夸。'古代的'腊祭'沿袭至今，叫'过年'，街里摆上的年货，就是要过年了！"

阿骨打又问左企弓说："爱卿，你能将苏东坡诗的大意解说给朕听吗？"

左企弓说："皇上，苏东坡的《馈岁》是指岁晚相与的意思。他说，一年农事已完，准备过年了，购置过年的物品和礼物。一条条大鲤鱼，一双双野鸡野兔，还有自己磨的米面，农家虽贫寒，也给亲友献上微薄的礼物。尤其是他写了'置盘巨鲤横'，写出了'年年有鱼'的喜兆。他写的《守岁》是指年三十晚上，也叫除夕之夜达旦不眠的景象。说人们通宵不睡，才能在新的一年里精神旺盛。写出了青年和儿童在除夕之夜，欢乐嬉戏无尽的兴致，怕这美景良宵倏忽过去。"

阿骨打接过说："原来如此。这么说，这些神像，都是过年贴的啦！"阿骨打说着，将买的神像展开了。

左企弓走近前一看，上边一张是门神，便对阿骨打说："这叫门神，左者叫神荼，右者叫郁垒！"

阿骨打说："他俩丑怪凶恶，咋变成门神了？"

左企弓说："皇上，传说沧海之中，有度朔之山。山上有大桃木，其屈蟠三千里，其枝间东北曰鬼门，万鬼所出入也。那上边有两个神人，一曰神荼，一曰郁垒。神荼在左面，郁垒在右面，主阅领万鬼。恶害之鬼，执以苇索以御凶魅，因他俩是能治服恶鬼的神，故称'门神'，让其把门，恶鬼而不敢进也！"

阿骨打说："原来如此，那这张哪？"

左企弓说："这是灶神，现称灶王，名叫张禅，字子郭，灶王太太名叫卿忌。这灶王不论家穷富，只要顶门过日子，烟囱冒烟，都得请上个灶王供着，供上一年。每年腊月二十三这天，灶王该上天了，家家户买些灶糖供奉。晚上，将这张灶神在灶火坑前焚烧，并祷告说：'灶王爷，本姓张，骑着马，扛着枪，上上方，见玉皇，好话多说，坏话少说。'所以在灶王两边贴的对联儿，一般都写'上天言好事，下界保平安'。祷告还不放心，一般都用灶糖将灶王嘴粘上，让他张不开嘴巴。直到除夕晚上，再供上新请的这个灶神，算作灶王回来了。"接着左企弓边翻边向阿骨打介绍这些神，他说："这是茅房神，是汉高祖的宠姬戚夫人，她惨死在茅房里，人称'戚姑'，故为茅房神。这是仓神，也就是老鼠，一般称它为'搬运神'。这是炕头神，也叫'老娘神'……"左企弓一一向阿骨打作了介绍。

阿骨打又问左企弓说："这财神爷长得是黑面浓须，头戴铁冠，手执铁鞭，头朝下，脚朝上，倒立着哪！"

左企弓说："皇上，这财神爷名叫赵玄坛，亦称赵公元帅。实际他本名叫赵公明，秦时得道终南山，道教尊他为'正一玄坛元帅'，故称赵玄坛，又称赵公元帅。说他能驱雷役电、除瘟禳灾，主持公道，求财如意，故道教奉他为'财神'。财神赵公明倒立着，意味能抓钱，不倒立怎能抓着钱哪？因为钱财神通广大，俗语说'钱能通神'，'有钱能使鬼推磨'。西晋时代鲁褒写过一篇《钱神论》中说：'钱之所在，危可使安，死可使活；钱之所去，贵可使贱，生可使杀。'说的也是钱能通神，故而财迷心窍之人都拜倒在财神的脚下，满身铜臭。有的人不择手段，贪污盗窃，银铛入狱，形成'人为财死，鸟为食亡'的俗语。"

阿骨打一听，哈哈大笑道："说得好！这财神跟人一样，人是头朝上，脚朝下。而赵公明财神贪财不要命，颠倒了人的本来形象，倒立起来，变成头朝下，脚朝上。因为他违背了人的本性，人多咱都是认为'金钱如粪土，仁义值千金。'为金钱可变成父不父，子不子；为金钱可不顾民众的生命，贪得无厌，一人贪财，百人丧命，故而称'金钱乃万恶之源'也。"阿骨打说着，将财神咔嚓、咔嚓撕了。

左企弓一看，慌忙给阿骨打跪下叩头说："皇上真乃圣明之君也！据古史记载，有一次孔子参加'腊祭'时，见着狂欢风俗的景象，触景生情，不禁抚令追昔怀念起原始人来。他说：'原始人不独亲其亲，不独子其子，使老有所终，壮有所用，幼有所长，鳏寡孤独废疾皆有所眷……货恶其弃于地也不必藏于己，力恶其不出身也不必为己；是故谋闭而不兴，盗窃乱贼而不作，故外户而不闭的天下为公的大同世道。'孔子说的就是'金钱如粪土，仁义值千金'之意，而皇上之德，历代君王所不如也！"

阿骨打此举，感动了降臣们的心，从此才将这些神像带回，并传旨和汉人们一样，同时过年。女真人才开始有过年的风俗，并流传下来。

阿骨打在燕京，有一天他化装成平民，带领两名贴身侍卫到街上去私察暗访。当阿骨打走进热闹的市肆的时候，见一处围着很多人，静听里边有个人说话。他不知是咋回事儿，见身旁过来一人，便悄声问道："这是做什么的？"那个人顺口答言说："说话的。"阿骨打听后，心里很不是滋味儿，谁还不知道是"说话"的，因为他是"说话"的才问你，哪有你这么答对的。刚想再问，见那人已钻进人群里去了。阿骨打也跟着钻进去了，举目一看，见里边站着一人，大眼生生的，年约四十左右岁，在给大伙白话哪：

接着咱给列位说一段儿"阮慧救夫"，这是发生在三国时代魏国的事。魏国河内有个太守，名叫阮德如，他有个妹妹名叫阮慧，虽然知书达礼，聪明伶俐，可她长得丑陋不堪，一脸大麻子，大麻子里边套着三十二个小麻子，真长出花来了。别看人丑，哥哥有势力，硬将妹妹许配给将领头目许云为妻，心中暗自欢喜。她知道许云不仅人才出众，而且是官宦人家出身，门庭冠盖相望，少年得志，屡受魏明帝升迁，前途无量。但阮慧又一想，许云能不能嫌我容貌丑陋，唾弃于我？想到这儿的时候，不禁潸然泪下，埋怨上天，为啥要赐给我一脸麻子！

单说新婚之日这天，阮慧被娶到许家，在拜天地时，阮慧带着面巾，看不着许云的脸。可她品出许云脚步沉重，带着懊丧的情绪，心里就有些发凉。果然，阮慧独自呆在洞房，不见新郎许云进来，阮慧便吩咐婢女到前庭偷着察看新郎在做什么哪？不一会儿婢女回来向她禀报说，新娘和大司马桓范唠嗑儿呢！阮慧暗想，准是桓范在劝新郎哪。又过了好大一会儿，阮慧听见洞房外面有脚步声，果然许云随即走进房来，阮慧慌忙迎着新郎下拜说："将军辛苦了，请早些安寝吧！"阮慧拜着，心里吃惊地想，新郎不仅没答言，连用鼻子哼哼都没有，猛然抬头一望，正好和许云打个照面。我的妈呀，新郎愁眉紧锁，紧紧着鼻子，脸色怒气横生。当他和新娘子阮慧一照面时，吓得哇呀一声，连退三步，转身要跑。阮慧手疾眼快，一把将许云拽住了，柳叶眉倒竖，银杏眼圆瞪说："上哪儿去？"

许云见阮慧将他拽住了，活像个母夜叉，更没好气儿地说："妇女应当有的品格，你具备了几种？"

阮慧立即回答说："德、言、容、工我都具备，只是缺少容貌，有些丑陋。可你身为男子汉应有一百种操行，你又具备多少种啊？"

许云气冲冲地回答说："我都具备！"

阮慧拽着许云不撒手，说道："你都具备？百行之中，以德为先，你好色不好德，怎么能说百行都具备了呢？"

许云被阮慧问得哑口无言，耳鼓里又响起刚才大司马桓范劝他的话："阮德如为啥要将丑妹妹嫁给你，其中的深意你要好好儿体察呀！"他才感到阮慧是一位非凡的女子，由嫌她丑陋变成对阮慧很敬重。婚后不久，许云被魏明帝提升为吏部侍郎，掌管全国郡守等官吏的任免。他将一些同乡人均提拔为郡守，有人在魏明帝面前告了他。魏明帝察明后，认为他私下滥用一些不称职的官员，一定是受了贿赂，便派虎贲将军去逮捕他，准备审问后予以惩治。

阮慧听说后，光着两只脚跑出一看，丈夫许云已被押出院门，便追出门外，大声喊叫说："夫君，你千万记住，英明的君主只能用道理去说服人，可千万不要哀求祈怜，哀求祈怜是不会得到宽恕的！"

许云点头说："放心，我一定照夫人的话去做。"

许云被带到宫殿上，跪在魏明帝面前。魏明帝愤怒地问道："许云，汝可知罪？滥用同乡不称职的官员，你得到多少贿赂，还不从实招来！"

许云按照妻子阮慧的叮嘱，不慌不忙冷静地为自己辩解说："我确实任用一些同乡人为官，但我是了解他们能力的，才任用他们。他们是不是称职，吏治是不是清明，任用他们是否给了我贿赂，请陛下详查。如果是我任人唯亲或收受贿赂，贻误了大事，我定承担罪责！"

魏明帝查案以后，发现并无私情，何况许云面不改色，气不长出，句句说在理儿上，就将许云放了。魏明帝见许云身穿的旧衣服已被扯巴得破烂不堪，遂赐给他一套新衣裳，换上回家去了。到家一看，全家老少均擦眼抹泪，只有妻子坦然地在为他亲手做菜，准备为他压惊。许云面对妻子感激地说："多亏夫人，使我化险为夷。"从此，许云再也不嫌阮慧丑陋了，还自夸地说："丑妻近地家中宝，麻子媳妇点子好！"

阿骨打见这个说话人口里不停地叨叨着，唾沫星子飞起多高，连说带比划，讲得生动悦耳，将在场的人全白话住了。他说完后，纷纷赏给他铜子儿。

阿骨打在这个市肆里，还有耍木偶的，唱皮影的，耍武术的，杂耍的，还有说吹结合的，就是一个人说，另一个人吹着管儿相配合，也围了不少人，热闹得很。

阿骨打回来，将在市肆的所见所闻请教左企弓。

左企弓向阿骨打介绍说："皇上所见乃'瓦舍'也，又称'瓦肆'，也有叫'瓦子'的，是娱乐场所集中的地方。为啥叫这个名呢？因为'来时瓦合，去时瓦解'易聚易散之意也。皇上听得一点儿不错，是叫'说话'，讲的那个人称'说话人'。'说话'是讲故事之意，'说话'又分好几种，分'银字儿'、'说经'、'说史'、'说浑话'、'合生'、'商谜'等形式。'银字儿'是皇上见到的那个吹管乐的，其管乐名'银字'故有此称。他说的是烟粉、灵怪、传奇、公案、铁骑等故事，很吸引人。'说经'，是说佛书佛经的，言说参禅悟道等事。'说史'是讲议历史上的事情和名人传说。'合生'也是古代遗传下来的伎艺。传说'唐代始自王公，稍及闾巷；妖妓胡人，街童市子，或言妃王情貌，或列王公名质，咏歌蹈舞，号曰合生'。'商谜'是用猜谜斗智以吸引听众的伎艺，先用鼓板吹奏等形式，聚人猜诗谜、字谜、戾谜、社谜。'来客索猜'，'许旁人猜'等，表演人互相猜答，亦可与听众互猜。这处瓦舍可谓丰富多彩、五彩缤纷的艺演天地，引人喜闻乐见。"

阿骨打听后，深受感动地说："世界上，真是有学不尽的知识，懂不尽的理儿。瓦舍这种形式好，它可以传播知识，让人懂得很多道理，可你给我的名册上，咋没有这些手艺人啊？"

左企弓说："皇上，这些'说话人'属于下流之辈，谈不上什么'艺人'而且来时瓦舍，去时瓦解。他们行踪不定，故而没将他们登名造册，也无法登名造册。"

阿骨打说："爱卿，朕以为这些'说话人'均是人中之杰，不亚于各种手艺工匠，只是性质不同，都是社会上不可缺少的有用之材也。请爱卿协助朕，劝说这些'说话人'随朕去内地，振兴大金，好吗？"

左企弓一听，心中暗想，看起来，阿骨打啥都划拉，连这"说话人"他都视为珍宝，也要带走，就赶忙接过说："小臣谨遵皇上旨意！"

左企弓离开阿骨打，边走边寻思，这些"说话人"有的在燕京居住，有的不知是从哪儿来的无业流民，靠耍嘴皮子撂地为生，来此住个十数八天，说走就走，怎么个劝说法儿呢？想来想去，左企弓决定，派兵士将这些人聚到一起，进行劝说。要是不去，将他们圈到一处，阿骨打什么时候走，押送他们随行。左企弓想好之后，马上派些军兵，到瓦舍去聚集这些人。

"说话人"见军兵来聚集，他们不知咋回事儿，心里不托底，有的撒腿就跑。军兵见"说话人"要跑，聚集不到"说话人"，咋交差呀？就由聚集变成抓捕。这可就坏菜了，燕京城立刻乱套了，七吵八喊起来："可不好啦，左企弓派兵抓人啦，抓人啦！"闹得人心惶惶，惊恐不安，很多人要逃出燕京。

左企弓听说后，大吃一惊，只好一不做二不休，下道命令，城门紧闭，许进不许出，按手艺工匠的花名册，将这些人也同时集中，决不能使其逃亡！这才留下燕京城大抓"说话人"徙之大金内地的传说，实际就是这么引起的，从此也留下"金之内地"的名词。

辽朝皇帝延喜被阿骨打追得好似丧家之犬，望风而逃。这日，他率领残兵败将和妻室儿女、皇戚贵族逃到居庸关，已经是人困马乏，跑不动了。他准备进居庸关歇息，随后逃进燕京，死守燕京城，与阿骨打相对峙。刚逃到军都山，有探马禀报说，金兵已来攻打居庸关。延喜一听，吓得浑身直颤，这便如何是好？

统军萧奉先安慰说："皇上，是真是假还没摸清，令人再去探听虚实，再作打算，皇上暂在此歇息会儿。"辽帝延喜依照萧奉先之意，先在此歇息歇息再说。辽帝延喜从千里驹上下来，见沟坡上有一块高约一丈、宽有一丈五尺的巨石，决定躺在石头上睡一觉。延喜刚要迈步，蜀国公主余里衍走到他跟前说："禀父皇，儿准备带宫女蔷薇先进燕京，一来告诉南枢密院来接父皇，二来儿去买药治病！"

辽帝延喜眉头一皱说："让秦王或许王去吧！"

余里衍脸色绯红地悄声说："儿患的是妇女病，他们去怎能行？"

辽帝延喜一听，心里转念，可也是，让她去一来治病，二来探听消息，金兵不攻燕京，朕好奔燕京去拒守抵抗，便对余里衍说："汝去可要速回，观察萧德妃有无变故？"余里衍说声遵旨，便领宫女绕路奔燕京而去。延喜才上到石头上，早有人将褥子给延喜铺好。延喜刚躺下，有人给他盖上貂皮被子，别让他冻着。天祚帝躺在石头上睡觉，那边萧奉先一再嘱咐大伙，不要乱说。

萧奉先嘱咐大伙不要乱说什么哪？因为居庸关地处关沟，关沟的山叫军都山，下边的水叫湿余水，这里有杨六郎的拴马桩，还有杨五郎的山石像，水滩上还有穆桂英的点将台。萧奉先嘱咐大伙千万不要说这些古迹，恐惊圣驾。因为辽帝延喜在古北口杨业祠时，杨业显灵，差点儿没将辽帝吓死，如果提及这些古迹，还不将辽帝延喜吓得胆破魂飞才怪咧！因为这个，萧奉先叮嘱皇室人员和贵族们，千万别提这些古迹。大伙也都好几宿没睡觉了，眼皮儿直打架，嘴没说心里话儿，你不叮嘱，谁还有闲心去唠这个，就都依山靠树想打个盹儿。

不到半个时辰，突然听延喜大声喊叫："救命！快救朕命啊！"惊得大伙举目一看，见辽帝延喜坐在石头上，双手抱头，不是好声地喊叫。萧奉先跑过去忙问："皇上，皇上，为何惊慌？"

辽帝延喜结结巴巴地说："杨……杨五郎讨要……要燕云十……十六州！"

这时，报马飞驰而来，禀报说："启禀万岁，大事不好，阿骨打亲率大军攻打燕京来了，先锋婆卢火已快到这里了！"

辽帝延喜在石头上梦见杨五郎讨要燕云之地，惊魂未定，又听到这个惊报，当时将他吓倒在大石头上。萧奉先见事不好，将天祚帝从石头上抱下来，抱到千里驹上，代替辽帝延喜传旨快逃。

天祚帝才又率领残兵败将奔鸳鸯泊、辽朝的捺钵之地逃去。

单说辽蜀国公主骑着马，带领宫女扮作平民百姓奔燕京而去。公主余里衍躲着金兵绕行，怕遇到金兵，落荒而奔。这天，余里衍绕路正往前行，突然从崖上传来虎吼之声，惊吓得坐骑咴儿咴儿直叫，往起一竖巴掌，差点儿将余里衍摔下马来。说时迟，那时快，这老虎从山上呜的一声向余里衍飞扑而来。余里衍的坐骑受惊而跑，吓得余里衍紧紧拽住马缰绳不撒手，那马如生出双翼一般，简直变成一匹"飞马"啦。余里衍两耳只听风声呜呜响，吓得她伏在马鞍上，信马由缰跑吧！

余里衍的马在前面飞驰，后边老虎也像一股风似的呜呜地追赶。跑呀跑，余里衍伏在马鞍上，不知这马往什么方向跑，也不知蹿过几道山，跨过多少道河，心中暗想，凭天由命吧！命大就活着，命小老虎追上来，将我吞进虎肚子里去也不错，死了还闹个大跑大颠的棺材。余里衍想到这儿，对马说："马呀，你随我伴着皇上东跑西颠，每天提心吊胆。今日我患病，欲到燕京买药治病，没想到遇见老虎，我的命就交给你了，你驮我到哪儿去，我就不管了！"余里衍说罢，将两眼一闭，凭命由天了。

余里衍的马从巳时一直跑到申时，飞驰到一座山脚下，突然马一惊，往起一蹿，只听咕咚一声，将余里衍摔在草丛里。余里衍一个滚身跳将起来，举目一看，见前面卧着一虎，后边还有老虎追赶，她两眼一黑，心想，我命休矣！随之哎呀一声，晕倒在草丛中，不省人事。

余里衍趴伏在草丛里，不知过了多长时间，被耳旁人们嘈杂的声音惊醒。她心里纳闷儿，难道我是在做梦？还是被虎吞食后的游魂？她腾地站了起来，见身旁围了不少人，那边还有一只死虎，人们围着一个金军的军官夸赞他的好箭法。

大伙见余里衍醒过来，纷纷说："姑娘可醒了，多亏这位将军救了你的性命，不然你早被老虎吞了！"

余里衍心里明白了八九分，八成是这位金朝军官将虎射死，把我救了，有心上前感谢，可他是我的仇人，我咋能去感谢他哪？余里衍正暗自思索的时候，就听有人说："姑娘，还愣着什么？还不快谢谢这位将军的救命之恩！"

余里衍举目扫视一下金朝军官，只这么一眼，余里衍从心里往外觉着酥一下子。不是别的，她见这位金朝将领原来是名小将，年龄不过二十左右岁，长得那个俊哪，一眼就打动她了，心突突乱颤，什么仇人哪，全抛在九霄云外，觉着这英俊的小军官非常可爱。尤其是英勇无比，能用箭射死猛虎，说明武艺超群。余里衍左一眼右一眼地看，两只眼睛全落在人家身上，撤不回来了。想要抑制浑身的颤抖也抑制不了，只好强移脚步，浑身哆嗦乱颤地走上前去，死盯盯地望着金朝的少年军官说："感谢将军救了奴家的性命，奴家给您施礼啦！"两只眼睛仍然盯着小将不放。

金朝小将说："不敢当，不敢当，是小姐命大，故而有救也！"金朝小将说着，向余里衍还礼。他用目打量这个被老虎追赶的姑娘，年纪似乎和自己相仿，弯月眉，银杏眼，齿白唇红，长得非常俊美，两只水灵灵的大眼睛望着他暗送秋波。他心里也颤抖一下，啊！莫非我和她前生的缘分，今日巧合，由虎搭桥，在此配偶不成？不然，哪有这么巧的。见她被虎追赶，我在后边追虎，虎追她，足追有一个时辰，她在此落马，我在此将虎射死。而她的马在主人坠地后，哑巴牲口站在那儿一动不动地望着她，这不是巧合吗？小将想到这儿，便问围观的民众说："此何地也？"

有一老丈回答说："此处乃'虎头石'也！"

小将又问："因何叫'虎头石'？"

老丈介绍说："说起这'虎头石'嘛，可大有讲究啊！说这话呀，还是汉朝的时候，这地方属右北平郡，于汉武帝元狩二年的时候，武帝任西汉名将李广为右北平太守。李广是陇西成纪人，因善骑射而闻名天下。汉文帝的时候，他参加反击匈奴攻掠的战争，为郎武骑常侍。景帝时任陇西、北地等郡太守，元狩二年调任右北平郡太守。他当太守后，匈奴不敢来侵犯，被人称为'飞将军'。这右北平一带有老虎，平民百姓提心吊胆，行路担惊受怕。李广就经常出去打猎，老虎要是遇见他，都得在他的箭下丧命。传说有一次，李广带领几名卫士打猎夜间才回来，从此地经过的时候，见这里山谷纵横，野草丛生。月色朦胧中，李广见山脚下的草丛里蹲着个庞然大物，仔细观瞧，是只老虎，赶忙拉弓搭箭，使出千钧之力，只听'嗖'的一声，正中老虎。卫士们跑过去一看，中箭的不是虎，就是这块形状如虎的大石头！"老丈说到这儿，走到大石头跟前，用手指着说："请看，李广射的那支箭，就是从这射进去的。"

余里衍和金朝小将举目上瞧，可不是咋的，都一千来年了，箭孔仍存。

老丈接着介绍说："李广当时心里也纳闷儿，不相信自己的箭枝能穿石。他又连射两箭，见箭射在石上，火星四溅，箭头折断，都未能射进去。所以唐代诗人卢纶写首《塞下曲》称颂李广射虎射石的奇迹。诗曰：'林暗草惊风，将军夜引弓。平明寻白羽，没在石棱中。'我们当地老百姓则说：'脚踩烟墩山，箭射虎头石。'从此管这山叫'虎头石山'，管这地方叫'虎头石'。今天，又有你这小将在虎头石旁射死猛虎，真乃'飞将军'再世也！"

余里衍惊讶地说："当时我眼睁睁见是真虎卧此，故而惊吓得晕过去了，奇也，真乃奇也！"

辽蜀公主余里衍在卢龙虎头石被救，救她的是大金的一员小将。她见小将长得英俊，一见钟情，产生配偶之意，便对小将将她如何被虎追赶，到此忽然坠马，眼睁睁见这卧只猛虎，吓得她两眼一黑，昏晕过去的经过述说一遍。小将一听，感到事情有些蹊跷，惊讶不止。余里衍见周围的人多，不便于和小将倾吐心情，遂心生一计，说道："小将军，杀人杀个死，救人救个活，还求小将军将奴家送到被虎追赶之地，和我家人团聚，定有重谢！"余里衍说罢，向小将施礼相求。

金朝小将一听，沉思片刻说："好，我反正得回营，汝随我同行，到营寨后，我派兵丁去护送你寻找亲人。"

余里衍一听，心中暗喜，我就是让你随我同行，好向你倾吐奴家的衷肠也！她赶忙去拉自己的马，说也奇怪，那匹马将她摔落在草丛里后，就站在山脚下一动不动地望着她，这马浑身是汗，肚皮底下已经成冰凌子了。余里衍拉过马，扳鞍上了坐骑。大金小将也上了马，对那位老丈说："这只死虎就送给你们吧，我要它无用。"说罢，陪着余里衍向北缓缰而去。小将在前，余里衍在后，虽然寒风有些刺脸，可余里衍脸发烧心发热，暗想，我得咋和他搭话儿呀？忽然心生一计，刚转过一个山头，她在后边突然从马上跳到地下，大声叫道："哎哟！哎哟！"

小将在前边行走，心里在转念这美丽的姑娘为何只身一人，说有亲人，为何虎单追赶她呢？忽然听见身后哎哟喊叫，见姑娘在地上坐着叫唤，大吃一惊！赶忙勒马，从马上跳下来，边跑边问："怎么弄的摔着没有？"

姑娘仍然哎哟、哎哟不住声地叫唤，小将跑到跟前，蹲在姑娘身旁，心疼地问道："哪儿摔坏了？"

姑娘两眼望着他，悄声说："不碍事的！"说罢脸色绯红，用眼神传递情义于小将。小将被姑娘瞧得不好意思，低下头说："不碍事我就放心了。"

余里衍说："小将军救了奴家的性命，又与奴家伴行，这是前生的缘分，不知小将姓甚名谁，可有配偶？"

小将见姑娘单刀直入，将心里话挑明了，一想，自己也得将真心掏给人家，不能有半点儿谎言，何况是奇缘相会。便对余里衍说："我乃大金国皇帝阿骨打次子，名叫斡鲁补，又名斡离不是也！"

小将就说这么几句话，惊吓得余里衍一个高儿从地蹿起来，哎呀一声说："真是冤家路窄也！"说罢痛哭起来。

余里衍这一哭，将斡鲁补哭愣了，他不知是怎么回事儿，他做梦也想不到姑娘是蜀国公主，呆愣愣地望着余里衍说："你为啥要哭，难道我说的不是实话吗？以为我用大话欺哄你不成？"因为斡鲁补有个错觉，以为姑娘听他说是大金国阿骨打次子，是吹牛的话，才腾地站起啼哭，便问出这样的话来。

余里衍听他这一问，还真的停止哭泣了，重新用目打量斡鲁补，端详过来端详过去，自言自语地说："可不是咋的，一点儿不错呀！"余里衍怎么能认识斡鲁补哪？她咋不认识，她是和延喜皇上共同观看斡鲁补被辽兵围困在垓心厮杀时认识的。那还是辽帝天祚逃到大鱼泺的时候，阿骨打率精兵一万余人追击，令蒲家奴、斡鲁补率四千金兵为先锋，昼夜兼行，追击天祚帝。战马疲乏不堪，很多军兵掉队，当追辽天祚帝到石辇驿时，斡鲁补率领的四千多金兵只剩下一千来人了。刚安下营寨，蒲家奴便与诸将商议，一千多兵疲劳不堪，咋能和辽兵相战呢？辽朝投降耶律余睹也说："我军几昼夜行军，人困马疲不可出战。"斡鲁补不同意他们的意见，说："咱们追击辽主，如不速战，日久他必远走他乡，还咋能追赶得上啊！"诸将听后，认为斡鲁补说得有理，便随之而战，和辽兵短兵相接，斡鲁补被辽兵层层包围困在垓心。辽天祚帝听说阿骨打次子带一千多兵被包围了，立即传旨，令辽兵两万五千多人全军出城，以多胜少。他认为斡鲁补这一千多兵非全被歼灭不可，然后与嫔妃和皇子、公主、贵族等皇亲国戚坐在高阜之上观战，看看斡鲁补全军是咋样被消灭的。

辽天祚帝得意忘形地观战看热闹，其中就有蜀国公主余里衍，她居高临下，见斡鲁补这员小将东奔西杀，马到之处人头落地，辽兵再多，也没有敢贴近他跟前的。虽然余里衍看不清斡鲁补的面目，但他是阿骨打的次子，这是记得非常清楚的。余里衍眼睛看看，心里还暗暗替斡鲁补捏把汗，你武艺再高强，好虎架不住一群狼啊！哪知正在余里衍替斡鲁补担心的时候，就见斡鲁补率领部分精兵直向辽兵杀来，很快杀出一条血路，斡鲁补所到之处，如入无人之境，眼看奔辽天祚帝杀来，天祚帝大惊失色，不是好声地喊："快逃啊!"余里衍才随父皇鬼哭狼嚎一般逃跑了。

辽天祚帝一逃，这两万五千多辽兵立刻乱了阵脚，哗啦一下子散花了，各自逃命，互相践踏，死伤无数。余时衍还记忆犹新，随天祚帝跑着跑着，忽然有人不是好声地喊："斡鲁补率轻骑兵追来了!"当时有不少人被惊吓得从马上栽落下来。从这之后，在辽天祚帝皇室人员中，要提起斡鲁补的名儿，有些人会不寒而栗呀!

今天，余里衍却被这样一个英武小将所救，她真是有些望而生畏，又惊又怕又痛心。惊的是没想到他是斡鲁补。怕的是阿骨打次子能要我这个仇家之女为配偶吗? 痛心的是意外之中遇到仇家，这便如何是好? 所以她才哭泣。

余里衍端详认准之后，便说："你果然是斡鲁补?"

斡鲁补说："我确是斡鲁补。"

余里衍又哇的一声哭了起来，双膝往地上一跪说："世人都说有缘千里来相会，无缘对面不相逢。没想到咱俩冤家来相会，虎追汝赶来相逢，要杀要砍由你吧!"说罢低头等死。

余里衍之举，使斡鲁补丈二和尚摸不着头脑，也慌忙跪下说："小姐何出此言，难道我斡鲁补救你还救出罪过不成?"

余里衍说："小将有所不知，我乃辽天祚帝之女，蜀国公主余里衍是也。我与你是仇家相逢，水火不容，还有何说?"

斡鲁补一听，惊吓得瘫倒在地，哇呀一声说："你的话当真?"

"当真!"

"果然?"

"果然! 谁还敢用此话哄你吗?"

斡鲁补一听，大笑说："原来是蜀国公主，失敬! 失敬!"

余里衍说："小将，少要折磨奴家了。要知汝是斡鲁补，就不应该救我，让老虎将我吞进腹去，得个囫囵身儿，还闹个大跑大颠的棺材。如今，你让我身首分开不说，扔在这荒山野岭，无人掩埋……"余里衍已泣不成声了。

斡鲁补说："公主应该庆幸自己，这是虎追光明，逢凶化吉遇难呈祥，你得新生之兆，为何要啼哭呢?"

余里衍问斡鲁补说："你的话怎讲?"

斡鲁补说："冤有头，债有主，汝父荒淫无道，与你何干? 你今天被虎追赶，遇我相救，可说得上一桩奇事，暗示你重见光明的征兆。你如果诚心实意与我配偶，可将怨仇之恨转为终身相伴，白头到老！"

余里衍说："你的话是骗我的，我就是将心掏给你，你也不会相信我的。"

斡鲁补说："公主，我要是骗你，天打五雷轰。俗语说，杀人杀个死，救人救个活。我救了你，绝对救到底，不过要看你的心了。"

余里衍说："看我的心，是从心眼里往外爱你，可你能相信吗？"

斡鲁补说："我问你，为何被虎追赶？你随父皇千军万马而行，老虎为啥要追害你哪？"

余里衍才将她欲到燕京去买药治病，为父皇探听消息，父皇准备到燕京拒守，与大金再见高低的话原原本本述说了一遍。

斡鲁补听后，心中大喜，便对余里衍说："汝要是真心爱我，愿和我配偶，只要你能将萧德妃等辽朝皇室人引来，让我俘虏之，奏明父皇，父皇一定能同意咱俩相配之事。没有这个，父皇不仅不能同意，还要问我个收敌为妻、临阵配偶之罪呀！"

余里衍说："如果我这样做之后，你不收我，我上哪儿告状去呀！"

斡鲁补说："方才已盟过誓，我要骗你，或者你这样做了，我不收你，天打五雷轰，我不得好死！"

余里衍听后，一头扑到斡鲁补怀里说："小将军言重了！"

俩人这才并缰催马，按计行事去了。

阿骨打次子斡鲁补咋能救余里衍哪？原来斡鲁补在石辇驿，见辽天祚帝逃跑，他便率轻骑兵千余人随后追赶，蒲家奴随后。哪知，辽天祚帝路径熟悉，他们追差了路径，所以没追上。这时，斡鲁补接到金牌，让他转战去燕京，作为攻取燕京的后援。就这么的，中途忽然见一匹快马，马上驮着一女子，眨眼而过，后边又飞驰过来一只猛虎，拼命追袭这匹驮女之马。斡鲁补喊声待我去救，一催坐骑，一溜风似的尾随猛虎后边追去，追过两个山头，来在虎头石下将虎射死，救了辽朝蜀国公主余里衍。

余里衍和斡鲁补挑明各自身世，蜀国公主暗投金朝，私订婚约。她去燕京城将萧德妃等骗出，让斡鲁补俘掠之，立此功劳，表明投金的真心，方能和斡鲁补实现配偶之缘。两人按辔缓缓而行，又转过一个山头，余里衍问斡鲁补说："离你兵营还有多远？"

斡鲁补说："再转过一个山头便是。"

余里衍勒马停行说："小将军，咱二人就此分手，我也不寻找宫女了，单人独骑去燕京。如果燕京汝父皇不攻打，我就里应外合，将汝放进城去，占领燕京。如果汝父皇攻之，我就引他们去投我父皇为由，引他们出来，你潜在暗处，突出拦截而掳之！"

斡鲁补说："此计甚妙，但咱俩咋联系哪？你到哪儿找我，我在哪儿等你？"

余里衍一听，还是斡鲁补想得周到，便说："小将军可将兵带到燕京西'龙门涧'，龙门涧东侧有龙门，可将兵隐藏在那儿等我。"余里衍说完，从怀里掏出一对鸳鸯泊玉刻，对斡鲁补说："这是父皇登基后，在鸳鸯泊行'春捺钵'时，令工匠制作的，赐给皇室人员留念。分雌雄一对儿，今将雄的交付于你收藏，表示一对鸳鸯永不分离！"余里衍说着，将雄鸳鸯泊玉刻递给斡鲁补，刹时珠泪滚滚而下。

斡鲁补接过鸳鸯泊玉刻，珍惜地揣在怀里，他从内衣里掏出一颗东珠说："这是一颗东珠，是我心爱之物，交付于你为记，见珠如见人！"

余里衍接过东珠，揣入怀内，说声"保重"，与斡鲁补洒泪而别，催马奔燕京而去。

余里衍骑在马上,心里纳闷儿,中途遇虎,转危为安,跑出来个斡鲁补,暗定终身。这还不说,我经脉不止,经过这场风险,这病还轻了,肚腹也不怎么疼了,但不知宫女蔷薇到哪儿去了,能不能先去燕京,她思前想后,快马加鞭,疾驰燕京。

余里衍来至燕京城外,听说阿骨打已占领燕京,宰相左企弓等汉人官员已降金,萧德妃率南府小朝廷皇室人员逃奔古北口去了,她便毫不迟疑地奔古北口拦截萧德妃去了。

萧德妃由耶律大石率领常胜军护卫着,从燕京逃至古北口,萧德妃带领嫔妃到杨业祠,参拜杨业祠,祈祷保佑后,便在杨业祠歇息。就在这时候,余里衍赶来了,进了到杨业祠,参拜萧德妃,不禁潸然泪下,才发现宫女蔷薇已随逃至此。

萧德妃拉着余里衍的手问道:"听蔷薇说,你被猛虎追赶,不知后来是咋脱离虎口的?"

余里衍回答说:"多亏这匹宝驹,如飞一般,将我驮驰很远,终于将老虎抛开,脱离虎口,今日才得相见!"说着泪如雨下。

蔷薇跪在她面前,哭泣说:"公主被猛虎追袭,可将我吓坏了,真是叫天天不应,叫地地不语。等了一天一宿不见公主回来,没办法,向空遥拜公主,祈祷公主平安,才独自骑马奔燕京。刚到燕京,金兵就占领了南门,随萧德皇后逃至此,未想到又和公主见面了!"

此时,余里衍心里像开锅的水,直翻花儿,心想,这可咋办?离燕京这么远,又咋和斡鲁补联系,他又咋能知道我在古北口?她沉思默想着。

萧德妃对余里衍说:"燕京被金占领,你来得正好,领我们去寻皇上,归到一处。我这儿还有一万多名常胜军,合兵一处,拒敌的力量就更大了!"

余里衍一听,暗自惊讶,还有一万多名常胜军,咋能让斡鲁补掳去立一大功?不怪自古以来,都说女大外向,真是一点儿不假呀,这余里衍心里全是为大金着想了。她想不出道道来,就呜呜直哭。

这时候,耶律大石和御厨彭高手进到祠来,一个是向萧德妃请旨咋办?一个是请旨做什么饭菜吃?参拜萧德妃后,耶律大石惊诧地说:"蜀国公主因何这么悲伤?"

耶律大石这一问,余里衍心里咯噔一下子,忽然计上心头,就像自

384

言自语地说:"能不悲伤吗?可叹我辽朝无有荆轲式不怕死的英雄,统帅千军万马只想逃也,不能拒敌,怎不令我伤心流泪呀!"说得耶律大石脸色绯红,无地自容,嘴没说心里想,我还不如蜀国公主女流之辈!

听了余里衍的话,御厨彭高手激动了,扑通一声跪在萧德妃面前说:"皇太后,别看吾是个厨子,报国之心人皆有之。公主说无有荆轲式的英雄,我愿学荆轲,前去杀害阿骨打!"

余里衍听后,惊疑地问彭高手说:"彭师傅,说说你咋能杀害阿骨打?"

彭高手说:"听说阿骨打为了掠掳手艺工匠,他假装爱才,视手艺工匠如珍宝。我给他来个将计就计,领我助手王晓天前去假投降。听说我是御厨,他见我手艺高超,非留我给他烹饪佳肴不可,可借机下毒药,将他药死。即使将我当场捕获,只要能杀死阿骨打,我死而无怨!"

耶律大石一听,高兴地说:"好,好计!这么说,全不走了,听候彭师傅好消息。阿骨打被你弄死后,我领常胜军杀回燕京,将城再夺回来!"

还没等萧德妃说话,余里衍赶忙接过说:"彭师傅真乃荆轲再世,令人起敬,请受我一拜!"余里衍跪下给彭高手磕了三个头,吓得彭高手搀不得扶不得,跪在地上直劲儿叫喊:"使不得!使不得!"

余里衍做得像真的一样,向萧德妃献计说:"萧皇太后,我辽朝胜败如何,全仗彭师傅和耶律大石了!此计甚妙,但以我之意,我们不能在古北口久留。今夜耶律大石护卫咱们绕道奔燕京,屯兵城东,彭师傅进城去行事,事成即攻进城去。萧皇太后和皇室人员由我领路,从燕京去寻找我父皇,将彭师傅和大石将军定计之事学说一遍,让父皇发兵为后援,夺下燕京,再随父皇返回燕京,方能使萧皇后不受风霜之苦,还可减去耶律大石的负担。不然,他既要带兵打仗,又要照顾保卫皇太后,一心不可二用,怎能击败金兵哪?"

萧德妃一听,蜀国公主余里衍说得条条是道,真是心服口服,不住点头。可她心乱如麻,还是不能做主,便问耶律大石说:"大石将军,你看如何行事?"

耶律大石说:"公主谋略过人,以我之意,大兵先驻扎于此,这古北口是交通要道,欲夺回燕京,古北口不能放弃,它可拒金之援兵。再说,彭师傅毒死阿骨打,金人不战自乱,夺回燕京不需多少兵马,只带两千就足够用了。"

余里衍一听，更合她的心意了，赶忙接过说："还是耶律大石深谋远虑，此举更能加速行事。"

就这么的，耶律大石带两千精奇兵，护卫着萧德妃绕路返回燕京。按照余里衍说的，城西驻扎金兵，城东没驻扎金兵，令人一探，果然如此，才奔到城西龙门外 25 里处扎下营寨。余里衍和宫女尾随彭高手之后，进城去探听消息，好给大石报信儿，因为是年轻姑娘，不能引起金人注意。萧德妃和耶律大石均信以为真，做梦也没想到，余里衍要给斡鲁补报信儿！

余里衍尾随彭高手、王晓天先后进到燕京城后，又定下联络地点，就是城北商市果品铺门前炒栗子这家。联络地点定下后，余里衍让王晓天安排宫女蔷薇先住在他朋友果品铺家，就说是进城买药的，她另有别事，办完就来，方骑着马向城西飞驰而去！

斡鲁补带兵赶往燕京，中途听说燕京已被父皇占领，忙催马加鞭，按着和余里衍定下的计谋行事。当斡鲁补带兵来至燕京西龙门涧时，举目观看，只见有一条山清水秀的山谷。谷分东西两涧，各自绵延十余里。东涧入口处，像刀削斧劈一般的两座峭壁对峙，形成一座天然门户，当地人们给它取名叫"龙门"。斡鲁补一问，方知这龙门也有来头，原来这地方早先年曾发生过黑龙和青龙相斗的事儿。他们扎下营寨，沿龙门而进，抬头一看，天变小了，低头看路，路变窄了，脚下是溪水，冻结成冰。沿小溪而上，绕过几座山峰，便见十几层好几十丈高的一块巨石矗立在路上，名叫"将军石"。沿龙门逶迤延伸九曲回廊，左弯右拐，便到山涧最狭处，两壁石崖相隔咫天，头顶只有蜿蜒的一线天，故名"一线天"。从涧底攀石向上便是黑龙潭。据说黑龙为了战胜行妖作孽的青龙，互相争斗，青龙被黑龙战败，钻山逃走。黑龙在后面追赶，青龙钻进西涧，黑龙钻进东涧，留下这东西两涧和"黑龙潭"、"青龙潭"，便有了"龙门涧"之称。

斡鲁补在此扎下营寨，立刻派人去燕京城向父皇阿骨打禀报，言说他在此等候重要情报，暂不能进城拜见。等情报弄到，立刻进城奏禀，并没挑明与辽蜀国公主之事。阿骨打听说儿子斡鲁补在城西等候重要情报，不知啥事儿，便回旨说："汝先扎寨龙门涧，情报得到后，速来禀奏！"

斡鲁补就在龙门涧等呀，盼啊，盼望辽蜀国公主余里衍早点儿来。盼一天，不见影儿，又盼一天，还没见着影儿，一连等了八九天，余里衍终于骑马来了，可把斡鲁补乐坏了，当即将余里衍领到一旁。

余里衍把她在古北口杨业祠用蒙哄计将萧德妃和皇室人员、耶律大石均哄骗到东龙门外二十五里处，并定下计谋对斡鲁补诉说一遍。

斡鲁补认为余里衍定的计谋好，待禀奏父皇后，再按计行事。为了不露马脚，斡鲁补也化装成平民百姓，随余里衍驰奔燕京城。他俩约定，余里衍在燕京城外东北郊兴国寺候等斡鲁补。为啥要选择那儿呢？因为这兴国寺地处郊外，是个僻静之处，平日很少有人来往，还好找，所以选择这么个地方。会面地点定下后，才各自分手。

单说斡鲁补化装成平民百姓，来至德胜宫，刚要进宫门，被御侍卫拦住了。他掏出金牌，御侍卫才认出是斡鲁补，从装束上知道是有要事见皇上，谁敢阻拦？来至德胜殿，令人暗中禀奏皇上，说斡鲁补有要事要见皇上。传事官不敢怠慢，慌忙进去禀奏。

阿骨打正坐在殿内候等王晓天寻找宫女，听彭高手学荆轲是何人指使。听说斡鲁补来见他，知道是来谈重要军事情报，便站起身来，对左企弓说："待朕看他何事，你先在此等候。"说罢出去了，将斡鲁补领进一个密室，将门关上。斡鲁补参拜后，坐在阿骨打下首，还没等开言，阿骨打便催促说："你得到什么情报了，快说给朕听！"

斡鲁补将他奉旨赶奔燕京路上，发现一只猛虎追赶一骑马女子，他见后，驰马追击猛虎相救，直追到卢龙虎头石将猛虎射死。原来马上的女子是辽天祚帝的次女蜀国公主余里衍，她领宫女到燕京城一来买药，二来为天祚帝探听消息。被儿救后，她欲与儿订终身，儿并提出要订可以，但得见汝真心，并提出要求，她才单人独骑奔燕京城。等她到时，父皇已占领燕京。余里衍探得萧德妃等逃到古北口，她追到古北口，在杨业祠见到萧德妃，使用蒙哄计，将耶律大石、萧德妃均骗到东龙门外二十五里处扎营候等。她又随彭高手来至燕京，暗定联络地点城北商市果品铺门前炒栗处，宫女在那儿等她。她又跑到城西龙门涧找到儿，告诉这些计谋，她在兴国寺等儿等详详细细的经过，竹桶倒豆子一点没留全对父皇说了。

阿骨打听后，不由得哎呀一声，说："她设的好计，差点将父皇害死！"

斡鲁补一听，大惊失色，问道："怎么，父皇这么快就用彭高手做菜了？"

阿骨打遂将彭高手来投降，他咋定的举行宴会招待手艺工匠和降臣，让彭高手烹饪佳肴。哪知他在"雪夜桃花"里下毒药，多亏左企弓的儿子左泌听到王晓天密告赶来相救，解险化吉，方知是宫女对王晓天透露的。由此看来，公主说的是实情，就她之计，可分头行事。你速去与她会面，让公主领萧德妃等去投辽天祚帝，并告诉她，你带兵尾随她的身后，见着她父皇天祚帝被拖住，围攻而擒之。向公主交底，擒住后，决不杀他父，并给以王位，让她放心。同时让公主安慰耶律大石，就说彭高手已被重用，给大金皇帝做菜，计划近几日下手，听候宫女信息事成报信，夺回燕京。向公主转告后，速归，父皇好令你去捉拿天祚帝！"

斡鲁补哪敢怠慢，出得宫来，骑马奔燕京城东北郊外而去。

斡鲁补来到兴国寺①一瞧，见余里衍没来，他就将马拴上，假装游览兴国寺。只见兴国寺门里竖立着石经幢，斡鲁补好奇地走近跟前一看，是多块石刻堆建而成石柱状，柱上还有盘盖，比柱径大出一大块。刻有垂幔、飘带等图形。柱身刻着佛像、梵文、经文等，下面刻着辽道宗寿昌五年立石幢等字。

斡鲁补正看得出神，忽听身后有一女子悄声问他："你在看什么？"他吓了一跳，赶忙回头，见是蜀国公主余里衍。急忙走出寺门，将公主余里衍领到无人僻静之处，问道："公主为何才来？"

蜀国公主说："还问呢，差点儿酿成大祸！"

斡鲁补不解地问道："出何事了？"

余里衍说："你父皇没和你说吗？差点儿药死你父皇和手艺工匠！"

斡鲁补说："父皇说了，到底是咋回事儿呀？"

余里衍说："彭高手拜见你父皇后，你父皇非常高兴，当即决定摆御宴，招待手艺工匠和降臣。彭高手认为时机已到，就打算将参加御宴的人全药死，让王晓天和他买药。王晓天一听要害死这么多人，何况还有他的恩人左企弓宰相，便拒绝彭高手的要求而去。可他担心宰相左企弓，急得团团转。没想到人不该死总有救，王晓天从家出来，要奔城里来想办法送信儿，恰巧遇见左企弓的儿子左泌，将此事告诉他了，才转危为安，有多危险啊！我听说后，吓得浑身直哆嗦，赶忙到果品铺炒栗子处去找蔷薇，她却出外找我，听说王晓天也去找蔷薇，我们仨就互相找起来了。好容易将蔷薇盼回来了，她让我快跑，说王晓天领人捉拿我。可我心里有底，知你定和父皇说了，抓去也不能将我咋样。但怕暴露，我还是迅速领着蔷薇离开果品铺，直奔龙门，让她在龙门等我，说我要和辽朝一名密探会面，去去就回，所以来晚了。"

斡鲁补说："彭高手使用毒药的事儿，耶律大石和萧德妃能不能知道，要是知道可就坏了。"

余里衍说："放心，我已和萧德妃、耶律大石约好，由我和蔷薇传

_____

① 兴国寺：元朝改为万寿兴国寺，明代改为社稷坛，是皇帝祭祀五谷神的地方，清朝一直沿用。1914 年，中华民国改为中央公园。

递信息，他们能信不着我吗？不过有一事为难，就是我回去率领萧德妃等去见父皇，你在后边尾随，说句不好听的话，我引狼入室，这都好办，不过将宫女蔷薇安排在我那儿，可将我难住了。"

斡鲁补说："她跟你一齐走，好侍候你呀！"

余里衍说："她要是随我去，耶律大石一见，不就知道我说的是假话了吗？当时不就露了马脚吗？"

斡鲁补一想，可也是，咋办好呢？突然想起父皇说的，正等着王晓天领宫女来见。何不让宫女随王晓天去见父皇，我留下话儿，让父皇妥善安排她，待吾与公主婚配时，仍然让她侍候我俩。想好后，便对余里衍说："我看，只有让王晓天领宫女见父皇，我留下话儿，让父皇好好儿安排照顾她，等咱俩成双配对时，仍然由她……"

还没等斡鲁补把话说完，余里衍轻轻拍了斡鲁补一巴掌，说："谁让你说这个！"接着又道："只好如此了。"

斡鲁补说："事不宜迟，咱们分头行动吧！"

两人乘马分道扬镳，各行其事去了。

　　翰鲁补和余里衍分手之后，回到宫中，见到父皇阿骨打后，将和余里衍相会、分道扬镳之事讲了一遍后，又向阿骨打禀奏说："余里衍为稳住耶律大石，让宫女去找王晓天，王晓天带她来见父皇，望父皇妥善安置，公主就放心了。"

　　阿骨打说："父皇晓得了！"阿骨打立即传旨，召翰鲁、婆卢火来见。

　　不一会儿，翰鲁、婆卢火进来，参见阿骨打后，侍立一旁，听候旨意。

　　阿骨打说："婆卢火听旨！"

　　婆卢火说："末将在。"

　　阿骨打说："你连夜带兵，火速进军古北口，将古北口团团围住，不能让'常胜军'的兵士逃跑，等候翰鲁和翰鲁补他们率兵赶到，不需征战，'常胜军'定然投降。'常胜军'投降后，这一万多兵马全由你收编在你的军中，翰鲁、翰鲁补他俩好率军西征！"

　　婆卢火说声遵旨，转身退下。

　　阿骨打接着对翰鲁和翰鲁补说："朕任翰鲁为西征都统，翰鲁补为副都统，你二人分别带兵西征，捉获辽天祚帝。翰鲁补为先锋，翰鲁率大军随后，追击辽天祚帝。但要切记，捉获辽天祚帝和宗室贵族人等，不准许伤害虐待，要安抚护送内地。如果有人侵犯伤害，按军法惩处！"

　　翰鲁、翰鲁补齐声说遵旨。翰鲁又问阿骨打说："吾等何时起兵？"

　　阿骨打说："你们带兵先去东龙门以外，在各道口潜伏，见辽萧德妃和皇室人跋山涉水逃走，不要拦截。翰鲁补则巧妙尾随其后，去寻天祚帝。而翰鲁你见萧德妃过后，速包围辽南院耶律大石，他还有两千左右'常胜军'，捉获耶律大石后，带兵去古北口，让大石招降他的'常胜军'。'常胜军'归降后，将'常胜军'交给婆卢火。你携带耶律大石西征，好让他为你引路，并规劝他降金，仍可受重用。"

　　翰鲁和翰鲁补接受阿骨打的旨意后，分别调动兵马行事。

　　单说辽蜀国公主余里衍和翰鲁补分手之后，骑马来到东龙门，见宫女蔷薇正在等她。蔷薇见公主来了，欢天喜地迎至近前。蜀国公主将她拉至一旁，悄声说："蔷薇，我已安排好了，原来左企弓等人全是假降，他们均在待机行事。汝速到北商市去等王晓天，由他领你去见左企弓，等彭高手药死阿骨打，你速来禀报。待我回去将安排的事儿禀奏萧德妃，让她赶快去见我父皇。"

蔷薇一听，反问说："那我咋听说王晓天见人来抓他，吓跑了，我才没敢停脚啊！"

余里衍冷笑一声说："是我让左企弓父子去找王晓天，王晓天没闹明白惊跑了。你速去，见到王晓天就有安身之处了，我也得赶快走！"说罢扳鞍上马，啪啪两鞭奔东疾驰而去。

在燕京城东龙门25里之地，有条壁埭，是早先年留下的一条长约二十里的土坝，为防水而建的。壁埭东面是条沟壑，不熟路径的人，还真找不到这地方。萧德妃和耶律大石将营寨就扎在这沟壑里面，西有壁埭挡着，像面城墙一般，他们猫在营帐里等候着余里衍。他们见余里衍回来了，可乐坏了，余里衍将早已编好的瞎话儿对他们说："左企弓等人是假降，彭高手已和左企弓联系上了，宫女蔷薇就住在左企弓府上，待机行事。只要将阿骨打药死，蔷薇马上前来通风报信，耶律大石就可立即发兵，左企弓里应外合，夺回燕京城。萧太后随我快快离开此地，迎接圣驾，返抵燕京！"

余里衍将瞎话儿诉说一遍，萧德妃听后，高兴地说："原来汉人臣官们和我契丹均是一心，平州张觉也是假降，待机叛乱也！"余里衍听后，大吃一惊，怎么，张觉是假降，我得将这事找机会传告给斡鲁补。

萧德妃、耶律大石被蜀国公主的瞎话儿蒙哄住了，还将张觉假降透露出来了。蜀国公主的话，他们能不信吗？萧德妃当即收拾细软之物，令耶律大石派二百名精兵和三百名御侍卫合在一起，护驾去寻天祚帝不提。

再说宫女蔷薇按着余里衍的吩咐，返回到城北商市，见那家果品铺门前仍在炒着栗子，王晓天站在锅旁唱咧咧地叫卖栗子。宫女牵马刚过来，王晓天一看，乐坏了，赶忙跑过来悄声说："你可来了，左宰相正等你哪，快随我去。"

阿骨打听斡鲁补禀报后，他令斡鲁补、斡鲁带兵去捉拿耶律大石。就在斡鲁整顿队伍出发的时候，阿骨打又忽生一计，他想，用兵包围，最后还得征战，征战就得伤人，还不如让宫女带人去报信儿捉之，便对左企弓商议定计，左企弓让他儿子随宫女前去。定好之后，阿骨打又将

阿骨打传奇

斡鲁找来，让他选几名勇武将领，前去捉拿，汝带兵包围喊叫投降。斡鲁才决定派召立、娄室化装成契丹卫兵，随左泌去擒获大石。计议妥善后，静等王晓天领宫女来。

王晓天将宫女带到宰相府，左企弓正在候等。宫女进来参拜宰相，左企弓一见大喜，令人将宫女先领进内宅。宫女走了之后，左企弓对王晓天先说些感激的话，最后才让他去见皇上阿骨打，说阿骨打找你有事，宫女交给他行了。王晓天心里划魂儿，原来说是要追究何人唆使，怎么又不问了？只好转身说："我去了。"离开宰相府去见阿骨打。

左企弓将王晓天打发了，听说宫女已吃饭了，才将宫女叫出来，悄声对她说："蜀国公主已和你说了，定于今晚行事。汝快带吾儿左泌去见耶律大石，让他随左泌今夜带兵前来，等我儿左泌唤开城门后，耶律大石立刻杀进城来，我里应外合，乘金官兵混乱之机，杀他们个措手不及，这燕京城仍归大石所有。"宫女一听，心中欢喜，左企弓当即令人将左泌唤来，左泌进来，身后带两名卫兵。左企弓对左泌说："汝随宫女去见大石，让他随汝带兵来夺燕京城。汝唤开门后，他立刻杀进城来，我里应外合，定能成功！"

左泌说声"谨遵父命"，便随宫女出得门来，四人骑马，直奔东龙门，向东郊直行。宫女在前，左泌在后，召立、娄室尾随，奔壁埭而去。

宫女领他们到这儿来的时候，萧德妃和余里衍刚走不大一会儿，要早到半个时辰，还遇上了，幸亏萧德妃走了。宫女来到壁埭的埭门，啥叫"埭门"呢？就是土坝一个豁口。下得马来，将马交给召立，她单身一人走进豁口，刚走进去，里边喊问："谁？"

宫女说："吾乃蜀国公主余里衍宫女蔷薇，来见林牙。请通禀林牙，就说我和左企弓宰相的儿子左泌前来求见，有要事禀报！"

哨兵哪敢怠慢，他们都知此事，迅速进去禀报。

林牙大石听到禀报，心里划魂儿，嘴没说心想，咋这么快？萧德妃和蜀国公主前脚儿走，宫女后脚儿就领左泌来了。不行，我得出去看看，不能让他们先进来，遂说道："待我前去看来！"

有人说了，怎么越听越糊涂，一会儿叫耶律大石，一会儿叫林牙大石，有几个大石呀？列位有所不知，"耶律"是复姓，"林牙"是官名，是掌管文翰的大学士。耶律大石是辽太祖的八世孙，属皇族子孙，因而人们有时称他官名，有时称他姓名，故而叫耶律大石，又叫林牙大石，

计捉耶律大石

393

都是他。

耶律大石从军帐出来，直奔豁口，到这儿一看，果见宫女蔷薇站在豁口处候等。他走上前去，问道："蔷薇，你来作甚？"

蔷薇说："奉宰相左企弓之令，带其子左泌前来见林牙。"

林牙大石说："左泌在哪儿？"

宫女用手一指说："就在豁口外面。"林牙大石令人举着灯笼火把，从豁口走出来，口里喊着："左泌在哪儿，左泌在哪儿？"

就在林牙大石喊叫的时候，左泌向后一闪，娄室窜至前面，口喊着："在此也！"

林牙大石不但认识左泌，而且还很熟悉左泌的语声，因为他过去跟左泌学过汉文，左泌已年近半百，林牙大石才 35 岁。他听娄室的声音不对，一愣怔的时候，召立冷不防一伸腿将林牙大石绊倒，没容他分说，眨眼工夫，娄室和召立将林牙大石捆缚上了。

这时候，就听四面八方齐声呼喊："耶律大石被活捉了，'常胜军'快投降吧，不投降就做刀下之鬼！"简直听不出个声，如同海水涨潮一般，震荡得壁垒嗡嗡直响。

左泌也高声喊道："辽'常胜军'们听着，我乃左宰相长子左泌是也！奉大金皇帝御旨，前来捉拿耶律大石，现已活捉啦！'常胜军'愿投降者，请放下武器，举手到壁垒外面来；不愿降者，在沟壑里等死。现在你们已被大金兵层层包围了，一个也逃不出去了，何去何从自便吧！"

宫女蔷薇惊吓得直眉愣眼，浑身乱颤！

不一会儿，辽"常胜军"全投降了！

用计收降常胜军

耶律大石被捉获捆缚后，大骂左企弓父子不止，斡鲁没敢将他松绑，直奔古北口去收降那八千多常胜军。

古北口的"常胜军"早被婆卢火包围了，等候斡鲁、斡鲁补的到来。

斡鲁补已尾随蜀国公主余里衍而行，他带两千精骑兵像跟踪似的，缓缓而行，不让萧德妃发现后面有追兵。还特派两名精明的将领，化装成平民近距离的尾随，就是相隔十多里路跟着，留下标记，斡鲁补缕着标记前行。

斡鲁补带着耶律大石来到古北口，和婆卢火会师后，斡鲁和婆卢火劝说耶律大石，让他出面呼喊"常胜军"投降，并向耶律大石交底说：只要林牙降金，仍保持原来的官位不变，接着以耶律余睹为例进行说服。

耶律大石听后，心中暗想，乘他们劝说我投降之机，何不将计就计，口里先应允下来，只要他们给我松绑，我就好办了。不然，他们捆缚着我，即使有腾云驾雾的本领也无济于事。耶律大石想好后，对斡鲁说："都统，契丹人有句俗语，叫做'识时务者为俊杰'。可我一时迷了心窍，都统要不提醒我，仍然执迷不悟。现在我明白了，耶律余睹就是我的一面镜子，我降服也就是了，请你们将我解去捆缚吧！"

婆卢火说："你这滑头，说得可容易，放你？是让你招'常胜军'投降……"

斡鲁赶忙用目示意，不让婆卢火多说，因他知道，婆卢火是急性子，动不动就大动肝火。对辽的降官应耐心说服，不是压服，压而不服。只有感化他的心灵，心灵冻结的冰融化了，才能心悦诚服。这是阿骨打经常对他们说的话，斡鲁始终按照阿骨打这个意思去指导自己对辽的降官、将领。他接过说："林牙，汝如果真心降金，得看汝的行动，如果能将'常胜军'招降过来，这说明你是真心实意降金。不然，空口无凭，你嘴皮子说降，谁知你心咋想的？人心隔肚皮，共事两不知。只有你拿出真实心意来，方能取得我们的信任。"

395

耶律大石说："我投降后，当然得招降'常胜军'，可难道让我带着绑绳去招抚'常胜军'投降吗？"

斡鲁说："非也！吾是说，你真心投降，应有所表示。摆在你面前的表示，就是如何招降'常胜军'，得说给我们听听啊！话又说回来了，本应不捆缚于你，可你自取其缚，从捉获你至现在，始终是破口大骂我们。要是你们契丹，捉获我们女真人，这样谩骂，你们早杀了。可我们女真以宽大为怀，不计较这些，而且是对事不对人。就是说，灭辽兴金，金代镔铁。镔铁让位，金主宰天下，是天意所定，不是某个人能抗衡得了的。正由于这样，我大金皇帝阿骨打上行天意，下随民心，兴师伐辽，以有道伐无道，是上天和民意之所趋也！正如林牙刚才所说，识时务者为俊杰，识时务，就是顺天行事，不能逆天而行。虽然汝是辽太祖八世后裔，只不过是位林牙而已。吾大金皇帝阿骨打早就告示天下，就是捉获辽天祚帝，亦决不杀害，而要以王位赐之。这就是以仁慈为怀，对事不对人的光明磊落之举，望林牙深思之。"

林牙大石听在耳中，笑在心里，嘴没说心里话儿，你别说教了，这套鬼把戏我大石懂。今日不杀，是今日需要为你们招降"常胜军"，故而留命用事。不然厮杀决战，分胜负而掠之，谁胜谁负，得用你一刀我一枪而定之。反之，你们用我这张嘴皮子，去干那昧着良心出卖祖业而保全自己性命的事儿，将一万多名"常胜军"双手奉送给你们女真，军得到手，还能允许我存在吗？对你们无用时，就该将我杀之，死后还有啥面目去见我耶律的祖先？不能！说啥不能干这种出卖祖先留骂名于后世的勾当。

斡鲁那么说，大石这么想，这两条道路的车不是一趟线。

斡鲁说完，林牙大石接过说："我已想好了，只要都统能将我解去绑绳，我方可到'常胜军'中去，说服'常胜军'归服之。否则，'常胜军'不仅不能归服，而且一定要与你们决一死战，谁胜谁负可不好说了！"

婆卢火冷笑一声说："此话咋讲？"

林牙大石也冷笑说："都统，我不说你们也知道，这'常胜军'是耶律淳、天赐皇帝御编军队，原名叫'怨军'。他当天赐皇帝后，改为'常胜军'，是辽之精锐之师，你们也不是不知道。"

"哈哈哈哈！"婆卢火捧腹大笑说："好个'常胜军'，吾大金兵来攻燕京，精锐之师，无一伤亡，真乃常胜也！闻风披靡，逃到古北口，还吹什么‘常胜军’？好，今日不用你林牙招降，待咱婆卢火杀降‘常胜军’！”婆卢火说着，转身要去带兵厮杀，被斡鲁制止了。

斡鲁说："休要冲动，林牙之说不无道理，要让林牙将话说完。"

林牙面红耳赤地说："吾‘常胜军’所以撤到古北口，因南有宋军来援金，北有金军攻战，使辽天祚帝逃进夹山，势孤难敌。为保辽之实力，结成一体，欲寻天祚帝，反败为胜，靠‘常胜军’而夺回辽之失地。只要有这支实力，谁胜谁负，谁能断言？胜败乃兵家常事。‘常胜军’退出燕京，乃是夺回燕京之举也，有退才有进，怎能说不战自退呢？"

斡鲁说："林牙真乃辽之雄杰，带兵如神，智谋过人，令吾等赞服。可目前将军已成笼中之鸟，究竟何去何从，还取决于汝自己。汝如果能说出招降的道道来，令人信服，吾马上放你！"

耶律大石说："只要你将我放了，我进到古北口，见着都点检①耶律葛繎，劝他降金。他一定会听我的，降服于金，金可不动干戈，而得八千多兵马。"

斡鲁砸问说："你可不行口是心非，我们大金向来是相信人的，如果你口是心非，必自食苦果。"斡鲁说到这儿，亲解其缚绳说："林牙，让你受委曲了！"

耶律大石活动活动被捆缚麻木的手脚，对斡鲁说："都统，事不宜迟，将马归还给我，我到杨业祠去见都点检耶律葛繎，让他早点儿归降。"

斡鲁立刻吩咐将耶律大石马匹带来。就在这时候，婆卢火一把将斡鲁拉到外边，寻个没人之处说："斡鲁，不能让耶律大石自己去呀！"

斡鲁惊疑地说："不让他自己去，让谁跟去？"

婆卢火向斡鲁身边靠靠，将嘴巴往前一伸，贴着斡鲁耳边喊喳几句。斡鲁一听，马上喜笑颜开，称赞说："好计！好计！"说完，立刻按婆卢火之计行事。令人将在壁垒投降的"常胜军"中的军事将领召集在一起，又打发人看护好耶律大石，待他回来后，再打发大石走，便奔降军营寨走去。

斡鲁来至降军营寨内，看降军将领均坐在一起候等他，见斡鲁进来了，刷下子全站了起来。斡鲁将手一摆说："诸位请坐！"斡鲁望着降军

---

① 都点检：辽代官名，南面（南院）设殿前都点检，掌管亲军。

将领说："现在耶律大石要去招降'常胜军'，'常胜军'虽被我层层包围，但力求不动干戈为好，动干戈是要伤人的。可是只耶律大石自己去招降'常胜军'，恐怕都点检耶律葛繎不相信，故而和诸位说说，你们哪位愿为招降立功，可陪耶律大石同去。"

只听一人说："我去，我同林牙前去招降！"他的话音刚落，又一人说："我陪你去！"斡鲁举目观看，见头一位说去的是遥辇虬都监，名叫耶律胡射；第二个说陪同去的是遥辇虬小将军，名叫耶律扎十，心中暗喜。因为他知道，这两个人均与耶律大石有隙，他俩前去，等于金军派的官员随行一般，便说："二位将领陪同前去，我就放心了！"当即令人牵过马来，交给二人，领他俩来至斡鲁寨门前候着。这时候，已有人将耶律大石的马牵过来了，在寨门外候等。斡鲁才让耶律大石随同耶律胡射、耶律扎十同进古北口，招降"常胜军"。

耶律大石听说遥辇虬都监耶律胡射和遥辇虬小将军耶律扎十陪同自己前去，心中暗吃一惊，嘴没说心里想，你们两个找死，我让你有去路无回路。他也没搭话，扳鞍上马，对斡鲁说声"静候好消息吧！"说罢一提缰绳，马放开四蹄，只听嗒嗒嗒，一溜雪尘疾驰而去。后边耶律胡射，耶律扎十紧紧相随，直奔古北口去了。

斡鲁见耶律大石他们走了，则按婆卢火刚才所说的第二个计谋立刻传令，全军每人准备一个火把，从四面八方涌向古北口，傍黑点燃，齐声高喊："不投降者杀！"这样分派已毕，斡鲁和婆卢火两支大军从四面向古北口围拢过去。

耶律大石在前，耶律胡射、耶律扎十在后紧紧相随，跑进古北口闯进岗哨后，哨兵认识他们，都立正施礼。哪知就在这一刹那的工夫，耶律大石从哨兵手中夺过银枪，一回身将耶律胡射刺于马下。耶律扎十见势不好，催马就往里边跑，耶律大石在后边紧紧追赶。

就在这时，只见古北口四周数不清的火把将古北口照得如同白日一般，金兵齐声高喊："'常胜军'官兵们，你们被包围啦，投降者生，不投降者杀！"已在壁垒投降的"常胜军"也高声喊叫："弟兄们，我们已投降了，降金者生，抗金者亡，赶快投降吧！"

辽"常胜军"都点检耶律葛繎闻报后，骑马出来观看，吓得他浑身直颤，忽见耶律扎十飞驰而来，惊慌地对他说："都点检，耶律大石刺死耶律胡射，他要使全军覆没。你快拿准主意，金兵像海潮一般，将古北口围得水泄不通！"说罢，催骑往里跑去，边跑边喊："弟兄们，快投降吧，只有投降才有活路！”

　　都点检耶律葛畿望着古北口四周的火把，见“常胜军”不战自乱，惶惶不安，又见耶律大石手持银枪飞驰迎面而来，便悄声对贴身护卫吩咐这般如此，如此这般行事。刚说完他的计谋，耶律大石已来至近前，耶律葛畿说：“可将林牙盼来了！”他的话音未落，只听咔嚓、咕咚连声响，耶律大石的马腿被耶律葛畿护卫打折了，耶律大石从马上栽落下来！

用计收降常胜军

耶律大石咕咚一声，从马上栽落下来，都点检耶律葛麲的几名护卫蜂拥而上。耶律大石从地上一跃而起，拳打脚踢将几名护卫打翻在地，夺过一匹马，啪啪两鞭，边跑边喊："愿随我大石的，快跟我逃走，去投奔天祚帝！"

俗语说："谁还没有三亲两愿"，平日和耶律大石情投意合的将领，则带兵随耶律大石去了，估摸着能有两千来兵。他们从古北口冲杀出一条血路，绕路而逃。辽南府的都点检见耶律大石逃跑了，"常胜军"已经乱了阵脚了，只好投降。遂率领军兵，举着白旗，高声呼喊："'常胜军'投降了，'常胜军'投降了！"

斡鲁、婆卢火率军接收了"常胜军"，方知耶律大石杀死遥辇虻都监耶律胡射，带领两千多兵逃跑了。他让婆卢火率军接管"常胜军"，便带领他的军队追赶斡鲁补西征去了。

回头还说辽天祚帝。天祚帝被阿骨打军打得落花流水，从上京逃往西京大同府，他的江山已被大金吃掉一半儿。辽朝皇室人员和贵族们一个个愁眉不展，唉声叹气，眼看辽朝的江山就要完蛋了，荣华富贵，吃喝玩乐的日子快要结束了，能不愁吗？嗨嗨！可天祚帝却不然，谈笑风生，一如既往，背前眼后还不断叨叨说："真好玩儿，从上京又逃到西京。"他好像没来过西京似的，到这儿不久，就等不及了，令御侍卫领他逛街溜达。

文妃劝他说："皇上，辽朝已失去半壁河山，不思收复，咋还能有闲心去游逛呢，岂不令皇亲国戚、文武百官散心吗？请万岁三思！"

天祚帝一听，当时将脸一翻，大骂文妃说："好啊，你这个贼妃，凡福不享，别说丢掉半壁河山哪，全丢了朕也不怕。朕与宋朝是兄弟，到他那儿去得好生招待朕。夏国和朕是舅甥关系，娘亲舅大，到那儿同样待朕为贵宾。朕走遍天下，都不失荣华富贵。这就叫狼走遍天下吃肉，狗走遍天下吃屎，你说我有啥愁的？纯粹是妇人之见。"天祚帝说罢，高声喊道："传朕御旨，让御侍卫护朕游街，一不摆銮驾，二不用民众回避，朕见人来人往就开心，看热闹去！"

天祚帝没听文妃的劝阻，让御侍卫护驾游街去了。

天祚帝来到街面上游逛，又没让民众回避，街上人来人往，好不热闹。他突然见一美丽的姑娘，真是如花似玉一般，一晃而过，赶忙让御侍卫将那美丽的女子抢来。这一抢不要紧，街面上可就乱套了，七吵八喊地说："可了不得啦，皇上抢美女了！"刹时，街面乌烟瘴气，店铺关门闭户，街上行人各处奔逃，行人绝迹，比回避还肃静。只有被抢来的美女哭啼嚎叫，打破了街上的沉静。

天祚帝扫兴地说："朕逛街看热闹散心，谁让你们回避？得到个美人也算没白出来，将美人带回行宫！"

文妃见天祚帝走了，坐在宫中，闷闷不乐地啼哭。正在这时候，传报文妃妹妹的丈夫、统兵副都监耶律余睹候见。文妃擦擦眼泪，说："让他进来。"耶律余睹进见、参拜文妃后，见文妃哭得红眼巴嚓的，惊讶地问道："贵妃因何这么悲伤？"

文妃就将天祚帝不知愁肠，到此就要逛街，她劝阻不听的话儿，对妹夫耶律余睹学说一遍。

耶律余睹说："贵妃，我来正为此事，皇上逛街又令侍卫抢一美女，拉进宫来，如此下去，辽国必亡矣！"

文妃一听，气得更止不住哭了。耶律余睹说："贵妃保重福体，吾有话要奏禀贵妃。"文妃说："请讲。"耶律余睹目扫周围，文妃明白了，便对宫女们说："汝等暂且回避。"宫女退下。

耶律余睹见宫帐中无人了，便悄声对文妃说："贵妃，我和姐夫（文妃姐之夫）已密议，欲废天祚这个荒淫无道的昏君，立晋王敖斡当皇帝，不知贵妃……"

耶律余睹还没等把话讲完，吓得文妃赶忙将妹夫的口用手捂上了，悄声说："室内说话，室外有人听，此事非同小可，要从长计议，你快出宫去吧！"

耶律余睹吓得慌忙起身，溜出宫帐而去。真不出文妃所料，室内说话室外有人听，娘娘早就派一名宫女暗中监视文妃，叮嘱见她有异样，速来禀报。这个宫女今日见耶律余睹进来后，将宫女全支出来了，认为定有见不得人的事儿。她当时没想到这方面来，以为文妃和妹夫勾搭上了，暗地里私通，她就躲在宫帐门外，从门缝儿单眼吊线窥视，静听她俩唠些啥。当听到耶律余睹这些话时，如获至宝，飞一般向娘娘禀报去了。

娘娘听到禀报，立传哥哥萧奉先前来领旨，令其速速捉拿耶律余睹和耶律曷礼，并派人监视文妃。萧奉先领得娘娘旨意后走了，萧皇后才出来寻找天祚帝。一打听，方知天祚帝令御侍卫在街上抢回一民女，正在和女子寻欢作乐。可将萧皇后气坏了，辽国都快完蛋了，皇上还有心寻欢作乐！她没让人通禀，直接去找天祚帝，按照宫人指给的宫帐，气冲冲地奔去了。她刚走到宫帐门口，还没等叫门，就听"哎呀，快来救命"的喊叫声，将萧皇后吓了一跳。正在她发愣的时候，忽然破门跑出一人，只听咕咚、咕咚连声响，跑出来的人将萧皇后撞个大仰巴叉，自己也造个大腚蹲儿，可将寝殿"小底"吓坏了。啥叫"小底"？辽朝自从阿保机时实行宫帐"算斡鲁朵"后，"算"是契丹语，意为心腹。宫帐说有"著帐诸局"，还有"著帐户"，是为皇室宫帐服役的契丹奴隶。服役奴隶的首领称"小底"，为简便，大伙都能懂，故用汉语统说成宫帐、宫女，明白易懂，故不用"小底"一词。闲话少说，惊得"小底"们跑到跟前一看，撞倒萧皇后的不是别人，正是皇上，赶忙上前将皇上、皇后扶起来。天祚帝惊慌失措地说"快，快，那美女要掐死朕！"

　　"小底"跑进去一看，美女已自杀身亡！

　　萧皇后也顾不得这些了，先将天祚帝拉到一边，将文妃与耶律余睹计谋要废皇上立晋王的事述说一遍。可将天祚帝气坏了，立即拔上方宝剑，方知摘下放在宫帐里了。忙跑进去，见上方宝剑沾满了血，原来美女用他这把上方宝剑自刎而亡。天祚帝举着上方剑，惋惜地说："可怜美人，你为啥想不开呢？"他更加气愤，怒冲冲地奔文妃宫帐而去，边走边气咻咻地说："好你个文妃，不怪你这样，原来和你妹夫阴谋陷害于朕，非杀你，不解朕心头之恨！"他闯进文妃宫帐，不问青红皂白，举剑向文妃刺去。刺死后，他才当啷一声将上方宝剑一扔，抱起文妃大哭，喊叫说："文妃！文妃！你咋不说话呀？"天祚帝也说不上是疯了还是咋的，文妃被他刺死，还能说话吗？

　　耶律余睹从文妃宫帐出来，发现有一小底慌慌张张奔皇后宫帐而去，知道自己和文妃谈的话已被她听见，肯定坏事了，赶忙跑回去，骑马逃跑投降大金国去了。投降后，为阿骨打献了不少计策，将辽国的底儿全泄露给阿骨打，受到重用，让他带兵追击天祚帝。

　　天祚帝一怒之下，将文妃的姐夫耶律挞曷里、文妃的女婿萧昱处死。因为他儿子晋王不仅没参与这次阴谋，连知道都不知道，故而没受到惩处。

辽天祚帝以为驻在西京安全，哪知阿骨打亲率金兵，以宗翰为先锋杀奔西京来了。

天祚帝听说金兵又杀来了，吓得他屁滚尿流，慌忙带领皇族人员从西京逃跑，一直逃到夹山黄河北崖去了。

天祚帝不战先逃，谁还替他卖命？你别说，还真有。天祚帝逃跑后，西京留守萧察刺就是宁死不降的一个。可他孤掌难鸣，自从天祚帝率皇族人员逃跑后，剩下的文武百官听说金兵杀来，人人保命，个个求降。不降者，不用金兵动手，自己人之间就互相残杀了。萧察刺死逼无奈，顺从众人之愿，只好来个假投降。

人们给天祚帝一个说法，叫做"亡到临头仍在淫！"

亡到临头仍在淫

辽天祚帝听说阿骨打率军来攻西京，吓得屁滚尿流，率领皇族国戚，在辽军护卫下，连夜逃出西京城，奔东北方向而去。

天祚帝在前边跑着跑着，忽见前面火光冲天，浓烟直冲云霄，吓得妈呀一声，大喊说："不好，前面有金兵拦截！"掉转马头要往回跑。

伴驾官说："皇上，休要惊恐，那不是金兵，是烧琉璃瓦窑。"

天祚帝一听，才赶忙"吁、吁"勒住马说："怎么，是烧琉璃瓦窑？修建宫殿用的琉璃瓦就是从这儿运去的呀？"

伴驾官回答说："正是，它就是原来的平城烧琉璃窑厂，现在叫'官窑'。"

天祚帝说："好，咱们赶快到那儿背背风去！"说罢奔官窑而去。

天祚帝来至官窑前，下了龙驹，早有窑上的人员跪接进屋，辽军在窑外扎下营寨歇息。天祚帝喝了几口茶，问道："这窑有多少年了？"

窑上人回答说："可有年头了，还是拓跋圭称王，建立元魏（北魏）的时候，在平城建都城，有个大月氏人，名叫流离。据说他因没有定居，后来他在吐火罗阿缓城跟大秦人（古罗马）、安息人（伊朗）在一起烧琉璃瓦，学会这套手艺。回到此地后，就建的这个窑厂，据今已经有七八百年了。朝廷修宫殿、建寺庙、筑皇陵，均是从这儿运的大琉璃瓦。之所以叫琉璃瓦，一是取大月氏流离的名讳，二来这瓦有流光陆离之意，故叫琉璃瓦，流传至今没变。"

天祚帝正听得出神，忽然禀报说："金兵已将西京包围！"惊吓得天祚帝哪有心思听这个，赶忙传旨，速跑！骑上他那匹千里龙驹，从琉璃厂又跑了。天祚帝带领皇族和残兵败将，这一气儿可逃得不近，逃到白水泺。

天祚帝问道："前面是什么地方？"

伴驾官说："白水泺。"

天祚帝说："怎么，我们跑到柔服界内了？好，就在此安营扎寨，说啥不能再跑了，可将朕饿坏了！"

天祚帝传下旨意，兵士们一听都乐了，就在白水泺安营扎寨，埋锅造饭，吃完饭还能睡一觉。跑了一天一宿，真是又饥又渴又困又乏，饥肠刮肚，眼皮还打架，正好歇一会儿。饭做好后，从天祚帝到下边兵士，人人狼吞虎咽，俗语说，饥不择食，吃得这个香甜哪。天祚帝要是在宫帐里，这饭菜他一口不能吃，可他今天吃得舔嘴吧舌的。刚想要问还有没有了，再给盛点，话还没等说出口，萧奉先慌慌张张跑进来，大惊失色地说："禀皇上，大事不好，大金国的忽鲁勃极烈、阿骨打的五弟斜也都率兵马杀奔白水泺来了！"

天祚帝听了萧奉先哭唧尿号、变颜变色的禀奏，惊得手一扎煞，只听哗啦一声，碗掉地上摔碎了，颤抖着身子站了三站才站立起来，说："你先领兵迎挡，待朕跑没影儿了，你再随后追朕去！"说罢，跟头把式地跑出帐来，不是好声地喊："快给朕带马来！"

这时候，皇族人员像窝蜂似的叫苦连天，七吵八喊："皇上，等等我！皇上，可别将我抛下呀！"哭着，喊着，叫着，随身携带的珍珠玛瑙、金银首饰、珍奇异宝全不要了，只顾保命了，跟随天祚帝向西南方向逃去。跑着跑着，可坏事了，跑进一望无际的沙漠地带，到处是累累的沙坨，刮得风里都带着沙子，令人睁不开眼睛。见这沙漠里只长着一星半点的草，且低矮枯竭，连棵树木都看不见，更不用说水了。

天祚帝仰天长叹："天哪！天哪！真的有绝人之路吗？后面有金兵追赶吗？朕跑进沙漠里，渴也渴死了！"

这时候，忽听有人喊："不好，金兵从后面追来了！"

天祚帝一听，顾不得什么渴不渴了，催着千里龙驹，在沙漠里继续向西南方向逃。跑着跑着，觉着忽悠一下子，像做梦似的。天祚帝心里纳闷儿，我没睡着，怎么就像栽到万丈深渊一般？过去做过这个梦，都说是交好运了。他正胡思乱想，忽悠一下子后，他那千里龙驹停蹄不走了。用眼一寻摸，噢，皇族人员全在，就听其中有人大惊小怪地说："哎哟！掉进什么里来了？"

天祚帝才镇定下来，举目向四周观看，只见他掉在大沟和小沟"人"字形交错处。西面的大沟长得望不到边，东面的小沟也望不到边。往沟下望，见沟顶上宽有百丈，顶上到底下足有三十多丈高，沟底下宽有四十丈。天祚帝也不知它是沟啊壑的，高兴得大声呼喊道："天救朕也，咱们逃进夹山了，阿骨打打着灯笼也找不到朕了！"

天祚帝这一喊，人们才都举目观看，见沟里苍松翠柏，挺拔俊秀，奇花异草，争芳斗艳，空气温和湿润。

405

"哎呀，你们看，兔子！还有野鸡！"

还有人喊："哎哟，狼从我身后跑过去了！"

"看哪，野猪，狐狸……"

大伙七吵八喊，来了精神头儿了，才发现里边不仅有野兽，还有云雀、苇鹭、红尾伯劳等雀鸟在树上鸣叫，好似欢迎他们一般。更令人喜爱的是，沟里还有大似蝙蝠的大鸟凤蝶，尾巴曳着两条飘带，翩翩飞舞。蜻蜓跟别的地方也不一样，不仅长得大，而且有红的、绿的、黑的、白的，各式各样颜色都有。更令人奇怪的是，这沟底下有数不清的泉眼，吱吱往外冒水，汇集成一条斗转蛇行的小溪，清澈照人，喝一口甘甜爽口。溪边树根下还生长着党参、天麻、防风等草药，还发现有香蘑和黑木耳、白木耳。

天祚帝自言自语地说："这是啥地方？怎么夹山长在地底下，奇怪呀！"他令皇族人员歇息，他带领御侍卫骑着马先往东蹓了一趟，走到东头，约摸有二十里地。天祚帝回来又往西蹓了一趟，西侧足有四十里长。他令御侍卫攀坡登上去看看，侍卫回来向他禀奏说："夹山四周，全是一望无边的沙漠，像刚才看从白水泺走过来的路一样，连个人影儿也看不见。"

天祚帝听后，心中大喜，赶忙率皇族人员跪地叩头，感谢天皇，为救天祚帝，特赐夹山相藏。

天祚帝祈祷拜谢上苍，他可有些犯愁了，逃得太慌张了，将东西全扔了。也不知萧奉先率军打得怎样，有心派人去找萧奉先，让他带军到这儿来隐藏，又怕暴露了，将阿骨打引来。想到引来阿骨打，天祚帝打了个冷战，哎呀，那可就坏了！阿骨打领兵将这夹山顶上一围，万箭齐发，我们束手待毙，想逃也逃不出去。可他又一琢磨，阿骨打找不到这儿，这是天赐延喜的夹山，阿骨打怎么会找到呢？再说，我天祚率皇族人员忽悠一下子安全落进夹山，没有一个挨摔的，这不是天助又是什么？他想到这儿，又第二次冲天叩头，感谢天老爷相救之恩。

天祚帝挨到天眼擦黑儿，才派人出去寻找萧奉先率领的辽军。

天祚帝满以为他大舅子能率兵抵抗金兵，嗨嗨，萧奉先有那个胆量啊！他闻报后，就吓尿裤子啦！见天祚帝先逃了，他忙令军兵收拾营帐。军兵都先忙活收拾自己的，还没来得及收拾皇帐，听说斜也率金兵冒面子似的追来，尘土飞扬得遮天蔽日，吓得他们将天祚帝的皇帐扔下，尾随天祚帝逃跑了。尾随在天祚帝的后边，虽然见不着天祚帝的影儿，可望见尘土飞扬，乌烟瘴气。追了大半天和一夜，第二天辰时，忽然见前面飞扬的尘土不见了，他们已追进沙漠地带。萧奉先又率军追了一程，连个人影儿也不见，他可慌神了，心想，天祚帝跑哪儿去了，怎么连个影儿都见不着呢？

萧奉先正着急的时候，忽见西南方有两匹骑马向这边驰来，赶忙派人迎上去，看他们是哪儿来的。不一会儿，迎的人飞马而回，向萧奉先禀告说："天祚帝已逃进夹山，让统军率兵快去！"

萧奉先心中大喜，传令辽军，快奔夹山！

辽军官兵一听，心里纳闷儿，这一片沙漠地带，除了累累的沙坨之外，哪来的夹山？心是这么想，管他哪，跟着跑吧！萧奉先随天祚派来的官员向西南疾驰而去。来至夹山一看，是道奇异的长沟，"人"字形交错，皇上说夹山，谁敢说不是夹山啊，就全逃进夹山。

大金国忽鲁勃极烈斜也率兵追到白水泺的时候，见天祚帝已逃，丢下宫帐以及各种珍奇异宝，传令继续追赶。因为斜也见这样狼狈不堪地仓惶逃跑，估计肯定不能逃远了，便挥军顺着飞起的尘土追去。追着追着，见飞扬的尘土不见了，忽然发现西北有股飞尘，便冲着那股飞尘追去。追了一溜十三遭，飞尘一点不见了，各处搜寻不见而回。

原来是萧奉先带军钻进大沟里后，将沟里的野兽吓跑了，成群结队向西北方向逃去带起了飞尘，斜也上哪儿能见着天祚帝的影儿？斜也怕陷入沙丘里，才领兵而回。

这道"人"字形深沟，因受皇封了，从此就叫"夹山"。

　　大金国忽鲁勃极烈斜也追击辽天祚帝，追到沙丘连天的地方，天祚帝逃跑的飞尘全不见了，无影无踪还咋追击？他将获得的奇珍异宝、金银器皿、珠宝玉器交给斡鲁补，返回皇家寨奏捷，并请皇上阿骨打亲征。

　　辽天祚帝找到那么一个背风的深沟，在里边猫得才老实哪，萧奉先要派人去燕京送信，言说皇上在这儿，他也不让，怕露了马脚，引来金兵。他这一猫不要紧，南枢密院可就毛了，天祚帝逃到哪儿去了？下落不明，音信皆无，国家不可一日无主啊！汉人宰相李处温便与皇族耶律大石、奚王回离保等官员商议说："天祚帝逃之夭夭，不知下落，一点儿信儿没有，国家不可一日无主，赶快立耶律淳为帝，好主宰辽的乾坤，不然剩下的半壁河山也会乱套的呀！"

　　林牙耶律大石赞成宰相李处温之意，说道："早该如此，事不宜迟，赶快立耶律淳，废天祚帝！"

　　奚王回离保更是举双手赞成，他说："国家怎可无主？无主则必乱。天祚不理朝政，荒淫无道，早应废之，让有德者居之，也不至如此啊！"

　　这回离保何许人也？他就是南北朝时，居住在饶乐水流域的库莫奚族，经常向中原朝廷进贡。唐朝的时候，库莫奚首领李大酺被封"饶乐郡王"，唐玄宗还将固安公主赐给他做媳妇。当时，奚与契丹均被称为"两蕃"。唐朝末年，一部分奚人在首领去诸率领下西徙"妫州"，则称"西奚"，后来东西奚都先后附辽。奚有13部，28落，101帐，362族。阿骨打兴师伐辽，奚铁勒王回离保率部投降。后来回离保又叛金，逃到燕京避风，故而宰相李处温尊称他为奚王。宰相李处温和耶律大石、回离保计议好之后，将耶律淳请出来，拥立他为皇帝。就这样，耶律淳在燕京登基坐殿，称天赐皇帝，改元建福，耶律淳统率的"怨军"也改为"常胜军"。废黜天祚帝，降封为湘阴王。耶律淳封奚王回离保为知北枢密院使事，军事委付耶律大石。

　　西京萧察剌听说耶律淳当了皇上，他又叛金，令人下书奏禀天赐皇上耶律淳，他叛金归辽。就在这时候，猫在"夹山"的天祚帝派人到西京打探金军的消息,听说留守萧察剌又叛金归辽,可将探子乐坏了,便去见萧察剌留守,言说天祚帝驻扎在"夹山"。留守萧察剌也将耶律淳在燕京为帝、废天祚为湘阴王的事告诉了天祚帝的探子,探子一听,惊吓得打马往回跑。回到"夹山",向天祚帝说:"禀皇上,大事不好,耶律淳在燕自立为帝,废皇上为湘阴王!"当时将天祚帝气得晕了过去,呼叫多时,才苏醒过来,哇呀嚷叫地喊:"快发兵去燕京,惩治私立为帝的耶律淳!"天祚帝才离开夹山,欲奔燕京。

燕京耶律淳接到西京留守萧察剌的书信,方知天祚帝逃至"夹山","夹山"就这么传出来了,究竟"夹山"在哪儿,谁也没见过。

耶律淳听说天祚帝在"夹山",心里惶恐不安。因为他父和鲁斡早有意立他为帝,耶律淳说啥不干,认为这是宗族自乱,当上皇帝也不光彩,留骂名于后世。这次他为啥同意当皇上呢?因为天祚帝失踪,音信皆无,天下不可一日无主,才同意当了天赐皇帝。现在天祚帝有信儿了,心里有些惶恐,宰相李处温则为耶律淳出谋划策,让他派人送文书于大金国忽鲁勃极烈斜也请和。

斜也见书后,复书耶律淳说:"耶律淳,你不先禀命于上国,擅自称号,大金不仅不能承认,而且要责罚于你。如果你能自省,废弃皇位,奏明大金皇帝阿骨打,让你为燕京留守。"

耶律淳见书后,又给斜也写封书来,书中说:"昨即位时,在两国绝聘交兵之际。奚王与文武百官同心推戴,何暇请命。今诸军已集,倘欲加兵,未能束手毙也。昔我先世,未尝残害大金人民,宠以位号,日益强大。今忘比施,欲绝我宗祀,于义何如也。倘蒙惠顾,则感戴恩德,何有穷已……"

斜也看了耶律淳的复书,又给耶律淳回复一书,说:"阁下向为元帅,总统诸军,任非不重,竟无尺寸之功。欲据一城,以抗国兵,不亦难乎。所任用者,前既不能死国,今谁肯为阁下用者。而云主辱臣死,欲恃此以成功,计亦疏矣。幕府奉诏,归者官之,逆者讨之。若执迷不从,期于殄灭而后已。"

耶律淳见斜也不允,便将这封书信又给大金皇帝阿骨打送去。

阿骨打看后,回书说:"汝,辽之近属,位居将相,不能与国存亡,乃窃据孤城,僭称大军,甚不降附,将有后悔。"

耶律淳又向宋求和示好,免去澶渊立盟年年所缴纳的岁银、帛绢,宋朝不准。就这样,耶律淳着急上火,只当三个月皇帝就病死了。

耶律淳死后，迎立天祚帝次子秦王定为帝，耶律淳的老婆萧德妃被封为皇太后，主军国事。

还说天祚帝从"夹山"跑出来，一赌气，想要攻进燕京去找耶律淳算账。走至中途听说耶律淳已死，阿骨打又率大军来夺取燕京，吓得他返身又往西逃，逃到鸳鸯泊安下营寨。

这鸳鸯泊是在外长城，北靠阴山，地处安固里淖，南北一望无边全是水。水禽集育其中，鸳鸯特别多，故名鸳鸯泊，是辽朝"春捺钵"之地。辽朝建国后，皇上游猎设行帐，称"捺钵"，汉语"行营"。到辽圣宗时，捺钵有了固定地点，春捺钵在鸳鸯泊或鱼儿泊捕鹅，于混同江钓鱼；夏捺钵在永安山或炭山避暑张鹰；秋捺钵在庆州伏虎林射鹿；冬捺钵在永州广平淀猎虎。今天，天祚帝带着残兵败将逃到此地，回忆往事，他春捺钵来此时，契丹大小内外臣僚随从出，前呼后拥，多么威风，呼喊声、欢笑声、吹奏声、歌舞声震破鸳鸯泊上空。可今天，被逼无奈逃至此，四周冷冷清清，天祚帝坐在皇帐里放声大哭起来。

再说大金国忽鲁勃极烈都统斜也听说辽天祚帝从夹山出来，要奔燕京，又转头西逃，便问耶律余睹说："都监，夹山我不知在哪儿。这回追击，你可引兵在前，一来引路，二来你做先锋，如抓住天祚帝，重重有赏。但有一条，皇上阿骨打有旨，不准杀害天祚帝，只能活捉，不仅天祚帝，他的皇族人员也不能伤害。"

耶律余睹说："仅遵都统之命，我一定活捉天祚帝，前来见都统!"说罢，他便带兵去追赶天祚帝。

耶律余睹在路上暗想，我自从降金后，为阿骨打献计献策，受到阿骨打赏识，委以重任，仍让我带兵随忽鲁勃极烈追击天祚帝，至今未立下什么功劳。更可恨的是，怎么平地里冒出个夹山，我不知夹山在哪儿，斜也却以为我知，不带他们去追对我可能怀疑。我今天捉住天祚帝，这些怀疑就可消除了。所以呀，当他探听到天祚帝奔鸳鸯泊逃去，便率兵昼夜不停地向鸳鸯泊追击而来。

天祚帝在鸳鸯泊正悲泣痛哭，忽然探马进帐禀报说："皇上，大事不好!"

天祚帝擦擦眼泪，惊恐地问道："何事惊慌?"

探马说："皇上，大金国忽鲁勃极烈、金军都统斜也率大军追击而来，以耶律余睹为先锋，眼看要追到了!"

天祚帝吓得脸色煞白，浑身颤抖，忙传旨说："快给朕带千里龙驹向西逃命！"说罢，转身要跑。被萧奉先一把拽住说："皇上，且慢！以我之见，耶律余睹来，是为他的外甥晋王敖鲁斡，皇上要是将敖鲁斡杀了，耶律余睹听外甥已死，他也就死了这份心啦！"

天祚帝听萧奉先这么一说，两只眼睛眨巴两下，略思忖一会儿，一想也是，我要是将皇儿敖鲁斡杀了，耶律余睹还奔来干什么哪？遂传旨说："立即将晋王敖鲁斡拿下，绑缚在鸳鸯泊边岸砍了！"

天祚帝旨意一下，武士们如狼似虎一般跑到晋王敖鲁斡宫帐，不容分说，将其五花大绑拉到鸳鸯泊岸边，一刀将头砍下，鲜血染红了鸳鸯岸边之水。晋王敖鲁斡啥罪没有，被天祚帝杀了。刹时，皇族们哭成一片，认为天祚帝心肠太狠，皇儿无罪说杀就杀，何况别人，一下子人心全散了。

正在大伙哭成一团的时候，忽听喊杀声连天，耶律余睹带兵杀来了。吓得天祚帝慌忙乘上千里驹先逃了，皇族人员哭哭啼啼地随着也逃跑了。他们头脚儿刚跑，耶律余睹后脚儿就赶到了，发现了外甥晋王敖鲁斡的人头和身躯，敖鲁斡的两只眼睛似乎望着他还翻翻乱滚呢！耶律余睹抱起敖鲁斡的头，哭叫着大喊："晋王！晋王啊！是我害了你也！"只听咕咚一声，耶律余睹抱着晋王敖鲁斡之头昏晕在地。

等耶律余睹苏醒过来，天祚帝已逃得无影无踪。

辽蜀国公主余里衍领着萧德妃等人去寻找天祚帝，因为余里衍离开居庸关时，知道天祚帝往西而去，便一路向西而行。当她路过断块山时，心想，要从大马群山走，斡鲁补咋尾随呀？还是奔南向西走土默川平原，此路好走，那一带是"谙达"①游牧地。余里衍一路行走，一路探听，方知天祚帝奔天德军逃去，她也就奔天德军而来。

当余里衍奔天德军时，又路过夹山，特领萧德妃观瞧。萧德妃走近前一看，大吃一惊，在这荒凉的沙原瀚海之中，竟有这样的断壑奇异的世界——沙原奇沟。沟是"人"字相交，沟深三十多丈，里边树木成林，奇花异草相衬，变成另一个世界，那沟已被天祚帝的兵马踩出阶梯了。

余里衍这次来到此地跟上次不同，上次她是逃窜至此，惊慌失措，哪有心思观看夹山之景？今日她看罢，为了给斡鲁补留下标志，令人拿一木牌，她在上边书上"夹山"两个大字，下边小注是：辽天祚帝曾逃进夹山避难。蜀国公主余里衍过此留字。

余里衍陪萧德妃走后，斡鲁补按照前边的探子留下的路标，果然见到蜀国公主余里衍留下的这块木牌。他见这道天然长沟后，将兵也驻扎在这里，因这沟里冬季也温暖如春。他反复观看这道人字形的沟壑，看它的长短、宽度、深浅，最深的地方离地面有三十多丈，最浅的有十五六丈。尤其是沟里冬夏长青，苍松翠柏，奇花异草，飞禽走兽，样样俱全，简直是这沙丘地带里的一道地下桃园。斡鲁补嘴没说，心里想，奇怪呀，在这沉寂而又单调的茫茫沙海里，怎么会出现这道奇异的沟壑哪？它是怎么形成的？为啥风不能将沙子刮进沟壑里去？要是能刮进去，天长日久也将它添没了，真乃奇沟，地下的奇异世界！天祚帝说它是"夹山"，要说它是夹山，应是地下夹山。要我看，它是沙丘里的"青沟"。

斡鲁补驻扎在此，军中的汉兵还在沟里采集好多好多芹菜，女真人

---

① 谙达：蒙语，朋友，是早先年蒙古游牧区人和人之间见面称"朋友"的意思。

吃着做熟的芹菜，非常清香，第二天又继续尾随余里衍而行。

再说天祚帝这日来到天德军扎下营寨安歇，天祚帝问随驾官说："这地方为啥叫'天德军'？"

伴驾官说："这地方是唐朝景龙二年的时候，张仁愿在此驻扎的大安军置军马、囤粮草的地方。因为防御突厥的侵扰，张仁愿于黄河以北筑三座受降城，首尾相应，分东西中三座城。这天德军受西受降城所辖，大安军驻扎于此，在西南离天德军三里之遥置军马、囤粮草，名叫永清栅。唐乾元后，改大安军为天德军，并将天德军移到西受降城去。等开元初年，西受降城被黄河水冲毁，天德军又移至此地，故名'天德军'。咱辽国初年，曾将此地废了，不久又复置此地，可天德军城毁坏了。咱们今天驻扎之地，就是原来天德军西南三里地的置军马、囤粮草的永清栅呢！"

辽天祚帝逃到天德军不几天，忽报萧德妃由蜀国公主余里衍陪同而来。天祚帝听说萧德妃来了，气就不打一处来，嘴没说心里话儿，好啊，我找你算账还没找到，你却前来送死，不杀你，不能解我心头之恨！立即传旨说："让萧德妃前来见朕！"

萧德妃遵旨来至皇帐，参拜天祚帝说："万岁，终于见到圣上了！"只说这么一句话，便泪如雨下。

天祚帝冷笑一声说："你不是自封为皇太后么，怎么还参拜朕哪？"

萧德妃哭诉说："万岁，那是不得已而为之。自万岁避到夹山，信息不通，宰相李处温、林牙耶律大石、奚王回离保百般劝耶律淳，天下不可一日无主，才……"

"放屁！"天祚帝义愤填膺，暴跳如雷地说；"朕没有死，还活着！你们胆大包天，自立为号，目中还有朕吗？你还恬不知耻，什么天下不可一日无主，朕死了吗？还敢当朕说出这类屁话！"

天祚帝骂得萧德妃脸色绯红，因按宗族说，她是天祚帝的叔伯婶母，婶母也不行，在皇上面前矮半截儿。天祚帝张口骂她屁话，闭口骂她放屁，她有点儿受不了啦，面红耳赤，低下头来继续辩驳说："这都是李处温、耶律大石、回离保之意，与我何干？再者，耶律淳故去后，我立刻要立皇上次子秦王耶律定为帝……"

"放屁！"天祚帝怒气冲冲地说："有朕在，立谁都是叛逆行为。何况你自封为'皇太后'，真是不知耻的东西，还敢强辩，来呀，将萧德妃推出去斩了！"天祚帝这一嗓子，当时就将萧德妃吓瘫歪在地，颤抖地说："皇上，贱妃如果有叛逆之心，我也不千里迢迢护送皇子秦王定来了，祈皇上三思……"还没等萧德妃将话说完，进来两个皇上的殿前武士，不容萧德妃分说就将其拉出去了。

这时，就听后面有人高声喊叫说："刀下留人！"随着喊声，走进一人，跪在天祚帝面前说："父皇息怒，皇儿耶律定参拜父皇，问候父皇圣安！"

天祚帝怒目而视，说道："罢了，回来就好，父皇也就少份心思。"

秦王耶律定跪爬半步说："父皇，不能斩萧德妃呀，她为护送皇儿，千里迢迢，受尽风寒雨露之苦投奔父皇，怎么能杀她哪？"

天祚帝大喝一声说："住口！只因她要立汝为帝，你就替她讲情。再要多说一句，朕将你同斩，还不给我滚出去！"吓得秦王耶律定大汗珠儿噼哩啪啦往下掉，灰溜溜地退出了皇帐。

这时，外面有一女子大声喊道："刀下留人！"话音未落，走进帐来，跪在天祚帝面前说："蜀国公主参拜父皇，恭请圣安！"

天祚帝举目一看，是蜀国公主余里衍，便说："你也要为萧德妃讲情吗？"

余里衍说："正是。禀秦父皇，萧德妃是一片诚心，保送秦王而来。而且还与耶律大石定计，派御厨彭高手去毒死大金皇上阿骨打。耶律大石正待事成之后，率'常胜军'夺回燕京城，再来接父皇进燕京城稳坐德胜殿！父皇怎能将有功的萧德妃杀了呢？要是杀了她，传到耶律大石耳朵里，耶律大石不仅不来接父皇，恐怕还会有变。到那时，父皇可悔之晚矣！孩儿说得对与不对，祈父皇深思。反正这些事儿是孩儿亲眼见的，亲耳听的，全禀给父皇。杀还是不杀，父皇酌量办吧！"余里衍说完，站起身来要走，天祚帝一把拽住说："公主为啥不早说？"

"哎哟，父皇啊！"余里衍偷着将嘴儿一撇说："父皇也不让人家说话呀，张口放屁闭口放屁的，将人家羞臊得张不开嘴。还没等说到这儿，父皇就令武士推出去斩首，人家还咋说呀，这不孩儿替她说了嘛？"

天祚帝一听，心中大喜，便令速赦萧德妃，让她进帐。

萧德妃闹了一场虚惊，用手抹抹鬓角，走进皇帐，拜谢天祚帝不斩之恩。

天祚帝说："萧贵妃，快快起来，对朕讲讲你和耶律大石是咋定的计谋。"

萧德妃说："禀奏皇上，燕京城被阿骨打占领，是暂时用的'引狼入室'计,将阿骨打和金兵引进燕京城,由汉人左企弓等辽臣假降阿骨打。我和耶律大石又密派御厨彭高手假意投降阿骨打,阿骨打已重用他,让他为阿骨打烹饪佳肴。彭高手取得阿骨打的信任后,暗中在菜里下了毒药,药死阿骨打后,由宫女蔷薇报信儿耶律大石,耶律大石立刻带着'常胜军'攻进燕京城,将进来的金狼一个不留,统统杀掉!"

天祚帝侧耳听着,高兴得嘴都合不上了,说:"能办到吗?"

萧德妃说:"咋办不到?还有左企弓等里应外合,不仅左企弓,连张觉也是假降,燕京城夺回后,他立刻叛变宰杀金狼。到那时,耶律大石派宰相前来迎接圣驾,驾临燕京城,驾坐德胜殿,据南京燕云之地,再兴兵反击金兵,辽国的江山很快就会恢复!"

天祚帝听了余里衍和萧德妃这番话语,可将他乐屁了,对萧德妃说:"贵妃为啥见朕不先说这事,险些误事。"天祚帝说到这儿,高兴地喊:"尚膳小底,快传朕旨,摆宴给萧德妃压惊!"

蜀国公主余里衍心中暗笑,嘴没说心里话儿,过不了两天,斡鲁补追击过来,你们随我都到大金国内地去吧!

还没等摆宴,突然报事官慌慌张张进来禀报说:"启禀皇上,大事不好!探马报说,不知谁和阿骨打定计,将'常胜军'招降,耶律大石被活捉,还引来金兵,斡鲁为统帅,斡鲁补为先锋,眼看追杀来了!"

天祚帝一听,吓得咕咚一声从龙椅上掉在地上,浑身颤抖,心想,不用说,准是这萧德妃贱人引狼入室来追击朕的。刷的一声抽出上方宝剑,对准被报事官禀报吓惊呆的萧德妃就是一剑,刺死在皇帐里。天祚帝刺死萧德妃后,大喊一声说:"快带朕的千里驹,随朕逃也!"喊罢就往外跑。余里衍口喊:"父皇!"一把没拽住,将她闪倒在地,等再出去,天祚帝已骑马跑了,没办法,只好跟随而去。

谋良虎攻破西京后，接到大金皇帝阿骨打的旨意，到昂吉泺去迎谒阿骨打皇帝，将西京路的都统事宜交给谷神，便率领军兵赶奔昂吉泺。行军来到归化州的时候，谋良虎突然汗流满面，觉着心像刀剜一般难受。他实在顶不了啦，赶忙从马上跳下来，没等站稳脚跟，便摔倒在地。随身护卫跑过来一看，见谋良虎汗水淋漓，惊吓得忙高声呼叫："都统，都统你咋的了?"

谋良虎强睁双目，有气无力地说："快令军兵在此扎下营寨，我病了，令斡本速来见我!"

军士们一听，都统谋良虎病了，惊吓得下边官员人人心慌意乱，一面令军士们在归化州城处安营扎寨，一面派人去向副都统斡本禀报。

斡本是阿骨打的二老婆所生，当时排行为长子。他带兵前行已过张北，接到此报后，赶忙停下，骑马回来看望谋良虎。

斡本返回后，在谋良虎军帐前跳下马来，见谋良虎的帐前官员们急得像热锅里的蚂蚁，知道谋良虎病势不轻，便问道："都统病势如何?"帐前官员回答说："病势不轻，已不省人事了。"

斡本一听，心里咯噔一下子，赶忙走进军帐，来至谋良虎床前一看，只见谋良虎微闭双目，身上的汗如水淋一般，可他嘴角上却流露着一丝微笑之意。斡本声音不太大地唤道："哥哥，你怎么了?"

谋良虎似乎没听见，躺在行军床上一动不动，好像熟睡一般，没有吭声。

斡本又呼唤道："哥哥，斡本看你来了!"

谋良虎扑哧一声笑了，可他口里笑了，眼皮没挑，反而闭得更紧了。斡本心里纳闷儿，我哥哥得的是啥病啊?咋还像婴儿似的，躺在那儿还睡"婆婆娇"哪!便又轻声呼唤："哥哥，斡本看你来了，睁开眼睛看看我!"谋良虎还是连眼皮没挑。他能挑吗，因谋良虎患病躺在行军床上后，两眼刚一闭，就像做梦似的，和他美貌的媳妇缠绵在一起了。不说列位也知道谋良虎的媳妇是谁，她就是临潢府辽朝留守挞布野的女儿，名叫苔妍。这姑娘长得有如闭月羞花之貌，恰如天仙女一般。

当时，阿骨打亲率大军进攻临潢府的时候，令谋良虎为先行官。谋良虎只带五百精兵来到临潢府城下，留守挞布野率五千军蜂拥而去，迎战谋良虎。谋良虎对兵士们说："兵士们，要把我们女真人的英雄气概拿出来，兵在精而不在多，老虎一个能拦路，耗子一窝喂猫货。咱们要以一顶百，杀他个人仰马翻，杀出女真的威风来！"说罢带头冲杀上去。果然，辽兵虽多，缺乏日常的教练，不仅武艺不佳，而且均是些贪生怕死之徒，见硬就回。一看谋良虎带五百精兵冲杀上来，立刻吓得如同耗子见猫一般畏缩不前。金兵如同猛虎一般冲在羊群里，刀枪一抡，人头落地，刹时就将辽军杀得人仰马翻，步步后退。这时候，忽然城楼上有个美丽姑娘摇起白旗投降了，她就是留守挞布野的女儿苔妍。苔妍为啥要举白旗投降哪？因为她昨天夜间和她父挞布野做同一梦，梦见一位白胡子老头儿用红绳儿将苔妍的脚脖子系上了。父女俩惊问老人，为何用红绳儿将脚脖儿拴上了？老人笑呵呵地说："赤绳子，以系夫妇之足，虽仇敌之家，贫贱悬隔，天涯从宦，辽金异乡，此绳一系，就成为夫妇。明日定有金兵来攻城，青年小将战胜辽军，就是汝夫也！切记，切记。"第二天早上，挞布野对妻子一说，妻子大吃一惊，才将女儿苔妍做的此梦学说一遍，方知是"月老"前来配婚，令女儿站在城楼观战。如金兵小将武艺超群，长得俊美，像月老所说的那样，汝就摇白旗，为父降金，好实现"月老"配婚之意。就这么的，苔妍站在城门楼上举目留神观看，见谋良虎骑在马上，年纪不过十八九岁，一表人才，一见就爱上了。刚想要摇白旗，一想不妥，梦中月老说了，得胜辽兵者才是，还没见他武艺如何，咋能着急投降哪？她就目不转睛地看着。果然谋良虎拍马冲杀过来，立刻将辽军杀得落花流水，她才赶忙摇晃白旗投降，城门大开，将金兵迎进城去。苔妍摇白旗投降，阿骨打看得真切，心中纳闷儿，暗想，挞野为啥让个美丽的少女观战摇旗投降呢？就令人将降金的挞布野领来相见。经阿骨打一问，方知梦中月老配婚之事，当即由阿骨打做主，将苔妍给谋良虎为妻。谋良虎和苔妍成婚后，夫妻相亲相爱，感情和美。

今天，谋良虎病了，刚躺在行军床上，他就像跟亲爱的妻子苔妍相爱在一起，昏昏沉沉，半阴半阳，斡本唤叫多时，谋良虎也没吭声。斡本见谋良虎病得很重，慌忙派人去给父皇阿骨打送信。

又过了一会儿，忽见谋良虎伸手抓住胸前佩带的荷包，身子颤抖一下子，两只大眼睛才睁开，一双虎目看见斡本站在面前，赶忙伸出手来，拽住斡本的手说："贤弟，哥哥要不行了！"说着，从胸前解下荷包，交给斡本说："兄死后，别无牵挂，只是惦念你嫂子。求弟回内地后，务将此荷包交给苔妍，这荷包是成婚后，她亲手为我做的。现在交还给她，让她佩带于怀中，见着荷包如同见到我了。拜托了，千万交给她吧！"

斡本接过荷包，泪如雨下，亲叔伯兄弟他能不难过吗？哽咽得对谋良虎保证说："哥哥放心，小弟一定亲手交给嫂嫂。"接着，斡本又问谋良虎说："哥哥，还有啥话？说于弟，也好转告父皇。"

谋良虎说："金国大业既成，皇上寿考万年，肃清四方，吾死而无憾！"说罢，令人将他扶起来。谋良虎坐起来后，抬眼望望外面，大汗珠儿滚滚而下。只见他两只虎眼往上翻了一翻，倒眼根子后，嘎的一声，眼泪夺眶而出，头往下一低，气绝身亡了。

斡本抱着谋良虎大声哭叫："哥哥！哥哥！你真狠心，这么年轻就离开我们了！"

再说阿骨打来至昂吉泺后，不见谋良虎到来，不知出了啥事儿。正着急的时候，忽报谋良虎行至归化州时病重，可将阿骨打惊坏了，急忙催马奔归化州而来。等阿骨打到来的时候，谋良虎已咽气多时了，阿骨打边哭边说："谋良虎，我的爱侄呀，朕没想到你40岁就离开我们了。你从小就谋略过人，记得生你的时候，我大哥曾惊奇地说：'此儿风骨异常，他日必为国器！'你九岁就能射猎，每射必获。你随朕征战，每到关键的时刻，都能为朕出谋划策，计议而未决的事情采纳你的意见，均获得胜利。没想到今日抛朕而去，怎能不令朕痛心和想念，使朕失去一砥柱也！"阿骨打越哭越伤心，越伤心越大放悲声痛哭，任何人也劝说不了，全军被阿骨打哭得没有一个不落泪的，真是上上下下痛哭不止。

全军官兵们怕皇上哭坏了身体，齐刷刷地全给阿骨打跪下了，哀求地说："皇上，都统谋良虎死而不能复生，请皇上以国家大业为重，悲伤过度，恐伤龙体。"阿骨打在全军上下苦苦哀求之下，才逐渐止住悲声。传旨将谋良虎葬在归化州，建立佛寺，祷念谋良虎之功。

谋良虎机智过人，可他临死时，却做了一件糊涂事。啥糊涂事呢？嗨嗨，就是这个荷包交给了斡本，让斡本转交给苔妍。苔妍和斡本，嫂子和小叔子一见钟情，荷包佩带斡本身上，谋良虎的媳妇苔妍才又转嫁于斡本，言说月老配差了，才引起大金宫廷内乱，此是后话，暂且不表。

阿骨打在归化州亲自安葬谋良虎后，奔奉圣州而去。

公主拖住天祚帝

辽天祚帝在天德军杀了萧德妃之后，乘上千里龙驹逃跑了，惊吓得王子、公主、嫔妃哭哭啼啼在后边跟随，呼爹喊娘好不凄惨。别人哭叫全是吓的，只有一个人啼哭与众人心情不同，就是蜀国公主余里衍。

余里衍眼泪也刷刷的，那是因为一时没将天祚帝拽住，着急而落泪。她没拽住天祚帝干吗落泪呀？因为她的心里只有斡鲁补，同斡鲁补事先已定好了，只有让斡鲁补带兵将天祚帝和皇族人员全俘房去，她才能和斡鲁补成婚。她拽住天祚帝的目的，就是要将天祚帝拽住，不让天祚帝逃走，等候斡鲁补带金兵赶到，好将天祚帝他们全掠去，所以她叫"父皇啊！"天祚帝却一甩袖子将她闪倒了。当时，她想将天祚帝拽住，对天祚帝说，谎报之言不可信，应再派人前去打探，探实再说。哪知天祚帝已惊吓得失魂落魄，患了"恐金症"，一听说金兵追来，撒脚就跑。更使余里衍没想到的是，天祚帝听报后，挥剑就将萧德妃杀了。可把余里衍吓呆了，认为天祚帝心肠太狠，不管咋说，萧德妃将你皇子秦王耶律定送回来了，就冲这个，你也不该杀她。何况萧德妃无啥罪过，立耶律淳为天赐皇帝，她说了也不算，全是汉人宰相李处温一手策划的。耶律淳死后，萧德妃是要立你的儿耶律定为帝，也没立别人。没等立成，金兵攻来，萧德妃怕你儿子有失，人家护着你的儿子逃到古北口，千里迢迢将儿子给你送回来，你却将她杀了，还有天地良心吗？更使余里衍气愤的是，晋王耶律敖鲁斡啥罪没有，做父亲的说杀就杀了，今后谁还跟着你呀？

余里衍心情冷静下来后，又一想，父皇杀了萧德妃，也了却她心里的鬼胎。不然，追究起来，她得提心吊胆总提溜着，因为这事是她干的。不仅这个，引狼入室也是她干的，再晚跑一个时辰，斡鲁补可能就追来了。她胡思乱想了一通儿，觉得不行，得跟着跑，多咱斡鲁补将天祚帝这伙人捉住了，方能去掉余里衍的心事。

天祚帝这次逃跑，直接钻进断块山，亦称阴山。这断块山西起狼山、乌拉山，中为大青山、灰腾梁山，南为凉城山、桦山，东为大马群山。长有两千四百多里，山间垭口，自古以来为南北交通孔道。这道孔

419

道离老远瞧着才吓人呢，就见那有六百多丈高的东西两座，中间有条缝儿，缝隙上边龇牙咧嘴的一块块大石头就像欠着屁股似的，随时都要坠落下来，见着真有些毛骨悚然，胆小的不敢过。说也奇怪，这么多年，一块大石头也没掉下来。

余里衍见天祚帝钻进阴山，心里很不是滋味儿，不是别的，她心疼斡鲁补带着兵马遭这份儿罪，埋怨父皇往这里钻干啥。女大外向，一点不假呀，余里衍不心疼她父皇，小心眼儿里时刻惦念着心上人斡鲁补，恨不得能让斡鲁补马上将她父皇等人捉住，就结束了斡鲁补的追击。

单说有这么一天，余里衍跟随父皇正在奔逃，天空忽然阴云四起，刹那间下起雨来。这一下雨不要紧，赶上下刀子了，扎在余里衍心上，心疼得在肚子里翻翻乱滚。暗想，斡鲁补啊，这雨能不能将你击病啊，要是击病了，咱俩定的计策不是白定了吗？父皇被别人捉去，咋能知道是我的力量呢？余里衍由害怕变成提心吊胆，那颗心悬吊起来，使她更加难受。暗想，不行，我得想个巧妙的计策，越快越好，让斡鲁补立下功劳，好实现我们俩的配偶之愿。她忽然心生一计，对陪伴她的宫女说："你先别跟我走，我肚腹疼痛，八成要大便！"宫女要陪着，在旁等候，她说啥不让，将马往山坳处一斜。见宫女真随着人马走了，这才放下心来，将雨伞收拢起，从马上跳下，把马拴在树上，急忙钻进山洞里。

余里衍钻进山洞后，后边的兵马才相随而过，蜀国公主余里衍钻山洞里拉屎，当兵的敢跟着去吗？再说，公主有宫女陪着，别人也管不着啊！兵士哗哗前进。

余里衍不是拉屎，她是钻进山洞等兵士过去后，要将雨伞给斡鲁补留下，怕淋坏斡鲁补。另外，她想通过这个办法将父皇拖住，因为见她大便未归，得向天祚帝禀报，天祚帝就得停行或扎下营寨等她，说不准斡鲁补赶到，大功就可告成。

余里衍见兵士已过完，她掏出手帕，写上："斡鲁补，天祚帝就在前边，留伞为你避雨，手帕给你传信！衍。"她写好后，用手帕将伞绑上，悬挂在明显的高树上，这才解下马缰绳，四平八稳地向前走去。

真没出余里衍所料，余里衍的宫女小底（宫女头儿）见余里衍未归，便不是好声地喊叫："哎呀，蜀国公主咋没回来呀？"她这一喊不要紧，早有禀事官禀报给天祚帝了。

天祚帝一听，蜀国公主大便未归，大吃一惊，便问："来到何地了?"伴驾官说:"禀皇上,已来至青塚地界。"天祚帝说:"天上降雨,行路不便,在此安下宫帐,赶快派人去寻找蜀国公主!"

圣旨一下,安营扎帐的安营扎帐,余里衍的宫女小底由两名御侍卫在后边尾随,掉转马头回去寻找。当寻到余里衍时,余里衍紧鼻拉眼,一手提缰,一手捂腹,哼呀咳呀的,说她肚子疼。这是见宫女小底来寻她,她现装的。惊得宫女小底问道:"公主碍不碍事?快些走,让御医诊治吧!"

余里衍说:"不能让马快走,马一快走,颠得我这肠子像折了一般疼痛,要不我早撵上你们了!"

宫女小底说:"公主,那就慢行吧,反正皇上已传旨扎下营帐了。"宫女小底刚说到这儿,冷丁惊叫道:"哎呀!公主,你的雨伞哪?"

公主说:"肚子疼得我糊里糊涂的,将雨伞落在大便那地方了。"

宫女小底说:"那派人去取回来吧。"

余里衍说:"一把破伞要它干啥,再说上哪儿寻去呀?"

宫女小底只好将自己的伞儿给余里衍撑着,慢腾腾地向青塚走去。

回头再说斡鲁补追到天德军,见天祚帝杀死萧德妃,尸体未寒,知道未逃多远,便令军兵速追。哪知道追进阴山后,天下起雨来,山路泥泞溜滑,马跑不起来,只好缓缓而行。正行之间,忽然从前边跑来一匹快马,马上的人转交给他一物,还有条手帕,上面写着字儿。看了以后,明白了,这是蜀国公主余里衍给他留下的,让他快追,还让他打着伞,可以避雨,别让雨淋着。斡鲁补不仅不知咋打开这伞,连伞咋做的他也不知道,便自言自语地说:"这伞咋使呀?"

他身旁有位汉兵,替他将伞撑开,递给斡鲁补说:"举着伞,就可避雨了。"

斡鲁补问汉兵说:"这伞是咋做的,谁琢磨的?真好,雨真淋不着了。"

汉兵将马一提,和斡鲁补并缰而行,介绍说:"传说早先年,山东有个巧木匠,名叫鲁班。有一天,他带着妹妹在杭州西湖游玩,见那湖水绿波荡漾,轻舟点点,堤岸上杨柳细枝,百花争艳,景致宜人。兄妹俩正看到兴头儿上,忽然天空下起雨来,将兄妹俩的衣服全淋透了,不得不扫兴而归。鲁班就琢磨,咋能下雨淋不着人,可照常观赏美景呢?琢磨过来琢磨过去,就找一些粗壮的木头,在湖边筑起了亭子,筑了一个又一个,还在亭柱上雕刻飞禽走兽、鲜花异草。亭角上挂起铜铃,清

风拂过，铃响叮当，可好听啦。鲁班的妹妹人称'鲁妹'，她找来一根竹子，削成又光又亮的竹骨，削了一根又一根。再用一根圆竹竿做柱子，四周穿上长竹骨，在竹竿和长竹骨的中间支上许多灵活的短竹骨，外面蒙上一层绸子，四周的边角挂上一圈儿黄澄澄的绸穗子。这件东西向上一撑就散开，像座圆亭子，往下一拉就缩拢，又灵巧，又方便。鲁班一见，不住地称赞说，这东西比亭子还方便，撑着它下雨也可走遍西湖。鲁妹受到哥哥的称赞，就做了好多好多，送给亲友。亲戚朋友见它轻巧、实用，都十分喜爱，就叫它'雨散'。后来有人将'散'改成'伞'，就叫'雨伞'了。就是这个玩艺儿流传于世，变成手艺工匠们制作的日常用品了。"

斡鲁补一听，心中大喜，说："噢，原来如此。别光说呀，快追天祚帝！"

这时候，天祚帝在青塚刚扎下营帐，埋锅造饭，忽听喊杀连天，斡鲁补追到跟前了！

天祚帝在青塚扎下营帐后，兵士们埋锅造饭，真是人困马乏。天祚帝眼巴巴地望着后面的路，嘴没说心里话儿，蜀国公主余里衍咋还没回来？足足等有一顿饭工夫，总算将公主盼回来了。余里衍趴伏在马鞍上，龇牙咧嘴难受的样儿，令人瞧着怪可怜的。谁能猜疑公主是装病的？想都不能往这上想。

天祚帝赶忙问道："公主咋的了？"

宫女小底回禀说："禀皇上，公主贵体欠安，腹部疼痛。"

天祚帝说："快将公主搀扶营帐去，让御医诊治！"

宫女们忙将余里衍从马上扶下来，由一名身强力壮的宫女将余里衍背进营帐去，余里衍"哎呀、哎呀"的声音不太大地叫唤着。这时候，宫女小底已将御医找来，先让御医在外面等候，直等到里边将帐帷放下，才传御医进帐。御医走进帐来，单腿跪在地上，见公主已伸出右手，御医将食指和中指搭在公主的脉博上，脸朝下，细心诊断着，耳里听公主在帐帷里有节奏的哼呀咳大声叫唤着。御医号着公主的手脉，按照《脉经》上分的涉、花、洪、滑、数、促、弦、紧、沉、伏、革、实、微、涩、细、软、弱、虚、散、缓、迟、结、代、动、长、短、牢，细细把脉，却号不出脏腑的病症。说她是风湿吧，得头痛发热；说她得的是风温吧，得"温邪上爱，首先犯肺"，必咳嗽、气喘；要说患的是肠炎呢，得腹泻、腹痛、腹胀，腹泻次数频繁，腹痛剧烈；要说得的是肠风，损伤阴络所致，也得有湿热大便下血；要说得肠绞痛，脐周阵发性疼痛，也不能像她这样哼叫。御医号着公主的脉，心里反复琢磨，肠痛不是，肠罩也不是。号完右手号左手，号了好大一会儿脉，御医没号出公主的病症来，心里暗吃一惊，咋办呢？说公主没病装病，别说公主不让，天祚帝也不能答应。他只好假说患病了，号完脉，便对宫女小底说："公主患了肠风之症，待为她配点儿药，吃下去就会好的，请禀皇上、娘娘放心。"说罢出去了，宫女小底赶忙派名宫女跟着去取药。

御医走后，娘娘、嫔妃接踵而来，探问一番，叮属余里衍公主要保重贵体。她们走了之后，辽太叔胡卢瓦的妃子、耶律淳的妃子、辽汉夫人、秦王、许王、公主骨欲、公主斡里衍、大奥野、次奥野、赵王的妃子斡里衍等都来探望蜀国公主余里衍。余里衍见这么多人来，便呜呜啼哭，不让他们离开，口口声声说她不能好了。因为余里衍素常很随和，大伙都擦眼抹泪，痛哭流涕。这些人流泪，不完全是为余里衍有病而难受，主要还是由于随天祚帝东逃西跑，受着风吹雨淋之苦，不知多咱是个尽头儿而伤心落泪。

正在这些人哭成一团的时候，忽然有人禀报说："金兵追来了！"大伙一听，吓得浑身颤抖，转身要走。蜀国公主余里衍不是好声地哭喊着说："你们就这么狠心哪，扔下我不管了？"

大伙一听，咋好意思走啊，都停下脚步，一位娘娘说："公主放心，咱们活在一起，死也在一块儿！"说着，大伙忙上前来扶余里衍，寻思将她背出去，好一块逃跑。刚要扶，余里衍说："别动，快别动我，我气要上不来啦！"

她这一喊，吓得大伙都住了手，不敢动她了。有谁能寻思公主是装的，为的是拖延时间，好做斡鲁补的俘虏？做梦也没往这上想啊！就见余里衍真像要断气一般，不大喘气了。在场的人一惊，眼睛直冒花儿，七吵八喊开了："公主，公主，你怎么了？"叫喊成一团。

就听营帐外有人喊："还不快走，皇上已走啦！"

死逼无奈，宫女抱起余里衍，想放到舆车上，拉她逃走。哪知刚抱出营帐，斡鲁补带的金兵已到，将这青塚之地团团围住了。

这青塚地方很特别，一个个鼓包就像坟丘子一般，高一个，低一个，故名青塚。斡鲁补带的兵马离老远就看见了，他已将兵散开，像拉大网似的，想逃也逃不了了。

皇族的人见大金兵将他们包围了，一个个哆嗦成一团。这时天已晴了，可人人如同怀里抱着冰一般，冷得心都往一块紧，口里打牙帮，咯巴咯巴直响。

余里衍听说斡鲁补将他们包围了，心里暗自欢喜，但感到遗憾的是天祚帝又逃跑了，大功没立成。暗怨父皇心肠太狠，将儿子、女儿抛下，自己逃跑。要是不跑，让斡鲁补一起俘去，岂不立一大功？余里衍的想法确实令人可笑，到底是她心肠狠，还是天祚帝心肠狠，就不用细讲了。

眨眼工夫，斡鲁补的兵士已围到跟前，一个个如狼似虎一般，手举

阿骨打传奇

大刀，高声喝道："全都给我跪下，不跪者杀！"吓得皇族的人腿一软，全跪在泥泞的地下，叫苦连天地喊："军爷饶命！"

余里衍听说让跪下，来劲儿了，对宫女说："将我放在地上！"

宫女颤巍巍地说："不行，公主贵体欠安，我咋能将你放在地上呢？"

余里衍说："没事儿，放下吧，我对付金兵！"

宫女听余里衍说对付金兵，就赶忙将余里衍放在地上，余里衍站在地上高声喊叫："看呀，金兵要杀皇族的人，非找你们领兵的算账不可！"余里衍这一喊，将围上来的兵士吓了一跳，呆愣愣望着瘫倒在地的这群人，原来都是皇族成员。

斡鲁补听见有女子喊叫，赶忙催马奔到近前，在马上一看，正是余里衍。就见他的兵士手持马鞭，正要抽打余里衍，他大喝一声："住手！辽皇族成员一个不准打！"他边喊边从马上跳下，见余里衍安然无恙，心里非常高兴，假装不认识，问道："你是何人？"

宫女赶忙往余里衍身前一站说："她是……是宫里的人。"宫女话音刚落，余里衍窜到前边，对斡鲁补说："我乃辽蜀国公主余里衍是也！你是何人？"吓得跪在地下的皇族成员魂都飞了，心想，我的天神祖奶奶呀，没看啥时候，人在屋檐下，哪敢不低头，你这不找死吗？说话又冲又横，要杀你不像杀只鸡一般，咋这样呢？他们都是在心里这么想，谁也没说出口来，提心吊胆的，以为斡鲁补非翻喳不可！就听斡鲁补回答说："吾乃大金国皇帝次子斡鲁补，又名斡离不，征讨天祚帝，乃副都统兼先锋官是也！"

跪在地下的皇室成员听斡鲁补这一说，又吃一惊，啊？原来他是皇上阿骨打的二儿子！见斡鲁补好像没有杀人之意，心里才稍稍落了点儿底。

余里衍听完斡鲁补报完名字，便脸一翻说："好啊！听说大金国皇上阿骨打向来不杀被俘的辽官，而且官复原职，原来干啥还干啥。并谕旨下属，对辽皇上、皇室成员一个不准杀害，不准虐待。可你身为皇上的儿子，怎敢违抗你父皇之意，让我们这些皇室成员跪着哪？"

皇室成员落底的心又悬起来了，一个个心里埋怨公主余里衍，你这不是惹祸吗？只要不杀，让咱们跪着怕啥？吓得秦王跪爬到余里衍跟前，悄悄拽余里衍的衣襟儿，不让她说。

斡鲁补被余里衍责问得不仅没发火，反而立即赔礼说："请公主息怒，兵士不知是皇室成员，我之过也，快快请起！"

站在斡鲁补身边的一个军官悄声对斡鲁补说："不让他们跪着，也得用绳子一个个拴上，不然逃了咋办？"还没等斡鲁补答话，就见辽蜀国公主余里衍眼睛一立睖说：

"不用拴，跑一个由我负责！"

那位军官眨巴眨巴眼睛，打量一下余里衍，嘴没说心里话儿，就打你长得漂亮，你负责，谁负责你呀？扫视一下周围没说啥，静等斡鲁补发令。

斡鲁补说："好，蜀国公主一言为定，跑一个就拿你是问，你将这些皇室成员的名字介绍给我们吧！"

皇族成员个个用惊讶的目光望着余里衍，佩服余里衍敢顶壳，敢搂火，是一个，哪像咱，吓得腿肚子都转筋了，还敢说话？

余里衍手指皇室成员向斡鲁补一一介绍说："她是辽皇太叔胡卢瓦之妃，她是燕王耶律淳次妃，她是汉夫人，这位是秦王，这位是许王，她是我姐骨欲公主，她是我三妹斡里衍公主，四妹大奥野公主，五妹次奥野公主，她是赵王妃斡里衍。"

余里衍刚介绍完皇室成员，就见斡鲁率兵赶到，他前边绑缚着耶律大石，还截获几名辽官。来至近前，斡鲁补问余里衍说："截获的这几个人，都是辽的什么官儿？"

余里衍说："前边那个是招讨迪六，中间那个是详隐六斤，后头那个是节度使孛迭。"

斡鲁补又问："除天祚帝还有谁跑了？"

余里衍说："还有梁王雅里和他的女儿跑了。"

斡鲁补与斡鲁会师后，一查点，缴获车辆万余乘，其他物资无数。斡鲁补令亲军护卫皇室成员而归，他还亲自照料，辽皇室成员受到优待，人人欢天喜地随金军而行。正前行中，忽报，辽天祚帝率军截杀而来！

天祚帝逃进金城

天祚帝率领残兵败将从青塚而逃，他又钻进阴山，向前跑啊跑啊，眼见天色已黑，天祚帝问道："后面有追兵没有？"伴驾官回答说："没有。"天祚帝又问："前面是什么地方？"伴驾官回禀，已来到乌梁素海。

天祚帝问道："什么叫'乌梁素海'？"

伴驾官说："'乌梁素海'是塔塔儿语，意为'杨树湖'。它在黄河北崖，湖水流到南边，在西山嘴附近流入黄河，盛产金色鲤鱼。"

天祚帝听说盛产金色鲤鱼，高兴了，忙传旨在乌梁素海扎营安帐。传下旨意之后，军兵便依山伴湖，安下营帐。天祚帝见这天苍苍，野茫茫，不见人烟，一片凄凉的景象，勾引起无限愁肠。蜿蜒的阴山，一望无垠的沙漠，只有涛涛翻滚的乌梁素海，给他带来富有生机的景象，令宫底赶快为他捕猎金色鲤鱼。宫底们哪敢怠慢，和军兵一起，在这一望无际的乌梁素海里撒网捕鱼。你说这鱼有多大吧，只一网就捕捞上来二百多斤翻翻乱滚的金色鲤鱼，军兵立刻欢腾跳跃，可饱餐一顿金色鲤鱼啦！

天祚帝呆愣愣地望着乌梁素海想着心事，禀事官向他禀报说："至今未见辽太叔胡卢瓦妃、燕王耶律淳次妃、辽汉夫人以及秦王、许王、公主骨欲、余里衍、斡里衍、大奥野、次奥野、赵王妃斡里衍等的到来，此外还有招讨迪云、详德六斤、节度使字失等均未跟上来。"

天祚帝一听，大吃一惊，暗想，他们咋没跟上来呢？忙传旨说："快令人带兵去寻找！"

天祚帝传罢旨意，心里着急，皇子、皇女不见了，他能不着急吗？骑马回到为他安好的宫帐。天祚帝见这宫帐，大吃一惊，他的宫帐依残城垣而立，便问伴驾官说："此残城垣何人所建？"

伴驾官说："此乃余太城。"

天祚帝一听，更惊诧了，说道："莫非是杨业之妻、杨令婆所建？"

"正是！"

天祚帝说："杨令婆是山西保德折窝林人，姓折名折津，怎么叫余

427

太君呢?"

伴驾官回禀说:"回禀皇上,这是佘太君百岁挂帅时,在此据抗西夏时建的城。北宋宝元元年,也就是咱辽朝重熙七年的时候,西夏赵元昊建国称帝。宋朝甚是惊恐,宋仁宗赶忙命永兴军夏竦兼泾原、秦风路安抚使、知延州范雍兼鄜延、环度路安抚使,准备出兵夏州。第二年,夏国天授礼法延祚二年正月,夏景宗向宋朝进表,言说已建国号,称帝改元。但赵元昊名义上仍向宋称臣,请求宋朝承认夏国,册封帝号,宋朝君臣议论不决。六月间,终于下诏,削去赵元昊的官爵,并在边地揭榜,募人擒赵元昊。又派庞藉为陕西体量安抚使,协同夏竦、范雍备战。十一月,夏军侵宋保安军,被宋部将狄青战败,损失帐两千多。夏国天授礼法延祚三年,也就是北宋康定六年,赵元昊进攻宋延州,范雍惊惧不敢战。赵元昊派牙校诈降,范雍信以为真,赵元昊乘势攻保安军,袭击金明寨,活捉宋都监李士彬,乘胜夺取延州。范雍召部将刘平、石元孙来援、赵元昊伏兵三川口、活捉刘平、石元孙二将,进而攻破安远寨,获得胜利。这下可将宋朝吓坏了,朝中无有能将,才将佘太君请出来,挂帅西征。她精通韬略,所生的八子和一个孙儿,均先后殉国。这时她已一百零二高龄,身挂帅印,率领杨家12名寡妇征西。来到此处,建立这座佘太军城。皇上请看,那阴山脚下的山石,上下截然分为青、红二色,下层的红色石头,便是当年佘太君军中的孟良、焦赞放火烧山,把山烧红了变成的红色。那山峰上还有以前杨六郎的拴马石柱,石柱留有绳牵痕迹,石柱下边的马蹄印儿仍然清清楚楚,像新踩的一般。后来人们把'折'叫白了,就叫佘太君,一直叫到现在。"

天祚帝听后,有些毛骨悚然,心想,那年我在古北口杨业祠,杨令公显灵,差点儿将我吓死。在居庸关杨五郎显灵讨要燕云十六州,又将我吓个半死。今天又住在杨令婆这儿,她再显灵,不要我命了吗?不行,不能在此安营扎帐,得赶快转移。当即传旨,赶快拔营起帐,到前边再安营扎帐。

军兵一听,皇上这是怎么了,刚安下营帐,等着吃金色鲤鱼呢,怎么金兵又追来了?军兵怎能知道天祚帝犯佘太君的忌讳,怕佘太君显灵要他的命,才赶忙传旨前行。

辽朝的残兵败将还得随天祚帝向前逃,正逃之间,禀事官向天祚帝禀奏说:"禀皇上,前军请示皇上,是走大斤山南侧呀,还是走北侧?"

天祚帝说:"南侧咋说,北侧咋讲?"

禀事官说："皇上，这大斤山是东西走向，是狭窄的阴山。南侧断层陷落，巍峨陡峻，北侧倾斜和缓。要是走南侧，好奔白道谷、鄂博口，为南北交通口道。"天祚帝听后，立即下达旨意，走北侧，到稆阳塞安营扎帐。辽军沿着大斤山前行，来到稆阳塞，天色已晚，安下营帐，埋锅造饭，炖金色鲤鱼，真是香气扑鼻。可天祚帝只吃一口，眼泪刷下子就掉下来了，寻思皇子、公主是让金兵掠去了，还是迷路了，为啥至今还没追赶上来？鼻子一酸，眼泪一落，这金色鲤鱼当然也就不是味儿了。

天祚帝吃过晚饭，坐在帐外，感到无比凄凉惆怅。忽听从乌梁素海传来鸿雁的鸣叫声，心想，鸿雁是季节变化而迁徙的候鸟，秋后从北方迁往南方越冬，春天又从南方飞回北方，在此繁殖。由此又想到了西汉苏武，苏武于天汉元年奉命为使到匈奴来被扣，匈奴千方百计威胁诱降，他说啥不从，就将他送到北海边上，让他牧羊，19年不屈从。汉昭帝时，匈奴欲与汉朝和亲，汉昭帝让匈奴放回被扣的使者苏武，匈奴假说苏武已死。这事不知怎么传到苏武耳朵里了，有天晚上，苏武坐在北海边上，暗想，我用什么办法能将我的书信送给汉昭帝，说我没死，在北海放羊呢？他想啊想，忽见海边上有一大群鸿雁在此夜宿，周围有"雁奴"在宿地周围警戒。他想，这鸿雁春天从南方来，秋天回南方去，眼看快冷了，鸿雁不能为我将书信带给汉昭帝吗？苏武想到这儿，便对鸿雁说："鸿雁哪，鸿雁，我苏武被匈奴扣此牧羊，匈奴欺骗汉昭帝说我死了，你能不能给我捎封书信，送给汉昭帝？"说也奇怪，真有一只"雁奴"走到他跟前，向他点头示意，意思是它要为苏武捎书。苏武高兴得眼泪都流下来了，赶忙扯下块衣襟儿，将手指咬破，写封血书系在"雁奴"足上。这只"雁奴"果然将书信送到长安宫中，才发现雁足系书，呈交给汉昭帝。汉昭帝拆书一看，见衣襟儿上写着："昭帝，苏武仍在北海边上牧羊，未死！"汉昭帝立即派使臣带着鸿雁捎来的血书，去草原见匈奴最高首领撑犁孤涂单于①，单于拆书一看，大吃一惊，只得谢罪说苏武还在，这才将苏武放回去。天祚帝想到这儿，长叹一声，说："鸿雁哪，鸿雁，你能不能为朕捎个信儿，朕的皇子、公主们在哪儿呀？"天祚帝思念子女心切，伤心落泪。

---

① 撑犁：匈奴语，天。孤涂：匈奴语，子。单于：匈奴语，广大之意。这三个匈奴语词简称"单于"，即天子、国王的意思。

天祚帝正在触景生情、伤心落泪的时候，忽然见一群鸿雁唳唳地叫着从天空而过，真是"一声归唳楚天风"，惊吓得天祚帝说："不好，准是金兵连夜追来了！"

天祚帝话音未落，禀事官奏禀金兵追杀来了，天祚帝还是一句老话："快跑！"连夜拔营起帐，率领残兵败将又逃了。

天祚帝率领残兵败将寅夜逃跑，大斤山山路狭窄，道路难行，他们举着火把前行，一直逃到桦山张北之地。辽军官兵听说到了张北，"张北马"闻名于世，就一齐拥进张北各家各户，见马就抢，抢得当地百姓叫苦连天，有的辽军士兵还乘机将民众的鸡鸭也掠之一空。一直逃到金城，天祚帝传下御旨，暂驻扎在金城。

天祚帝从大斤山逃到金城。为啥要驻在金城呢？因金城是汉朝始元六年建的郡城，等到晋朝将郡城迁到榆中，到十六国前凉时，又迁回金城。到北魏时，又迁至榆中，西魏后将郡城迁到子城。随开皇初废了这个郡城。到隋大业和唐天宝、至德时，又迁到金城为郡城。金城是薛举自称西秦霸王之地，他于隋朝大业十三年，和他儿子薛仁果离开老家河东汾阳，迁到金城来招兵买马，聚众13万，扯起西秦霸王大旗，不久便自封为秦兴皇帝，盘踞陇西之地，迁都天水，第二年就死了。他儿子仁果继位，后来兵败，降了唐朝。所以说，天祚帝率领残兵败将，准备在金城重整兵马，欲东山再起。等天祚帝逃进金城后，方知他的亲属、五子、公主全被俘虏去。他放大悲声痛哭，边哭边说："皇儿、公主均被俘去，我活着还有啥意思？"决定率残兵败将去夺回自己的亲属。

阿骨打又问左企弓旸台山离燕京城多远，并提出要去邀请吴庋仁带工匠同去内地。

左企弓摇头说："回禀皇上，都料匠吴庋仁已年过七十，他早有致仕之心，去请，恐怕他也不能复出。"

阿骨打听左企弓这一说，没听明白，不知啥叫"致仕"，愣了半天说："啥叫'致仕'之心？"

左企弓说："回皇上，'致仕'是从古至今留下的退官职之意。就是官吏年龄大了得退休，称之为'致仕'。"

阿骨打一听，很感兴趣，便问左企弓说："实行'致仕'制，是从哪个朝代开始的呀？"

左企弓回答说："早在春秋战国的时候就实行了，从那时候开始，废除旧的世卿世禄制，代代实行以新的流官'致仕'制。到了汉朝的时候，将'致仕'制逐渐形成一套人事行政制度，据东汉班固等人撰写的《白虎通义》记载，凡官吏年逾七十者，耳目不聪、腿脚不便的，均得致仕。致仕后，朝廷给其原官职俸禄的三分之一，以示尊贤。等到唐朝的时候，规定凡年逾七十以上者，均应致仕。年虽少，但形容衰老者，亦听致仕。致仕后，五品以上的官吏可得半禄。有功之臣，蒙皇上恩典，可得全禄。京官六品以下，外官五品以下，致仕者均有业田可以养老。而辽朝机构庞大，官员日增，致仕虽著为令，由于天祚不理朝政，官吏贪利者多，知退者少，故无人过问。实不相瞒，微臣随皇上到金之内地后，将请致仕也。"

阿骨打说："爱卿差矣，朕的大金未立此制。就是立此制，亦应视其体质而定，不能以年龄为限。爱卿虽年逾七十，可说是精力充沛，老当益壮，岂可致仕？朕仍任爱卿为南知枢密院事，主管南部汉人之地。爱卿再不要有此意也！都料匠吴庋仁，朕躬前去，力劝其随朕去内地，请爱卿随驾同行！"

左企弓不敢违抗圣旨，当时阿骨打还是按照老习惯，出外即不摆銮驾，又不兴师动众，蔫巴悄的，像平民百姓一样，换上便服，骑着马，

后边尾随两名御侍卫，也打扮得像平民百姓一样，由左企弓陪驾奔旸台山而去。出了燕京城，走出去有四十里之遥，便见连绵起伏的山脉。左企弓介绍说："前面的山是西山，西北接军都山。西山是百花山、灵山、妙峰山、香山、翠微山、卢师山、玉泉山、旸台山的总称，旸台山与西山毗连，乃是蓟壤之名峰，清水院是幽都之胜境也。"

阿骨打听左企弓这么一介绍，赶忙举目观瞧，只见旸台山的形状好像一头巨狮蹲踞在那，显得非常威武。阿骨打说："此山不应叫旸台山，应当叫狮山，像狮子一样！"阿骨打这一说不要紧，此山受"皇封"啦，从此，管旸台山又叫狮山，并流传下来。

左企弓听阿骨打这一说，接过说，确实像头巨狮，尤其是披雪见着，越瞧越像头雪狮，太美了，叫它狮山太准确了！

当阿骨打和左企弓走进清水院时，见清水院是座西面阳，知是按契丹人"朝日"之俗而建。左企弓也不敢介绍大金国皇帝阿骨打圣驾至此，因阿骨打有话，不许露他。再说，这些天左企弓已摸着阿骨打的脾气，他虽为皇帝，但和辽宋皇帝不一样，没有那么多的皇帝礼法，始终和臣官们一样。所以，他不能随便泄露出阿骨打，要发生意外，他可吃罪不起。

左企弓悄声问僧人说："都料匠吴庋仁在何处？"

僧人向北一指，有座小僧房，左企弓示意不让僧人声张，领阿骨打直奔那座小僧房而去。也没敲门，直接闯屋去，见吴庋仁正低头伏案画图呢！走至近前，见他画的是楼台殿阁。

吴庋仁猛抬头，见左企弓和位陌生人来了，惊慌失措地站立起来。因为他听到开门声，以为是僧人进来，没想到左企弓来，忙施礼致歉说："不知宰相前来，未曾迎接，望恕罪！"接着他用目打量一下陌生人，正好和阿骨打眼光相对。阿骨打见吴庋仁尽管快 70 岁了，可身体硬朗，一点儿不像 69 岁的人，好似五十多岁的年纪。

左企弓见吴庋仁用目打量阿骨打，赶忙介绍说："这位是'上天君'，来游狮山。"

吴庋仁听说"上天君"，以为阿骨打是叫"尚添军"，便说："失敬，失敬！"

阿骨打和左企弓坐下后，吴庋仁问左企弓说："宰相，此地是旸台山，来游狮山，这狮山在何地？小人咋没听说过呀？"

左企弓哈哈大笑说："狮山即旸台山，因'上天君'见之，像头雪狮蹲踞在此，故名狮山！"

吴庋仁也笑了，说："原来如此。起得对，可不是咋的，真像头狮子！"

左企弓赶忙书归正题说："都料匠，我已降金，官居原职。大金皇帝将南京暂迁至广宁府，准备请汝同往，仍担任都料匠，助我一臂之力如何？"

吴庋仁冷笑一声说："宰相，我早向你说过，我只等致仕，情愿当名'瓜王'也！"

左企弓惊疑地问："瓜王，什么瓜王？"

吴庋仁说："你没听说秦朝有位邵平，他袭封为东陵侯，和萧何交谊深厚。秦灭亡后，邵平失掉爵禄，沦为平民。不久，汉朝丞相萧何营建长安城，邵平就居住在江青门外，在那儿种瓜。萧何左三番右二次请他为官，均拒之不受，甘愿种瓜。他种的瓜香甜可口，称为'东陵瓜'，萧何经常去向他请教。在汉高祖十一年的时候，陈豨谋反，刘邦率军亲自去征讨。这时，有人告发韩信在长安谋反，吕后用萧何之计杀了韩信。刘邦听说后，派使回长安拜萧何为相国，益封五千户。大家都来祝贺，可邵平却来向萧何吊丧，萧何甚是惊讶，将邵平拽到一边问道：'邵公为啥此举？'邵平对萧何说：'你死到临头还不知？刘邦此举，说明他对你有疑心，你赶快拒绝封受，并将家产拿出来'佐军'。萧何听了邵平的话，'让封勿受，拿出钱财佐军。'刘邦听后，非常高兴，免了灾祸。邵平丧失爵禄后，投身于种瓜，和萧何为挚友，却从不去攀龙附凤，何况萧何向刘邦举荐那么多的贤人，其中很多人当了大官。邵平安心种瓜，直到老死，真可谓贤人也！"

阿骨打听后，哈哈大笑说："朕加封左宰相时，你好前去致吊也！"

阿骨打这一说，刹时惊吓得吴庋仁魂不附体，眼冒金花，浑身颤抖，扑通一声跪在地上说："小人有眼无珠，不知圣驾在此，胡言乱语，冒犯天威，罪该万死，诛连九族啊！"说罢叩头。

阿骨打赶忙将他扶起，说："朕无此法也，刚才与汝说句笑话而已"

吴庋仁站在那儿直筛糠，心想，皇上哪有跟臣官们说笑话的？怪我，左宰相已暗示我，"上天君"指的皇上驾临，我以为叫"尚添军"的名儿，放肆得说出皇上忌讳的话，真是自找死！

阿骨打说："吴都料匠，朕与左宰相前来请你回京，朕求贤若渴，燕京手艺工匠均愿随朕去内地。汝为都料匠，身有奇才，朕岂能让汝种瓜呢?”

吴庋仁等着挨杀,听阿骨打说出此番话,踌躇一会儿说:“万岁如恕小人无罪,小人愿随之。”

阿骨打哈哈大笑说:“你有何罪?刚才所言,对朕颇有启发,增长知识,深受教益。汝不仅无罪,还擅于传教,是难得的人才也!”

吴庋仁这才将心放在肚子里,转惊为安,随阿骨打、左企弓回了燕京城。

阿骨打传奇

辽天祚帝被阿骨打大军追得就像兔子见鹰一般，不顾命地逃啊逃，逃到什么程度，信马由缰，你就驮我跑吧，只要能保全我的性命就行。

天祚帝率领残兵败将离开上京后，就向西逃去，因为西南、西北这两路还是归他所有，逃奔去可以重新调集兵马，和阿骨打决一死战。

天祚帝在前边催驶他那匹千里龙驹，后边残兵败将噼哒叭哒鞭打坐骑，紧紧相随。因为天祚帝早就说过，如果女真必来，我有日行五百五十里的快马，又与宋朝为兄弟，夏国为舅，都可以去，到哪儿也不失我一生的荣华富贵。所以天祚帝只顾逃命，骑在千里龙驹上，两眼一闭，嘴里祷告说："龙驹呀，龙驹，朕的生命就寄托给你了，你就驮朕逃吧，哪块安全，你就往哪儿驮朕去吧！"说罢两眼一闭，伏在鞍上迷迷糊糊睡着了。他这匹龙驹可就撒野了，飞一般向西南方向驰去。天祚帝趴伏在马鞍子上，你说他睡着了，两耳呜呜风声响，他还听见了；你说他没睡着，两眼紧闭，鼾声如雷，可他还紧紧拽着马缰绳不撒手。不过可有一宗，后边人喊破嗓子招呼他："皇上，圣驾等等，后边落得太远啦！"不知道有多少人叫喊，他都未听见，趴伏在马鞍子上如同死人一般，任凭千里驹飞驰。从巳时一直跑到天黑，伸手不见五指，这匹马才算停下来。

天祚帝在马上也睡醒了，他抻个懒腰，自言自语地说："这是啥地方啊？"他说完了，没人搭喳儿，才觉着头发根儿酥下子，吓得他妈呀一声，伴驾官都哪儿去了，怎么只剩朕单身一人啦？他刚想喊，这时候传来马跑銮铃响，陪驾官员借着星光，见天祚帝勒马停立在绝壁断峰前面，一个个忙喊道："吁——吁——"勒马停行。

天祚帝问道："皇室的人和大军咋不见来？"

"回禀皇上，万岁的千里龙驹行如飞，凡马望尘莫及，故而均落在后面。"

天祚帝一听，心中欢喜，暗想，多亏这匹千里龙驹，骑它现跑都赶趟，金兵想捉朕，比登天还难。当即天祚帝传旨，让联络官赶快去催促前进，朕在此候等。联络官领旨飞驰而去。

天祚帝由伴驾官搀扶下得马来，活动活动腿脚，问伴驾官说："此何地也？"

伴驾官回答说："皇上，眼见圣上驾驰千里龙驹，驰驶这太行山里，此处是那个'陉'，寅夜不好辨认。"

天祚帝举目观看，见两山峰间有灯光，心中暗喜，这准是寺庙，在寺庙里过夜，岂不比帐篷内舒服得多？这时皇室人员在辽军护卫下已到，天祚帝传旨，在此安营扎帐，歇息过夜，明日赶奔西京。传下御旨后，他又吩咐伴驾官燃起灯笼火把，让萧皇后和几名宫女陪同，到有灯火之处去投宿。伴驾官哪敢怠慢，立刻点起灯笼火把，宫女在前边挑着灯笼，御侍卫举着火把，沿着山间小径往上走。借着灯笼火把的光亮，天祚帝才见这山是绝壁断峰，沟壑纵横，古木丛生，溪流清澈，依山就势，错落起伏，双峰之间有座楼台殿阁，灯光明亮。天祚帝和萧皇后上了三百多道石阶，才来至这楼台殿阁前，楼殿飞檐玲珑，构造精巧。而在下边见着的灯光，却是在楼殿的东北方，另有一祠。

天祚帝登上楼殿之上，借着火光一瞧，楼殿横一匾额，书写三个大字："桥楼殿"。天祚帝心想，咋叫这么个名儿呢？他向两旁一瞅，才看清这楼殿是建在三道单孔石桥上边，而这三道单孔石桥是飞架于对峙的双峰之间，真是一座奇、险、巧的桥楼殿。"双崖断处造楼之，仿佛凌霄驾彩虹，仰视弧高盈万丈，登卧疑是到天宫。"天祚帝又借着火把之光，见桥楼殿门两边有副对联儿，上联儿是"殿前无灯凭月照"，下联儿是"山门不锁待云封"。

这时，伴驾官领来一位老尼姑，跪在殿旁说："贫尼不知皇上圣驾光临，未曾远迎，当面谢罪！"

天祚帝见是尼姑，嘻嘻一笑说："赦你无罪，快引朕去你禅堂歇息。"

老尼姑站起身来，头前引路，往桥楼殿的东北方那座祠院走。老尼姑将天祚帝引到祠院门前，抬头一看，祠上书写着"南阳公主祠"。祠的旁门是通向祠院的，走进祠院，院内很宽敞，站在院子中，可听见泉水沿石滴下，清脆悦耳，真乃清静之地。天祚帝见祠的后院是正房三间，东西各有三两间配楹，甚是拘谨。天祚帝走进正房西屋，早有小尼姑端来洗脸水。天祚帝和萧皇后洗完脸，小尼姑又送来斋饭，二人狼吞虎咽吃得非常香。天祚帝说不上是在马上睡足觉了，还是咋的，吃过饭来了精神头儿，令人将老尼姑叫来。这老尼姑年纪只不过四十多岁，长得细皮嫩肉，有几分姿色。天祚帝是个见着女的就迈不动步的主儿，在这深山中能见到这么一个有姿色的尼姑，心里一切愁肠全消了。先问老尼禅号，年龄。老尼回答说："贫尼受禅，禅号为阳空，从小在此出家受戒，年四十八岁。"

天祚帝一听，倒吸口凉气，嘴没说心里想，四十八岁，肉皮儿这么嫩，可真不像，便问阳空说："这南阳公主祠，是为哪位公主立的呀？"

阳空回答说："此乃为隋炀帝杨广的女儿南阳公主立的祠。"

天祚帝又问道："南阳公主祠为啥立在此处？"

阳空回答说："南阳公主幼时，就下嫁于左翊卫大将宇文述的次子宇文士及。可隋炀帝沉缅酒色，宫中立百余房，各居美女，他每日轮流去各房。有一天，隋炀帝和萧皇后率侍女千余人，就房饮酒，杯不离口，昼夜昏醉，他照镜子时对萧皇后说：'我这头颈，不知该谁来斩。'萧皇后惊问何故？隋炀帝勉强一笑说：'贵贱苦乐，没有一定，斩头也不算什么。'这时候，右屯卫将军宇文化及，也就是南阳公主丈夫的哥哥，煽动推翻隋炀帝，隋炀帝的卫士有数万人响应。宇文化及闯入宫中去杀隋炀帝，隋炀帝吓得逃到西阁，被宇文化及捉住。隋炀帝问道：'我犯什么罪，你要杀我？'宇文化及说：'你轻动干戈，游玩不息，穷奢极侈，荒淫无度，专任奸邪，拒听忠言，使得丁壮死在战场，女弱填入沟壑，万民失业，变乱四起，你还说什么无罪？'隋炀帝又说：'我虽对不起百姓，至于你们，跟着我享尽富贵荣华，我没有对不起你们。'隋炀帝最后要求别杀他，让他饮毒酒自杀。宇文化及不许，隋炀帝自解巾带被缢杀而死。可宇文化及占据六宫，淫侈生活跟隋炀帝一样，有过之而无不及。他逃到魏县，自称皇帝，国号许，激怒了当时农民起义首领窦建德。他是清河漳南人，是位农民，当过里长。大业七年，又任二百人长。因助孙安祖起义，家属遭杀害，遂率部起义，投高鸡泊起义军首领高士达，任司兵。大业十二年为军司马，击杀涿郡通守郭绚。高士达牺牲后，窦建德继为首领，称将军，拥众十余万。十三年于乐寿称长乐王，年号丁丑，改占信都、清河等郡。河间之战，歼灭隋将薛世雄部三万余人，随即攻下河北大部郡县。第二年称夏王，建都乐寿，改年号为五凤，国号夏。于五凤二年，窦建德率军攻进魏县，将宇文化及满门捉获，南阳公主处于国破家亡、心死身俘的境地，便哀求窦建德释放她，让她到这苍岩山削发为尼，了却残生。窦建德同意了她的要求，南阳公主到此出家，在峰顶上讲经说法，留下'说法危台'，人们才说她'身遭厄去万念空，暂说佛法慰残生'。南阳公主死后，人们在此为她建立这座南阳公主祠，祠内有公主的塑像。"阳空说到这儿，略一停顿，接着又道："皇上寅夜能来此地，是天意所使。因隋炀帝、宇文化及之流，为历代皇帝立一面镜子，凡穷奢极侈，荒淫无度，专任奸邪，将自焚身也！"

天祚帝一听，阳空话语刺耳，刷的一声抽出宝剑，喝道："大胆尼姑，竟敢用隋炀帝来影射于朕，该当何罪？"说着举剑要杀，被萧皇后一把拽住，说："皇上息怒，老尼苦心，何必怪之。"萧皇后说到这儿，给阳空一个眼色说："师父，请退下，皇上要歇息了。"阳空这才退出去。

天祚帝心里一直惦着阳空尼姑，第二天早早就起来，硬让阳空陪他观看南阳公主像。阳空无法，陪着吧，走进祠内，见南阳公主塑像正襟危坐，仪态端方，长相很漂亮，天祚帝赞不绝口。又见壁画上的乐女十人，各持乐器，神采飘逸。忽见后面有一石洞，幽深莫测，便问阳空说："此乃何洞？"

阳空说："乃'寝宫石洞'人称'虚阁藏幽'也。"

天祚帝说："阳空，快陪朕到寝宫里……"话还没说完，只见南阳公主像和壁画上的十名乐女刹时怒目而视，欲飘然而下。天祚帝吓得眼睛发花，头晕目眩，连声喊叫："娘啊！娘啊！"萧皇后赶来，见天祚帝腿脚不灵了，瞪眼管她叫娘，她忙背起天祚帝，慌忙跑出南阳公主祠，从桥楼殿顺阶而下，腿一软，摔在台阶上。这时，忽听有人喊："阿骨打追来了！"天祚帝从萧皇后身后爬起来，撒脚就跑，骑上千里龙驹向西京逃去！

　　辽天祚帝奔西京逃去。这西京，是辽重熙十三年升云州为大同府，并建立西京。它北拒阴山，南控太行，桑乾河流经其南，每年桑椹成熟时河水干涸，故名桑干河。它发源于管涔山，是北方军事重镇。战国时，大同属于赵国雁门郡的一部分，秦统一六国后，仍属雁门郡管辖。汉代在此设置平城县。鲜卑族拓跋部在北方建立魏政权，魏道武帝拓跋珪天兴元年迁都平城，就是这大同府西京之地，直到孝文帝迁都洛阳为止，大同作为北魏的都城近一百年之久。因此，辽兴宗把大同作为陪都，称做西京。辽天祚帝奔西京，他有两个打算：一是要重整旗鼓，调动西南、西北两地兵马与阿骨打决一死战，胜了反攻回去，夺回失去的半壁河山；一是若输了，他就要投奔西夏去安身。因为天祚帝即帝位后，西夏崇宗便派使臣来辽求婚。辽乾统二年，夏崇宗派汉官殿前太尉李志忠、秘书监梁世显来辽朝入贡，再次向天祚帝请婚。辽天祚帝问崇宗为人如何？李志忠回答说："秉性英明，处事谨慎，是守成的好皇帝。"辽乾统三年，辽天祚帝才许婚，于乾统五年，天祚帝将叔伯妹妹成仙公主嫁给夏崇宗。正因有这个关系，辽天祚帝才决定，最后之路，就是投奔西夏去安身。

　　单说辽天祚帝从南阳公主祠骑上千里驹继续向西逃跑，因他的马是千里马，跑得快，始终在头前，他也不择路，凭千里马跑吧。这匹马只要撒开缰绳，放开四蹄，简直似腾云驾雾一般，马蹄声嗒嗒响，冷风嗖嗖刺骨寒，要不咋说千里宝驹哪，没有这两下子，还能称得上宝驹吗？还说天祚帝千里宝驹驮着他，如飞一般向前疾驰，从早上一直跑到日头快平西的时候，忽见前面雾气弥漫，嚎叫之声直冲云霄。天祚帝的千里龙驹忽然扎蹄不走，而且咳儿咳儿直叫，天祚帝大吃一惊，忙令人前去探寻。探马去不多时，回来向天祚帝禀报，西南方有个大坑，坑里头骷髅无数，从骷髅坑里冒起怨气，直冲云端，好似向皇上诉怨。据当地人讲，今天申时突然出此征兆。

　　天祚帝一听，惊吓得颜面突变，喊叫说："不好，怨魂拦驾，不是好兆，快绕道奔西京！"说罢，将千里龙驹缰绳一提，向西北方向逃去。

再说阿骨打令谷神为先锋追击天祚帝。谷神，又名完颜希尹，是欢都的长子。从小就聪明，识多种文字，会契丹、汉语，首创女真字，没有两下子能造字吗？他率兵追击天祚帝，追到此处，也见西南方雾气弥漫，有数不清的嚎叫之声，赶忙令人去探。探马回来将几个大坑里的骷髅之情一说，谷神大吃一惊，遂率兵前去观看。

谷神随探子来至骷髅之处举目观看，只见这地方沟壑纵横，地势险恶，在层峦叠嶂的岭下，长有五六十里、宽有二十多里的一处盆地，有六个大土坑，裸露着数不清的骷髅。南面有座土台，上面是土著人，周围也全露着数不清的骷髅，土台旁边还有座庙。谷神呆愣愣望了一会儿，不知是咋回事儿，便令人去找当地居民来，一问便知。哪知去了好大一会儿，才找来一位白发苍苍的老年人，谷神问他，此处为何有这么多骷髅？

老人长叹一声说："咳！要问这个，可就太惨了。在秦昭王四十七年的时候，这地方归上党郡。当时，驻守上党郡的首领冯亭，抵挡不住秦国的进攻，便归附于赵国。赵孝成王不费吹灰之力便得了韩国的大片土地，立即派老将廉颇驻守韩国的属地长平。秦昭王对韩国归赵不降秦十分恼怒，立刻派王龁率兵攻打长平，接连夺取了两座城池。廉颇见秦军来势凶猛，便筑起营垒坚守。秦军多次挑战，赵军廉颇也不出战，准备以逸待劳，等秦军疲惫时出兵而攻之。秦朝王龁见廉颇不出战，采取坚壁固守，便率军截断杨谷涧水，以为水不东流，廉颇军无有水喝，不过数日就得自乱。可廉颇早就料到了，营寨中储备了充足的饮水，结果坚持三年，秦兵不能取胜。后来秦国宰相范且向秦昭王献条反间之计，派人去赵国，用千金收买赵王身边的近臣，散布'秦军最怕赵括，廉颇年老胆小，已被秦兵逼得快降秦了。'此话吹进赵孝成王的耳朵里，果然信以为真，将老将廉颇调回，派赵括去迎击秦军。赵括是赵国马服君赵奢之子，亦称马服子，平日空谈其父所传兵法，实际不会指挥作战。他父亲赵奢活着的时候，就常说儿子赵括只会谈兵，不会带兵打仗。赵奢临死的时候，还嘱咐妻子说：'假若不用赵括带兵打仗，是赵国之幸也；如若用他带兵打仗，非损兵折将不可。你要听说用赵括带兵，赶快去见赵孝成王，谏阻之，切记！'说罢咽气了。赵奢的妻子这回听说赵孝成王让她儿子赵括去代替廉颇老将，想起丈夫的遗嘱，便去见赵孝成王，将赵奢的遗嘱学说一遍。赵孝成王不以为然，哈哈大笑说：'当母亲的多虑了，赵括谈论用兵之法，条条是道，怎能说不会用兵打仗呢？'

赵孝成王没听，仍派赵括去了。秦昭王听说赵孝成王中了他的反间之计，便悄悄将白起派到这来任上将军。白起是多谋善战的将领，来到长平后，见赵括改变了廉颇坚壁固守的战略，实行主动出兵，向秦攻击。秦将白起便假装敌不过赵括，节节败退，引赵括军步步深入。赵括以为秦兵软弱，不值一击，便骄矜起来，大举进攻，被白起引进这包围圈内，断了赵括的后路，将赵括军分别围困起来。赵括在粮尽援绝的情况下，只好率军突围。可秦将白起早在周围埋下好射手，万箭齐发，赵括中箭身亡，赵括四十多万军兵被俘。白起怕赵兵降后叛乱，便将四十多万赵兵一个不留的坑杀之！当时，血流淙淙有声，杨谷之水皆变为丹。从此，将杨谷水改称'丹水'。"老人说到这儿，已泪流满面，用手一指，对谷神说："请看，这些骷髅都是当年坑杀赵括军留下的，太残忍了，四十多万人的生命，无辜的兵卒，被白起一夜之间坑杀光了。被坑杀的赵军兵卒嚎哭之声冲破了云霄，月亮哭得将脸遮上了，星星哭得大泪珠儿噼哩啪啦落到地上。前面那座土台，是秦将白起坑杀赵军后，令他的兵士收集无数头颅筑成的。等到唐朝的时候，唐玄宗巡幸来到这里，见此情，凄然长叹，将杨谷改称'省冤谷'。唐玄宗为悼念四十多万无辜兵卒，令人修筑的那座骷髅庙。"

　　谷神举目观看"省冤谷"，它三面环山，其形如同口袋，当年白起利用这地形之势，将赵括装进口袋里待毙，说明赵括只会"纸上谈兵"。谷神听老人介绍完，说道："可恨白起太无人性，怎能坑杀无辜兵丁四十多万，他决无好下场！"

　　老人哈哈大笑说："将军说对了，白起以为这回立下汗马功劳，在得胜回军的路上，忽然阴风四起，四十余万被他坑杀的冤魂嚎叫着向他索还性命。战马被冤魂惊吓得四蹄跃起，将白起从马上摔落尘埃，被惊毛的战马踩成肉泥烂酱也！"

　　谷神说："这是白起自取粉身碎骨，死而无憾也！"

　　老人接过说："金辽争战几时休，长平骷髅怨千秋，冤魂未散示金意，坑杀俘兵永不出！"说罢，一闪身不见了。

　　谷神方明白这是神仙点化于他，赶忙下马跪地叩头而拜，并令兵士一齐动手，将坑中露出的骷髅全用土掩埋上，重新抬土把土台露出的骷髅培上，将土台又增大了好多，并顺口吟诗说："高台百尺尽头颅，何止屈屈万骨枯，矢石无情缘斗胜，可怜降卒有何辜？"

　　谷神将在"省冤谷"所见和骷髅冤魂未散，嚎叫之声几十里处均能听见以及神仙点化留有四句之词，禀报给阿骨打。阿骨打下令，凡俘虏的辽军官兵，一律不准杀害。不仅对辽军官兵不准杀害，就是捉获天祚帝和皇族成员和皇亲贵戚，均不准杀害，而且对投降又叛，叛了又降者也不准杀害，此说就是从这引起的。阿骨打也才得到辽军官兵的拥护，纷纷投降大金，仍编为原军不变，使阿骨打力量越来越大。

　　谷神掩埋"省冤谷"骷髅后，又率军去追辽天祚帝。

辽天祚帝再次逃进西京，留守耶律察剌哭泣着拜迎天祚帝入城。

耶律察剌对天祚帝说："臣上次被迫降金，实乃万不得已，今又复叛，向万岁当面请罪！"

天祚帝也泪流满面地说："朕赦你无罪，汝身虽降金，心仍在辽，故降了又叛，难得你的一片忠心！"天祚帝还悲痛地将王子和公主等失踪之事，向耶律察剌诉说一遍。

耶律察剌安慰天祚帝一番，立刻派人出去寻访，并对天祚帝奏请，让天祚帝诏旨，调东路兵马前来保卫西京圣驾的安全。天祚帝听后，心中欢喜，立刻下诏，诏令西京东路兵马前来护驾，保住西京，天祚帝好有个站脚之地，不然每天东奔西逃，这也不是个事儿呀！天祚帝旨令辽军守住西京。

单说这天，天祚帝刚用过早膳，报事官进来向天祚帝禀奏说："启禀皇上，华严寺'地皇后'等塑像，不知为何均凄然泪下，特奏禀万岁。"

天祚帝听后，惊吓得龙颜大变，忙说："待朕前往谒拜之！"遂摆驾至华严寺。

华严寺在西京城西南隅里，是辽世宗所建，寺内分大雄宝殿和薄伽教藏殿，均是木构建筑，形制古朴，气势雄浑。辽天祚帝和娘娘在御侍卫护卫下，由伴驾官陪同，很快来至华严寺。举目观看，只见上寺大雄宝殿，殿身面阔九间，进深五间，单檐五脊顶，面向东，殿上端坐着释迦牟尼塑像。天祚帝恭敬下拜，和尚诵经相陪。随后，天祚帝来至下寺薄伽教藏殿，该殿是辽兴宗重熙七年所建，殿身面阔五间，进深四间，檐九脊顶，殿内供奉着辽"天皇帝"阿保机和他的妻子"地皇后"述律月理朵、辽太宗和萧氏皇后、辽世宗和怀节皇后、甄氏皇后、辽景宗和承天皇后、辽圣宗和钦哀皇后的塑像。天祚帝仔细观瞧，果见这些皇后塑像，个个脸上珠泪滚滚，像露水珠儿似的，从塑像眼睛里噼哩啪啦往下滚落。

天祚帝见此情，慌忙跪在地下，高声呼喊："祖上，我阿果对不起祖上啊，祖上创建的大辽江山现在已让我丢失一半儿了。祈祷祖上保佑，阿骨打攻不进西京，让阿果能在西京站住脚，天天给祖上烧香磕头。请祖上不要落泪，能保佑我阿果平安，丢失的那一半儿不要也中啊！祖上啊，为啥只落泪不说话呀？"

　　天祚帝的哭叫声和和尚诵经声混在一起，都听不出个数来了，就觉着下寺薄伽教藏殿越来越阴森森的，寒气袭人。跪在后边的跟随人员感到毛发悚然，浑身直打寒颤，个个心里纳闷儿，今天是怎么了？眼见的这些泥塑像，均是辽的历代皇帝和皇后，体态自然，表情生动，活灵活现。皇后从眼里往外流泪，是有些奇异之兆，应该引起我们心里跟着悲伤，怎么能头发根儿发乍，身上发颤，心里发悸，难道有什么不祥之兆吗？一想到不祥之兆，跟随人员更感到可怕了，暗想，皇后两眼流泪，暗示天祚帝要完蛋了，就是说辽朝要完蛋了，说不准要有灭顶之灾呢！

　　就在这时候，就听殿内四壁咔嚓咔嚓山响。薄伽教藏殿是依壁设置的重楼式藏柜三十八间，后天窗上悬天宫楼阁五间，用拱桥与左右藏经柜上层连接，均是木构，玲珑剔透，雕刻精绝。今天说不上咋的了，这木式殿阁竟咔嚓咔嚓山响起来，将跟随的人员吓得都瘫歪在地上。

　　令人奇怪的是咔嚓咔嚓山响的动静，天祚帝像没听见似的，仍然在喊叫着。和尚们听到咔嚓咔嚓响声后，诵经声更大了，木鱼敲得更响了，在外面听着，确实是一片嚎叫之声，惊天动地。

　　忽然殿内黑了下来，伸手不见五指，不仅咔嚓咔嚓响声更大了，而且刮起一股阴风，将辽朝历代皇帝、皇后像吹得摇摇晃晃的，欲倒的架式。刹时，殿内有无数的冤魂哭叫着向天祚帝索命来了，其中有天祚帝上次在西京城抢的那名美女，杀天祚帝未成而自刎的冤魂带头叫喊，吓得天祚帝有些魂不附体了，立刻尿了裤子，瘫倒在地，不会动弹了。

　　御侍卫见势不好，一面挥舞着宝剑，意思是使冤魂不得靠近天祚帝，一面惊问天祚帝说："皇上，快离开此殿吧？"

　　天祚帝哭唧唧地说："朕已尿……尿裤子啦，心想要走，两腿打着摽，不听朕的御旨……御旨啦，快拿上方宝剑来，先给朕斩了……"

　　娘娘听天祚帝说起糊涂话来，知道皇上吓坏了。也说不上娘娘从哪来这么股子劲儿，背起皇上就往外走，出殿外一看，外面黑咕隆咚的。这时，跑过来一名御侍卫，说："娘娘，请将圣驾交给我，我背皇帝出去！"他刚将天祚帝背起来要奔上寺，忽然天空像雷鸣一般，轰隆隆一声巨响，只见一个火球有磨盘那么大，在空中打了几个旋儿，冷丁扎下

444

来，咔嚓一声，落在上寺大雄宝殿上，刹时烈焰腾空，将华严寺照得通明，吓得天祚帝和娘娘均趴在地上不会动弹了。华严寺方丈见势不妙，赶忙口念阿弥陀佛，令人背着皇上、娘娘从寺院后门出去。

天祚帝和娘娘离开华严寺后，华严寺可乱套了，军民一齐拥来救火，喊叫声冲破夜空。正在紧急救火的时候，忽听阿骨打带兵打过来了！

天祚帝又逃往西京，阿骨打召集将领们商议，到底追不追？有的将领说："咱们带的粮食不多了，眼看要断炊了，不能再追了。再说，西京降了又叛，定有埋伏，追不得。"乌雅束的大儿子谋良虎（宗雄）说："皇上，依我之见，西京是陪都，若不追之，天祚与夏勾结，再攻击可就晚了。再说西京降了又叛，也应及时夺回来，不然降者离心也！"阿骨打采纳了谋良虎的意见，令谋良虎率众将去追击天祚帝，夺回京城。阿骨打在昂吉泺①候等。谋良虎令斡离不从正面继续追击，他和谷神奔武周山断天祚帝西逃之路，截击援兵。分派已毕，分头急行军而去。

当谋良虎来至武周山时，只见东西绵延好几里长，武周王上北魏拓拔濬文成帝时于和平元年开凿的石窟到处皆是，数不清的大佛像竖立如林，最大的一尊露天大佛像有五丈多高，唇薄鼻高，面貌丰满，肩膀宽厚，神情肃穆。背光的火焰和坐佛、飞天等浮雕都十分华美，把主佛衬托得更加刚健雄浑，谋良虎和谷神肃然起敬，赶忙下马参拜。

就在谋良虎、谷神参拜大佛像的时候，忽然空中雾气弥漫，刹时夜幕降临，上空有无数悲哀嚎叫声，谋良虎听到这种声音，感到十分奇怪，说道："空中为啥有哭嚎哀叫之声？"

谷神说："这声音和我在'省冤谷'听的声音一样。"

谷神话音未落，只见露天大佛背光的火焰又突然明亮起来，谋良虎、谷神正惊讶的时候，就见这火焰又真的蹿起火焰来，将周围的山全映红了，吓得谋良虎、谷神赶忙躲闪。刚躲出去几丈远的时候，就见无数的火焰往一块聚，唿嗄一声，凝聚成一个大火球，冲上云端。说也奇怪，火球飞上天空之后，空中数不清的嚎叫之声立刻停止了，火球也越滚越大，直向西京城飞去。

武周山距离西京城也就三十多里地，谋良虎眼睁睁见大火球落在西京城中，谋良虎对谷神说："此乃天助我也，西京城破在今晚矣！"说

天火焚烧华严寺

---

① 昂吉泺：辽称鸳鸯泺，春捺钵之地。

罢，立刻率轻骑兵向西京城驰去。

再说辽天祚帝从华严寺逃出来，被惊跑的魂还没有附体，忽然闻报，说大金皇帝阿骨打率领大军从四面八方围攻西京而来。天祚帝一听，赶忙禀报："快带我的千里驹来!"当将他的千里驹牵来，刚骑上的时候，耶律察刺赶来，大声禀报："禀皇上，耿守忠带一万大军救援来了，说啥要死保西京，保圣驾安全……"

还没等耶律察刺说完，天祚帝传旨说："朕诏旨，西京留守耶律察刺，死保西京城并与耿守忠里外配合，拖住金兵，朕带的辽兵仍随朕速逃!"说罢催马而去。

粘没喝大战耿守忠

天祚帝在西京城里，见辽朝历代皇后塑像两眼流泪，天降火球焚烧了华严寺，这时候人心就散了一半儿。天祚帝尿了裤子，将他从华严寺后门救了出来，他已经魂飞魄散。又猛听到阿骨打率兵从四面八方杀向西京城来，他能不害怕吗？耶律察剌一再保证，天祚帝心里也没底，因他已是惊弓之鸟，失魂落魄的犬，非跑不可，遂骑着千里驹，从北门逃出西京城。

天祚帝头前跑了，又有旨意，跟随他的辽朝大军谁敢停留？忽下子像冷丁刮起的一股旋风一般，争先恐后地逃跑了。天祚帝这次又逃跑了，可苦了西京留守耶律察剌，因为耶律察剌一心要死守西京，可他万没想到天祚帝能再次逃走。心想，有天祚帝在，他可以号令军兵拼死拼活和金兵决一死战，保护皇上，贪生怕死者杀！军中官兵谁敢不听？都得奋勇当先，杀敌立功。可天祚帝这一跑，军兵士气立刻低落千丈，嘴不说心里想，连天祚皇帝都吓得带兵逃跑了，咱还在这儿逞啥干巴强？还是趁早逃命吧！军兵抱着这种心情，还能打仗吗？所以说，天祚帝这一跑，耶律察剌的军兵已涣散不成军了，整个西京城被华严寺之火吓得乱套了，人人惶惶不安。这时候，谋良虎和斡离不已带兵赶到，将西京城围上了。金兵借着华严寺的火光，向城内辽军高声喊叫："投降者不杀，辽军弟兄们，快投降吧，你们已被包围了！"

辽军一听，纷纷要投降，耶律察剌见势不好，立刻传令镇压，凡欲降金者，杀！贪生怕死不抵抗者，杀！耶律察剌这道命令一下，也没镇服住，西城门被投降的辽兵打开，大金领兵粘没喝斡本率兵一拥而进，展开一场激烈的巷战。辽留守耶律察剌指挥辽军截击，并高声喊叫说："辽军官兵们，大金兵虽然已攻进城来，但他们进来容易，出去可就难了。辽西京路都统耿守忠统率好几十万大军已赶到了，将金兵围住了，他们插翅也飞不了啦，振奋起精神杀呀，一个金兵也别放跑了！"

你别说，耶律察剌这一喊，确实有些效果，当时对辽军的士气鼓舞很大，不愿投降的辽军官兵真是奋力厮杀，抵抗金兵。

耶律察剌这一喊，提醒了刚杀进城门的粘没喝，他灵机一动，又杀

447

回去了。退出城门，赶忙问侦探军士说："耿守忠带兵赶到了吗？"他的话音未落，从东跑来一匹飞骑，眨眼到粘没喝面前，报告说："耿守忠带一万兵马从城东杀来，救援西京。"

粘没喝听后，心中暗想，谷神已追天祚去了，东面只剩下弟弟扎宝敌率兵攻城，他哪是耿守忠的对手，非吃败仗不可！想到这儿，粘没喝令人进城去禀告翰离不带兵夺城，他率军去迎战耿守忠，这才带领兵马奔东门而去。

粘没喝带兵来至东门，天已大亮，见耿守忠带的辽军官兵黑压压好似海水涨潮一般，喊杀连天，潮涌般而来。粘没喝立刻在东门外离城三十里处摆开阵势，严阵以待，准备拦截厮杀。

耿守忠催动兵马火速前进，见金兵已到，列阵相待，心中暗想，金军是欲以逸待劳，我不能上他的钩。金兵不过有二三千兵马，岂能抵住我这万人兵马？给他来个冲击战，将金兵冲个落花流水，冲整为零而歼之，一举便可战胜。耿守忠想好战术之后，立刻传令说："传吾之令，对前面列阵以待的大金国粘没喝必须采取冲击战，务将粘没喝之军冲整为零，围而歼之。只准猛冲，不准后退，违令者斩！"

军令如山倒，真是一点儿不假，耿守忠命令一下，他的军兵，立刻人人精神抖擞，个个如同猛虎下山，催促战马，口里均喊一个字儿："杀！杀！杀！"万口同声，喊杀声在几十里外都听见，只听战马嗒嗒嗒飞驰而来！

粘没喝骑在战马上，在阵前举目留神观看，见耿守忠带领大军忽然加快了行军速度，而且喊杀之声直冲云霄，来势凶猛。暗想不好，这是耿守忠见吾以逸待劳，他采取猛冲战术，以多为胜，欺吾兵少，冲整为零而歼之。这样，我军可就要吃大亏了。粘没喝灵机一动，计上心来，吾给他来个将计就计，何不采取穿其心，分其军，两边围，射歼之，扫其势，乱兵心，自残踏，非败也！粘没喝想好迎战耿守忠的战术之后，立刻将三千兵马分为三路，南北两路兵马闪到一边去之后，官兵立刻下马，拉弓搭箭以待。见耿守忠兵马过来，乱箭射之，敌兵见箭必然向里靠拢，形成自相残踏。而中间这路兵马，必须抱紧团儿，穿耿守忠军的中心，奋力厮杀，将其大军杀成两半儿，旁有箭射，中间有猛虎掏心，耿守忠必然溃败。

粘没喝传令已毕，当时将三路兵马分好，等待耿守忠的大军到来。

耿守忠率领辽兵一万余人，认为采取的冲击战术必将粘没喝这三千兵马冲垮不可，所以他采取排山倒海之势猛冲过来。等他快冲到跟前的时候，只见粘没喝将旗一摆，立刻兵分三路，两边的军兵不用他冲，就向两旁躲闪而去。而粘没喝和其弟扎宝敌却带领一路兵马直向他的大军中心冲杀过来，其势非常凶猛。这一千金兵拼命冲杀进来，挥动刀枪，将辽兵杀得人头落地滚，血水遍地流，杀出一条血胡同，将耿守忠的大军活拉拉地杀成两半儿。因为辽兵见金兵凶猛，武艺高强，都不是金兵的对手，谁要是迎上去，就人头落地，吓得赶忙往两边闪，不闪就得送死。这时，粘没喝分派到两边的金兵齐刷刷地跳下马来，搭弓射箭，万箭齐发，专射马腿，只听咕咚、咕咚连声响，辽兵随战马倒在尘埃。两边的辽兵见箭势凶猛，吓得慌忙往里钻，里边的还往外钻，自相践踏，死伤无数。

耿守忠见粘没喝破了自己的战术，眼看他的大军要溃散，可红眼了。他跃马向前，正好和粘没喝弟弟扎宝敌相遇，两人也未搭话，便杀在一起。这时候，粘没喝已被辽的几个将军围住厮杀，他一人力战四将，粘没喝越杀越勇，越战越来劲儿，刀劈辽将胡拉门于马下，吓得其他三名辽将调转马头就往回逃去。

粘没喝骑马向前追杀，忽见弟弟扎宝敌和耿守忠相战，心内一惊，暗想，不好，扎宝敌怎能敌过耿守忠？便拍马前去助战。还没等粘没喝来到跟前，见耿守忠一枪将扎宝敌刺于马下，粘没喝刹时两眼冒火，大喝一声说："耿守忠，吾粘没喝与你决一死战！"说罢拍马迎战耿守忠。两人战马盘旋，刀枪并举，叮啦当啷杀在一起。战有五十个回合，耿守忠见辽军节节后退，被金兵逼得自相践踏，死伤无数。心里一慌，粘没喝上来就是一刀，呛啷啷一声，手中的枪被粘没喝削去半截儿，顿时吓得魂飞魄散，调转马头，啪啪几鞭逃跑了。

老帅逃跑了，辽兵谁还战啊，也哗啦一声跟随耿守忠逃跑了。

粘没喝指挥三千兵马，追击有二十多里，缴获战马无数，胜利而归。

再说西京城里，斡离不和斡本、绳果与辽军展开巷战，耶律察剌蛮以为耿守忠很快就会攻进城来，消灭金兵。哪知干等也不见来，眼看西京城被金兵占领一半儿了，还不见耿守忠的兵到来。他心里纳闷儿，暗想，耿守忠已派人来告诉我，他率领一万大军随后就到，怎么到现在不到？难道被阿骨打兵截住了？他越想心里越慌，等到天亮时，已被逼到大门附近了，跟随他的官兵只有五六百人，其余均降了金军。可他心

想，就是剩我一个人，也要战死，决不投降！耶律察刺继续坚持博战，最后杀得他筋疲力竭的时候，还盼着耿守忠带兵来救他，就登上东城门楼去眺望耿守忠。当他手扶拦杆向城外一瞅，惊得他哇呀一声，只见东面横尸遍野，血流成河，死伤的全是辽兵。耶律察刺心里一热，咳了一声，吐出一口热咕嘟粘糊糊的鲜血。就在他感到头晕眼花、身子一晃的时候，耶律察刺被护卫推于城楼之下，咕咚一声，脑浆破裂而出，蹬蹬腿儿咧咧嘴，气绝身亡！

大金兵第二次占领了西京。

辽天祚帝走投无路又逃进阴山，阴山是古老断块山，他率领残兵败将钻进阴山，马不停蹄地在阴山里逃窜。从狼山又钻进乌拉山，陡峻的山路十分艰险，又从乌拉山钻进大斤山。大斤山是狭义的阴山，巍峨陡峻，山路更加险恶，好不容易才赶到稒阳塞，扎下营寨。

稒阳塞，是古时的要塞，早在战国魏惠王十九年的时候，在此修筑此塞，防止匈奴入侵。直到东汉和帝刘肇于永元九年，方派度辽将军邓鸿出任稒阳塞。天祚帝见这稒阳塞仍然完好，便问伴驾官说："东汉和帝派邓鸿出任此塞，他防御谁呀？"

伴驾官说："防御北匈奴。"

天祚帝又问："匈奴怎么还分北匈奴？"

伴驾官说："匈奴，是古代民族之名，也称胡人。秦二世嬴胡亥元年的时候，匈奴有位名叫冒顿单于的，杀父头曼后，自立为王。他率军东灭东胡，西逐月支，并夺取楼兰、乌孙、呼揭及其旁二十六国地，继而北服丁零，南服楼烦、白洋，并进占秦的河南地，势力逐渐强大起来。西汉初年，匈奴经常向南侵扰，严重地威胁着西汉。直到汉武帝刘彻建元六年以后，对匈奴采取进攻，多次进军漠北，使匈奴受到很大打击，势力渐渐衰弱。等到宣帝刘询甘露二年的时候，匈奴呼韩邪归服西汉，第二年率所部南迁汉光禄塞下，就在这西南上，后来汉元帝把宫人王昭君嫁给他。在西汉的支持下，他恢复了对匈奴的全境统治。匈奴与汉朝保持和好关系达七十余年。直到东汉光武帝刘秀建武二十四年的时候，匈奴内部分裂，日逐王比，称醯落尸逐单于，率所部南下附汉，屯居朔方、五原、云中等郡，被称为南匈奴。"

天祚帝插问说："日逐王是皇上，咋还分裂出去了？"

伴驾官说："皇上，匈奴的日逐王是个官名儿。他们分左右日逐王，左右温禺鞮王，左右斩将王，总称为'六角'。单于才是匈奴最高的称号，全称是'撑犁孤涂单于'，匈奴语'撑犁'是'天'，'孤涂'是子，'单于'是'广大'之意，天子广大，人们统称'单于'。日逐王比附汉后，匈奴蒲奴单于统率下的各部，继续留守漠北，控制西域诸国，蒲奴

则与东汉、南匈奴相对抗。直到东汉章帝刘炟的时候，出了个窦宪，他是东汉扶风平陵人，字折度。他的妹妹是章帝皇后，章帝死后，外甥和帝刘肇继位，年岁尚小，由皇太后临朝执政，窦宪就被提升为侍中，操纵朝政。不久，任车骑将军，于永元元年率兵来攻打北匈奴。窦宪与刘鸿在稽落山与北匈奴军相遇，展开一场激战，北匈奴被窦宪击败。窦宪率军直追至燕然山，将北匈奴长度击败后，北匈奴一部分西迁，另一部分十余万留居鄂尔浑河流域，后为鲜卑所并。直到北魏登国六年，刘已辰遣子直力鞮出稒阳塞入侵，被魏大败，魏道武帝在塞北树碑记功。"

天祚帝听说塞北还有记功碑，便令伴驾官陪他去看。当天祚帝一行来到记功碑前时，只见此处坐着一位身穿八卦仙衣的老者，见天祚帝等人到来，屁股一抬没抬地自言自语说："欲问吉凶祸福，占卜八卦便知。"

天祚帝一听，心里纳闷儿，在这荒凉的山野之丘，哪来的"易卜"之人？便走上前去，对老人说："喂！怎么你还会占卜八卦？占卜一下我看看！"

老者对天祚帝说："此处有卦盒，摇后便知分晓。"

天祚帝走上前去，拿起卦盒，毫不迟疑地摇着，哗啦哗啦哗啦连摇三下，将大钱儿哗啦一声向外一倒，方将封盒放下。身穿八卦仙衣的老者将大钱儿一摆，摆成一个卦形，对天祚帝说："此乃'否卦'也！"

天祚帝疑惑地问："何谓'否卦'？"

老者说："你这卦是天在上，地在下，不会引起上下交感易位的变化，是个凶卦，你准是逃跑在外的凶犯！"

天祚帝一听，气得三煞神暴跳，五灵豪气腾空，大喝一声说："大胆！本来天就在上，地就在下，汝胡言乱语，颠倒是非，该当何罪？"

老人哈哈大笑说："占卜卦象和汝说得正相反。卦象讲的是吉和凶的根据是变和不变，交感和不交感，通过这个对立面，反映出吉凶祸福。假如你这卦倒过来，地在上，天在下，天气属阳，地气属阴，天在下阳气上升，地在上阴气下降，象征着天和地的交感变化，方为吉卦也！"

天祚帝一听，更来气了，大骂老者说："纯属放你娘的屁，难道你娘在上，你爹在下……"天祚帝还想要骂，伴驾官在他耳边低声说："皇上息怒，此人身穿八卦仙衣，道貌非凡，决不是凡人！"

天祚帝听伴驾官这一说，又重新打量一下占卜易卦之人，内心里也

阿骨打传奇

有些惊疑，便止骂而问曰："再卜一卦如何？"

老者说："随意占来。"

天祚帝又占卜一卦，老者将卦象一摆，乃"乾乾"之卦，便对天祚帝说："此乃'乾乾'之卦，初九第一爻，潜龙勿用；九二第二爻，见龙在田，利见大人；和三第三爻，君终日乾乾，夕惕若历，无咎；九四第四爻，或跃在渊，无咎；九五第五爻，飞龙在天，利见大人；上九第六爻，亢龙有悔。这卦说明你是皇上之卦，当你'初九'第一阶段没有当皇上的时候，处在潜伏状态。到'九二'第二阶段的时候，摆脱了地下潜伏，活跃起来，被立皇位继承人。到'九三'第三阶段的时候，还知道谨慎小心，怕遭遇不幸。到'九四'第四阶段时，你好似龙入深水，有活动余地，登上皇帝之位。到'九五'第五阶段的时候，你像飞龙在天，忘乎所以，贪花好淫，侵害美女而伤天。到'上九'第六阶段的时候，你就向相反发展了，从天上掉落下来，好似丧家之犬，东跑西颠，大庙不收，小庙不留，无人可怜。而汝虽逃亡在外，仍无忧虑，虽处危险之境，也不考虑吉凶。"

天祚帝听后，不仅没动肝火，反而沉思起来，暗想，别说，这卦还真沾边儿。可不是咋的，我就喜爱美女，见着漂亮女子就迈不动步，说啥得划拉到手，方能心里安然。这老头儿卜卦灵，我还得来一卦，占卜我到底能不能被金兵捉获。想到这儿，天祚帝抓过卦盒子，又使劲儿摇了好几摇，哗啦啦倒出来。老者赶忙摆而视之，见卦形火在上，水在下。水性润下，火性炎上。而火在上，水在下，不会引起动荡，逃跑也无济于事，早晚不等，非被捉获不可。老者观着卦象，迟而不语。

天祚帝见老者望着卦象不语，便着急地说："此卦如何？为啥不言语？"

老者说："不知君有何求？"

天祚帝说："求的是逃亡在外，能不能被敌捉获？"

老者说："此卦乃未济卦也，火在上，水在下，上下不能相交，所求之事无成。"

天祚帝错认为捉获不到他，高兴地说："这么说，敌人捉获不着我了？"

老者含笑说："成事在天，谋事在人，卦之推理，何须再问焉！"

天祚帝又问老者说："这卦欲寻找亲人，如何？"

老者回答说："火在水上，上下不能相接，永不能相见也！"

天祚帝一听，痛苦地说："我的皇儿、公主哇，难道父皇真就见不到你们了？"

　　老者假装惶恐地说："君是何处贵人？"

　　伴驾官在旁搭话说："乃辽之天祚帝也！"

　　老者惊慌失措地起立施礼，说："原来圣驾至此，恕凡夫肉眼不识圣君，信口开河，胡言乱语，请皇上恕罪！"

　　天祚帝问老者说："汝是何人，在此占卜易卦？"

　　老者回答说："吾乃人外之人，神外之神，青山不老，吾亦长存。为君占卜，欲省龙心，君忏罪孽，自解图圄。"说罢，将八卦仙衣袖子一甩，一股轻风不见了。

　　天祚帝惊问伴驾官说："他是什么神？"

　　伴驾官分析说："回禀皇上，以小人看，此乃阴山之山神，故有'人外之人，神外之神，青山不老，吾亦长存'之语也！"

　　天祚帝一听，忙跪在地上冲大斤山叩头，感谢山神指点，祈求山神保佑。所以，天祚帝才暂时又藏在阴山之内，就是从卜卦引起的。

阿骨打在燕京，有一天左企弓向他禀奏说，虞仲文要求回武州宁远养亲。阿骨打听后，大为吃惊，心想，其中必有原故，是不是谁损伤了他？便问左企弓说："爱卿一定能知道是谁损伤于他，他才产生此念头。请你对朕说实话，该咋回事就咋回事，千万别隐瞒于朕，隐瞒容易坏了大事呀！"

左企弓长叹一声说："皇上，我对圣上实说了吧。虞仲文产生此念，是由于皇弟吾都补让降民将大历万佛堂拆毁了，使他非常痛心，才产生此念也！"

阿骨打听后，心中怒火燃烧，埋怨吾都补太不懂事儿，你无故拆毁大历万佛堂作甚？你又是我的小老弟，这话让我咋说呢？没别的，这是你脚上泡自走的，别怪当哥哥的心狠，非杀了你不可，才能平民愤。阿骨打想到这儿，高声喊道："来呀！传朕御旨，速到大历万佛堂，将吾都补捉拿正法！"

左企弓吓得慌忙跪地说："皇上息怒，吾都补将军拆毁大历万佛堂后，已监护降民奔内地而去。万岁，因大历万佛堂是唐代留下的名胜古迹，毁于一旦，虞仲文甚觉可惜。同时他感到金兵如此行事，岂不引起万民之怨？故而宁肯辞官归里，也不跟着受万民之怨恨也！"

阿骨打一听，心中暗想，一座大历万佛堂，民众如此关心，待朕前去看来，如果真像左企弓说的，马上令人修缮恢复。便对左企弓说："爱卿，能否陪朕前去察看？待朕察看后，令人修缮复原，并严惩破坏者。"

左企弓一听，暗想，这太好了，眼见为实，耳听为虚。阿骨打要求察看，真是求之不得，便立刻答道："遵旨！"

阿骨打又说："让虞仲文随同前往，仍是便装而行。"

左企弓对虞仲文一说，虞仲文同意陪圣驾前往。就这么的，阿骨打只带两名御侍卫，由左企弓、虞仲文伴驾，化装成平民百姓，骑着马奔大历万佛堂而去。大历万佛堂在燕京偏点儿西北方向，距离有几十里路，他们骑着马，直奔凤凰岭去了。离老远就见这凤凰岭如同一只凤凰一般，展翅欲飞的架式，越看越像，不怪叫凤凰岭，顾名思义，真是一点儿不假呀！阿骨打来至凤凰岭下，四外一瞅，只见砖瓦石块遍地皆是，好端端的一座万佛龙泉宝殿被吾都补毁之一空，更令阿骨打气愤的还有几具横躺竖卧的尸体。

阿骨打正在察看，就听虞仲文呜呜痛哭起来。阿骨打一问，方知这几具尸体是吾都补强迫降民拆毁万佛堂时，有的降民反抗拆毁而被吾都补当场打死的。阿骨打便安慰虞仲文说："虞爱卿，不要悲伤，拆毁万佛堂虽是朕弟所为，朕也一定严惩，决不宽恕，这请爱卿放心，朕说话算数！"

虞仲文两眼流泪说："皇上，这万佛堂是唐玄宗年间，有一位号溪比丘尼的在此修建的。等到唐代宗李豫的时候，驾临这万佛堂，见万佛堂有帘洞，是神秘奇景之地，便御赐为'大历万佛堂'，回京后将其年号也改为大历年，距今已有三百五十多年了。没想到，今天被拆毁了，是吾等之过也！"说得阿骨打脸一红一白的，心想，这地方有什么奇特之处，值得唐代宗如此重视，虞仲文心疼到如此程度，赶上动他的心尖儿一般。

左企弓怕虞仲文心情激动，言多语失，冒犯阿骨打，便赶忙接过说："皇上，这地方原是藏龙之地。"说着，便引阿骨打向突兀壁立的石崖走去，只有横着的石梁没被推倒。刚迈进石门，便见一个幽深的洞穴，从里边传出潺潺的流水之声。贴着洞壁，穿过脚下碧流涓涓的狭长的券洞，就到了"水帘洞"口。左企弓向阿骨打介绍说："此处便是在远古时候，传说有一条神龙曾穿透了这座凤凰山岭，凌空飞去，留下这个神秘的洞穴。"

阿骨打听后，用惊疑的目光仔细观瞧，只见骤然下垂的岩石在这里倾斜插入清凉的山泉之中，面前的石崖上有两个一米多高的佛龛，左边佛龛中是一佛二菩萨，龛外还有两个站在牛背的"大自在天"。六个佛像的眼睛与阿骨打对面而视，好似在责问阿骨打，你们为啥要拆毁万佛堂？接着左企弓、虞仲文引导阿骨打走进头一个洞中，见这个洞穴有二百多丈见方，洞的底部淤积着一层泥沙和碎石。左企弓向阿骨打介绍说："这个洞就是神龙出山的地方，现在每逢天旱，民众和官员便在这里祭祀龙神，祈祷求雨。"

阿骨打随着左企弓在这条深邃的洞穴里走到尽头，方见向西南延伸一道洞廊。洞廊上面一串串水珠，是从洞顶无数细小的溶隙滴落出来的，然后又缓缓地滴落到水面上，发出叮叮咚咚清脆悦耳之声，接连不断，甚是好听。顺着笔直的洞廊走有三十多丈远的地方，豁然开朗，又是一个洞穴。在高离水面有十丈的洞顶上，岩石构成了奇妙的形象，有的像飞鼠跳跃，有的像蝙蝠欲飞，有的像游龙欲腾。总之，你认为它像啥，就是啥，在你的眼睛里活灵活现，栩栩如生。阿骨打走到尽头，抬头举目观看，嗬！只见一个黑黝黝的天洞一般，甚是奇观。站在他身旁的左企弓介绍说："皇上，这高深莫测的天洞，便是神龙抬头的地方！"阿骨打说："原来如此。"

接着，左企弓又引导阿骨打从第二个洞穴北面，沿着突出的岩壁顺着流水的声音向前走去，走出有十几丈远，壮观的奇景便展现在眼前。原来水声是从落差尺许的小溪中发出的，溪中横卧着一只庞大的石乌龟，好似要涉溪而过。阿骨打正观看得出神，见左企弓跨石龟而过，便随之而行。阿骨打跨过石龟后，倚靠洞旁的栈道，侧身通过这半临溪流、半是峭岩的曲折栈道时，就听左企弓在前边向他介绍说："皇上，这左边是镜泊湖，湖中有'小桥流水'、'曲径通幽'、'仙人桥'，皇上走的这条叫'仙人栈道'。'仙人桥'头上，那只翘首张嘴的是海豹。"

阿骨打举目留神观看，真是奇异仙境之地，"仙人桥"头上翘着张嘴的海豹，好像正和对岸高大的岩鹰悄声闲谈一般。

阿骨打相随又来到第三洞，此洞的奇特景象更将阿骨打吸引住了。只见洞的前面是悬乳石，低俯水面，洞后面遍布洁白晶莹的石花。石花有的像珊瑚，有的像菊花，有的高悬在洞顶的洞壁，有的则浸在碧蓝色的水中，异常壮观。洞的南侧，还有一只张嘴瞪目的"大鳄鱼"，真是千奇百怪的岩石，构成美丽的自然奇境也！

阿骨打观后，对吾都补拆毁大历万佛堂更加气愤，对虞仲文这种爱护古迹的行为倍加赞赏，便对虞仲文说："爱卿关心古迹，是爱国之心，古迹是祖先留给后人的国宝，不容毁坏。吾都补拆毁大历万佛堂，就是损毁国宝，国法难容，一定严惩。感谢虞爱卿提醒朕对古迹的重视，朕一定旨谕各路兵马，所到之处，要严加保护古迹，如有毁坏古迹者，定按国法惩处！"

阿骨打此番话语，打动了虞仲文的心，转悲为喜，愿意继续为官，为阿骨打效力。

阿骨打也确实说到做到，回到燕京后，马上派除礼地带领御前武士携带金牌去追拿吾都补。同时，令人修复大历万佛堂。下属臣官劝谏阿骨打，燕京要交还于宋，修它何用？

阿骨打回答说："非也，交宋也好，都是自己民族的一部分，虽然各据一方，但炎黄不能变。祖留古迹，后人只有保护发展之责，岂能允许损坏？拆毁大历万佛堂，是朕之过，事出在吾都补身上，罪责在朕，朕若早诏旨，何致发生此毁坏古迹事焉！"

阿骨打此举，不仅慑服了辽朝汉官降臣，对民众和各业行家影响也很大，一时议论纷纷，称赞阿骨打是当代的圣君！

除礼地带领御前武士追了好几天没追上，回来缴旨说："吾都补已过黄龙府。追赶不上了。"但除礼地密告阿骨打说："由于吾都补虐待降民，中途有很多降民叛逃而去。"

阿骨打一听，差点儿气炸了肺，赶忙写信给吴乞买，信中说："朕派遣吾都补监护诸部降人，去之内地。他违背朕旨，率众拆毁燕京大历万佛堂，引起众怒。而可恶的是，他虐待降民，致使很多降民叛逃，汝要当置重法，斩首示众！"

吴乞买接到阿骨打的谕旨，立刻将吾都补捕获归案，按阿骨打旨意，欲斩首示众。习不失却劝谏说："吾都补乃皇上老弟弟，气头儿上说斩首示众，以后会后悔的，那时岂不晚矣？以吾之见，责罚他七十大杖，拘在泰州，如皇上责备，就说我的主张。"

吴乞买一听，习不失是长辈，又是阿骨打责成习不失和他坚守内地，再加之骨肉之情，怎忍心将小弟弟杀死？才按习不失之意，罚杖七十，拘禁在泰州。

这是阿骨打当皇上后，出现的第一件有法不依的事。

阿骨打没有听信左企弓的劝阻，决定将燕京等六州交还给宋朝，好像一个劈雷，在燕京炸开了花。人心惶惶不安，工商立刻停业，决定自己命运，是随阿骨打去内地，还是留在燕京归宋？可说是家家用尺量，户户用秤称，到底哪边分量大。

有些人免不了对阿骨打猜测纷纷，按理说，作为一朝皇帝，都争夺土地，抢占城池，扩大自己的疆域。头回听说，不仅听说，是亲眼所见，将已夺得的城池双手奉送给宋朝，这到底是为什么？人们都猜不透阿骨打的心。实际阿骨打是最讲信誉的人，因他与宋徽宗密订协约，答应举兵反辽后，将燕云十六州交还于宋。这不是阿骨打傻，阿骨打有阿骨打的心眼儿。他想，如果兴兵反辽，不将宋朝稳住，宋辽联合抵抗，小小的女真完颜部能战胜辽宋吗？战胜不了，甚至可能招引灭顶之灾。虽说舍弃燕云十六州，但宋朝归服于金，孤立辽朝，可取得辽的大片土地，实现报仇雪耻之愿。在阿骨打心目中，叫做舍的少，得的多，不舍岂能获得乎？阿骨打为保持与宋的信誉，连他心爱的降臣左企弓苦谏的言语都没听。左企弓为劝谏阿骨打，特写条幅贴在阿骨打宫中，条幅写着："君王莫听损燕议，一寸山河一寸金。"阿骨打内心反复思考很久，认为已与宋约，君子一言，驷马难追。既然答应宋朝了，不遵守和约，宋徽宗传扬出去，我阿骨打还咋取信于民？因为这个，百官劝谏，阿骨打都没听，决定将燕京交还于宋。

阿骨打做梦没想到，他这个决定，在民众中引起极大的波动。民众反复掂量，说辽朝天祚延喜不好，荒淫无道，宋徽宗赵佶比辽朝天祚更甚之。认为赵佶重用蔡京、童贯这两个奸臣主持操纵国政，滥增捐税，欺压民众，草菅人命，贪污横暴，无所不为，让人喘不上气来。而宋徽宗赵佶穷奢极欲，兴建华阳宫等宫殿，全是搜刮民脂民膏而修建的。更为甚者，赵佶尊信道教，各地大建宫观，还自称他是教主道君皇帝，令人在江南各地搜刮奇花怪石，称之为"花石纲"，于京师建筑"良狱花园"，仅这一项，民众为赵佶拉运奇花怪石就有成千上万的人死于非命。怨声载道，民不聊生，逼得很多民众占山为王，反抗宋徽宗。宋徽宗昏君所作所为，燕京民众能不知道？听说阿骨打将燕京，也就是将百姓交还于宋，这不是从尿窝送进屎窝，比原来更加难受嘛。怎么办？私下议论，是在这腈等往屎窝里挪呀，还是另寻新路？议论结果，认为只有随手艺工匠去金之内地，方是新路。因为他们亲眼所见，阿骨打占领燕京后，金兵纪律森严，对民众私毫不加侵犯，买啥都给钱，甚至多给钱，在民众心目中，认为是"傻女真"。更何况好多人暗地里将女真之地比作天堂一般，言说金之内地，人烟稀少，土地肥沃，物产丰富，棒打獐子瓢舀鱼，野鸡落到饭锅里，遍地是黄金，山山岭岭都有宝，人参、貂皮、梅花鹿、北珠满山皆是。越传越玄乎，传得人心像长草似的，都决定宁肯去金之内地挨冻，也不愿跟宋朝遭受活罪。

燕京民众在街头巷尾成帮结伙地私下议论，都愿随手艺工匠去往内地，担心的是阿骨打让去不让去呀？就在这时候，有人高声呼喊："喂，愿去女真内地的快来，共同请愿去呀！"

俗话说，人无头不走，鸟无头不飞。民众心里有这要求，又听到有人出头张罗前去请愿，正合民意，忽下子全跑过去了，随帮唱影，跟随而去。这支民众请愿的队伍像滚雪球似的，越滚越大，变成一支浩浩荡荡的队伍，直奔燕京辽的南枢密院而去。

走在请愿队伍前头的是一位白发苍苍的老人，胸前飘着五绺银须，身体强壮，目光炯炯有神，好似神仙一般。他迈着矫健的步伐，带领民众前去请愿。民众一看，有这么一位年高有德的老人领着前去请愿，要求随手艺工匠同去金之内地，心里更有底了，都纷纷跟随。说是同去请愿，要求去金之内地，不如说，有很多民众是随同前去听消息的，听听到底阿骨打让去不让去。就这样，民众汇集成一条人河，向燕京原辽的南枢密院流去。

当这条请愿的人河流到枢密院的时候，正好康公弼在院内，他出来一看，见民众将枢密院围得水泄不通。使他更为吃惊的是，领头儿前来请愿的老者，是辽兴军节度副使的父亲，名叫张焕天。康公弼心中暗想，怎么，他老人家还要去金之内地？为啥不跟儿子张觉在平州享受荣华富贵，要求去内地作甚？

原来领民众请愿的这位白胡子老头，就是辽兴军副节度使张觉的父亲。阿骨打占领燕京，左企弓、虞仲文、康公弼降金之后，左企弓就向阿骨打推荐说："平州是军事重要之地，是长城内外交通要道，故辽在平州设有辽兴军。兴军节度副使张觉和参知政事康公弼交情甚厚，若让他去劝降，平州可归服矣！"阿骨打听信左企弓之言，即派康公弼去收降平州。果然康公弼去后，劝说张觉降金，张觉立刻降金，康公弼立了一功。而阿骨打采取凡是降服的辽朝文官武将，官职不变，即以其人之道还治其人之身。并决定将燕京交还于宋，将辽朝的南京移到平州，任张觉为平州留守。

可今天，率领民众前来请愿，愿随手艺工匠去金内地的领头者张焕天是张觉的父亲，这不能不使康公弼大为惊讶。嘴没说心里话儿，你这是怎么了？你儿子张觉身为金朝的南京留守，身居要职，放荣华富贵不享，跟民众混在一起为何？康公弼这么寻思着，便走上前去，低声说："伯父，此举为何？"

张焕天假装不认识康公弼，低头回答说："康大人，良禽择木而栖，贤民择主而居。吾等民众身受辽朝横征暴敛之苦，遍体鳞伤。今闻将燕京之地交还于宋，宋主赵佶昏庸无道，与辽相比，有过之而无不及。民众见大金皇帝是仁义之君，爱民如子，官兵所到之处，对民秋毫无犯，吾等贫民请愿随圣主去金之内地，开拓人生的新乐园，过人应该享受的勤劳致富的生活，特来请愿。请转告大金国皇帝，恩准我们的请求吧！"

康公弼见张焕天以不相识的面孔出现，而且代民请愿，心想，如果以相识而谈，反会引起不良后果。既然老人家以不相识的面目出现，我只好将计就计，也以不相识处之。康公弼便大声说："父老兄弟们，你们请愿去金之内地，我不能马上回答。待我禀奏大金国皇帝后，得到皇上恩准的旨意，立刻向你们回答，请候等！"康公弼说罢，立刻去见阿骨打，将燕京城的民众请愿，要求去金内地安居，不愿随城归宋的话，对阿骨打学说一遍。

阿骨打听后，心中暗想，民众这种心情是真的吗？内心里开始划魂儿了。常言说，故土难离，难道这些民众情愿抛家舍业去吾女真荒野之地吗？还是有人强其所难？阿骨打思忖好大一会儿，决定亲自去会见这些民众，将情况说清，让民众三思，免得后悔。便对康公弼说："待朕亲自去会见民众，将内地之情说于民众，让民众深思之。"

康公弼一听，吓得扑通一声跪在地上，说："启禀皇上，万万不可！圣驾亲临，请愿民众之多，参差不齐，万一发生意外，小臣担待不起。皇上有何谕旨，待小臣传谕也就是了，请皇上深思。再说了，迁徙民众，古来有之。远的不说，就以辽为例，望都县原本汉的海阳县，辽将望都县民众迁徙至此，故更名为望都。还有安喜县，原是汉的令支县，因辽将安喜县民众迁徙至此，故名安喜。这种事例举不胜举，何况燕京民众自愿请愿，徙之内地，这是皇上圣恩感化所致，民愿随圣主而居，亘古以来所未闻也！只要圣上恩准，小臣前去传谕，何劳圣驾躬临也！"

阿骨打听后，认为康公弼言之有理，明枪易躲，暗箭难防。民众里若掺杂坏人，朕露面去说，遭到暗算，吾死倒不足为惜，可惜扰乱了民众拥金之心也！想到这儿，便谕旨说："爱卿传朕旨意，确愿去金内地者，欢迎，保证妥善安置。但金之内地虽特产丰富，天气寒冷，环境艰苦，请深思熟虑。愿去者安置，不愿去者不强求，听其自便。"

康公弼将阿骨打的旨意向民众传谕后，民众异口同音："愿去内地！"

燕京民众情愿去金内地，哪知中了叛贼张觉之计，才引起平州一场骚乱。

阿骨打令婆卢火、习古乃监护"常胜军"和手艺工匠徙之内地。手艺工匠携带家属和各种物资装载车上,大车小辆的。再加上一万多名"常胜军",还有婆卢火、习古乃所统之军,真可说是浩浩荡荡的一支庞大队伍,从燕京奔赴大金内地。

在没出发之前,阿骨打对婆卢火、习古乃叮咛再三,要绝对保护好手艺工匠,这是发展大金的命根子。没有这些手艺工匠到内地去,想要改变大金的面貌,只能是一句空话。只有这些手艺工匠到内地后,传播他们的各种艺技专长,才能使大金国的各业兴旺发达起来,变成日益强大的大金国。阿骨打还向婆卢火、习古乃特别强调,每个手艺工匠都要视如国宝一般对待,损伤一个,都要拿你们是问。同时还写信给吴乞买,对这些手艺工匠如何安排,阿骨打都提出了具体意见。婆卢火、习古乃哪敢不认真对待,万一出了个一差二错,他俩吃不了还不得兜着走哇!

婆卢火、习古乃两人一研究,为安全起见,他们监护手艺工匠和"常胜军"直奔斜烈只①去金之内地。因为斜烈只是一直通往辽中京的孔道,此处关门险塞比较安全,就率领浩大的队伍直奔斜烈只而去。

单说这日来至喜逢口时,只见群山巍峨,河水潆回,燕山和滦河为喜逢口这个险关要隘提供了雄浑壮阔的屏障。两峰对峙,一峪中开,青铜色的长城覆压山脊,盘旋谷底,相隔一二里便矗立着一座墩台,呈现凹字形,好不威严壮观。婆卢火大声问道:"此乃何地也?"

有人回答说:"乃喜逢口也!"

婆卢火又问:"为何叫这么个名儿?"

熟悉情况的手艺工匠介绍说:"将军,因此地过去有些兵士在这儿长期戍边,不能回家,其父或其妻远道而来,探望儿子或丈夫,在这里相逢后,相抱大笑,有的喜极而死,葬于此地。所以人们管此处叫'喜逢口'。"

---

① 斜烈只:女真语,地名,松亭关。

正说话间，忽然有人来报说："都统，大事不好，前面有敌兵拦截！"

婆卢火一听，气得三煞神暴跳，五灵豪气腾空，大骂说："该杀的敌人，敢来拦截我婆卢火，真是找死，待咱杀他个人仰马翻！"说罢一提战马，率兵呼啦啦迎上前去。

婆卢火去迎杀拦截敌人，习古乃则率兵和辽"常胜军"监护着手艺工匠，疾驰行驶而过，直奔斜烈只。

婆卢火是大金的一员勇将，他统率两千兵马迎上前去，也不搭话，只一声令下"杀呀！"大金兵真是个个睚眦虎眼，好像猛虎下山一般，异口同声："杀呀！杀呀！杀呀！"猛冲上去，这股拦截婆卢火的叛军见势不妙，不战自乱，溃退而去。婆卢火一怒，追杀上去，致使叛军死伤无数，溃逃而去。

婆卢火杀退拦截的叛军，打发人速到燕京向皇上阿骨打报信儿，言说监护"常胜军"和手艺工匠行至喜逢口，遇到辽叛军拦截，被他杀个落花流水溃逃而去。"常胜军"无一逃亡，手艺工匠安全而过，直奔斜烈只，从中京护送内地。婆卢火这才率领两千金兵，怀着战胜拦截敌军的喜悦心情追赶习古乃去了。

回头还说这报事官，奉婆卢火之令，回燕京去禀报在喜逢口发生拦截手艺工匠的事件。他紧催战马，战马四蹄翻飞，嗒嗒嗒一溜烟尘疾驰而去。快到燕京的时候，忽见浩浩荡荡一队人马缓缓而来，报事官心里纳闷儿："手艺工匠已护送走了，怎么又过来一队无尾的车马，这是干什么的？"当他迎至近前一看，原来是燕京的民众，由康公弼护送，去金朝内地。报事官惊问康公弼说："可知皇上现在何地？"

康公弼回答说："燕京已交还于宋，皇上驾次儒州。"

报事官又问："参事率民众欲何往？"

康公弼回说："追赶手艺工匠，同徙内地。"

报事官说："参事，快绕道走吧，喜逢口有叛军拦截，虽被婆卢火杀败，恐怕不能过去，婆都统令吾去禀奏皇上。"说罢，催马奔儒州而去。

康公弼听说喜逢口有叛军拦截，他便直奔平州而去。康公弼认为，平州已改为南京，留守张觉与自己交情深厚，又是他劝降的，从此路过，一定万无一失，还能受到保护，何况还有他父亲张焕天跟随。而张焕天已被他说服，就不去金之内地，留在张觉那儿，享受天伦之乐。这么想着，就率领民众向平州而去。

康公弼做梦没想到张觉是假降金，暗中观测风云，或从辽或投宋，根本不想降金。张觉这个打算早已产生，早在辽耶律淳在燕京建立小朝廷时，他见辽朝要亡，便在平州招兵买马，积草屯粮，另作他图。张觉在平州一下扩充辽兴军达六万余兵力。在阿骨打率军进攻燕主洋时，他派人向萧德妃表示，先假投降大金，取得阿骨打信任后，寻机会杀死阿骨打，替辽报仇。随后率军配合天祚帝反攻回去，夺取已失的领土，最后消灭大金，这是张觉的打算。燕京被阿骨打占领后，即派康公弼前去招降，张觉立即应招降金。受到阿骨打的信任后，兴军仍归他统帅，将燕京要交还于宋，便将平州改为南京，任张觉为南京留守，仍统帅原兴军兵马。

还说康公弼率领燕京民众徙往金之内地，来到平州的时候，张觉听说康公弼和他父亲带领民众从此路过，便出城迎接。张觉还没来到近前，忽然他父亲和一些民众高声呼叫起来，大声喊道："张觉呀，宰相左企弓不守燕京，投降于金，还让阿骨打将燕京民众掠到女真那块去，给女真人当奴隶。你要是尽忠辽朝，快救救民众吧，带兵夺回燕京，让我们重归乡土吧！"

康公弼见势不好，还没等张焕天等人将话喊完，他一勒马缰绳，向旁一闪，从岔道就逃跑了，后边十二名卫兵紧紧跟随。在逃跑的路上，康公弼暗骂张焕天这个老杂毛，不该暗骗民众请愿，实际为他制造骚乱反金。可我咋就那么笨，没洞察出来，上了他的当了！

民众见康公弼逃跑了，也纷纷随后相随。张焕天一看不好，便大声喊叫说："百姓们，你们可别上金人的当啊！女真是野人，比狼还狠，比蛇还毒，他们对待汉人、契丹等外来人杀人不眨眼哪！他们是要将咱哄去，世世代代给他们做奴隶，都不如女真人养的一条狗啊！"

在张焕天一伙的煽动下，民众们可就散心了，一部分追随康公弼去了，一部分往山上逃去了，一部分没走，准备跟随张觉的父亲张焕天。

张觉的父亲张焕天这一闹扯不要紧，使得张觉骑在马上，呆愣愣望着民众和父亲不知所措，感到事情来得太突然了，埋怨他父亲老了老了闹扯这个干啥，这不将我原定的计划打乱了？今天这场骚乱，我跳到黄河里也洗不清了，阿骨打还敢沾我边吗？杀不死阿骨打，我这计谋不就失败了吗？真是坏我大事也！

张觉骑在马上暗自埋怨父亲多事的时候，忽然从西南方跑来一匹报马，飞驰而至，未至近前向他报告说："报哇，报告节度使，派去拦截手艺工匠的军马被金都统婆卢火率兵杀个落花流水，败下喜逢口，金兵护送手艺工匠和'常胜军'已过松亭关啦！"

这一报不要紧，惊得张觉哎呀一声，咕咚栽下马来，可将护卫兵士们吓坏了，急忙将张觉扶起呼唤。张觉苏醒过来，见父亲站在面前，眼泪巴嚓地望着自己。张焕天见儿子苏醒过来，对他说："儿呀，为父尽管年迈，不能与金兵厮杀，可也不能眼睁睁让这些野人横行霸道，将咱们炎黄留下的文明古老的道德毁之一空。故而将计就计，领民众请愿，扑奔儿来，当儿面揭露女真野人的阴谋，让儿拯救民众。得人者昌，吾儿身价必然提高百倍，一呼而应，杀回燕京，为辽报仇雪耻，保卫燕京，说啥不能交还给宋啊！"

张觉从地上站起来，暗想，一不做二不休，事已至此，只好与金兵拼了。但他又一想，孤掌难鸣，耶律大石被金捕获，"常胜军"被俘去了内地，辽是靠不住了。有了，先靠宋，让宋朝支持我，待我灭金后再对付宋。张觉想到这儿，便对民众说："父老兄弟姊妹们，吾父将你们领来，让我帮助你们，我一定让你们重归燕京，暂时在平州等地候等！"

没走的民众都跪地给张觉磕头，感谢相救之恩。张觉令官员安置这些民众后，立刻派使臣前去联宋。

阿骨打从燕京驾临儒州，将燕京交还给宋朝，实现他和宋徽宗密订协约的诺言。阿骨打将燕京交给宋朝，按他制定的新政策，即以其人之道，还治其人之身。所夺辽之州县均按原辽制不变，确定将辽燕京的枢密院移到平州。阿骨打掂量再三，主持枢密院事务还得由左企弓宰相承担，因左企弓年高有德，德高望重，众望所归，要想镇住辽南朝各州县，非左企弓不可。阿骨打还真有些舍不得让左企弓离开他，因为在阿骨打心目中，左企弓才高盖世，知识渊博。上晓天文，下熟地理，诸子百家，三教九流，各种知识，无所不知，无所不晓，能在他左右参政，真是难得的人才。可阿骨打掂量来掂量去，目前新收辽的各州，人心不稳，没有左企弓这样的人才治理，恐怕得而复失。为此，阿骨打才一咬牙，暂时让左企弓仍担任南枢密院宰相，待人心稳定后，再将他调进皇家寨，为自己参政。

阿骨打决定后，左企弓得前去赴任，阿骨打真是难舍难离，在赴任之前，设宴款待左企弓。宴席上，阿骨打亲自给左企弓斟上酒，然后端起酒杯对左企弓说："爱卿，你就要离开朕……"阿骨打说到这儿，眼泪滚滚而落，哽咽得说不出话来。

左企弓端着酒杯，见阿骨打如此悲伤，也泪流满面，难过地说："皇上，微臣有何德能，劳圣驾如此，使微臣忐忑不安哪！"

阿骨打哽咽地说："爱卿，实不相瞒，朕与爱卿接触后，朕从内心里感受到如得明师，并学到好多好多知识，使朕顿开茅塞，心旷神怡，方知自己所知道的，乃九牛一毛而已！本想爱卿能伴朕朝夕共处，参政辅朕，做朕的良师。怎奈南院所属各州之地虽然降金，但人心不稳，朝降夕叛，非爱卿不能治也。朕忍痛暂留爱卿于南枢密院，是不得已而为之，朕如同割舍心肝一般，能不痛乎？"

阿骨打说着，热泪直流，他俩将酒杯放下，相对无言。左企弓见阿骨打如此对待自己，甚受感动，为扭转阿骨打过于悲感的情绪，左企弓向阿骨打建议说："皇上，臣受命赴职前，有一新建议，不知当说否？"

阿骨打一听，果然止泪，忙道："当说，卿有何方何议，均应直言不讳地说于朕听。"

左企弓说:"皇上,南枢密院设在平州不如设在显州。因为显州位于风景优美的医巫闾山脚下,西有医巫闾山为天然屏障,内部接近渤海,境内横穿东北通向关内的交通要道。这一地带,从古以来即为兵家必争的战略要地,历代王朝对此地都极为重视。在唐尧时期,属冀州之域。虞舜时,属幽州管辖。夏商时,复属冀州。到西周时,属燕国的幽州。东周时,属燕国的辽东郡。秦始皇统一中国后,分全国为三十六郡,显州属辽东郡。西汉时,在显州境内设无虑县,仍属辽东郡管辖,无虑县为辽东郡西部都尉府所在地。三国曹魏时,属昌黎郡管辖。等到西晋时,虽属昌黎郡,但隶属平州管辖。到东晋为五胡十六国时,辽河流域的鲜卑族崛起,慕容建卫燕国,史称前燕,仍属昌黎郡。前秦、后燕,还属昌黎郡。北燕时,属昌黎尹。南北朝北魏太武帝时,属广兴县,隶属营州管辖。东魏时,地属营丘郡。北齐时,地属营州。到杨坚建立隋朝,属燕郡管辖。唐朝建国后,分全国为十道,地属营州,隶属河北道管辖。在显州境内设医巫闾守提城,受安东都护府统辖。玄宗天宝十年正月二十三日,封医巫闾山为广宁公,后入渤海,属显得府管辖。直到辽天赞五年,辽太祖耶律阿保机灭渤海国,成立东丹国,封太子耶律倍为东丹王,属东丹国。到辽世宗天禄元年,东丹王耶律倍葬于医巫闾山,设立显州,以奉显陵,设奉先军,统三州三县,即:嘉州、辽西州、康州和奉先县、山东县、归义县。到辽圣宗统和三年,又增设乾州,下辖海北州和奉陵县、延昌县、灵山县、司农县。何况皇上又在医巫闾山建筑了北镇庙,将枢密院设此,最为适宜。"

阿骨打一听,心中甚喜,暗想,吾师艮岳真人让吾在医巫闾山建北镇庙,镇住辽的阳气,方能兴金。今日左企弓建议将枢密院设于显州,确实再好不过了。阿骨打又征询左企弓说:"枢密院设在显州,还叫显州吗?"

左企弓说:"显州是辽为奉显陵而叫显州,万岁可另起名号。"

阿骨打沉思一会儿说:"唐玄宗封医巫闾山为广宁公,就以广宁为名,改显州为广宁府如何?"

左企弓说:"皇上升显州为广宁府,太好了,这对北镇庙宇来说,更是相辅相成。全国名山有五岳五镇,五岳即东岳泰山,南岳衡山,西岳华山,北岳恒山,中岳嵩山。五镇即东镇青州沂山,西镇雍州吴山,中镇冀州霍山,南镇扬州会稽山,北镇幽州医巫闾山。"

阿骨打按左企弓的意见，将辽燕京枢密院迁到显州，将显州升为广宁府，仍让左企弓去担任宰相。

单说这天，左企弓去广宁赴任，阿骨打要派兵士护送，左企弓说啥不让。他说："皇上圣驾经常躬访各地，便束而行，何况微臣，只悄悄赴任便了，何敢兴师动众也！"拒绝阿骨打派兵护送。

赴任这天，阿骨打真是难舍难离，骑着马送左企弓，两匹马并缰而行。阿骨打对左企弓说："爱卿在广宁多则二年，或者一载。待各州安定后，朕定将爱卿调之内地，与朕朝夕相伴，做朕的良师。"

左企弓说："微臣有何德能，岂敢承受，圣上不嫌微臣老朽，愿朝夕侍奉圣驾。还望皇上保重龙体，请圣驾回銮，为臣走也！"

左企弓刚说到这儿，只见一匹快马疾驰而来，阿骨打感到甚是惊讶，等到跟前一瞧，方知是婆卢火的报马官前来报奏军情。

报马官滚鞍下马，参拜阿骨打后，禀奏说："皇上，都统婆卢火、习古乃护送手艺工匠行至喜逢口，遇到叛军拦截，婆卢火一怒，杀他个落花流水，死伤无数。'常胜军'无一逃亡，手艺工匠均安全通过松亭关，特派小官禀奏皇上！"

阿骨打听后，问道："可知是哪州叛军？"

"这……小官不知，都统没说。"

阿骨打有些不悦，又问道："婆卢火也不问明，是哪来的拦截军兵，贸然杀退了事不成？"

报事官说："皇上，婆卢火听说有叛军拦截，当时眼睛都气蓝了，还顾得这些？他让习古乃保护手艺工匠速行，而他率领两千兵马大喝一声杀呀杀！一鼓作气冲迎上去，吓得叛军魂飞魄散，节节败退，婆卢火一怒，杀了个人仰马翻！"

阿骨打长叹一声说："婆卢火真乃有勇无谋之士，不问青红皂白，打个糊涂仗，哪管捉个俘虏，也得问清是谁所派前来拦截呀！"

报事官说："都统婆卢火说了，管他娘的是谁，只要打败他，拦截未成，咱们就算赢。让我报告皇上，说婆卢火天不怕，地不怕，拦截的叛军更不在话下，被他一鼓作气杀退了，保护工匠过关，禀奏皇上知道就得了。"

阿骨打听后，又气又好笑，心想，真是拿婆卢火没有办法。想要责备报事官几句，可报事由主，婆卢火这样吩咐，报事官咋能超越婆卢火的主见呢？

惜

别

469

左企弓见阿骨打有些不悦，赶忙接过说："皇上，如果在喜逢口有拦截手艺工匠的叛军，八成出在平州。"

阿骨打一听，大吃一惊，忙问左企弓说："难道平州还要降而复叛吗？"

左企弓悄声说："皇上，微臣猜想，辽兴军张觉野心勃勃，虽说降金，恐怕是口蜜腹剑。近闻他招兵买马，积草屯粮，扩充兴军，而拦截又出在喜逢口，估计是他派遣所致。故而建议皇上，将枢密院移至广宁府，就是此因也！"

阿骨打现在才明白左企弓突然建议改变枢密院址的原因，便对左企弓说："张觉有异心，爱卿不可前往也！"

左企弓说："皇上勿虑，臣此去顺便说服之。"

阿骨打说："爱卿执意要去，朕派军兵护送。"

左企弓说："皇上派军兵护送微臣，定引起张觉疑心，反会使事情闹大不如为臣便束而行，说服张觉不要起异心，使其真心诚意归服也！"左企弓说罢，同阿骨打洒泪而别，前往广宁府上任。

阿骨打次子幹离不押着辽太叔胡卢瓦妃、国王耶律淳次妃和公主骨欲、余里衍、幹里衍、大奥野、次奥里、秦王、许王等来见阿骨打。幹离不向父皇讲述追击天祚帝的情况和蜀国公主余里衍暗中协助，才取得一次又一次的胜利，俘虏了秦王、许王和王妃、公主等数人。

阿骨打听后，心中甚喜，对蜀国公主余里衍甚为感激，决定单独接见她，以示谢意。

余里衍听说皇上阿骨打要见自己，心里非常高兴，暗想，准是答应我和幹离不的婚事。她顿时脸上发烧，乐得心里怦怦直跳，赶忙拽拽衣袖，抻抻罗裙，拍打拍打身上的灰尘，梳拢一下鬓角，拿过铜花镜照照，哎哟，没过门的媳妇见老公公多不好意思呀！

余里衍扭扭捏捏地去见阿骨打，刚走进屋内，偷眼一望，心想，原以为阿骨打一定是三头六臂，龇嘴獠牙，不定咋吓人呢！原来，他比我父皇长得还精神，五官端正，双目有神，比父皇天祚帝端庄稳重，一脸的福相。而我父天祚一身家雀骨头，举止轻佻，坐着还直劲拧腚儿。余里衍想到这儿，大大方方地跪在阿骨打面前，磕头参拜后说："父皇在上，儿余里衍参拜圣驾，祝父皇万寿无疆！"

余里衍这几声呼叫，清脆甜润的语声，灌进阿骨打耳中。就见阿骨打惊愕得睖睁双目，暗想，蜀国公主余里衍咋将我当成她父皇了？难道被俘后，神魂颠倒了不成？遂问道："蜀国公主，你参拜谁呢？"

蜀国公主余里衍跪在地上，听见阿骨打这一问，心里咯噔一下子，怎么，我说错了？是了，路上背前眼后，听幹离不说，女真人管父亲称阿玛，可能我说父皇，公公听不懂。想到这儿，余里衍赶忙改口说："阿玛皇上在上，儿余里衍参拜，祝阿玛皇上万寿无疆！"

阿骨打一听，惊愕得直眨巴眼睛，暗想，蜀国公主有神经病咋的，为啥又称起我阿玛皇上来了？还自称儿，越叫使朕越糊涂了。

这时，可急坏了在一旁的幹离不，埋怨父皇咋不认账了，我早向你禀奏了，蜀国公主愿和我成婚，又是月老所配，怎么忘了不成？

阿骨打是忘了，这几天被左企弓弄的，他确实有些精神恍惚，再加上国事缠身，还真将这事忘了。

阿骨打这一忘，斡离不可有点儿受不了啦，差点急出火愣症，憋得实在没法儿了，在旁边提醒阿骨打说："父皇，忘了儿禀奏的了？"

阿骨打望一眼斡离不，说："噢，是了，皇儿斡离不向朕禀奏说蜀国公主对大金国一片赤心……"

"父皇！"斡离不一听，父皇就不往婚事上提，难道人家实现诺言，父皇想悔婚不成？急得赶忙又接过说："父皇忘了，儿在燕京禀奏的，蜀国公主我俩的事儿……"

阿骨打这才如梦方醒，对了，朕答应过此事，如蜀国公主诚心向金，就可婚配，我咋将这事忘了？不怪蜀国公主称我阿玛皇上，原来如此。阿骨打感到蜀国公主脸儿大嘴甜，还没成婚，就称我阿玛皇帝，心里更加高兴了，赶忙接过说："蜀国公主，快快起来说话！"

余里衍跪在阿骨打面前，见阿骨打不说婚事，心里立刻由热变凉，埋怨斡离不骗了她，没和父皇说，咋说父皇已同意了？致使今天刚一见面就口称父皇，又改称阿玛父皇，真羞死人了！正在她着急的时候，听斡离不一个劲儿地提醒他父皇，这才信了，斡离不真和父皇讲了。可阿骨打仍称自己蜀国公主，不提婚事，心立刻提溜起来，面红耳赤地站在一旁。

阿骨打见蜀国公主余里衍长得很俊，又能想出这么多的道儿，说明她很有智慧，阿骨打甚是喜爱，就用征询的口吻说："蜀国公主，你智略过人，为大金国立下了功劳，吾儿斡离不欲收公主为妻，公主可同意乎？"

蜀国公主余里衍一听，嘴没说心里话儿，我就等你这句话呢，不同意能叫你阿玛父皇吗？当阿骨打说完后，余里衍慌忙跪倒在地说："谢阿玛父皇，我早就同意了！"

斡离不也扑通一声跪在地上谢恩。

阿骨打立刻传旨说："汝二人在此成婚，随后送之内地！"

斡离不、余里衍两人心里乐开了花，最担心的还是这条，怕父皇许婚不让成婚，送之内地，说不上何年月才能成婚。没想到阿骨打很体贴他俩的心，当即恩准成婚。乐得他俩嘴都合不拢了，双双跪在地上谢恩。斡离不站起身来，走到父皇跟前悄声说："蜀国公主曾听萧德妃说过，平州辽兴军节度副使张觉是假降金，实保辽，早晚必叛！"

阿骨打一听，霍地站了起来，说道："哎呀，真没出左企弓所料啊!"

这时,忽有报事官进来禀报说:"康公弼率民众徙之内地,路过平州,被叛贼张觉拦截,康公弼领部分民众徙往内地去了。"

阿骨打气得双眉紧锁,直喘粗气,刹时脸色煞白。斡离不马上对阿骨打说:"父皇息怒,待儿率领军马前去收复叛贼!"

阿骨打制止说:"不用,朕已答应儿与蜀国公主成婚,哪能让公主失望?父皇另有安排。"说罢,阿骨打派人速调阇母去讨复平州。

蜀国公主余里衍美滋滋地回到自己的营帐,姐妹们就将她围上了,急不可待地说:"自你走后,都在替你担心,阿骨打能不能杀咱们呀?没想到,你欢天喜地地回来了,有啥好事儿,让我们也乐呵乐呵。"

余里衍嘴一抿悄声说:"你们猜?"

斡里衍说:"准是不杀咱们了,看你高兴得这个样儿!"

余里衍摇头说:"不是!"

大奥野赶忙说:"放咱们回去?"

骨欲接过说:"你想得真美,不杀,也不能放你回去呀!还是让妹妹自己说说,别憋得咱们怪难受的。"

余里衍扑哧一笑说:"我要成婚啦!"

骨欲啪地给她一巴掌,说:"想汉子想疯了?没正经的,都啥时候,还说这种玩笑话!"

几个妹妹一齐用手指头敲着嘴巴说:"真丢人,心里想汉子,顺嘴说梦话!"

余里衍一本正经地说:"真的,糊弄你们是小狗!"

骨欲见她那个认真样,加之余里衍日常也很少有谎言乱语,便半信半疑地追问说:"难道阿骨打皇上见你长得漂亮,收你为小妃?"

余里衍顿时脸色绯红,推一把骨欲说:"胡猜什么呀,我不是说了嘛,和斡离不成婚!"

姐妹们一听,你看看我,我瞅瞅你,虽没言语,心里全明白了。怪不得斡离不对我们这么热情款待呢,余里衍在斡离不面前说一不二,原来斡离不爱上她了,她也爱上斡离不了。

骨欲惊诧地问道:"真的呀?"

余里衍说:"刚才大金国皇帝召我前去,就是征求我同意不同意与斡离不成婚。"

"那你咋回答的?"次奥野着急地问。

余里衍说："我点头说同意！"

骨欲又问："那你什么时候相中的斡离不？"

余里衍说："就在咱们被俘后，我见斡离不对咱们挺关心，长得英俊，心眼儿好使，就相中了。"她又一次说了假话。

"斡离不咋知道你相中他了？"

余里衍一眨巴眼睛说："我俩夜间同做一梦，梦见月老用绳子将我俩缠在一块儿了。第二天，我偷着在右脚脖子上故意缠个绳儿，去找他。哪知斡离不也在脚脖子上缠根绳儿，他见我去了，特意瞧瞧我的右脚脖儿，我也特意看看他的左脚脖儿。我们俩看后，惊喜地对望着。他小声问我：'你也做这么一个梦？'说着特意用手拽拽左脚脖上的绳儿。我脸红红的，也小声问他：'怎么，你也做这样一个梦？'说着故意抬起右脚给他看。我们俩由月老托梦，才暗定终身，他父皇已恩准，今日成婚！"

姐妹们一听，激动得热泪直流，将余里衍抬起来说："这回好了，这回好了，我们借你的光，不能遭罪了！"

辽蜀国公主余里衍心满意足地和阿骨打次子斡离不成了婚。

阿骨打传奇

谋士鬼献计

　　阿骨打听到儿子斡离不说平州张觉是假投降，对左企弓的安全更不放心了，便打发两名武艺高强的卫士化装成平民，让其随后追赶左企弓，将左企弓追回来。等阇母捉住张觉后，再让左企弓前去赴任，两名卫士奔平州而去。

　　左企弓带几名随从去广宁府上任，路上心中暗想，就凭自己这些年德高望重，还说服不了张觉？想什么办法也得劝说张觉不能再叛。辽朝失败已经注定，宋朝更加腐败无能，只有大金阿骨打皇帝方是仁义之君，咋能还叛，叛后附谁焉？说啥也要将张觉拉过来，共同为大金出力。

　　左企弓做梦没想到张觉是王八吃秤铊铁心了，非要叛金归宋不可。张觉听说阿骨打将燕京交还给宋朝，宋朝已派王安忠将军统兵占握燕京，便立刻派人悄悄去燕京，勾结王安忠共同反金。而王安忠正因为交还平、滦二州一事和大金争执不休，听说张觉要降宋，他当然心中欢喜，不出一兵一卒就可夺得平州，也就默许了。张觉又派密探监视探听南京枢密院谁来当宰相，张觉派的密探阿骨打咋能知道，而且还不是一个，有十几名密探跟随阿骨打行踪，探听消息。

　　单说张觉拦截手艺工匠未成，随后又拦截康公弼迁徙的民众，造成一场骚乱，将他叛乱之事公开化了。他正在思谋下步咋办，忽然有一名密探回来向他禀报，言说阿骨打听信左企弓的建议，将枢密院下设在南京平州，迁到显州，将显州改升为广宁府。主持枢密院的宰相仍然是左企弓。

　　张觉听到这个情报，可气坏了，大骂左企弓这个老匹夫，什么建议改设于显州？准是这家伙不相信我降金，才想出保身的鬼主义。即使不拦截民众迁徙内地，经左企弓这么一说，阿骨打对我也得起疑心。也好，我不杀这老匹夫，誓不为人！他问密探说："你没听说，左企弓什么时候来赴任？"

　　密探说："这我可没来得及询问，探听到这些消息，我就赶紧回来报告了。"

张觉说："你速速回去，要将左企弓什么时候来赴任，带多少兵马，从哪条道路走，务必给我探听明白，速报我知！"密探遵令，二番脚又返回去探听这方面的真实情况了。

张觉将密探打发走后，又立即派人前往润州、迁州、来州、隰州去联络，联络这四州随他叛金抗金，一同归附于宋。这四州知道张觉控制的辽兴军有近十万的兵马，势力强大，如不随顺张觉，马上就可遭灭顶之灾。这四州领兵将领款待了联络官，又用金银打点一番，让联络官回去在张觉面前多说几句好话，我们一切均听节度使的，什么时候召唤，什么时候响应。四州领兵将领话是这么说，实际上各怀心腹事，都抱着坐山观虎斗的架式。如果张觉胜金，他们就叛金归附张觉；如果张觉失败，他们仍然降金不变，目前不得不应付张觉。

张觉派出去四州的联络官陆续回来禀报，都言说四州将领认为只有靠兴军节度使张觉才有出路，坚决响应节度使叛金，只要能抗金取得胜利，节度使咋指挥他们咋听。张觉听后，乐得嘴都合不上了。他哪知，这些联络官去四州均发个小财，受了四州将领的贿赂，回来能不说好话吗？张觉感到自己力量更大了，后有宋将王安忠的后盾，周围有四州相助，我还怕什么金兵？弄好了，还能称王呢！张觉做开当皇帝的梦了。

单说这天，张觉派出去的密探骑马飞奔回来，向他禀报说，左企弓去显州赴任，从此路过，还要拜访节度使。

张觉听后，问密探说："他带多少兵马，何人护卫？"

密探说："只有几名随从，无兵将护卫。"

张觉说："哪能不带护卫人员呢，阿骨打对他这么好，不派人保护能放心吗？你探得恐怕不实吧？"

密探说："咋不实呢，左企弓一行是我亲眼所见。据听说，阿骨打要派兵马将左企弓一直送到广宁府，左企弓说啥不让，怕引起节度使的怀疑，所以只带几名随从，化装成平民，奔建州而来，已在路上了。"

张觉狠狠地说："这是左企弓自己前来找死，怪不得我张觉了。"张觉立刻召集下边军官会议，研究部署，左企弓到来之后，举行欢迎宴席，在席中杀之。

张觉在研究部署杀左企弓的时候，他的一位谋士，此人是个小矮个儿，刀条脸上长两只鼠眼，别看眼睛小，却一眨巴一个道儿，人称"谋士鬼"，实际名叫牟明清。他坐在那儿听张觉部署，两只鼠眼睛直劲儿眨巴，等张觉说完，他才站起来说："不妥呀，不妥！"

众人一听，吃了一惊，杀左企弓有啥不妥？军官们都望着张觉。

张觉以为"谋士鬼"不让杀左企弓，便不高兴地问道："牟谋士，杀左企弓有何不妥？我还要杀阿骨打呢！"

牟明清说："节度使，我不是说杀左企弓不妥，而是说杀左企弓的方法不妥，不能这样去杀他。"

张觉疑惑地说："不这样杀他，得咋杀呀？"

牟明清说："节度使，以小人之见，左企弓是位德高望重之人，不仅在辽，在宋、在金可说是很有威望。节度使打算在宴席中将他杀死，岂不要引起众愤？反正是杀，咋杀都是杀，何必采取这种方法？引民愤归自身，可谓蛮杀也！"

张觉说："不这么杀，依你之见，如何结果左企弓？"

牟明清说："以小人之见，不如秘密杀害之，这叫神不知鬼不觉，他不知是谁杀的。反之，节度使可有话说了，就说是大金国皇帝阿骨打居心叵测，拉完磨就杀驴。他利用完左企弓之后，在左企弓去广宁府赴任途中，将左企弓杀害了。其罪归于阿骨打，使阿骨打众叛亲离，节度使岂不成为叛金合情合理也！"

"谋士鬼"这一说，真提醒了张觉，心中大喜，嘴没说心想，不怪称他是"谋士鬼"，这小子心眼就是多。不像我们这些武将，全是些直肠子人，直来直去。他想的招儿真叫绝，不露声色地就将左企弓害了，杀死后，还可嫁祸于阿骨打，真是一箭双雕，既达到害死左企弓的目的，又可臭阿骨打的名声。于是称赞说："好计呀，好计！但不知暗中杀害左企弓采取啥杀法为妙？"

"谋士鬼"受到节度使张觉的称赞，高兴极了，鬼道眼就更多了，便对张觉说："以小人之见，杀左企弓在明处不行，得在暗处，暗处行刺者可以藏身。再者，只有在暗处杀死左企弓，才好嫁祸于阿骨打，说他提前在暗处埋下刺客，方可遮人眼目。"

张觉听后，如梦方醒，遂对军官们说："就以牟谋士之见，我们预先埋伏在左企弓经过之地，让他在毫不知晓的情况下，悄悄将他杀死。我选择一片好地方，就是在平州东南方，离平州二十多里的地方，有块一望无边的栗林。埋伏在那儿，杀死左企弓谁也不会发觉，我看这地方最妙！"

众人一听，均说在栗林之地下手，再好不过了。

张觉令人将他的贴身护卫洪奎叫来，这小子长得膀大腰圆，身体魁梧,使一口飞刀,人称"飞刀手"。张觉对洪奎说:"今夜你去执行一项差事,到东南方栗林之地,候等宰相左企弓过来,务必将他杀死。杀死后,要喊叫说,吾奉阿骨打之旨,将汝杀死。然后绕道回来,定有重赏,不得违令!"

洪奎一听,暗吃一惊,嘴没说心里想,节度使平白无故杀死左企弓作甚?那可是个好人哪!可洪奎知道,张觉这小子手毒心狠,如不执行他的命令,我的小命也难保,就连忙说:"遵令!"转身要走时,又被张觉叫住了:"等等,杀死左企弓后,你应咋做?"

洪奎说:"将左企弓杀死,就喊叫说:'吾奉阿骨打之旨,将汝杀死!'说罢绕道回来交令。"

张觉听后,心中欢喜,称赞说:"汝真乃吾之心腹也!速速前去,不得有误。"

洪奎出得房来,骑马而行,前往栗林候等左企弓去了。

阿骨打派两名武艺高强的御侍卫催马加鞭追赶宰相左企弓，左企弓已经走了一小天儿了，阿骨打才派人去追，一时半晌能追上吗？两位御侍卫也真急眼了，啪啪地不断挥动鞭子打马，两匹马如同四蹄不粘地一般，嗒嗒嗒一溜风追去。

左企弓与随从骑着马顺着平州道而行，见前面一片栗林，中间是道。栗子，当地人称"板栗"。它是落叶乔木，最高的有六七丈高，无顶芽，叶椭圆状矩圆形，疏生刺毛状锯齿。初夏开花，单性，雌雄同株，雄花是成直立柔荑花序，壳斗大，球形，具密生刺。坚果二至三个，生于壳斗中，是平州地带特产。栗喜光，深根，栗子可食用。栗木坚实，纹细直，结构粗，耐久，人们采用它做矿柱、船舵、车辆等等。

左企弓骑马走进栗林之后，对随行人员说："此地离平州不远了，最多也就二十多里路了。"说罢正欲往前走，忽见迎面有一骑马人缓缰而来。左企弓根本没防备，路上行人，是经常遇到的事，行你骑马走路，不行别人骑马走路哇？所以他一点儿也没介意。那人快到跟前的时候，左企弓才发现后边又出现一匹骑马的，疾速而来，好像追赶前边的这个骑马之人，相距只有一里多路。不一会儿，左企弓和对面骑马之人相隔丈八远的时候，才看准骑马人的脸面，先打招呼说："洪马挞，到哪儿去呀？"

洪奎听左企弓喊他，心里一惊，暗想，他认识我？左企弓咋能不认识他，张觉去燕京办啥事儿，洪奎总跟着，别看左企弓已七十多岁的人了，眼力还很好。左企弓这一问，使洪奎无话可答，沉思片刻说："啊！迎接宰相来了！"说着将马往旁一闪。这时，就见后边那个骑马的飞驰而来，离老远就喊："洪奎，节度使派我来相随！"洪奎认出，来人乃张觉的内弟。心想："这小子准是张觉派来监视我的，要是不杀左企弓，不仅我，连老婆孩子性命都难保，都在张觉手心儿攥着哪，逼得我非杀不可。左企弓宰相，对不起了，此事可由不得我了，我只有无毒不丈夫了。"想至此，在左企弓从他身旁刚一过的时候，他突然飞起一刀，咔嚓一声，将左企弓砍成两半儿，随即高声喊道："吾奉阿骨打之旨，将汝杀死！"吓得随从们掉转马头就往回跑,边跑边喊:"可了不得了,宰相被歹徒杀了,宰相被歹徒杀了！"洪奎也不追赶,望着左企弓的尸体,凄然泪下。

左企弓的众随从,刚跑出栗林就见有两匹马疾驰而来,到近前一看,是阿骨打的御侍卫,边哭边大声告知:"宰相被歹徒杀死啦！"

两名御侍卫忙勒马问道:"歹徒在哪儿?"

"在栗林里,谁知道逃跑没有啊！"

两名御侍卫说:"你们快回去禀报皇上,待咱去捉拿歹徒！"说罢,催马顺道钻进栗林。

洪奎杀死了左企弓,很是懊恼,心想,我咋能做出这样的伤天害理的事呢,还是个人嘛！这时,张觉内弟来至近前,高兴地称赞洪奎说:"汝杀死左企弓,我亲眼所见;口里喊的,我亲耳听到,回去禀报姐夫,一定重赏你！"洪奎也没搭言,调转马头,准备绕出栗林转道回去。猛然见两匹快马飞驰而来,大声喝道说:"歹徒,还不快下马投降！"

洪奎见势不好,一抬头,见张觉内弟已头前打马跑了,他也不敢停留,催马追赶张觉内弟。洪奎原想迎战,但又一想,心情不好,手又发颤,跑回去交差了事,何必多惹麻烦,才催马追张觉内弟去。他俩在前面跑,阿骨打的两名御侍卫在后边追,追着追着,两名御侍卫摘下了弓箭。骑射,是这两名御侍卫的拿手武艺,可以说百发百中。他俩先合计一下,你射哪个,我射哪个。定下后,两名御侍卫脚蹬鞍镫,身板儿直立,两臂用力抱满圆弓。坐骑都是训练出来的,见主人拉开这架式,不用鞭打,马准飞驰向前。就在这时,一名侍卫提醒另一名侍卫说:"不要射死,得要活的,好交给皇上审问。"那名侍卫回答说:"你想得周到,射死了,知道是谁唆使呀?"两名御侍卫站立在马上,眼看八九不离十了,立即发箭,只听嗖嗖两声,两支箭向前飞去,张觉内弟哎哟一声先栽落马下,洪奎马与张觉内弟的马一撞,也滚落于马下。眨眼之时,两名御侍卫赶至近前,一人用脚踹住一个,不容分说,掏出绳儿将两人绑上,两名御侍卫箭射得也真准,全射在歹徒右臂膀上。绑好之后,像提溜小鸡似的将二人拴在马鞍上,赶忙调转马头,回去交旨。

再说阿骨打,打发两名武艺高强的御侍卫去追赶左企弓后,也说不上咋的,坐也不是,站也不是,很是心烦意乱。暗想,难道左企弓真要遭到什么不测?

忽然,有人禀报说:"左企弓的随从们跑回来了！"

阿骨打一听，大吃一惊，忙说："快让他们进来！"

不一会儿，几名随从哭哭啼啼地走进来，扑通一声跪在地上哭诉道："皇上，宰相左企弓被张觉派来的马挞洪奎，在距平州二十多里地的栗林中杀害！"

阿骨打听后怔住了，哇的一声吐在地上一口鲜血，两眼一黑，咕咚倒在地上。

阿骨打口吐鲜血，晕倒在地，可将左企弓的几名随从吓坏了，赶忙扶起呼唤。伴驾官也都跑了过来，上上下下一片惊慌。

话又说回来了，张觉为啥只让洪奎杀死左企弓，咋不将随从们捉获呢？这是张觉和"谋士鬼"失算之处。他们以为，洪奎杀死左企弓，口里高声喊叫："吾奉阿骨打之旨，将汝杀死！"这话喊出之后，随从们一定不敢去见阿骨打，自然得奔平州来向张觉报告，说阿骨打暗派刺客在栗林将左企弓杀死。张觉再亲自到栗林收殓左企弓尸体，将润州、迁州、来州、隰州统兵将领召来，以借安葬左企弓为名，嫁祸于阿骨打。然后立即宣誓叛金抗金，发兵征剿阿骨打，叛之有理，出兵抗金名正言顺，必受民众的拥护。做梦没想到左企弓认识洪奎，而下边随行人员也有人认识洪奎，这些随从不仅没奔平州，而且均返回向阿骨打禀报去了。

阿骨打苏醒过来之后，边哭边说："左企弓宰相，是朕害了你呀，悔不该不派军兵护送你。你尽管拒绝派兵护送，可朕硬要派兵送，何致于送命？世之奇才，遭人暗算，我之过也！朕上哪儿去找晓古识今之士，上哪儿去请教学识渊博之士呀！悔不该让你继续留任南枢密院，留在朕的身旁何至于如此也！"阿骨打念念叨叨，越叨念越痛哭流涕，觉着心里一热，哇的一声又口吐鲜血。众官员跪了一地，齐声劝说阿骨打，人死不能复生，保重龙体要紧。

阿骨打令人搭起灵棚，供上左企弓灵牌，亲自祭祀，悼念这位奇才。

这时，有人前来禀报说，御侍卫将两个刺杀左企弓的凶手捉获，来见圣驾。阿骨打立刻传旨，令御侍卫进来见驾。

过了片刻，两名御侍卫进来参见阿骨打，其中一人禀奏说："皇上，我俩奉皇上旨意，去追赶左企弓。因宰相已先行一天，故而追至平州东南二十来里栗树林时，方遇到随从，告知左企弓已被张觉派人杀害。我俩立刻追击凶犯，终于捉获刺客，前来交旨！"阿骨打一听，夸赞两名

左企弓被害身亡

481

御侍卫机智勇敢，将凶手捕获。否则，朕还要背着派人暗杀左企弓之冤哪！待朕审问两名凶犯再说。

这时，奏事官进来向阿骨打禀奏说："启禀皇上，平州张觉散布说，皇上暗派刺客，在栗林杀死左企弓，蒙骗各州，致使润州、迁州、来州、隰州均叛！"阿骨打一听，气得浑身直颤，大骂张觉杀人栽赃，连个"人"字儿都不够，待朕向这两名凶手问明，再找他算账。

　　有一次，阿骨打路过木叶山的时候，听说木叶山有辽始祖庙，便下马上山去参拜辽始祖庙。

　　阿骨打来至始祖庙前举目观看，气势磅礴，雄姿威严，山门横额书写着"始祖庙"三个大字。走进山门，见前殿为歇山式大木架结构，青砖围墙，绿瓦盖顶，雕梁画栋，丹桂朱椽，莲花托拱，飞檐走角的高大殿宇显得肃穆而堂皇，庄严而华丽，殿宇均是东向。走进殿里，面阔五间，是辽举行祭祀的场所。正中有始祖父奇首可汗骑着白马、始祖母骑着青牛的图像。阿骨打问伴驾官说："始祖骑白马，始母骑青牛，就是传说的奇首可汗骑白马沿土河而来，女子驾青牛沿潢河而来，在这木叶山相遇成为配偶，留下八子，繁衍成契丹人。"

　　伴驾官回答说："正是如此，因而图像仍骑马、骑牛为象征。"

　　这时，有人已点燃香，阿骨打亲自上香行叩拜礼。阿骨打来至后殿，见奇首可汉八子像均头戴野猪头，身披野猪皮。阿骨打问伴驾官说："契丹祖先，为啥要头戴野猪头，身披野猪皮呢？"

　　伴驾官回答说："可能是因为契丹人供奉猪神吧！"接着他讲了一段儿关于野猪神的传说。

　　传说，奇首可汗与从潢河而来的女子在这木叶山成婚后，居住在山洞中。生下孩子后，将孩子扔在山洞里，奇首可汗夫妇便出去打猎。这年，他们已有两个儿子了。大的叫敦儿，二的叫柱儿，大的才三岁，二的才一岁。有一天，夫妇俩又出去打猎，将孩子放在洞中，洞口用石头挡上，怕野牲口来了将孩子吃了。等两人打猎回来，大吃一惊，见洞口的石头被搬开了。奇首可汗媳妇惊叫着跑进洞里一瞧，两个孩子踪影全无，大哭大叫地喊："我的孩子呀，我的孩子哪儿去了？"奇首可汗劝媳妇说："你别着急，看样儿，孩子不是被啥所害，要害的话，准得留有血迹。待我出去寻找。"说着，奇首可汗骑着白马，在山里寻找两个小儿子。他找这山，寻那山，山岭全找遍了，也没找到两个儿子。回来后，夫妇俩可傻眼了，以为两个儿子被野牲口吃了，哭叫有啥用，只能互相安慰一番。

奇首可汗又找了不少天，仍没寻到儿子，夫妇俩认为两个孩子早变野牲口粪了，也就死心塌地了，不找了。

不知过了多少天，夫妇俩这天出去打猎，见一个小野猪崽儿，脖子上套着一块狍皮。奇首可汗媳妇一看，这块狍皮正是自己用来包孩子之物，怎么套在它的脖子上了？便和丈夫去追赶这头野猪崽儿。他俩追呀追，见这头野猪崽儿钻进一片山林里不见了，于是就在山林里寻找。忽听有婴儿啼哭之声，顺着声音一找，是从一堆倒木里发出来的声儿。这倒木自然架起一个洞，洞很大，里边的树叶有好几尺厚，奇首可汗不顾一切地跟媳妇进这了。刚进洞，就听儿子喊叫"妈妈，妈妈！"这才发现两个儿子正吃野老母猪奶呢！野老母猪见奇首可汗夫妇来了，腾地站起来了，将奇首可汗吓了一跳。说也奇怪，这头野老母猪还会说话，对奇首可汗夫妇说："你们别害怕，天天让我的儿出去找你们，终于将你们找来了。这两个孩子是我从狼嘴里救下来的，整天吃我的奶，一点儿没饿着。"奇首可汗夫妇一听，扑通一声跪在地下，磕头感谢野猪神，说："多亏猪神将我两个儿子救了，不然早死于非命了！"野老母猪说："今后，你们要信着我，你们俩领孩子就住在这儿吧。"奇首可汗说："猪神，你住在哪儿呀？"野猪说："旁边还有个木叶洞，我就住在那儿，有我在，什么野牲口都不敢来，我可保护你们！"

从此，奇首可汗夫妇俩领孩子就住在木叶洞里，管这山叫木叶山。白天夫妇俩去打猎，野猪给他们照看孩子。野猪还告诉奇首可汗，打猎要往南去，南面有块广平淀，东西二十多里，南北十几里，沙土地，全是榆柳树木，冬天气候温暖，各种野兽都栖居在那儿。奇首可汗夫妇听信野猪的话，果然每去一次都能带回很多猎物。

奇首可汗夫妇俩就和野猪为邻，相依为命，捕获的猎物也供给野猪母子俩吃。奇首可汗一连生了八个儿子，一年小二年大，大的都二十好几了，小的也十几岁了，八个儿子树桩桩的，瞧着怪喜爱人的。可奇首可汗两口子添了新的愁肠，八个儿子上哪儿找媳妇去，左近荒芜又无人烟，连个女的影儿都见不着，这可咋办呢？野猪看出了奇首可汗夫妇俩的心病，便对他俩说："不要愁，不用忧，潢河水，土河流，送姑娘，救媳妇，八个儿，八房妻。"奇首可汗惊诧地问野猎神："猪神，你说的这话我不懂啊，能不能明告诉我呀？"野猪神说："我是说，你们夫妻俩别忧愁，你八个儿子，潢河水会给你送来八房儿媳妇。"奇首可汗又问道："潢河离此很远，咋能送来媳妇呢？"野猪神说："潢河水与土河水

阿骨打传奇

484

要结为亲家，潢河水往这边流，要与土河水连接在一起。从现在算，再过七七四十九天，就是六月十三那天，潢河水将给你送来八个姑娘，让你的儿子们每人骑着一根木头在土河里等候。等土河水一涨，潢河水向这边咆哮流动的时候，准有人呼喊救命，你这八个儿各救一个姑娘，就是他的媳妇。你八个儿子有媳妇后，就随媳妇各成一家，媳妇会领你儿子去占领一地。可不能不让他们走啊，得让他们离开你们夫妇俩，将来你的后人就会兴旺起来。"

奇首可汗牢记野猪神的话，提前将又粗又大的木头准备出来了，共八根，让儿子们抬到土河岸边，单等六月十三这天的到来。奇首可汗也不知哪天是六月十三，那时候又没有日历，可野猪神这句话他记住了："从现在算，单等七七四十九天后，就到了六月十三。"他就按这个来计算，过了一天，他用石刀在木棍上刻道印儿，一二三……一直刻到四十九道印儿。

第二天，奇首可汗早早领儿子们来到土河岸上，让八个儿子将粗木头抬着放进水里，每个儿子都跳进去，分别骑在一根木头上，等候土河涨水。此刻，土河水风平浪静，一点风丝没有，天边上只不过渐渐长些眵目糊。这眵目糊越来越厚，等到巳时的时候，开始变天了，风雨交加，大雨倾盆而降，真是天连水，水连天。土河水立刻猛涨，奇首可汗的八个儿子骑着大木头顺水漂泊，不一会儿，就听潢河水咆哮着向这边流来，两股水像要顶牛似的，发出令人恐惧的叫声。就在这时候，咆哮的潢水中，掺杂着"救命啊！救命啊！"是一些尖声细嗓的姑娘喊叫之声。老大一听，赶忙架木迎了上去，从潢水里救上一个姑娘回去了。紧接着更大的呼救声，老二架木迎上去了，从潢水里又救出个姑娘……就这么的，八个儿子都从潢水里救上来一个姑娘。

八个儿子已听父亲说了，救上来的姑娘，就是他的媳妇。上岸一瞧，这八个姑娘长得都很俊美，溜光水滑的，可乐坏了，一个儿子领着一个漂亮姑娘来见奇首可汗。奇首可汗夫妇俩见八个儿子领回八个漂亮姑娘，乐得嘴都合不拢了，便问大的说："你叫啥名儿？""悉万丹。"问二的，二的回答说："阿大何。"问三的，三的回答说："具伏弗。"问四的，四的回答说："郁羽陵。"问五的，五的回答说："日连。"问六的，六的回答说："匹黎尔。"问七的，七的回答说："吐六于。"问八的，八的回答说："羽真候。"奇首可汗听罢八个姑娘的名儿，对她们说："你们给我儿子做媳妇好吗？"八个姑娘扑通通全跪在地上，磕头说："我们

485

就是由神仙领路出来寻找配偶的，没想到涨大水给冲到这儿来了，你儿子将我们搭救，我们情愿配偶成婚！"

奇首可汗一听，更乐了，便对八个儿子说："你们都有媳妇了，领着媳妇寻找个地方，去过活吧！"八个儿子一听，吓得也全跪下了，齐声说："我们离不开父母，说啥不能到另个地方去。"

这时候，野猪神来了，将大嘴一张，口吐人言说："这是我的主意，树大要分枝的，你们哥八个总不能老在一起过呀！趁年轻力壮，各占块土地成家创业，繁衍子孙后代，很快就会兴旺起来的。记住，你们八个在哪块安身，那地名就按你媳妇的名字叫，方能生根发芽，开花结果。"小哥几个担心地哀求说："离开父母，我们孤孤单单的，得多害怕呀！"野猪神抬手从身上拽把毛，用嘴一吹，变成八张猪皮，八个猪头，对奇首可汗八个儿子说："你们披着这张皮，戴上这个头，什么野兽也不敢近你们身了。"说罢，将猪头和猪皮分别发给弟兄八个。

从此，契丹祖先才建立起悉万丹、阿大何、具伏弗、郁羽陵、日连、匹黎尔、吐六于、羽真候八部。

所以说，契丹祖先信奉野猪神。

阿骨打次子斡离不奉父皇之命，继续追击辽天祚帝。辽天祚帝听说秦王、许王和公主均被金兵掠去，他可急懵了，便带兵赶回来，想要将公主等人从金军手中夺回来，正好和斡离不军相遇，两下展开一场大战。

斡离不让军兵在前边厮杀，他带领百十名武艺高强之士绕到后面，抄天祚帝的后路，差点将天祚帝捉住，吓得慌忙逃跑，斡离不追杀了一阵。天祚帝一逃，辽军不战自乱，斡离不见有一股人马向东南方向逃去，便率领部分兵马，马不停蹄地追赶而去。追过一山又一山，追过一岭又一岭，见这股人马逃进一深山中。等斡离不追到山中一看，这山里有数不清的牧马，辽军兵士们跪在地上喊叫："军爷饶命，我们投降！"

斡离不说："你们统军头领是谁？"

兵士们摇头说："我们这儿没有什么统军头领，只是让我们在此牧马，皇上什么时候需要，就什么时候来取。"

斡离不说："呔，一派谎言，我一直追赶到此，咋说没有统军头领呢？"斡离不说着，拽过一个降兵，假装要杀。这小子吓得哭唧尿号地说："我说，我说，刚才跑过去的是皇上的儿子赵王习泥烈。"

"往哪边跑了？"

"往东逃了。"

斡离不留下几名军官和兵丁，让他们将这些马匹和投降的辽兵押送回去，然后带兵继续往前追赶。又追过一道山，忽见前面有座笔直的高山，土色焦红，好似刚刚烧炼过的一般，有个人正吃力地向上攀爬。离远望着，从此人衣着看，不是一般人。斡离不便令召里、特莫继续追击，自己准备登山擒拿此人，并令人回头领一降兵来。

不一会儿军士领来一名降兵，斡离不让降兵辩认登山者是谁。降兵说："他就是天祚帝的儿子赵王习泥烈，是想逃进'女娲宫'里躲着。"

斡离不不解地问道："什么叫'女娲宫'？"

降兵瞅瞅斡离不，感到他很可笑，连这个都不知道，便介绍说："女娲是牺皇的媳妇，他们兄妹成婚留下的人傻拉巴叽的，没办法，女娲来此用黄土造人，炼五色石补天。这山上就有女娲宫，赵王习泥烈八成跑那里藏着去了。"

斡离不一听，说："好了，待咱前去捉拿他！"说罢转身上山，被降兵一把拽住，说："军爷，你可别去呀，凶多吉少啊！"

斡离不问："此话咋讲？"

降兵说："女娲皇阁是在空中悬着的，赵王习泥烈逃进去后，你就别再想沾着边儿。再说，人家在暗处，你在明处，不是晴等着吃亏吗？所以说你不能去。"

斡离不说："别说它在空中悬着，就是在天上，奈我何也？"说罢，单身一人腾腾腾登山而去。斡离不往上攀登，心中暗想，我没少爬山，像这样陡峭的高山真是少见。使斡离不感到惊讶的是，这女娲太有能耐了，将山石炼成这样，连棵草都不长。他登着登着，见有一块巨石，一半儿被烟熏火燎得黑糊糊的，另一半儿熔岩斑斑，甚是奇观。斡离不不停地攀登着，他冷丁一回头，脑袋嗡的一声，感到如从平地而起，步步登天哪！

你别说，斡离不真是个爬山能手，他不歇气儿地攀登得距赵王习泥烈只有半里多地的光景了。可赵王习泥烈不知身后有人追他，不是别的，登这山谁也不敢回头，回头一望就忽悠一下子，容易栽落下去。两人像比赛似的，一先一后爬呀爬，还是赵王习泥烈先爬上去了，和斡离不也就差几丈远的光景了。

赵王习泥烈刚爬到山顶峭壁上想要喘口气，冷丁一回头，见后边有人追赶上来，可将他吓坏了，咕咚一声摔个斤斗，赶忙爬起来慌慌张张逃进女娲宫去了。

斡离不攀登到山顶峭壁上，马上去追赵习泥烈，跑到女娲宫前，将他吓了一跳！只见女娲宫摇摇晃晃，颤颤悠悠，哗哗直响。

斡离不心里纳闷儿，这是咋回事儿，难道有何妖法？他赶忙将身子一影，怕遭暗算。用目仔细观瞧，只见女娲皇宫是三层楼阁，高有七丈，楼阁紧贴峭壁兀立而起。暗想，这么摇晃，它不会倒塌吗？斡离不不断用目寻找楼阁的暗哨所在，终于发现在山壁上凿有八个"拴马鼻子"，用八根铁链把楼体拴住。不怪降兵说悬在空中，原来如此，这有何惧哉？斡离不刚要向女娲宫里闯，只听嗖嗖接连射过两支暗箭，他手疾眼快地将箭抓住。回头一看，宫门紧闭，知道这么进是进不去了，赶忙撤了回来。斡离不又琢磨半天，有了，我何不从峭壁爬上楼去，楼顶上的窗户都开着。

斡离不避开宫门，从山的峭壁一点点往上爬，他爬呀爬，一口气爬上三楼，见有一扇窗户开着，直奔那扇窗户爬去。爬到窗户跟前，偷着往里观瞧，见三楼这间屋子里有梳妆用品，还有床帐，不用说，这准是娲皇寝室了。里边静悄悄的，连一点声响都没有，他从窗户悄悄跳了进去。这时，斡离不心想，我从这三楼下去，神不知鬼不觉，将赵王习泥烈捉住，他准以为我是飞上楼来的。斡离不刚一立脚，差点儿将他闪倒，因这楼仍然在摇晃。斡离不心想，女娲干吗要住这么一个摇摇晃晃的宫楼呢？住着能得劲儿嘛！他趔趔趄趄地奔室门走去，还没等伸手开门，便听见有脚步声和说话的声音。他赶忙将身贴在门后，就听来人说："赵王，你就在寝宫睡消停觉吧，别说他来一个，就是来十个八个，也别想飞进楼阁。"

眨眼工夫，来人已走到门口，就听有人开锁的声音，哗啦一声将门打开了，正好将斡离不用门挡上了。斡离不偷着一瞧，是两个人，先进来的是赵王，后边那人是送他进这屋里来的，不用说，准是看守这宫楼的。就听送赵王的人说："赵王，歇息吧，我下去。"说着伸手来关门，斡离不啪上去就是一拳，正击在他右臂上，这小子"哎哟、哎哟"直叫唤，右胳膊就不会动弹了。

赵王听见叫唤声，猛一回头，见斡离不明晃晃的战刀在他面前闪光，吓得向后一退。斡离不大喝一声说："投降不杀！"赵王习泥烈赶忙用手捂住怀，两手直劲儿发抖。

斡离不心想，赵王怀里揣的啥，吓成这个样儿？便爽神麻利快地将赵王佩剑摘下来，说："怀里揣的啥？赶快掏出来！"

赵王两手直颤，从怀里掏出用黄绫包着四寸见方的一物，两手颤巍巍地举着。斡离不见大舅哥这副德性，觉得好笑，心想，真是酒色之徒，将他吓得这个小样儿，便说："你将黄绫打开！"

赵王将黄绫打开，说："献给你吧！"

斡离不见一物四寸见方，下面雪白如玉，上面镶着金纽盘成五条龙。嘴没说心里话儿，真小瞧人，我当什么宝贝，你稀罕，别人谁稀罕哪！就说："收起来吧，没人稀罕你那玩艺儿！"

赵王一听，可乐坏了，你不稀罕才好，就怕你将我这宝贝掠去，赶忙包上揣怀里了。

斡离不说："你是赵王习泥烈吗？"

"我是，是！"

斡离不又说："告诉你，我是大金皇帝次子，名叫斡离不。秦王、许王和各公主他们都降金了，生活得很好，而且你妹蜀国公主余里衍已和我成婚。你今日被俘了，老老实实投降。让下面的人全投降。若不反抗，你和秦王他们一样，可受到优待。如敢反抗，我这把刀可不认人！"

赵王习泥烈不相信地问道："汝和蜀国公主成婚是真的呀？"

斡离不说："我堂堂大金国皇帝次子斡离不，岂能说谎乎？"

赵王习泥烈说："这就好了，打了半天，打成亲戚来了。我相信你的话，不仅我投降，我大辽契丹人全投降大金！"他说着，又从怀里掏出刚才那个小黄包儿，递给斡离不说："刚才妹夫不喜爱，这回交给你就喜爱了，这是国中之宝，传国玉玺也！妹夫你可能不识。"说着亲手递给斡离不，又说："传国王玺是从秦朝以后历代相传的玉玺，这顶上有文字，刻的是：'受命于天，既寿永昌'，得此传国玉玺者，就能当皇帝。"

斡离不方知传国玉玺是国中之宝，小心地收了起来。

赵王习泥烈又向斡离不介绍说，他父皇天祚帝欲躲藏在娲皇山娲皇宫里，让他前来准备，没想到在此被俘。

阿骨打听说所得各州相继叛乱，人心不稳，忠心耿耿的左企弓还被张觉杀死了，他接连吐了两口鲜血，心情非常沉重。这天，他化装成平民百姓，带领四名贴身侍卫从儒州出来，顺着关前大道去北山脚下密林深处，欣赏青龙倒吸水，舒缓一下焦躁的心情。

阿骨打来到此处一瞧，真有些奇特，山石全是黄色，独有卫于孔泉池旁边是一条青色岩石，上边布满龙纹形的自然刻纹，真像一条青龙在那倒吸池内的泉水。他心想，不怪叫"青龙倒吸水"，真像。阿骨打呆愣愣地望着"青龙倒吸水"出神，忽然从密林深处传来嘈杂之声，唤儿呼女，喊爹叫娘，嚎叫连天。不一会儿，这些人奔"青龙倒吸水"这儿来喝水，阿骨打这才看清楚，有的身背包裹，有的推车，有的挑担，全是逃难的贫寒民众。

阿骨打迎着一位年岁较大的老头儿问道："你们从何而来，意欲奔往何方？"

老者回答说："我们是从迁州而来，打算逃奔太行山。"

阿骨打又问："为何要逃奔太行山？"

老者说："听说阿骨打心毒嘴热，表面说赈济贫民，安抚民众，先安抚后掠掳，早晚不等，全得徙之女真内地，去给女真人当奴隶。虽然张觉串联四州复叛，可阿骨打弟弟阇母已从锦州杀来，张觉哪是金军的个儿，被金兵打败了，想跑也逃不出去了。贫民既无车又无马，来个慢雀先飞，反正早晚得逃，还不如先逃，等落到狼的口里，想逃也晚了！"

阿骨打听老者这一说，心如刀绞般难受，朕一片为民之心，付于流水，民不解也。他们只相信坏人的话，为啥不听朕的话呢？还是不相信朕哪！阿骨打想要再和老者说几句，老者已匆匆而去。

阿骨打长叹一声说："看起来，治服汉民不易也！"

这伙民众过去之后，阿骨打要返回儒州，令人再去请时立爱，安抚各州民众。当他随着四名侍卫返回到密林深处的时候，从北面森林里传来一女子呼救之声。阿骨打一愣神儿，赶忙勒住马，仔细一听，确有女子的呼救声，赶忙令两名侍卫前去搭救，侍卫遵旨而去。

两名侍卫去了半天，不见回来，阿骨打不知出了啥事儿，就带另两名侍卫向北寻去。走出不到一里地，忽见两名侍卫和一男的噼哩啪啦厮杀在一起。阿骨打催马到近前，仔细一瞧，和侍卫厮杀在一起的不是别人，原来是六房老婆小月的娘家侄儿，名叫苔林，阿骨打不知为了何事，忙大喝一声："还不住手！"

苔林听见有人喊喝，用眼一溜，见是皇上阿骨打，慌忙跳出圈外，扑通一声跪在地上磕头说："参拜皇上！"

阿骨打说："你为何与朕侍卫厮杀在一起？"

苔林一听，惊愕地望望和他打仗的侍卫，嘴没说心想，我可真疏忽大意，哪知他俩是侍卫呀，还以为两人多管闲事儿呢，这不耽误我的好事儿嘛！苔林呆愣愣的说不出话来。

这时候，侍卫领过一名妇女，虽然头发蓬乱，可面容仍然是那么姣妍美丽，两眼泪痕，毫不减色，年龄不过二十多岁。阿骨打疑惑不解地想，这妇女是谁，难道苔林这小子要强奸良家妇女不成？便问道："你是何人，因何至此？"

妇女跪在阿骨打面前说："启禀皇上，罪人是辽赵王习泥烈之妃，斡里余是也！今日，那位军爷趁无人之机，对我说'你的妹夫斡离不都统见着赵王了，让吾将你速速送去，和赵王团聚。'我信以为真，但军爷又说，'千万不能让别人知道，我悄悄将你带走。'就这样，我随他来至此地。哪知这位军爷没存好心，欲奸淫罪人，罪人才呼喊求救，没想到冲撞圣驾，罪该万死！"

阿骨打一听，两眼直冒金花，差点气个跟头，大声喝道："该死的苔林，为何要起淫心？"

苔林吓得趴地，磕头如捣蒜，连连说："皇上饶命！皇上饶命！"

阿骨打怒目而视，说道："斡离不给你捎信儿了吗？到底咋回事儿，还不从实招来！"

苔林说："皇上，都统并未给我捎信儿，他出征后，让我好生照顾这些辽妃、公主。我见赵王妃长得俊美，早产淫心，在营帐无从下手，才琢磨出此计，寻思将她骗出来，在这荒野山林中奸淫之。她要顺从我，我可经常和她如此；要是不顺从，奸后杀之了事。哪知她真没顺从，我正欲强奸，这二人前来搭救，便和他俩厮杀起来。哪知是皇上的侍卫，要知是皇上的侍卫，天胆也不敢。正好皇上来了，饶恕这次吧，不看我，还要看我姑母面子上，就饶了我吧！"

阿
骨
打
传
奇

阿骨打一听，差点将肺子气炸了，心想，你们这些狗仗人势的东西，在下边啥屎都拉，就是不拉人屎。说得多轻巧，饶恕你，非杀你不可，事儿都坏在你们这些人身上！便大喝一声说："呸！你这个畜牲，坏朕军纪，岂能容得？侍卫，将他捆缚带回，当众处斩！"

侍卫走上前去，将苔林捆缚上了。

赵王妃斡里余听了苔林对阿骨打说的话，心里揣测，苔林准是阿骨打的亲属，便跪地求情说："皇上，饶了他吧，他没辱着罪人之身，如处置他，罪人更该万死！"说罢泣不成声。

阿骨打安慰赵王妃说："王妃休要介意，苔林罪有应得，国法难容，不杀又怎能维护军纪也？"说罢，令一名侍卫牵着马，让赵王妃骑上。命另一名侍卫用马驮着罪犯苔林，共回儒州，要在军兵面前斩杀他的妻侄儿苔林。

事有凑巧，阿骨打刚回到儒州，见斡离不带着赵王习泥烈回来了，正好走个碰头。赵王习泥烈见阿骨打身后的马上坐着蓬头散发的妃子斡里余，大吃一惊，不知出了啥事儿，又不敢问，只是呆愣愣地望着。

斡离不见此情，也一怔，他见后边马上还绑缚着苔林，便明白了八九分，慌忙跪在地上叩拜说："奉旨追辽天祚帝，虽没擒获天祚帝，但赵王习泥烈降金，还奉献传国玉玺，特回来见驾！"说着，斡离不从怀里掏出黄绫包儿，递给阿骨打。

别看斡离不不认识传国玉玺，可阿骨打认识这宝贝疙瘩，打开看后，立刻双手举着，面朝东南方跪在地上，叩拜上天，感谢上天护祐，能获得传国玉玺，此乃传国之宝也！参拜后站起身来，将传国玉玺揣于怀中。

赵王习泥烈慌忙跪在地上，参拜阿骨打说："罪人习泥烈参拜大金国皇帝，祝皇上万寿无疆！祈求皇上开恩，赦罪人不死！"

阿骨打笑吟吟地说："赵王，快快请起，汝能将传国玉玺献于大金，说明你降金之诚意，奉献传国之宝乃一功也！请放宽心，必将按王待之。"

赵王习泥烈谢恩后站起身来，用感激的目光瞅瞅斡离不，嘴没说心里想，是亲三分相啊，妹夫将我被俘说成降金，还替我美言，说我奉献传国玉玺，这话对我差多大成色呀！正在心中感激斡离不的时候，就听阿骨打向他介绍说："赵王，真巧，王妃被吾军败类苔林骗出，却被朕所救，罪犯已捉拿带回处斩，正好赵王降金已至，快与王妃团聚吧！"

赵王一听，才明白八九分，赶忙与妃斡里余谢恩。随后，斡里余悄声对赵王说："罪犯是皇上亲属，快向皇上求情！"赵王习泥烈一听，跪在地上求情说："皇上，贱妃被骗，承蒙皇上相救。骗一贱妃，何足为然？还请皇上开恩，赦免苔林……"

　　阿骨打还没等习泥烈把话说完，立刻满面生嗔地接过说："赵王，不要替罪犯求情，死罪难免。他虽是朕妃的妻侄儿，王子犯法与庶民同罪，国有国法，军有军纪，如不严明法纪，还谈啥治国治军乎！"

　　阿骨打在儒州召集全军官兵，宣布了苔林骗辽赵王妃斡里余的罪过，并诏谕说："大金官兵所到之处，如有奸淫妇女、无故杀害民众者，定要严加惩处，决不宽恕！"

　　阿骨打当着金军官兵的面儿，令人将他的妻侄儿苔林斩首示众！

阿骨打传奇

奴隶主反对新法

燕京手艺工匠和部分居民自迁徙金之内地后，汉人和女真人之间，由于生活习俗各异，相互间谁也看不惯谁。在女真内部，尤其是女真奴隶主们感到担心，就纷纷找吴乞买，责问皇上阿骨打为啥要将手艺工匠和汉民们徙之内地，还不如让他们当奴隶。要是让他们当奴隶，仍可受到管束。不让他们当奴隶，像野马一样散养，早晚会出事的。何况这些南蛮子眼毒、心眼儿多、手巧，咱们女真能斗过他们？早晚不等，非出事不可。因为南蛮子早就惦着咱们这块地方了，动不动就偷着来憋宝、盗宝，现在引贼入室，咱们女真还能好？此话不是一个二个奴隶主说，有好多奴隶主都反对阿骨打这项措施。

别人反对，吴乞买还能受得了，辞不失也反对阿骨打这项措施，吴乞买可有点儿吃不消了。因为辞不失是他的叔父，又是阿买勃极烈，皇上阿骨打出征前，让辞不失和他共同居守监国。辞不失这一反对，使得吴乞买心里也没有底了，担心将这些汉人引来出乱子，内地不得安宁。思来想去，便将奴隶主反对的意见禀奏给阿骨打，派人将信送去。

阿骨打看过吴乞买的奏章后，心中暗想，我这项改变女真内地落后的措施，可振兴各业，不仅奴隶主反对，也说明吴乞买、辞不失均有不接受之意，才给朕写此奏章。阿骨打又给吴乞买写了回信，诉说迁徙手艺工匠去内地的重要，可使吾女真由愚昧无知变得聪明，很快由这些工匠们带起来。一两年的时间，女真内地就可百业振兴，繁荣昌盛，迅速赶上辽和燕京各地。这是兴金奠基的重要措施，决不能动摇。否则，闭地自守，将建国之宝贵人才拒之内地之外，大金何日得兴焉？汝要坚定不移地安朕之意，让实古乃妥善安抚之，务使手艺工匠各得其所，发挥他们的专长，方能兴旺发达诸业。使内地各行各业，从无到有，由小到大，吾大金定兴也！阿骨打写好后，令人火速送交吴乞买。

单说这天，吴乞买和辞不失正在议事，忽然有人进来禀报，说有一个南方蛮子，开处金银铺，将金子都拔成像头发丝似的，不知他要干什么。

辞不失一听，大吃一惊，赶忙接过说："怎么样？我早就说过，这些蛮子一来，准没安好心眼子。将金子拔成头发丝，准是恨咱大金，将金拔成丝儿，再者是要将咱这金子带走。待我杀了他，将金子全夺回来！"辞不失说着，站起身来，下地要走，被吴乞买一把拽住了。

吴乞买说："叔父，不能这样莽撞，皇上有旨在先，损伤一个手艺工匠都要杀头的。更何况有婆卢火、实古乃保护，杀了他，连婆卢火、实古乃都跟着吃罪不起，咱们将实古乃叫来，问问便知。"说罢，立刻打发人去叫实古乃。

不一会儿，实古乃来了，吴乞买让他坐下，问他说："刚才听说一个开金银铺的，将金子全拔成丝儿，有不轨之举，是吗？"

实古乃一听，心中暗想，怎么手艺工匠施展技能还干涉人家呀？皇上就是为发挥这些手艺工匠的技能，传授给我们女真人，才将这些人迁徙而来，像保护眼珠子似的保护这些人。你们还监视人家，怀疑人家，这可不行。皇上已经嘱咐我了，损伤一个工匠，必要拿我是问。看来呀，还得将皇上的意思说给他们听，让他们重视起来。实古乃想到这儿，便向吴乞买解释说："皇上从燕京迁来的这些手艺工匠，全是各种行业中的能工巧匠。就拿制作各种金银首饰的工匠来说，里边有拔丝工，他能将熔后的金子拔出如头发丝那么纤细的金丝，故叫拔丝工。他拔出金丝供给花丝工，花丝工是用金丝编制成首饰的工匠，故名花丝工。还有镶嵌工，他是用金银铜条錾打出带有各种花纹的首饰，再选镶珍珠或宝石，故叫做镶嵌工。还有为金银首饰上的各种花纹描绘各种颜色的烧蓝工……"

"行了，别替南方蛮子吹嘘了。"辞不失脸不是脸、鼻子不是鼻子地打断说："这个工，那个工，哪个工你也没说对，全是打着各种工的招牌，目的只有一个，跑女真这儿来挖宝盗宝来了。用不上多少年，这些人将女真的宝挖光了，留也留不住他们。什么拔丝？是将金子变成细丝，缠在身上往南方偷运，绝对不许他们这样干，应将他们统统杀了！"

实乃古一听，大惊失色，赶忙解释说："阿买勃极烈，可使不得。皇上不仅有旨，还叮嘱我们再三，这些手艺工匠均是国宝，损失一个都要拿你们是问！"

吴乞买接过说："我叔父是气话，就是杀，也得等皇上回来，有了御旨方能行事。不过你可要对他们多加小心，这些南方蛮子居心叵测呀！"

实古乃说："我说的全是实话，不信，可随我看看去。"

阿骨打传奇

吴乞买一听，心想也对，亲自看看或许能开开眼界，便征求辞不失说：“叔父，咱爷俩看看去？”

　　辞不失脸拉拉得像汪水，赌气囔腮地说：“要去你去吧，我见这些南方蛮子气就满了。”说罢抬屁股就走了。

　　吴乞买跟随实古乃去观瞧街上新办的金银铺。吴乞买几天没上街来，在安出虎老寨前，新开一趟街面，房舍的样子也和女真的房屋不一样，均是南向，迎着阳面，有的在建，有的已完工。当他走进街中心的时候，见有两家金银铺，一个是“翟记金银首饰铺”，一个是“德记金银首饰铺”。吴乞买由实古乃领着，先到翟记金银铺，见铺里首饰柜前围些妇女观看。实古乃介绍说：“他这铺子前面是卖首饰的，后面是加工作坊。”

　　吴乞买走过去一看，见有手镯、戒指、耳钳、金钗、金簪、金花，各式各样的，闪光夺目，有的吴乞买过去连看都没看见过。

　　这时候，翟记铺的掌柜过来了，先和实古乃打招呼，因为和实古乃熟了。实古乃向掌柜介绍说：“这位是谙班勃极烈吴乞买。”

　　掌柜一听，是二皇上，除皇上就他大了，赶忙施礼，让进客屋，殷勤款待。又领吴乞买观看了作坊，吴乞买临走的时候，掌柜特包一盒子礼品赠送吴乞买。吴乞买推让再三，终于接受了。

　　吴乞买接受了礼品，夹着盒子直接奔家去了，打开一看，是戒指两个，手镯一副，金钳子一副。吴乞买心中欢喜，别说，这些人来了，还真有油水。便将老婆唤出来，老婆一看，比他还高兴呢了。从此，他不仅不撵手艺工匠，还从心眼儿里往外保护这些人，因为有油水可得。正在吴乞买高兴的时候，忽然有人来找他，说他小弟弟监护迁徙汉民回来了，让他快去。

　　吴乞买来至皇家寨，走进皇室，小弟弟吾都补大声喊叫说：“四哥，我回来了。”

　　吴乞买见叔叔辞不失盘腿坐在炕上，眉开眼笑，不知为啥这么高兴。就听吾都补对他介绍说：“四哥，皇上让我监护南方蛮子迁徙内地，还嘱咐要好生相待，不准虐待民众。我没听那个邪，全是贱皮子，越哄越尖尖腔。有些中途逃跑了，被我一顿马鞭子打老实了，送回交差。由四哥、叔父你们处理了，咱不管了！”说罢，将阿骨打的信转交给吴乞买。

　　吴乞买打开书信观看，就听辞不失说：“吾都补有办事能力，对待南方蛮子就得这样。再说，从祖上先始，征战掠掳的民众，就是让他们给我们做奴隶。不然，咱们拼死拼活地东打西杀，为的啥？难道我们去拼命，拼了半天，接些老爷子来养活？"

吴乞买赶忙接过说："叔叔，咱们还得听皇上的。这不，皇上说，要将这些民众妥为安置，安置在内地各部落村寨中，拨给他们土地、农具，缺粮者，要赈济粮食……"

辞不失还没等吴乞买念完信，腾地从炕上站直身来，怒气冲冲地说："怎么，又迁徙一些老爷子养活？反对！"

就在这时，进来一人，是皇上派来送圣旨的。吴乞买接过一看，大吃一惊，刹时脸色白如纸，大喊一声："来呀，将吾都补拿下去斩了！"

辞不失惊问道："为什么要斩吾都补？"

吴乞买说："这不皇上信中说，朕遣吾都补迁徙汉人去内地，他却令汉人将燕京大历万佛堂拆毁，不拆非打即骂，逼使很多民众叛逃。其罪不可饶恕，按朕新立之法，将吾都补斩之，以推新法！"

吾都补一听，当即吓傻眼了，扑通一声跪在地上说："四哥，你就那么狠心将我杀了？"

辞不失说："不能杀！亲骨肉，谁能忍心杀自己弟弟？皇上要炸了，就说吾说的，要杀让他杀我！"

吴乞买寻思良久，说："圣旨难违，虽有叔叔做主，家有千口，主事一人。那么办吧，将我小弟弟先拘在泰州，等皇上回来再说。"就这样，将吾都补拘押在泰州。

阿骨打的叔父辞不失这些天总生闷气，反复思忖琢磨，认为阿骨打是对祖上的背叛，逆宗规族法行事。咱们女真完颜部从来不行这个，把打仗中掠掳来的汉人，当老太爷子一般恭敬。使辞不失更为生气的是，弄些手艺工匠来，各挑门户开铺子，整天叮叮当当的，将平静的安出虎水弄得不平静了。更使辞不失担心的是，阿骨打立这个新法，将来奴隶从哪来？他气得鼓鼓的，便拿老婆孩子撒气。一天骂骂吵吵的，看谁都不顺眼。

辞不失的儿子骨散虎见安出虎来了这么多手艺工匠，制作出各式各样的用品，瞧着新鲜，看得眼花缭乱，整天在街上转游，问问这个，打听打听那个。有一天，骨散虎见绢花怪新鲜好看的，比鲜花还鲜艳夺目，便向卖花的说："这花是做啥用的呀？"

卖绢花的笑呵呵地对他说："这叫绢花，是姑娘、媳妇头上戴的，买一朵给你媳妇戴上，立刻能美十分！"

骨散虎嘻嘻一笑说："带上多硌碜哪，别人见着，还不说是妖精啊！"

卖花的向骨散虎解释说："像妖精？早先年想买还买不到呢！唐朝的时候，制作的绢花全供给娘娘、嫔妃戴，老百姓还能戴着？后来绢花的手艺传到民间，绢花才多起来。大金国皇帝在燕京，见姑娘、媳妇都头戴绢花，眼馋地说：'你们快到大金内地去，制作绢花，让我们女真的姑娘、媳妇也头戴绢花，美起来！'我们这才千里迢迢来的，咋说戴花反而成妖精了？买一朵吧，拿回去，你媳妇一定会喜欢。"

骨散虎一听，咧合着嘴说："冲你这一说，买一朵，给媳妇戴上！"他掏出散碎银子，买了一朵花，乐颠颠地往回走。走着走着，又见一家卖家具的，他更感到新鲜了，赶忙进去观瞧。店掌柜热情接待说："买套家具吧，有桌子、椅子、凳子、箱子、柜子。"

骨散虎看看这个，瞅瞅那个，心想，不怪说南方蛮子心灵手巧，咋琢磨出来的？我们女真哪有这玩艺儿，连皇上都席地而坐，腿盘乏了，坐在木头墩子上，从来没见过这玩艺。他站在一把椅子旁边，伸手摸摸，想坐又不敢。店掌柜看出他的心思，便说："你坐上试试，可舒服啦！"

骨散虎才试探着坐在椅子上，美得他嘴都合不上了，心想，嗯，真好啊，这坐着得有多美呀！便问道："你们南边人，家家都有这玩艺儿呀？"

店掌柜说："那当然了，家家都讲摆设嘛。"

骨散虎又问："你们那块儿早先年就有？"

店掌柜说："古代的时候，曾出一位叫鲁班的'祖师'，他创造了木工工具。心灵手巧，会造亭台楼阁，所建的层台连楹，均是飞檐翘角，非常美观。后来就留下木匠，木匠中还分大木作和细木作，建筑房屋的为大木作，造家具的为细木作。可是细木作造的家具也是仿效摹仿大木作，用大木构架的建筑形式和做法而成的经过一代一代传袭，越造越精细了。你买个平头案和一把椅子，或者买个凳子，摆在屋里可好看啦！"

骨散虎瞧瞧这平头案，看过来看过去，又搬椅子放在案前观瞧一番。打量了半天，又将椅子移过去，搬个凳子放在案前，左瞅瞅右观瞧，感到平头案前放个凳子比椅子好看。掂量半天，决定买个平头案和一个凳子，放在阿玛屋里，阿玛不得咋高兴哪！于是就买下了。

骨散虎右肩上扛着平头案，左手拎着凳子，口里衔着一朵绢花，乐颠颠地回家了，累得他浑身是汗。到了门前，刚一进院，他媳妇从屋里跑出来接他，惊奇地问道："你扛的是啥古怪玩艺儿？"

骨散虎口里衔着一朵花说不出话，便将左手的凳子交给媳妇，从口里小心翼翼地拿下那朵绢花，向媳妇说："这是给阿玛买的家具，还给你买朵绢花。"说着递给媳妇。

媳妇接过一看，"哟！这花可挺新鲜，做啥用啊？"

骨散虎说："头上戴的，戴上这朵花，你就更俊了！"

两人说着向阿玛的屋子走去，刚迈进房屋门，骨散虎就喊："阿玛，看给你买的啥？"

辞不失正躺在炕上憋气哪，听骨散虎喊叫，腾地坐了起来，见儿子肩上扛个怪物，媳妇右手拎个奇物，左手还拿着一朵花儿，立刻将两眉一扣说："你从哪儿弄来这些怪物？"

骨散虎说："给你买的家具。"说着将平头案放在屋地上，又从媳妇手里接过凳子，放在平头案后面，他一屁股坐在凳子上，两只胳膊往平案上一放，说："阿玛，看，你老人家这么坐着，得有多舒服啊！"

辞不失嗷的一声炸了："小兔崽子，你也受南方蛮子骗，将南方蛮子弄的怪物搬到家来，将祖上留下的席地而坐破坏了？真乃大胆！"

骨散虎一听，不高兴地说："人家一片好心，给你老人家买回来，让你老人家享福。什么蛮子元子的，皇上让这些能工巧匠来，就是让咱女真人也美起来……"

还没等骨散虎将话说完，辞不失操起笤帚疙瘩，跳下地来，吓得儿媳妇哇呀一声，手里的花也扔了，转身就跑。骨散虎见阿玛要打他，也撒腿跳出屋去。辞不失拎笤帚疙瘩在后边追，追到大门口，见骨散虎跑远了，这才气喘吁吁回来了，见房门口刚买的那朵绢花踩扁了，气得捡起来撕个粉粹，进屋拿起凳子，气哼哼的咣啷一声扔到院子里。回到屋又搬起平头案，费好大力气，也抛扔到院子里。还感不够劲儿，回屋又操起一把斧子，要将怪物劈喽。

"叔父，你在干什么？"辞不失举目一看，是吴乞买来了，便气喘吁吁地说："可把我气坏了，非将南方蛮子这怪物劈碎不可！"说着举斧砍去，被吴乞买一把手拽住，说："叔父，你这是干什么？"

吴乞买将辞不失拽进屋去，劝导说："叔父，这是散虎对你老的孝心，给你老买回来，咋还要砸了呢？这不伤了散虎的一片孝心嘛！"

辞不失说："什么孝心？被南方蛮子迷花眼了，弄回这么几个怪物，将咱们祖传的生活规矩都打乱了！"

"叔父，你老过去总夸阿骨打是天神下凡，现在你老听听他的回信，看是咋说的。"吴乞买说着，从怀里掏出阿骨打给他们的回信，念道："谙班、阿买勃极烈：奏禀手艺工匠到内地后，受到一些奴隶主的反对。这些人可恶已极，他们只知个人发财，不顾国家和民族的安危，死抱着老观念不放。他们想的，战争中掠掳的一切财富都归他们个人，甚至都变成他们个人的财富，才能满足。他们却不知，一切财产是国家的，有国才能有家。掠掳不同时期有不同的方法，这些手艺工匠迁徙内地，从表面看，我们待为上宾，使他们能安心致力于各项事业，为女真创造无法计算的财富，使女真各业能很快发展起来，这比掠掳财富不知要大多少倍。你们一定要理解其重要性，要重视手艺工匠，珍惜手艺工匠，保护手艺工匠，发挥他们的专长，振兴女真各业，我们很快就能赶上或超过中原。今后，如有欺负手艺工匠、残害手艺工匠者，一定要杀之，以维护宝贵财富的安全。如再有破坏朕之新法，违抗新法，可严惩之。严重者，杀之正法。还有，今后迁徙到内地的汉人，不能再让其去做奴隶。做奴隶，从外观好像服帖于我们，奴打奴作。其心不服，收不了心，离心而叛，早晚是病。让其当良民，开垦土地，征收赋税，同样为女真积累财富。切记，收服民心，方为胜，民心不稳，国能安乎？民心不稳，国家不安，奠基大金之业，岂不是空话？今后，你们一定要执法，执法才能立法，不严厉弹压，新法何能得已乎？对朕之新法，要严行之。钦此。"

吴乞买举着阿骨打的信念着，辞不失气呼呼地听着，忽然见吴乞买左手食指上戴着一枚金戒指，上边还有个红宝石，闪闪发光。瞧在眼里，气在心里，浑身直颤，心想，怪不得吴乞买不反对南方蛮子了，原来他也被怪物征服了，你们哥儿俩全成南方蛮子的俘虏了。就这样灭辽兴金呀，引进外人来窃取咱女真的财富，用怪物迷人……他越想越气，当吴乞买念完信的时候，只听辞不失哇呀一声，咕咚倒在地上了，气绝身亡！

有一天，阿骨打记载追击天祚帝的功臣，好按功行赏。听禀报说："金兀术英勇顽强，从辽兵手中夺过枪支，杀死八人，活捉五人！"

阿骨打一听，吃惊地问道："哪个金兀术？"

"圣上的四皇子，斡啜也！"

阿骨打一听，吃惊地问道："他什么时候来的？快让他来见朕！"

不一会儿，金兀术来见父皇，跪在地上，叩拜道："儿金兀术参拜父皇！"说着咣咣磕头。

阿骨打问道："谁让你来的？"

"是我讷讷①让来的。"

阿骨打脸一沉说："朕早对你讲过，没有朕的旨意不能离开家，更不准你没有旨意奔战场来，因为你年岁尚幼。为何私奔而来，不见朕就到战场去了呢？"

金兀术说："回禀父皇，父皇不准孩儿出来征战，让孩儿攻读书文史记。现在孩儿已通晓书文史记，不仅通晓女真文字，连汉字孩儿也晓得，为何还不让孩儿出来征战？不征战，苦练这身武艺何用？至于说孩儿年岁尚幼，14岁年岁还小，和甘罗比起来真是无脸见人了！"

阿骨打很是惊疑，又问道："甘罗，哪个叫甘罗？"

金兀术说："以前孩儿也不知道，近读史书方知，战国的时候，秦国宰相甘茂的孙儿，名叫甘罗。他12岁的时候，就做秦相国吕不韦的家臣。吕不韦企图进攻赵国，以扩大燕国献给他的河间封地。而甘罗提出愿为吕不韦出使赵国，说服赵国割五城献给秦国，把攻取的部分燕地也分给秦。结果将事办成了，吕不韦封他为上卿。甘罗当时才12岁，我都14岁了，咋还说岁数小呢？"

阿骨打将脸一绷说："看了点书，跑朕面前胡言乱语。你读了两年书能知多少，就敢狂妄地说通晓啦？"

金兀术赶忙分辩说："父皇，孩儿说通晓，就是初步能识文断字，

①　讷讷：满语，妈妈。

503

明白历史知识，不是说精通。何况世上有学不完的知识，懂不完的理儿，这些需要孩子日常勤奋学习，故将部分书籍和'文房四宝'带在身旁，挤时间攻读习练之。"

阿骨打一听，心中暗想，斡啜几个月不见，口语也如此伶俐。当他听金兀术说"文房四宝"也带在身旁，听着很新鲜，啥叫"文房四宝"，连朕都不懂得是啥，便问金兀术说："叫啥文房四宝？"

金兀术回答说："文房四宝是指纸、墨、笔、砚也。"

阿骨打一听，心中暗喜，嘴没说心里话儿，我考考你吧。便又问金兀术说："纸、墨、笔、砚，是何人何时而造，产于何地，你能回答出来吗？"

金兀术说："回禀父皇，纸，发明于西汉。不过，东汉桂阳出个才子名叫蔡伦，字敬仲。和帝刘肇永元四年，任他为中常侍，曾任主管制造御用器物的尚方令。直到安帝刘祜元初元年，封他为龙亭侯。是他总结西汉以来，用麻质造纸的作法，改用树皮、麻头、破布等为原料造纸成功。于元兴元年奏禀殇帝刘隆，封为'蔡侯纸'。《后汉书·蔡伦传》中说：'自古书契，多编以竹简；其用缣帛者，谓之为纸。缣贵而简重，并不便于人。伦乃造意，用树肤、麻头及敝布为纸。'人称造纸术的发明人。到唐朝时，宣州泾县人们用檀树皮和稻草为料，用石灰处理，日光漂白及打浆后用手工抄造而成，需一年的时间。经过很多工序，纸质洁白、细致、柔软，经久不变，不易蛀蚀，便于长期存放，故称'宣纸'。"

金兀术小嘴巴巴的，接着又向阿骨打介绍说："父皇，这墨，是五代时，易县有个奚超，带领儿子廷珪避难南徙，看到黄山附近的歙州松多且质好，便居住在歙州，在此制墨为生。他用古松烧烟制成的墨色泽肥腻，有'光泽如漆，其坚如玉'的优点，南唐李璟帝才赐姓他为李，叫李廷珪，称他创造的墨为'廷珪墨'。他的弟弟廷璋、儿子文用皆承袭他的造墨事业，为今人所用。"

金兀术越说越来劲儿，在父皇面前显示着知识，接着介绍说："笔的来历，是秦将蒙恬发明。蒙恬的祖先是齐国人，从他祖父蒙骜起，世代都是秦的名将。秦统一六国后，蒙恬曾率兵三十万击退匈奴，收河南之地。后来秦始皇让蒙恬监修万里长城时，蒙恬大将偶然发现城墙上粘有一撮羊毛，随手扯下，又捡起枯木一枝，将羊毛束在一端，用它写字成功，制成了第一支毛笔。后来居住在潮州府，继续研制毛笔，用上等

504

山羊毛制的叫'羊毫'，用山兔毛制的叫'紫毫'。蒙恬后来被秦二世嬴胡亥所迫害，自杀而死。当地的人们为纪念他，修建了一座'蒙恬祠'，称蒙恬为'笔祖'。之后，湖州兴起了制造毛笔的热潮，故称毛笔为'湖笔'，从此才有了毛笔。"

金兀术不停地说着，口里的唾沫星子喷多高，接着向阿骨打介绍说："砚，称为端砚。据说在唐代武则天垂拱三年的时候，端州有位苦读书的，名叫端砚。见家里很穷，他一次又一次去赶考不中，心里很窝火，见家里连烧柴都没有，没办法，上山去砍吧。手拿斧子进山去打柴，他砍了这棵砍那棵，砍着砍着，忽听东边有人喊救命，他急忙手持斧子赶过去，见只大长虫要缠一位漂亮的姑娘。端砚不顾一切地跑上前去救姑娘，照准长虫就是一斧子，由于用力过猛，只听咔嚓一声，斧柄折断了，那条大长虫砍两截儿了，斧头也当啷一声落在山石上了。他刚要去捡斧头，就见这斧头在地上滴溜溜乱转，像长腿似的，会跑了，将端砚吓了一跳。他赶忙去追，斧头跑到姑娘跟前，姑娘伸手抓起斧头，笑嘻嘻地对端砚说：'你要斧头，跟我来取。'说着转身就走。端砚在后边跟着，见姑娘走下山坡，来到一条溪水旁边，姑娘不见了，可他的斧头却在一块石头上又滴溜溜转起来了。等他走到跟前的时候，只听咔嚓一声响，将他的斧头崩到一边去了，吓得端砚直眉愣眼，不知出了啥事儿，停住脚步呆望着。眨眼工夫，那个姑娘从石头里钻出来，手里托着一块砚台，笑嘻嘻地对端砚说：'为感谢你相救，送给你一块砚台。有了它，你磨的墨经久不干，冬天还不冻，进京赶考就可得中。然后你就将这块砚台献给武则天，她就可封你官儿。这块砚台也能受封为宝。切记，千万别将它失落了！'端砚接过来，刚想要问，可姑娘一眨眼又不见了。他牢记姑娘的话，将砚石揣在怀里，回头找斧子。见斧子带着柄儿，完整无缺，忙拎起斧子乐颠颠地跪在地磕了三个头，感谢山神姑赠砚，砍了一些柴回家了。夜间按姑娘的话语一试，果见这砚石质坚实、细润，发墨不损毫，书写流利生辉，花纹精美。端砚这年进京去赶考，时值隆冬，天气严寒。在考场上，别人的砚台全上冻了，只有端砚的砚台不结冰，被监考官发现了，遂奏禀武则天。武则天亲阅端砚的卷子，见其不仅文章作得好，而且字迹生辉，便召见他。端砚按照神仙姑娘的嘱咐，见着武则天时，跪地参拜，双手举着砚台说：'皇上，贫生特献皇上砚台一块，祝皇上万寿无疆！'武则天一听，心中甚喜，赶忙令人接过砚台，呈放在她的龙案上。武则天拿起一看，见砚台上有凤龙相戏，凤在上，龙在下，正合自己的心意，认为是吉祥之兆。心里非常高兴，便喊：'端砚！'端砚慌忙说：'正是端砚'。武则天不是招呼他的名儿，哪知他顺口应'正是端砚'。武则天也就封这砚台为'端砚'。并对端砚说：'端砚，你想当个啥官儿？'端砚心里想着漂亮的神仙姑娘，便回答说：'皇上，我就当个为朝廷监制端砚的官儿吧！'武则天便封他为监制御用端砚官。从此，他回来就领人们挖掘砚石，雕刻花纹。以他的名儿称为'端砚'，流传下来。管这条溪水叫端溪，管这山叫斧柄山，从此留下'端砚'。唐朝诗人称赞说：'端州砚工巧如神，踏天磨刀割紫云。'所以，孩儿文房四宝带在身，勤学苦练识书文，誓做文武齐才士，披荆斩棘保大金。"

阿骨打说："少要饶舌，今后没有朕的旨意，不可任意妄为！"

金兀术从怀里掏出一信说："父皇，不是孩儿妄为，现有额娘荐举信，请父皇详看，便知分晓。"说罢，双手呈给阿骨打。

阿骨打接过书信，哑然一笑。

阿骨打展开五房妻元圆的书信，只见上面写道：

> 皇上：儿金兀术学业均佳，故让他前去，侍奉驾前，朝夕相共，聆听圣教，并在戎马征战中锻炼成长，方能成器。不然，只在家空学，有武不能发挥，有文不能应用，如同温室中的花儿，经不得寒风。只有久经风霜，才能抵御住严寒，故让儿逆旨而奔，请皇上恕罪。罪在妾身不在儿，圣上一定要容纳兀术侍驾，也不枉圣上疼爱兀术一回……

阿骨打看到这儿，心里一怔，暗想，元圆是何意也？难道她……阿骨打不敢想下去了。因为阿骨打自从为死去的左企弓而痛哭，吐了两口血之后，总感到精神有些恍惚，时而心中难受、绞痛，时而心里发热，浑身出虚汗。但他这些感觉均未向任何人透露，怕影响军心。今天看了元圆的信后，尤其是'也不枉圣上疼爱兀术'之句，使阿骨打心中惊疑。回想起这次出征时的情景，众妻妾都欢天喜地送他，独有元圆暗自流泪，这是元圆从未有过的。可以说阿骨打过去御驾亲征，元圆每次都是喜笑颜开地说："皇上，要多加保重！"而这次出征，元圆这话没有了，只是偷着流泪，又将兀术打发来了，侍奉于我，还说了此种话语，不能没有因由，难道我要……阿骨打不敢想了。但他知道，元圆是东珠精借尸还魂与自己相配的，她能不知晓吗？阿骨打决定和金兀术单独谈谈，打听打听他额娘有何反常？阿骨打便令人将金兀术的行李搬进自己的屋中，和他同室而眠。

不一会儿，将金兀术的行李搬进来，铺放后，阿骨打才发现金兀术确实是随身携带一些书籍和纸、墨、笔、砚。他顺手一翻，从书中掉下一叠纸，只见上面写着一些字儿。阿骨打拿起一看，只有一篇上边写着这么一句话：

> 汉代王充说："知今不知古，谓之盲瞽，知古不知今，谓

之陆见"。

阿骨打正看着，金兀术进来了，阿骨打问金兀术说："王充此话何解？"

金兀术回答说："王允说，不懂得历史知识犹如瞎子，不能有真知灼见，可不懂现代知识就要不合适宜，毫无作为。"

阿骨打听后，很高兴，又一翻，见纸上写了这么一段文字：

圣人不期修古，不法常可，论世之事，因为之备。宋人有耕者，田中有株，兔走触株，折颈而死，因释其耒而守株，冀复得兔，兔不可复得，而身为宋国笑。今欲以先王之政，治当世之也，皆守株之类也。

阿骨打仔细观瞧，此段话是元圆所写，便问道："这是你母所书？"

金兀术说："是额娘所书，她在我来之前，给父皇写完信后，书写此文，让我带在身上。"

阿骨打又问："汝知此语出在何书，是何意也？"

金兀术说："出自战国法家韩非的《五蠹》之篇。意思是说，圣人不遵循过去的法度，不墨守成规，总是研究当今的社会情况，并根据形势采取相应的政治措施。他说，宋国有个农民正在耕地，地里有树桩，一只兔子跑来，撞在树桩上死了。他就放下农具，守着树桩，希望再捡到死兔。结果兔子没有捡到，他在宋国倒成了笑柄。现在如果想用过去的法儿，来治理当代民众，都是同守株待兔一样可笑。"

阿骨打惊喜地问金兀术说："解释得好！你额娘为何要写下这段话哪？"

金兀术回答说："额娘说，这是写给父皇看的。"

阿骨打不解地问道："为什么？"

金兀术说："听额娘说，父皇推行的新法，有些奴隶主不接受。他们整天想，将掠掳的民众都分给他们当奴隶，奴隶越多越好。"

阿骨打说："原来如此，你知道韩非的法吗？"

"孩儿不太晓得。"

"那你咋能解释那段话呢？"

"额娘像讲故事似的讲给我听的，我才记住了。"

阿骨打说："战国末期出现的法家韩非，他出身韩国贵族，曾与李斯同师事荀卿，建议韩王度以法强国，不见用。他才著《孤愤》、《五蠹》、《说难》等十余万言，受到秦王政的重视，被邀出使秦国。他在这些著作中，吸收了道、儒、墨各家的思想，集法家学说之大成，主张不要遵循古代和拘执固定东西，而依据当时的实际情况采取适当的措施。"

金兀术接过说："对了，父皇，我额娘还给我讲过，说你父皇按照'天书'所说的，按照汉光武帝刘秀治国的法而立新法。"

阿骨打又是一惊，说道："她咋说的？讲给父皇听听。"

金兀术说："额娘说，刘秀是东汉王朝的建立者，是西汉的皇族。王莽末年，农民反抗王莽的苛重压迫，纷纷起来造反。刘秀和他哥哥也乘机起兵，和农民一起推翻王莽政权。他在昆阳一战，消灭了王莽的主力军，成为自古以来以少胜多、以弱胜强的著名战争。两年以后，刘秀创建了东汉，采取缓和的办法，安内治乱，解放奴婢，减轻赋税，兴修水利，发展经济，精兵简政，限制'三公'之权，重视高节之士，才使东汉繁荣昌盛起来，受到民众的拥护，出类拔萃的人才层出不断，出现了思想家王充、科学家张衡、史学家班固、还有造纸家蔡伦、'医圣'张仲景等等。因为他'能绍前业归光，克定祸乱日武'，称他为'光武帝'，还称刘秀为'中兴之主'。你父皇按'天书'之秘诀，仿东汉光武帝刘秀之法，屡发释放奴隶的话令。在兴师灭辽的时候，命诸将传耗而誓曰：'汝等同心协力，有功者，奴婢部曲为良，庶人官之。'天辅六年，汝父皇又诏令'今其逃散的辽民，罪无轻重，咸以矜免。有能率众归附者，授之世官。或奴婢先生其主降，并释为良。'后来又诏令：'自今显、咸、东京等路往来，听从其便。其间被房及卖身者，并许自赎为良。'接着汝父皇又采取将燕京手艺工匠迁徙内地，发展企业，迅速赶上中原。对燕云等地汉人，再不按内地之法而治，仍按辽之原法，用汉人治理汉人。迁徙之民再不准沦为奴隶，要与女真良民同样相待，赐耕地、农具，贫困者赈济之。这些治国安民、繁荣昌盛大全之举，还有人不解也。我额娘谈到这些的时候，甚感伤心！"

阿骨打听后，很是惊讶，因为阿骨打有条规定，妇女们不能参政，不能跟着胡言乱语，而且有些是在勃极烈们相议之事。更何况元圆居住在沫流右岸矩古贝勒寨，离安出虎又这么远，她又不经常来，怎会知晓？更使阿骨打不解的是，关于天书一事，外人从不知晓，宗室人都不知晓，她怎会晓得？是了，她是东珠精魂灵附体，怎会不晓得呢！何况吾儿金兀术学艺之师，又是他们东珠精族之系也，教吾儿文武齐全。阿骨打从这儿联想到元圆将金兀术打发来侍驾，还说我没白疼他一回，难道她知我生死不成？阿骨打想到这儿，便又对金兀术说："儿呀，在你要来的时候，你额娘还和你说什么来着？"

金兀术说："在我没来之前，额娘很长时间在我练武之屋设坛。有一大龟，重好几百斤，在龟顶上设七主神灯，即太阳神沙马什、月亮神辛、火星神涅尔伽、水星神纳布、木星神马尔都克、金星神伊丝坦、土星神尼努尔达，龟顶上也有七星神灯与此相对。我额娘每晚夜静时，便沐浴更衣，披发执剑，焚香祈祷，不知为了何事。只听她说，十个七天，龟神星和她点燃七主神灯对亮，她就算成功了。孩儿不解，想要追根刨底细问，额娘摇头说，天机不可泄也，汝不要多问。孩儿怎敢多问？额娘还吩咐下人在她祈祷的时候，不准任何人撞进她祈祷的室内，尤其是妇女。哪知，在额娘祈祷到第十个七天最后的一天夜间，突然小月额娘找我额娘讨药，任谁拦也不行，闯入室内，额娘从此流泪不止，才打发我来伴驾征战的。"

阿骨打听了金兀术的诉说之后，心中暗自叫苦，金兀术上哪知道，元圆准是在为我祈祷延长寿命啊，因为龟象征长寿也。没想到，被贱人小月所冲，这也不怪她，是朕命该如此。不怪近日精神恍惚，心里发热，此乃征兆也！阿骨打想到这儿，一阵心里发热，他极力控制着，又问金兀术说："儿呀！来时你额娘还说什么？"

金兀术说："额娘满眼流泪说，此去不要先见你父皇，借机参战。立功后父皇见你，再将额娘书信呈上，父皇方能将你留在身边，娘的书信父皇才能得见，定会对父皇有新的启发。"

阿骨打一听，恍然大悟，只听他哎呀一声，又吐一口鲜血，呻吟着嘱咐金兀术说："千万别大惊小怪，决不要声张，父皇歇息一下就会好的。"

金兀术忙将阿骨打搀扶放到床上，侍卫在阿骨打身旁伺候着。

阿骨打决定御驾亲征，去追击辽天祚帝。他的第五房妻室元圆听说后，眼泪刷下子流下来，心中暗自叫苦，皇上此去，再不能与我形影相随，同床共枕……她不敢想了，天机不可泄露，何况还有一线希望。

元圆为啥能知道天机呢？这话还得从东珠精说起。有一天，她去拜见东珠始祖东珠精，顺便说到阿骨打要御驾亲征，去追击辽天祚帝，想探探始祖东珠精的口气，阿骨打此去能如何？哪知，元圆这一问，东珠精两眼一闭，好半天才歌曰：

> 金沅右翼右涞流，
> 创业先驱到渡头。
> 辽朝兴亡悲逝水，
> 武元功德也荒丘。
> 灭辽兴金奠基业，
> 风雨孤舟暮霭留。
> 惆怅古来多少事，
> 涞流河畔问沙鸥！

元圆听后，暗吃一惊，知道此言对阿骨打不好。想要再问，又不敢，因为她知道东珠始祖的脾气，况且始祖能向她泄露天机，就已经感恩不尽了。元圆凄然泪下，回来后，一直担心阿骨打皇上此次出征凶多吉少，有去路没回路，这是天机，又不敢泄露，装在心里暗自叫苦。更何况，阿骨打早有旨意在先，他的妻子谁也不许参政，只有勃极烈议事制，无有内室喊喳制。如果内室跟着胡言乱语，参予政事，格杀勿论！阿骨打这项约束，明着是对她妻室而言，实际是以己为例，禁止妻子参政，勃极烈亦不能听信枕边之言。阿骨打这项旨令，约束妻子只能和他谈些日常生活琐事，对国家大事只字不能提。因为这个，元圆获得天机，也不能对阿骨打泄露，更不敢劝阻阿骨打出征了，那还了得，犯有杀头之罪呀！只能憋在心里，暗自悲伤，悄悄流泪。

在阿骨打出征的时候，阿骨打七房妻子全去送行，别人都欢天喜地，只有元圆偷着流泪，脸色非常不好。有的见元圆这个样儿，还暗中撇嘴，认为她年岁越大越没出息，还离不开汉子了。不怪说三十寡好守，四十寡妇难熬，你看她还偷流眼泪哪！要是舍不得，跟去得了。猜疑总是猜疑，猜疑的人咋知元圆的心？阿骨打六房媳妇小月发现元圆哭脸悲悲的，便凑到元圆身旁，悄声叨念说："咳！若知皇上妻室多，嫁给奴隶也快活。南征北战常不见，孤守空房实可怜。被窝未热君又去，热归心窝真烧膛，火烧火燎实难受，泪水浇来似断肠！"

元圆听后，凄然一笑，泪如泉涌，元圆只有用此来遮人眼目。小月便信以为真，背后说元圆一些坏话，还暗笑元圆傻，心眼儿一点儿不活，像我多好，找个"拉帮套"的，神不知鬼不觉，明为皇上妾，实为意人妻，朝夕都相共，寻欢取乐长。

还说元圆，自从阿骨打走后，她就像丢了魂似的，拿东忘西，心不在焉，提心吊胆，心神不安，有一天，她实在忍受不了了，便又跑到山嘴里去见东珠始祖，跪在地上说："始祖啊，说啥得拯救我的救命恩人阿骨打呀，能眼睁睁看着他遇难身亡么？"也不知她跪了多久，好话说了多少车，终于将东珠始祖的心说软了，才对元圆说："元圆，上次向你泄露天机，就是有意让你拯救阿骨打，但须你心诚啊！现在见你心诚，告诉你拯救方法。我派神龟前去，神龟背上有七主神星，你按龟背上的七主神星，用面制做七盏七主神灯，就是太阳神沙马什、月亮神辛、火星神涅尔伽、水星神纳布、木星神马尔都克、金星神伊丝坦、土星神尼努尔达。将这七主神灯放在神龟背上，一定要按神龟背上的七主星神对准放置，夜静的时候，你要沐浴更衣，披发仗剑，燃灯焚香，面朝东南方跪拜祈祷。头个七天，龟背星亮一个，第二个七天又亮一个，直到七七四十九天，神龟背上的星也像你燃的七盏灯一样，对着亮了，说明阿骨打延长寿命有线希望了。等到第八个七天，神龟左眼睁开，第九个七天，神龟右眼睁开。到了第十个七天，你见神龟将脖子伸出来的时候，延长寿命就成功了。可有一宗，就怕有人冲撞。这十个七天，共七十天的夜里，绝对不能让任何人闯进祈祷室去，闯进去一冲，祈祷就算白搭工。尤其是妇女，一定严禁闯入。这样，你就可为阿骨打祈祷延长寿命十年。切记，切记！"东珠始祖说完，两眼一闭，再不言语了，元圆拜谢而回。

元圆回来后，就见宫女们一片惊慌，说是不知从哪儿来的重好几百斤大乌龟，缩头闭目的，吓得谁也不敢上前。元圆问乌龟在哪儿，告知在金兀术练武的屋子里。元圆听后，心中欢喜，跑去一看，果然是个大乌龟，知是东珠始祖派来的，赶忙参拜拜毕，她才向矩古贝勒寨所有的人宣布，任何人不准到那屋去，谁要闯入，必受到惩罚。

从此，元圆天天夜静的时候，沐浴更衣，燃灯焚香，用神龟为皇上阿骨打祈祷延长寿命。披发仗剑，跪在神龟前，口里叨念着："千年乌龟万寿长，千年乌龟万寿长……"头七天过去了，乌龟背上的木星神马尔都克星亮了；又过七天，火星神涅尔伽星亮了；又过七天，土星神尼努尔达星亮了；又过七天，金星神伊丝坦星亮了；又过七天，水星神纳布星亮了；又过七天，月神辛星亮了；又过七天，太阳神沙马什星亮了；又过七天，神龟左眼睛睁开了；又过七天，神龟右眼睛睁开了。元圆乐得心都开了一朵花，暗想，我为阿骨打祈祷延长寿命，眼看就要成功了，只剩最后七天了，只要乌龟将它那只长脖颈伸出来，阿骨打就可延长寿命十年！最后这七天，她每当在祈祷的时候，眼睛总是死盯盯地望着神龟缩进壳里的头儿。头一天过去了，神龟探头，第二天头离壳儿，第三天探出有半寸来长。话要简短，单说到最后七天的最后这天夜间，元圆跪那儿祈祷，口里念着"千年乌龟万年长，千年乌龟万年长……"她口里念叨着，两只眼睛盯着神龟的脖子，只见脖子越抻越长，眼看这脖儿快全抻出来了。就在这最后的时刻，没想到阿骨打第六房老婆小月突然闯了进来，嗷嘹一声："五姐，你在作什么妖哪？"

小月这一声不要紧，眨眼工夫，神龟的脖子缩回去了，两只眼睛闭上了，呼啦一声，灯灭龟星不明。只听当啷咕咚连声响，元圆扔剑在地，身倒尘埃，可将小月吓坏了，急忙扶起唤道："五姐，五姐，你怎么了？"

小月愣头八脑干啥来了？原来她早就和管事的私通，越来胆儿越大，越通越粘糊，达到夜夜不放过的地步。色大伤身，管事的这天晚上不知是惊的，还是太过度，造成小便不畅，憋得嗷嗷直叫。吓得小月蒙头转向，不知如何是好，急得浑身是汗。就在她如同热锅里的蚂蚁团团转的时候，忽然想起有一年阿骨打也患过这种病，憋得受不了，听说用二味药就治好了。她记清清楚楚的，一味叫滑石，一味叫大黄。这药谁手也没有，就是元圆手中有，因为阿骨打是在元圆那用的药。她便安慰管事的说："忍耐一下，我到矩古贝勒寨取药去！"

管事担心地说："黑灯瞎火的，你得多害怕呀，让别人去取吧！"

小月说："别人去取不来，再说，为救你，天再黑，我也不怕。"说完转身就走，悄悄备匹马，谁也没带，单身一人，月黑头奔矩古贝勒寨去了。为啥一个人去呢？因为管事的得这病，也不好意思领别人陪她同去。再说，为和管事的私通方便，她将女奴隶全打发外院居住，理由是夜间不用任何人侍候。虽然这样，要想人不知，除非己莫为。不过即使知道小月和管事的是这么回事儿，谁敢说呀，还要命不要命啦？所以才风丝未透。人急眼看出来了，小月单人匹马在月黑头中催马加鞭，快速而行。她会点儿武艺，真没觉得害怕，十几里的路，没到半个时辰来到矩古贝勒寨。一叫门，守门兵士听说是皇上的六房老婆夜有急事来见元圆，谁敢不开门？就将她放进来了。这时候已经小半夜了，当她来至前屋的时候，两名守门的女奴说，要见也得等五皇娘过来，因她有令，不准任何人闯进去。

小月一听，翻脸了，两眉一扣说："不许你们进，我自己找她去！"说罢转身就走，被女奴一把拽住哀求说："六皇娘可去不得，你要去了，我们得犯死罪呀！"两个女奴拽着小月不撒手，小月急了，啪啪就是两巴掌，两个女奴分别挨她一个大嘴巴。随即飞起脚来，将两个女奴踹倒在地，撒脚就走。就这么的，闯进元圆为阿骨打祈祷延长寿命的屋去，延长寿命眼看成功，被她破坏了，元圆七十天的心血白费了。

阿骨打服了十几服药，病体好了一些，金兀术始终在身旁服侍着。阿骨打处理完国事，闲暇时，心思又落到金兀术身上。阿骨打知道，金兀术从小练就一身好武艺，这次初临战场，就杀死八个敌人，活捉五个。才十四岁，就如此英勇，但不知他将来长大成人能不能成为一名精明的军事指挥官，我给他的兵书不知全看了没有，领会得如何？在这方面还得考考他，我才能放心。

这天晚上，阿骨打感到精神挺好，便向金兀术说："兀术哇，父皇想问你几件有关战略的事儿，能回答吗？"

金兀术说："请父皇提问。"

阿骨打说："辽天祚帝率领大军，向我攻来，你得知后，如何迎敌？"

金兀术回答说："敌人向我进攻，重要的是探明敌方兵力多寡，掌握和我军的兵力相比情况。在此基础上，按《兵法》所云：'十则围之，五则攻之，倍则分之，敌则能战亡，少则能逃亡，不若则能避之。'"

阿骨打又问："《兵法》此说何解也？"

金兀术说："就是根据敌我双方的兵力，来决定进攻还是退却的战略部署。如果说，我军有十倍优势的兵力，就包围敌人；有五倍优于敌人的兵力，就进攻；多于敌人一倍的兵力，就要分散敌人；双方兵力相等，就要想法儿战胜敌人；要是敌众我寡，那就要退却，避免硬拼。"

阿骨打很满意，小小的年纪答得太好了，可并没夸他。接着又问金兀术："敌强我弱，不攻不行。就是只能向敌人进攻，以少胜多，以弱胜强，应该如何指挥战斗？"

金兀术回答说："投之亡地而后有，陷之死地而后生。"

"做何解也？"

"就是将军兵陷于绝境，激发军兵激情，士兵为了自救，必然拼死与敌人作战，形成一能抵十，可转危为安，反可战胜敌人，这是不得已而为之。"

阿骨打点点头，又问道："不得已采取这种办法，要是得已哪，还应采取什么办法？"

金兀术回答说："'避其锐气，击其惰归。'在敌强我弱的情况下，努力使条件转化，想办法使自己由劣势转为优势，由被动转为主动，将敌转化为由优变劣，由主动变被动。这就是采取'敌佚能劳之，饱能饥之，安能动之。'把敌军诱为由优转劣，还在于'我专为一，敌分为十，是以十攻其一也，则我众而敌寡，能以众击寡者，则吾这所与战者，约矣。'就是说，尽管敌众我寡，把我的兵力集中到一点，在这一点上我则由少变多，由弱变强。而把敌人的兵力分散到十处，敌人则由多变少，由强变弱。就能避免'以少击众，以弱击强'。"

阿骨打听着，心里非常高兴，这小子将来是块料，记忆力很强。又问道："你用什么办法，将敌人由一分为十呢？"

金兀术说："声东击西，让敌人摸不清吾的底细，父皇寥晦城隐兵之法，在战争中亦可效焉！再用数量少的轻骑兵各处骚扰，逼使敌人分兵御防。而吾的军兵稳兵不动，养精蓄锐，诱使敌人慌乱之机，以逸待劳，集中歼其一，获胜再歼其一。分而歼之，必获全胜。这就叫'能因敌变而取胜者，谓之神！'"

阿骨打听后，暗自称赞金兀术，真是人不论大小，马不论高低，别看年岁小，雄心可不小。接着又问道："兀术啊，父皇所以能以少胜多，以弱胜强，灭了辽国，关键在于什么？"

金兀术回答："父皇，虽然孩儿没有亲自参战，但从议论中和兄长们的言谈中得悉，父皇用兵，始终是虚虚实实、实实虚虚的战术。敌人认为实时变为假，认为假时又变成真，使辽军始终摸不到我金兵的底儿。父皇真是指挥如神，牵着辽军的鼻子，要他咋走他就咋走，可以说是'善攻者，敌不知其所守；善守者，敌不知其所攻。'使辽军对我金军无法有效地进攻和防守，辽始终听父皇调动所致也！"

阿骨打听后，方称赞金兀术说："吾儿将来真乃将帅之才也！但不知，父灭辽还应采取什么兵法，你知道吗？"

金兀术摇头说："孩儿不晓得。"

阿骨打对金兀术介绍说："父皇按'天书'之意，灭辽兴金，战争可实现这一目的。但单纯靠战争不行，还必须按'天书'所说：'上兵伐谋，其次伐交，其次伐兵，其下攻城，攻城之法为不得已。''伐谋'就是混淆辽朝，让他们丧失警觉。吾暗练兵马，囤积料草，制造军械，使他不知也。等他知晓，让他真假难分，自相猜疑。'伐交'就是用外交手段孤立敌人。父皇曾悄悄去宋朝，与宋徽宗密订协约，双方共同起兵反辽，许诺将燕云之地还给宋朝，神不知鬼不觉，孤立了辽朝，使辽蒙在鼓里。左三番右两次在辽讨阿悚，这是在政治上孤立辽朝，不遣阿悚而起兵反辽，取得名正言顺的声誉，攻辽有理。兴兵之后，尤其是出河店之战后，始终未攻城，先劝降，逐渐积累劝降所应奉行之法，安定民心，官吏不变，用原官统辖原民，致使各州县纷纷归降。兀术，要记住，善用兵的不在于屈人之兵，拔人之城，毁人之国，而在于兵不顿而利可全。除此，还要掌握观察敌人动向。要是敌人距我很近，可他非常沉着冷静，说明他一定有险可守，不要轻意攻之。敌人佯装进攻，而又半进半退的，说明他有埋伏，诱我军上钩，决不能上其当。敌人派来的使者，说话很谦卑，而又半吞半吐，试探性的言语，是探吾虚实或麻痹我，是阴谋，要发动进攻。敌人派人来求和的，可又没有任何求和的条件，说明敌人有阴谋，要警惕以待。在统帅军兵中，还应注意的是，必须赏罚分明，'令民与上同意，可与之死，可与之生。'要'视卒如婴儿，视卒如爱子'，官爱兵，兵方能以死相报……"

阿骨打正在将切身体会说给金兀术，还没等说完，阿骨打头房老婆阿娣所生的二子绳果进来了，参拜问安后，侍立一旁。

阿骨打说："你为何寅夜而来？"

绳果说："父皇，儿接额娘书信，言说，迁徙手艺工匠和汉民到内地后，吾女真奴隶主都惶惑不安，认为怕带来灾难，致使内地不得安宁。担心这样下去，将吾女真内地掠掳一空而走，岂不征战而失也？记得父皇过去说过，'掠乡分众，廓地分利'，如今又变为新法。难道父皇率领我们南征北战，反而变女真为迁徙之众的奴隶吗？"

绳果是阿骨打的娇子，要是别人说这番话，阿骨打非杀他不可，谁敢这么大胆说话呀！阿骨打听后，反问道："绳果，你说说，这新法咋会使女真人成为他们的奴隶？"

绳果说："父皇，手艺工匠到内地后，建作坊、开铺子、做东西、弄怪物。他们装大把，女真人反而低三下四当小打，美其名学艺，实则奴隶。怪物卖给咱女真，金银揣他们怀里，他们发了，女真穷了。打了半天仗，弄些老太爷子养活，岂不倒行逆施也？"

阿骨打冷笑一声说："这些言语全是你额娘说的呢，还是你想的？"

绳果说："既有我额娘说的，也有别人的议论，还有我个人的想法，事实就是这么回事嘛！"

阿骨打解释说：“朕过去是说'掠乡分众，廓地分利'的话，这是吾完颜部古传之法。现在形势不同了，既要看到有利的一面，也要看到不利的一面。'天书'说是'放智者之虑，杂于利害。杂于利，而务可信也；杂于害，而患可解也。'就是说，利和害两方均应看到。完颜之古法，对待愚昧无知的部落可行，而对燕京发达之地还用古法，不仅不能得利，反变其害。要民归附，必服民心。民心背离，岂能得天下？故而降而复叛。汉民最担心的是，怕为奴也。奴与民有何差哉？按父皇从燕京考察，民即金之奴，而民为国制造的财富胜于奴几倍也。奴，机械，非鞭不动，无棍不耘，耘动无性，微薄利焉！而民者，无须鞭棍，劳佚极奋，'上田夫，食九人，下田夫，食五人，可以益不可以损。'至于手艺工匠徙之内地，所制之财，更不可估量。万金难得一艺，吾女真会什么？朕到燕京来，方知人外有人，天外有天，其莫大焉！如抱古不放，女真何时能赶'天国①，又咋能治服于人焉？你们都是见利而不见害，只见眼前，不见长远，只知古法，不知中原，鼠目寸光，成不了大业的小人也！”

---

① 天国：指中原宋朝。

阿骨打这天正在议事，忽报西南路都统斡鲁押着耶律大石前来见驾。阿骨打当即传旨，令斡鲁带耶律大石进见。

不一会儿，斡鲁令人押着耶律大石走进御帐，参拜阿骨打毕，述奏耶律大石被俘获后，暗中又逃跑，故将他缚来见驾，请皇上发落。

阿骨打举目一看，只见将耶律大石五花大绑，捆了个结结实实，耶律大石脸上还有血迹，不用问，路上一定没少砸巴他，便问道："你叫耶律大石吗？"

耶律大石怒目而视，用仇恨的眼光盯着阿骨打，一言不发。斡鲁见耶律大石这样对待皇上，怒火烧膛，大喝一声："嗨！皇上问你话，还不跪下请罪，你聋啊？"说着气冲冲地伸着大巴掌奔耶律大石去了。

阿骨打赶忙摆手说："休要如此！"又耐心地问耶律大石说："耶律大石，你被俘又逃又被俘获，还有何说？"

耶律大石突然高声说道："要杀就杀，何必多问！"说罢，昂头将脸一扭，给阿骨打一个侧脸。

斡鲁气得火冒三丈，刷地拔出佩剑，喊叫说："怎么，不敢杀你是咋的？待咱结果了你！"说着举剑要刺耶律大石。

阿骨打赶忙上前将斡鲁拽住说："都统，休要无礼！"说完，亲自走到耶律大石跟前，为他解绑绳。

斡鲁见阿骨打给耶律大石解绑绳，气得他脚一跺，欻啦一声将佩剑插入鞘内，转身出去了。

阿骨打将耶律大石的绑绳解除后，笑吟吟地说："耶律大石，一路上我军对你多有冒犯，请你海涵。"

耶律大石见阿骨打亲手将绑绳给解开，态度和蔼可亲，又如此安慰他，心想，阿骨打珍惜将才之士，果名不虚传，心里顿时觉着热乎乎的。他活动活动被捆缚麻木的两只胳膊，冲着阿骨打扑通一声跪在地上说："罪犯耶律大石参拜大金皇帝，向皇上请罪！"

阿骨打弯下身将耶律大石搀扶起来，说道："为保汝主，何罪之有？只要汝能认识到辽已灭亡，大金正兴，诚心降金，官复原职，按金军都统同等对待，耶律余睹就是汝的榜样。"

耶律大石心中暗想，常言说识时务者为俊杰，人在屋檐下，怎能不低头？阿骨打已经说了，只要我真心投降，官复原职。如果真是这样，让我仍然带兵，就好办了。将在外，君命有所不受，只要掌握兵权，就可看风使舵，见机行事了。耶律大石想到这儿，用话试探阿骨打说："皇上，罪人冒犯天颜，不知真心投降咋说？不投降咋讲？请皇上示谕。"

阿骨打说："汝要是真心投降，朕让汝统帅兵马，成为金军中的都统；汝要执意不降，可放汝回去，是投奔天祚还是奔其他地方，听其自便。"

耶律大石心里纳闷儿，阿骨打葫芦里装的什么药？他的都统斡鲁将我捆缚个结结实实，很怕我逃了。没想到，阿骨打这么对待我。原以为见阿骨打后，不容分说，非杀我不可。结果不仅不杀，投降给兵，仍为都统，不降可放我走，真是做梦也想不到啊，我该咋办？还是走投降之路，武将不可无兵，只要给我兵马，如虎添翼，就可任意而行。想到这儿，对阿骨打说："皇上真乃仁义为怀，罪人深受皇恩所感，情愿降金，为兴金贡献力量，赎自己之罪也！"

阿骨打一听，心中大喜，立刻传旨设宴，为耶律大石压惊，并令人领耶律大石去换衣服，安排营帐。待将投降的辽兵拨凑够时，即交给耶律大石统帅。

耶律大石从阿骨打御帐里出来，正好与斡鲁走个对面，见斡鲁满脸青筋暴跳，用仇视的目光望他一眼，气呼呼地闯进御帐去了。耶律大石心里一颤，暗想，大金皇帝可容纳我，恐怕下边的将领不肯容纳。即或暂时带兵，也绝非长远之计，只好见机而行。耶律大石忐忑不安地随人而去。

斡鲁气冲冲地闯进御帐，走到阿骨打跟前，当啷一声，将金牌扔给阿骨打说："皇上，我不干了，另派别人，我回去了！"

阿骨打诧异地说："你为啥不干了？"

"皇上明白我为啥不干！"

阿骨打笑吟吟地说："朕不明白，朕还要论功赏赐于你，你却扔还金牌不干了。你不说，朕怎会知道呢？"

斡鲁长出一口气说："皇上，让我们还咋干？费九牛二虎之力，损兵折将，好不容易捉获个大的送交给皇上。皇上不但不杀，反而轻易地放了，我们还打啥仗啊？"

阿骨打听后，哈哈大笑说："原来为这个事儿呀，不放他，依你之见，应如何处理呢？"

斡鲁说："皇上，要我看哪，不杀他，也不能便宜他。交给我，让人将他送回去，给他带脚链子，给我当奴隶，劈柴扫院，挑水担担儿，喂牛放马，刨地种田，有的是活儿叫他干，这样的人还能放？"

阿骨打说："朕已任命他为都统，和你一样，统帅兵马，为大金南征北战……"还没等阿骨打说完，斡鲁两脚一跺，哇呀大叫，说道："皇上，说啥不能认敌为友。敌人始终不能和咱一心，西京降了又叛，张觉降了又叛，今日降明日叛，让咱损兵伤将，难道皇上不痛心吗？咋还不接受血的教训呢？再说，耶律大石是被俘后又逃跑的，好容易捉获了，咋能不杀他？不杀也绝不能让他统兵，这不是为虎添翼吗？请皇上三思！"

阿骨打说："汝只知杀人，不知征服人。朕率领尔等南征北战，单纯为征夺城池和土地吗？不，主要是征服人，人心服才能有天下。诸葛亮七擒孟获，擒了放，放了擒，七次才征服孟获之心，变成真心诚意降服，从此将其地仍交孟获统辖，使刘备无有后顾之忧。一个耶律大石，只擒两次，放他又有什么可忧啊？让他继续统帅兵马，即或他再叛逃，吾大金仁义于天下，谁也擦不掉。而他背信弃义，人皆知焉！朕曾诏旨于汝，就是将天祚帝捉获也不杀之，仍要优待之。吾大金兴正义之师，是灭辽朝，不是要灭哪个人。只有这样，天下方能归焉！否则，擒住一个杀一个，不杀就让他去当奴隶，辽朝官兵见大金这样对待他们，寻思反正是死，降也是死，被俘也是死，宁肯战死，也不投降。如此做法，吾大金何日能结束灭辽？这事你想过吗？"

斡鲁听阿骨打这么一说，直翻睖眼睛，听阿骨打问他，他吧嗒着两下嘴说："这……这可没想过，咱也没那么多心眼儿，只认为捉获一个就该杀一个。皇上这一说，才认识到征服人心，不战自降的理儿，是这么回事儿。"

阿骨打见斡鲁有些开窍，接着又对斡鲁说："还有，千兵易得，一将难求，能得一名能干的将领多么不易呀！辽朝这么多州县，只靠女真人统辖，能统辖得了吗？更何况人地生疏，女真人能管理了吗？朕故尔采取新法，新收复之地再不编入猛安、谋克，按原制不变，用原官统辖原地，这是灭辽的新措施。只有这样，吾大金才能实现灭辽兴金之大业。"

　　斡鲁听了阿骨打再次解释后，跪地向阿骨打请罪说："皇上，恕我粗鲁莽撞，心直口快，想啥说啥，冒犯圣上，请皇上示罪！"

　　阿骨打说："不知者不怪也！望你不仅能统帅军马，还要懂得政治、经济、策略等知识，才能判断利害关系。否则只知其利，不知其害，图小利而酿成大患。我们不杀耶律大石，让他官复原职，仍统帅兵马，你想想，岂止一个耶律大石？不仅可以瓦解敌人，还会有更多的耶律大石归降，这道理你该明白了吧？"

　　斡鲁说："明白了，这叫舍眼前之小利，而得长远之大利也！"

　　阿骨打说："正是如此。东汉时有位耿纯，他率宗族宾客两千余人归降汉光武帝刘秀，刘秀不仅重用他，还封他为东光侯。建议说：'欲成国业，需安民心，有民方能有国。民众一散，难可复合。时不可留，众不可逆'。刘秀采纳后而定东汉，成了大业。比如现在，我们攻到哪块，哪块民心不安，说我们要掠他们为奴隶，纷纷逃散，还咋往回聚呀？得块空地何用？所以说，众望不可以违背。还将我们部落之争，掠捕奴隶，用在现时，将一事无成。汝还要记住：民之生度而取长，称而取重，权而索利。明君慎观三者，则国治可立，民能可得。"

　　斡鲁听后，思摸半天，摇头说："皇上，我听不懂啊！"

　　阿骨打解释说："是说民众的习性，经过度量后取其长，经过称量之后取所重，经过权衡之后取其益处。只有谨慎地看待这三件事，那么国家就能得治理，民心就能取得。"

阿骨打听说辽天祚帝要逃奔西夏，忙令斡离不给西夏致书，告诫夏崇宗，说辽国已亡，如天祚帝去西夏，擒送给金，金朝愿割地给夏作为酬赏。

斡离不不奉父皇阿骨打的旨意，当即写书派使者去西夏国下书。下书的使臣刚走，忽报夏崇宗派大将李良辅率领三万大军来援助天祚帝，在天德和娄室兵相遇，被夏国李良辅战败。

原来，天祚帝早派使臣去西夏国求援去了。西夏国接到天祚帝的书信，感到很为难，知道辽朝已有一半儿的土地被女真新兴的大金国夺去，连上京都失守了。天祚帝要求出兵援助他，打胜了没说的，要是打败了，辽国灭亡，这不给西夏招灾惹祸吗？大金以我出兵援辽为理由，接着攻打我西夏怎么办？尤其是晋王察哥劝夏崇宗不要出兵，应坐山观虎斗，以后再说。夏崇宗就不想出兵了。哪知夏崇宗回到宫中，夏崇宗的爱妃听说不出兵救辽，哭哭啼啼要死要活的，使夏崇宗更为难了。

夏崇宗的爱妃是辽国的成安公主，成安公主原名南仙，是天祚帝的妹妹。听说辽国要亡，天祚帝被女真人追得燕窝不下蛋，东跑西逃的，成安公主能不着急吗？便对夏崇宗说："皇上，吾皇兄向你求援，听说皇上不出兵相助。想不到皇上心这么狠，枉费吾皇兄的一片心意。说明皇上心目中没有我这个妃子存在，不出兵也是瞧不起我，我还有何脸活在世上？不如一死了之！"说罢拿剑要自刎，被夏崇宗一把抱住，夺过剑，将成安公主紧紧搂在怀中说："爱妃，我的宝贝，你要是死了，可让我咋活呀？我时时刻刻也不能没有你呀！"

成安公主哀泣地说："皇上如果真心疼爱我，那就快点儿发兵去救辽国吧。若是不发兵，说啥我也不能活了！"

夏崇宗被成安公主逼得没办法，只好出兵去救辽，不然爱妃要死了，上哪儿寻这美人去？就派一名大将，名叫李良辅，率领三万人马援辽。

李良辅率领三万人马赶到天德军的时候，正好和娄室率领的兵马相遇，两下拉开阵势。娄室率领的全是能征善战的轻骑兵，是专门追杀辽兵的。今见西夏国兵来了，娄室率轻骑兵就冲杀过去，一下将西夏国的先锋军冲乱了阵脚。加上西夏军长途跋涉赶来，人困马乏，被娄室轻而易举地杀败回去了。娄室见西夏军也不堪一击，便令军将阿兀汉率二百轻骑兵追杀，结果中了西夏李良辅的埋伏，只阿兀汉单人独骑逃回来了，二百轻骑兵全被西夏俘虏去了。

阿兀汉回来哭咧咧地这么一说，众领军头目都劝说娄室，现在阴雨连绵，道路泥泞，咱们可不能再和西夏拼了，等斡离不他们来再说。

这时候，斡鲁带兵赶来了，听说娄室兵败，便问娄室打算咋办？娄室说："诸将劝我息战，我的意见是必须迎战，同西夏决一死战。不然的话，以为打败了咱们，洋洋得意，非向咱们进攻不可，要是和天祚接上捻儿就不好办了。"

斡鲁一听，啪地拍在他的肩膀，大嘴一咧说："对！好样儿的，不打他个下马威，他也不知咱的利害，我和你一起击败他！"斡鲁说着，趴娄室耳根子说，要败夏军，只需如此这般，这般如此，一定能打败他。娄室按斡鲁之计而行，将轻骑兵分为三支军队，两支轻骑兵从两边夹击，一支由他率领从正面迎战，以引西夏军进攻。斡鲁埋伏在榆林之地，待西夏军过后，从后截击，四面夹攻，战胜西夏军。部署好之后，各自按计行事。

西夏大将李良辅俘虏了娄室兵，追问娄室有多少兵马？金兵说，不是一千骑兵，损伤这二百，剩下不过七百多骑兵。李良辅又追问那些军兵哪儿去了？金兵回说，均在阴山继续追击辽天祚帝。李良辅听信俘虏的金兵之言，心中甚喜，嘴没说心里话儿，真是人走时马走膘，立功的好事让我遇上了，这七八百骑兵还能架住我三万大军的冲击？踏也将他们踏成粉末儿。可笑统帅察哥，百般不让出兵，以为金兵个个三头六臂呢，原来是不堪一击的熊货呀！当即产生了骄傲情绪，率领三万大军齐头并进，企图以多胜少。

只听马蹄嗒嗒嗒，马嘶人叫，尘土飞扬，直驱挺进，行进到宜水，也没见到金兵。李良辅哈哈大笑，说："金军被我吓得望风而逃，追呀，杀到大金国去！"说罢，带军正往前行，忽然，天降大雨，这雨下得简直是一个点儿，哗哗哗，眼前全是雨帘，想要往远看，多了瞎扯，只能看丈八远。道路泥泞，马跑不起来，军兵也就都懈怠了，被雨浇得一个个散荡游魂的，拽住缰绳，怕从马上掉下来。而战马直劲儿滑蹄，被雨淋得咴儿咴儿直叫。

阿骨打传奇

猛然间，四面八方响起了"嘟嘟"的撒拉鸣叫声，在雨水浓雾中，也不知有多少人马，就听四周齐声高喊："杀呀，不能让一个西夏兵逃走啊，怕死的快跑过来投降吧！"随着这齐声呐喊声，嗖嗖嗖，四面八方万箭齐发，穿过雨帘，将西夏军围困在宜水之地。

李良辅见中了金军之计，悔不该贸然前进，急忙下令，后队变成前队，速退。不退不行，天下大雨，道路泥泞，又不知大金有多少兵马。再说，他们在明处，金军在暗处，往哪边反击也得处于挨打地位，死逼无奈，只好退军。退军就不挨打了？大金军围着追射，可苦了这三万多名西夏军，有的被金兵射下马来，死在自家军马蹄之下，踏成肉泥；有的被金兵射死；有的马被滑倒，将军兵摔在地上，也被他们自己的军马踩死。一句话，西夏军的官兵个人顾个人，谁还管别人？退着退着，忽然又听金兵七吵八喊地说："不能让李良辅跑掉，要活捉李良辅啊！西夏官兵，谁要是能捉获李良辅前来投降，我们大金一定重重有赏，大金国说话算数，快拿李良辅来献吧！"

两军争战中，当时这种呐喊，虽然达不到目的，但可以壮军威，鼓舞军兵的征战勇气，灭敌人的威风，瓦解敌人的斗志。所以，大金兵这一喊，西夏官兵听了，都感到毛骨悚然。当这话传到李良辅耳朵时，气得这位西夏领兵统帅在马上直颠屁股，气咻咻地喊："大金兵欺吾太甚，有朝一日非报此仇！"退着退着，忽然前边的又往后退，后边的往前行，自己军队的互相践踏，气得李良辅不是好声地喊："怎么回来了？不快退，为啥又回来了？"

这时，报马才跑来向李良辅禀报，说前面有大金都统斡鲁带军拦住去路。

李良辅大吃一惊，忙问道："斡鲁有多少兵马？"

报马说："漫无边际，不知其数！"

李良辅更没底儿了，心想，这可咋办？四面均有金兵埋伏，又赶上阴雨天气，冲杀不得，难道就在此瞎等挨打吗？就是死，也得冲杀而死，死得值个儿，不能坐以待毙！赶忙下道死命令说："传我的命令，拼死冲杀速退，如再有不战回来者，格杀勿论！"

这道命令一下，西夏军兵士才拼死向回退去，再也不敢往回来了。

斡鲁见西夏军冒雨蜂拥退却，便令金兵箭射之。顿时箭支如同雨点儿一般，飞向西夏军兵身上。西夏兵像下饺子似的，噼哩啪啦，从马上栽落下来，死伤无数。

李良辅大败而回，到了西夏边境，查点军马，死伤过半，赶忙派人去向夏崇宗禀报。

再说，夏崇宗令李良辅率领三万人马去援救辽国天祚帝，不久便接到李良辅的捷报，言说全歼金兵一队人马，无一逃生，除死伤外，活捉一百七十多兵马。夏崇宗非常高兴，马上传旨嘉奖。夏崇宗将这个捷报又对成安公主说了，成安公主听后，乐得嘴都合不拢了，特设宴与夏崇宗共庆。

单说这天，夏崇宗临朝，晋王察哥禀奏说："皇上，大金朝皇帝次子斡离不有书来，说辽国已亡，如天祚帝去西夏，擒送给金，金朝愿割地给夏作为酬赏！"

夏崇宗惊喜地说："金朝说话能算数吗？"

晋王察哥说："以臣之见，阿骨打说话是算数的，他答应将燕云等州给宋，听说正在实现诺言。"

正在这时，忽然报事官向夏崇宗禀报说："启禀皇上，李良辅带军援救辽国，被金兵打得落花流水，差点儿全军覆没，三万多兵马死伤过半，已退回国内了！"

夏崇宗大吃一惊！

左企弓被张觉杀死后，阿骨打急召降臣刘彦宗议事。

刘彦宗降金时，是辽朝南枢密院金书。他家已六代仕辽，均相继为宰相。他接到阿骨打诏旨，立即应诏来见阿骨打。

刘彦宗参拜阿骨打后，见阿骨打脸色苍白，两眼布满红丝，心中暗暗吃惊。心想，圣上龙体欠安。他知道阿骨打是由于左企弓被杀后，非常悲痛，连吐好几口鲜血，夜不成寐，忧伤成这样，还真有些可怜。认为阿骨打珍爱有才干之士，到如此程度，是历代君王罕见的，对阿骨打更加敬重十分。

阿骨打让刘彦宗坐下后，对刘彦宗说："爱卿，召汝来，朕特求教于汝。张觉背叛，杀死宰相左企弓，又派些坏人，去各州县游说，造谣惑众，言说大金对各州、县先安抚后掠掳，将来都得成为大金的奴隶。在这些坏人的煽动下，人们不明真相，降了又叛，这事汝看该如何处理才好？"

刘彦宗说："卑职有何德能，敢受皇上如此抬爱。依卑职浅见，叛逆张觉，谣言惑众，是张觉把圣上的优点转化为弱点之故。"

阿骨打疑惑不解地问道："爱卿此意何解也？"

刘彦宗说："皇上素有爱才干、爱艺人、爱民众之称，尤其是虽圣人天子，但与民同，食不特殊，行不惊众，勤政于民，深得民心。张觉就针对圣上，采取'廉洁，可辱也；爱民，可烦也'的策略，将圣上的恩德转化为民恨，他从中取胜。卑职浅见是，采取以其人之道还治其人之身，请德高望众之士游说以击之，揭露张觉造谣惑众的阴谋，使民众识其真相，很快就可扭转现状。"阿骨打一听，心中暗喜，想不到刘彦宗也是一位足智多谋之士，此见揭开朕心中的迷雾，便征求道："爱卿高见，甚合朕意，但不知谁可胜此重任？"

刘彦宗说："非时立爱，别无他人可担此重任。"

阿骨打一听，心立刻又凉了。不是别的，时立爱自从平州降金后，他身为辽兴军节度使，却没来见驾，向朕递交一分辞呈，欲回故里，左三番右两次均未召来。现在不知他在何处，上哪儿去找时立爱呀！阿骨打长叹一声说："咳，时立爱虽降金，辞官不做，奏请归里，眼下不知他在何处，如何请他出山哪？"

刘彦宗说："皇上，时立爱是真心降金，不过他有难处，故而不敢前来见驾，递辞呈是掩人耳目，他降金是真心，对辽天祚帝荒政不纲早有成见，欲辞官不做。尤其是家有贤母，对他约束也很严，曾告诫于他，不能为昏庸无道之君供职，留臭名于世。因左企弓等常导之，待机而行，他才只等圣上前来收复，顺天意而降金。可他在降金时，发觉辽兴军副节度使张觉假降之意，此其一也；二是奚王回离保带兵占据卢龙岭，这对时立爱威胁很大。时立爱是涿州新城人氏，家眷全在新城，时立爱又是孝子，担心回离保听说时立爱在金供职，害其家眷，所以才向万岁递交辞呈，掩张觉、回离保耳目。实则他心已归服于金，口称归故里，可并未回故里，怕其母责他不侍奉大金仁义之君也。"

阿骨打一听，心里由凉变热，闹了半天，时立爱没回归故里，便又问刘彦宗说："时立爱没归故里，现在何处，待朕去请他出山。"

刘彦宗说："皇上，时立爱究竟在何处，卑职也不知。据时立爱好友韩询透露，说他未归故里。卑职曾问时节度使在何处？他微微一笑，摇头说：'忠于叮嘱，不能披露也！'卑职也就不便再追问。以卑职愚见，圣上可否派斡离不都统，暗去新城将其眷属接来，圣上再诏谕时立爱。时立爱知圣上已将他眷属保护起来，无有后顾之忧，非效忠于大金不可！"

阿骨打听后，心中欢喜，嘴没说心里话儿，刘彦宗还不到五十岁，真是谋略过人，可重用之。但不知刘彦宗对其他方面的知识如何？便又问刘彦宗说："朕会依爱卿之言行事的，除此，还应如何治民？"

刘彦宗说："皇上，治民之本，农也。农是治国安民之本，民有了耕地、农具，建立起个人的家庭，赖地求生，他就不会再迁徙了。国取之于赋，按国策缴纳谷黍，一民能养五至九人。而奴隶再多，心怀愤懑，不仅不精心为主细耕，甚而毁坏之。荒鞠之地，谷黍获之甚微，民不得食，国岂能稳乎？故历代圣君均视农为本，采取'崇本抑末'政策。'本'是指农，'末'是指商，商就是燕京北市从事买卖活动的商人。为什么采取控制商人的发展呢？因这些人专靠投机营生，奸商利图，坑绷拐骗，无所不干。一旦需要他们，他们便可携带财物迁徙他地。因此说，商人是'有远志，灭居心'。而农则相反，从事农耕的民众定居之后，有了自己的耕地，他们'非老不休，非疾不息，非死不舍'，驱之都不走。一旦国家需要，农众均能出兵参战，保国也保其家园也。因此，圣上早有明察，采取对收复的各州县民众均不准掠掳为奴的上策，正是崇其本也。卑职甚服圣上顺天应民之德，将载入史册！"

阿骨打一听，心想，刘彦宗行啊，其才干不次于左企弓，便说："爱卿高见，朕有启蒙之感，不知爱卿对朕将燕云之地退还于宋有何见解？"

刘彦宗说："皇上，恕卑职直言，皇上始终以仁义于天下，从不失信于民，因而天下归焉。可圣上，宋徽宗奢淫无道，比辽天祚帝有过之而无不及，早已失民心，逆天意。古语说：'得民者昌，损民者亡'。宋朝灭亡在即，民心已归于金，燕京民众宁可迁徙金之内地，而不愿附于宋，此乃民之所向也。圣上以仁义于宋，不失密约诺言。而宋却背信弃义，不按密约诺言行事，虽陈兵而观之，但并非真心出兵，与大金共同反辽，却按兵欲渔翁获利也！圣上早有明察，似这样背信弃义、渔翁取利之举，还有什么实现诺言之说？皇上仁义于宋，将燕云欲还于宋，却失民望。各州县民众闻圣上将他们交还于宋，从虎口移到狼口，均心灰意散。一些武夫、勇士纷纷逃进太行山，自立为王，不愿再受宋朝的压榨。为此，宰相左企弓曾向圣上再三谏言：'君王莫听捐燕议，一寸山河一寸金'，圣上应深思之！"

阿骨打听了刘彦宗此番言语，才如梦方醒，暗想，对呀，遵守诺言，需来自双方，不能单方面遵守。可不是咋的，宋徽宗说得很好，在密约上有条款规定，当女真进军燕云之地，宋朝立刻出兵，双方夹击，灭辽收复燕云之地后，将燕云仍交还于宋。而宋朝早接到朕的国书，知我已发兵攻燕，他却按兵未动，唾手欲得燕云十六州。阿骨打想到这儿，心里有些懊悔，当初不该不听信左企弓忠言谏阻，悔之晚矣，泼出去的水收不回来了，幸而现在还有些州尚未全交还于宋。于是说："爱卿乃忠言也！依爱卿之见，尚未交还于宋的各州则拒交于宋，此事妥乎？"

刘彦宗说："圣上，依卑职愚见，可采取拖交之策，待宋丧失诺言有把柄时，明正言顺拒交而讨之，他就更无言以对了。"

阿骨打疑惑不解地问道："难道宋还要向我大金出兵而攻之乎？"

刘彦宗说："非也。依卑职预测，圣上已令金兵讨伐叛逆张觉，再用时立爱游说，各州识破张觉阴谋，又有吾雄师征剿，使张觉很快无有立足之地。到那时，张觉想投天祚，天祚都无有藏身之地，他不是自投

死亡之路？何况还有吾军阻拦，想投也投不了。而张觉杀死宰相左企弓，已犯下滔天之罪，决不能再投降吾大金，死逼无奈，非投奔宋朝不可，宋朝如果收留他，吾朝岂不抓住宋的把柄？必老账新账齐算。到那时，宋还有啥话说？不仅未交还的各州不交，已交还的各州还要讨要，岂不是名正言顺？圣上思之！"

阿骨打一听，真是喜出望外，不怪说人上有人，天外有天。原以为失去左企弓这位有才之士，再也无处寻找左企弓似的人了。没想到贤才之士就在眼前，只看你用不用呀！

阿骨打当即决定，任刘彦宗为南枢密院宰相，接替左企弓，并派金军绕道护送刘彦宗去广宁府上任。

刘彦宗才走马上任为宰相。

　　阿骨打听信刘彦宗的计谋，暗派斡离不去新城接时立爱家眷。斡离不带领两名随从人员，携带礼物，直奔新城而去。

　　这时候，新城属涿州管辖，大金收复涿州后，将涿州交还于宋朝，正在办理交接。时立爱的家住在新城白沟，是乡里的最大富户，其父亲时成谦是很有众望的人。时成谦家道殷实，每逢灾年或日常发现有贫寒的穷人，他都从家里拿出一些粮食救济，人们称他为"时善人"。由于时成谦行善积德，他儿子时立爱28岁的时候，中了进士。父母在儿子当官的时候，叮嘱再三，一定要当名清官，如果贪赃勒索，欺压民众，就不是吾的儿子，因为你坏了父母的名声。时立爱是个孝子，在辽朝为官已四十年了，始终清如水明如镜，丝毫不贪。时成谦修好积德，延长了寿命，活了九十多岁才故去，时立爱告假归里守陵，被其母责之，遂去赴职，时立爱很听母亲的话。

　　还说斡离不沿着拒马河快马加鞭，来至新城白沟，至时立爱大门前下马，早有家人迎上前来，施礼询问道："客官至府何事？好禀明主人。"

　　斡离不还礼说："吾乃大金国皇帝次子斡离不是也，奉父皇之命，前来向丁母请安！"

　　斡离不为啥叫丁母呢？早先年管身体强壮的老年人称之为丁父或丁母。

　　家人一听，斜睐斡离不一眼，嘴没说心想，怎么，皇上的儿子就你这么个小德行，冷冷清清三匹骑马？要真是皇上的儿子，不咋前呼后拥，护卫相随，鸣锣开道呢，就这么来了？说不上又是哪儿来敲竹杠的，冒充皇上儿子。不管咋说，也得禀报主人，就对斡离不说："客官，请在此候等，待咱禀于主人知晓。"说罢，转身进里院去了。

　　时立爱的儿子时孝先在家当掌柜的，因时立爱不在家，家中无人执掌，加之辽朝朝纲不正，就没让时孝先出去做官，在家料理家务，孝顺奶奶。这时候，时立爱68岁，其母已年近九十岁了，老人家身子骨儿还挺硬实。家人向时孝先将斡离不的话语学说一遍，时孝先听后，大吃

一惊，赶忙说："速开门迎接！"时孝先为啥不怀疑是谁来了？因为时孝先听到不少关于阿骨打在燕京的传说，什么阿骨打跟别的皇上不一样，上哪儿不摆銮驾，穿的衣服跟平民一样，吃饭和文武官员坐在一起，说笑打闹时，下边的官员还敢拽他的耳朵，到哪去都是秘密而行，从不惊扰民众……时孝先听了好多好多，难道皇上的儿子还不能悄悄来吗？所以他相信了。

时孝先将斡离不迎进客厅，让在上首坐下。斡离不不说明来意，时孝先没敢接，忙说："请稍等。"说罢，令家人备上香案，他又沐浴更衣，焚香，将阿骨打书信供在案上，行三拜九叩礼后，才将书信打开，见上面写道：

> 大金国皇帝阿骨打拜愿丁母康壮！令皇儿去贵府拜谒问安，顺请丁母迁之内地，转危为安，汝儿还能早晚奉之，敬祈酌从。

时孝先看罢，不敢怠慢，便对斡离不说："待吾禀告祖母。"说罢，进内宅去了。时孝先来至后堂，参拜祖母后，将大金国皇帝阿骨打令其皇子斡离不前来，拜谒祖母，还带有馈赠礼品和皇上的御书，对祖母述说后，双手将阿骨打书信举送到祖母面前。

祖母立刻满面生嗔，怒目而视说："可惜呀，你是宦官之子，连礼都不懂，皇上的书信岂能顺手接着？"

时孝先解释说："祖母，孙儿已摆香案，沐浴更衣，焚香叩拜后接看的。"

祖母说："不行，你是你，我是我。快将书信供在香案上，待奶奶沐浴更衣后，方能拆看。"

时孝先遵命而去，时立爱之母赶忙令丫环服侍，沐浴更衣。忙活一阵子，打扮停当，才由两名丫环搀扶来至前厅，在香案前行三拜九叩礼后，方拿过阿骨打书信观瞧。看罢，老人家心里欢喜，暗想，听说涿州也交还给宋朝，宋朝的皇上那是头顶上长疖子，脚底下出脓，坏透腔儿了，从民众骨髓里挤油，民众还能得好吗？传说大金国皇帝阿骨打是真龙天子，天老爷打发下来的救苦救难的活菩萨。虽说当了皇上，不让民众给修皇城，不修宫殿，连金銮殿都不坐。这还不说，他的妻室既不封娘娘，也不封妃，仍和民众一样，弄到下边去耕种土地，讲什么勤劳习

阿骨打传奇

武。历来没听说有这样的皇帝。我儿就是要侍奉这样的皇帝，脸上也跟着光彩。想至此，老人家便让孙子时孝先领着，去客厅见斡离不。

斡离不听说是时立爱的母亲来了，赶忙跪在地上磕头，口称："奶奶，斡离不参拜，并代父皇向您老问安！"

老太太乐得嘴都合不上了，忙伸手搀扶说："折杀民妇也！民妇是过来拜见皇子的，咋能受皇子之拜呢？"

斡离不站起身来，亲手将馈礼举送到老太太面前说："这是父皇对丁母的一点儿心意，礼薄不成敬意，请奶奶笑纳！"

老太太说："我有何德能，敢接受皇上的礼物，罪过呀，罪过！"谦逊半天才收下。

斡离不让老太太在上首而坐，他在下首相陪。

老太太说："吾儿现在何地？"

斡离不说："回奶奶，辽兴军节度使时立爱率军降金后，便向父皇交了辞呈，言说归里奉母。近闻节度使此举是掩人耳目，他担心奚王回离保杀害家眷，还可能已发觉副节度使张觉不诚心降金之故，未敢见父皇。果然张觉降了叛，令人暗杀了左企弓宰相，父皇担心奶奶的安危，令吾接奶奶去金之内地……"

还没等斡离不把话说完，只见老太太一倒眼根子，身子向后一仰，多亏身边丫环眼疾手快，一把扶住，可老太太已昏晕过去。可把斡离不和时孝先吓坏了，急忙上前呼唤，好半天老太太才缓过气来，苏醒过来后，就泪流满面地骂时立爱说："不孝的儿呀！我曾多次说，良臣择君而仕，宁肯侍奉明君，不侍奉昏君。大金国皇帝阿骨打是位明君，你不去侍奉，反因我的累赘而递辞呈。对国不忠，就是不孝，真将老身气死了！"

斡离不、时孝先劝解说："不是辞官，是掩人耳目，担心奶奶的安危，才不得不这样做。"

正在劝解老太太的时候，忽报时立爱回来了。老太太听说儿子回来了，立刻吩咐道："快让他进来见我！"

时立爱听说母亲在客厅，还有阿骨打的儿子斡离不前来拜访，赶忙来至客厅，参拜母亲后，又和斡离不见礼。

老太太问道："汝回来作甚？"

时立爱说："禀母亲，母亲年事已高，不孝儿常年在外，不能朝夕相陪，心甚愧焉，故归里奉母。"

老太太不悦地说："你知书达礼，应先国家之忧而忧，前去仕国。何况大金国皇帝顺天命应民心，灭辽兴金，拯救民生，则收复此地，正需忠国爱民之士辅政安民，为国为民效力尽忠。而你可倒好，忧其母亲，背弃父母之教，逆天违地而行，让你母有何脸面活于世上？你这种行为是对国不忠，对民不义，对母不孝，白为一回官也！"

　　时立爱被老太太责备得赶忙跪在地上，请罪说："母亲，是儿想错了，请母亲责骂吧！"

　　老太太说："你要是我儿，速随皇子返回去，为大金国尽忠，母亲的心也就安然了。"

　　时立爱说："母亲，实不相瞒，孩子原不敢回来，怕母责备。可现在不回来不行了，涿州已交还给宋，孩子仕金，两国相隔，儿怎能忍心舍去母亲，个人在外为官啊！"时立爱说罢，泪流满面。

　　老太太说："我不止一次告诫你，良臣要择主而仕。母在此，怕甚？还有孝先朝夕相奉，何能为母牵肠挂肚，而不为国为民尽力？只为母子情长，岂不耻辱于母乎？"

　　时立爱说："儿知罪，谨遵母命。"

　　老太太才转怒为喜，让人杀猪宰羊，款待斡离不。还让斡离不转告皇上，她不用迁徙，会很好活下去的，只要时立爱能为明君尽忠效力，她就能继续长寿。

　　时立爱才跟斡离不回来，到各州安民。

　　这就是丁母责儿，美名传流于世！

短命皇帝回离保

阿骨打听说奚王回离保背叛大金，逃奔燕京，又从燕京逃到卢龙岭，在卢龙岭当上皇帝了。不由得怒从胸中起，大骂回离保真不知硇碜多少钱一斤，把当皇帝看得如同儿戏，说当皇帝就自封为帝，真不知天高地厚也！不管咋说，自封也好，别人推举也罢，打着皇帝旗号，巴掌大的地方也叫一国呀！辽朝还没灭呢，又冒出奚国，这还了得？影响极坏，赶忙下诏书给回离保，诏书曰：

> 回离保：听说你威胁民众，逼其为军，行至卢龙岭，自称皇帝，改元天复。你可知，辽天祚还在草莽之中，你祖祖辈辈臣服于契丹，今未臣属，与昔何异哉？你虽和耶律余睹有仇，不好意思来归。可你来，耶律余睹向你瞪眼睛，歧视于你，朕岂能容之？朕今诏你，你应当机立断，速来投降，可赦你无罪，仍让你担任山前六部奚民之主，还你官属财产。如若执迷不悟，发兵讨伐，那时决不饶赦！特此诏知，钦此。

奚王回离保是咋回事呢？原来契丹人里有奚人，在南北朝的时候，称奚人为库莫奚，居住在浇乐水一带，他们靠游牧猎取为生，经常向中原天朝进贡。到唐朝的时候，奚族首领李大酺被唐玄宗封为饶乐郡王，并将唐朝的国安公主嫁给李大酺为妻，当时和契丹人同时被称为两蕃。赶到唐朝末年的时候，一部分奚人在首领去诸率领下西徙妫州去了，称这部分奚人为西奚，留下来的称为东奚。后来被契丹人征服，均归契丹族了，契丹赐奚人姓为述律氏。回离保住在古来的铁勒州，辖有13部、28落101帐。在阿骨打率军攻辽时，攻下宁江州，接着鸭子河之战大捷，吓得奚王回离保率部投降大金国。后来回离保又叛金，并奔辽国去了。

回离保为啥降了又叛呢？事出有因。原来回离保和耶律余睹是仇家，什么仇呢？乃争夺一女子之仇也。铁勒州出了一个绝色佳人，名叫阿姑，年方不过十五六岁，长得就像一朵水仙花似的，水灵灵的。俊到什么程度呢？男子见着非肉麻神迷不可！长得虽然俊美，但好闹个小灾星，隔长不短的，总好头疼脑热。小模样长得俊，可她的身子骨像根囊囊香①似的，来阵风儿便可吹倒她。因为长得俊美，父母很少让她抛头露面，怕招惹是非。身体不好，经算命卜卦，说她是神女转世，需要到庙上烧香许愿，方能减去这些灾星。父母信以为真，就领阿姑到庙上去烧香许愿。哪知回来快到家的时候，被辽朝都统耶律余睹下面一个军官看见了，看见这美女后，差点儿从马上栽下来，呆愣愣望了好半天，直至阿姑随父母进院了，见不着影儿了，他才像醉酒刚醒。心想，我真傻气，这么漂亮的姑娘做梦都梦不着啊！可他不死心，将姑娘的名儿打听明白后，转身回去了。这小子打听名儿有他的目的，他知道辽天祚帝最喜爱美女，要是将阿姑献给皇上，非加封他一名大官不可。打着这个坏主意乐颠颠地回去后，将美女阿姑对耶律余睹说了，让耶律余睹奏明皇上，他前去接来。因为他见不着皇上，必须通过耶律余睹方可。耶律余睹听说阿姑长得俊美，垂涎三尺，心想，这样的美人不能给皇上，我得享受。便心生一计，立刻给奚王回离保写封书信，让他访查到美女阿姑后，送到府上来，以便献给皇上，并强调事不宜迟，越快越好。

回离保接到耶律余睹信后，马上派人去访查，果然查到美女阿姑，言说长得太俊了，可称得上绝代佳人！回离保听后，也活心了，便亲自前去相看。他到那儿见着阿姑后，惊喜得闹个趔趄，差点儿摔倒在地上。他赶忙假惺惺地向阿姑父母道喜说："恭喜你们，阿姑有当皇妃或者皇后的命，皇上相中了，这有书信，让我马上将她送进京城皇宫里去！"

阿姑父母听后，心中暗自惊喜，因为算命占卜均说阿姑有富贵荣华之命，果然应验。便立刻让阿姑打扮，随回离保去，好送进京城，阿姑免不了与父母洒泪而别。

哪知，回离保将阿姑带回府去，就变心了。他反复琢磨耶律余睹书信，确认是耶律余睹知有此女，让给他送去，纳为小妾。要是皇上知道能让他写信，早下御旨或派人接去了，这样天上难找、地下难寻的美女能给他吗？说啥不能给他送去，到老虎口里的肉吐不出来了。可他又一想，不送去，我纳她为妻，耶律余睹非使坏不可，奏明天祚，我可吃罪不起。就在这时，听说阿骨打在出河店大胜辽军，认为机会来了，便率

---

① 囊囊香：一种细草，形容女子身体单薄。

部投降大金。投金后，阿骨打仍让他为奚部之主。他才和阿姑成婚，阿姑也就心甘情愿了。

哪知后来耶律余睹也降了大金，阿骨打仍委以重任，回离保见事不好，怕将自己的美人夺去，便带兵悄悄逃奔燕京去了。当辽天祚帝逃进夹山无有音信的时候，他心中暗喜，才极力鼓吹拥立耶律淳为皇帝。耶律淳死后，回离保见萧德妃欲去投奔天祚帝，暗自盘算，要是随萧德妃去投辽天祚帝，延喜见他有美人，能放过吗？非落到色迷鬼延喜手里不可，这才又悄悄带兵逃跑了。他逃到卢龙岭的时候，遇到西奚人随着契丹、汉人逃跑，被他截住，男的为兵，女的为户。占据卢龙岭后，自己称起皇帝来了，立起大奚国，年号为天复元年，他是大奚国皇上，立美人阿姑为娘娘。别说，阿姑算命卜卦说她有富贵荣华之命，瞎猫遇死耗子，还真碰上了。

还说阿骨打的诏旨一下，明着是给回离保的，实则是号召民众起来推翻他，哪有这么简单的，说当皇上就当皇上了？这道诏旨一下，很快传到卢龙岭，军民全知道了。人们一琢磨，对呀，哪有这么简单的，连个地盘儿都没有，说当皇上就当皇上了？跟他不仅不能得好，早晚是病，哗啦一下子散花了，纷纷逃跑了。回离保接到阿骨打诏旨后，见卢龙岭不是久踞之地，阿骨打非派兵来打他不可，就想打回老家去，踞守铁勒州建国为帝。还没等起兵呢，探马向他报说，大金军奚路都统挞懒已将铁勒州各部收复，带领无数兵马把守甚严。回离保没有办法，想奔蓟县，占领此地暂居，遂率领军兵奔那儿逃去。

回离保军队有个领兵将领，名叫奥哲古，在随回离保逃亡的时候，心中暗想，我这是跟回离保干啥呢？他不仅无有立足之地，还自封为皇上，吃喝玩乐，天天搂着美人，我还得保护他，不仅保护，还得低三下四，见他行叩拜礼，跟随一溜十三遭，还不得死无葬身之地？人们说，宁肯给好汉牵马坠镫，不给赖汉当祖宗，我这是自找苦吃啊！

奥哲古的心事被他外甥发现了，他外甥名叫扒金，长得膀大腰圆，有立举千斤之力。见舅父闷闷不乐，已猜透了他的心事，便偷着写个纸条儿，塞到舅父手里。奥哲古打开一看，见上面写道："舅父，咱们每天像丧家之犬，随回离保东逃西奔，图希个啥？依甥之见，杀之！随后带兵投金，方是正路。"

奥哲古看罢，心中大喜，便约定见机行事。单说这天，奥哲古令扒金请回离保，言说有要事要和皇上商议。回离保听禀后，令军暂时扎营，并对美人说："娘娘等我，去去就来"。回离保平时和阿姑形影不离，就离开这么会儿，还表现出难舍难分的那个熊样儿。

阿姑说："皇上快去快回，不要让我久等啊！"

回离保说："放心，到那边三言两语就回来。"

回离保为啥不让奥哲古到他这儿来议事呢？因为他怕奥哲古见到美人，要看酥骨了，将他杀死夺去阿姑，岂不自己的命和美人一齐丢了？所以回离保规定，有事他出去商议，决不许军官到他身边来。

回离保骑着马，忙三迭四地来见统军奥哲古，心里埋怨，咋这么多的事儿呢？不一会儿来至奥哲古行军帐外，见奥哲古没出来迎接，帐门口还没仪仗，心中不悦，哪有这样对待皇帝的？他刚要转身返回，哪知送信的便是奥哲古的外甥扒金，见回离保要逃，说声："哪里走！"像捉小鸡似的，抓过回离保啪嚓一声扔在地下，随手一刀，将回离保刺死了。

跟随的护卫见势不好，飞马跑回去报于美人。

阿姑正等着呢，闻报后，珠泪滚滚地说："真是红颜薄命也！"说罢，拿剑自刎身亡。

奥哲古割下回离保的人头，率军去投金。

阿骨打传奇

有一天，阿骨打接到时立爱写来的书信，言说在古北口附近有支拦路抢劫民众的队伍，他们除抢劫财物外，还强奸妇女，自称是金军，影响很坏，闹得各州县民众不安，望圣上鉴察。

阿骨打看完这封书信，心中纳闷儿，朕三令五申，严肃军纪，是谁这么胆大包天，敢如此破坏朕的军纪？便召宗翰前来见驾。

不一会儿宗翰应召入见，阿骨打问宗翰说："你知不知道留斡岭①是谁带军驻扎在那儿？"

宗翰回答："禀皇上，是耶律余睹统军暂驻扎于此地。"

阿骨打说："原来如此。"便将时立爱的书信递给宗翰看。

宗翰接过书信，反复看了两遍，沉思片刻说："皇上，这支队伍究竟是不是耶律余睹之军，暂不清楚，决不能用兵去镇压，恐惹出是非，引起耶律余睹的猜疑，反而不好。须派人查清真相，再行处理。"

阿骨打说："言之有理，但必须派强有力的能手，迅速查明，严加惩办，否则影响极坏，又怎能安抚民众？"

阿骨打话音刚落，站立一旁的金兀术说："父皇，将这项任务交给孩儿吧，定能查清。"

阿骨打说："兀术，你用什么办法查清这股匪徒？"

金兀术说："儿与活女化装成平民逃难的样子，让活女男扮女装，言说活女是我姐姐，从留斡岭路过。匪兵见我姐弟身带包裹，活女又长得非常俊美，要是歹徒，非起不良之心不可。那时，我和活女将其头儿捉住，岂不就查清了吗？"

宗翰接过说："金兀术说的是好计，但怕你们俩不是匪徒的对手，因他们人多势众，你二人自投罗网，一旦有失，那还了得？我看得多去一些人，方保无事。"

金兀术说："都统，如果多去人，必被人家识破，他还敢拦截吗？我和活女不会有事，要对付不了匪徒，还咋冲锋陷阵？"

---

① 留斡岭：女真语，古北口。

阿骨打说:"兀术,即或你们俩能战胜匪徒,是凭勇气将他们杀之了事,还是捉拿归案弄清真相?要是杀了他们弄不清真相,我大金兵拦截强抢、奸淫民女的黑锅得背着。要是捉住他们,你们俩身为平民,捉拿官兵能让你们俩带走吗?"

金兀术一听,说:"这个,这个……"

宗翰见阿骨打问得金兀术打圆圈话儿,心生一计,说道:"皇上,我看就让活女和兀术化装平民依计而行,待吾率领一支轻骑巡逻兵尾随其后。至留斡岭时,潜伏暗处,听他俩呼救,便立即赶去,捉拿匪徒就是了。"

阿骨打一听,称赞说:"此计甚妙,快速进行,决不能让敌人辱我金兵!"

金兀术随宗翰来至营帐,宗翰令人将活女叫来,授计后,活女冲兀术嘻嘻直笑。当即打理停当,趁夜黑人静,金兀术和活女骑着马直奔留斡岭,身后宗翰尾随。

金兀术和活女快到留斡岭的时候,天已大亮,见前面有片树林,他俩就缓缰而行。活女在前,金兀术在后,两人不住地用目四下观瞧。忽见在树林前面有一个贼眉鼠眼的人,探头探脑瞅他们俩一眼,转身不见了。金兀术和活女会意,八成跑回去报信去了。他俩顺路往前行走,走至树林尽头,忽见从东面有十几匹快马飞驰而来。活女和金兀术就像没看见似的,顺路折西向北而行,钻进树林之中。

眨眼工夫,十几匹快马追至近前,高声喊道:"行路的站下,行路的站下!"活女和金兀术赶忙勒马"吁——"同时回头一望,见这十几名匪徒均是金兵打扮,为首的是一名金军谋克模样,年龄有三十多岁,凹面西葫芦脸上的两只鼠眼死死盯着活女,笑嘻嘻地问道:"二人意欲何往?"

活女假装腼腆,面色红红地低沉着头。金兀术说:"听说要将燕京之地交给宋朝,我全家欲徙金之内地,故让我和姐姐先行一步。"

凹面人将两只鼠目一眨巴说:"对不起,大金皇上有旨,凡从此路过行人,均须检查盘问后,方准放行!"

金兀术说:"让我们过去,我们就过去,不让我们过去,我们回去也就罢了,跟随你们去作甚?"

"混账!"凹面人大骂一声后,刷的一声拔出腰刀,喝道:"若敢不去,我宰了你!"

阿骨打传奇

"救命啊，救命！"活女突然大声喊叫起来。

凹面人见用刀没吓住这一对儿少年男女，便火冒三丈地喊："快将两个小兔崽子给我拿下马来！"

十几名匪徒一拥齐上，金兀术见来捉他，噌一下子站立在马鞍子上，一个匪徒刚奔过来用枪来挑他，他眼疾麻溜快地伸手抓住枪头往前一拽，只听咕咚一声，那小子栽下马来，摔得嗷嗷直叫，吓得其他匪徒不敢靠前。

金兀术站在马鞍上正要施展武艺，却见活女乖乖地被匪徒拽下马来，坐在地上哭哭啼啼喊叫："救命啊，饶命啊！"尖声拉气喊起没完。金兀术心里纳闷儿，你咋不施展武艺呢，却乖乖让人拉下马来，难道为呼喊宗翰不成？就在这一眨眼工夫，凹面人令人将活女抱起递给他，他往怀里一抱，打马便跑。金兀术一见可红眼了，往马鞍上一坐，随后就追，十几名匪徒在后面追随金兀术。

金兀术在马上暗想，活女是越长越精明了，他想得比我想得还周到，这叫不入虎穴，焉得虎子。此招儿八成是计上加计，看匪徒将他带到何处，也就找到匪窝，方能全部了解匪徒的数量，匪首到底是谁，还是就是这个凹面人，或还有别人，他这招儿真高。要像我刚才那样，将这十几名匪徒均打趴下，又起什么作用？能说人家要强奸民女吗？现在有证据，抢民女而去。可金兀术又想，我俩随他们去，宗翰带兵能找到我们吗？现在连影儿没见着，要是宗翰找不到，我和活女又该咋办哪？金兀术心里像开锅似的，琢磨着点子。忽然又听活女喊叫"救命啊！救命！"顿时受到启发，他也亮开嗓门儿高声喊叫："还我姐姐！还我姐姐！"他俩的喊叫声在小树林里飘荡。

转眼之间，凹面人已骑马钻进山势陡峭、林密无路的险要之地，金兀术赶忙追上前去，见在陡峭绝壁的山下搭着营帐，离老远就听到有妇女嚎哭喊叫之声。

凹面人飞驰进营帐后，早有人出来，将活女接过去。活女仍不反抗，被人抱走。凹面人高声吩咐说："放吾帐内，好生服侍。"说罢，才调转马头迎金兀术来了，离老远就喊："喂，你是要死还是要活？"

金兀术说："我要姐姐！"

凹面人哈哈大笑说："明告诉你吧，我们大金官兵走到哪块，哪块的姑娘、媳妇都得陪睡。想要姐姐现在不能给，陪睡后，她要对我有情，可让她给咱做媳妇。你还是乖乖地走吧，如不走，硬要姐姐，我这

刀可无情，非给你来个脖齐不可，到那时，你可悔之晚矣！"

"呸！畜牲！"金兀术大骂说："大金国兵还有像你们这样败类的？他们军纪严明，到哪儿秋毫无犯，对抢劫民财民物、奸淫妇女者，定杀不饶！这是人所共知的，所以我家才要迁徙金之内地。没想到遇到你们这些狗娘养的匪徒，打着大金军的旗号，干着拦截民众财物、奸淫民女的勾当。你们到底是什么人？竟敢冒充金军！"

金兀术这一骂，将凹面人骂得直眉愣眼，大吃一惊！暗想，这小子能是平民吗？平民能骂出这番话语吗？再说，刚才见他站在马鞍上，将一名兵士枪支拽住，将兵拽下马来，一定有武功，不然他敢站立马鞍上？嗯，不可小瞧，要多加小心才是。凹面人想到这儿，咬牙切齿地说："小兔崽子，你是前来找死也！"说着将马一提，这马向金兀术驰来，凹面人举刀就向金兀术面目砍来。金兀术毫无惧色，不慌不忙，两足用力一蹬，来个跃马飞扑式，跳到凹面人的马屁股蛋上，咣地就是一脚，说："你下去吧！"只听咕咚一声，凹面人从马上栽落下去。金兀术又一飞身，跃到自己马鞍上，大声喊叫："快还我姐姐，咱们万事皆休，不然，我要你们命！"

这时，从营帐里出来好几十名匪徒，在一名头领率领下，向金兀术蜂拥而来。这时，猛然从南面传来嗒嗒嗒一片马蹄声，金兀术高声喊叫："救命啊！"

阿骨打传奇

宗翰奉阿骨打之命，尾随金兀术、活女之后，率领一小队巡逻兵奔留斡岭而来。在巡逻兵前面还有名侦探兵，他和金兀术距离有五里多远，后面宗翰带领的几十名巡逻兵离侦探兵有五六里远。当金兀术、活女被拦截的时候，侦探兵离老远隐在树林里听候动静。

活女被拦截没有反抗，他就是要探匪穴在哪儿，将宗翰引去，好一网打尽，更重要的是能捉到匪徒的头目。所以他才不住声地喊叫"救命啊！救命啊！"以此为引线，引宗翰率巡逻兵赶来。

侦探兵听到活女喊叫声音往东北方向移动，便紧紧尾随在后边，转到森林里离陡峭的山势不远了，这时宗翰率巡逻兵已经赶到。宗翰一见，暗想，没出我之所料，正是此地。因为宗翰对这儿熟悉，他在追击萧德妃和耶律大石的时候，就隐兵于此。宗翰立刻将巡逻兵分散，将此地包围起来，所以才传出一片马蹄之声。

宗翰才带着四名随身将领，来至匪徒营帐前，大喝一声："住手！"

宗翰这一喊不要紧，吓得匪徒头领一愣，望着宗翰出神。

宗翰自我介绍说："我乃大金军都统宗翰，带兵出来巡逻，听见有女子呼喊救命，是怎么回事儿？你们是哪路军？"宗翰说罢，将金牌一举。他这一举金牌不要紧，可将匪徒们吓没魂儿了，因为宗翰大名儿如雷贯耳，谁不知道啊？更何况在辽人中还传说宗翰是阿骨打皇上的智多星，有很多计谋都是宗翰出的，吓得匪徒头领连话都没敢搭，转身就跑。

宗翰高声喊道："你们跑不了了，已被包围了，赶快下马投降认罪，如果反抗，自讨恶果！"

这时候，几十名巡逻兵已包围上来，凹面人向后出来的头领说："咱们快冲出去吧！"说着，耗子眼睛一瞪，对匪徒们大骂说："你们还愣着干什么，还不快点儿往外冲！"他这一喊，营帐里的营帐外的纷纷跑了出来，向凹面人拥去。

宗翰见这股匪徒要逃跑，带领四名随从武官将马一提，嗒嗒嗒，撒马迎上前去，五匹马拉开阵势，宗翰大声断喝："你们往哪里逃？"

匪徒们见宗翰将他们拦阻，后面还有金兵把守，想战又战不过宗翰，吓得又退回来了。凹面人和那个头目刚往后一退，就见凹面人哎呀一声，咕咚落下马去。匪徒们惊恐地一望，才发现他们拦截的那个小家伙儿跳跃到凹面人的马屁股上，将凹面人踢下马去，更害怕了，吓得忙往后跑。金兀术跳回自己的马鞍上后，催马追上一名匪兵，一伸手夺过匪徒的银枪倒拿枪头，只用枪杆子噼哩啪啦抡起来了，眨眼工夫将匪徒打落马下十来个，吓得其他匪徒纷纷跳下马来，跪地举刀哀声嚎叫饶命。

后出来那个头目见势不好，向西南方向催马而逃，刚逃出山口，被宗翰捉于马下。

原来宗翰见匪徒们向后退，又见金兀术施展武技，他立刻吩咐随从官员将踢下马的那人捆缚住，不要伤害性命，然后催马向山口而去，正好和这个匪徒头目相遇，只一回合，便将头目打落马下。宗翰令人捆缚好，带着这个头目奔匪营帐而来，见六七十名匪徒均已投降。遂命四名随从官员监护降匪，又令人将捕获的头领和凹面人以及金兀术带进营帐。

宗翰向营帐里走的时候，心里非常纳闷儿，咋不见活女出来，而且也听不到她的呼救声了？宗翰想到这儿，不由得打个寒战，能不能出啥意外？宗翰便忙三选四地闯进头座营帐。

金兀术心里也纳闷儿，暗想，活女咋蹲得这么老实，匪窝已找到，宗翰也来了，你干啥还在营帐里猫着？因为金兀术看见活女被送进那座营帐里了，便直奔那座营帐去了。他刚迈进营帐，便大声呼喊："姐姐！姐姐！"无人答言。他一个箭步蹿进营帐里，见里边空无一人，可将金兀术吓傻了，眼睁睁看着活女被送进这座营帐，怎么会不见了呢？便又大声喊道："姐姐！姐姐！你在哪儿呀？"

宗翰闯进头座营帐，见里面空无一人，赶忙走出来，见兵士押着两个头目奔营帐来了，金兀术不见了，便向兵士说："兀术呢？"

"奔第三座营帐，找活女去了。"

宗翰说："你们将他俩押进帐内候等，待我去救活女！"说罢，连跑带颠地奔第三座营帐去了。

宗翰跑进第三座营帐一看，倒吸了一口凉气，营帐里空空，哪有活女和金兀术的影儿？暗想，这可坏了，要是活女和金兀术有个一差二错，回去咋向皇上交代呀！宗翰见这座帐里没有，以为是兵士记错了，赶忙出来，又钻进第四座营帐。第四座营帐里仍是空无一人，惊得他赶忙出来，又奔下一座营帐，连跑带颠而去。

人要是急蒙了，能看出来，宗翰可真急坏了。他脚不沾地一连走了六七座营帐，也没见着活女、金兀术的影儿，心中暗想，活女早被送入营帐里，活女跟随我这么长时间，别看他长得像个姑娘，性格也像个姑娘，不言不语，可蔫巴人胀肚心，心里有数儿。他最大特点是遇事不慌，越到掮劲儿的时候越有道眼。他被送进营帐里准是有新的发现，或者被人架走。那么金兀术是脚跟脚的事儿，怎么会眨眼不见了呢？宗翰想到这儿，心里一颤，哎呀一声，不好！这营帐里准有暗室，不然，人进去怎么会刹时没影儿了？可宗翰又一想，有暗室，我刚才进去，他咋没把我拽进去哪？家雀不撒尿，一定有雀别！宗翰暗自思忖，要想弄清营帐里奥秘，只有审问匪徒头儿。两名匪徒头儿要是咬紧牙关一时半会儿不说，金兀术要是遇难，我不相救，一旦出了差错，吃罪不起。因金兀术现在是皇上的心尖儿，留在驾前，今日遇险那还了得？想到这儿，他又返回第三座营帐去了。因为宗翰知道，兵士决不会看错的，他们见金兀术跑进第三座营帐，说明活女也被送进第三座营帐。还得从第三座营帐发现线索。

宗翰二次闯进第三座营帐，留心仔细观瞧，只见这座营帐是依陡峭的山崖而立，帐里靠山壁搭着床铺，上边放有两个行李卷儿，叠得板板正正，一点儿破绽没有。在床铺头上，搪着一块长有三尺、宽有二尺多的木板儿，下面是块石板，石板也板板正正，一点儿缝隙没有。搪板上放着灯烛，丁点儿没有移动的痕迹。宗翰见此情景，心里纳闷儿，从表面看，看不出有什么地下暗室的痕迹。他两只眼寻摸看，心里翻腾着，随后想从背囊里掏出问路石，想要用路石探探搪木下边这块石板。还没等他掏出来，忽然闯进一个兵士，禀报说："都统，来了一队兵马，直奔营帐而来！"

宗翰听后，心里一惊，暗想哪来的兵马，待咱出去一看。宗翰顾不得用探路石探路了，赶忙退出手来，疾步蹿出帐外，举目观瞧，见从西南方向果然来了一队兵马，飞驰奔营寨而来。宗翰见后，赶忙跑过去，拉过战马，飞身而上，令巡逻兵严阵以待。

宗翰率领巡逻兵列成阵势，在匪营帐外严阵以待。不一会儿，这队兵马驰至近前，拉开距离，也列成阵势。宗翰举目观瞧，这队兵马有五百多骑，全是金军装束。

宗翰正望着，从来的兵马中闪出一员将领，他仔细打量宗翰后，赶忙在马上施礼说："原来果是宗翰都统，多有冒犯，向都统陪礼！"

宗翰仔细观瞧，见这员将领好面熟，他是谁呢？又端详一会儿，冷丁想起来了，此人乃耶律余睹的马挞，降金后是耶律余睹的团练使，名叫耶律忽嘎。心想，他来干什么？便问道："团练使带兵来此作甚？"

耶律忽嘎说："卑职闻报，我的巡逻队被一支来路不明的军兵给缴械了，并将领队头目捉获捆缚，故而带兵前来察看，不知是都统带兵缴械，多有冒犯！但不知，我的巡逻队犯了什么军纪，敢劳都统前来缴械？"

宗翰说："团练使有所不知，皇上接到民众控告，言说在留斡岭一带，有金军拦路抢劫、强奸民女之事。圣上大怒，令我率巡逻兵前来侦缉正法。来此，听见有男女人喊叫救命，故而追至此地，见该营帐的领军头目抢劫一名少女，一个少年男子追至此营寨。当我拿出金牌报名后，他们欲逃跑，被吾捉获，兵士降服，何谈缴械也？"

耶律忽嘎听后，哇呀一声大喊："果有此事，大胆包天，待吾问明，杀了他们！"说罢，提马奔营帐而去。

宗翰在身后大声说："团练使，此事你我均审问不了，待咱交与圣上，由皇上御审！"

团练使没听宗翰的，独自闯进营寨去了。

宗翰奉阿骨打的旨意，率巡逻兵配合金兀术、活女前来捉获冒充金军，拦截民众，强抢民财，奸淫民女的匪徒。哪知追击到匪窝，虽然将匪徒的头目捉获了，可活女和金兀术失踪了。正在宗翰着急的时候，忽然耶律余睹的团练使耶律忽嘎率兵赶来了。当宗翰将这股冒充金军的匪徒抢夺民财、强奸民女的罪行说与耶律忽嘎时，这小子假装火冒三丈，大声喊叫说："待吾问明，杀之！"说罢就向营帐里闯。

宗翰急忙拦阻说："团练使，这案你我审问不了，须皇上御审。"

耶律忽嘎没听那个邪，提马闯进营帐，翻身下马，直奔第一座营帐而进。这时候，他的五百多名军兵拉成圆形，将营寨和宗翰的巡逻兵团团围在营帐院内。宗翰见耶律忽嘎没听他的，直奔第一座营帐闯去，暗想，不好，他若杀人灭口，这事如何交代？便赶忙从后追随而进。当他一脚帐外一脚帐里的时候，就听耶律忽嘎大声喝问："是你们拦截民众，抢夺民财，强奸民女吗？"

两个头目齐声喊叫："团练使，我们冤枉啊！我们冤枉啊！"

"住口！"耶律忽嘎很像那么回事似的，大声断喝说，"还强辩，金军都统眼见你们抢一民女，随后追赶而来，人家才将你们捉获，如不承认，我杀了你们！"耶律忽嘎说着，举起刀来，要杀两个头目。宗翰手疾眼快地攥住耶律忽嘎的手腕子说："团练使，杀不得！"

耶律忽嘎说："看在都统面上，暂不杀你们，快将抢劫财物、奸淫民女之事从实招来！"

凹面那个家伙耗子眼睛眨巴两下，跪在地上说："团练使，确实冤枉，不信，可搜查嘛！如有抢来的财物和妇女，要杀就杀，我们罪有应得。反过来说，搜不到赃物，捉贼要赃，没有赃物，捉拿我们为何？团练使可要给我们做主，金军是和团练使过不去呀，还是和耶律余睹过不去呀？拿我们串皮子不干！"凹面人说完，耶律忽嘎说："不用你巧辩，先留着你这张贼皮子。"说着，又转过脸对手下命道："你们带领兵士给我搜！"说罢，笑嘻嘻地对宗翰说："待搜出赃证，交与都统，连罪犯一同带去，请皇上御审！"

宗翰一听，暗自吃惊，闹了半天，真正的贼首在这儿呢！他这是明明前来跟我将军的，别说以前的赃证，连我派来的金兀术、活女都不见了，上哪儿搜赃证去？赃证搜不出来，这家伙肯定倒打一耙，质问我凭什么将他的两个头目捉拿？我拿不出赃物和人证来，团练使对我不能善罢甘休呀，他们使的是一条狠毒之计也。宗翰心里着急，暗想，这可咋办？金兀术、活女你们俩在哪儿，为啥不留暗号儿，让我上哪儿找你们去？

"报告，所有营帐都搜了，赃物人证全未搜到！"

耶律忽嘎呵喝一声说："废物，饭桶，还不给我退下！"他将手下的人喝退后，便笑呵呵地对宗翰说："都统，现在只好将你的赃证拿出来，共同审问了。"宗翰说："对不起，我的赃证怎能交还于你，话不可重述。我奉旨而来，须将赃证和人犯一起带回请御审，你怎么有权过问？"

耶律忽嘎冷笑一声说："都统，我也话不可重述，这是我的巡逻队，我当然有权过问了，不能无辜受害啊！我见不着赃证，怎能让你随便带走？你金军如此信不着降军，今后还咋招抚呢？"

耶律忽嘎这一说不要紧，凹面人和那个头目心领神会，哭唧尿号地埋怨耶律忽嘎说："团练使，你可把我们坑苦了，我们不降，你劝说我们降，早就知道，大金是先收降后掠掳，这是无故加给我们的罪名，要将我们押送到内地去当奴隶，你快救救我们吧！"

宗翰一听，更明白了，这是他们设的圈套，将金兀术、活女藏在暗室，倒咬一口。这事咋解决好呢？我要是硬带走，他不让，非起纠纷不可。要是打，我倒不怕，别说他带五百兵马，就是千兵我岂在乎？问题是一旦打起来，他非说我逼他们反叛不可。不带走，难道还放他们不成？这样岂不反上了他们的圈套？他们更有话柄了。宗翰暗想，带不得，放不得，难道就在这儿将军吗？宗翰一时还真想不出妥善解决的办法。

耶律忽嘎说："对不起，都统，如果你不让咱见赃证，咱可要放人了！"

宗翰一听，不禁大怒，这家伙简直欺人太甚！步步紧逼，说明他就是主谋，不然不能如此，何不将他也捉拿起来，一起带走审问？再说，哪有工夫跟他磨牙。现在金兀术、活女下落不明，准是他搞的鬼，他要不知道，也不敢如此猖狂！宗翰拿定主意后，冲耶律忽嘎冷不防咣的就是一拳，随跟着又端了一脚，当时就将耶律忽嘎踢趴在地上。宗翰命令手下兵士说："将这个主谋捆缚了!"兵士一拥而上,刚要捆缚,耶律忽嘎手下的卫兵前来救耶律忽嘎,被宗翰一顿拳脚也打趴在地上。宗翰说："如果你们再敢乱动,我让你死于非命!"吓得耶律忽嘎的卫兵浑身颤抖,趴在地上,一动也不敢动了。

宗翰一个箭步蹿到后面,高声对耶律忽嘎的五百兵士说："你们的团练使唆使他的所谓巡逻队,打着金军的旗号,干着破坏金军声誉的勾当。拦截民众,抢劫民财,强奸民女,无恶不作,将抢劫的财物和民女均从此地道送到他那儿,他是这股匪徒的总头子!为此,我奉皇上御旨,已将他和匪徒头领捉获,送交给皇上审问,尔等愿降归降,不愿降者自便!"

宗翰说罢,耶律忽嘎的五百军兵立刻树倒猢狲散,哗啦一声散花了,七吵八喊:"可不好了,团练使露馅儿了,团练使露馅儿了!"纷纷逃去。

宗翰眼瞅着耶律忽嘎军兵逃散,转身回到屋里,见已将耶律忽嘎绑缚,便问道:"耶律忽嘎,你如能老实说,你们抢劫的财物和民女从哪个营帐地下道走的,都移到何处,我就放你。如果执迷不悟,自来寻死!"

耶律忽嘎哈哈大笑说:"想不到你们大金国的带兵元帅凭猜测办事,有地道,你来问我作甚?你没长眼睛啊,自己去找嘛!"

耶律忽嘎说得宗翰面红耳赤,接过说:"好!待吾寻到地道,再和你们算账!"说罢匆忙而去。

宗翰哪有工夫和耶律忽嘎磨牙,他心里挂念着金兀术和活女,也不知他俩哪儿去了,是死还是活,要是真有差错,他咋向皇上交代呀!对宗翰来说,自从随阿骨打出来征战,还真没失败过。每逢紧要关头,都是他为阿骨打谋划策后,阿骨打采纳他的意见而取得胜利。万没想到,对付这么一小队匪徒,却遇到这么多的波折。让宗翰心里有底的是,金兀术、活女虽然年岁小,武艺却很高强,一般人对付不了。再说,他俩也决不能轻易上当,即或将他俩骗入暗室或地道,一般武艺的人对付不了他俩,何况敌人不知道他俩底细,按平民对待,他俩就更容易对付了。宗翰担心的是怕金兀术和活女被引进暗室,能进去不能出来,为此,宗翰又奔第三营寨去了。

宗翰第三次进到第三营帐,他直奔搪板走去,从怀里掏出一块问路石,走到搪板下面,将石子往搪板底下石板上一扔,只听咚的一声,证

明石板底下是空的。他蹲在地上仔细观瞧，心想，这地穴的销销在哪儿呢？他瞧哇，看哪，发现搪板下边有四根立柱，这四根立柱安在石板之上，说明石板通过这四根立柱而活动。可宗翰又想，通过四根立柱活动，它咋能复原呢？便伸手一拉立柱，嗬！嘎啦啦一声响，非常轻快，可说是不费劲儿就将搪板拉向一端，下面一股凉气冲上来了，冷飕飕的，说明地穴很深。可他将石板拉开后，露出地窖，木板却不能回去了，他用手拉也没拉回来。宗翰刚想要喊金兀术、活女，你们在哪儿呀？他没敢，怕露了馅儿，无法处理此案，便对跟随的兵士说："你们在此等候，我下去寻看此窖。"说罢点燃火把，往洞里一照，见洞口下边有块木板，将洞堵得严严实实，别无他物。宗翰心想，就是黄河水也要探探它有多深，于是毫不犹疑地往木板上一跳，就觉着忽悠一下子，随之嘎啦啦连声响，宗翰好似落入陷阱一般，眨眼不见了！

宗翰在匪营第三营帐中，找到地下暗洞，立刻跳进去，只听嘎啦啦连声响，宗翰眨眼之间不见了。

说也奇怪，宗翰跳进去后，上边的搪板哗啦一声便自动关闭了。兵士见自动关闭上了，赶忙又拉开了，拉开就听哗啦一声，又自动关闭了。不像宗翰拉那样，一拉拉到一端就不动了，想拉还拉不回来，现在咋变了？兵士上哪儿知道去，感到这玩艺儿邪门儿，非妖即怪。二人吓得浑身直哆嗦，心里发冷，转身就往外跑，找到宗翰的四名随从官，将宗翰找到地下暗室，跳进地下暗室不见影儿的事儿学说一遍。四名随从官安慰兵士说："你们休要惊慌，都统敢下去，就有敢对付的办法，绝对万无一失，你们还是在那儿守候吧！"

两名护卫兵硬着头皮又回到第三营帐里，站在搪板旁，呆愣愣地望着搪板出神，一动不敢动地静候宗翰，盼他早点儿出来。

单说宗翰感到忽悠一下子，站在木板顶上，听见木板下面嘎啦啦山响，就像车似的向下滑去，里边黑咕隆咚伸手不见五指，冷飕飕的凉风吹在身上，立刻使身上起了一层鸡皮疙瘩。

嘎啦啦、嘎啦啦响了好大一会儿，猛听咣当一声，说也奇怪，随着这一声响，宗翰身不由己地从这块木板被颠到另块木板上，原来的木板说不上咋回事儿，又嘎啦啦缩回去了。宗翰正感到纳闷儿的时候，就听上边传来当啷、当啷的响声。宗翰举目往响声处一望，见上边有个盆口那么大的窟窿，好像自己在井里一般，他越动弹，上边当啷、当啷声越响。宗翰用手一摸，在东面的石壁上有马蹄磴儿，顺着磴儿往上一摸，每隔二尺多远均有这么一个磴儿。宗翰不敢怠慢，敢忙攀登马蹄磴儿，往上边爬呀爬呀，他手往上攀登一个马蹄磴儿，脚就跟着登上一个磴儿，就这么往上攀登。越往上攀登越亮，当他快攀登到顶上的时候，见上面的洞口比井口大多了。宗翰感到奇怪的是，在他往上攀登的时候，当啷、当啷的声音没有了。

宗翰攀登上来之后，大吃一惊，见这上面是陡峭的山腰，之中有一里见方的一块平台，平台上面立着两座营帐，营帐外面有三具死尸。暗

想，不用说，这准是金兀术或者活女杀死的，他俩现在何处？宗翰又见洞口旁竖着一个像轳辘似的玩艺儿，顶上拴个铃铛，一根铁丝绳儿绑在轳辘上，绳子直从南边甩进洞口之中。宗翰好奇地用手一碰铁丝子，铃铛就响。噢，原来这铃铛是信号儿，铃铛一响，洞口上边就往上提人。这么说上面没人了，所以铃铛响没有反应。

宗翰拔出佩剑，来至营帐前一看，帐门大开，里边也有几具尸体，全是契丹人，双方交战弄得乱七八糟。他又进营帐里一看，床铺上有妇女的衣服，绳索扔得到处都是。

宗翰心里纳闷儿，金兀术、活女他俩到哪儿去了，怎么连个影儿都不见呢？他又往帐后寻去，走出有十几丈远，便见悬崖峭壁，是处幽谷。宗翰往谷里一看，不由得哎呀一声，谷里有十几具裸体妇女的死尸。不用说，这是被奸后或者不从，被匪徒们害死扔进谷里去的，气得宗翰大骂匪徒如此残害民众，这就是你们的罪证。

宗翰回过身来，暗想，难道金兀术和活女下去了，他俩从哪儿下去的呢？要是被害也得有尸体呀！是了，可能他俩救些被抢来的妇女，带下山了，待我寻找，看看从哪儿能下去。宗翰从营帐这面寻到那面，见均是陡峭山壁，从哪儿也下不去，往下边张望都害怕。奇怪呀，难道他俩飞下去的不成？当宗翰又回到井口（地洞）前面，往西南角上的林木丛中一瞧，见有条陡坡小路，宗翰赶忙奔跟前一看，是新开凿的一条石磴梯形的陡坡路。宗翰毫不迟疑地顺着梯蹬腾腾而下，不一会儿，真如飞一般走下山来，见山脚又是一处林地，在林中扎些营帐。虽然营帐不少，却静悄悄的，无有人声和马嘶之声。宗翰手持宝剑，顺着营寨闯进去，见营帐里均空无一人。宗翰哪敢停留，一直向南走去。

当宗翰快走出营寨的时候，见寨门前有两名兵士，正在交头接耳。宗翰大喊说："喂！此处是何军扎的营寨？"

两个兵士听见有人喊叫，猛回头见宗翰手持宝剑，精神抖擞，身穿大金国的军官服装，知道此人官儿不小，便赶忙行军礼后，报告说："报告军爷，此处是耶律余睹团练使耶律忽嘎的营寨。"

宗翰一听，气冲斗牛，暗骂耶律忽嘎，好啊，这回真相大白了。闹了半天，这股匪徒是为你抢劫民女，从地洞弄到上边，任你蹂躏，不从者杀掉。你这个恶贯满盈的畜牲，今天自投罗网了。宗翰又问道："你们见没见着一对儿少男少女从这儿过去？"

兵士惊恐地说："见着了，过去半天了。少男少女英勇无比，只用拳脚就打倒踢翻兵士无数，谁也不敢近前，他俩护送一些妇女走过去了！"

宗翰心想，没出我之所料，果然如此，便又问道："哪儿来的妇女？"

兵士说："都是团练使让巡逻队为他抢来的，抢到砬子上了。这对儿少男少女武艺超群，就是团练使也不是他俩的个儿，听说我们团练使也被大金都统抓起来了。兵士一哄而散，还没等逃散，耶律余睹闻报后带军赶来，将这些兵收容去，去找金都统论理去了。"

宗翰一听，大吃一惊，暗想糟了，耶律余睹赶去，要是将耶律忽嘎和那两个头目放了，我到哪儿捉他们去？再者金兀术、活女赶到，一旦打起来，两人势孤，好虎架不住一群狼，岂不要吃亏吗？便着急起来，赶忙又问道："此处离巡逻队的营帐有多远？"

兵士说："大约有三十里之遥！"

宗翰一听，惊疑地说："什么？三十里还多，我从洞里感到不一会儿呀，怎么能差这么远呢？"

兵士说："那是弓弦，这是弓背，需绕过这道山梁方能到达那里。"

宗翰一听，还有好几十里路，等我赶到那儿，黄瓜菜早都凉了，这可咋办呢？他们这里能不能有匹马借我骑骑？便对两名兵士说："军士，你这有马没有，借我一骑。"

兵士听说，两人相互望望，意思不认不识的，咋借给你马呀？其中一个兵士问宗翰说："军爷是哪个军头儿的，怎么到此借马？"

宗翰说："我乃大金追击辽天祚帝都统宗翰是也！因皇上接到民众控告，言说此地有冒充金军士兵，拦路抢劫民众财物，强奸民女，作恶多端，对金军影响极坏。故而皇上让我率巡逻兵前来巡逻，眼见一队匪兵拦截民众，将一少女抢走，其弟追赶喊叫要姐姐，姐姐则呼喊救命，甚是凄惨。当我带兵赶到匪兵营寨，头目率兵要逃，被我拿获。哪知团练使耶律忽嘎带五百军兵赶到，非朝我要赃证不可，无有赃证不准带人，这才知是他使的圈套，将他也拿下。可是被抢的少女和其弟到营寨后踪影皆无，估计匪营寨定有暗室，才在第三座营帐找到。来至此山上面，营帐中无人，走下来后，方知被抢的少女已下山去。又听你二位言说耶律余睹已带兵前去，怕出意外，我得迅速赶回去。请你二位协助，借马一用。"宗翰说罢，从怀里掏出金牌，给两名兵士验看。

两名兵士听后，心内暗暗吃惊，原来此人是宗翰都统，乃大金国的名将，阿骨打皇帝的智多星。两名兵士忙致歉说："不知都统驾临，失敬！失敬！"其中一位兵士对宗翰说："实不相瞒，要说没马，是欺骗都统。现在只有团练使还有一匹好马，由马夫放牧，怕他不让骑。"

另一名兵士说："都统，走，我领你去和他说说，都统借马骑，他哪能不借呢？"

宗翰一想，也真没别的招儿了，只好如此，跟着去试试吧。宗翰跟随兵士转过一个山头，见山坳中有一人正在放马。走到近前，兵士向放马人介绍说："此位军爷是大金军都统宗翰，从地洞至此，欲借马前往巡逻队营寨，随后交给团练使卫兵骑回。"

放马人一听是宗翰，用目打量一下，说："马是团练使的，他没有话，我怎敢往外借？借出去，要是怪罪下来，小人吃罪不起呀！"

兵士见放马的不借，刹时火冒三丈，蹿上去一把夺过马缰绳，说："让他怪罪我，就说我借的！"说着递给宗翰。宗翰心想，也只好如此了，才说声："多谢！"骑马疾驰而回。

宗翰催马加鞭，心急如火往前赶路，恨不得马生双翅飞回去，好将这伙匪徒解押给皇上审问。要是让耶律余睹给放了，岂不前功尽弃？耶律忽嘎这匹马确是一匹好马，它四蹄放开，咴儿咴儿直叫，马蹄嗒嗒，越跑越快。宗翰骑出去有二十里左右，便见前头山前有伙人，艰难地步行着，还有两个人身上还背着人。他心里琢磨，八成是金兀术和活女领着那些被抢的妇女在往回赶路，就又啪啪两鞭，这马可就放圆溜了，嗒嗒嗒不停蹄地向前疾驰。不一会儿，便追上前边这伙人，宗翰在马上离远一望，果然是金兀术和活女，他俩后背上一人背一个妇女，领着八九名妇女步履蹒跚地往前行走。当宗翰来至近前，赶忙勒马"吁——吁——"将马停下，假装不认识金兀术和活女，高声问道："喂！你们上哪去？为啥弄成这般光景？"

金兀术停住脚步，仰面望着宗翰说："哎呀！是你呀！你不是要搭救我姐弟的大金军官吗！"

宗翰跳下马来说："你俩让我追得好苦啊，我找到暗道后，追至洞上营寨，不见人影儿，下得山来，方知你姐弟救出这十几名被抢劫的妇女向匪营寨走去。我现借匹马追来的，快将你们背着的女子放在这匹马上！"

金兀术说："这两名女子被匪徒们打得遍体鳞伤，不能行走，我和姐姐背得动，请军爷头前走吧！"

宗翰说："那怎么行，快放在马上吧，还有十几里路程呢！"

金兀术见宗翰执意将两个受伤女子放在马上，才对活女说："姐姐，就将她俩放在马上吧。"说着，金兀术和活女将两名骨瘦如柴的受伤女子放在马上，两人挤坐在鞍子上，活女在下边用手扶着，金兀术牵着马，其他女子在马后边跟随，向匪营寨缓缓走去。

宗翰和金兀术并肩而行，便对金兀术说："你为何眨眼不见了？"

金兀术说："我追姐姐，眼睁睁见将姐姐拉进第三营帐，我才奔第三营帐找去。见里边无人，心里纳闷儿，知道定有暗室。哪知我一扳搪板立柱，哗啦一声便开了，才发现是一地洞，我毫不顾忌地钻进去。这洞很奇怪，那木板像爬犁似的，嘎啦啦向下滑去，真好玩儿。滑到底下一撞，人就起空，落到另个木板上，上边当啷、当啷铃响，有人将我用轳辘提到上面去。刚跑上去，就听有人说，找他姐姐来了。这时，从营帐里出来四五个打手，奔我来了，看样儿要将我打死，被我一顿拳脚打翻在地。此刻，姐姐在帐内也下手了，我姐弟俩打死五个匪徒，才救出这些妇女。"金兀术说到这儿，反问宗翰说："你咋找来了？"

宗翰便将他如何寻找姐弟俩，团练使耶律忽嘎前来，设的圈套，还硬逼他拿出赃证。被他捉拿后，再次寻找暗洞，才追寻到山上，发现营帐里有尸体，又追下山来，借马追赶至此诉说一遍。

宗翰和金兀术边说边走，见前面飞驰而来十几匹快马，也是金军打扮。宗翰用目望着，心里暗想，这是谁呢？不一会儿，这十几匹快马已来至近前，宗翰见前边马上的头目不认识，不用问，准是耶律余睹下边的军事将领。两下对面相望的时候，就听马上有一女子哭叫说："官人，快救我命！"

女子这一哭叫，前头那个军官开始一愣，当他仔细向马上一瞧，立刻火冒三丈，哇呀呀大叫，怒喝道："你们是哪里的强盗，抢我妻子？"说着举刀向宗翰砍来。宗翰用剑一架，就听马上的女子又喊叫说："官人快住手，他们是我的救命恩人！"

那个家伙听女子一说，扔刀在地，赶忙抱下妻子问道："快告诉我，你为何成这般模样？"

女子痛哭流涕地说："夫君哪，为妻跟随我小弟去接我姐姐，路过这地方，被一伙军人拦截。他们不容分说，将我抢走，抢进营帐，从暗道送往山上，被拉进营帐，丧尽天良的野兽们要强奸为妻……"

"哇呀呀！"这家伙眼睛一瞪多大，还没等妇女将话说完，便问道："他们将你强奸了？"

妇女说："是咱百般不从，被他们打得遍体鳞伤，浑身上下一点儿好地方没有。眼看为妻被他们打死，心想，再也见不到丈夫你了。谁知人不该死总有救，多亏被抢来的少女和她弟弟杀死匪徒，将为妻和受难的姊妹们救出来，行至此地，遇见官人，这回我算更有救了！"

她丈夫听后，赶忙给金兀术施礼说："感谢壮士相救！"

金兀术说："救命的不是我，是这位军爷。"更将他和姐姐从此路过被拦截一事，从根儿到梢儿学说一遍。这家伙向宗翰致谢后，问宗翰说："不知将军是哪路军队，叫啥名儿？"

宗翰报了字号，将他的来龙去脉学说一遍。这家伙听后，跪地就给宗翰磕头说："你们真是民众的救命恩人，你们不来，不知要被他们害死多少民众呢！"

宗翰问道："你是哪路军队的，叫啥名儿，意欲何往？"

那家伙说："我叫耶律麻哲，是耶律余睹军中的军官。今日耶律余睹率军去找都统评理，责问都统为啥将他的团练使耶律忽嘎捉拿？中途遇见团练使逃回的散军也被耶律余睹截回，刚到耶律忽嘎营寨，就将耶律忽嘎和那两名头目放了，才知都统不知去向，就见耶律忽嘎和两名头目惊慌失措地跑进第三营帐去了。就在这时，耶律夺次让我去平州下书。"

宗翰忙问："下给谁？"

耶律麻哲说："下给张觉！"

宗翰听后，大吃一惊，忙又问："此书你敢交给我吗？"

耶律麻哲说："这有啥不敢，现在我明白谁好谁坏了。我实对都统说吧，耶律余睹是被逼投降大金，他现在三心二意，又有耶律夺次经常挑唆，让耶律余睹叛金，和张觉共同反金立辽，这封信八成就是这个事儿？"

宗翰接过书信，也来不及细看，着急忙慌地问道："你见耶律忽嘎钻进第三营帐去，出没出来？"

耶律麻哲说："见他们进去，没见他们出来，我就带领这十几名兵士走了，准备绕道儿，夜间奔平州去。我带人走，听说皇上带兵赶来，耶律余睹他们迎接圣驾去了。"

宗翰听后，赶忙将耶律夺次写给张觉的书信揣进怀里，对耶律麻哲说："将军能否借给两匹马和四名兵士？"

耶律麻哲不解地说："行啊，但不知都统作甚？"

宗翰说："我想让这少男少女骑马带领四名兵士去擒拿那两名匪首，也就是抢你妻子的匪首。"

耶律麻哲一听，银牙咬得咯崩咯崩山响，怒气冲天地说："都统，信着我，我愿随两位勇武之士前去捉拿仇人！"

宗翰说："将军，你还有重任在身，要速将这些受难的妇女藏起来，保护他们的安全，将来好在皇上面前作证。现在，那两个头目已从暗洞里去杀这些被害的妇女，可他们扑空了，已被救到此地。他们见人跑了，非追来不可，要消赃灭证。而且耶律忽嘎必率兵从这路来截，他要见着这些被害妇女在此，非令军兵围杀之。故而你快将她们藏起来，我来擒拿耶律忽嘎！"

宗翰的话语，金兀术、活女听得明明白白。金兀术说："快给我们马匹，我和姐姐去捉拿仇人！"

耶律麻哲赶忙挑选两匹好马，让金兀术与活女骑着，又派四名武艺好的兵士跟随，他们催马而去。随后，耶律麻哲让舍马的两名兵士背着他的妻子和另一名受伤不能行走的妇女，去山崖密林深处躲藏，后边跟随能行走的九名妇女，耶律麻哲断后。

耶律麻哲还没等将这些妇女藏好，果然不出所料，耶律忽嘎带兵而来。

宗翰见此，翻身上马，带领耶律麻哲的十几名兵士迎上前去。

耶律忽嘎离远就认清对面来的正是大金军都统宗翰，而且骑着他的马来的，不禁打了个冷颤，暗想，坏了，我的秘密全被他查到了。真是冤家路窄，又遇到他了，这便如何是好？这小子忽然心生一计，赶忙将马勒住，高声喊叫说："兵士们，快……"

耶律忽嘎下边的话还没喊出口来，就听他妈呀一声，咕咚从马上栽落下来。宗翰忙令耶律麻哲的兵士将耶律忽嘎捆缚起来，见耶律忽嘎用手捂着左眼，顺手缝儿往外冒血。

这是咋回事儿呢？原来耶律忽嘎知道自己打不过宗翰，想让兵士一拥而上，将宗翰围上，他好乘机逃走。哪知他蹶屁股拉几个粪蛋儿宗翰都知道，宗翰早做好准备了，两脚蹬镫儿，往马肚子上一磕，这马向耶律忽嘎面前一窜，还没等他命令说完，宗翰迎面给耶律忽嘎一个暗子，打进他的左眼睛里，才栽下马来，第二次被捉拿住。

兵士见耶律忽嘎又被捉拿，正在愣神儿的时候，就听宗翰高声喊道："军士们，不要乱，如果愿意继续当兵，可跟随耶律麻哲，让他统帅你们，同意不？"

众兵士异口同声地回答："同意！"

耶律麻哲这才骑马出现在军兵前。

金兀术和活女带领耶律麻哲的四名兵士，快马加鞭，直奔耶律忽嘎的营寨驰去。还没等到营寨呢，就见前面有两个鬼头鬼脑的家伙，走一走，向前望望。金兀术眼尖，不用说，准是凹面人和那个小子，他俩是来迎耶律麻哲的，决不能让这两个坏家伙跑掉了。金兀术想到这儿，啪啪狠抽坐下马两鞭，这马将脖儿一扬，可就放溜了，如同箭打一般向前飞奔。

金兀术还真没猜错，正是那两个匪徒头目，他俩是从地洞钻到耶律忽嘎山上营寨的，也就是耶律忽嘎强奸民女、窝藏抢夺民财民物的黑窝。这两个坏家伙被耶律余睹放开后，急忙跑进第三营帐，见帐内无人，知道宗翰已找到地道。但他俩估计错了，找到地洞，上洞去也得没命。因为他们有暗号儿，不是女子不能让他钻地洞，如从地洞出现男的，就要杀掉，怕泄露地洞的秘密。当时耶律忽嘎和两个坏头目商量，让两个坏头目从地洞去，他带兵从路上去拦截，万一害不死宗翰，岂不让他端了自己的老窝，赃证俱在，有口也难分辩了。所以，耶律忽嘎带兵从路上去，这两个坏家伙从地洞里走了。凹面人先走，那个头目后走，这个地洞只能去一个人，多一个也去不了。因这地洞可有些年了，传说早先年，这洞是千年大蛇精在此横行霸道，祸害来往行人，吓得人们谁也不敢从这儿走，称这地方叫"断路口"。这条大蛇精就是从这条洞口钻进去，从山腰洞口钻出来，在山腰平台上晒太阳。后来，雷将大蛇精击死了，这地方方得安宁，可这条蛇洞谁也没敢进去过。自从耶律余睹的团练使耶律忽嘎收容两名匪徒，就是凹面人和那个头目。凹面人名叫赖狗子，游手好闲，专靠拦路行抢为生。那个头目名张闹，是张觉的叔兄弟，他俩名儿连在一起叫"觉闹"。张觉收了赖狗子后，便心生一计，让他俩收罗一些匪徒，按照阿骨打的新法"凡是能率众来降者，均给个小官儿当"，就利用这个来向耶律忽嘎投降。耶律忽嘎和张觉认识，过去张觉巴结耶律余睹，就靠耶律忽嘎为台阶，张觉才巴结个辽兴军副节度使。就这么的，张闹暗中和耶律忽嘎一说，并将张觉的计谋说与耶律忽嘎。张觉啥计谋呢？就是让张闹和赖狗子打着大金军的旗号，

干着拦路抢劫民财民物和民女的勾当，坏大金军兵的名声。更主要的是坏阿骨打的名声，说阿骨打口说得甜如蜜，实际是男盗女娼。你看大金军兵，像匪徒一样，拦路抢劫，强奸民女，要是跟随大金，都得变成奴隶。张闹还说，咱们这样闹扯几个月，大金名声臭了，将军将财发了，每天还有美女陪睡。耶律忽嘎听着乐得嘴都合不上了，便问道："那要露馅儿可咋办？"张闹说："没事儿，谁想找都找不到门儿。"他便将赖狗子发现这条蛇洞说了。还说将蛇洞作为地下暗道，将军在洞口平台上扎下营帐，睛等着接受美女和财物，这叫神不知鬼不晓，谁想要查，他连证据都找不到。耶律忽嘎亲自察看了这条蛇洞，又由赖狗子亲自设计，在洞南口，也就是入口处设计成滑道，就是洞壁安上滑轨。木板四周有滑轮，人站在木板上，滑轮嘎啦啦就往洞底坠落下去。木板上边是用牵引丝拴着，靠洞壁两旁有拳头那么大个空隙，人站在木板上下坠的时候，牵引丝则向上升，牵引丝头上拴着好几块铁疙瘩。等人落到底下，洞底有个弹簧，往起一弹，人便不知不觉地跃到出洞口那块滑板上，原来的滑板在铁疙瘩下坠时，滑板便自动升回到原洞上。当人跳到出洞口的板上，板一摇动，洞口上边的轳辘随着摇晃，上边拴着的那个铃铛便当唧当唧响起来。这一套花招儿鬼把戏全是赖皮狗子出的，并经他亲手做的。后来怕有意外，才又在出洞壁上凿成马蹄磴儿。他这个地洞道，能从进到出，想要再从出口返回进口出去，那是不可能的，这叫有去路，无有回路。

还说凹面人赖狗子先从地洞去了，当他跃到出口的木板上，上边铃铛虽然当唧当唧响，可没有人往外提他。等了好大一会儿，甚至用手摇用脚踩，只听铃铛响，不见有人来。知道事情不妙，他只好从马蹄磴儿攀登上去。赖狗子边攀登边暗想，还是我道眼多，要不凿这个马蹄磴儿，还不将我憋死里面了？赖狗子还没等攀登上去，就听到上边铃铛当唧当唧响上了，知道这是张闹下来了，便高声往下喊叫说："张头领，别着急，上边可能没人，等我爬上去，再提你上来！"赖狗子便加快了步伐，登了这磴儿，登那磴儿，好不容易攀登上去，跳出洞口，不敢急慢，赶忙用轳辘摇张闹，好大一会儿将张闹摇上来了。两人举目向营帐一望，见有好几具尸体，一下子泄气了，说："完了，完了，一切全完了！"

他俩像丧家犬，跑进两座营帐一看，里边空无一人，只有看护妇女的几名兵士尸体横倒在地下和床铺上，知道他们抢劫的妇女已被带走，这下人家可人证物证全有了。

张闹说："没事儿，耶律忽嘎率军从路上奔这儿来，非遇到他们不可，谅他宗翰就是三头六臂，也难逃耶律忽嘎军兵之手。杀了宗翰，将那些妇女一刀一个，也就万事皆休了！"

赖狗子将耗子眼睛一眨巴，反问张闹说："要是万一耶律忽嘎不是宗翰的对手咋办？又何况大金皇上阿骨打带兵来了，杀死宗翰也闯下了大祸呀！"

赖狗子一席话提醒了张闹，惊恐地说："是呀，不得不防，依你之见呢？"

赖狗子说："依我之见，咱俩赶快将耶律忽嘎藏的财宝找出来，带在咱们身上，再下山去。如果见耶律忽嘎安全来了，咱们随他赶快投奔平州你哥哥那儿去。要是失败了，咱俩带财宝也赶快奔平州，只要有财宝，就可走遍天下！"

张闹一听，两手一拍说："对呀，还是你小子道眼多，到平州后，一定让我哥哥给你个大官儿当！"

他俩这才在耶律忽嘎帐内翻腾起来，终于在床铺底下翻到藏的金银财宝。两人各装一大包，背在身上，慌忙走下山来。原想在山下耶律忽嘎营帐内弄两匹马骑，等到营帐一看，一匹马也没有。一问守门兵士，方知耶律忽嘎那匹马被宗翰骑走了，被抢那些妇女也让少男少女领走了。他俩试探着往前走，走走看看，看看走走，突然发现飞驰而来六匹骑马的，惊得他俩呆愣愣望着出神。他俩以为耶律忽嘎出啥事儿了，打发人回来取财宝来了，所以就站在那儿傻呆呆地望着。结果望见金兀术、活女快马加鞭飞驰而来，张闹惊恐地说："哎呀，这少男少女咋骑马来了？是不是耶律忽嘎没抓着他俩，他俩掠两匹马向这边逃来了？"

赖狗子接过说："八成是，你看后边有四名兵士追他俩呢，咱俩快将他俩截住！"

张闹、赖狗子撸胳膊挽袖子，刷的一声抽出腰刀，站在路中间儿，大声喊道："站下！站下！"

金兀术骑在马上，离老远就看清了，正是这俩活兽，你们俩恶贯满盈，今天又主动送死。但他马上转念，不能打死他俩，还得留为活证，能证明到底是谁唆使来埋汰我们大金军兵。金兀术想到这儿，在马上回头对活女说："姐姐，咱俩得抓活的，回去好有对嘴子，千万别打死他俩呀！"

活女说："这我知道。你说吧，你抓哪个，我抓哪个，我听你的。"

金兀术说："那个凹面人由你捉拿，我抓那个小子!"说罢，两匹马如飞一般，眨眼就飞驰到他俩面前。

张闹、赖狗子举刀拦截，他俩这一拦，两匹马立刻竖起蹄子来，咴儿咴儿直叫。张闹说："你俩往哪儿跑？后面追兵已到，快下马受缚。不然，我立刻杀了你姐弟俩!"

金兀术赶忙勒马"吁——吁——"这工夫，张闹已窜到马前，一把手拽住马龙头，用刀逼着金兀术说："小兔崽子，还想逃，往哪……"还没等张闹将话说完，金兀术冷不防从马上跃起，照准张闹后背就是一脚，只听扑通一声，张闹狗抢屎式地趴在地下。金兀术顺势跳在背上，喊叫说："兵士，快来将他捆缚住!"

再说活女不声不响地将马停住，跳下马来，赖狗子嘻皮笑脸地走上前来说："小宝贝，我还没稀罕着哪，也是咱俩有缘分，又送到我手来了!"这小子说着伸手欲抱活女，活女飞起一脚，只听咕咚一声，被活女踢翻在地上，活女令兵士将赖狗子捆上。

金兀术和活女将他俩的包儿打开一看，全是金银财宝，不用说，这全是抢劫民众的。

张闹被捆上后，翻睐着两只眼睛，心中暗想，这两个小兔崽子咋有这么大的劲儿呀？

赖狗子眨巴着两只耗子眼睛，暗想，这小姑娘脚力可厉害，一个少女能有这么大的劲儿吗？哎呀，八成是哪方剑侠来捉拿我们，要不然耶律余睹的兵士还帮他们呢？吓得他浑身哆嗦哀求说："你们放了我们吧，那些金银财宝全给你姐弟俩了!"

金兀术大喝一声："少废话，带走!"

　　阿骨打忽然见宗翰的侦探报马前来禀奏，言说金兀术、活女还没等走到留斡岭，就遇到打着咱大金军旗号的一伙匪徒，将活女抢走。金兀术在后边追赶，追至陡峭的山前密林深处，见有这伙匪徒的营帐，都统宗翰带巡逻兵及时赶到，将两名匪首捉拿住，可活女和金兀术却踪影皆无。正在宗翰寻找的时候，耶律余睹的团练使耶律忽嘎带五百兵前来，责问宗翰有何凭证捉拿他的巡逻队头目，两下摆开阵势，我见势不好，特来禀奏皇上。

　　阿骨打一听，大吃一惊，没想到事情闹扯这么大，这关系到耶律余睹的军队背不背叛的大事，朕得亲自前去处理。就这么的，阿骨打将宗翰的兵马带着，由宗翰的侦探报马引导，直奔闹事地点而来。

　　过去阿骨打到哪儿去，蔫不悄地就去了，这回可不是，离老远侍卫就喊："圣驾到！圣驾到！"

　　耶律余睹刚到这儿，见将耶律忽嘎和新降服不久的两名率众投降的头目真被捆缚起来，立即下令释放，并责备宗翰兵士们说："你们的行动是违反圣上旨意的，皇上御旨让率众投降的给个官儿，你们怎能违背圣旨，随意下来捉拿人呢？"

　　宗翰的一位随从官说："都统有所不知，我们也是奉旨来的。你们这伙巡逻队打着大金军兵的旗号，却干着见不得人的勾当，抢劫民财民物，强奸民女，无恶不作。吾都统奉旨前来巡逻，果然发现这群匪徒拦路，将一少女抢来，我们追赶至此，都统将坏头目捉拿送交皇上御审！"

　　耶律余睹听后，可有些长长眼睛了。他们奉旨而来，我将人放了，这不犯有欺君之罪吗？他痛恨报事官，只向他报告说，不知从哪儿来的一股金军，将团练使耶律忽嘎的巡逻队头目捉拿捆缚上，耶律忽嘎前去询问，不容团练使分说，将他也捉拿捆缚在地，请都统速去救他们。耶律余睹听后可翻茬儿了，暗想，你就是皇上的亲军也得讲理，咋能无故下来抓人？一怒之下，带领官兵疾速而来。到此一见，果真如此，耶律忽嘎、张闹、赖狗子均被捆绑在地，就立刻令人解开绑绳。宗翰的看护兵想要阻拦，怎奈耶律余睹人多势众，早被拉向一边，宗翰的四名随从

官才上前与耶律余睹说明情况。就在这时候,耶律忽嘎他们慌忙跑进第三营帐,想捉获宗翰,交给耶律余睹。哪知宗翰无影儿了,他们才毛丫子了,赶忙采取对策。

耶律余睹听宗翰的随从官这么一说,惊疑地问道:"你们是哪路军?"

"追辽天祚帝御统军是也!"

耶律余睹一听,脑袋嗡的一声,暗想,我真牛犊子蹿稀——冒屎,也不问明咋回事儿就将人放了,又赶忙问道:"是谁带你们来的?"

"都统宗翰也!"吓得耶律余睹头上冒汗,心里发冷,暗自叫苦说,我的妈呀,真是放天上乱子不惹,专惹地上乱子。我是一个降官,怎敢惹皇上的智多星?你脑瓜皮儿有多厚哇,要不要命了?耶律余睹心里害怕,可脸上还假装镇静,又问道:"你们都统呢?"

"去问被害的少男少女去了!"

耶律余睹一听,更毛了,人证俱在,我替坏人解脱,说明有我的干系,这还了得?便大声喊叫:"耶律忽嘎!耶律忽嘎!"叫了半天没人应声。站在他身旁的随从官耶律夺次对耶律余睹说:"统帅,他们换衣服去了。"耶律余睹吼道"快将他仁给我叫来!"

就在这时,忽听有人向他报告,大金国皇上阿骨打率兵驾到!惊得耶律余睹一急,腿一软,扑通一声跪在地下,颤巍巍地说:"快,快,快列队迎驾!"耶律余睹由耶律夺次扶起走出营帐的时候,耶律夺次悄声对耶律余睹说:"统帅可要拿定主意,见机行事,不好可要……"还没等他把话说完,耶律余睹啪地就给他个大嘴巴子,骂道:"混账东西,跟着胡言乱语!"这时,外面一片慌乱,耶律余睹一见更来气了,骂道:"怎么,让你们列队慌什么?谁不服从命令,给我先杀了再说!"

军兵们一看耶律余睹一反常态,脸上布满了杀气,知道事情不妙,怕拿自己当垫背的,迅速排列成行,规规矩矩地听候统帅命令。

队伍刚排好,阿骨打前军已来至营寨外面,和耶律余睹的队伍相隔只有半里之遥,便扎下队伍。前军官高声喊道:"营寨里的官兵听着,不论哪路军兵的头领,圣驾来临,都速来见驾呀!"

前军官的喊声未落,就听耶律余睹高声喊道:"耶律余睹戴罪见驾呀!耶律余睹戴罪见驾呀……"他一声接着一声喊叫,刚到他的军队列队前时,便扑通一声跪在地下,跪着往前爬行,边爬边喊:"罪人耶律余睹见驾呀,罪人耶律余睹见驾呀……"

耶律余睹跪着爬行不要紧，他下边的随从官员哪个敢怠慢？一个接着一个跪在地下跟着耶律余睹爬行，也异口同声跟着喊："罪官跪见皇上，罪官跪见皇上……"

这些喊叫的声音很快传到阿骨打的前军，前军听后不敢怠慢，迅速传禀于皇上。阿骨打一听，惊吓得差点儿从马上栽下去，两眼一黑，在马上晃了三晃，仗着他手紧握马缰绳，才没栽下去。阿骨打心想，准是吾儿金兀术出事了，怪我让他和活女假装什么平民，被匪徒杀害了。此乃父皇之过也，上哪儿去寻我的兀术儿呀？我咋和你额娘元圆交代，是她打发孩子前来奉驾，尽其孝心。可我因为这么点小事儿，却送了我儿的性命啊！阿骨打非常伤心，眼泪在眼窝里含着，传旨说："让他们速来见驾！"阿骨打说着下了宝龙驹，早有人将龙驹牵过去，在军中临时搭设了銮驾，阿骨打端坐在一把蛟龙椅上，眼前摆设一盘龙案，军兵向两边分列，手举刀枪剑戟，严肃地望着前方。这时，就见耶律余睹跪在地上往前爬行着，跪爬一步，口里喊一声"罪人耶律余睹见驾"，他的每句喊声都像一把尖刀刺在阿骨打心上。阿骨打坐在蛟龙椅上，两目望着跪爬到军中来的耶律余睹，心如刀搅一般难受，暗想，准是耶律余睹不知金兀术是我的皇儿，身遭不测，被害后方知是我儿金兀术，他才跪爬请罪而行。这哪能怨你？怪朕思考不周，听信皇儿之见，放任他去，遭受杀身之祸，父皇之过，与耶律余睹何干？阿骨打想到这儿，反而对耶律余睹可怜起来，是呀，杀了我的皇儿吓得他这样，要是杀了别人何至于此？我不能这样，即或杀错了，我也不能这样，这太不公平了，于是高声喊道："传朕旨意，耶律余睹平身见驾！"

这道旨意很快传下去，传到耶律余睹耳中，不行，耶律余睹想站也站不起来了，只好跪爬去见阿骨打。

阿骨打见耶律余睹还不站起行走，跪爬而来，心里更没底儿了，难道他真将吾皇儿金兀术杀死了？便又高声喊道："传朕旨意，令耶律余睹平身来见！"

"圣上有旨，令耶律余睹平身见驾呀！"列队兵士齐声高喊，耶律余睹听得明明白白，可他还是跪爬见驾，因为他已吓酥骨了，站不起来了。他像没听见似的，闷头往前跪爬，爬呀爬。他越爬，阿骨打心里越没底儿，怦怦直跳。

阿骨打两眼望着耶律余睹这位跪爬之士，他忽然发现宗翰没来见驾，心想，不对呀，金兀术、活女扮成平民行事，他们或许因为不知道杀了。可宗翰是大名鼎鼎的追击辽天祚帝都统呀,他们也敢给杀了?不能,宗翰武艺高强,他们杀也杀不了。你说没杀吧,不见他来见驾,出啥事儿了?

正在阿骨打胡思乱想的时候,耶律余睹已爬到驾前,他高声说:"皇上,罪人耶律余睹跪行向圣上请罪!"

阿骨打说:"都统犯了何罪,如此惊恐不安?"

耶律余睹跪在阿骨打面前,哭咧咧地说:"是我听了假报告,说有支来路不明的军人,无故将团练使耶律忽嘎和他的巡逻队头目捉拿绑缚要带走,我便带兵赶到,没问真相将罪犯解绳放了,放后方知是都统宗翰奉旨前来捉拿抢劫民财民物、强奸民女的匪徒。更为严重的是冒充金军惑众,破坏大金军兵的声誉,特向皇上请罪!"

阿骨打说:"不知者不怪,暂且平身,速传宗翰见驾!"

"禀皇上,都统宗翰失踪!"阿骨打大吃一惊!

阿骨打御驾亲临，来处理耶律余睹统军里边有一支巡逻队，冒充大金国军兵，在留斡岭一带拦截民众，抢夺民财民物，强奸民女，破坏大金军的声誉。还没等审理，辽降官耶律余睹就跪爬而行，见驾请罪，闹得阿骨打心惊胆颤，以为耶律余睹将他的儿子金兀术杀了。因为要探查明白，这支巡逻队是真拦路抢劫，强奸民女，还是假传，才让活女男扮女装，装金兀术的姐姐，姐弟同行，后边都统宗翰亲带巡逻兵尾随，保护和捉拿匪徒。哪知，扫帚顶门净出差儿，引起耶律余睹全军骚动，阿骨打才亲自处理此案。圣驾刚到，就见耶律余睹跪爬请罪，将阿骨打吓坏了。一问，方知耶律余睹听到假报，到这儿没问，就将宗翰捉拿的人犯解绳释放，放后方知这些罪行。阿骨打一听，人犯放了，可以再抓回。要是把我儿子金兀术杀了，可没地方找去，闹了一场虚惊，心情总算安定下来。又感到耶律余睹如此请罪，杀人不过头点地，他只因没问明事因将人放了，就这样跪爬请罪，未免有些过分。便让他站起身来，想要让宗翰来见，说明情况再作处理。可他召宗翰来见，有人禀奏说宗翰失踪了，又将阿骨打吓了一跳，惊疑地问道："宗翰在什么地方失踪的？"

阿骨打这一问，他们面面相觑，无人答话。

阿骨打心里纳闷儿，这是咋回事儿，便问耶律余睹说："余睹都统，你知道宗翰到什么地方去了？"

耶律余睹回说："下官至此时，就未见都统宗翰，要是见着他，也不至于释放罪犯。"

阿骨打心想，此事怪了，便又问宗翰的随从官在不，快传来见朕！

不一会儿，四名随从官前来见驾，跪在阿骨打座前参拜。阿骨打忙问道："宗翰到哪儿去了？"阿骨打之所以问宗翰，因为弄清宗翰的下落，就能知道金兀术在哪儿，故而他迫不及待地问。

宗翰的一名随从官说："皇上，宗翰奉旨巡逻，来至此地。听见有一少女呼喊救命，我们便催马赶来，还见一少年男子在后边追赶，方知是姐弟俩从此路过被劫。其姐被匪徒抢走，宗翰追到营寨这儿，发现将少女抢进第三营帐。匪徒头目听说是宗翰，吓得要跑，被宗翰将匪徒头目拿获，那位少年男子跑进第三营帐去救他姐姐。这时，团练使耶律忽嘎赶来责问宗翰，为何要捉拿他巡逻队的头目？宗翰便将发现这股匪徒抢一名少女，呼喊救命，追赶至此拿获的。耶律忽嘎暴跳如雷，他要杀这两个匪徒头领，闯进营帐去，宗翰跟随而至，去阻止团练使，要杀了他们俩，谁来对证？两个匪徒头目见耶律忽嘎来了，叫喊冤枉。耶律忽嘎也翻脸向宗翰要赃证，强调没有人证、物证，不能随便抓人。"

阿骨打接过说："对呀，没有人证物证，怎能抓人？那就让少男少女出来做证嘛！"

随从官说："回禀皇上，宗翰都统到第三营帐去找，里边空空，各营帐全找遍了，不见他二人，少男少女失踪了。"

阿骨打一听，坐不住了，急忙问道："少男少女哪儿去了？"

"回禀皇上，宗翰见少男少女失踪，又见耶律忽嘎硬逼着，拿不出人证物证，马上就得将人放了。宗翰一听，心里明白了，第三营帐一定有暗室，将少男少女藏在暗室里，而且耶律忽嘎是总头领，他完全知晓这一切，才反咬一口。当即下令，将耶律忽嘎也捆缚起来，以便送交御审。将耶律忽嘎捆缚后，宗翰便到第三营帐去找暗室，救少男少女，终于在搪板下找到。可宗翰进入暗洞后，至今未上来。"

阿骨打听后，心又悬吊起来，暗想，金兀术、活女、宗翰凶多吉少，这便如何是好？便问耶律余睹说："余睹都统，你可知道地下暗室吗？"

耶律余睹赶忙跪地说："皇上，下官不知，下官确实不知，可将耶律忽嘎、张闹、赖狗子找来审问便知。"耶律余睹吓得浑身直劲儿筛糠，宗翰有个好歹，那还了得！他能不害怕吗？

阿骨打立即传旨，快将耶律忽嘎带上来！

阿骨打这道旨意一下，不一会儿，报事官向阿骨打禀奏说："耶律忽嘎等人也失踪了！"

阿骨打忙问道："怎么，他们逃跑了？"

"不是，八成也是到地洞里去了。据说，张闹、赖狗子到第三营帐就没出来，耶律忽嘎带五百兵着急忙慌地回去了。"

耶律余睹听说三个坏小子失踪了，心里暗吃一惊，糟了，这不是给我上眼药吗？吃不了我得兜着。接着又听说他们也到地洞里去了，他心里还落点儿底，不管咋说，有人顶缸。当耶律余睹听说耶律忽嘎带兵着急忙慌走了，脑袋嗡了一声，暗想，这小子要是带兵背叛逃跑了，皇上准拿我是问，赶忙对阿骨打说："皇上，我去将耶律忽嘎追回来！"

阿骨打摆手说："算了，不用追他了。你可速去地洞，将张闹、赖狗子捉住，让宗翰将那少男少女和其他赃证全部拿来，待朕审问！"

耶律余睹心里发颤，暗自叫苦，什么地洞，那里边啥样儿啊？能不能有去路无回路哇？唉，就是送死也得去呀，圣命难违，便说声："遵旨！"耶律余睹浑身乱颤，转身要走，被耶律夺次一把拽住："统帅慢走！"耶律夺次说罢，跪在阿骨打面前说："启禀皇上，耶律余睹都统近日身体欠佳，在下愿陪同前去。"

阿骨打一听，说："好哇，就由你陪同，速去快回！"

耶律余睹和耶律夺次赶忙退下去，两个人直奔巡逻队第三营帐走去。当他俩来至第三营帐的时候，就听宗翰的几名兵士向着搪板下边高声呼喊："都统宗翰，快出来吧，皇上来了！"

耶律余睹暗暗感激耶律夺次的仗义之举，正好让耶律夺次下去，他在上边等着。主意拿定后，便对耶律夺次说："夺次，你下去将他们找上来，我在上边等着行吗？"

耶律夺次一听，暗想，好啊，原来你怕死呀！我就不怕死吗？让我替你死，说得可真轻巧，要进咱俩一起进。谁让你不听我话来的，依我早叛了，奔张觉去多好，在大金始终是按降者对待。他接过说："统帅，我自己去行是行，可是到里边去我做不了主，谁能听我这无名小将的话呢？不像你统帅，要是进去，连大金都统宗翰也得敬你三分。见你亲自下去，说啥也得信哪，事情处理得就能快，没听皇上说吗，速去快回！统帅，你说是不是？"

耶律余睹一听，暗骂这小子真是个滑头，原以为是来替我下去，闹了半天是来当陪死鬼，就说："好吧，有你陪着，我也就放心了。"

耶律余睹这才问宗翰兵士说："地洞在哪儿呀？"

兵士哗啦一声将搪板拉过去，下边露出洞口，可洞口里是块木板，见不着洞。耶律夺次蹲下瞧了一会儿，伸手一按，只听嘎啦一声响，木板往下沉，差点儿将他闪进去，赶忙撒手，嗬！木板又回来了，将洞口又堵上了。

耶律夺次暗想，这个鬼玩艺儿是啥不知道，进去的也不出来，要能出来，他们能到现在还不出来吗？这小子越想越害怕，说啥不能进去，赶忙对耶律余睹说："统帅，咱俩谁也不能进去，你没看这块顶板吗？

这顶板按下去能回来，说明里边有销销，进去就没命了！依我看，还是我过去和你说的，咱们快……"

"啪！"还没等耶律夺次把话说完，耶律余睹给他个大耳光子，大怒道："混蛋，胡说些什么？"因为耶律余睹多吃些咸盐，嘴不说心里话儿，墙内说话墙外有人听，犯禁的话能随便说吗？耶律余睹这个耳光子打得耶律夺次直眉愣眼，心中暗想，我为你，你反而打我，真是好心当成驴肝肺。耶律夺次想到这儿，转身要走，刚一迈步，被耶律余睹一把拽住："你干什么去？"

就在这时候，跑进一人，高声喊道："圣上有旨，耶律余睹都统不要下去了，宗翰已回，让你等速去见驾！"

耶律余睹一听，又惊又喜。惊得是宗翰到底从哪儿回来的，赃证拿到手了？喜的是不下地洞，免去风险，性命保住了。

当耶律夺次走出营帐，与耶律余睹应旨去见皇上的时候，忽见耶律麻哲站在那儿，用怒目望着他。心里咯噔一下子，心想不好，这小子没去下书，定有蹊跷，转身要逃，被耶律麻哲拽住："哪里走！"

金兀术、活女将张闹、赖狗子捉住后，让兵士驮在马上，忙往回赶。见前面有不少军马，金兀术暗吃一惊，心想，又出啥事儿了？便对活女说："姐姐，你押着两个坏家伙在此稍等，待我上前面去看看。"说罢单身独骑，一提马缰，跃马向前驰去，见黑压压有数百名军兵围着，金兀术心更没底了，便大声喊道："喂！快闪开，我要见都统宗翰!"

耶律忽嘎的兵士不知咋回事儿，人家要见都统宗翰，谁敢拦阻？立刻闪出一条道儿，金兀术这才放心，知道没出啥事儿，便骑着马来至宗翰面前说："都统，小民已将那两个坏家伙抓住了！"

宗翰一听，心中大喜，忙问："在哪儿？快押来见我！"

金兀术嘿嘿一笑说："我见这块有很多兵马，不知出了啥事儿，让姐姐在后押着，我先来看个究竟。"说罢，调转马头又跑出去了。兵士们看着心里纳闷儿，这个少年是干啥的？来了又走，好像火燎屁股似的。尽管心里纳闷儿，可谁敢过问？不一会儿，见金兀术又回来了，后边还跟个漂亮姑娘，这少女长得非常俊美，引得兵士们的眼睛全盯在活女身上了。不知哪个士兵喊了一声："你们看，张闹、赖狗子被抓住了！"这才将兵士们的眼睛转移到后边的马上，见有两匹马上鞍前横放着张闹、赖狗子。这两个家伙龇牙咧嘴的，瞧着怪吓人的，一时议论纷纷，怎么，他俩让这个小家伙抓着了？

宗翰见这三个坏家伙都抓到了，心想，人证有了，抢劫民财的赃证还没有，他们将这些赃物藏在哪了？正在琢磨的时候，就听金兀术说："都统官，我这儿还有他们的金银财宝，准是抢劫民众的。"说着，用手拍打他马鞍上悬挂的包儿。宗翰听后，心中甚喜，便对金兀术说："好，赃证俱全，由你带给皇上！"宗翰这才押着三名罪犯，金兀术、活女和耶律麻哲保护着受害的妇女，率领耶律忽嘎的兵士们浩浩荡荡回来了。

耶律麻哲随同宗翰押着耶律忽嘎回来之后，便对宗翰说："都统，受害妇女由少男少女护着，我得监视耶律夺次，别让他跑了。"他这一说，才使宗翰想起怀里还有耶律夺次给张觉的书信，还没来得及看呢，他要不说，差点儿忘了，正好一起交给皇上，遂低声对耶律麻哲说：

"你可要盯住耶律夺次，他要逃跑就没有对嘴子了。"

耶律麻哲正在寻找耶律夺次，忽见耶律夺次和耶律余睹过来了。耶律夺次看见耶律麻哲后，惊得转身要逃。因为他明白，耶律麻哲没去下书，一定有变，又随宗翰一起回来的，如果书让宗翰翻去，我就没命了。所以这小子才要逃跑，刚一转身，耶律麻哲一把手将他拽住："你哪里走？"

耶律麻哲这一声，将耶律夺次魂儿都吓飞了，暗想，这耶律麻哲过去和我不错，今儿个怎么变心了？让他下书，他将我出卖了，不然他不能这样对待我。耶律夺次浑身打颤，无笑强笑，嘴一咧说："我去尿尿！"

耶律麻哲说："有尿先憋会儿，实在憋不住，就往裤子里撒吧！"

耶律夺次说："你这是作甚？开玩笑也没有你这么开的，我干吗要尿裤子呀！"耶律麻哲说："夺次，实话对你说了吧，你的书信我已下给大金都统宗翰了！"耶律夺次一听，吓得两腿儿一软，咕咚跪在地下瘫倒了。

就在这时，就听皇上阿骨打高声喊道："快将耶律夺次叛逆拿下！"

阿骨打圣旨一下，正往前走的耶律余睹听得清清楚楚，喊叫的是将叛逆拿下，夺次要叛金，皇上咋知道了？这又牵连着我，难道我要该死是咋的，这些事儿全冒出来了，双腿一软，又跪在地上了。

不一会儿，几名武士将耶律夺次捆绑个结结实实，被拽到阿骨打面前，跪在地上直劲儿筛糠。

阿骨打咋先拿耶律夺次呢？原来阿骨打听了宗翰的简要禀报后，便将耶律夺次下给张觉的书信打开，只见上面写道：

> 辽兴军节度使张觉台鉴，汝弟张闹事已犯，宗翰前来缉拿，多亏耶律余睹将他们硬放了。宗翰未带兵马，只有十几名巡逻兵，望见信速发兵，捉住宗翰，救汝弟，耶律余睹也只得叛金随汝，即可行其大事！

阿骨打看完此书信，便立刻传旨捉拿耶律夺次，怕他逃跑了。

阿骨打喝问耶律夺次说："你叫耶律夺次吗？"

耶律夺次浑身抖成个团儿，回答说："我叫耶律夺次。"

阿骨打又问："你知罪吗？"

耶律夺次说："知……知罪，我要叛金去投张觉。"

阿骨打再问："只是你自己背叛么？还有别人吗？"

耶律夺次说："还有耶律余睹、耶律无失等。"

耶律夺次的话，可将耶律余睹吓坏了，忙跪地爬着说："皇上，冤枉啊！冤枉啊！"

耶律无失也赶忙跪在地上，跟着耶律余睹跪爬喊叫："皇上，冤枉啊！冤枉啊！"

阿骨打说："你二人喊叫什么？朕并未责罚你们。如果想要背叛我大金，走吧，我不抓你们，还可带兵马走，再让我捉获，定不能饶！"

耶律余睹说："皇上，我等并无此心，是耶律夺次瞎说也！"

阿骨打说："你们平身，待朕审问耶律忽嘎等罪犯，你可听听他们到底犯了何罪。"

阿骨打说罢，令人先将耶律忽嘎带上来。

耶律忽嘎跪在阿骨打面前，就听阿骨打问他："你知罪吗？"耶律忽嘎说："我不知犯了何罪。"

阿骨打说："将被害的妇女领过来！"

不一会儿，被害的十几名妇女被人领过来，阿骨打问耶律忽嘎说："你认识这些人吗？"

耶律忽嘎用目偷着一溜，吓得他真魂出窍，立刻瘫歪在地。被害的妇女见是畜牲耶律忽嘎，哇呀一声嚎叫起来，一拥齐上，噼哩啪啦连打带挠，刹时将耶律忽嘎的脸挠开了花。

阿骨打赶忙制止说："你们先住手，待朕替你们伸冤报仇！"

被害的妇女们闪到一边，阿骨打又问耶律忽嘎，你为什么要这么干？耶律忽嘎才将张闹、赖狗子受张觉的派遣，前来找他，干这种伤天害理的事，破坏大金军兵的声誉，好引起民愤，反对大金，归顺平州张觉述说了一遍。

阿骨打问道："耶律忽嘎，你祸害良家妇女，被你害死的有多少啊？"

"凡不从者，有的被打死，约有六七人。"

阿骨打又问："你令人抢夺民财有多少，放在哪儿了？"

"没……没有啊！"

阿骨打听后，哗啦一声将金银财宝倒在地上说："你看，这是什么？"

耶律忽嘎说："是……是张闹、赖狗子他们抢的。"

阿骨打传令将张闹、赖狗子带上来。不一会儿，侍卫将他俩带到阿骨打面前，二人跪在地上磕头说："皇上饶命啊！皇上饶命啊！"

阿骨打气愤地用手指着张闹说："好个张闹，你哥哥叫张觉，你叫张闹，存心觉闹我大金。还有张觉的父亲，假装替民请愿，要求迁徙金内地。随后行至平州又煽动民众，说去金内地全得当奴隶，使民众不明真相，逃散各地，生活得不到保障。更可恶的是，张觉暗派刺客，将宰相左企弓杀了，还诬陷是朕暗杀的，结果真相大白，反暴露了他自己。现在，又使出此害民的毒计，可见张觉是残害民众的刽子手！"

张闹磕头说："皇上，都是张觉指使我这么干的。还有赖狗子，这些鬼道眼全是他出的，我只不过是跟着闹腾罢了。皇上饶命，要是杀了我，家里还有老婆孩子，他们咋活呀！"

阿骨打便问耶律余睹说："余睹，你看如何处置他们？"

耶律余睹咬牙切齿地说："残害民众，强奸民女，害死那么多人，罪恶滔天，岂能容得？全得杀之！"

阿骨打说："这些害人虫，已经害到你们头上了。"阿骨打说着，将手一伸，高声喊道："耶律麻哲，将你的妻子背上来！"

话音刚落，耶律麻哲将被打伤的妻子背来了，众人一看，大吃一惊！

阿骨打问耶律忽嘎说："你认识她吗？她是不是被你残害的？"

耶律忽嘎说："是被我打伤的，欲强奸她，她不从，将我手咬伤，一气之下，差点儿将她打死。"

阿骨打问道："她对你说，她是耶律麻哲的妻子，你为何还要打她？"

耶律忽嘎诺诺道："色迷心窍。"气得耶律麻哲上去就给耶律忽嘎几个大嘴巴子，打得他顺嘴丫子淌血。

阿骨打说："就依耶律余睹之见，立即将这三个活兽拉出去问斩！"

耶律麻哲："皇上，交给我吧，亲手杀了他们，心里方能痛快！"

阿骨打说："好，让你报仇雪恨，为民除害！"

阿骨打对耶律夺次写给张觉的书信始终没露，就在这天晚上，阿骨打秘密召见耶律麻哲，问他，你现在明白否？到底谁是残害民众的刽子手？耶律麻哲回答说："皇上，罪在张闹、赖狗子、耶律忽嘎身上，实则全在张觉，是他主谋让这些畜牲残害民众。"

阿骨打又问耶律麻哲说："你敢不敢报此仇？不，不是报你个人私仇，是替被害的民众报仇！"

耶律麻哲说："皇上，我时刻准备报仇，此仇不报，枉为人也！"

阿骨打说："好，有骨气，将军要报此仇，必须马上行事。如果延误下来，此仇则不好报也！"阿骨打说着，举起耶律夺次写的书信说："将军欲报仇，可速将此信投到平州，面交张觉，此仇方可报也。"

耶律麻哲见阿骨打举的书信，正是耶律夺次交给他的那封信，明白了，这是阿骨打将计就计，让我仍去交这封书信，去平州等于自己将自己送到老虎嘴里了，咋能报仇呢？便不解地问阿骨打说："皇上，我仍去下书，叛逆张觉人多势众，下官如何能报此仇？还望圣上明示。"

阿骨打说："朕让你下书，不过用书信作诱饵，骗得信任，能进去平州，你报仇的希望就达到一半了。进到平州后，你先别去张觉那儿下书，而是要先到他家，去拜见张觉父亲，将礼送上，取得张觉父亲的信任，你就可住在他的府中，然后方好行事。只要你住在张觉府上，下步行动朕暂时不告诉你，我给你两个锦囊，到时候按锦囊行事。在张觉按书信之约，带兵起程之后，你赶忙拆第一个锦囊，按锦囊之计行事。这个计谋实现了，在张觉父亲问你咋办时，你拆开第二锦囊，便可有解决的办法。此两锦囊你必须贴身带好，绝不能提前拆看。如提前拆看，必遭杀身之祸，一定要切记，不可忽视也！"

耶律麻哲说："皇上放心，下官一定谨遵谕旨。"

阿骨打才将书信和两个锦囊授于耶律麻哲，然后随手又拎过一个包裹说："这里是金银财宝，全是张闹和赖狗子他俩抢劫来的，汝可带去，作为拜访张觉父亲的见面礼。但这里边不是都给他的，有他的一份儿，还有别人的，也有你的，等你进到平州打开一看便知分晓。"说罢，递

给耶律麻哲，耶律麻哲跪地叩拜，谢恩之后，带领兵丁奔平州下书去了。

阿骨打又传旨，令耶律无失进见。不一会儿，耶律无失来见阿骨打，参拜后，阿骨打说："耶律无失，你说你没有背叛大金之意，朕今给你个重任，如果你能按朕的要求圆满完成，说明你一心不二；如果你确有背叛之意，任凭你来。"

耶律无失说："下官不敢。再说，圣上如此器重我，我岂能有反叛之心？如有，天不容也！"

阿骨打说："好，真金必须烈火炼，朕有重任交付于汝。这就是你带领被害的一些妇女和那两个少男少女奔平州，言说他们被大金军兵所害。只要混进平州，你再领他们立于榷市上，言说这些被害者，还有被杀者全是张觉唆使其弟张闹干的，他们不敢和大金军相持，便采用残害民众的办法诬陷金军。今已真相大白，大金已将残害民众的匪首张闹、赖狗子、耶律忽嘎斩了，并让这些被害妇女自己述说他们被害经过，你则保护他们安全就是了。"

耶律无失听阿骨打这么一说，脑袋吓得多大，暗想，这还了得，这不是让我太岁头上动土、站在老虎面前撩骚吗？阿骨打既然要杀，就杀了我算了，何必借张觉之刀来杀我呢？不怪说你是口蜜腹剑、杀人不见血的白眼狼，表面不杀我，却使出这种狠毒之计，让我到平州去找死！

耶律无失心中踌躇，阿骨打看得明白，知他是个怕死之徒，以为朕是要加害于他，故不敢行事，便又对耶律无失说："将军可能多虑了，是不是以为朕欲加害将军？朕对任何事都斟酌再三而后为之，没有必胜的把握，朕从来不干。将军放心按朕之意去做，如果张觉派人干涉，将军不必担心，定有人解围保护将军的安全。"

耶律无失一听，半信半疑，硬着头皮说："皇上，下官是单身一人领这些被害妇女去呢，还是带些兵丁前往？"

阿骨打说："可带十几名随从兵去，主要是保护受害妇女。"

耶律无失心里仍没底，忐忑不安地退下去了。

阿骨打又令人传耶律余睹来见，不一会儿，耶律余睹奉诏来见驾，参拜后，低下眼来不敢抬头。这些事发生后，耶律余睹多了不少心病，使他不安的是，阿骨打还能信任他吗？甚至想，这条小命都在阿骨打手心儿攥着呢，说不上什么时候就得杀他。

阿骨打说："余睹都统，朕令你率军去迎张觉，可先派使者去平州告诉张觉，就说赶快发兵去救张闹，都统已起兵响应，定将捉住宗翰，救出张闹。张觉听了一定出兵，你即率军相迎，乘机捉拿张觉，建立奇功，不知将军意下如何？"

耶律余睹一听，心中暗想，这是阿骨打对我的考验，看我到底是不是要背叛大金，便斩钉截铁地说："皇上放心，下官一定按圣意行事，如违圣旨，请圣上按军法论处！"

阿骨打一听，心中大喜，便说："好！请你速去行事。"耶律余睹转身要走，又被阿骨打叫住说："等等，还有耶律麻哲朕让他去平州下书，朕令耶律无失护送被害妇女去平州。你另派别人下书，书里要说耶律夺次串联之意，你被逼无法，只好叛金投张觉，否则命休矣。如此这般，张觉方能信之，切记！"

耶律余睹赶忙退下去，按阿骨打之意部署行事。

阿骨打又传令宗翰来见，宗翰很快来了，阿骨打对宗翰说："宗翰，你速派一名精明强悍的军官，去给阇母下书，朕令其速出军截击张觉。另外你要亲统军马，尾随耶律余睹，以防不测。"阿骨打说罢，将御笔亲书交给宗翰，令他派人给阇母送去，宗翰领命而去。

回头还说金兀术、活女暗接皇上旨意之后，心想，我们假装姐弟还没完呢，又要到平州去。这活女也老大不小了，十六七岁的大小子，总和妇女在一起打恋恋，拉个屎了，撒个尿了，要露出马脚可咋办？不让人笑掉大牙。再说，活女晚间和这些受害的妇女住在一个营帐里，一旦冲动闹出事来，不仅将活女坑了，也坏了大金和父皇的名声，这事绝不可粗心大意。嗬！别看金兀术年岁小，心可挺细，想得蛮周到。他将活女叫出来，领到没人的地方，悄声对活女说："咱俩扮演姐弟角色没完没了，使我心神不安，始终替你担心呀！"

活女忽闪两只大眼睛，疑惑地问金兀术说："你替我担啥心？我又不是几岁小孩子！"

金兀术说："咳，我能不替你担心吗？虽然你外表看不露，好似一朵含苞待放的鲜花，可你是个小伙子，拉屎撒尿露了馅儿，岂不是前功尽弃？"

活女一听，嘴一撇说："哟！你还担心我，我是傻子呀，这是皇上给的重任，装狼得像狼，装虎得像虎，装女的就得按女人行事儿。拉屎撒尿怕啥，我始终背着人，谁还敢趴在地上看看不成？你真是多此一心！"

金兀术一听，嘿嘿一笑说："何止是多此一心，始终替你捏把汗呢！"

活女不解地问："你哪来这么多的心，还有啥替我担心的？"

金兀术说："我最担心的是晚上。"

活女愣怔怔地问："晚间都睡觉了，你还替我担啥心？"

金兀术说："替你担啥心？你是个男的，睡在女人堆里，一旦控制不住，不就坏菜了？"

活女脸一撂说："你今天咋的了，干嘛跟我说些胡话？睡觉就是睡觉，什么控制不了，净扯没用的。"

金兀术说："我说的是真的，你是男的，她们是女的，男女有别嘛？你没看出外头都不在一个茅房里，你还不明白？担心你那个玩艺儿控制不了……"还没等金兀术说完，活女脸红脖子粗地用拳头捶打金兀术说："人小邪心八怪的，你说些啥话呀，我去禀告你父皇去！"

金兀术着急地拽住说："别，别的，我跟你说着玩儿，也是提醒你，别露了馅儿，让人家笑话咱。"

活女说："咱没有你那邪心，男的女的就那么点儿差别，反正都是人。我把这些被害的妇女都当成亲姐姐看待，还能有那心，有那心还叫人？再说，我合衣而卧，跟她们根本不沾边儿，放心吧，我决不会给咱女真人丢脸的！"

金兀术又嘿嘿一笑说："这我就放心了。"

就在这时，忽听有人喊道："少男少女到哪儿去了，快来听命！"

姐弟俩赶忙回到营帐，见耶律无失对受害的妇女说："咱们明天起早起程，前往平州，在平州将你们受害的经过向民众讲讲，自有家人前来接你们回去。"妇女一听，心中甚喜。

耶律麻哲按照阿骨打的旨意，仍去平州下书。他知道，这是阿骨打使的将计就计，即以他人之计，还害他人之身，便将阿骨打交给他的包裹取出来。打开一看，见里面的金银财宝共分三包儿，上面写着耶律麻哲、张焕天、张觉元配夫人等字样，知道这是阿骨打分配好的，不过顶数他的包儿大，显然是阿骨打让他在平州打点之用。他将金银财宝又重新包好，准备好马匹，带着金银财宝和书信，单人独骑奔平州而去。

这天，耶律麻哲来至平州，混进城里，直奔张觉的府上而去。来到张府门前，对守门家院说："请禀你家老爷，就说耶律余睹派人来见！"

家院不敢怠慢，赶忙去禀报张焕天，张焕天闻报后，马上吩咐有请。耶律麻哲随家院来至客厅，拜见张焕天后，立即将金银财宝献上，言说这是耶律余睹微薄之意，请笑纳。张焕天接过，打开一看，见送这么多金银财宝，他是四楞脑袋见钱眼开，当时便眉开眼笑地说："小老儿有何德能，怎敢承受统军如此厚礼也！"

耶律麻哲这才将怀里的书信掏出来，递于张焕天说："这儿有耶律余睹书信一封，烦请老爷转交给节度使。因人多眼杂，耶律余睹说自交不便，故烦请老人家代为转交，事成之后，耶律余睹还要重谢老爷。"

张焕天一听，赶忙说："事关重大，我立刻将信交给张觉，将军先在府上安歇。"说罢，令人将耶律麻哲送到书房安歇，好生侍候，然后去留守处给张觉送信。

耶律麻哲来至书房，丫环前来送茶，耶律麻哲便问丫环说："请问，贵夫人可在府上？"

丫环说："你问的是我们大当家奶奶呀？"

"正是大当家奶奶。"

丫环说："在府上，就是心情不太好，整天撰打眉毛皱，怨节度使喜新厌旧。"

耶律麻哲说："还得烦请你给贵夫人捎个信儿，就说我这里有别人托我给她捎来的礼物，必须当面交之。"

丫环一听，高兴地说："好哇，待咱禀报当家奶奶去，你等着！"说

完乐颠颠地走了。不一会儿，丫环引来一位年约三十多岁的美妇人，妇人边走边说："是谁还在想着我哪？"当她走进书房见着耶律麻哲的时候，两眼一愣神儿，不认识耶律麻哲，嘴没说心里想，此人我不认识啊！

耶律麻哲站起身来，很有礼貌地对张觉大老婆说："贵夫人可好！我奉耶律余睹之命，前来下书，顺便转交耶律余睹为贵夫人带的礼物。"说着顺手拿过包裹，双手递交给张觉大老婆。张觉大老婆接过包裹心甚惊疑，暗想，耶律余睹给我送什么礼呢？当她疑惑不解地将包裹打开一看，大吃一惊，原是他给我的呀！便问耶律麻哲说："此礼到底是谁让你送来的？"

耶律麻哲眼睛一眨巴说："贵夫人有所不知，受人之托，必办忠人之事。来时，耶律夺次叮嘱再三，让我只说是耶律余睹让我前来，不提他的名儿，实际礼物是他让我送来的。"

张觉大老婆一听，心中欢喜，说道："原来如此，多谢将军了。"说罢，捧着金银财宝回房去了。

张觉大老婆为何打开包裹一看，知道不是耶律余睹送来的呢？原来那些金银财宝里夹着一把鸳鸯剑，这把剑有四寸多长，是张觉大老婆心爱之物。因为张觉过去和耶律夺次交往甚密，耶律夺次经常到张觉家做客，和张觉一家人混得非常熟，上上下下均不见外。常了，就和张觉大老婆勾搭上了。这事也不怨张觉大老婆，本来张觉大老婆长得就很俊美，可张觉不行，官升色情长，他又找了个少女为妾，就将元配扔在一边不管了，让他大老婆三十来岁就守活寡，能受得了吗？正好张觉这位好友耶律夺次经常来，耶律夺次比张觉年轻，谈笑风生，还很风流。因为是常客，经常和张觉大老婆同桌共饮，两人开始眉来眼去，暗送秋波，继而就在桌子底下动起脚来，我踢踢你，你用脚碰碰我，暗送隐情。对他俩的行为，张觉根本不介意。晚间，张觉喝得云山雾罩的，去搂小老婆，将大老婆抛在一边，不闻不问。有道是"酒是色中胆，色胆敢上天！"就是说好色之徒如果喝足了酒，天不怕地不怕。这天晚上，耶律夺次睡在书房，张觉大老婆在夜深人静的时候，就跑到书房陪睡苟欢，真是多时情肠终于实现，如饥似渴，你亲我爱不必多言。从此，两人越来越热乎，张觉大老婆索性夜宿不归，在书房经常陪着耶律夺次到大天始亮。他俩也该露馅儿了，有一天，张觉的二儿子一早就起来了，想到书房找本书看。来到书房，见门扣着，便哐哐敲门，惊吓得张觉大老婆哎呀一声，赶忙翻身坐起。她这哎呀一声不要紧，儿子在外边听得真切，赶忙跑到窗户那儿扒窗往里瞅，因为两人光顾热乎了，窗户忘关了。这二儿子看得清清楚楚，见母亲还没穿上裤子呢，这小子正好和他妈妈打个对光，儿子转身就跑了。虽然是十来岁的孩子，但这事被他看见也不好，当时将耶律夺次和张觉老婆吓得浑身颤抖。耶律夺次说："看来，我在此不能呆了，我得赶快离开。"张觉大老婆眼泪刷下子掉下来了，悲泣地说："你走了，抛下我可咋办？我也不能活了！"说着，从腰上解下这把鸳鸯剑要自刎，被耶律夺次一把夺过去，说："你放心，只要我在，就一定让你做我的妻子！"张觉大老婆说："你这话是真的呀？"耶律夺次说："如果用假话哄你，不得好死！"张觉大老婆说："你言重了。那你就将这把鸳鸯剑带在身边吧，见它如见我。将来你要是不能亲自来接我，让谁来，只要见着这把剑，我一定随他前去投你。咱俩远走高飞，过着美满的生活，再也不用担惊受怕了。"耶律夺次不辞而别，从此再也没敢到平州来。事有凑巧，耶律夺次回去不久，便随耶律余睹降金了。张觉大老婆以为儿子非得把所看到的一幕跟张觉说，儿子或许是年岁小，或许是怕惹出是非，还真没说，这事也就压下了。可张觉大老婆朝思暮想，盼耶律夺次来接她，没想到今日真打发人来了，可将张觉大老婆乐坏了。岂知，她又是一场梦，耶律夺次在阴司里等着她呢！

　　那么这支鸳鸯剑怎么会到金银财宝里来了？原来要杀耶律夺次时，搜身搜出这支鸳鸯剑。交给阿骨打后，阿骨打将剑打开，这把小剑明光锃亮，他翻过来一看，见剑上写着："张觉喜新妓，元配为我妻，鸳鸯迎妻证，谁人代行之？"阿骨打翻来覆去看了好几遍，琢磨分析，他明白了，这耶律夺次是跟张觉大老婆通奸，很可能被别人发现，张觉老婆给他这把鸳鸯剑为凭，有这把剑，张觉大老婆便可随时来。怪不得耶律夺次自己不敢去直接联络，而让耶律麻哲去，可他为啥不让耶律麻哲带剑接来呢？是不放心？阿骨打又一想，也不对呀，耶律夺次和张觉大老婆通奸，被人发现，他咋还能写信给张觉呢？阿骨打琢磨半天，方恍然大悟，噢，这是张觉叛金后，迫不及待地扩张势力，只要耶律余睹去投奔他，将老婆舍出来他都心甘情愿。阿骨打才将计就计让耶律麻哲仍去下书，还准备两份儿礼让他带着，并授以计谋。耶律麻哲按计行事，果然张觉大老婆见后，乐颠颠地回房去了。她拿回房中，将剑抽出一看，见上面写着："张觉喜新妓，元配为我妻，鸳鸯迎妻证，谁人代行之？"

鸳鸯剑归身丧命

看得出是早写的字迹，不禁潸然泪下，自言自语道："鸳鸯剑啊，鸳鸯剑，终于将你盼来了，是你实现我平生心愿。"说罢，赶忙擦干眼泪，转身来至书房，想问问耶律麻哲什么时候起程？刚走出房来，见儿子乐颠颠地跑过来说："妈妈，父亲带兵去迎耶律余睹，共同捉拿大金统帅，耶律余睹带金军来投，咱们的势力就更大了！"

张觉大老婆佯作惊喜地说："是吗，那你咋没跟去？"

"让我看家！"儿子说着跑走了。

张觉大老婆便慌忙走进书房，见没有别人，问道："咱们什么时候起程？"

耶律麻哲问："节度使带兵走了吗？"

"他带兵去会耶律余睹，捉拿大金统帅宗翰去了！"还没等张觉大老婆把话说完，耶律麻哲已拆开第一个锦囊，见上面写道："速让觉妻唤她两个儿子来！"高兴地对张觉大老婆说："把你两个儿子叫来，咱们好起程！"

张觉大老婆真是乐颠馅儿了，赶忙去唤儿子。她刚走不一会儿，张觉父亲张焕天跑回来了，跑进书房对耶律麻哲说："怎么回事儿，送来的这些金银财宝说是抢民众的，一些民女被强奸，受害的妇女哭哭啼啼说是我儿唆使的。我让兵去抓，里边有对儿少男少女，将兵士打得七仰八翻。我见势不好，跑回来了，那少男少女追来了，你看咋办？"

耶律麻哲赶忙拆开第二个锦囊，见只写一个字："杀！"明白了，报仇机会到了，便笑嘻嘻地说："你快附耳过来！"张焕天刚一伸脖儿，耶律麻哲一转身，一剑刺死张焕天。就在这时张觉大老婆领两个儿子奔书房来了，耶律麻哲持剑出来，正好碰个迎面，也没搭话，一剑刺死张觉大老婆。两个儿子见势不好，转身刚要逃，金兀术和活女赶到，抓住那两个小子一刀一个，砍死在地。

这时候，平州民众一拥而进，将张觉的府上砸个稀巴烂，财产被抢劫一空。

阿骨打传奇

582

耶律无失按照阿骨打的旨意，硬着头皮也得去呀！不是别的，他最怕的是受害人中这一对儿少男少女，虽然他没亲眼所见，可是有人亲眼所见，说这对儿少男少女可了不得，武艺超群，能飞马捉人，赤手空拳敢与手持兵刃的匪徒格斗，谁也斗不过他们。这姐弟俩说不定是哪位剑侠的高徒，路见拦路抢劫，行侠仗义，抱打不平也未可知。这话越传越玄，简直将金兀术、活女传得神人一般，这话早传到耶律无失的耳朵里。阿骨打又让他带这些人去平州権场，述说张觉唆使其弟张闹拦路抢劫，强奸民女，这些受害者当众述说被害经过，这实质是让他去送死。因为平州是张觉的平州，不是你阿骨打的平州，你到人家门口去骂人家，人家还能眼瞅着让你骂，说你骂得好，不是让我去送死吗？对这些被害的妇女表面看，是阿骨打救了她们，实际仍将她们送于死地，阿骨打心肠太狠毒了，口说的是天官赐福，满肚子害人的毒计呀！表面不杀我们，可他又想借别人刀杀我们。真是笑面杀人不见血也！不管咋说，硬着头皮也得去。

耶律无失提心吊胆地率领十几名兵丁，用马驮着那些受害的妇女，直奔平州去了。他连口大气都不敢喘，不是别的，他怕少男少女见怪，惹恼了打死他，他都不知咋死的。他闷头自己头前赶路，灌铅的脑袋耷拉着，琢磨心事，到平州我该咋办？是跟他们一齐胡闹找死，还是鞋底抹油，溜之大吉？这两种想法，他都掂量掂量轻重，要是跟他们一起胡闹，命大活下来，还可跟耶律余睹混事儿，命小就得死在平州，跟这些冤鬼同进阴曹地府。要是鞋底子抹油回去，阿骨打得杀了我。不回去吧，只能投奔张觉，张觉自身能不能保？去了两天半，张觉再树倒猢狲散，或者再当大金的俘虏，还是得死。耶律无失思前顾后啊，我他妈是死星照命咋的？往什么路上走，都是死神领路，非死不可，难道我真该死了？反正都是一死，我何不借阿骨打给我这个赴死的机会，大闹平州一番，死了也落个大名呢？耶律无失主意拿定后，将马一勒，往旁一闪，意思想要和男少年唠唠，大闹平州自己也闹不起来，得靠这小子和他姐姐去闹，因为都说他姐弟俩有超人的武术。耶律无失把马往旁一闪，扭头一望，嗬！金兀术就在他后屁股跟着呢。耶律无失刚将马一闪，金兀术就和他拉齐了，他赶忙提马和金兀术并马而行，对金兀术说："壮士，今天去平州，当众述说张觉令其弟张闹拦路抢劫、冒充大金官兵之事，就看壮士的了！"

金兀术说："此话咋讲？"

耶律无失说："久闻壮士武艺超群，你姐弟赤手空拳，无人敢近身。今天，皇上让我带领受害者前来揭露张觉的害民罪行，他能有耳不听，有目不见吗？非派兵来斩杀受害者不可！到那时，就得全靠你姐弟俩了，也是你姐弟大显身手之机，来个大闹平州留名于世。阿骨打皇上听说你姐弟大闹平州，威名天下，非赏你们官职不可，到那时，可别忘了我这引路的耶律无失呀！"

金兀术嘿嘿一笑说："将军说的哪里话，你是大金军的将领，我乃一平民。受害后，为报仇雪恨才随将军而来，只能助将军一臂之力，一切还得靠将军施展军威。"

耶律无失一听，心里暗自惊讶，嘴没说心里话儿，这哪是十几岁的人说的话？也绝不是平民家的孩子能说出这番话来。不怪人们传说，他姐弟俩可能是什么侠客的高徒，见张觉做出如此伤天害理之事，前来为民除害，暗保大金，亦未可知。我要时刻小心，不能胡言乱语，不知哪句说走了板儿，有损大金的名声，我可就没命了！正在耶律无失心中暗想的时候，离老远就见从平州拥出无数兵马，马扬尘埃，尘土飞扬，遮天蔽日。耶律无失在马上哈哈大笑说："张觉呀，张觉，他又上皇上阿骨打的当了，只怕有出路无回路也！"

金兀术佯作不知，问道："张觉出兵作甚？咋说他有出路无有回路呢？"

耶律无失说："壮士有所不知，这是大金皇帝利用死鬼耶律夺次写给张觉的书信，说他要叛金投觉，言说耶律余睹将率兵与他会合，两下合兵共捉宗翰。他哪知耶律夺次已死，还以为果真如此，这不，率全军而去。"

金兀术马上接过说："恭喜将军，贺喜将军！"

金兀术突然对耶律无失来了这么一出儿，将耶律无失造蒙了，惊疑地望着金兀术说："壮士，我喜从何来？"

金兀术说："将军的畏者张觉也。张觉带军离城，是将军大显神威建立奇功的好机会。只带领十几名兵士，还有受害的妇女累赘着，却能大闹平州，斩杀张觉满门，为民除害，不负皇上的御托，立了奇功，受到皇封高升，还能获得嘉奖，岂不名利双收，咋说不是大喜呢！"

耶律无失听金兀术这一说，倒吸口凉气，更加对金兀术言谈感到惊奇，真乃不是平庸之辈，赶忙笑而言曰："即使真如壮士所说，也全凭汝姐弟之力，我一定将你姐弟武艺超群奏明皇上嘉赏之！"

耶律无失和金兀术说话之间，已来至平州南门，见城门紧闭，守门军士在城门楼上高声问道："你们是做什么的？"还没等耶律无失回答，金兀术已站立在马鞍上，两足狠劲儿向鞍上一磴，刹时腾空而起，一下子飞过吊桥，直接飞到门跟前，用力一推，吱嘎一声，将城门推开，原来这城门是虚掩着的。城门一开，可惹了蜂子窝了，守城军兵一拥而至，齐声喊喝说："哪里来的小狂徒，敢踹开城门，找死是怎么的？"说着将金兀术围上了。

金兀术也不言语，赤手空拳，左右开弓，用拳脚这么一抢，几名士兵哎呀哎呀直叫，全被打倒在地。接着迅速放下吊桥，耶律无失保护着受害妇女而进。金兀术抓过马匹，骑在马上，站在城门旁高声喝曰："你们哪个敢来，我立刻送他去见阎王爷！"

被打倒的兵士有的嘴歪眼斜，有的鼻青脸肿，有的口角儿流血，哼哼唧唧道："哎哟，哎哟，好厉害呀，快去报告吧！"他们哼呀叫唤，可没有一个敢离开去报告的，因为都被金兀术给吓唬住了。

金兀术断后，耶律无失领着被害的妇女很快来到榷场，哭叫起来，边哭边控诉张觉害民的罪行，没一会儿，就围得人山人海。哪知，阿骨打已派兵士到各地去给受害的妇女家人送信，让他们今天到平州来接人。受害妇女的哭诉，家人的讲述，实情实事揭露于光天化日之下，引起众怒。就在这时候，张觉留守官员闻报后，立刻带兵前来斩杀这些受害妇女，吓得围观的民众刚要跑，耶律无失在马上喊道："大家不要惊慌，有人对付官兵！"

民众举目一望，可不是咋的，只见一对儿少男少女迎上前去，两人均未带刀枪，两手空空扑向这群拿刀的兵士中，不知谁担心地喊："哎呀！空两只手迎上去，不是找死吗？"话音未落，眨眼工夫，见这群兵士被打倒在地上的已经数不清了，横三竖四趴了一地，吓得带兵的军官撒脚就往回跑，去调动更多的兵马来对付两个少年。平州民众见此情形，刹时乱了，七吵八喊地要找张觉算账。

早有兵士连跑带颠跑进留守处报告，言说平州民众反了。留守处是张觉降金后，阿骨打将平州改为南京，任张觉为南京留守而得的名儿，实际就是原辽兴军节度使官帐。张觉拆开他父亲送去的信，乐得连嘴都合不上了，他以为自己算命打卦有大富大贵之相，可能应了做帝之兆。这不，耶律余睹带全军来投，比几个州归附的兵力要大多少倍。他赶忙下令，带全军去迎耶律余睹，共捉大金统帅宗翰，顺势攻进燕京，好称帝为王。张觉带全军去的另一个目的，这小子也有心眼儿，他怕耶律余睹有变，不是真叛，岂不等于自己去找死？带领全军去，必要时可威胁耶律余睹叛金降服。就这么的，张觉把军兵全带去了，家里只留一百多名兵丁守城。还留下二百五军官章七，人称"醉鬼"，这小子是酒囊饭袋之辈，别无其他能事。章七见张觉带兵走了，就喝上了，已经喝得醉倒在床上。那个小军官吓跑回来，向他报告，咋摇不醒。这时，金兀术和活女赶到，他俩从张觉兵士手中夺刀，见人就杀，逢人就砍，吓得兵士们不敢上前。军士小头目见叫不醒醉鬼，赶忙骑马跑了，兵士们也随之而逃。金兀术和活女如入无人之境，将章七和张觉的小老婆均杀了，杀个痛快，血染留守处。他俩在留守处杀罢，才奔张觉府而去。

张觉父亲张焕天见榷场围很多人，又哭又叫，忙赶过去看看。一听是这么回事儿，气得他才赶忙回府去找耶律麻哲，结果丧了命。

金兀术、活女在张觉府上开戒了，将张觉一家全部杀光。民众气愤地赶来，将张觉家的东西全砸了！

这就是平州民众砸抢张觉府，留传于世。

耶律余睹奉阿骨打之命，在留斡岭拉开阵势，等张觉前来上钩。他心里盘算，耶律夺次勾结张觉要叛金，结果画虎不成反类犬，丧了性命，也牵连着我。致使阿骨打对我产生疑心，心中有了裂缝儿，好刀口药不如不拉口儿，人心隔肚皮，共事两不知。今让我诱张觉来上钩，捉拿张觉，这是阿骨打测验我，看我能不能真心捉拿张觉。不用说，阿骨打诡计多端，他是要借张觉和我会师之机，布下天罗地网。如果我有不轨行为，他好一网打尽。我决不能上阿骨打这个当，要叛，我也不能在这个时候叛，叛也不能屈于张觉的檐下。耶律余睹暗下决心，说啥今天得拿住张觉，交给阿骨打，让他消除对我的怀疑之心。所以，他认真严密地布好阵势，等待张觉前来上钩。

再说平州张觉接到耶律夺次的书信，带领全军直奔留斡岭而去。正在疾驰前进的时候，忽听一片呼喊："节度使，快停军前进！节度使，快停军前进！"

张觉不知出了啥事儿，赶忙勒马"吁——吁——"将马勒住后，回头问道："何事这么惊慌吵闹？"

后边的军士回答说："此话是从后边传来的！"

张觉一听，暗自吃惊，不用问，准是出啥事了，不然不能大呼小叫的。正在张觉纳闷儿的时候，只见几匹快马飞驰而来，眨眼工夫来至近前，高声喊叫："节度使，大事不好！"

张觉赶忙问："何事惊慌？"

"节度使带兵走后，耶律无失带领受害民众闯进城来。其中有一对儿少男少女武艺非常高强，将守门兵丁打倒在地，放下吊桥，使带领受害民众的军兵都进得城来，他们占据榷场闹事，哭泣喊叫说节度使……"

张觉急忙问道："说我什么？"

"他们说，是节度使派其弟张闹勾结匪徒头目赖狗子，明投耶律余睹，暗地里打着大金军的旗号，进行拦路抢劫，强奸民女，坑害民众，全是张觉使的阴谋诡计。这些人的控诉，激起了众愤，在投书的耶律麻

哲和领受害妇女的耶律无失煽动下，平州民众反了，将节度使家眷全都斩尽杀绝，粮物掠掳一空，庭院砸个稀巴烂，特禀节度使知晓！"

逃来送信的留守军士小头目报告之后，张觉哎呀一声，从马上栽落下来，晕了过去。这可吓坏了护卫军兵，急忙扶起唤叫："节度使醒来！节度使醒来！"

好大一会儿，张觉的魂儿才归了窍，慢慢地将眼睛睁开了，哇呀一声哭叫道："可怜我那小媳妇呀，是我使你丧送了性命，要知如此，我带着你，也不至如此呀！"

张觉听报后，既不哭爹又不哭娘，只哭他的小媳妇。这小媳妇是他的心肝肺，流了不少眼泪，要是小媳妇不死，管他爹呀妈呀的。大老婆和儿子死了，可能眼泪疙瘩也不能掉，这种人还能好吗？连父母都动不了心肝，忘了养育之恩，多咱也不会好的。当时张觉一想，也不能去会师耶律余睹了，不用说，这是耶律余睹和阿骨打共同使的调虎离山计，将我调引出来，他们绝我后路，如果我上钩，他们已布好阵势，让我钻进去好捉拿我。现在是天助我张觉，没落入他们的陷阱，我已知晓，决不能再上当了！张觉想到这儿，大骂耶律余睹说："耶律余睹哇，耶律余睹，你背叛祖上，卖国求荣，去投靠大金，是契丹败类之徒。你祖上世世代代享受着大辽的高官厚禄，将来你死了，有何面目去见你祖先？非将你打入十八层地狱不可，让你永世不得轮回。再说，我张觉对你崇敬万分，我给你的金银财宝可摞成山，垛成垛，我有啥对不起你的地方？如今你竟和阿骨打使出这样的狠毒之计，抄斩我满门，最可恨的是将我美丽的小媳妇杀了，你比狼还狠，一点儿人心没有！等有朝一日，我非剥你的皮，抽你的筋，将你点了天灯，方能解我心头之恨！咱俩骑毛驴看唱本走着瞧吧，此仇不报，我非人也！"张觉越骂越有气，将牙咬得咯嘣咯嘣山响，赶忙下令说："传我命令，撤军回平州，将这些反叛的民众全给我乱刀剁成肉酱！"此令一下，张觉的大军后队变成前队，转向平州回去了。

张觉率大军疾驰往回赶，他要将平州民众斩尽杀绝，方解心头之恨。他的军兵冒面子似的往回赶路，正行之间，忽然又有探马来报说："启禀节度使，大事不好！"

张觉赶忙勒马惊疑地问道："何事惊慌？"

探马说："阿骨打的弟弟阇母率领南路大军奔平州杀来！"

张觉一听，大惊失色，暗想不好，水来土挡，军来将迎，我得以逸待劳迎战阁母。否则的话，阁母乘乱攻进平州，我连站脚之地都没有了，遂率军去迎战阁母。与此同时又派人去调动润州、迁州、来州、隰州出兵，截战阁母。

阁母是劾里钵十一子，阿骨打的异母弟弟。他英勇善战，屡立战功，被阿骨打任为南路都统。当他接到阿骨打的旨意，让他去讨伐奚王回离保，便率军南来。还没等去战奚王回离保，奚王回离保已被奥哲古杀死。就在这时候，他又接到阿骨打的命令，让他带兵去讨伐平州张觉，立即率军奔平州而来。

阁母军行至中途，探马向他禀报说："张觉中了皇上计谋，率兵去与耶律余睹会师，擒拿都统宗翰。张觉果然率兵前往，平州城民众反叛张觉，杀了张觉全家，财产被掠掳一空。"

阁母闻报后，心中欢喜，马上命令全军停蹄转向，速奔平州，趁热打铁攻进平州！兵士们个个精神抖擞，紧催战马，向平州进发。快到六股河的时候，又有报马向阁母报告说，张觉率领大军迎上来了！阁母心里纳闷儿，这是怎么回事儿？不是说张觉中计去会耶律余睹，他怎么又回来了？阁母心里盘算：不管他为啥回来，来势肯定凶猛，只能以计胜，不能硬拼，因为这是决定性的一战。打胜了，不仅可鼓舞我军士气，而且可镇住润州、迁州、来州、隰州，不敢出兵去助张觉；打败了，不仅使我军士气低落，而且会使坐山观虎斗的润、迁、来、隰四州出兵相助张觉，增加张觉的势力。那么采取什么战略能战胜张觉呢？在这千钧一发之机，阁母反复思谋，必须采取"张虚掩实"以歼之。于是利用辽东湾地形，阁母将军兵隐蔽在老铁山之后，只留一部分军兵在六股河、辽河、大清河之间安下营寨后，让兵士们在帐外佯作东倒西歪，流露着疲惫不堪的样儿，静候张觉率兵到来。

张觉催促大军疾行，以便截住阁母大军，不让他过润州，怕断了四州前来援战。当张觉急行军来至润州地界的时候，探马向他禀报说："阁母由于长途跋涉，兵士们已人困马乏，在六股河畔扎下营寨，个个东倒西歪，在营帐外躺了一地。"

张觉听后，惊喜地问道："你探的是实吗？"

"是我亲眼所见，故而赶忙回来禀报！"

张觉一听，心中欢喜，真是天助我也！忙令军兵火速进军，务必将阁母军逼进六股河淹死之！

命令一下，张觉军兵，啪啪紧催战马，马蹄嗒嗒嗒翻飞，带起的尘土飞扬，真是遮天蔽日。张觉只顾一战成功，忘记了兵家虚实之策，刚挺军来至六股河畔要向阇母营寨冲击的时候，就听阇母营寨立刻吹起嘟嘟嘟的撒拉声。张觉前军刚往里冲击，只见从阇母营寨嗖嗖嗖箭如闪电一般向张觉军射来，好多兵士中箭落马，惊吓得张觉前军调转马头往回退，后军往前进，自相碰撞落马不少。

就在这时，从老铁山钻出大批军士，齐声高喊："杀呀！杀呀！活捉张觉就在今天！"像一窝蜂似地拥来，也不知有多少兵马，断了张觉的后路。

张觉方知是中了阇母之计，悔之不及，这便如何是好？后路断了，想决一死战，自己的兵已乱了阵脚，恋战非吃亏不可。他在马上大骂润、迁、来、隰四州不发兵救援，如果四州出兵将阇母围住，肯定能取胜！可他们按兵未动。正在张觉着急的时候，手下的将军王学古对他说："节度使，千万不能硬战，快传令速撤军奔角山！"

张觉便依王学古之计，传令三军，速奔角山。三军向角山逃去，又损失不少兵马。

耶律余睹按照阿骨打的旨意，布好阵势，形成个口袋形，单等张觉前来上钩，将张觉装进口袋里，好活捉张觉，解除阿骨打对他的疑心。耶律余睹暗下决心，非要大显身手不可。哪知，天不随人愿，耶律余睹等啊，等啊，怎么等也没见张觉带兵来，心中犯了猜忌。因为第一次探马向他报告，说张觉已带兵出城。第二次探马又向他报告，说张觉率领大军飞驰前进。要按飞驰字样分析，张觉很快就能到，怎么会拎着棒子叫狗越叫越远呢？耶律余睹着急起来，他着急的原因有两个：一是今天擒拿张觉，是在阿骨打眼皮底下进行；二是只有张觉上钩，他才能立功，遮人眼目。如果张觉不来，不仅枉费心机，而且使他担心的是怕阿骨打更加怀疑他泄露机密，故意放走张觉，这样他还怎么在大金里干事，维持目前现状？因为这个，耶律余睹急得火上房一般，盼张觉马上到来，捉住后送交阿骨打，他就可马上卸掉包袱。正在他等得像热锅上的蚂蚁团团转的时候，报马又飞驰而来，向他报告说："报告都统，张觉率军往前行，忽然平州出反情，民众叛觉闹张府，老少被杀血染红，屋中物品被砸碎，钱粮宝物被抢空。逃出兵马报张觉，张觉怒火往上升，令军返回平州去，斩杀民众雪恨情，后军变成先前队，一溜烟尘折回军！"

耶律余睹一听，惊吓得哇呀呀直叫，暗怨天庭不公平，为何不让我耶律余睹秃子头甩大辫，到手的功劳又变空，难道天理不容我在金国仕为，让我竹篮打水一场空？耶律余睹越想越恼恨，忙令探马再去探实情。

探马走了之后，耶律余睹稳了稳心，暗想，此事非同小可，张觉已回军，我捉不到张觉，咋向阿骨打交差？得赶快去向阿骨打禀报实情，免得时过境迁，反而不好交待也！耶律余睹想至此，便奔阿骨打营帐前去奏禀。耶律余睹来至阿骨打营帐外，对御卫兵士说："请通禀皇上，耶律余睹前来拜见！"

御卫兵士不敢怠慢，赶忙向里通禀，不一会儿，出来名伴驾官说："都统，皇上清晨出去未归，有事儿过个时辰再来叩见。"

耶律余睹听后，心里纳闷儿，皇上坐等我擒拿张觉，怎么会出去呢？难道不愿见我，故此推托？便又问道："我有要事见圣上，皇上兵马未动，能离皇帐吗？烦请再禀奏皇上，耶律余睹有重要军情，须面奏圣上！"

伴驾官一听，耶律余睹不相信皇上出去，故出此言，便解释说："皇上确实清晨就出去了，因他便装，只带两名护卫，所以都不知圣驾离皇帐。"

耶律余睹一听，直劲儿挠脑袋，抓心挠肝地说："这……这可咋好，皇上不在，重要军情怎能耽搁，耽搁我负不起罪责呀！"

阿骨打的伴驾官见耶律余睹急成这个样儿，知道有急事儿，便对耶律余睹说："都统如果有紧急军情，可到留斡岭去寻皇上，但最好不要带兵马去寻，更不要穿军装。要化装成平民的样儿，带一二名卫兵前去，见后奏禀，就不能耽搁了。"耶律余睹一听，也只好如此，再说留斡岭离此不远，转过几道山就到了。他赶忙回营帐换上便服，令两名卫兵也便服相随，奔留斡岭去了。

耶律余睹骑在马上，心中暗想，这大金国皇上阿骨打真是个奇特之人，他经常便装出走，胆子也真大，一旦遇到不测咋办？耶律余睹催马提缰向留斡岭驰去，快到留斡岭的时候，见前面围着一群人，不知出了啥事儿，赶忙勒马缓缓前行。耶律余睹看得很清楚，这群人全是逃难的，围在外面牵马的人，正是阿骨打的贴身侍卫。他便离老远跳下马来，将马交给卫兵牵着，自己便向牵马的御侍卫走去。御侍卫已认出是耶律余睹，赶忙摆手示意，意思是假装不认识他们。耶律余睹心领神会，便奔人群走去，就听人群里有位老太太磨磨叨叨地连哭带骂。他不知出了啥事儿，大步流星赶过去，刚走到人群外面，就听老太太哭骂着说："阿骨打你这个狗娘养的，可将我们坑苦了，我儿子和媳妇就死在你手啊！你出兵打仗，争地盘儿却不要地盘儿，鼻子眼儿里插大葱，装的什么像啊，弄得百姓抛家舍业到处逃窜。被你招降的坏蛋还加害百姓，你咋不早杀他们呀！"耶律余睹听见这骂声，惊得心怦怦直跳，冲着缝隙往里一瞧，差点儿将他的魂儿吓飞了，见阿骨打站在老太太身旁挺着骂，不仅不生气，反鼓励老太太说："让她骂个够吧，心里痛快痛快！"

原来阿骨打调兵遣将，部署好擒拿张觉之后，今天早晨感到身体很好，便化装成平民百姓的样儿，想到留斡岭这一带看看，还有没有从燕云各州县往大金这边逃难的人了，并要听听民众的呼声，去金或从金往这边来的人，道上有没有被拦截的。他走到这块儿，便见人们从山崖上背下个老太太放在这儿。阿骨打不知出了啥事儿，赶忙上前来观看，方知是他前几天派人下去通知受害的妇女家属到平州去认领亲人。这家老两口儿的儿子跟儿媳妇也是从古北口逃奔金内地去的，放心不下，老两口儿就到古北口来寻找，果然在这座山崖上发现了儿子的尸体。老太太哭得死去活来，才被人们背下山崖，老太太已晕过去了。人们呼叫好半天，老太太才苏醒过来，睁开眼睛便开口大骂阿骨打，真是将阿骨打骂得直眉愣眼。骂吧，阿骨打硬着头皮听着，等耶律余睹赶来，只才听了半截儿，还不知老太太到底为了啥事儿骂阿骨打，而阿骨打还甘心情愿地听着。耶律余睹悄声问身旁站着的人，打听老太太为啥又哭又骂的。他旁边的人简单将老太太寻儿子、媳妇的事，发现儿子尸体等说了一遍。耶律余睹一听明白了，这准是张闹、赖狗子他们害的。耶律余睹听人堆里边的老太太越骂越来劲儿，大骂说："阿骨打呀，阿骨打，你是吃人不眨眼的狼啊，你将来不能得好病死呀……"

耶律余睹听老太太越骂越不像话了，便拨开众人走了过去，劝慰老太太说："老人家，你骂错了，坑害民众全是平州张觉唆使的，而且是派张闹来干的！"

"住口！"老太太听耶律余睹这一劝，更来气了，接着骂道："张觉干的，还不是阿骨打这个狗娘养的是个睁眼瞎吗？有眼无珠的狗东西，还当皇上呢，呸！好赖人不识，算个啥皇上？要是将坏蛋张觉杀了，能出这事儿吗？不骂他骂谁，我就骂阿骨打这个瞎眼皇上！"

阿骨打在旁边接过说："老人家骂得对，应该狠骂瞎眼皇上阿骨打！"

就在这时候，忽见从留斡岭那边过来一些骑马的，前边是金兵，后边还有男女民众。不一会儿，这些骑马的来至近前，才认出是耶律麻哲和耶律无失带领兵丁和几名被害的妇女及其亲人。他们在人群前面跳下马来，人们见是金军官兵，赶忙闪开。这一闪不要紧，将老太太和阿骨打、耶律余睹全闪在面儿上了。耶律麻哲不知咋回事儿，暗想，皇上穿着民服在此作甚？就在这时，耶律无失抢前耶律麻哲一步，扑通跪在地上，高声叩道："下官耶律无失参拜皇上！"

耶律无失这个举动，谁敢怠慢，就见耶律麻哲和十几名兵士扑通通像下饺子似的跪了一地，阿骨打想拦也来不及了。

耶律余睹见此情，也不敢再站着了，赶忙跪下说："参拜皇上，特来请罪！"吓得这些民众愣怔怔地望着阿骨打，浑身哆嗦起来了，战战兢兢地跪在地上，给皇上磕头说："皇上，我们该死！我们该死！"

那老太太的老伴儿听说站在他身旁的是皇上，吓得腿一软，跪在地上冲老太太说："还不快给皇上磕头请罪！"此刻，老太太正坐在地上，只见她腰板儿一拔，望着阿骨打说："我不给瞎眼皇上磕头！"吓得老头儿哆哆嗦嗦地说："你……你不要命了！"就见阿骨打从怀里嗖下子拔出佩剑，明光锃亮，将人们吓得大气不敢出，以为阿骨打要杀老太太。就听阿骨打举剑说："老太太骂得对，我阿骨打长了两只眼睛却看不见恶行，留着何用？"说着举剑刺向眼部，被耶律余睹一把拽住了，哀求说："皇上，罪全在我身上，请皇上息怒！"民众也异口同声地说："皇上息怒，饶恕老太太无知！"

阿骨打长叹一声说："民众受害，朕之过也，不能饶恕自己，朕割下一绺儿头发赎罪吧！"说着阿骨打用剑割下一绺儿头发弃之于地。

兵士和民众痛哭流涕地说："皇上真是爱民之君也！"

老太太这才跪在地上给阿骨打磕头说："民婆骂错了，耳听为虚，眼见为实，大金皇上确是爱民的皇上，民婆死了也能闭上眼睛了！"说罢闭目等死。

阿骨打亲手扶起老太太，令耶律麻哲将老两口儿送到广宁府，让刘彦宗好生供养起来。

阿骨打大老婆阿娣这晚做个梦，梦见自己还像年轻的时候，抱着二儿子绳果逗他玩耍，不时地说："你笑一个，快给额娘笑一个！"绳果就咯咯笑，把阿娣喜爱的，抱着绳果又亲又啃。就在这时候，忽然外面刮起大风，将她住的房子刮得直劲儿摇晃，好像就要刮倒一般。吓得她腿也软了，想要抱着绳果逃出房去，两条腿却不听使唤，迈不动步，急得她的心都要跳出来了。忽然见阿骨打第三房老婆兰娃站在窗外，龇牙咧嘴望着她笑。她就喊："他三额娘，快来救我呀！他三额娘，快来救我呀！"可是干喊也喊不出声来，嗓子干得直冒烟，划块火石能燃着。没办法，阿娣就拍手示意，让兰娃快进来将她母子救出去。兰娃笑嘻嘻地摆手摇头，意思不救她，气得她浑身直颤。这风越刮越大，她抱着绳果也随着房子摇晃起来，只听轰隆一声，好像房子倒了，将她吓醒了，出一身冷汗。醒了明知是梦，她仍然心惊肉跳，精神不安，梦境如在眼前。

阿娣翻身坐起来，点上灯，心里犯忌，为啥要做这样一个梦？是吉是凶？因为阿娣自从绳果跟随父皇去征辽，总是提心吊胆、担惊害怕，怕绳果有啥闪失。大儿子被断头了，二儿子就是掌上明珠，用阿娣的话说，是她的命根子。为此，阿娣早早就给绳果成婚了，大金天辅三年，绳果媳妇生个胖小子，取名合剌。自从抱了孙子，阿娣提心吊胆的心情还差点儿了，但心也总是提溜着放不下，担心刀枪无眼，磕着碰着不是闹着玩的。今天夜间这个梦，使阿娣的心立刻又悬起来了，怦怦直跳。

第二天早晨，阿娣便把梦境对绳果媳妇蒲察氏讲了。蒲察氏听后，劝慰阿娣说："额娘，没事的，是额娘心里总挂记着，才做这种吓人道怪的恶梦，绳果有父皇关照，还有啥不放心的。"

儿媳妇这一说，反使阿娣眼泪一对一双往下掉，嘴没说心里话儿，他呀，他还能照顾儿子？大的跟他去征战，反被杀了头，哪个跟去不得战在头里，退在后头？不实打实凿的，他也不能答应。别说对儿子，对老婆不也是如此么？住在寨子里和平民一样，春种秋收，吃的穿的有啥

特殊？既不封后又不封妃，还应名儿是皇上的媳妇。阿娣越想越难过，坐在那儿暗暗落泪。

蒲察氏见劝说婆婆，反倒引起她伤心落泪，甚是着急，赶忙悄悄地对儿子合刺说："快，快去跟奶奶搂脖儿。"合刺已经六岁了，早懂事了，便跑过去一把将阿娣搂住，小嘴脆快地喊："奶奶！奶奶！"边喊边搂着阿娣亲脸儿，他才发现奶奶流泪了。合刺仰着小脸儿，望着阿娣说："奶奶，你为啥哭啊？"阿娣一把抱起合刺亲着脸儿，热泪直流地说："奶奶没哭，奶奶是在笑呢！"

就在这时候，有人前来禀报说："斡离不媳妇前来叩拜！"

阿娣听说，大吃一惊，暗想，我梦中的烦恼还没消逝，怎么斡离不媳妇这么巧就赶来了？因为阿娣早就听说了，阿骨打将辽朝天祚皇帝的女儿、蜀国公主余里衍给斡离不做媳妇，就有些生气，心想，我从小就来到这个家，祖上的规矩我是知道的，怎么能给儿子娶个契丹人做媳妇？还是延喜的女儿，仇家做媳妇，早晚是病，这不是自找不安宁吗？想到这儿，便说："就说我身体欠安，改日再见！"女奴转身出去，将此话对蜀国公主余里衍回了。余里衍一听，心里很不是滋味，娘娘哪是身体欠安，是不愿见我，这便如何是好？因为余里衍在辽皇帐里明白这些道理，如果娘娘不得意，今后很难处事，说啥得讨娘娘喜欢，今后在人堆里才能有个身价，别人才能瞧得起。不然，人们传出去，说娘娘都不稀罕见我，在妯娌间不就比别人低了半截儿吗？余里衍反复一琢磨，不让见我也得见，便心生一计，她扑通一声跪在阿娣门口，哀求说："请宫女姐姐再通禀一声，就说罪人要见娘娘请罪，娘娘不见，我就跪在此不走！"

女奴一听，惊吓得心怦怦直跳，不是别的，从打侍候阿娣，还没有一个人称呼我为宫女姐姐，自己是奴隶，谁能这么称呼啊？斡离不这个契丹媳妇嘴可怪甜的，一定很懂事儿。可阿娣为啥不见她呢？奇怪呀，冲她这一跪，我也得快点儿去禀报。女奴又转身进屋对阿娣禀报说："大额娘，斡离不媳妇在门口跪下了，言说向娘娘请罪，如果娘娘不见，她跪在门口不走！"

阿娣一听，惊疑地问："她称我什么？娘娘？"

"是呀，她口口声声称娘娘，来向娘娘请罪的呀！"

阿娣一听管自己叫娘娘，心里直扑通，嘴说说心里话儿，我做梦都想当娘娘，直到现在也没当上。皇上阿骨打不封我，我有啥招儿？所以呀，阿骨打都当了这么多年皇上了，还真没有一个人称呼我为娘娘的。今天她称呼我为娘娘，这称呼一定有来历，因为她是在皇上跟前成的婚，八成皇上露过口话儿，说不定皇上回来，就要按辽国的宫例封我为娘娘，所以她才这样称呼我。要是果真如此，我还离不了这位蜀国公主呢，不是别的，这娘娘咋个当法，宫中应立些什么章法，还得让她给我介绍咧！阿娣越想越高兴，便说："让她进来见我！"

女奴一听，高兴地出去了，很快将辽蜀国公主余里衍领进来了。余里衍走进屋里一瞧，心里暗吃一惊，嘴没说心里话儿，大金国娘娘就住这破房子，都不如辽国一般市民房子好。使她更为惊讶的是，屋里啥摆设没有，只有一铺火炕，地上有几个木头墩子，见娘娘坐在炕沿上，她便双膝跪倒在地，口呼说："辽蜀国公主余里衍身带国罪，投降大金国。承蒙皇恩浩荡，皇上将我许配斡离不为妆妾，特来参拜娘娘，祝娘娘千岁！千千岁！罪女请罪，祈娘娘圣恩！"

余里衍这张巧嘴说得阿娣眉开眼笑，赶忙伸手拉起余里衍说："起来，快起来说话儿。"

余里衍站起身来，心想，哟，皇后这么随便，不讲礼法，还亲手拉我。她身上穿的衣服，也跟女真妇女穿的一样，一点儿看不出娘娘的架儿。余里衍站起来后，急忙将包裹打开，从里边拿出闪光耀眼的凤冠霞帔，说："我没啥孝敬娘娘的，只有这凤冠霞帔敬献给娘娘，聊表敬意！"

阿娣一听，赶忙双手接过来，心里乐开了花，因为这是她长期梦想的东西。很早以前她就听说，皇上坐金銮殿，娘娘坐银銮殿。皇上头戴金龙冠，身穿蟒龙袍，娘娘戴的是凤冠，身披霞帔，究竟啥样儿，她没见过。可她没少梦见过，这种美梦虽然没少做，醒来却是一场空。没想到今天梦寐以求的事儿真的实现了，她双手捧着用目一瞧，见凤冠上有金龙戏凤，金光闪闪，栩栩如生。那霞帔绣的是龙凤呈祥，前后如其衣长，中分而前两开之，是在肩背之间。阿娣用感激的目光望着余里衍说："多谢公主馈赠给我这么贵重的礼物。"

余里衍说："我思虑好久，不知这凤冠霞帔能不能合娘娘的心意，估摸着与大金国的凤冠霞帔相比，一定逊色，故而不敢敬献给娘娘。后来征得斡离不的同意，才冒昧地奉献给娘娘，请娘娘……"

余里衍话还没说完，见阿娣两眼落泪，可将她吓坏了，以为自己哪句话冲撞了娘娘，这还了得！赶忙扑通跪在阿娣面前说："我话语不周，冒犯了娘娘，请娘娘恕罪！"

阿娣伸手拉起余里衍说："不是，公主多心了！"说着，将余里衍按在身旁坐下。余里衍敢坐吗？跟娘娘平起平坐那还了得，赶忙又站起来。可阿娣说啥也让她坐在身旁，因为当时大金国没有这些礼法，阿娣才长叹一声说："公主不知，我大金别说没有凤冠霞帔，连娘娘称号都不封啊！我跟平民妇女一样，怎能不伤心落泪呀！"

余里衍吃惊地问道："那为什么呢？"

阿娣说："皇上决心不修宫，不修殿，连皇城都不建，垒上地基也让停了，人们说'白城'了。这还不说，皇上不立太子，仍按女真完颜部勃极烈推选习俗，立娘娘有何用啊？"

余里衍一听，心里才明白，大金跟辽国皇上不一样，怪不得娘娘居住的房屋跟平民一样呢，原来如此。当即告辞要走，阿娣拉住不放，一定让她吃过饭再走。

阿骨打传奇

　　阿娣见辽蜀国公主余里衍赠给自己凤冠霞帔，非常高兴，认为这是她要被封为娘娘的预兆，因此，她对余里衍由厌恶变成喜爱，就是凤冠霞帔起了作用。不怪说，物能通神，有财物就有一切，真是一点儿不假呀！刚才的阿娣和现在的阿娣如同两个人，对余里衍又说又笑，似久别的亲人。她又赶忙将儿媳妇蒲察氏招呼过来予以引见，斡离不比绳果年龄大，蒲察氏则称余里衍嫂嫂。

　　余里衍见了蒲察氏，暗吃一惊，蒲察氏虽然长得并不十分俊美，但"龙颜凤姿"，一脸福贵之相。心想，阿娣说皇上不立太子，难怪呀，蒲察氏长了这么一副福相，此人一定是大福大贵之人。余里衍就跟蒲察氏相对而拜，共祝安好后，余里衍赶忙从包裹里取出一副金镯子，一个宝石金戒指和一副金钳子，作为见面礼赠送给蒲察氏。蒲察氏都没看过这些宝贝玩艺儿，今天见着了，她能不高兴吗？感情也立刻起了变化，嫂子长嫂子短地叫着，显得非常亲近。

　　余里衍又看到了阿娣的孙子合刺，合刺是听母亲的吩咐，跑到余里衍面前请安的，脆快的小嘴儿喊叫着："大娘！"余里衍见合刺长得天庭饱满，地阁方圆，前发齐眉，后发盖顶，双手过膝，下身短，上身长，生就的帝王之相，心内又吃一惊，原来蒲察氏的福相福在此子身上。合刺刚要跪下给她磕头，她赶忙一把抱过来说："小侄儿免礼！"一边亲着合刺的小脸儿一边说："真着人喜爱！"说着，余里衍赶忙从包裹里又取出一样礼物，是把上面刻着"长命百岁"的金锁，给合刺挂在脖子上。余里衍这些礼物对阿娣、蒲察氏来说，贵重而稀奇，不但没见过，连听说都没听说过，非常感激余里衍这样大方，对她们馈赠这么多珍贵的礼物。阿娣感到很过意不去，说道："太让你破费了，合刺，快给大娘磕头致谢！"余里衍怕折寿自己，说啥没让合刺磕头，紧紧抱着不撒手。

　　不一会儿，饭已准备好，在炕上放张四根木柱支撑一块长木板儿全是卯的桌子，做工粗糙，桌面儿亦不光滑。阿娣盘腿坐在炕里，余里衍、蒲察氏两边相陪，余里衍见桌子上连双筷子、吃碟儿都没有，只是一张光秃秃的桌子。不一会儿，女奴端上四样儿菜，余里衍用目一瞧，头一样儿是煮鸡，装在黝黑的大木板盘子里，这只鸡很肥，直往外冒油珠儿。第二个木盘里盛一只兔子，第三个木盘里放的是狍子肉，第四个木盘里放的是两只大熊掌，黑糊糊的，全是用水煮的。另外又端来一大碗自酿的米酒。余里衍瞧着这些，嘴没说心里话儿，这咋吃呀？连双筷子都没有，难道用手抓着吃？

　　真没出余里衍所料，阿娣端过酒碗，自己先喝了一口，然后将酒碗递给余里衍说："喝！"说着，用手先撕块鸡肉填到嘴里，狼吞虎咽地吃上了。余里衍心里感到既惊奇又好笑，难怪过去听人说，女真人就是"野人"，他们连筷子都不会使，吃啥全用手抓。有的还不知穿衣服，赤身露体的，一点儿不怕人。现在亲眼所见，女真人全穿着衣服，赤身露体不存在了，不过用手抓东西吃确是如此。使余里衍感到为难的是，三个人吃饭，就这么一碗酒，还得轮着喝，难道连第二个木碗也没有？轮着喝多不讲究啊！可她又一想，到哪儿得随哪儿，嫁鸡随鸡，不能有丝毫流露不习惯的情绪，那不使娘娘的一片热情变冷了吗？想到这儿，余里衍毫不迟疑地端起酒碗，笑呵呵地对蒲察氏说："你先喝！"

　　蒲察氏手一摆说："不，临襟儿来！"

　　余里衍当时也不懂啥叫"临襟儿来"，也不客气，端起酒碗咕咚喝了一大口，将酒碗移到蒲察氏面前，也学阿娣那样，撕块鸡肉塞进嘴里，两腮撑起来了。她口里嚼着鸡肉，也咀嚼着蒲察氏的话儿："临襟儿来！"是啥意思。嚼啊，嚼啊，嚼了半天，嚼明白了，这"临襟儿来"，就是按衣襟儿轮的意思。余里衍觉得虽然用手抓着吃，但吃得很香甜，她们全都闷头喝着，吃着。余里衍非常谨慎，见阿娣不言不语闷头吃，她也只好悄没声儿随着一直将这碗酒灌进她仨肚里去。突然阿娣哈哈大笑说："看我这脑袋，公主来，忘给拿筷子了！"

　　阿娣这么一说，女奴方将筷子拿上来，阿娣笑呵呵地说："说不上咋的，从小抓着吃惯了，就使不好筷子这玩艺儿。"

　　余里衍吃惊地问："娘娘，怎么过去不使筷子啊？"

　　阿娣说："我们女真人过去不知啥叫筷子，就知用手抓挠着吃。还是他七额娘图玉奴过门儿之后，方知吃饭得有筷子，用筷子把饭菜夹起来放进嘴里。说实在的，有筷子也懒得用，用它不得劲儿，要不咋忘记拿筷子了？因为总不使它的原故。你们早就使用它了？"

　　余里衍说："我从小就用它，不过听说契丹人原来也不知使筷子，是和南方蛮子学的，才使用筷子的。"

阿娣又问道："这么说，南方蛮子很早以前就用筷子吃饭了？"

余里衍说："听说是从夏朝开始用筷子的，那时不叫筷子，叫'挟'。古书上说：'羹之有菜者用挟，其无菜者不用挟'。赶到秦汉的时候，管筷子叫'箸'。秦国有位名将，叫蒙恬。他在修万里长城的时候，有一天，见民夫吃饭太慢，且用箸拨过来拨过去。他来气了，冷丁喝了一声：'用箸快吃！'喊了这一声后，民夫们吓得停箸不吃了，呆愣愣地抬起头来望着他。原来民夫们听错了，以为让他们停住别吃了。蒙恬一见更来气了，抓过一双箸向嘴里拨弄比划说：'快吃！快吃！'从此，人们把'箸'改'筷子'，意思是'筷子'就是快也。传说，古时候开始用筷子，都是按当地有啥就用啥做筷子，有的用树枝，有的用竹棍儿，也有用动物骨头做成筷子的。到夏商的时候，才有象牙筷和玉筷，供宫廷使用。等到春秋战国的时候还造出铜筷子和铁筷子。赶到汉魏六朝的时候，就制作出漆筷子来了。接着，人们又琢磨出金银做成贵重的金筷子和银筷子。筷子在南方人中成了生活必需品，官宦人家不仅用它夹食，而且通过筷子来炫耀自己有钱，宾客来了特意使用金筷子或象牙筷子，借筷子向宾客显示他的财富。古书上关于筷子的典故就更多了，汉初大臣张良在楚汉战争的时候，曾用筷子作形象示意，为刘邦制定歼灭项羽的战略。三国曹操在青梅煮酒论英雄时，刘备意识到曹操在试探他，赶忙借惊雷之声，故意将筷子失手落地，表明他是个胆小怕事，胸无大志的庸人，从而化险为夷。唐朝安禄山叛变，唐玄宗曾让韩凝礼用筷子为他预卜平定内战的胜负。还有唐朝宰相宋璟，能革除前弊，选拔人才，唐睿宗曾赐给他一双金筷子，说他像筷子一样耿直。"

阿娣听罢，高兴地说："筷子有这么多传说，真得练习用筷子吃饭，不然用手抓着吃，让人笑话。"她言外之意，我将来当娘娘了，仍用手抓着吃东西，那还像话吗？但她没明说，这叫会说不如会听的。余里衍听后，马上心领神会，从包裹里拿出四双银筷子说："这有四双银筷子，娘娘要是不嫌弃，就留下用吧。这银筷子能鉴别菜饭里是否有毒，自古以来，是帝王、后妃常用的筷子。"

阿娣接过筷子，乐得嘴都合不上了，心想，这蜀国公主有多么懂事呀，皇上为啥不将她给绳果做妾？要是给绳果做妾多好，朝夕相处，我也能知道不少事儿，尤其是封为娘娘后，她能背前眼后为我参谋参谋。想到这儿，便问余里衍说："你来时，没听皇上说多咱回来呀？"

"听说圣上将燕云之地处理完，一些州县安定后，圣驾就返回内地。"

"皇上和你说啥没有?"

"皇上对我说,圣上也要采取辽朝之法而用之。"

阿娣一听,惊喜地说: "这么说,皇上也要修宫筑殿,封妻封子了?"

余里衍一听,心里明白了,阿娣恨不得一时就当皇后啊!便顺水推舟地说:"皇上要采取辽之法,那还用说?就是要封娘娘封太子,不然我咋想起送给娘娘凤冠霞帔呢!"

阿娣心里立刻开了两扇门,非常高兴,又问余里衍说:"你见着绳果了吗?"

余里衍说:"见着了,他身体很好,最近始终没出征,和金兀术一块儿伴随圣驾。"

阿娣一听,很是吃惊,问道:"怎么,金兀术去了?"

余里衍说:"金兀术去好长时间了,是专门去侍奉圣驾的。"

阿娣嘴没说心想,为啥让金兀术去伴驾?想着想着,心里咯噔一下子,怪不得皇上出征的时候,元圆擦眼抹泪的,八成是要让金兀术随驾去,取得皇上欢心,好立他为太子呀!皇上没同意,她流眼泪,皇上走了,她背着别人将金兀术打发去了,心眼可真多!阿娣又添了块心病。

从此,阿娣再不用手抓东西吃了,练习用筷子夹着吃。她这一做,很快在女真人中实行了使用筷子,改变了风俗。人们都说,辽蜀国公主赠筷子,改变了女真人抓吃的旧俗。

斡离不之妻、辽蜀国公主余里衍前去拜望阿骨打的大老婆阿娣，阿娣一开始不想见她，余里衍施展个人才能，赠送凤冠霞帔。此举不仅使阿娣满心欢喜，而且对余里衍爱如亲女一般，那个热乎劲儿就甭提了。余里衍见阿娣对她如此热情，才从怀里掏出阿骨打写给阿娣的一封信。

余里衍为啥不先交阿骨打的信呢？因为余里衍以为阿骨打写的信，准是让阿娣热情接待安排她。她早在心里琢磨了，不能凭皇上的书信讨娘娘的喜欢，那多没意思，让别人说咱靠皇上的书信讨娘娘喜欢，没有皇上的书信，娘娘都不能嘞扯她。余里衍就因为这个，才不露阿骨打写给阿娣的信，要靠自己的本领行事。现在余里衍见阿娣对她很是喜欢，她才笑呵呵的将阿骨打的书信双手呈给阿娣说："娘娘，这是皇上写给娘娘的御书。"

阿娣扑哧笑了，接过书信说："你咋不早交给我？"说着，阿娣将书信展开一看，惊讶地望着余里衍说："有这等奇事？"

余里衍见阿娣用吃惊的目光看着自己，并说了句"有这等奇事？"以为阿骨打将她和斡离不订婚的奇遇之事写在信上了，刹时脸色绯红，不好意思地低下头。

阿娣见余里衍脸色绯红，低头不语，更加惊疑地瞪着两只大眼睛问余里衍说："怎么，你还不知道啊？"

阿娣问得余里衍丈二和尚摸不着头脑，嘎巴半天嘴，才抬起头来望着阿娣说："娘娘，问我啥事不知道啊？"

"哎哟，闹了半天，你真不知道啊？"阿娣举着信解释说："耶律淳的次妃白散，不是你二额娘的妹妹嘛！"

阿娣这一说，惊得余里衍霍地站了起来，说："是吗，我们辽朝咋无人知晓此事啊？"

阿娣接过说："不仅你们辽朝不知，我们女真人也不知此事，就连她姐姐陪室也不知晓，曾经哭眼抹泪地说妹妹出来找她失踪了，闹了半天跑辽朝去了。这不，皇上又将白散许配给神徒门做妾，让我当神徒门的媒人，让公主你当白散的媒人，成就好事儿。事不宜迟，咱娘儿俩各行其事，你去劝说白散，我去找神徒门，让他们早日成就好事！"

这是皇上的旨意，谁敢违抗？余里衍辞别阿娣，去找白散报喜。回来的路上，心里结个疑疙瘩，暗想，阿骨打的妃妹怎么成了耶律淳的次妃？这么长时间竟无人知晓，连死鬼萧德妃都不知此事，真可说是奇闻了。更使余里衍不解的是，这事连斡离不也不知道，他要知道非偷着和我说不可。让人纳闷儿的是，耶律淳的次妃是阿骨打的妃妹，为何阿骨打没去见她，而白散也不去见阿骨打呢？八成不是。余里衍越想越糊涂，想得她头昏脑胀的，唉，看我想这么多干啥？见着白散一问不就知道了。可余里衍一寻思，我要去找白散，姊妹众多，这话也不好说啊！有了，回到宿处，令宫女去将白散接来就好说话了，谈成了好让她和神徒门会面。余里衍想好了，便回到她的临时住处。余里衍和她姊妹兄弟一起被送到金内地安出虎的，给她在安出虎临时安排个住处，其余辽朝皇室人员均安排到多欢站暂住。因余里衍得参拜阿骨打大老婆、二老婆后，再去见她的婆婆兰娃，随后还得去参拜阿骨打的四老婆、五老婆、六老婆、七老婆。都参拜完了，方能到婆婆那儿安身落户，这是规矩。

余里衍回到宿处，令宫女和女奴去多欢站接耶律淳次妃，她们骑着马跑了十多里路，将白散接来了。

白散心里感到纳闷儿，余里衍接我作甚？她很着急，恨不得马上见到余里衍。当她见到余里衍时，已经迫不及待了，第一句话就问："公主让我来何事？"两只眼睛扫视着余里衍，余里衍抿着嘴望着她笑，接着才施礼说："皇姨，侄媳妇向您请安了！"

白散心里明白了，准是余里衍知晓内情了，她一言没发，一屁股坐在炕上，眼泪一下子流下来了。

余里衍见白散哭了，赶忙收敛笑容，一本正经地问道："皇姨，你咋了？"

白散抽泣着说："我命好苦也……"下话到唇边又咽回去了。

余里衍是个精灵鬼，见白散这个样子，知道必有隐情，便单刀直入地说："皇姨，圣上旨意，让娘娘去给神徒门说亲，让我将你接来，告诉皇姨一声，圣上将您许配给神徒门了。"

白散流着眼泪说："我的命运只有听从皇上的安排了。"

余里衍用话试探说："皇姨，您是咋到辽去的？"

白散抬起头，用泪眼一寻摸，见屋内有宫女和女奴，便将头低下，什么话也不讲了。

余里衍会意，令宫女和女奴先出去，不听到招呼不要进来。宫女们退下后，余里衍又问白散说："皇姨，您能将去辽和耶律淳成婚的事儿向我说说吗？"

白散长叹一声说："咳！不提此事还则罢了，提起此事，小孩没娘，话可就长了。我家是乌古论部人，姐姐名叫白桦，那年十六还没找到如意郎君，她很苦闷，便独自一人到寨外散心。没想到忽然刮起一阵狂风将她刮走，再没见她回来，也不知将她刮哪去了。那时我才三岁，等我长大了，十四岁那年，决心出外寻找姐姐，便骑马到山里去寻找。从这山找到那山，姐姐失踪十几年了，上哪儿找姐姐去？说起来我也真够傻的了，后来到耶懒路的时候，我就病在道上，人事不知。多亏神徒门救了我，将我带到他家，采草药，请萨满为我治病，终于将我的病治好了。可就是身板儿弱，人家将养我，小溜儿一年来的，身板儿才挺起架儿了。为报答神徒门的恩德，我甘心为奴，侍候人家，可人家始终没拿我当奴隶对待。在我十八岁那年，皇上阿骨打来到神徒门家，他见我长得像姐姐，便向神徒门打听我的来历，方知我是他二房妻的妹妹。"

余里衍插问说："你姐姐和皇上成婚后，咋不去探望你们呢？"

白散说："自从姐姐被妖风刮跑后，家人认为很不吉利，再加上乌古论部和完颜部为敌，全家就搬到山里去住了，她上哪儿找我们啊？皇上知道我是他二房妻的妹妹，可他并未挑明，便和神徒门定了一计，让神徒门将我舍出来，他有重用。神徒门当时表示，别说舍一女子，就是让他赴汤蹈火，也在所不辞。阿骨打便授计于神徒门，神徒门让他妻子对我挑明，让我去辽，给耶律淳当妃，控制耶律淳不出兵协助延喜皇上，并说我是阿骨打皇帝的妹妹，特送去为耶律淳当妃，这是关系到女真完颜部落能否灭辽进而取得天下的大事。我一听，为了女真人，为了报答神徒门的恩德，别说让我去给耶律淳当妃，就是让我去死，我也得去，就这么我到辽去的。送我去的是实古乃。到辽后，实古乃悄悄告诉我，阿骨打二房妻便是你姐姐白桦，名叫陪室，等灭辽后，你们姐妹就可相逢见面了，我才知阿骨打皇帝原是我姐夫。就这么的，将我秘密送辽，给耶律淳当妃，只有耶律淳知道我是女真完颜部的人，但具体情况他并不知晓。婚后，他对我很是疼爱，暗地里也很听信我的话。耶律淳组织怨军，开始不是对大金作战，而是扩充自己的力量，最后他才要求到燕京去躲避大金兴兵反辽。当时我想，只要我能为女真人尽力，死而无怨。哪知我命薄，耶律淳夭折，辽朝将要灭亡的时候，我身为辽的俘虏回到大金。因我不认识我姐姐，姐姐可能也不认识我，皇上阿骨打又没和我明说，只是通过护送我的实古乃口中得知的，我敢冒认皇亲吗？所以我不敢提，今有公主挑明，我才敢和公主诉明此事，何况又将我归还原主，我还有何说？听从皇上对我的命运安排就是了。"说罢，泪如雨下。

余里衍一听，明白了，原来是这么回事儿，白散命也真够苦的了，免不了也跟着落下眼泪。停了一会儿又问白散，说："皇姨，二额娘现在也不知晓？"

白散说："这我就不知道了，姐姐要是知道，咱们来此已好几天了，她能不来看我吗？"

说话间，只听门外七吵八喊，余里衍不知出了啥事儿，赶忙招呼宫女。就在这时候，一女奴慌慌张张跑来，大声喊道："二娘娘驾到！"

余里衍连忙吩咐速将门打开，出去跪接阿骨打的二房老婆："余里衍跪接二娘娘圣驾啊！"。

余里衍听说阿骨打二房老婆陪室驾到，连忙令宫女大开房门，她跪爬着迎出门外。俗话说，礼多人不怪，余里衍乖就乖这上了，这也和她在辽朝宫院里受到的教养有关。余里衍跪爬出到房门外，虽然没见过二额娘婆婆，从架势上也能看得出来，何况还有白散的脸型相比照，一眼就认出了陪室，赶忙磕头说："贵妃娘娘在上，罪人辽蜀国公主斡离不之妾余里衍向贵妃娘娘问安请罪。因奉皇上旨意，为皇姨之事，还未去叩拜贵妃娘娘，请贵妃娘娘恕罪！"

好言一句严冬暖，冷语伤人六月寒，真是一点儿不假。余里衍这个举动，可以说陪室从来未见过，不是别的，因为女真当时没有这么多的礼法。陪室感到余里衍对她这么有礼貌，真是从心里往外高兴，赶忙伸手将余里衍扶起来。就在这时，白散已站在房门口，呆愣愣地望着陪室。

陪室一眼就认出是自己的妹妹白散，虽然相隔这么多年，她被妖风刮跑时，妹妹只有三岁，但她始终记得妹妹的模样，脸型长得跟她相似，不禁惊叫道："白散妹妹！白散妹妹！"

白散见姐姐认出她了，才敢大声喊道："姐姐，姐姐，让我找得好苦啊！"眼泪滚滚而落，一头扑进姐姐的怀里。

陪室也泪如泉涌，紧紧搂住白散说："我的妹妹呀，以为你不在人世了，没想到今日相见，我不是在做梦吧？"

余里衍走上前，让姐俩儿到房中说话，陪室与白散才手拉着手走进屋去。

白散为啥不敢先认姐姐哪？这是白散在辽受的宫廷礼法，冒认皇亲那还了得？故而不敢先认，何况不知陪室来此作甚，直至陪室喊她，她才敢认。

姐儿俩进至屋中，白散要大礼叩拜姐姐，被陪室拉住说："女真没有那么多礼法，快坐下唠嗑儿"。陪室在说这话的时候，心里转念，我现在名义上是皇上的二房老婆，就跟民众的妻妾一样，刚才公主称我贵妃娘娘，脸儿还直劲儿发烧哪！

姐儿俩坐下后，陪室才将她接到皇上的书信，言说白散早已找到，为了兴金灭辽，白散做出很大贡献。她现在回来了，你姐妹应该相逢，并将白散许给神徒门也说了，并告诉陪室，皇上已写信，委托阿娣和斡离不之妾辽蜀国公主成全此事。陪室见信后才寻找白散，方知被余里衍接来，她又奔到此处，把前前后后的经过从头至尾述说一遍。

白散、余里衍方知皇上同时也给陪室写了书信，白散迫不及待地将她心里憋了二十多年的疑问说了出来："姐姐，你被妖风刮走，怎能和皇上阿骨打成婚哪？"

陪室长叹一声说："我那日出来散心，被妖风刮走，刮到鹞山，多亏众多梨花仙女将我搭救，从此便寄居在梨花仙女之处。梨花圣母赠我一锁，并密告我配偶之机。有一天，梨花圣母派一名梨花仙女坐在山边哭泣，便可引来我的配偶，让我躲在树后如若见鹞鹰抓走梨花仙女，你赶紧用箭射鹞鹰，有一男子与你同时射中鹞鹰，他便是你的郎君。我就按照圣母的吩咐，在鹞山上等候，只听梨花仙女哭了不几声，便被一只老鹞鹰抓去。我赶忙拉弓射箭，照准凶鹰就是一箭，和我同时，有人从山旁也向凶鹰发射一箭，我们俩的箭同时射中凶鹰，凶鹰坠落，梨花仙女不见了。我刚要去取鹰，见那男人，即阿骨打也来取鹰。这时，梨花仙女戏要我说：'郎君找到了！郎君找到了！'阿骨打听到喊声，刚一愣神儿，众梨花仙女一拥而来，齐声喊叫：'迎娶新郎！'便把阿骨打拉到梨花仙女院落，硬要阿骨打和我拜堂成亲，阿骨打说啥不干。后来梨花仙女从我颈上摘下一锁，递给阿骨打，让他看锁内何物。阿骨打将锁打开，见锁里有个字条儿，上写'双箭配庶偶'的字句，他才和我成婚。成婚后，由于乌古论部和完颜部为敌，故而不敢泄露此情，怕咱家受害，后来，令人去送信，可又不知吾家搬到哪里去了。一直寻到咱家，方知妹妹你出来找姐姐，音信皆无，估摸着已不在人世了，没想到今日还能相见。"

陪室讲到这儿，已哽咽得说不出话来了，白散哭得像泪人一般，余里衍也跟着落泪。

陪室又听妹妹将她出来寻找姐姐的经过诉说一遍，陪室才明白皇上要将白散许配给神徒门之意，陪室嘴没说心里话儿，虽然神徒门是白散的救命恩人，但神徒门年龄太大，已快六十岁的人了，合适吗？可这是皇上旨意，谁敢违抗？

白散说："姐姐，不管咋说，我能经常见到姐姐，到耶懒完颜部后，我会经常来看您。”

陪室说:“你不去耶懒完颜部了,神徒门现在是警卫安出虎的猛安,家就居住在安出虎。”

姐妹俩正唠着嗑儿,女奴进来禀报说:“大皇额娘和神徒门来了!”

余里衍听说神徒门来了,可慌了神儿,忙说:“我得躲避!”被陪室一把拽住说:“躲啥呀,女真人可没那说,男女见面,在一起唠嗑儿说笑随便,到哪儿随哪儿,怕啥!”陪室说着拽着余里衍不撒手,同去迎接阿娣。她们刚要往外走的时候,阿娣已跑进屋来,喊叫说:“神徒门来啦!”

陪室、余里衍给阿娣请安问好,阿娣才问陪室说:“你啥时候也踅来了? 是知道你妹妹来了?”

陪室便将接到皇上的书信学说一遍。

白散站在旁边,明白了,此人就是阿娣,阿骨打的第一房老婆。按照辽朝的惯例,人家是皇后,得大礼参拜,便要行大礼,被陪室一把手拉住,向阿娣介绍说:“他大额娘,这就是我妹妹白散!”说着一扭脸,对白散说:“快给大姐姐请安!”

白散心想,女真人还跟原来一样,虽然改叫皇上,皇上的老婆跟民妇并无两样,便赶忙请安问好。

阿娣笑嘻嘻地端详白散说:“长得跟你姐姐一模一样,这个俊哪,真着人喜欢!”说得白散脸色绯红。阿娣赶忙又来主房门口,向外喊道:“你倒快进来呀!”

随着阿娣的喊声,走进来一位身材高大的老头儿,年约五十六七岁,头发已经白了一半儿。他刚走进屋来,一眼就看见了白散,忙说:“哎呀,白散,你什么时候回来的? 咋不到家去看我哪,难道你将我忘啦?”

此人便是神徒门,他的话使阿娣大吃一惊,望望白散,又看看神徒门,不解地问:“怎么,你们俩认识?”

神徒门大嘴一咧说:“咋不认识,她从我家走的,能不认识吗?”

这时,白散赶忙上前,一搂衣襟儿,要跪地给神徒门磕头,因为她曾自愿给神徒门为奴。还没等白散跪下,阿娣赶忙将白散拽住说:“哎,哎,别着急呀,还没说明白,就跪地磕头拜天地,也太早点儿了!”

阿娣这一说,白散那张脸像巴掌打的一般,火烧火燎的,赶忙解释说:“不是的,是我要给主人磕头请安!”

神徒门向阿娣说："你说的二皇额娘的妹妹是谁呀?"

阿娣用手拽着白散说："我手拽着的就是啊!"

神徒门一听,一拍大腿说："哎呀,皇上和你们搞的什么呀,逗我呀!"

阿娣一听,更糊涂了,赶忙问神徒门说："你说这话是啥意思呢?"

神徒门说："有一次皇上赐给我金牌时,曾对我说,陪室的妹妹在辽,人长得很漂亮,等俘获后,给你为妇。今儿个你又说,陪室的妹妹从辽俘获送回来了,皇上的旨意,给我为妇。我寻思皇上过去跟我说过,准是这么回事儿,我就来了。闹了半天是白散,她咋成陪室的妹妹了?这是咋回事儿呀,乱七八糟的!"

陪室解释说："白散真是我的亲妹妹呀!"

白散也赶忙接过说："陪室真是我的亲姐姐呀!"说得神徒门看看陪室,又瞅瞅白散,真的呀,别说,她俩模样长得差不多。可神徒门又一想,皇上八成认为白散长得像陪室,才唬我说是陪室的妹妹,咱不信,便摇头说："你们是因白散长得像陪室,便说是她的妹妹。"

白散只好将怎么来怎么去的经过述说一遍,陪室也将她与阿骨打成婚之事学说一遍,神徒门才转过向来,将白散接到家去。

白散和神徒门成婚后，见神徒门的家可跟过去不一样了，住在安出虎，牛马猪羊成群，奴婢成帮，约有五百多人，可称得上大奴隶主了。使白散心满意足的是，原来神徒门的老婆黑叔早死了，她最怕的是黑叔，不是怕她别的，怕她那张黑紫脸，要动了肝火，连神徒门都得给她下跪。她骂奴隶，打奴隶，不骂够不打够，不能饶了。白散记得有一天夜间，自己搂着神徒门二小子施静睡觉，因夏季天气炎热，故而开着窗户。小半夜的时候，神徒门从窗户跳了进来，要行性交之事。刚进来，黑叔就来敲门，吓得神徒门赶忙从窗户跳了出去。黑叔进屋察看一番，见没什么异样就走了，神徒门再也没敢来。

现在白散成为神徒门家的主妇，她想，过去自己是奴隶，虽然没像其他奴隶遭受那么多的罪，奴隶的滋味她是熟悉的，决心要对奴隶好点儿，不仅不能打骂，还得让他们吃饱穿暖。

单说成婚这天晚上，神徒门喝了不少酒，二更的时候回了洞房。用眼一瞧，白散比当姑娘那咱漂亮多了，白皙的皮肤，嫩皮嫩肉的，又白又胖。在他家那咱，白散身上可说是麻麻裂裂的，净蚂蚱口儿。他越看越喜爱，从前就惦念着，由于怕黑叔，总也没敢下手。没想到今天变成自己名副其实的夫人了，旧感情新感情一齐涌上心头，两人便搂抱着就寝了。

再说白散在洞房里心里就盼神徒门早点儿进来，虽说神徒门比耶律淳年岁大，长得也没有耶律淳俊，在她印象中是个傻大黑粗的人。但那时候儿耶律淳虽然年轻，可由于他贪色，已经是个"干壳"的人了，何况萧德妃还时刻不容，致使白散一个月得有二十多天寡居。这回嫁到神徒门这儿来，一夫一妻，一定能过快乐的夫妻生活，她越想越美，越美越想，加上才三十来岁，性欲要求也更加强烈了。而神徒门刚进来，就恨不得马上跟她过夫妻生活，白散也终于盼到了。哪知这神徒门开始还似上阵的将军，跃马扬威，好像善于厮杀的一员勇将，可马到阵前便退了下来，叫不得真章了！

这对白散来说，可是迎头痛击，她好似久逢阴霾干旱，急需阳光雨露，又好比盛开的鲜花，急需浇灌滋润，干涸得似猫儿挠心，痒得她心肠欲断，感受的是空虚神慌。不知多少次，神徒门都是虚晃一枪，败下阵去，使白散大失所望，体软心凉。心中暗想，我如饥似渴，盼望吃饱喝足，没想到连点儿清水都没喝到，只喝点风儿，反惹得饥肠刮肚，难以忍受。身子骨也像散架子一般，躺在炕上一动不动，连翻身的力气都没有了。两眼好似两股泉眼，泪水奔涌而出，心想，我的命好苦啊！

白散哪知神徒门已是弓折箭绝的猎手了，他的老婆黑赧已死多年，由于无拘无束，夜奸女奴，贪恋过度，阳虚囊空，有心力战，心有余而力不足，虽经几次提缰催马，终因力不达心而退缩下去。

神徒门自己如此，非常扫兴，又见白散由眉开眼笑、心花怒放变成锁眉闭目，泪如泉涌，体软花谢，心里感到很内疚。暗想，我太对不起她了，人家心如烈火，反被我给扑灭了。我陪她，倒使她伤心，不如撒个谎离开她，使她心里安静安静，待我养精蓄锐后再战。神徒门想到这儿，翻身起来，边穿衣服边对白散说：“白散，别怪我，我身在此，心在安出虎。皇上不在，又从南边迁徙来那么多汉人，时刻担心不安宁，故而提不起性来。待我巡视后，再来陪你！”神徒门也没管白散连眼皮儿都没抬，他下了地，拿上腰刀转身就走了。

白散躺在炕上，虽然听到神徒门这些话语，可她连抬眼皮儿的力量都没有了，心里扎啦啦难受，神情恍惚，心想，难道我又做场恶梦？

神徒门这一走，惊动一个人，你说惊动谁了？惊动了他的次子施静。施静年方一十七岁，每天练习武艺，学习女真文字和汉语。他从记事时起，便由白散搂着睡觉，白散走时，他六岁。因白散走，他哭了好多次，不愿白散离开他。这次白散回来，说要与他父神徒门成婚，他不仅不反感，反而很高兴，小时候的感情又涌上心头，刚见白散就一头扎进其怀里。白散望着他，他望着白散，两人泪儿滚滚。白散伸手摸着施静的头说：“施静长大了！”施静说：“我终于将你盼回来了。”神徒门和白散成婚后，两人住在西屋，东屋就施静自己。原来施静和神徒门住在西屋，东屋是侍奉爷儿俩的女奴隶，现在女奴隶全搬到下屋住去了，施静自己住在东屋。可他年龄也大了，咋的也睡不着了，听神徒门回来后，他就悄悄起来听声儿，听他父和白散说些什么。甚至想，白散一直搂着我睡，现在回来了，额娘不在了，父亲硬把白散弄他屋去搂他睡，不让白散搂我睡。要是额娘活着，非告诉额娘罚他下跪不可。你别看他十七了，还是很幼稚可笑的，不懂事儿，早先年人愚昧无知，也不知倒正。这小子就爬起来，悄悄溜出屋来，开始的时候，站在西屋门口听声儿。听他父亲和白散唠嗑儿，谈得都是你想我、我想你的事儿，谈着谈着屋里没动静了。他就溜出房去，走到西屋窗下，屋里点着灯，又是七月间，天气又暖和，窗户都虚掩着。施静借窗缝儿往屋里炕上一瞧，白散光条条，他父的一举一动都看得清清楚楚，暗想，原来是这么回事呀，怪不得和白散成婚呢！色怕引诱，你说施静已十七岁的小伙子了，长大成人了，头脑又单纯，他见此情能不动心吗？可说是心慌意乱，烈马难收，恨不得跳进屋去，将白散抢过来。可他瞧了半天，他父神徒门干咋呼却无济于事，他暗自好笑，干吗呀，逗着白散玩哪？一点正格的没有。一直见神徒门穿上衣服，跳下地要走的时候，施静才又悄悄地溜回东屋去。

施静回到东屋没有上炕，站在屋门口听着动静。直到神徒门开门出去，他才又从屋里出来，将房门闩上，转身直奔西屋。当走到门口时，停下脚步，心怦怦直跳，暗想，我进去还是不进去，白散对我能咋样？迟疑好大一会儿，决定还是进去，看看白散对我如何？施静这小子想到这儿，一步窜进屋去。

屋里的灯光昏暗，忽啦忽啦仍然燃着哪。施静往炕上一看，白散如呆如痴地光条条躺在那儿一动不动，两眼流着泪水，好似瘫痪一般。施静瞧着怪可怜的，便走到炕头儿，用他那张热脸往白散脸上一贴，悄声说："白散，你咋的了？"白散躺在那儿，骨软心酥，半阴半阳暗自悲伤，忽听身旁有人呼唤，而且这声音又这么熟悉，便强睁二目。这时，施静已将头抬起来，用关切的目光望着她。白散一见是施静，惊诧得坐起身来，用被将下身一围说："施静，你深更半夜过来作甚？"

施静两眼一眨巴，也噼哩啪啦滚落几颗大泪珠儿，说："想你呗！还想让你搂着我，不然睡不着觉。"

白散一听，勾起前情，她在没去辽之前，每夜都搂着这胖乎乎的小子睡觉，在辽还经常梦见此情。今日神徒门没从心愿，也只好拿施静稳心了，便说："小宝贝，快上来，让我亲亲你！"

施静迫不及待白散说出这种话，因为在施静心目中，白散仍然是奴隶，奴隶是跟牛马一样的，要不他咋管白散叫名儿哪？那时候，对奴隶只能叫名儿，不能称阿姨、姐姐、妹妹、哥哥、兄弟等，所以仍叫白散。在施静的内心里还存有白散这个奴隶是他所有，因从小额娘就将他交给白散，白散也就成了他的终身奴隶，不容别人侵占。使他想不通

的，而今白散怎能被父夺去？所以施静毫不迟疑地身子一蹿，跳到炕上，一把将白散搂住。

白散也真情迷心窍，你没想想，那时候的施静是几岁的孩子，现在的施静是十七岁的小伙子了。刚将她搂住，她就有所感觉，心想，施静已长大成人了，什么都知道了，不禁勾起她烈性的要求，浑身乱颤。

施静搂着白散说："白散，刚才阿玛跟你的情形我全看见了，他为啥逗巴逗巴你就走了？"

白散一听，两眼流泪，身不由己地搂得更紧了，虽然没言语，意思是你施静能懂吗？看你的了，交给你了，滋润滋润我这早已干涸的心吧！

就这样，白散明为神徒门之妇，实为神徒门二儿子施静之妻，这是阿骨打关心赏赐，没成想反使神徒门送了命！

阿骨打传奇

白散自从和神徒门成婚后，明为神徒门之妇，实为他儿子施静之妻，白散控制着爷儿俩，家里一切都她说了算，真是家有千口主事一人。神徒门大儿子习失跟随阿骨打在外征辽打仗，媳妇在另院居住，人家也不过问家中事，因为还有老人呢。更何况白散是阿骨打皇上的小姨子，对施静又好，又是阿骨打皇上许配给神徒门的，自然形成妇女当家。

单说有天夜间，白散与施静云雨已毕，她见施静疲乏得睡着了，睡得那个香啊！可她反倒精神了，咋的也睡不着，便悄悄起来，准备到外边各处察看察看，当家主事就得多操点儿心。白散穿好衣服，手拎佩剑，蹑手蹑脚走出房来，见天上月光明媚，将大地照得通亮。她刚走到西厢房的窗前，就听见从屋里传出奇怪的响声，赶忙将身子一影，头探到窗前，仔细听之，暗吃一惊，嘴没说心里话儿，这屋是两名侍候神徒门的婢女，为啥有性交之声？难道她们将男的招进屋来了，行其性交之事？白散想到这儿，便从窗缝儿单眼吊线，借着月光往里一瞧，呀了一声，果然恍惚见两个赤条条的正在行床！她赶忙干咳一声："开门来！"她这一声不要紧，吓得屋里噼哒扑通直响，不一会儿，房门口有一婢女问道："谁呀？"

"白散！"吓得婢女浑身乱颤，用颤抖的双手将门开开，说："不知是皇姨奶奶驾临，未曾近接，望恕罪！"

白散也没答喳儿，拎着佩剑腾腾地往里屋走，进屋一看，屋里只有另一名婢女，见她进来，跪地磕头，别无他人。白散心里感到奇怪，从窗缝儿瞧得真切，怎么不见那个男的了？白散想到这儿，拿过灯来，走到炕沿前，举灯往炕上一照，见炕上铺着狍皮，狍皮上边有块大麻布苫着。她左手端灯，右手用佩剑将麻布往起一挑，见狍皮上像有泡尿汪在上边。就在白散用剑一挑这功夫，吓得两个婢女哆哆嗦嗦跪在地上，结结巴巴地说："皇姨奶……奶奶，饶……饶恕我们……"

白散小声问道："这是咋回事儿？只要你俩说实话，我就饶了你们。要是撒谎，可别怪我了！"

其中一个年岁较大一点儿的说："皇姨奶奶，我不敢撒谎，是……是我俩……"

白散见她说不出口来，追问道："你们俩干什么来着？"

"我俩……卡……卡瓢玩儿来的！"说罢，脸色绯红。她俩磕头，头沾地，再没敢抬起头来。

白散听后，心里一琢磨，八成是这么回事儿，便轻声说："你们俩快起来吧！"两名婢女磕了头儿，站起身来，抖得伏天还直劲儿打牙帮哪！

白散还有些不放心，端着灯又到外屋厨房照了照，见北屋库房门锁着，遂令婢女将库房开开，走进去用灯一照，未见有其他人，这才又回到南屋。白散将灯放在窗台上，让两个婢女坐在她两边，婢女说啥不敢坐，哪有奴隶和主人平起平坐的？那还了得！白散便拉着她俩说："你俩不要将我看成外人，我跟你们是一样，就是奴隶啊！"说着，眼泪流了下来，拉着不撒手，非让婢女贴着她坐下，两名婢女眼泪巴嚓地坐在炕沿上。

白散抹了抹眼泪说："神徒门是我的救命恩人，我自愿为奴，在他家好几年。当皇上发觉我是他二房妻的妹妹白散时，当时并未挑明，而是让我去辽，明许耶律淳为妃，实则为女真反辽出力，用身子助皇上兴金灭辽，跟奴隶一样，受其摆布。耶律淳死后，我被金俘获回来，皇上又将我许配给神徒门为妇。神徒门年岁已高，能般配吗？别看我是主妇，实则仍是他家的奴隶。奴隶这滋味我是饱尝过的，你俩今晚之事，这是身为奴隶被逼出来的。因为咱们当奴隶的也是人，别说人，世界上一切生物对性欲均有所求，连苍蝇还上落哪，别说人啊！你俩说，我说得对不？"

两个婢女脸红红的，低沉着头，不敢接茬儿。

白散又说："不过像你俩今夜所行之事，我还是头回见到，但给我启发很大，我要为奴隶婚配作个样儿，给奴隶主们看看。你俩不要担心，我说话算数的，过不了几天，让你们均得到配偶。"

白散说着站起身来，拎起佩剑说："你们俩睡觉吧，我再到那院儿看看去。"说罢就走了。

不说两名婢女深受感动地送走白散，还说白散从主院出来，到东院儿去察看。还没等走到东院儿，便听东院儿大门里边有女的咯啦咯啦唠嗑儿声，赶忙将身子一影，紧紧贴在墙上，听她们唠扯些啥。

616

这深更半夜的，东院儿门口为啥有女人唠嗑儿呢？因为东院儿是些奴隶住的院落，这个院落里全是猪羊。那时，女奴隶要喂猪喂羊，放猪放羊，还得跟猪羊住在一起。男奴隶住在西院，跟马牛住在一起。女奴分白昼倒，夜间要打更喂羊，门口就是当夜班的女奴坐在一起唠嗑儿。

白散就听有个女奴说："哎，那天那个男奴从你身旁过的时候，干吗用那种眼光看你哪？"

"唉，看也白看，隔墙观花，够也够不着哇！"

"哼，要我说呀，你们俩是一对儿胆小鬼，背前眼后，说啥也得成其好事儿呀！"

"成了好事儿又能咋样？一时的快乐，长期的痛苦，留下个奴隶崽子反倒糟心，死了都闭不上眼睛。虽然这样也是苦磨苦熬，自己难受自己知道，那你看尼姑哪，不也自受煎熬吗？"

"我可不那样想，得快乐就快乐，反正奴隶是一命的货，留下崽子不会想办法……"

"住口，再不兴你说这话，那是罪孽。"

"罪孽？要说罪孽，奴隶主才是罪孽哪！咱们女奴中，有好几个崽子都是神徒门的种儿，他跟他老婆搂出的孩子就是他的孩子，跟奴隶扯出的孩子就不是他的孩子，这本身就是罪孽！"

"咳！说这些有什么用，天下乌鸦一般黑，都是如此。奴隶主强奸女奴，强奸出孩子都不认，也不怪他，这怪女奴的命不好。"

"叫你这么说，咱们契丹人被掠来，就给他们当一辈子奴隶了？听说大金皇帝阿骨打下御旨说，掳来为奴者，仍赦为平民，咱们这怎么不赦呢？"

"你净说傻话，阿骨打说的，是指掳来的契丹平民而言。咱们是辽萧兀纳宰相府被掳来的，能赦咱们吗？"

"虽然咱们是从宰相府里掳来的，咱们都是丫环、仆妇，还不如平民哪？咋让咱们仍做奴隶呢？"

"唉！这话谁敢去说，你敢去找阿骨打，你敢和神徒门去说？不要命了？让你当奴隶不挺好么，还让你活着，不然攻进府去一刀一个，小命早就没了"。

"哎，大姐，听说咱主妇奶奶是耶律淳的妃子，咱和她说说不行吗？"

"哎呀，你想哪儿去了，人家是大金皇上的小姨子。再说了，她新

白散夜察

来乍到的，敢做这个主儿?"

"敢做这个主!"女奴话音未落，被这突如其来的女子声音吓呆了。举目抬头观看，见从月亮地里钻出一位妇女，手持明光锃亮的宝剑，当时就将两个女奴吓瘫歪了，齐声哀求说："当家奶奶饶命，当家奶奶饶命啊，怨我俩闲来无事贪嘴，真是该死!"说着，俩人啪啪地打自己嘴巴。

白散赶忙将佩剑当啷一声放在地上，坐在俩人面前，用手拉住说："不要如此，我说话算数，你们俩唠的嗑儿我听到后半截儿。你俩不要害怕，想要跟我说啥只管说，我会给你们做主的，因为我也是奴隶。"

白散这些话将两个女奴吓住了，谁敢说呀? 以为白散用话套她俩呢，忙跪在地上哀求说："当家奶奶，高抬贵手，饶恕我俩吧，再也不敢胡说八道了。如再听我俩胡说，听凭当家奶奶，愿咋处罚就咋处罚!"

白散紧紧拽着女奴的手说："你们还是不信任我，是不说心里话，是不是都愿意寻找个配偶? 哪管生活再苦，也心甘情愿，是不?"

女奴们一听，白散真说她们心里去了，才说："当家奶奶真体谅奴隶们的心，苦是人受的，干活儿再累我们也能熬。可就是这男女之事上，我们……我们确实难忍难熬!"

白散同情地说："你们这种心情我理解，也熬过，这不是见不得人的事。是人，不，也是动物的常情。你们放心，我说话算数，会让你们都得到配偶的。"说罢拎起佩剑回房去了。

白散夜察之事，第二天不长翅膀便飞了，男女奴隶全知道了。不知是福是祸，议论纷纷，提心吊胆。多数人认为白散是给女奴们宽心丸儿吃，掉过头来会更加严厉不可，奴隶主的心全是黑的，不黑心也当不了奴隶主。不说奴隶们背后私议，还说白散，第二天清晨起来，便对施静说："你今天去找吴乞买问问，问他皇上赦奴隶为平民到底儿是咋回事儿，问明白了，速回来告诉我。"

施静一听，笑嘻嘻地说："听从当家的吩咐！"便乐颠颠地奔安出虎去找谙班勃极烈吴乞买去了。

白散则分别将男女奴隶领头儿的找来，让他们将奴隶们的岁数赶快问清，然后报给她。领头儿的哪敢怠慢？回去后就挨个儿询问今年多大年岁，问了这个问那个。你说人也怪，这一问年岁不要紧，有的耍心眼儿，认为查年岁八成是按年岁分派活儿，年轻的给重活儿，年岁大的给轻活儿，准是这么回事儿。宁肯多报，可别少报，少报吃亏挨累，多报可拿轻躲重。就这么的，在男女奴隶中，均有耍心眼儿的，他明明 40 岁，报 50 岁，多报 10 岁，以为可从中取巧。领头儿的不管这些，上指下派，你报多少就是多少，往上一交完事儿，便稀里糊涂地查完报给白散了事。

白散按照奴隶头儿报来的名单和岁数，她就乱点开鸳鸯谱了，他和她配偶，他和她成双，他和她成对儿，配过来配过去，将五百多男女奴隶配了一溜十三遭，还剩 15 名女的。这 15 名女的，最小的四十来岁，白散心想，这咋办呢，剩些老的留在府中能干什么哪？还是留年轻的吧。想到这儿，她又按女的最大年岁往后配，配呀配，配完后，剩下 12 名岁数小的女奴，最大的才 20 岁。她很高兴，这回嘛，剩下的 12 名年轻的，留在府中做三年二载丫环再给她们寻找配偶，打发出去，不能误了人家青春。

白散站起身来，抻抻腰儿，认为自己配得很合适。可她刚一转身，突然一个念头涌入脑海，自言自语地说，将年轻的留下了，要和施静勾上咋办？白散想到这儿，心里一悸，好似留下的这 12 名青年女子马上要将施静从她怀里夺走似的。她一惊一乍地，说："不行，不能这么配，这样配会使我自食苦果，施静是我的，他永远是我的，任何人也夺不去！"

白散又变了，从女奴最年轻的开始往前配，配呀配，配完还是将原来十五名年岁大的女奴剩下了。她瞧瞧年岁，心满意足地想，这回嘛，最年轻的也四十来岁了，施静说啥不能爱上这么大年纪的人，何况还有我哪！白散给男女奴隶配好对儿，感到满意后，才转身出去。可她刚一转身，脑海里又一个念头涌出来，四十多岁的人了，你不给她配对儿，过个十年二十年，老得上不去炕了，岂不让她白活一生，这二十年咋熬哇？不像年轻的，今天不配，还有明天，明天不配还有后天，来日方长。可年岁较大的快乐一天少一天，你这样配公平吗？白散转回身，自言自语地说："不行，还是得可老的配，让她们享受一天是一天。"她刚要重配，又一个念头涌上心头，年轻的先不配，那啥时候配呀，过了青春还哪里找少年？难道白散你没从这时候过过吗？白散想至此，那两名卡瓢的婢女又出现在她的眼前，是啊，年轻的少女更须配呀！白散难住了，原以为此事很简单，没想到这么不好配。她埋怨神徒门为啥不将男女奴隶弄一边多，干吗要女奴多于男奴，这让我咋配呀？

白散正在为难的时候，施静乐颠颠地跑回来了，对白散说，吴乞买说了，皇上虽有赦奴隶为平民的诏令，但指的是平民被掳为奴而言。咱们完颜部的族属从辽掠掳为奴的，均是辽朝皇室人员家中的男奴女婢，故不在此例，如愿转为平民者，可赎身为民。

白散听后，心里琢磨，皇上阿骨打这条规定就不合理，辽朝宫廷中的皇亲国舅府上的奴婢，均是被逼或从罪犯中而强行为奴婢的，这些奴婢盼望能有一天，将他们从枷锁中释放出来。可倒好，盼来大金女真打进来，奴婢不仅没得到释放，反而枷锁给带得更紧了，今后谁还盼望你金军来？宁肯随主同死，也不愿降服于金。这回我开个头儿，将从辽掳来的这些奴隶释放为平民，让他们成双配对，分给牛马土地。让他们精心给我种地，像辽朝那样，地是我的，给我拿地租就行了。他们自己管自己，用不着我操这么大心，粮食同样不能少得。主意拿定后，便对施静说："你去通知男女奴隶，今个不要下地干活，均到这院儿集合，我有话跟他们说。"

施静答应声儿便连跑带颠地去唤男女奴隶到主院来集合，一个不行少。男女奴隶不知出了啥事儿，担惊害怕地走进主院，尤其是女奴中昨夜在门口唠嗑儿的那俩，两腿发沉，躲在后边，担心当家奶奶白散要拿她俩开刀，踌踌躇躇地低头走进院来。

没一会儿，男女奴隶将院子挤得满满的，男西女东，自然形成男女奴隶之间有趟鸿沟似的。虽然男女互不掺杂，可男的总瞅着女的，女的也偷偷看着男的，双方的眼神儿互透情意，这没啥奇怪的，异性相吸嘛。正在乱哄哄的时候，就听白散大声喊叫说："大伙听着，不要乱吵乱嚷，下面我喊谁，谁就上前边来站着，这一男一女就是我给你们配的对儿。互有配偶后，再分给你们牛马和土地，但是牛马要作成价，分年偿还，土地仍归我所有，给你们耕种，按年给我拿地粮。你们从今以后是我地户，不是我的奴隶了，是平民，生下孩子再也不是奴隶崽子了，你们同意不同意啊？"

奴隶们一听，还有不同意的？当时感动得泪水直流，不约而同地齐刷刷跪了一院子，给白散磕头，齐声喊叫说："当家奶奶，你就是我们的活菩萨呀，再生之恩，永不能忘！"

白散说："大家快起来，别这样。我跟你们一样，咱们都是奴隶，奴隶和奴隶还有啥说的？听我给你们分配。"

白散按名儿喊开了，这一叫不要紧，头一对儿就引起哗然大笑，你说为啥？叫出个男奴隶，顶多四十来岁，满头黑发。又叫出个女奴隶，快六十岁了，满头白发。原来男奴多报岁数，女奴少报岁数，他俩相配能不引起众笑吗？这也没办法，谁让你这么报来着？白散就这么的，将男女奴隶均配成双，转为平民，按辽的办法给她种地。

再说神徒门，这些日子，他在涞流水右岸转游。因为他警卫安出虎，就包括这涞流水右岸一带，直到寥晦城。涞流水右岸是阿骨打多年积草囤粮、训练兵马、制造军械的要地，是禁区，除阿骨打六房妻室居住的皇家寨（后改为太子寨）外，就是城子，专作囤积粮草之用，需要保护。要是被坏人放火烧了，粮草一空，还咋打仗？再说，阿骨打带兵出去征辽，他的妻室子女均要妥善警戒保护，出了一差二错那还了得？因为这个，神徒门带领护卫，沿涞流水右岸巡逻检查，察看守卫兵士漏不漏岗，疏忽大意没有，这是他的职责。皇上阿骨打给他这个美差，可说是对他最大的信任，说啥得守职尽责。神徒门在检查巡逻的时候，有时心里也琢磨白散的事儿，以为皇上对他是份好心，见他屡立战功，皇上对他的嘉奖。可他老了，力不从心，白赏这么一个年纪轻轻的小老婆。要是别人还好说，偏偏是他救过命的人，还是阿骨打的小姨子，这事可叫他犯了难了。不要吧，是皇上的赏赐；要吧，力不从心，让年轻轻的白散守活寡。他有心向皇上阿骨打提出让白散给儿子施静做媳妇，可白散比施静大十好几岁，这事不好提，也不能提，皇上如果真同意了，将来对施静也不好办。神徒门想来想去，抱着糊涂庙糊涂神，过一天是一天推着来吧。不管咋说，我在外时，家里有个掌舵的人，我也就静心了。施静和白散通奸一事，神徒门知不知道呢？知道，他心里明镜似的，不过没当个事儿。在神徒门心中，儿子能代父笼住白散，两相情愿，白散不去找他人，他就放心了。反正白散原是奴隶，又是妾小，从古以来不以为然，古来的风俗就这样。就这么的，神徒门在外执行警卫，反感放心了。

忽然有一天，驰来一名兵士，向他报告说："猛安，你家出事了，白散将男女奴隶都给配上对儿了，将牛马土地全分给奴隶啦！"

神徒门一听，大吃一惊，马上驰马而归。回到家中一看，果真如此，奴隶们正在建自己的房屋，他的牛马均分到奴隶手中去饲养，便暴跳如雷地责问白散说："是谁让你将我的财产分散一空的？说呀！"

白散笑呵呵地回答说："是皇上，按皇上旨意分散……"

还没等白散将话说完，只见神徒门咕咚一声摔倒在地，气绝身亡！

阿骨打第三房老婆兰娃子听说皇上给他儿子斡离不弄个辽朝蜀国公主为妾，心里就有些不高兴，嘴没说心里话儿，给儿子找这么一个女人为妾，肩不能挑担，手不能提篮，不是个闲家用吗？当她听说已被送回来，便偷着派人到安出虎去打听，什么时候能来家。派去的人回来对她说，蜀国公主可称啦，去拜会大额娘，还赠送大额娘凤冠霞帔呢！兰娃子一听，不解地问道："你说什么？凤冠霞帔，啥凤冠霞帔？"

"就是娘娘头上戴的呗，戴上凤冠才能当娘娘！"

兰娃子一听，差点儿气昏过去，心似油炸一般难受，暗骂蜀国公主是猴拉稀——坏肠子的东西，将凤冠霞帔这国宝送给阿娣，我是你的婆婆，不送给我，你送给她干啥？兰娃子越想越生气，气得她浑身直哆嗦，别的话也不想问了。

兰娃子为啥要生这么大的气呀？因为自从阿骨打当上皇帝后，在他的几房老婆中，尤其是在前四房老婆中争夺娘娘非常激烈，你要当娘娘，她也要当娘娘，可阿骨打就是不封娘娘、妃子，使她们干瞪眼没招儿。于是背地里猜测，阿骨打八成也因为这个，赌气谁也不封，我让你们争，不仅不封，皇室子女原来住在哪儿仍住在哪儿，不享受皇家任何待遇。对这个决定，阿骨打诸房老婆不敢公开反对，背地里都暗气暗憋，骂阿骨打是个老糊涂，年年东奔西杀为了啥？还不是为打天下，坐天下。好容易当上皇帝，一人登基，全家荣耀。你可倒好，当上皇帝跟没当皇帝时一样，只是个空名儿，老婆孩子不仅没跟着沾光，连他自己也没享受着皇帝的福哟！埋怨归埋怨，盼是盼，别看她们口里埋怨，暗地里都在打着自己的小算盘，别看皇上现在不封，等着将辽朝皇上天祚捉获后就该封了。因为现在还有天祚在，娘娘在，过去女真又受人家辽朝封的，不捉住天祚，就封妻荫子，怕影响不好。所以，几房老婆就盼赶快捉获天祚，她们好当娘娘。这还不说，几房妻室还互相暗恨，她咋不早死呢，或都死了，就剩我自己，娘娘就可手把稳拿了。要想当娘娘，就得经常关心咋当娘娘，娘娘得啥样儿，穿的啥，戴的啥，吃的啥，都管啥？不知道就令人翻书查阅"天朝"（指中原皇朝）之例。正因为这样，几房老婆都知道当娘娘戴的是凤冠霞帔，凤冠霞帔也就变成她们时刻梦想的国宝了。都想着我什么时候能得到凤冠霞帔，哪管戴一下，死了也不屈呀！她们将凤冠霞帔看得这么重要，兰娃子听说蜀国公主余里衍将凤冠霞帔送给大额娘阿娣了，没给她带回来，她咋能不生气？气得她浑身发抖，两眼落泪。自己暗想，天天想、夜夜盼当娘娘的事儿成泡影了，盼红眼的凤冠霞帔落空了，都是这个丧门星蜀国公主给我带来的不祥之兆啊！兰娃子想到这儿，说啥不让这"丧门星"进门，并继续派人探听，听说蜀国公主来，马上通禀于她。

再说蜀国公主余里衍和二额娘婆婆一见，便很心投意合，说啥让她陪白散到寨子里住一天，好和她谈谈心。要是挑明了说，陪室也要打当娘娘的真实情况，她心里也好有个底。余里衍是个乖女子，她早准备好了，也送给陪室一顶凤冠霞帔。陪室乐得心差点儿蹦出来，她有个错觉，以为是余里衍看在白散的情面偷着给她的呢。她看了一眼，就赶忙收藏起来，以为这是她要当娘娘的预兆，暗地里还磕了不少头哪！

余里衍在二额娘婆婆处住了一宿，按照女真族法，这才去拜见婆婆。吴乞买令人套着马车，带着余里衍的东西，余里衍骑着马，还有原辽朝的四名宫女陪同，归家去见婆婆。

余里衍这边刚动身，兰娃子的报马就飞驰而回，报说蜀国公主已经归家来了。兰娃子听后，暗骂丧门星将国宝送给阿娣，你就是拉来金银堆成山，咱也不喜欢。赶忙取出坤鸯宝剑，令人悬挂在大门上，并将大门紧闭，余里衍来时，不准任何人来回走动。

余里衍兴高采烈地骑着马奔布达寨去了，当她来至布达寨家门口时，见大门紧闭，静无一人。余里衍忽见门坎上悬挂着一柄坤鸯剑，不由得大吃一惊，吓得往后倒退三步，暗想，婆母太厉害了，不仅拒绝见我，而且悬挂一柄坤鸯剑，是永不见的表示，这是为什么？还没等见面，我咋得罪你了，你这样恨怨我？难道她听到什么闲言碎语了，才至于如此？这就看你余里衍的了，吃到婆婆的闭门羹咋办？余里衍又自己回答说，别说婆婆给我闭门羹，就是设刀山架火海，我余里衍也能进去。想到这儿，她快步上前，轻轻拍两下门，呼唤说："门内有人吗，请回禀皇娘，说斡离不之妾、辽蜀国公主余里衍奉皇上旨意，回来拜见皇娘！"说罢，昂头而立，侧耳细听门里的动静。

门里能没有人吗？早有两个女奴在门里扒着门缝儿窥看，这是因奉了兰娃子之命，没有兰娃子之令，天胆也不敢在门里窥视。两名女奴听到余里衍的话语后，唧咕嚓咕了半天，你让她快去禀报，她让她快去禀报，都想要看看辽蜀国公主咋应付这个局面。不一会儿，一个女奴进屋向兰娃子将余里衍的话语禀报一番。兰娃子马上吩咐，传我的话，不晓得斡离不的什么妻妾，让她速速离开布达寨，否则令人打出！女奴哪敢怠慢，忙走至门口，隔门高呼说："外面女人听着，我家三皇娘有令，不晓得斡离不的什么妻妾，速速离开布达寨，否则令人乱棍打出！"

余里衍一听，嘴没说心里话儿，好厉害啊！赶忙说："宫女姐姐，将门开开，我这儿有皇上的御书和斡离不的书信，请转交给皇娘！"

女奴一听，互递个眼色，将舌头一伸，低声说，还得进去通禀。女奴又跑进屋去，向兰娃子禀报一番。兰娃子听后说："将书信接过后，告诉她，虽有皇上的御书和斡离不的信，我也不见她，因违背女真宗规族法，异族人为妾，不能进皇家寨！"

女奴又转身出去，走至门口，吱嘎一声将门欠个缝儿，说道："将书信拿来转递。"

余里衍一听，赶忙从怀里掏出阿骨打的御书和斡离不的书信递给女奴，女奴接过去了，吱嘎一声将门又关上说："三皇娘有旨，虽有皇上御书和斡离不的书信，也不能见你，因违背女真宗规族法，不能进皇家寨，快速速离开！"

余里衍一听，暗想，婆婆这么厉害，连皇上的御书她都不在乎，这在我们辽朝得犯杀头之罪呀！她究竟为啥呢？余里衍沉思片刻，忽然心生一计，让随身宫女去取些烧柴，堆放在大门口。两名女奴扒门缝看得真切，暗想不好，八成要放火。其中一名女奴赶忙往屋里跑，报告兰娃子说："大事不好，辽蜀国公主要放火烧房！"

兰娃子一听，也吃一惊，赶忙走出屋，来至门前，在门里扒门缝儿往外一瞧，可不是咋的，真的堆了一些烧柴。又见四名宫女抬过一个箱子，放到烧柴旁边，将箱盖儿打开，立刻霞光万道，瑞气千条，五光十色，琳琅满目，全是一些珍珠玛瑙，翡翠玉器，将兰娃子看得直眉愣眼。就在这时候，余里衍走过来了，她泪流满面地从箱子里拿出一个金光闪耀、龙飞凤舞的玩艺儿，用手举着说："凤冠啊，凤冠，我千里迢迢将国宝带至此地，敬奉给皇娘婆婆。没想到，皇娘婆婆将我拒之寨外，也罢，用火焚烧……"

就在这时候，跑来一名宫女，一把夺过去说："公主，傻了，这是无价的国宝，三皇娘将咱拒之门外，咱何不将凤冠霞帔给四皇娘送去，她肯定收留咱!"说着,将凤冠装进箱子里,唤过来几名宫女,又将箱子抬上车去,赶着车子走了。

兰娃子在门里扒着门缝儿瞅,眼睛看得真真亮亮,耳朵听得明明白白。可她像魔着了似的,干嘎巴嘴说不出话来,想要站起身来,胳膊腿儿全不听她的支配,干瞪眼,有口说不出话,有腿不能走,有手不会动弹。那她冷丁咋的了?这就叫被凤冠一惊,突然神经紊乱了。

因为兰娃子也是黑夜白天想当娘娘,要当娘娘就得有凤冠,想凤冠盼凤冠,都快想疯了。听说余里衍将凤冠送给阿娣,她才将余里衍拒之门外,没想到余里衍还有凤冠,冷丁拿出来,所以就将她惊成这个样儿。好大一会儿,兰娃子才从梦里惊醒过来,她急不可待地亲手将门开开,撒脚就跑出门外,在后边追赶余里衍,不是好声地喊:"站住,快站住!我的好儿媳妇,你快站下,额娘给你赔不是还不行吗?"

余里衍就像没听见似的,骑在马上跟在车后边,信马由缰地往前缓缓而行。

兰娃子跑着跑着,扑通一声摔倒了,就地跪下了,连哭带喊:"蜀国公主,我跪下还不行吗?"

余里衍听见这声可吓坏了,回头一望,见婆婆真跪在地上了,她赶忙从马上跳下来,也扑通一声跪在地上,往前跪爬着喊叫:"皇额娘,快请起,折杀我也!"爬到兰娃子跟前,将兰娃子扶起来后,她又跪在地上请罪。

兰娃子将余里衍扶起说:"公主请起,你跪着,娘心疼!"兰娃子这才站起身,伸手挽着余里衍走进家门。

阿骨打传奇

阿骨打第四房老婆悬焰听说斡离不媳妇余里衍很会来事儿，将辽朝一些国宝全带来了，专门赠给各房婆婆。还听说她老婆婆兰娃子将儿媳妇三拒门外不收，余里衍亮出凤冠，用火焚之，被宫女劝说，要给悬焰送来。她老婆婆才追出寨外，给儿媳妇下跪，硬拉回去的。这些话传到悬焰耳朵里，她心里直劲儿痒痒，嘴没说心里想，那老东西要不跳出来，这凤冠早落到我手了。可她又一想，说不定还给我留一顶哪？因为她也是盼凤冠盼得眼睛红的人，恨不能立刻封她个娘娘，不枉给皇上阿骨打做回老婆。因为这个，天天盼余里衍来拜见她，盼到什么程度呢？盼得她好像屁股起尖儿似的，坐不稳站不牢，心里像长草，慌得她心烦意乱，一会儿出去望望，余里衍咋还没来？她出来进去，进去出来，想呀盼呀，她不是盼余里衍，是在盼余里衍能给她也送来一顶凤冠。

这天，悬焰盼了一天，也没见余里衍的影儿，心里不免着急起来，难道她婆婆兰娃子不让她来？不能啊，按照女真的宗规族法，她也应该来拜认我这个婆婆。悬焰躺在炕上，由于思虑过度，怎么也睡不着，思前想后，心里很不是滋味。回想起自己因不愿嫁给徒单部长子，梦见道人指点，说我有福晋①命，乘船可遇少主。虽然嫁给皇帝阿骨打为妻，名声好，可自己难受自己知道。阿骨打这么多房老婆，等到我这儿汤也冷了，饭也凉了，有啥意思？应名皇上的老婆，还不如平民，把我们弄到这野荒甸子来，冷冷清清的，跟出家差不多少，可倒清静。咳，一晃老了，儿子都 28 岁了，到现在还没抱孙子呢！儿子讹里朵在外征战，儿媳妇李贞倒很孝顺，孝顺又能怎的？丈夫不在家，独守空房，虽然不说啥，也是经常愁眉不展的。她又快临产了，大老婆还经常不在家，这心够我操的啦！悬焰越想越睡不着，越睡不着越想，直到小半夜的时候，她才进入梦乡。忽然间哪，她见这院落好似着火一般，一片红光。吓得她赶忙起来，跑出去一看，见从天空降下一条金龙，哗啦啦山响，直奔她儿媳李贞屋里飞去。只听李贞哎哟一声，将她惊醒，原来是做了

---

① 福晋：满族称亲王、郡王等的妻子为福晋。

一个梦。悬焰感到奇怪，我咋做这么个梦哪？就在这时候，忽听有人敲门喊她，说儿媳妇李贞要生了。她赶忙起来，穿好衣服，奔儿媳妇李贞屋去了。等她进屋一看，李贞已生了，是个大白胖小子，接生人给她道喜说："四皇娘，大喜呀，您这龙孙是全红裹身，红光映射，胸有北斗七星，一定是真龙天子下凡哪！"接生人刚说到这儿，悬焰就摇头摆手不让她说下去，怕说破了。马上重赏接生人，并叮嘱再三，一定不要对外人讲说此事。悬焰一看，孙子胸前有七个黑痣，形如北斗七星，心中暗喜，孙子将来一定不凡。根据这个，悬焰给孙子起名儿叫乌禄。悬焰只顾喜爱孙子了，就把盼余里衍来拜望之事忘在脑后了。

单说这天晚上，余里衍跟老婆婆又唠到小半夜，唠得眼皮发硬后，才忽悠一下睡着了。余里衍做了一个梦，梦见去参拜四婆母，见四婆母院内红光映照，瑞气直冲云霄。她扒门缝儿往里一望，见一少妇坐在炕上，怀里抱个张牙舞爪的金龙。这时，从院内蹿出一只猛虎，将她惊醒。余里衍心里犯了嘀咕，咋做这么个梦呢？莫非四婆母将来有大富大贵之兆，故而做了这样一梦？如果真是这样，我还得赠送贵重礼物，最后这顶凤冠给她？因为余里衍就收藏四顶凤冠，她原打算给阿骨打大老婆一顶，二老婆一顶，婆婆一顶，下边四房老婆就不给了。哪成想做了这么一个梦，你说给不给吧？她一咬牙，我留这玩艺也没用，给她吧，把她们答对乐乐呵呵的，她们乐呵，也就是我们乐呵。就这么的，余里衍决心将手中这顶凤冠也舍出去。

第二天，余里衍和婆婆兰娃子商量，得去拜见四婆母、五婆母、六婆母、七婆母，不然别人要挑理的。兰娃子一听也对，早去晚去，早晚得去，何不早去？去晚了又该说我这当婆婆的不懂事儿了，就答应让她一直拜望完再回来。婆婆让人套上车，送余里衍去拜访诸婆母去。余里衍不愿坐车，她仍然骑着马，车上装着送给诸房婆婆的礼物。当然，她给悬焰婆母的凤冠并未告诉婆婆，偷着装在箱子里了。她骑马跟在车的后面，沿着涞流水右岸的通道向右走去。见左面是波涛翻滚的涞流水，像条莽龙一般，在这绿色的草原上翻腾。右面是一望无际的草的海洋，随风逐浪掀起绿色的波涛，煞是好看。余里衍心想，公公阿骨打就是在此地暗屯军马，兴师反辽，将我辽军打个落花流水。可恨父皇，每日贪恋酒色，荒废朝政，连阿骨打在此屯兵练武都没觉察出来，致使辽的江山毁于汝手，使我为妾。余里衍想到伤心处，凄然泪下。

余里衍在路上，见到阿骨打修建的养军的城子，心里暗想，阿骨打不修建皇城，却修建这么多兵城，此乃建国养兵之道，还有不取胜的？哪像我父皇，把精力全用在宫廷里了。最后闹得国破家亡。

余里衍一路上见景生情，随着车来至达河寨，刚进寨就见悬焰率领她的儿女和女奴们迎接她呢！她赶忙下马，欲行大礼参拜，被悬焰一把抱住，说啥不让她在寨外行叩拜礼。原来悬焰听说余里衍来了，便亲自出来迎接她，这使余里衍很受感动，认为四婆母悬焰对人很热呼。二人同行至室内后，余里衍才行大礼叩拜，并献上礼物。

悬焰也是，对别的礼物不感兴趣，对馈赠给她的这顶凤冠从心里往外欢喜，认为比金子还贵重，比宝物还珍奇。乐得她心里开了花，眼睛笑成一条缝儿，嘴没说心里想，这准是我该当娘娘的喜兆！余里衍赠给她这么贵重的礼物，她能不热情接待吗？将余里衍当成贵客款待。

余里衍听说讹里朵的老婆李贞生个小子，取名鸟禄，便要过去看望，悬焰就领余里衍到东院儿媳妇住处去看望李贞。余里衍刚走进李贞月房，见李贞正在抱鸟禄，余里衍一眼看见孩子的前胸上有七颗黑色痣子，形如北斗七星，心内暗自惊奇，嘴没说心里想，可真应梦啊！这孩子生来就有奇异的象征，肯定是金龙转世，要不然我不能做那样的梦。由于余里衍是在宫廷里长大的，对一些礼法很是懂得，要是一般妇女见着，早一惊一乍的了。余里衍就像没看见似的，轻轻走到炕沿前，悬焰便对李贞说："这是你二嫂，看望你来了！"

李贞赶忙接过说："二嫂，因为刚生产不久，故而不能向嫂嫂施礼请安，请嫂嫂恕过。"

余里衍赶忙说："岂敢！我来探望问好，多有冒犯，请见谅！"余里衍口里说着，用目仔细打量李贞，暗吃一惊！没想到这李贞原是汉人，长得端庄俊秀，确是龙凤之姿，将来定是福晋之命！

李贞笑呵呵地望着余里衍说："嫂嫂快请坐，按理我得大礼参拜，您是辽蜀国公主，金枝玉叶之体呀！"

余里衍听后，脸色绯红地说："那是老皇历了，按理，我得参拜您，因我是被俘虏的罪人！"

李贞说："哟，瞧二嫂说的，你寻思我不知道哪，你和二哥私订婚约之事，我早听说了。"

余里衍坐在炕沿儿上，又端详起鸟禄来了，真是奇生贵子！便又问李贞说："听你说话，口音不是此地人，你咋和讹里朵成婚的？"

李贞扑哧一笑，说："这叫千里有缘来相会，无缘对面不相逢！"

奇生贵子

斡离不收辽朝蜀国公主余里衍为妻，送内地后，她来拜见四婆母悬焰。听说讹果朵的老婆坐月子，生一男孩儿，余里衍过去探望，发现讹果朵的妻李贞得个"奇生贵子"，孩子胸前有形似北斗七星的黑痣，又见李贞是汉人，便好奇地盘问起来。悬焰见余里衍和李贞唠得挺热乎，便说："你们姐儿俩唠着，我先出去安排菜饭。"说罢就出去了。

余里衍向李贞说："听你的语声，不像此地人，你咋和讹里朵成婚了？"李贞见婆婆出去了，嘿嘿一笑，望着余里衍说："这叫有缘千里来相会，无缘对面不相逢！"虽嘴角微笑，可两只眼睛却涌出豆粒般的大泪珠儿，苦涩地说："说起这话，小孩没娘，话可就长了！"李贞向余里衍介绍起自己身世来。李贞说："公主，你一眼就能看出我不是女真人，没错，我是汉人。父名叫李俄智，是辽朝东京观察史，家就住在辽阳。女真皇帝兴师反辽，攻破东京，我们一家人均被俘。当时，金军将辽官宦人家长得有姿色的姑娘单独选出来，我是其中之一，就和家人分开了，金军将我们这些青春少女送到内地安出虎。从这群少女中又进行一次挑选，挑选最美的分别送进皇家寨为奴，我被送到这与世隔绝的达河寨，侍候四皇娘和少夫人。"

余里衍不解地问道："你说的少夫人是谁呀？"

李贞说："讹里朵的大老婆呗！"

"啊？讹里朵也有大老婆呀？"

李贞说："有，你听我说呀！"接着，李贞又继续介绍她的身世。

这四皇娘还好侍候，就是少夫人不好侍候，有一点不到之处，非打即骂，李贞不知流过多少泪，流的泪水也能淌成一条涞流水。那时候，她不止一次想投涞流水自尽，死了倒清静。也是命不该绝，讹里朵打仗回来歇兵，她还没见过讹里朵，头一次为讹里朵送茶，心里怦怦跳。暗想，他老婆像刀子似的，讹里朵一定比刀子还得厉害，真是心跳身颤进屋去的。她低着头，也不敢抬头看，将茶放到讹里朵面前，刚想要走，突然讹里朵声音不大、听着很柔和地问她叫啥名儿？主人问奴隶叫啥名儿，谁敢不回答呀，她也声音不大地说叫李贞，还是没敢看他一眼。转身要出去，又被他唤住了，讹里朵说："你忙啥呀，我还有话问你哪！"李贞就停住脚步，听候主人问吧，他问其父是干啥的？家中有几口人，知不知道他们眼下在哪儿？这时候，四皇娘插了一句，对讹里朵说："讹里朵，你给李贞查问查问，她的父亲和兄弟迁徙到哪儿去了，打听明白了给李贞捎个信儿，免得挂念。"李贞这才知四皇娘在屋哪，讹里朵说，就为这个我才问她哪！听讹里朵这一说，李贞心里感到热乎乎的，这才偷看他一眼，心里暗吃一惊，见他长着魁梧的身材，龙眉虎目，非常威严，令人望而生畏！可心里想，别看他长得这么威严，说话听着挺温和，心眼儿怪好的，刚见面就要为我寻找家人，真是个好人。就在他回来的那天晚上，出乎意料，非让李贞和他们同桌吃一样饭。奴隶和主人同桌吃饭，这不是罪该万死吗？何况人家是皇娘、皇子，天胆也不敢。没想到讹里朵将李贞硬拉到桌边，这可就坏事了，讹里朵的老婆见将李贞拉来同桌吃饭，脸色突变，真是鼻子不是鼻子脸不是脸的，勉强吃点儿后，气呼呼地走了。她这一走，这饭李贞能吃好吗？还真不如和奴隶在一起吃猪食，虽然吃糠咽菜，吃着舒服，跟讹里朵吃的再好，噎脖子呀！她吃不点儿就走了。从此，讹里朵对李贞这个奴隶可好了，让她搬到四皇娘厢房来住，脱离了奴隶，衣服也给换了，和他们同吃，李贞心里纳闷儿，为啥要对我这样呢？

单说有这么一天夜间，李贞已睡得稀里糊涂的时候，觉着身旁有个人，可就像做梦魇着似的，就是醒不过来，想喊叫，却喊不出声来，想动，身子骨不会动弹。当她发觉被奸的时候，虽然醒过来了，却身不由己，已被讹里朵占有了，乖乖地驯服了，任凭他了，一点儿反抗的力气也没有了。说也奇怪，当她发觉时，身心颤抖得不成个儿，就像萨满神附体一般，哆嗦成一个团儿。过了一会儿，连自己也不知咋回事儿，心平气和了，反而享受到从来没有享受过的幸福之感，心花怒放，腾云驾雾一般，有说不出甜蜜的滋味儿，紧紧将讹里朵搂住不放。

甜蜜是一瞬间的，讹里朵和李贞云雨之后，李贞的眼帘忽然映出讹里朵老婆那张可怕的脸，要是她发觉了我可咋办？人家嘴大，奴隶嘴小，我浑身是嘴难分辩。再者，常听人说，姑娘不撒手，撒手就结纽，这要是有了可咋办啊？她的眼泪唰下子掉下来了，暗想，这是我要该死的预兆，又勾起要跳进涞流水之念。

讹里朵见李贞哭了，心里也明镜似的，便安慰她说："李贞，不要胡思乱想，别看我和你同床，我不是弃旧喜新之辈，实不相瞒，我就是要娶你为妻，是经过和额娘商量的，额娘也非常喜欢你，不然，我天胆也不敢来和你寻欢！"

李贞边哭泣边说："世界上的男人全说这种话，又有谁相信啊？"

讹里朵听她这么一说，扑通一声跪下了，起誓发愿地说："我讹里朵要有半句假话欺骗李贞，必遭五雷轰顶！"

李贞认为起誓有点儿过分，便把他抱到怀里，埋怨他说些啥呀？也不知这是女人天性啊，还是女人天生就发贱，真如同俗语说的，一日夫妻百日恩，百日恩情比海深。从此，李贞连人带心全落到讹里朵身上了，好似有了他，就有了一切，没有他呀，就好像失去了主心骨儿，昏昏沉沉，空虚得很。该咋是咋的，讹里朵天天夜间都去陪李贞睡觉。

一天二天还行，长了，人家还有老婆哪，他们俩的事儿被他老婆知道了，气得又哭又嚎，抱着孩子就走了。

余里衍听到这儿，惊愕地问道："怎么，讹里朵还有个儿子？"

李贞说："听说他有个傻儿子，都三四岁了，只会傻笑，别的也不会，整天大嘴唇子咧合着，给吃就吃，不给吃也不知道要，都说是胎带来的傻气，多次请萨满诊治也不见效。现在我才明白，讹里朵老婆当时因傻小子愁的，啥心思都没有了，否则早就炸了，能让讹里朵和我睡那么消停吗？讹里朵老婆因为我，将皇上阿骨打搬请来了，我也不知四皇娘、讹里朵跟皇上谈些啥，有一天，皇上将我叫到跟前，盘问我的家世，还唠些我想不想父母等话。说良心话，皇上可不是我想象的皇上，小时候，常听人们传讲，皇上那还了得，其中包括你父皇，那是随便见的？可咱公爹皇帝却和霭可亲，净说些贴心话儿，绕了半天，皇上才绕到正题，皇上问我：'朕欲将汝配给皇儿讹里朵为妻，你同意吗？'问得我心跳脸发烧，嘴没说心里话儿，还问哪，早就婚配上了，我这身心全成你皇儿的啦！皇上见我迟迟不语，便又温和地说：'难道你不同意吗？'吓得我赶忙给皇上跪下，说：'皇上，我身为奴隶，配给皇子为妻，怕有辱皇子呀！'当时我还想说，得有父母之命，媒妁之言，话到舌尖儿又咽回去了。得亏我没说，要说，皇上非生气不可，有皇上做主，还要什么父母之言哪？皇上阿骨打听我这么一说，便又接过说：'你乃世族之女，非庶民可比，今由朕做主，许给皇儿讹里朵为妻，汝还有何意？'我听皇上这么一说，何况生米已做成熟饭，不趁此明于人众，更待何时？便赶忙说：'凭皇上做主！'皇上阿骨打一听，满心欢喜，立即传旨，让我与讹里朵成婚。就这么的，我与讹里朵成了婚，这才叫有缘千里来相会，无缘对面不相逢呀！"

余里衍说："原来如此，你还有这么一段儿波折，恭贺你逢凶化吉，遇难呈祥，夫妻恩爱，生一贵子！"

李贞接过说："刚生几日呀，是精是傻，凭命由天，谁能预料？"

余里衍低声说："刚才我已看见，孩儿胸前有北斗七星黑痣，将来一定不凡！"

李贞苦涩地笑了笑，没说啥。

余里衍又问李贞说："皇上做主，你与讹里朵婚配，他大老婆没说啥吗？"

李贞说："后来听说她抱孩子去找皇上，皇上很生气，好一顿训斥。皇上这才来过问我和讹里朵的事儿，并做主让我俩成婚，责备四皇娘。不该让骨血倒流，生个傻子，悔之不及矣。"

余里衍一听，大吃一惊，问道："啥叫骨血倒流？"

李贞说："讹里朵的大老婆是讹里朵亲姑母所生，她是讹里朵的亲表妹，所以叫'骨血倒流'。"

余里衍又问："他俩咋成的婚？"

李贞刚要介绍，女奴走了进来，请余里衍过去吃饭。

余里衍探望正坐月子的李贞，谈论起她和讹里朵成婚的经过，又谈起讹里朵大老婆是骨血倒流，她感到很惊奇，刚想要追根刨底儿，四皇娘打发人来请她过去吃饭。余里衍心里记挂着骨血倒流的事儿，吃完饭便又跑李贞这屋来了。余里衍说："她婶呀，咱俩一见面就投缘，我就愿听你说话儿，说得有头有尾的，令人爱听。你还是说说这骨血倒流，皇上不同意，咋能成婚呢？"

李贞说："讹里朵和他表妹成婚，更令人可笑，听讹里朵说，是他表妹强迫他成婚的！"

余里衍一听，越发感到奇怪了，惊诧地说："是吗，还有这等事哪？"

李贞便向余里衍讲起了讹里朵和表妹成婚的经过。

阿骨打的妹妹名叫窝拉，嫁给蒲察部安福为妻，家是大奴隶主，牛马成群，奴隶成帮。窝拉头胎就生一女，取名伊卓，他家养个打手，武艺超群。讹里朵从小便在姑母家跟这个武士学武艺，夜间和伊卓同炕睡觉，两人有时候还到青顶子山上去拉弓射箭，打猎玩儿。夏季天气炎热，便同到伊通河里洗澡，在一块儿。常了，伊卓和讹里朵形影不离。一年小，二年大，两人逐年长大了，讹里朵在伊卓心中就扎下了深根。十二三岁的时候，他姑母才将他俩分开住，各住各的屋，虽然夜间分住，可白天两人仍在一起。有一天，他俩又到青顶子去学拉弓射箭，伊卓将讹里朵脖子搂住说："哥呀，我额娘得有多坏，干吗不让咱俩贴着睡？我自个儿单睡，咋也睡不着，可想你啦！哥呀，你能睡着吗？难道你不想我吗？"

讹里朵顺口答言地说："咋不想呢，做梦都梦见咱俩在一起玩儿。"

伊卓又说："哥呀，咱俩就像伊通河里的水和鱼，永不分开好吗？"

讹里朵"嗯哪"一声说："好，咱俩永不分离，总在一起玩儿。"

那时伊卓12岁，讹里朵才13岁。等到讹里朵16岁、伊卓15岁这年，有一天，他俩又到青顶子山去打猎，在山腰中，突然伊卓倒在地上叫唤起来，吓得讹里朵赶忙问咋的啦，伊卓也不说话，还是哎呀哎呀地哼哼，好半天才对讹里朵说："哥呀，快将我抱到山洞里凉快凉快吧！"

讹里朵一听，哪敢急慢，用双手抱起伊卓钻进青顶子山腰中的山洞里。这山洞也是早先年人住的，因那时还不会筑造房屋，冬天人们就住在山洞里。后来有了房子，人们才不住这山洞。山洞里很宽敞，讹里朵将表妹抱进山洞，放在乱草上，便问伊卓："哪儿疼呀？"伊卓脸色绯红说道："哥呀，你能不能救救我呀，你要不救，我这命可要完蛋啦！"

讹里朵着急地问道："伊卓，快说，我咋能救你？哥哥一定想方设法搭救你，快说呀！"

伊卓又说："真叫你救，你要不救我，你是啥？起个誓吧！"

讹里朵说："我要是不想法儿救你，打雷劈死我！"

伊卓听后，一下子将裤子脱掉，赤条条地躺在那儿说："哥呀，快救我吧，要不救，我很快就死掉了！"

讹里朵直眉瞪眼望着伊卓说："我也不知道你得的啥病，让我咋救啊？"

伊卓瞪讹里朵一眼，说："你真傻，还不明白咋救我？"

讹里朵摇摇头说："不明白。"

伊卓说："你快站起来！"

讹里朵刚站起身来，便被伊卓唰的一声将裤子拽下来，就这么的，伊卓将讹里朵强奸了。

从此，伊卓天天夜静的时候，跑讹里朵被窝里睡觉。长了，哪有不知道的？这事被讹里朵姑母发现了，见他俩已经如此，她又很喜欢讹里朵，便亲自向四皇娘求婚。四皇娘听后，认为伊卓长得也挺俊气，姑母做婆，有什么不好的，便对窝拉说："我是同意，这事得和你哥哥说说，他要是同意，就算一妥百妥了。"

窝拉说："二嫂，放心，二哥包在我身上，我找他说去。"

窝拉便去找皇上阿骨打，见着阿骨打，跟阿骨打一说，阿骨打眉头一皱说："这怎么行？这叫骨血倒流，不好，不好！"

窝拉见阿骨打不同意，脸色也变了，便淌眼抹泪地说："二哥当皇帝了，连自己妹妹家都高攀不上了，张口就拒绝了。你可知，讹里朵和伊卓已那么的了，十有八九身怀有孕。二哥你要是不同意呀，伊卓要跳进伊通河里淹死，讹里朵也活不成，我也得跟他们一路去，你一句话，可就害死三条命啊！二哥，你到底儿同意不同意呀？"

阿骨打心中暗想，妹妹窝拉娇生惯养，耍起性子天不怕地不怕的，真要是不同意，她非作黄天不可。要是同意，这骨血倒流，和亲兄弟姐妹成婚有何区别？何况祖先已有过这个教训。

伊卓见阿骨打闷不做声，便大声喊叫说："二哥，为啥不说话，咋的？你说说句痛快话，同意不同意吧？别闷着，再闷一会儿，我的心就要着火了！"

阿骨打气得实在没法儿了，便又解释说："如果你硬要他俩成婚，将来会后悔的！"

窝拉火冒三丈地说："有啥后悔的？怎么，他俩成为配偶还能死呀？再说，伊卓是安福的根，有何不可？就是你嫌弃你妹妹家，什么骨血倒流，拿这作说，我不明白！"

阿骨打无奈之下，生气地说："好了，我同意，你们办去吧！"

阿骨打这一同意，可将伊卓乐坏了，立刻找四皇娘张罗成婚，讹里朵才和表妹成的亲。皇上也因为这个有气，其他儿子均带在身边，随驾征战，就将讹里朵抛在一边，不让他随征。

讹里朵从小就和伊卓有情，两人成婚后，更是相亲相爱，那是没说的。但是讹里朵和表妹成婚这事，阿骨打再三叮嘱不准对外人说，至今外人也不知此事。

没出皇上的预料，伊卓真生个痴傻木呆的孩子。刚生的时候，并不知孩子有毛病，只知生下来不知道叫唤。人们都说，婴儿落草，必须哇儿哇儿哭几声。要是不叫唤，那就是草迷了，得倒拎着婴儿的两条小腿儿头冲下立起来，接生婆用巴掌照屁股拍三下，小孩就哇儿哇儿叫唤几声，说明将小孩从草迷中救出来了。可伊卓生这个孩子从降生就不知道叫唤，接生的老娘婆可慌神儿了，以为小孩草迷了，便拎起小孩儿两条腿儿，将小孩大头朝下，照屁股啪啪啪拍了三下，孩子仍然不哭，她又拍了三下，还是不哭，一连拍了三次，小孩没叫唤一声。老娘婆将孩子放下，见孩子睁着眼睛，却不哭叫，马上对伊卓说："放心，你这孩子一定是大富大贵之人，生下来就不知苦，只知道甜，这还是我接生以来头一次遇到。"

就这么的，伊卓把小孩儿当成宝贝疙瘩精心哺育。说也奇怪，这孩子很少哭，也不知道饥饱，给奶就吃，不给也不知道唤奶。起初都认为这是贵人之象征，不仅没在意，还从内心里喜欢，认为生个奇特的孩子，将来一定不凡。可孩子到了一生日，四皇娘见孩子大嘴咧合着，痴呆呆的两只发愣的眼睛无神，谁抱都行，不知认生，可就稳不住架儿

阿骨打传奇

了，认为皇上说得对呀，骨血倒流生的孩子八成是痴呆茶傻。她只是心里琢磨，没敢说出口，便请萨满给孩子看病。萨满女巫请下神来，掐指一断，说是荣华富贵之相。因为释迦牟尼认为，人生下来就是苦的，刚降生，就哇儿哇儿哭叫。什么意思哪？就是喊叫说：苦哇苦哇，好苦哇！为啥说苦哪？因为人生开始，就要遭受天灾病疫之苦，还要忍受生活的磨难，人欺人，人吃人，互相倾轧，不是你死我活，就是我死你活，还要承受生老病死的威胁。因此，释迦牟尼虽身为王子，但他也看破了红尘，出家为佛了。可这孩子生下来就不知苦，知苦就得哭，不知苦他就不会哭，长大一定是一朝帝王！

萨满这一说，可将四皇娘、伊卓、讹里朵乐坏了，重赏了萨满，将孩子封闭起来了，怕外人瞧见给冲喽。直到三岁的时候，这孩子不知吃，不知拉，不知唤额娘，也不知叫阿玛，仍坐胎屎呢！这才发现他真是个痴呆茶傻的傻小子。伊卓毛了，到处求神问卜，始终未见效，现在已六岁了，仍然如此，伊卓抱回娘家，求神治孩子去了，要不您咋没见着她呢！四皇娘肠子悔青了，讹里朵懊悔不及，又有啥法儿？现在明白，晚了，要不咋说，男孩儿女孩儿不能轻易放在一起，异性相吸嘛，现在已成为家诫了。

余里衍又问道："皇上知道伊卓生个痴呆孩子吗？"

李贞说："谁敢和皇上说呀，伊卓仍抱一线希望哪！"

两人正唠得热呼，忽听有人禀报，四皇娘请蜀国公主过府，余里衍才起身辞别。

余里衍在达河寨住了一宿，跟悬焰唠了半宿，她发觉女真妇女都不惦念丈夫，从阿娣、陪室、兰娃子、悬焰，没有一个关心皇上阿骨打的，从不打听打听身体如何，食欲咋样，一顿能吃多少饭，就是一个话题——咋当娘娘。看起来，她们都想当娘娘，不光她们，连粗野之人也想。

第二天，余里衍辞别四皇娘，又赠送给李贞和孩子一些贵重礼物，也给鸟禄佩带上了长命百岁锁，然后向东奔矩古贝勒寨五皇娘元圆那儿去了。余里衍骑在马上，沿涞流水右岸的甬道向前行走，举目留神观看，只见这段路是山清水秀，远远就望见涞流水左岸兀立的珠山，如同一颗巨大的翡翠般的宝珠，置于水山之间，煞是好看。涞流水堤岩上的垂柳成荫，形成一道绿色的屏障，护卫着涞流水，使涞流水显得更加威严壮观。兵城座座，好似绿色海洋里的岛屿，点缀着草原，更加生机勃勃。过了珠山，便望见涞流右岸的前面，有一海东青的头，伸出长长的嘴巴，似乎要猎取什么，紧闭着嘴角儿在等待。起伏的丘岭，如同浮在绿色草海里的莽龙，弯弯曲曲，摇头摆尾，伴随着翻滚的地气，等待着腾云驾雾那一刻。余里衍简直被这里的景色迷住了，多么美好，如同画一般的美景啊！

当余里衍来到矩古贝勒寨的时候，见寨中冷冷清清，使她心里不由得咯噔一下子，嘴没说心里话儿，这五皇娘是不是也如同三皇娘一样，要给我闭门羹吃！很快来至元圆院门前，余里衍举目一看，五皇娘院门可不一般了，是座缩门的拱形圆门，圆门上绘成一颗闪闪发光的北珠，远看真像一颗珍珠兀立在那儿，光线射目。左右有角门，角门上均绘着水晶宫的风景，还有冰塔楼阁。宫女上前唤门，里边立刻有人答话，询问何事？宫女说，斡离不的新夫人、辽蜀国公主余里衍前来参拜五皇娘！里边人一听，忙说稍候，便进里边禀报去了。

不一会儿，只见院门大开，有一中年妇女出来了。只见她年约四十多岁，大圆脸上的两只眼睛好像血眼，通红通红的，眼泡儿肿得好似蛤蟆眼泡儿，鼓鼓着，脸上布满愁云，后面跟着男男女女不少人。还没等余里衍上前见礼，这妇女抢先一步，从愁云满布的脸上挤出一丝苦笑，说："不知公主驾到，未曾远迎，请恕过！"说着要拜余里衍。余里衍哪敢受哇，赶忙上前扶住，刚要问是谁，早有人介绍，她就是五皇娘。余里衍听后，搂裙刚要下跪，被元圆拉住说："使不得，使不得，你虽然是我侄儿斡离不之妻，可你是辽国公主，金枝玉叶体，不能接受汝之大礼！"元圆拉着余里衍不放，余里衍没法儿，随元圆来至正房西屋，趁元圆没注意的时候，余里衍到底跪下给元圆磕个头，被元圆扶起来了。元圆忙唤二儿子阿鲁、三儿子阿鲁补、女儿兀鲁，上前参见嫂嫂。

余里衍见元圆这二子一女，年龄不大，长得都像金兀术，真是一母所生，模样差不多。使余里衍心里纳闷儿的是，五皇娘家好似有啥愁肠的事儿，从老到小，脸上均有愁容，不像前四个皇娘，欢天喜地，无忧无虑。出啥事了？这是她心里的问号。余里衍又想，虽然她们面带愁容，可对我非常热情，尤其是五皇娘元圆还要参拜我，这是没想到的。正因如此，余里衍对元圆家更加关心，暗想，要探听他们为啥发愁，我能不能帮上忙？

在唠嗑儿中，余里衍发现五皇娘元圆和前四房婆母不一样，她关心的是皇上阿骨打，并问她，皇上做主将你许配斡离不为妻，你见到皇上了吗？皇上龙体如何？瘦不瘦？脸色咋样？听没听斡离不说过，一顿能吃多少饭？总之，元圆问的均是皇上起居、日常生活之事，余里衍暗想，前四房婆母均问如何当娘娘和探听辽朝宫廷之事，立哪些宫法，没有一个打听皇上这等事的，为啥五皇娘要细枝掰叶一门探听皇上的龙体呢？余里衍不由得联想起她与斡离不成亲后，曾发现斡离不偷着流眼泪，经她背后追问，说是父皇吐过血。难道皇帝有啥不测，五皇娘有未卜先知之能，故而如此？她想，不管五皇娘咋问，我都不能将实情告诉她，告诉她就更使她惦念了。于是她一一回禀，说皇上精神抖擞，指挥全军作战，很快就能将我父皇捉获，如此这般对元圆述说一遍。

元圆点点头说："公主这一说，我就放心了！"

元圆二儿子阿鲁接过说："父皇本无恙，额娘总是胡思乱想。"

余里衍才发觉，她这一说，阿鲁、阿鲁补、兀鲁脸上都露出了笑容，她明白了，他们母子均在担心皇上阿骨打的身体是否无恙。可是元圆听她述说后，脸上的愁云不仅没有消除，反而又加厚一层，使她暗暗吃惊，这是为何呢？

元圆接着又打听她大儿子金兀术，问余里衍见过没有？在不在皇上御驾前侍奉皇上？

　　余里衍这才将皇上和金兀术写给五皇娘的信掏出来，恭恭敬敬地呈上。在元圆看完书信的时候，余里衍才向元圆介绍说："四弟可有意思了，经常到我们帐里去，像个大人似的跟他二哥说话唠嗑儿，净唠些如何用兵打仗的事儿，从不扯闲淡，跟我一说话儿，还脸红呢！皇上问他不少事儿，他都对答如流，听他二哥说，皇上曾夸四弟，有将帅之才能呢！"

　　余里衍在吃饭的时候，发现五皇娘家和前四房婆婆有几个不一样。一是菜的花样多，以青菜为主，做了很多蔬菜。不像前四房婆婆以吃猪肉、鸡肉、野兽肉为主，青菜很少。二是五皇娘陪她吃饭时，在五皇娘旁边单放一双筷子和碗。余里衍明白，这是为皇上摆放的，虽然皇上吃不到，可五皇娘时刻没有忘皇上。三是余里衍发现阿鲁、阿鲁补、兀鲁和侍候他们的女婢同桌共食，而且吃的跟她吃的一样。余里衍心里暗自惊讶，五皇娘行事，跟前四房婆母一点儿都不一样啊！

　　这天晚上，余里衍见五皇娘领着儿女们去练武，她独自在房中，便对侍候她的女奴探问道："我咋见五皇娘眼睛红红的，眼泡儿也肿了，面带愁容，究竟为啥呀？"

　　女奴悄悄对余里衍说："少主娘娘看出来了？我们也纳闷儿，不知五皇娘为啥。你没见她瘦了吗，夜里很少睡觉，教儿女练完武后，等儿女全睡觉了，她自己在练武那屋一直坐着祈祷，也不知她祈祷啥。时间长了，我们曾在背后听声听到过，她愿将自己的寿命折给皇上，哪怕她立刻就死，皇上能长寿，她死也瞑目了。我们暗地里都说五皇娘八成中了啥妖气，皇上带兵出征，好好儿的，她干啥要这样？可谁敢问她呀，你看她对我们这么好，如果要问这事，她翻脸非重罚我们不可，就得装不知道。她二儿子阿鲁有一回问她，额娘，你这是为什么？只说这么一句话，被五皇娘罚跪一天。还多亏阿鲁的妹妹兀鲁搂着额娘的脖子哭叫着说情，才算饶了他，可五皇娘却痛哭一场，从此谁也不敢再问了。"

　　余里衍听后，心里更加纳闷儿，嘴没说心里想，难道五皇娘有什么预兆不成？

　　余里衍坐在屋里没事儿，感到很闷，便又问女奴说："五皇娘教儿练武，去看看行不行啊？"

　　女奴悄声说："不行看，说别人去看，影响儿女们的注意力，武功就练不好了。而且她教儿练武跟别人不一样，她专在夜晚背着灯，黑灯瞎火的，将儿女们吊在房梁上，让他们望香火，练眼力和臂力。练好了，才能弯弓射箭，箭方射得准，金兀术就是这么练出来的。"

余里衍一听，哪敢前去？何况自己又是从辽俘虏来的，别去讨人嫌，便找出一本书看。可她看不下去，心里边添了一块心病，担心起皇上来了。暗想，过去没见过皇上阿骨打，后来见过几次，觉得皇上气色有些不好，还不以为然。今天听女奴这么一说，确实很让人担心。皇上在外，身体不好，五皇娘咋能知道？干吗自己要折寿，再给皇上增寿，五皇娘能掐会算也未可知。

小半夜的时候，元圆进来对余里衍说："公主，早点儿安歇吧，我夜间还要坐忘，失陪了！"说罢转身离去。

余里衍听后，心里十分惊疑，暗想，这五皇娘啥都知晓，她怎知"坐忘"哪？据我所知，是道家庄子在《大宗师》中说："堕肢体，黜聪明，离形去知，同于大通，此谓坐忘。"她说的坐忘，能是这个吗？女奴咋说她在祈祷折自己的寿，给皇上增寿呢？噢，对了，五皇娘是在背着我，用"坐忘"来唬我呀！

余里衍思前想后，躺在炕上很长时间才睡着。后半夜的时候，忽然听到寨子里七吵八喊，将她惊醒了。赶快起来一问，方知发现有贼，并未盗去什么东西，却将元圆为皇上祈祷，折自己的寿，增皇上的寿破坏了。

元圆回到主房中，悲泣地自言自语道："我什么心思都用了，坐忘折寿又枉费心机，怎不令我悲伤？天意不可违也！"

余里衍这才有所惊觉！

阿骨打第五房老婆元圆"坐忘"折寿又遭破灭，她只顾悲伤流泪，直到大天实亮的时候，才发现二儿子阿鲁失踪了，又是一惊！阿鲁才 12 岁，他到哪儿去了？问谁都说没看见，因为当时七吵八喊说有贼，谁也顾不上这个，慌忙中，又有谁能注意阿鲁失踪哪？阿鲁这一失踪，大伙又紧张起来，这时候，有人向元圆禀报，说阿鲁的马也失踪了，全家上下更毛愣了，一时不知所措。

元圆虽然心里着急，但还是赶忙稳住大家说："你们不要担心，他八成发现贼人，骑马追去了！"

元圆这一说，家人更担心了，12 岁的阿鲁去追击贼人，有个一差二错咋办？余里衍对元圆说："五皇娘，不要担心，我骑马去寻找阿鲁弟弟去！"

元圆说："那怎么行，你是女流之辈，岂能战胜贼人？我也不放心哪！"

余里衍说："五皇娘，您不知道，我也是从小学习武艺，我们契丹女子人人都会骑射。不然的话，要去捺钵不能善射，岂不让人笑掉大牙？"

元圆说："就算你会武艺，这人生地不熟的怎行？还是让别人去吧！"

兀鲁接过说："额娘，我陪二嫂去，我熟悉路。"

元圆见女儿兀鲁要去，点点头，嘱咐说："兀鲁，可要好好儿照顾你二嫂，有啥闪错，我决不饶你！"

余里衍听着，心里好笑，五皇娘嘱咐十岁的兀鲁好像嘱咐大人似的，要说我照顾兀鲁还贴点边儿，十岁小丫头怎能照顾我这个大人？噢，是了，五皇娘这话是反说着，暗示我要多照顾兀鲁，不好明说，反指兀鲁说给我听。就听兀鲁说："额娘放心，我一定保护二嫂万无一失，我们去找阿鲁哥了！"

兀鲁说罢，打个口哨儿，就和余里衍骑马出发了。兀鲁骑在马上，小心眼儿里暗自盘算，听二嫂余里衍说她们契丹妇女均会骑射，好像我

们女真妇女不会似的，真是从门缝儿看人，把人看扁了。今天咱给你露两手，让你看看。

余里衍骑在马上，心里也在想，兀鲁毛病可不少，干吗还打口哨儿？这在契丹女孩子中没见过。就在她心里念叨的时候，猛然间头顶上扑啦一声，将她吓了一跳，抬头一望，是只海东青从她头上飞过，便大声说："兀鲁，你看那是谁的海东青，我将它射下来好不好？"

兀鲁赶忙大声说："二嫂，千万别射，那是我的，全仗它去寻找阿鲁哥哪！"

余里衍明白了，刚才兀鲁打口哨儿是唤它呀！对了，听说女真人打猎、干啥都离不了海东青，父皇令人来抢，才引起阿骨打反辽，真是自取灭亡，人家的东西你干吗来抢，你的宝物别人抢行吗？

余里衍见景生情，就听兀鲁大声喊叫："二嫂，跟上啊！"兀鲁喊声未落，见她一撒马缰，马如飞一般向前驰去，又见天顶上的海东青飞在高空，也像箭射一般，向东南飞去。余里衍哪敢怠慢，赶忙催马加鞭在后紧随，心想，不紧紧跟上，小小的兀鲁有个闪失，还咋见五皇娘？想到这儿，大声向兀鲁喊道："妹妹，可要小心哪！"

兀鲁在前边暗自好笑，嘴没说心想，你真小瞧我，我还担心你跟不上哪！小兀鲁也没回言，紧抓马缰，这马越跑越快，四蹄翻飞，如同闪电一般，眨眼工夫，就将余里衍远远甩在后边。余里衍不住催马加鞭，可她这马怎么也追赶不上兀鲁，心里不免着急起来。喊吧，兀鲁听不见；不喊吧，离得太远，还咋照顾兀鲁啊？只好啪啪紧加鞭，催马速行。她追呀，追呀，三追两追，兀鲁连影儿都见不着了，更着急了，心里埋怨这小丫头："你也不等等我，骑这么快，我连影儿都抓不着，不仅不能去找阿鲁，我再找你，这不误事吗？"余里衍继续催马追赶，很快便追到一道高大的岗子，像小漫山似的。赶忙催马登上岗子一望，见大前面有匹马，没有人，离岗子有十几里路。心想，准是兀鲁的马，可兀鲁哪儿去了？唉，别多想了，追至近前再说。催马快追到近前的时候，余里衍的心可跳不成个儿了，脑袋嗡的一声，差点儿从马上掉下来。因为她发现兀鲁骑的这匹马站在一片水泡前，马上空无一人，她以为兀鲁坠落到水泡里了，所以着急起来。

余里衍追至近前，慌忙下马，朝水泡子里不是好声地喊："兀鲁！兀鲁！"她喊着喊着，刚要往泡子里跳，忽听泡子旁边一棵一搂多粗的大榆树传来兀鲁的笑声，将余里衍吓了一跳！抬头向树上望去，见兀鲁

643

骑在树杈儿上，抱着海东青望着她咯咯笑呢！

余里衍心里暗骂死丫头，跟我要的什么妖儿？就对兀鲁说："你干吗爬树顶上去了，把我吓一跳，以为你坠落到泡子里了呢！"

兀鲁说："我怕二嫂跑丢了，爬到树上不是看得真亮吗？再者，我在此瞭望阿鲁哥，看他跑哪去了。"

余里衍嘴里没说心里话儿，这丫头，瞪着两只眼睛说瞎话，在这一望无边的草海里，你上哪儿望去？便逗趣儿说："你有千里眼，一望就知你阿鲁哥奔哪儿去了。"

兀鲁说："是呀，要是不知道，我咋能在此等你哪！"

余里衍还以为兀鲁跟她说瞎话，便问道："那好，咱们赶快去追吧！"

兀鲁嗖的一声从树上跳下来，不偏不倚双腿稳稳当当立在马鞍上，余里衍甚是惊讶，暗想，这么小的年龄，竟有如此大的本事，行！

兀鲁站在马鞍上说："二嫂，你往北看，那趟马蹄新印儿就是阿鲁哥的马蹄印儿，所以我才爬上树去，一来等你，二来寻找阿鲁哥的影儿。"

余里衍按兀鲁说的方向往北一瞧，果然见地上有溜儿新马蹄印儿，而且是两匹马踩的印儿，说明贼人也是骑马而行的。她暗暗佩服兀鲁的心劲儿，不仅马骑得快，而且能辨明路径上的马蹄印儿，要是我自己出来寻找，真是大海里捞针，还不知上哪儿捞呢！余里衍又一想，兀鲁咋能知道是阿鲁的马蹄印儿，不行是别人骑马踩的印儿吗？便问道："妹妹，你怎能看出是阿鲁那马踩的蹄印儿呢？"

兀鲁说："因阿鲁哥经常修理马蹄子，修剪得成个碗形，这样，他骑马到哪儿去，从圆碗蹄印儿就可辨别他去的方向。他给我这马蹄留的记号是钉子坑儿，你看我这马走过后，蹄印儿上都有个钉子坑儿！"

余里衍仔细一瞧，可不是咋的，阿鲁的马蹄印儿圆如碗，兀鲁的马蹄印儿都扎个钉子坑儿，他们可真是有心哪，连马蹄印儿还留有记号。

兀鲁又说："二嫂，这回可要跟上，估计他们离这儿不会太远。我先让海东青去寻找，咱们按照海东青飞的方向就能寻到！"兀鲁说着，吹了一声口哨儿，海东青扑棱一声，飞向天空朝北而去。兀鲁一拽马缰，按阿鲁的马蹄印儿向前疾驰而去，余里衍在后边紧紧相随。

余里衍跟兀鲁大约又跑出六七十里地时候，忽见空中的海东青只盘旋不往前飞了，兀鲁在马上回头朝余里衍大喊："二嫂，海东青已找到阿鲁哥了!"说罢,她的马如同流星一般,向前飞驰而去。

　　余里衍也不含糊,骑马在后边紧赶,当她快赶到的时候,离老远见前面有道丘岭,丘岭下有两匹马咴儿咴儿直叫,可马上没人。又见海东青在高空盘旋,嘎嘎鸣叫,兀鲁到了近前,飞身下马,跑上丘岭也不见了。余里衍啪啪加了两鞭,赶至丘岭下,翻身下马,迅速登上丘岭,往下一瞧,丘岭下边是一道干涸的又宽又深的沟壑,发现阿鲁在这沟壑里正追击一人。她看着好面熟,仔细一瞧,大吃一惊,原来是辽朝的招讨敌六。他从沟这帮跑到那边,脸上还有血迹,余里衍大声喊道:"敌六,你要作甚?"

　　敌六听见有人喊他,抬头一看,见是蜀国公主余里衍,咬牙切齿地说:"余里衍,算你命大,我没有杀了你,你自己送死来了!"敌六喊着,就向余里衍飞奔而来。

　　余里衍赶忙抽出佩剑,阿鲁、兀鲁也都围了上来。

　　敌六原以为阿鲁年岁小,没挂在心上,那知被阿鲁打得头破血流。他想逃走,被阿鲁紧追不放,才被逼进沟壑里和阿鲁厮杀,又被阿鲁打败,寻思只能等阿鲁累疲劳后再逃走。没想到又来个小丫头,武艺也很超群,终于被他们仨活捉了。

　　余里衍心里纳闷儿,敌六为啥那么恨我呢?便与阿鲁商量,将敌六交给谙班勃极烈吴乞买处理,于是他们奔安出虎而去。

阿骨打御驾亲征，让吴乞买在家监国，没想到阿骨打从燕京送回那么多手艺工匠，又迁徙来一些民众，辞不失被气死，神徒门气绝身亡，安出虎又接二连三发生盗窃之事，使他大伤脑筋。因为吴乞买最担心的是，这些人来了以后，内地不得安宁，果然不出他的所料，真是烦心事不断。正在吴乞买坐立不安的时候，忽报阿鲁捉住贼人来见。

吴乞买一听，便让赶快带进来。不一会儿，将敌六带进来，还没等审问，又有人进来禀报，说斡离不媳妇辽蜀国公主余里衍求见，吴乞买感到很奇怪，她找我何事？便说："让她进来！"

余里衍走进屋来，参拜吴乞买后说："特来禀报叔父，此人是辽的招讨敌六，被斡离不俘虏送来内地，不知他咋出来的，到矩古贝勒寨去盗窃，被阿鲁、兀鲁和我捉获，请叔父严加惩办！"

吴乞买听后，大吃一惊，原来是敌六！好你个敌六，我还要起用你，你竟去矩古贝勒寨为盗，真是胆大包天，自己找死！便问敌六说："你为何去矩古贝勒寨盗窃？"

敌六怒目望着余里衍说："我不是去为盗，我是去暗杀余里衍！"

敌六的这句话，使余里衍全身为之一震，暗想，敌六杀我作甚？我咋惹着他了？

吴乞买又问敌六说："你为何要杀公主余里衍？"

敌六说："谙班勃极烈，因余里衍为个人求荣，弃国舍父皇都不在乎，令人痛恨至极，故而要将她杀死，为辽雪耻解恨！"

余里衍心里纳闷儿，他咋知道我的底细？我的事对谁都没说过，始终以被俘虏的身份出现在世人面前，和斡离不成婚也是皇上阿骨打诏旨许配而成，敌六怎能知晓，难道他钻我心里去看了？

吴乞买大喝一声说："大胆敌六，你竟敢以杀余里衍为借口，掩盖你盗贼的真相，如不从实招来，先打40大杖！"

吓得敌六赶忙跪在地上说："罪犯确实是痛恨公主余里衍，听说她去矩古贝勒寨，才追去要暗中将她杀死。"

余里衍在一旁气得浑身直抖，银牙咬得咯嘣咯嘣响，接过说："敌六，你说我个人求荣，弃国舍父皇，你有啥根据？"

吴乞买也接过说："是呀，你根据啥说公主弃国舍父皇啊？"

敌六说："实不相瞒，我过去对公主从心眼里往外尊重，认为她才识过人，能随机应变。尤其是被俘房后，能不顾个人安危，向斡离不都统交涉，使我们受到优待，认为这全是公主胆大多识的结果。万没想到，公主是个肚子里头长牙齿真心狠，连父皇都出卖，真是世上少有的黑心肠啊！"

"住口！"吴乞买大喝一声说："你根据什么这样诬蔑公主？"

敌六说："我听别人说的！"

"谁和你说的？"

"婆卢火都统下面有个头目名叫耶得，是他对我说的。"

"他咋和你讲的？"

敌六说："有一天，耶得和我一块儿喝酒，告诉我说，女大外向，你们辽朝的蜀国公主不也是吗，跟斡离不暗订婚姻，捉住她父皇延喜，便和斡离不成婚。得亏延喜逃得快，不然的话，那天跟你一起被捉，省去多少事儿。"

吴乞买一听，暗想，耶得这个狗东西，不能让他随便讲话，便传令说，速将耶得给我捉来！

余里衍心中暗想，这事弄不好越闹越大，将耶得找来，追问怎会知晓，耶得必然说婆卢火说的。再将婆卢火找来，追问一溜十三遭儿，就追问到斡离不身上了，这不就乱套了吗？余里衍想到这儿，赶忙双膝跪在地上说："谙班勃极烈叔父，别听敌六胡言乱语，他杀我，是因为他恨我，他曾经托人说亲，要和我婚配，我没应允。被俘房后，皇上做主，让我跟斡离不成婚，他就恨我，故而要杀我。现在又编造一套谎言欺骗谙班勃极烈，从而掩盖他的实情，叔父千万不要听信假话而自相猜疑啊！"

还没等吴乞买答腔儿，敌六赶忙接过说："余里衍，我问你，你说我托人说亲，是谁？你能找出证明人吗？"

余里衍说："怎么找不出来？你不就托的耶律淳的次妃、现在的皇姨娘白散嘛，难道这你能忘？"

吴乞买一听，余里衍说得在理，如果将耶得找来对嘴子，耶得当然得说听谁说的，这样越追越乱套了。还是余里衍聪明，提醒了我，便吩咐说："速将白散找来对证。"

白散自从神徒门死后，愈加风流起来，可说是在女真妇女中成了个很显眼的人。此时她下身穿着葱芯绿的丝绸裤，上身穿着粉底红花偏襟缎子衫，黑发在头顶上挽成个髻儿，用金簪别着，发髻的周围插着金银花和首饰，真是环佩叮当山响。她这身穿着，既不是女真人的打扮，也不是契丹人的打扮，可说独出心裁，别具一格。白散这么一打扮，得到女真妇女们的赏识，谁见着都啧啧称赞，赞不绝口，认为白散才真像一朵花儿一般，有的还要模仿她。她立刻成为安出虎受注目的人物。

当白散听说谙班勃极烈找她前去与余里衍对证，就赶忙奔皇上寨而来。路上，她一边走一边寻思，不管咋说，我得向着余里衍说话，因为余里衍对我照顾得非常好，没拿我当外人。常言说，有恩不报是小人，余里衍的恩德，我什么时候也不能忘。

白散在安出虎一走，妇女们均跑出来，站在门口望着她指手划脚地议论开了。她不在乎，扬着脸走，心中转念，女真妇女应该改变那种穿鱼皮、老一色的装束了，你看汉人、契丹人，都比女真人穿戴好，就咱女真固守不变。我给你们做个样儿，你们将来的穿戴会比我更好，打扮得更漂亮！

白散来至皇上寨，也没用人通禀，径直进了屋。

吴乞买见白散来了，便问白散，是敌六托你，欲聘蜀国公主为妻吗？

白散一听，心里明白了，原来是为这事呀，便走前，用目打量被捆绑的敌六说："哎哟，我当是谁哪，原来是招讨敌六啊！你干吗还惦记蜀国公主，人家已经是有夫之妇了。再说，辽朝的公主，嫁给大金的皇子，这叫门当户对，你那做驸马的美梦已经破灭了，收收心吧！"

敌六气得脸色发青，怒目望着白散说："你说些什么胡话呀？"

吴乞买又问白散说："白散，我问的是敌六曾托你说亲，可有此事？"

白散说："谙班勃极烈，如果没有这事我咋说他做梦要当驸马哪？记得他曾经对我说：'皇妃，你能不能成全我一个好事儿？'当时我一愣，暗想，这小子为啥要和我说这话？以为他要对我有不轨行为，便反问道：'此话何意？'敌六说：'皇妃，能否向蜀国公主给我提亲，我情愿在这为难遭灾的时刻，做东床驸马，既愿同生，也愿同死。'我一听，嘴没说心里话儿，敌六这小子真是癞蛤蟆想吃天鹅肉，冲你那个熊德行，蜀国公主能嫁给你？心里这样想，并未说出口，便对他说：'好吧，

阿骨打传奇

说妥了，你别酬谢我；说不妥，你别恼我，静听我的佳音吧。'我就去找公主余里衍一说，差点儿将公主笑死，笑得她前仰后合、跟头把式的，捂着肚子笑！一直笑够了，这才一本正经地说：'敌六真不知砢碜多少钱一斤，也不找块镜子照照，再不用尺量量，用秤称称分量，真是癞蛤蟆想吃天鹅肉，不知天高地厚。你告诉他，多咱太阳从西边出来、老牛打滚儿、公鸡下蛋的时候，多咱定婚事！'就这么的，被公主拒绝了。我回来后还没敢全学说，只说了一半儿，敌六就气翻白眼儿啦！"

敌六听白散这一说，气得浑身哆嗦成一个团儿，赶忙接过说："白散，没想到你是这种人，满口喷粪，无中生有，望风捕影，瞎说一气……"

吴乞买说："住口，白散要是瞎说，能说这么圆全吗？分明是你强词夺理，妄图掩盖罪恶目的，来人哪，将敌六拖下去，重责四十大杖！"

吴乞买这一喊，过来四五个武士，如狼似虎一般将敌六拖将下去，敌六不是好声地叫唤："冤枉啊！冤枉啊！"

敌六被打得皮开肉绽，鲜血直流，又拖了回来。

吴乞买说："你招也不招，到底私去矩古贝勒寨作甚？"

敌六说："我招我招。我对公主怀恨在心，因她不嫁给我，要杀死她方解我心头之恨。"

没说的，吴乞买按照大金刑法，将敌六处死了。

自从阿骨打将辽的俘虏兵编入金之内地的猛安、谋克中进行训练，作为大金的补充兵源，事故不断发生，有的成帮结伙逃跑，有的将谋克杀死而逃。为此事吴乞买大伤脑筋，对涞流水右岸进行封锁，派金兵严加把守，使得叛乱、暗杀等情况有所好转。可继而又迁徙来这么多手艺工匠和燕京一带民众，吴乞买为此很是担心，怕内地不得安宁。皇上阿骨打三番五次写信给吴乞买，言说让他放心，内地会安宁的。后来吴乞买把安出虎改为会宁府，也是根据阿骨打这话而定的，此乃后话。单说这几天安出虎总出事儿，吴乞买便急召实古乃前来议事。

实古乃来至皇上寨，见到吴乞买，吴乞买迎头就责备他，你是怎么管理的？总出事儿，这行抢之事，是不是迁徙来的那些人干的？

实古乃不同意吴乞买的看法，他说这些手艺工匠均是人中的精华，是创办事业不可缺少的人才，他们怎会做出不轨之事哪？

吴乞买说："实古乃，不要强辩了，限你三天之内将盗窃的匪徒给我查出来，确保内地安宁无事！"

实古乃接受这个差事，心里很憋气，不是别的，怀疑手艺工匠，这是对手艺工匠的污辱，是不尊重人才的表现，是跟皇上新法背道而驰的。更使实古乃不快的是，这些人本身啥也不会，他还反对别人。你就说这木匠制作的桌椅板凳吧，多好啊，既美观又实用。可那些老家伙宁肯使用木墩子或木板子，也不接受手艺工匠做的精美制品，认为是怪物，不能出现在他们眼目中。只有牛哇、马呀、羊啊、奴隶呀才是真正的财富，才是真正的摆设，除此之外，认为做人再没有别的追求了，只要有这些，一生就心满意足了。他们不仅反对新物，还反对新人，硬说盗窃是手艺工匠们干的，手艺工匠还能互相偷盗吗？

实古乃回来之后，马上部署加强夜间防范，决心捉住盗贼，弄清到底是什么人干的，用事实来回答这些反对手艺工匠的人。

实古乃手下有一武艺高强之人，他是汉人，名叫吴超。别看这人身材矮小，却有万夫不当之勇。尤其是夜间，他有飞檐走壁、蹿房越脊之能。他听实古乃捉拿盗贼的部署后，说道："实不相瞒，近日发现有人要盗窃金银首饰店，由于加强了夜间巡逻，贼人未敢下手。我已看得很清楚，盗贼是女真人，而且不是一般女真人，均是女真人的官吏。为此，我没敢下手，怕惹出麻烦不好收场，甚至担心给将领您带来麻烦。"

实古乃一听，惊愕地站起身来，一把拽住吴超说："真的？"

吴超说："我怎敢欺哄将领？"

实古乃说："这事你咋不跟我说呢？"

吴超说："将领，我再好也是外来人，谁知你们女真什么关系？捉贼要赃，捉奸要双，没有真赃实证，捉贼反被贼咬一口，入骨三分。何况你们女真勃极烈们用斜眼看视手艺工匠和外来人，对我们不信任，让我们咋信任你们？今天将领你说了实话，我才敢讲真情，说明将领和我们外来人心贴着心，我也才敢和你说真情实话。"

实古乃说："好！既然你已发现是女真人干的，咱们就捉住他，交给谙班勃极烈，他就无话可说了，但不知采取什么办法能将盗贼捉住？"

吴超附在实古乃耳边说："要想捉拿盗贼，只需如此这般……"

实古乃听罢，心中大喜，认为此计甚妙，便依计而行。

这天晚上，实古乃按照吴超的计谋，安排好之后，便领着军事头目在他的兵房里喝酒。当时安出虎有两种警卫兵士，一是神徒门统领的警卫军兵，重点是涞流水的警卫。涞流水是阿骨打积草囤粮、制造军械的重地，又是训练兵马之所，现在仍在进行着训练。主要训练从辽俘虏来的兵丁，他们被编为猛安、谋克后，经过一段训练，补充金军，或者直接编成军，前去打仗。神徒门这支警卫军还有另外一个差事，那就是保卫安出虎，如有叛军要占领安出虎，他便率军抵御。而实古乃统帅的这部分军兵，按阿骨打的旨意，主要是保卫手艺工匠的安全，手艺工匠要出啥事儿，如被抢了，被暗杀了，均由实古乃负责。故此，实古乃领军事头目喝酒，喝的不是酒，是水，用水当酒制造假象，迷惑外人。实古乃他们假装往醉了喝，直喝到二更多以后，一个个假装东倒西歪，有的倒在炕上，有的趴在槾板上，有的依靠在墙上，都醉得像瘫泥似的，瘫歪在那儿了。

实古乃假装喝醉，心明耳灵，就听外面有人说："实古乃猛安喝醉了，我们不到屋了，还得巡逻去。"实古乃听得明白，感到声音很熟，可一时又想不起来，他是谁呢？他想啊想，忽然想起来了，是神徒门警卫谋克乃罗。想到是他，心里打个冷战，这小子手毒心狠，武艺超群。要是他去盗窃可坏事了，吴超能抵得过他吗？不用说，这小子是来察看我的，听说我喝醉了，他好去行事，因他惧我三分。实古乃想到这儿，有心马上起来，暗想，不行，万一这小子没走，吴超的计谋就破产了。实古乃过去当过侦探，经验是很丰富的，所以没动。

定的啥计呀？吴超定的是迷魂计。啥叫迷魂计呢？吴超早已发现夜间有人在金银首饰铺门前转悠，并四处暗中察看，这肯定是金军的头目，别人没这么方便。他根据这个定了迷魂计，让实古乃假装喝醉酒，又让金银铺掌柜的在天擦黑儿的时候查点金银，查后放在卖货的柜台底下，故意让人看见。而吴超领一名助手提前藏在金银铺内，吹灯睡觉后，单等盗贼前来上钩。果没出吴超所料，刚交半夜的时候，就听见嘎啦嘎啦撬门之声，撬会儿听听，店里有动静没有，隔会儿再撬。此刻，里屋掌柜的鼾声如雷，就听门外有人悄声说："没事儿，掌柜的睡得可死啦！"说明不是一个人，还有通风报信儿的。这人说后，只听咔嚓一声，门被撬开了，盗贼没立刻进来。吴超往门口一看，在这漆黑的夜间，从门外伸进一把明晃晃的刀来，停了一会儿，才见从门外闪进一个黑影儿，接着又闪进一个黑影儿，先进来的那人便奔里屋门走去。吴超立刻心里一惊，暗想，糟了，难道他要杀死掌柜的不成？这可咋办，得先救命要紧。他刚想要从柜台里跳出去，见那人手持刀站在门前不动了，后进来这人才爽急麻利快地奔柜台里而来。他刚进柜台，只听哎哟、咕咚一声，那人栽倒在地，原来是被吴超伸出腿绊的。就听外面那人忙问："咋的了？"

"有贼！有贼！"

栽倒在柜台里的人已被吴超和他的助手按住，可他却喊有贼。

外面这人听他这一喊，也高声喊叫："有贼呀！捉贼呀！"喊着，转身要往外跑，就听房门外面传来一片脚步声，贼人还没等跑出去，从外面跑进来六七个人，将他堵在屋里了。他还连声喊："有贼呀！捉贼！"

这时候，掌柜的已将灯点着，用灯笼火把一照，从外面跑进来的这六七个人正是实古乃领来的。因为实古乃按自身的经验，他不能马上赶来，又等有一顿饭工夫，他才悄悄起来打听，刚才谁来了？没出他所料，正是神徒门的谋克乃罗，便马上领人绕道赶来。安出虎当时也没有正经街道，盖的房子均是东一座西一座的，他怕和乃罗相遇，才从房后绕着来的。他刚走到房头儿，就听屋里喊有贼，实古乃还以为吴超没打过乃罗，才喊叫捉贼。当用灯一照，原来是乃罗的打手萨莫喊叫捉贼。

实古乃问道："贼在哪儿？"

萨莫说:"衣柜台……"

实古乃大喊道:"将盗贼给我拿住!"

话音未落,六个兵士像猛虎一般将萨莫的刀夺下,将他摁倒在地,拿绳就捆。萨莫还喊叫:"捆我干啥?贼在柜台下!"

吴超和助手将捆缚好的乃罗擒出来咕咚一声摔在地上,说道:"我俩按将领的吩咐,已将盗贼拿住!"

乃罗大声喊叫说:"实古乃,我不是贼,是他俩来盗窃金银,我来捉他们,反被他俩将我捉拿了!"

实古乃冷笑一声说:"乃罗,你别再贼喊捉贼了,这是我部署的,你还巧辩什么?"

乃罗大声骂道:"好你个实古乃,你和盗贼合伙,捉拿我这警卫的谋克,反诬我为贼。好,咱们见谙班勃极烈去!"

实古乃说:"行啊,将两个盗贼带皇上寨去,交给吴乞买审问!"兵士们走上前,将这两个贼喊捉贼的人送到吴乞买那儿去了。

阿骨打传奇

天辅七年六月间，阿骨打从鸳鸯泺回师，行至斡独山，忽然狂风四起，尘土飞扬，天昏地暗，日月无光，官兵甚觉惊骇。阿骨打在马上"哎呀"一声，口吐鲜血，差点儿从马上栽下来，吓得护驾官急忙围了上去。金兀术将阿骨打扶下马来，捶肩揉背地呼唤，半天，阿骨打从昏迷中苏醒过来，有气无力地问道："此是何地？"

随驾官回说："斡独山。"

阿骨打传令，在此安营扎寨。护驾官和金兀术将阿骨打搀到斡独山驿站歇息，阿骨打让金兀术递给他纸笔，金兀术关切地说："皇阿玛，龙体不爽，还是歇息为好！"

阿骨打说："不碍事，我要给你四叔写封信。"

金兀术听阿玛要给四叔写信，又见阿玛病成这个样儿，知道事关重大，不敢怠慢，赶忙取过纸张、笔墨、砚台，将墨研好，将纸铺在阿骨打面前，扶阿骨打坐了起来。阿骨打强打精神，拿起笔，手还有些发颤，哆哆嗦嗦地写道：

> 四弟吴乞买：现在辽朝天祚帝全军已殁，逃奔夏国。辽官特列、姚涉等劫其子而立之，朕已令宗翰等继续追击。朕亲征已久，大功已成，所获州县尚需安抚。朕身体欠安，不得不返师回寨。行至斡独山，更觉不佳，匆忙给弟写信，望弟八月中率领内戚赶到春州迎朕，要是赶到豹子崖迎朕就更好了。书不尽言，切切！

阿骨打写完这封书信，令两名侍卫官快马加鞭送回皇家寨。又令金兀术将他的书箱打开，拿出一个用黄缎包裹着的物件，小心翼翼地打开，里边露出一部书，对金兀术说："兀术，这是朕在玉泉山得的一部天书，交付于你。天书上有兵书战策，我儿要仔细阅读，千万不可泄露于世，切记！"

金兀术别看岁数小，却对书非常感兴趣，当即跪拜接书。从此，阿骨打的天书落在金兀术手里。

再说安出虎水皇家寨的吴乞买，这两天不知为啥，他总觉得心惊肉跳、坐不安站不稳的。这日忽报，皇上差人送书信来，吴乞买说："快让他进来！"当时大金国还没有皇室的礼仪，宋朝时，皇帝的信就是圣旨，得摆设香案，跪拜后等待宣读。因为金朝不讲这个，才让送信的直接送进来。

不一会儿，两名送皇帝书信的侍卫官走进勃极烈议事室，拜过谙班勃极烈吴乞买后，将阿骨打的御书呈上。

吴乞买盘腿坐在炕上，阅读书信后，大惊失色地问道："眼下圣体如何？"

送信的侍卫官说："皇上刚行至斡独山便吐血，身体虚弱。"

吴乞买听后，两眼流泪，心想，皇上一定病得很重。立刻传令，通知阿骨打各房妻室子女、皇亲国戚，明日启程去接皇上。

阿骨打七房妻室听说皇上病在路上，纷纷落下泪来，领着儿女齐集皇家寨。

第二天一早，吴乞买率领皇亲国戚离开安出虎，催马加鞭去迎接阿骨打。人人心里明镜似的，阿骨打要是病不重，不会让皇亲国戚去迎他。急速去迎他，说明早到一日，或许能赶上皇上活气儿；晚去一日，恐怕连活气儿也赶不上了，大伙真是心急如火，急速驰行。

再说阿骨打在斡独山驿站歇息了一天两宿，觉着浑身像散架子似的，一点儿力气没有。心如火燎，口干舌燥，头昏眼花。阿骨打咬牙硬撑着，唤来五弟斜也说："斜也，务率军日夜兼程往回赶路！"

斜也见阿骨打脸色不好，用手一摸，阿骨打额头像火炭似的，赶忙说："二哥，不能走，在此将养几日，身子好些再走不迟。"

宗峻、兀术在一旁也劝道："阿玛，你烧得身上都烫手，不能走啊，等瘟灾退了再走吧！"

阿骨打有气无力地说："不行，已给你四叔写信了，让他领人到春州迎我，咱们必须快些赶路啊！"

斜也犯愁地说："二哥，你身体这样，已不能骑马，坐在车上能受得了吗？"

阿骨打说："有宗峻、兀术在身边，不怕的，越快越好，不要因担心我而误事！"

斜也听后，只得从命，扶阿骨打躺在车上，由宗峻、兀术坐在旁边照护，军队缓缓而行。这日，行至浑河以北时，阿骨打又口吐鲜血，病情加重，几次昏晕过去，被宗峻、兀术呼唤过来，阿骨打已有些脱相了。斜也见势不好，立刻吩咐将阿骨打护送到辽朝建的部堵泺西行宫安歇，并派快骑去迎吴乞买，让吴乞买领皇亲国戚赶奔西行宫见阿骨打。

吴乞买率领皇亲国戚及大队人马浩浩荡荡往前赶路，探马穿梭般来往禀报，言说皇上回军之师踪影不见。吴乞买很是吃惊，令探马继续打探，催动人马疾驰而行。快到春州还不见回军之师，吴乞买更着急了，真是心急嫌马慢，恨不能一眼望见阿骨打军师之回。正在吴乞买着急的时候，斜也派的军官来迎吴乞买，报告皇上病危，圣驾在部堵泺西行宫，请谙班勃极烈率皇亲国戚速去见驾！吴乞买心如刀割，率领皇亲国戚飞驰赶去。

吴乞买赶到西行宫，斜也、宗峻等率军列队相迎。吴乞买见官兵人人脸上布满阴云，泪痕不干，心里明白了，知道皇上病重，危在旦夕，急忙进宫见驾。

阿骨打躺在床上，脸色苍白，微闭双目，处于昏迷状态，出气儿多回气儿少，嗓子里呼啦呼啦直拉风匣，金兀术跪在身旁泪眼相望。

吴乞买扑到床前，跪地轻声呼唤："二哥，我来了，睁开眼睛看看四弟呀！"

经过吴乞买几声呼唤，阿骨打如同从睡梦中惊醒，冷丁睁开双目，一反常态，眼光明亮而有神，干巴嘴唇一咧，苦笑道："终于将你们盼来了！"说着要坐起来，吴乞买赶忙按住说："二哥，不要起来，躺着说话吧。"阿骨打摇头说："不，让我起来坐坐。"说着用手比划，让兀术扶他起来，宗峻过来和兀术将阿骨打扶起。

阿骨打坐起来后，嗓子也不呼啦了，像好人一般，两眼显得格外有神，金兀术高兴地拍手说："阿玛好了！阿玛好了！"

阿骨打将手一摆，阻止兀术说话，然后拉着吴乞买的手说："四弟，我回不了安出虎了，眼看要离开你们了。早就对你说过，大金国我是老大，你是老二，我死后，当然你就是老大了。要继承发扬祖上的传统，坚持勃极烈制，人多议事明，治国要治根，治人要治心啊！坚持发展生产，珍惜辽、汉工匠，让手艺人大显身手，将咱金源之地兴旺起来，这些手艺人是咱的国宝啊！国富才能民强，治心，让民心向金，金才能强盛。务要牢记，得民心者昌，失民心者亡。要重用降官，他们熟悉本地民俗风情，即以其地之道，还治地民之心。不应以金源之情，硬性推行辽、宋新收州县之地，方能收民收其心也！还有，我与宋立约，他已出兵协同灭辽，要将辽夺宋之地归还于宋，永结盟好。辽已灭，捉获天祚帝不能杀害，封王颐养，收其心也。对国要力图于治，联结高丽、宋、夏，严防塔塔尔……"阿骨打说到这儿，又咳嗽几声，吐了几口血，微弱地唤道："快让他们都进来！"

吴乞买传令，让阿骨打妻室儿女进来见驾。令一下，在宫门外等候的妻室儿女按先后顺序走进来了。大老婆阿娣在前，后边跟着二老婆陪室、三老婆兰娃子、四老婆悬焰、五老婆元圆、六老婆小月、七老婆图玉奴，后边跟随着儿女们，像扯老鸡似的，个个抽泣流泪。因斜也叮嘱再三，不准放声哭叫，故而都在嗓子眼儿里抽搭。进屋后，扑通通跪了一地，泪眼望着阿骨打，哽咽得说不出话来。

宗峻声音不高地呼唤说："皇阿玛，额娘看你来了！"连唤几声，阿骨打睁开眼睛挨个儿瞧瞧，眼泪汪汪地说："看到你们就好，望你们与涞流水共存，教育子孙后代，别忘祖先之法，勤恳务劳，习文练武，能骑善射，成为栋梁之材。阿娣为长，应常训诫，要学元圆教子勤劳练武之法，朕就放心了！"阿骨打说到这儿，特用目扫视元圆，见元圆面容憔悴，两眼红肿，惊诧地问道："元圆因何落到这般模样？"

阿骨打话音刚落，没想到金兀术妹妹金兀鲁嘴尖舌快地接上话茬儿了："额娘天天为皇阿玛哭泣，祈祷增寿，谁知快要成功的时候……"惊得元圆赶忙喝住说："小女孩家，休要胡言乱语！"吓得金兀鲁赶忙住嘴，下话没说出来，就将六房妻室小月吓得汗出心颤。

阿骨打眼望着兀鲁说："你往下……"话没说出来，头一低，淌哈喇子了，人们见阿骨打抬不起大梁了，顺嘴淌哈喇子，忙七手八脚地给阿骨打穿寿衣，七房妻室和儿女们呜呜痛哭起来。

斜也赶忙阻止说："不要哭，不要哭，好让皇上归天闭上眼睛。"

七房妻室和儿女们望着快要咽气的阿骨打抽泣。

忽然，天空出现"天狗吃日头"，天昏地暗时，阿骨打咽了最后一口气。

大金国头一位皇帝阿骨打，于天辅七年（1123年）八月二十五日巳时，在部都涞西行宫驾崩，终年56岁。

阿骨打尸体运回安出虎水皇家寨，停灵七天，女真各部落上下人等悲痛万分，缅怀完颜女真民族英雄阿骨打，痛哭不止，将阿骨打皇帝安葬于安出虎西南北筒子沟。

阿骨打临终遗嘱流传于后世，在民间传颂至今。

满族长篇说部《阿骨打传奇》即将与《女真谱评》一起出版,如此,满族说部的重要传承人马亚川先生的辽金时期女真故事的主体即将问世,实现了我们二十余年来的夙愿。因为这两部宏篇巨作是从女真完颜部的起源神话至金朝建立前后的无韵史诗,展示了八百多年前女真人建立金朝的光辉历程,展示了女真族以及相邻的汉族、契丹、塔塔尔等民族鲜为人知的历史事件与生活场景,填补了满族文学史的重要空白,为中华民族不朽的文学星空增添了灿烂的新星座。

自 1982 年笔者与马亚川先生相识,已过去了 26 个春秋,其中有 20 年马亚川先生的手稿沉睡在我的书箱中。

幸运的是,由于中国改革开放的成功,中国的传统文化越来越受到尊重与重视,保护、传承好传统文化成为本世纪中叶中华民族实现全面复兴的文化基础。

跨入新世纪以后,在吉林省谷长春、吴景春、荆文礼等同志的长期努力下,此项文化遗产的保护工程受到中共吉林省委、省政府、文化厅的高度重视,致使 2003 年其已成为国家的艺术研究重点项目。2006 年,经国务院批准,满族说部已被列入国家首批非物质文化遗产名录,这是相关的学者与文化工作者自 20 世纪 80 年代以来二十余年田野调查的辛劳成果,更是近百年来众多满族说部的传承人在经历各种历史风雨中精心保护的结果,因为其中蕴涵着满族及其先民在漫长历史发展中形成的独特的民族文化心理与精神,其内容之丰富可以说是其近三千年来民族历史文化与生活的百科全书[1],同时也生动地展示了满族与相邻的汉族、蒙古族等兄弟民族血肉相联的互动关系,深刻地表达了中华民族伟大的文化凝聚力。在表现民族审美理想的艺术能力上,满族说部——以口承方式传承的民间文学样式已可与满族的作家文学[2]比肩。

笔者是近二十余年来满族说部田野调查的亲历者之一,在我的导

---

[1]　详见周惠泉《满族说部:北方民族生活的百科全书》(《社会科学报》2007 年 4 月 2 日 8 版)。

[2]　满族出现了众多文学家,其中代表人物有曹雪芹、纳兰性德、顾太清、文康等。

师、合作者富育光先生的指领下，采访了众多的满族说部的讲述人，马亚川是其中最杰出的传承人之一。二十余年的田野调查，也使笔者成了年近花甲的老者。但是，踏遍青山人未老，在笔者51岁（2000年）调入上海社会科学院后，这种田野调查仍未停止。虽然，田野调查要栉风沐雨、夏暑冬寒，其中甘苦，鲜为人知，但萌生于山野的文化珍品只有亲临才能遇到，这点个人的辛苦是值得的。相比傅英仁、马亚川等已故传承人的经历，我们已走在坦途中。而他们的音容笑貌一直活在我的心里，他们热爱文化的崇高精神也时时激励着我。因此，这两部说部的出版是对马亚川先生的一个永恒的纪念。

后
记

整理这部史诗性的满族说部，笔者深感责任重大。忠于原貌、保持马亚川传承故事的科学性是我们整理的基本原则。整理稿以当年的故事手稿为基准，由于当时马先生是分批完成的，某些故事顺序有适当的调整，但每一个故事都力争原汁原味。故事的标题，除了极个别的章节标题做了修改，绝大部分保留了原标题。原故事中用了大量的女真语、满语以及东北方言，为了保持这部口头说部的语言的特点与生动性，我们保留了这些民族语言与方言，对这部分语言加了注。这些注有一部分是原手稿上就有的，一部分是根据我们当年的田野调查资料注释的。满族说部的语言特点是可讲、可诵、可吟，所以在语言表达与节奏上，尽量保持口头语言的特色；我们还做了整体的文字通顺工作。在正文前，为了便于读者的阅读与理解，附有本书传承人马亚川及该说部在金源地区的流传情况。整理此类满族长篇说部，除了具有相关的历史知识外，还需要扎实的田野调查基本功，需要多方面的知识与经验，所以本书稿必有不足与缺憾之处，我们期待着中肯的批评。

本书的整理过程中，适逢笔者承担国家社科基金课题，时间就显得特别紧张，幸亏得到笔者32年前的学生张安巡的全力支持，她曾是一名"全国优秀教师"，至今仍然工作在教学第一线，但她投入了相当的时间，参加了本书的前期文字整理工作，甘当无名英雄。本书的完成，还得到我的挚友荆文礼先生的鼎力相助，他不仅做了本书的组织工作，而且参与了本书的定稿工作。吉林省艺术研究院的于敏先生为本书做了精细的编辑工作，出版社的崔晓为本书的排版、改稿也投入了很多精力，这里笔者一并表示诚挚的谢忱。

本书的出版能够告慰马亚川先生的在天之灵，实现了笔者26年的心愿，是马亚川等先辈的创造性劳动才有这部传世之作。在这里，我们要向当年支持本书的收集整理工作的马亚川先生的家人，双城的高凤阁、高庆年先生，吉林省社会科学院文学所表示诚挚的谢忱，向指领着我们走向满族民间文学田野调查的富育光先生，向支持本书出版的满族说部编委会与吉林人民出版社表示诚挚的谢忱。

王宏刚谨识

2008 年 12 月 17 日

　　马亚川，男，满族，镶黄旗。本名马海山，著名满族文化人士。
1929 年 3 月生于黑龙江省双城市希勤乡。1946 年 8 月参加革命工作，1984
年退休。系中国民间文艺家协会会员，中国新故事协会会员，东北古今民
俗协会会员，黑龙江省民间文艺家协会理事，黑龙江省民族学会会员，双
城市政协委员。他的名字已写入"黑龙江当代名人"、"中国现代民间文艺
家辞典"、"中国当代文艺家名人录"、"中国当代文化名人录"；1988 年被授
予"故事家"称号；1991 年又获全国民间文学《三套集成》先进个人奖。

　　他自幼生长在金源
故地，深受满族文化熏
陶。马亚川本人阅历丰
富，建国前当乡文书、
公安员、侦察员，建国
后又长期做商业工作，
这些都扩大了他的故事
来源，也练就了他的口
才，既能讲又能写，是
"口笔相应"的"全才"。

　　"文革"前，他在《北
方文学》、《黑龙江日报》
发表过满族传说故事三
十余篇。1983 年与吉林
省社会科学院文学所合
作，他写了《女真神话》、
《女真传奇》、《完颜部兴
起》、《阿骨打英雄传》和
老罕王、康熙、乾隆等传
说二百多篇，一百余
万字。

王宏刚，男，上海市人，1949年5月出生，1969年作为知青下乡到吉林省珲春县，1972年毕业于延边大学中文系。1980－2000年在吉林省社会科学院文学所专攻东北民族文学与文化研究，任实习研究员、助理研究员、副研究员、研究员；2000年4月至今任上海社科院宗教所研究员、阿尔泰民族宗教文化研究中心主任。

自1981年以来，在中国东北、新疆，俄罗斯远东地区、韩国、日本等地对阿尔泰民族文化进行了二十余年的田野调查，与程迅、富育光等共同收集了满族说部《萨布素将军传》、《红罗女》、《女真谱评》，整理出版了满族传说集《康熙传说》（主编之一）、《女真传奇》（合著）、《乾隆故事》（主编之一）。主持全国艺术科学规划重点课题《萨满教舞蹈及其象征》等国家、省市课题6项，出版《满族与萨满文化》等著作12部（包括合著），其中《鄂伦春萨满教》（合著）一书在日本第一书局出版，发表《萨满教女神神系与欧亚大陆的史前"维纳斯"》等论文一百二十余篇，其中《满族萨满教女神神话》等十余篇论文在美国、日本、韩国发表。曾经到俄罗斯圣彼得堡大学、韩国汉阳大学、日本千叶大学、加拿大渥太华大学等国外二十余所大学讲学。

图书在版编目(CIP)数据

阿骨打传奇/马亚川讲述；王宏刚整理.
—长春:吉林人民出版社,2009.4
(满族口头遗产传统说部丛书/谷长春主编)
ISBN 978-7-206-06128-8

Ⅰ.阿… Ⅱ.①马…②王… Ⅲ.满族—民间故事—中国
Ⅳ.I277.3

中国版本图书馆 CIP 数据核字(2009)第 062106 号

阿骨打传奇

丛书主编:谷长春
讲 述 者:马亚川   整 理 者:王宏刚
责任编辑:邢万生   封面设计:李晓东   责任校对:杨立云
吉林人民出版社出版 发行(长春市人民大街 7548 号   邮政编码:130022)
网址:www.jlpph.com
全国新华书店经销
发行热线:0431-85395845   85395821
印   刷:北京铭传印刷有限公司
开   本:670mm×970mm   1/16
印   张:43.25   字数:680 千字
标准书号:ISBN 978-7-206-06128-8
版   次:2009 年 4 月第 1 版   印   次:2017 年 5 月第 2 次印刷
印   数:1-3 000 册   定   价:108.00 元(全二册)

如发现印装质量问题,影响阅读,请与印刷厂联系调换。